■ 国家社会科学基金重点项目

"非常"事件与美国历史小说
——小说再现与意识形态批判研究（下卷）

Disputed Events and American Fiction:
A Study of Fictional Representation and Its Ideological Criticism (II)

虞建华 等著 ■

上海外语教育出版社
SHANGHAI FOREIGN LANGUAGE EDUCATION PRESS

下 卷

非常法令与法案的
文学演绎与重审

第十三章

殖民地政治：宗教审判与迫害

——塞勒姆审巫案与三部相关小说

历史事件之十三：塞勒姆审巫案

小说之十七：纳撒尼尔·霍桑《七个尖角阁的宅子》

小说之十八：凯思林·肯特《叛教者的女儿》

小说之十九：凯瑟琳·豪《迪丽芬斯·戴恩的医书》

塞勒姆审巫案(the Salem Witch Trials，1692－1693)是北美历史上最大规模的猎巫事件，回望殖民地历史，很少有事件像它这样具有如此持久的回响。对当初卷入该案件的家族而言，无论是被告、原告，还是参与审判的法官或证人的一方，审巫案都是其家族后人无法忘却的历史，也是他们必须面对的鲜活的现在，是需要昭雪的沉冤、洗清的罪名，也是需要告慰的良心和补救的司法公正。审巫案300周年之际，这段历史再度引发反思和关注，塞勒姆城为死难者建成一座纪念园，由20座花岗岩石凳组成，每座刻有一位死难者的姓名。"塞勒姆审巫案的幽灵牵扯着美国的想象力"，永久地形塑美国的历史记忆和文化心理，成为"迫害""偏执"的代名词、"暴力""不公"的通用隐喻(Adams，2008：1)。这不仅因为事件本身的悲剧性质，更因为它爆发得如此野蛮、如此有悖情理，拷问人们的良知，更挑战现有的认知框架，逼迫后世不断回眸，力求阐释这看似无法阐释的现象。也正因此，塞勒姆审巫案激发了巨大的创作和研究热忱，留给我们一批优秀的文学、戏剧、影视作品以及卷帙浩繁的学术著述。

本章将要探讨的三部小说为纳撒尼尔·霍桑(Nathaniel Hawthorne，1804－1864)的《七个尖角阁的宅子》(*The House of Seven Gables*，1851)、凯思林·肯特(Kathleen Kent)的《叛教者的女儿》(*The Heretic's Daughter*，2008)和凯瑟琳·豪(Katherine Howe)的《迪丽芬斯·戴恩的医书》(*The Physic Book of Deliverance Dane*，2009)。三部作品跨越150余年的光阴，足以说明审巫案如何持续激起敏感心灵的回应。更值得玩味的是，三位作家都来自与审巫案有牵连的家族，其中，霍桑为参与审判的法官约翰·哈桑(John Hathorne)的后人，而肯特和豪则是被控为"巫"的死难者的后代。三部作品仿佛不同的透镜，让我们反思历史、政治与人性之间的距离，审视个体叙事如何修正和改写冰冷的史实，并在这样的再现与改写中，重塑我们的价值和信仰。

一、塞勒姆审巫案：事件的描述

今天，言说塞勒姆已无法绕过重重阐释，但这并不意味着事件本身已湮没在阐释的迷雾里。在历史的文本性之外，仍有可确定追索的史实存在，"对于塞勒姆1692年至1693年间的事件经过，历史学家根据现存资料做出的叙述总体上是一致的"（Baker，2015：42）。

危机爆发于英属马萨诸塞殖民地塞勒姆村牧师的家庭，1692年1月中旬，塞缪尔·帕里斯（Samuel Parris）牧师发现9岁的女儿伊丽莎白·帕里斯（Elizabeth Parris）和12岁的外甥女阿比盖尔·威廉斯（Abigail Williams）出现离奇症状，两人仿佛被看不见的东西折磨，肢体痉挛，好像被针刺火烫，有时说不出话来，像被扼住了喉咙一样。后世的流行说法是，两个女孩因占卜算命导致异常，而新近研究表明，事件的发生与占卜无关。医生一筹莫展，牧师们也束手无策，有人猜测这两个女孩是被施了巫术，如果有人行巫术，需要采取的应是法律措施。这对帕里斯牧师来说是件相当尴尬的事，因为这等于承认撒旦入侵家园，俘虏了自家孩子的灵魂。邻居玛丽·西布利（Mary Sibley）随即实施了当时民间流行的反巫术法术，即所谓的"白巫术"（white magic）①。她指导牧师家的印第安女奴蒂图巴（Tituba）和其夫约翰·印第安（John Indian）做巫术饼，烘烤后喂给狗吃，以找出行巫者。很快，女孩将蒂图巴指认为折磨她们的女巫。牧师反对这种"恶魔的花招"，将魔鬼降临归咎于玛丽的白巫术，他在教堂会众面前公开指责玛丽，声称"这一行为（看来）是将撒旦召到了我们这里。他雷霆震怒，可怖之极，只有上帝才知道何时能消停"（Boyer & Nissenbaum，1993：278）。

在玛丽烤面饼的当日，村里另外两个少女小安·帕特南（Ann Putnam, Jr.）和伊丽莎白·哈伯德（Elizabeth Hubbard）出现着魔症状，两人将萨拉·古德（Sarah Good）和卧病不起的老妇人萨拉·奥斯本（Sarah Osborne）指认为女巫。村民诉诸法律程序，1692年2月29日，地方法官签发逮捕令，约翰·哈

---

① 在欧洲的猎巫史上，宗教和世俗权力机构形成、制定了一整套关于鉴别巫术、辨认巫觋和审判及处罚巫觋的正统知识，各种权威教程和猎巫论著旨在提供一种"科学的"知识，防止民间以各种未经官方认可的迷信方式来对待巫术。在欧洲和北美的宗教界，"白巫术"是备受争议的一个话题，很多牧师认为，虽然白巫术的用意是好的，但可能召唤出撒旦的力量。尽管如此，白巫术和以避邪物化解邪恶力量的反巫术措施流行于殖民地民众中，构成殖民地日常生活图景的一部分。

桑和乔纳森·柯文(Jonathan Corwin)次日来到塞勒姆村对嫌疑人进行公开讯问。讯问在村里的礼拜堂举行，四个女孩与她们的指控对象当面对质。嫌疑人的言行举止令女孩们反应激烈，好像备受巫术折磨的样子。在后来的审判中，法官也一直要求原告到庭审现场，以观察她们的反应，"触摸测试"(touch test)①的结果也被用作证据，但女孩究竟有没有伪装的成分？这是后世争论的焦点之一。古德和奥斯本两人否认为巫，但蒂图巴承认了，且绘声绘色交代了她与撒旦订约、骑扫帚飞行、参与巫师夜会等细节，她的证词与当时宗教权威对巫术的描述如出一辙。三人随即被收入波士顿监狱。

照以往经验，案件似乎可了结了。但塞勒姆事件超越新英格兰巫术案的常规，危机只是刚刚拉开序幕。蒂图巴的证词起到推波助澜的作用，她声称有九位巫师。村民感觉事态严重，认为巫觋在联手侵犯社区，塞勒姆村于是开始全面猎巫。小安·帕特南又指认了三位女巫，玛莎·科里(Martha Cory)、萨拉·古德的女儿多卡斯·古德(Dorcas Good)和丽贝卡·纳斯(Rebecca Nurse)相继被投入监狱。年仅四岁的多卡斯在狱中被铁链锁了 9 个月。4 月 11 日，副总督托马斯·丹福斯(Thomas Danforth)与四位法官委员会的成员来到塞勒姆镇，会聚地方法官及牧师等人，共同审问疑犯，至此，事件超出村镇层面，危机持续恶化。5 月 4 日，乔治·巴勒斯(George Burroughs)遭到逮捕，他是塞勒姆的前任牧师，1680 年已离开此地，作为清教牧师，他的被捕引发震动。5 月 10 日，萨拉·奥斯本死于狱中，成为审巫案的首位死难者。

指控和逮捕还在继续，波士顿监狱人满为患，但审判迟迟未进行。问题在于，马萨诸塞殖民地处于一个特殊的权力过渡时期。为强化管辖，查理二世已于 1684 年撤销特许状②，将马萨诸塞变为王室直辖殖民地，由英王委任总督管理。1689 年波士顿起义，推翻了由英王指派的总督及政府。塞勒姆巫术危机爆发期间，殖民地实质上并无合法政府，也无应对危机的法律体系，官员只能将疑犯收押在狱中。1692 年 5 月 14 日，新总督威廉·菲普斯(William Phips)从

---

① 17 世纪有关巫术的信念之一，如果巫觋用手触摸受害人，受害人的痛苦会立即消失。塞勒姆审巫使用了这一方法，被害人的反应作为证据被收集在庭审记录中。

② 1629 年英王特许状给予马萨诸塞殖民地一定程度的自治权力，为强化对殖民地的管辖，1684 年查理二世撤销特许状，将马萨诸塞变为王室直辖殖民地，由英王委任总督管理，从 1686 年起至 1729 年的 40 多年间，英王先后任命了 6 位总督。

英格兰来到波士顿,带回新的特许状,随即成立听审和判决特别法庭(Court of Oyer and Terminer),任命副总督威廉·斯托顿(William Stoughton)为审判长。6 月 2 日,特别法庭在塞勒姆镇首次开庭,判处布里奇特·毕晓普(Bridget Bishop)死刑,6 月 10 日,毕晓普被绞死,死刑在塞勒姆镇郊外的一块荒地上执行,此地后被称作"绞架山"(Gallows Hill)。6 月 28 日,法庭再次开庭判处五人死刑,死刑于 7 月 19 日执行,其中包括 70 岁的老妇人丽贝卡·纳斯。纳斯是塞勒姆镇颇受敬重的教会成员,她的死显出塞勒姆审巫案的不同寻常。传统上,巫术指控对象局限于社会贫困和边缘群体,尤其是贫困、寡居、性格古怪的老妇人,她们一般被视为典型的女巫。但在塞勒姆巫术审判中,社会中上层也未能幸免于难,最后连总督的妻子玛丽·菲普斯(Mary Phips)也遭到指控。

特别法庭在审判时使用了"幽灵证据"(spectral evidence),这是塞勒姆事件的另一非同寻常之处。所谓"幽灵证据"是指关于幽灵作祟的证词,证人声称巫觋以幽灵的形式出来祸害自己,但只有受害者本人能看见幽灵。尽管 17 世纪的人们普遍相信撒旦赋予巫觋这样的能力,但"幽灵证据"是备受争议的,其可信度受到质疑①。实际上,在 1692 年之前,马萨诸塞殖民地对巫术案的审判已非常谨慎,"规定判定死罪需要两个证人,法官一般也不再允许使用'幽灵证据'","要说服陪审团和法官将涉嫌行巫的男子或女人处以绞刑"是相当困难的(里德,2015:80)。研究表明,塞勒姆危机爆发时,原有法律体系已随旧特许状一起失效,特别法庭依循的是英格兰普通法系,尤其援引了英格兰 1604 年巫术法案和其他几个法律条文。相关条款规定可依据巫觋口供或两位目击证人的证词定罪,如果没有直接证据,可依据诸如与撒旦订约的印记、偶人、魔法书之类的行巫附属证据,但在缺乏此类证据的情况下,法庭只能寻求"触摸测试"和"幽灵证据"的支撑。

法官们深知"幽灵证据"的争议性质,庭审开始前,法官约翰·理查兹(John Richards)曾就此写信向科顿·马瑟(Cotton Mather)寻求建议。6 月

---

① "幽灵证据"的争议点不在于幽灵是否存在。清教徒当时普遍相信幽灵源自撒旦的力量,而撒旦又是上帝创造的,质疑幽灵等同于质疑上帝的存在。它的争议点在于如何去解释它,因为魔鬼也能够召唤出无辜的,甚至圣洁之人的幽灵,或者说,以他们的样子显形,败坏他们的名声。因而,集体性地防范魔鬼的伎俩是清教徒"荒野使命"(Errand in the Wilderness)非常重要的一个方面。再者,如果只有受害人自己才能看见幽灵,那么这种证据是无法被证实的。

13 日,在毕晓普被执行死刑后,总督菲普斯偕同特别法庭的四位法官,会见殖民地的牧师精英,就审巫程序,尤其是"幽灵证据"做了咨询。两天后,科顿·马瑟代表大家写了《几位牧师的答复》("Return of Several Ministers")。总体上看,科顿·马瑟的态度有些骑墙,他提醒需要谨慎对待"幽灵证据",但同时表示支持法官的工作,鼓励他们"尽快、强有力地对那些行径可憎的人进行起诉"(Boyer & Nissenbaum, 1993:118)。反对"幽灵证据"的声音从一开始就存在,但无论是神职人员还是司法机构,都把应对危机视作当务之急,尤其是在后期,法庭越来越倚重"幽灵证据",这是塞勒姆巫术审判备受诟病的一个重要原因。

7 月的死刑判决仍未遏制局势的恶化,巫术指控从塞勒姆镇向外扩散,从7 月中旬至 9 月 2 日,案例主要集中在西边的安杜佛镇(Andover)。塞勒姆镇的女孩首先指控了该镇的安·福斯特(Ann Foster)、她的女儿玛丽·莱西(Mary Lacey Sr.)和孙女小玛丽,三位女子很快认罪,玛丽·莱西随即指控玛莎·凯利(Martha Carrier)及其家人,玛莎两个十来岁的儿子在受刑后供认母亲为巫,继而指认了其他人。8 月 5 日,特别法庭再次开庭,判处 6 人死刑,其中包括乔治·巴勒斯牧师,除伊丽莎白·普罗克托(Elizabeth Proctor)因怀孕而得以缓期外,其余 5 人两周后均被处死。但巫术指控仍有变本加厉之势,八九月间,正式被指控的多达 40 余人。9 月 6 日,特别法庭再次开庭,两周内审理了 15 人,均作死刑判决。9 月 19 日,法庭对吉尔斯·科里(Giles Cory)提出的无罪申诉进行审理,但柯里拒绝回答法庭例行问话,庭审程序无法展开,法院人员按英格兰惯例对他严加惩罚,将他置于木板之间,上面压上重石,试图"挤"出答复来,最后生性执拗的科里被活活压死。9 月 22 日,被判死刑的15 人中的 8 位在绞架山被绞死,这是塞勒姆审巫案最后一批被执行死刑的人,也是北美历史上巫术审判的最后死难者。

据统计,整个事件中,有 200 余人受到指控,大部分遭到逮捕或关押,其中,特别法庭共起诉、审判 28 人,均为有罪判决,这在美国历史上空前绝后,远超 1692 年前巫术审判 26%的有罪判决率。直接死于塞勒姆巫术审判的人为25 名,其中 19 名被绞死,1 名被压死,另有 5 名死于狱中。更匪夷所思的是,拒不供认行巫的人均被判死刑,供认的反倒无一被处死,唯一的例外是认罪后又翻供的塞缪尔·沃德韦尔(Samuel Wardwell)。不可否认,塞勒姆审巫的确存在不合常规、有悖情理之处,"整个诉讼程序为必须找出和判决巫觋、并施以严厉惩罚的迫切要求所左右"(Baker,2015:186)。但另一方面,仍需要看到,塞勒姆审判并未刻意践踏司法程序,总体上说,"塞勒姆的审判程序及公正性并未超出也未显著偏离英格兰当时的司法标准"(但汉松,2017:82),后世历史叙事在一定程度上也夸大了法官的邪恶和法庭滥用司法权的一面。

但巫术指控仍在扩散,与此同时,审判也激起越来越多反对的声音,其中,最有影响力的是清教牧师英克里斯·马瑟(Increase Mather)。10月初,他的《良心案》(*Case of Conscience*)一书已完稿,他将书稿呈给总督,其中一部分也已在牧师群体中传阅。在书中,他质疑审巫案程序的正当性,严厉抨击使用"幽灵证据"和"触摸测试"的做法。在一片抗议声中,总督在10月29日的议会会议上宣布终止审判。随后,在新特许状下开始重建法律体系,12月13日,议会通过新的审巫法令,规定除以巫术犯下谋杀罪外,不再对行巫者判处死刑。

为解决塞勒姆遗留问题,最高法院从1693年1月3日起进行特别开庭,此时仍有50余人关押在狱中,最后一次庭审于4月末至5月初举行,所有被告被判无罪,在结付清监狱费用后即被释放。尽管审判已结束,但余波远未平息。1696年,马萨诸塞殖民当局公开道歉,下令在全境斋戒一日,向死者谢罪。1710年,议会指派专门委员会,受理对受害者进行赔偿、撤销判决和恢复名誉等事宜,后续工作一直持续到18世纪中叶。但直到20世纪,某些死难者的家族还在为历史遗留问题奔走。1957年,马萨诸塞州议会通过决议,"免除安·普迪特(Ann Pudeator)和某些其他人的罪名"(Baker,2015:276),"某些其他人"包括另外5名死难者。在塞勒姆审巫案300周年来临之际,有研究者发现,1957年的决议在形式上存在缺陷,对另外未提及姓名的5名死难者而言,免罪令并无法律效力,在相关人士的努力下,2001年,州议会再次通过决议,为这5名死者恢复名誉。尽管徒具形式意味,但迟来的正义终归可告慰地下的亡灵,更重要的是,这些努力也是对1692年悲剧的一种弥补。

从第一例指控开始到叫停审判,塞勒姆事件持续了不过9个月的时间,然而,它给后世留下巨大的谜团,围绕塞勒姆事件的反思和探究从未停止过:是什么使1692年的连环指控成为可能?如何解释塞勒姆的集体性恐慌?法官为何接受"幽灵证据"?是什么促使他们对19位公民做出死刑判决?这些问题持续吸引学界的兴趣。研究者融合神学、宗教史、史学、心理学、人类学、社会学、文化史、法学、性别研究乃至医学等诸多学科的视角，进行多方位的探析，提出形形色色的观点和理论，其中，比较有影响力的学说包括：殖民地清教主义的压制性结构、政局动荡、边疆战争和恶劣气候等造成的危机状态、殖民地宗教复兴运动的效应、邻里纠纷、牧师与村民的冲突、社会经济转型造成的塞勒姆村与镇的对立、群体性癔病、抽搐性麦角中毒症（Convulsive Ergotism）、清教文化的性别关系与表征危机等等。

至 20 世纪，塞勒姆历史事件已为重重的阐释和文本所环绕，伯纳德·罗森塔尔甚至将自己的研究对象界定为"故事"而非"历史"，认为对真相的追寻已经变成了"一个文本问题——关乎叙事，需要对各个版本的叙事进行比较，以权衡各自的可靠性"（Rosenthal，1993：27）。但文本不能勾销史实，理论阐释也无法消解塞勒姆事件的悲剧意味。另一方面，作为集体记忆的一部分，塞勒姆事件通过修辞和叙事机制活跃在美国集体记忆和公共话语中，起到警示现实和介入现实的作用。1953 年，当美国剧作家阿瑟·米勒（Arthur Miller）推出他的剧作《坩埚》（*The Crucible*）时，历史与现在以令人惊愕的方式重叠在了一起，麦卡锡的"红色恐慌"（Red Scare）何异于蒙昧时代的猎巫行动？的确，塞勒姆不仅仅是修辞或隐喻，它是唤醒良知、唤回理性的清醒剂。

今天，塞勒姆城与巫术永远地联系在了一起，它已成为一座闻名遐迩的"女巫之城"（Witch City）。记忆和遗迹被商业化，成为当今的旅游资源，并吸引了相当数量的威卡（Wicca）①教徒在此聚居。以巫术为核心的旅游业为塞勒姆带来新的生机活力，如何面对历史沉重的遗产，如何看待它商业化、娱乐化和狂欢化的现在，这的确是一个意味深远的文化课题。

二、纳撒尼尔·霍桑与《七个尖角阁的宅子》

纳撒尼尔·霍桑是美国浪漫主义文学的经典作家，以殖民地历史为题材

---

①　也被称为"异教巫术"（Pagan Witchcraft），20 世纪上半叶兴起于英国，杰拉尔德·加德纳（Gerald Gardner）被视为创始人。该教派没有中心组织，派系众多，信仰多有分歧，神学体系和宗教仪式主要融合古代异教信仰和 20 世纪秘术的一些元素，信仰一个男神和一个女神，还包括咒语、草药学、占卜及其他巫术实践。

创造了不少优秀作品,其中,塞勒姆审巫案更是其创作的素材及灵感来源之一。研究者认为,"就确立塞勒姆在美国想象中的地位而言,没人比霍桑起的作用更大"(Baker,2015:268)。霍桑不少作品或隐或现地触及了这一段历史,比如,《好小伙子布朗》("Young Goodman Brown",1835)、《艾丽斯·多恩的申诉》("Alice Doane's Appeal",1835)、《红字》(The Scarlet Letter,1850)的"海关"序言等短篇小说和随笔。其中,最为倚重审巫案的是他的第二部小说《七个尖角阁的宅子》(后文简称《宅子》)。

故事围绕品钦和莫尔两个家族的恩怨纠葛展开,在约一个半世纪的时间跨度内,追溯了两个家族的历史变迁与个体命运的沉浮。品钦和莫尔两个家族实为塞勒姆巫术审判中对立两方的代表,即指控者与被告人。为霸占马修·莫尔(Matthew Maule)家的一块地皮,品钦上校(Colonel Pyncheon)指控莫尔为巫觋,凭借权势将后者送上绞刑架。莫尔临刑之际,用手指着冷眼旁观的品钦上校说:"上帝会让他成为饮血的恶魔。"(Hawthorne,2006:7)莫尔死后,品钦随即在其宅基地上建起堂皇的宅邸,在新屋落成的典礼之日,人们发现他死在房间的座椅上,血迹染红了衣领和胡须。莫尔的诅咒似乎果真兑现。品钦上校死时,一份授予家族大片土地的地契也不翼而飞。莫尔的子孙对品钦家族展开报复,品钦家族厄运不断,一代代衰落下去,老宅也日渐衰败。

但小说主体聚焦的是 19 世纪上半叶的美国,此时,老宅里的住户是品钦家族的后裔——赫普兹芭(Hepzibah)和她的弟弟克利弗德(Clifford)。克利弗德遭堂叔贾弗里·品钦法官(Judge Jaffrey Pyncheon)陷害,在狱中渡过30 年的光阴,刚刚获释归来。品钦法官继承了老品钦上校冷酷贪婪的本性,在商界和政界混得风生水起。赫普兹芭小姐穷困潦倒,只得放下贵族的矜持,在老宅靠街的一面开了个"微利商店",和弟弟艰难度日。远房亲戚菲比(Phoebe)的到来给老宅带来了阳光和生机。老宅里还住着一位房客霍尔格雷夫(Holgrave),他是莫尔家族的后代,是银版照相师、催眠师,也是一位激进主义者,拥有莫尔家族特有的催眠能力。品钦法官仍在追寻失踪地契的下落,不惜威胁克利弗德,试图获取线索,但意外的是,他猝死在老宅里。菲比和霍尔格雷夫相爱,两人的联姻化解了家族宿仇,也象征性地弥合了塞勒姆审巫案遗留的社群裂痕与历史创伤。

《宅子》对 1692 年的巫术审判本身着墨不多,但猎巫构成小说的情节动因。

霍桑研究者公认，霍桑对塞勒姆猎巫的兴趣与他的家族史直接相关，在一定意义上，书写塞勒姆是他直面家族历史、想象性地清理家族罪责的一种方式。

1. 霍桑家族史与塞勒姆审巫案

霍桑家族是塞勒姆最古老的名门望族之一。威廉·哈桑（William Hathorne）于 1630 年夏随约翰·温思罗普（John Winthrop）来到马萨诸塞殖民地，凭个人才干成为商界、政界和军方的头面人物，也因残酷迫害贵格会教徒落下恶名。其子约翰·哈桑是塞勒姆活跃的商人和政治家，坐拥大片地产，出任治安法官、塞勒姆地方法官和殖民地理事会（council of assistants）成员等职。1692 年 2 月巫术案爆发后，哈桑以地方法官的身份，迅速介入事端，在审问嫌疑人时，表现得极为严苛冷酷。庭审记录显示，他不仅相信有人行巫术，而且对嫌疑人做有罪预设，审问更像是逼供，重点不在权衡指控证据是否充分，而是放在查清行巫细节、确认同谋以及为何选定某位受害人等问题上。哈桑的审问套路为整个巫术审判定了基调，庭审基本沿着"有罪但不肯认罪"的模式展开。听审和判决特别法庭成立后，哈桑作为九位法官之一，和乔纳森·柯文一起，主持了大多数预审程序，极为坚决地对嫌疑人做有罪认定。哈桑的冷酷无情为他赢得"绞刑法官"（Hanging Judge）的恶名。更让后世诟病的是，塞勒姆巫术审判结束后，理性回归，很多参与审判的人悔过，并公开道歉，但哈桑始终没有为自己的行为表示过忏悔。

在霍桑看来，哈桑父子是 17 世纪新英格兰清教徒的代表，虔诚、坚毅，但也冷峻、偏执，绝不宽容任何异端。对于先祖的罪责，霍桑在作品中多有影射，也始终抱有一份愧疚。在《红字》的"海关"序言中，他相当严厉地评判了约翰·哈桑："他的儿子也继承了他这种迫害精神，在女巫的殉道案中，他臭名昭著，据说她们的鲜血在他身上留下一个污点。这血污一直渗透到他的骨髓里。"（霍桑，1996：7）作家坦承，他为先祖犯下的罪孽深感羞愧，希望通过自己的书写为家族赎罪，消除因罪恶而招致的诅咒。对霍桑将姓氏从"哈桑"（Hathorne）改为"霍桑"（Hawthorne）的做法，评论界流传很广的一种说法是，作家有意使自己与家族先辈们区别开来①。虽不可将这些言论直接视为作家

---

① 霍桑的先祖可追溯到英格兰伯克郡的托马斯·霍桑（Thomas Hawthorne），至 16 世纪，家族姓氏改为"哈桑"（Hathorne）。另一种可能是，霍桑在调查家族史时，发现了家族姓氏原来的拼写方式，顺势改了过来。霍桑本人从未解释过改姓的原因。

心迹的表白,但塞勒姆确实是一份极为沉重的心灵遗产。有评论家认为,"在很多方面,《宅子》是霍桑的赎罪,1692年19人被当作巫觋绞死,他的那位先辈直到临死那天,也未为自己在其中担负的罪责而后悔过,身为他的后人,他深感羞愧和悲伤,此书也是对此种情感的清理"(Howe,2010:X)。

当然,霍桑的塞勒姆书写超越家族史的意义,作家对历史题材的发掘,更多受19世纪早期文化民族主义潮流的推动,甚至连他对清教先祖的批评,也与当时史学界对清教领袖阶层的发难有关。至他生活和创作的19世纪50年代,塞勒姆已沉淀为民族集体记忆的一部分,反复出现在公众话语之中。霍桑的塞勒姆再书写,是立足于19世纪的文化语境,面向塞勒姆的记忆场展开的。需要梳理的是,至霍桑所处的年代,人们究竟是如何言说和阐释这一历史的,换言之,这一时期被普遍接受的塞勒姆叙事机制是什么?

2. 霍桑与19世纪公众话语中的塞勒姆审巫案

从巫术审判结束至《宅子》问世的一个半世纪内,有关塞勒姆的阐释范式、叙事机制及其背后的观念预设,都经历了某种流变。塞勒姆巫术审判结束后,总督菲普斯下令禁止出版评议审巫案的言论,科顿·马瑟特地写了《隐形世界的奇迹》(Wonders of the Invisible World,1693)一书,为这场审判辩护。尽管如此,反思、忏悔和批评塞勒姆事件的声音逐渐浮现。1700年,罗伯特·卡勒夫(Robert Calef)出版《隐形世界的更多奇迹》(More Wonders of the Invisible World),直接将批评的矛头指向科顿·马瑟,同时指责指控人撒谎作假。1702年,参与审判的约翰·黑尔(John Hale)牧师出版《关于巫术性质的一些探索》(A Modest Inquiry into the Nature of Witchcraft),但相对于黑尔更为理性的声音,卡勒夫的塞勒姆叙事,包括他诸如"疯癫""错乱""迷信""愚蠢"和"无知"之类的激烈言辞,显然更具吸引力。从18到19世纪,卡勒夫的观点影响了包括丹尼尔·尼尔(Daniel Neal)、托马斯·哈钦森(Thomas Hutchinson)、查尔斯·厄珀姆(Charles Upham)和乔治·班克罗夫特(George Bancroft)在内的很多史学家。但需要指出的是,后世史学家是在已经变化了的知识体系内阐释塞勒姆事件的。

史学家将欧洲和北美猎巫时代界定为1400-1775年间。一个明显的变化是,至19世纪上半叶,有关撒旦和巫术的信念已不再是人们观念图景的一部分。早期批评者，无论是黑尔还是卡勒夫，都未怀疑过巫术的存在或者与撒旦订约的可能性，他们质疑的是指控的可信度、"幽灵证据"的运用或庭审程序等问题。一般认为，巫术信仰衰落的原因，在于启蒙运动的影响、科学的发展和世俗化进程的推进。实际上，在英格兰，17世纪下半叶巫术的存在已开始受到普遍质疑，至18世纪早期，关于巫术的学术争辩基本停止。1736年，英格兰议会取消了巫术罪，1703年，马萨诸塞议会通过法律认定"幽灵证据"无效，继1730年最后一例判决后，北美殖民地不再有人因巫术指控而获刑。尽管有关巫术的民间信仰一直持续到18、19世纪，巫术信仰逐渐没落已成历史的大趋势，尤其是在受教育的群体中。至18世纪30年代，美国作家已经在毫无顾忌地"嘲弄巫术信仰和审巫司法程序了"（Baker，2015：263）。

宗教信仰和司法体系的变化，影响了后世对塞勒姆巫术审判的评判方式。格蕾琴·亚当斯指出，卡勒夫和托马斯·布拉特尔（Thomas Brattle）等早期批评者的言论是基于其所处时代的宗教观念做出的，但这不妨碍后世言说者"有选择性、有意图地加以挪用"（Adams，2008：30）。以哈钦森为例，1767年，他撰写的《马萨诸塞历史》（*The History of Massachusetts*）第二卷记叙了塞勒姆事件，在评议前人记事时，将卡勒夫视为关于17世纪审巫案最权威的历史学家。他认同卡勒夫的观点，认为指控人假装受到折磨，审判在很大程度上是女孩、牧师和法官的一场共谋。同时，他批评人们轻信，时隔多年，仍有人相信女孩指控他人是因为有超自然的因素，或者，因为"身体机能失调"影响了想象的官能（Baker，2015：265）。他认为这种轻信发自善心，但"对事情的真相视而不见"（Baker，2015：265）。他的结论是，欺骗、作假、轻信或错觉，是造成整个悲剧的主因。显然，这一论断立足于新的知识体系。卡勒夫指责女孩假装，并未否认超自然巫术的存在，或者巫术能造成切实的身体伤害，但哈钦森显然否认这一点，他寻求的是一种完全理性化的解释。在援引卡勒夫观点的同时，哈钦森的阐释已暗中偏离原来的话语体系。哈钦森的塞勒姆叙事影响深远，为包括班克罗夫特在内的19世纪史学家借鉴，并通过当时流行的历史教材广为散播。

在19世纪的大众观念里，不仅"幽灵证据"是荒谬的，整个巫术审判本身就是迷信和愚昧的产物，审判调查、取证和判决所依托的一整套理论或知识体系也随之失效,被视为迷信或蒙昧时代的产物。尽管"1692 年卷帙浩繁的调查档案有力证明,法官们力求获取合乎法庭既定规定的证据,也就是可实证证明和有逻辑相关性的证据"(Boyer & Nissenbaum,1993:11)。19 世纪的人们倾向于忽略巫术法庭的知识依据与运作逻辑,以不屑或完全否定的态度来看待整个审判。换言之,至 19 世纪,巫术审判依托的观念世界和知识体系已被淡忘或彻底否定,人们普遍将巫术审判视为整个群体"狂热""错觉""癫狂""亢奋"的表现,亦即无理性或失去理性的结果,相信巫术纯粹是因为迷信,或者对大脑缺乏正确的、科学的认知。更重要的是,这一诠释符合 19 世纪普遍流行的历史意识,即蒙昧的过去与理性的现在的反差,或者说,一种基于历史进步论的观念预设。塞勒姆巫术审判有力证明了这一历史图景:猎巫的时代是一个"迷信的时代"和"普遍轻信"的时代,它折射"不宽容"的"时代精神",而人们的"心灵未充分受到理性与哲学的启迪"(Adams,2008:59)。与塞勒姆的蒙昧和黑暗相比,19 世纪确凿无疑地为理性和光明所照耀。

这一历史意识既是启蒙运动带来的普遍信念,也是美国史学话语的建构结果。乔治·班克罗夫特十卷本的《美国史》可谓 19 世纪历史编纂学的典范之作,它准确把握并表达了 19 世纪上半叶美国普遍的历史意识。从 19 世纪史学话语中浮现出来的是一种有机论的整体性叙事机制,这一叙事是民族主义的,也是进步论的。它将美国从殖民地向独立民族国家的过渡阐释为从黑暗和暴政一步步走向独立、自由和民主的光辉进程,同时也是自由和民主原则在时间和空间内展开的历程。另一方面,在 19 世纪构建民族历史的热潮中,新英格兰地区具有特殊的地位。因历史悠久、经济繁荣,文化产业发达,具备深厚的宗教和文化传统,新英格兰人有将本地区建构为国家发源地和国家中心的强烈自觉意识。这一非官方的努力最终确立了新英格兰的文化核心地位,在"将新英格兰(或更准确地说,马萨诸塞)宣扬为国家真正发源地的同时,也给马萨诸塞清教先辈分派了美国'亚当'的角色",由所谓"'荒野中的使命所体现的道德理想最终成为美国'卓异论'(Exceptionalism)的思想基石之一"(Adams,2008:44)。

新英格兰历史的发掘和书写,将原本属于次要事件的审巫案推到殖民地历史的中心位置,历史学家和文化人必须对塞勒姆巫术审判做出解释,也就是说，如果要将清教先辈界定为国家道德和价值观的基石，必须以某种合理的方式将这一反面事件纳入整体化的意义阐释体系中。这一努力的结果就是逐渐形成了关于塞勒姆的一套稳定叙事，并聚合为亚当斯所言的"否定性的象征"（a negative symbol），或某种警示性的寓言。对 19 世纪的美国人而言，塞勒姆的意义在于"提供了一条基准线，用以衡量美国人与过去的距离。他们所言的过去即'迷信'、普遍暴虐、受制于国王和教皇专制统治的过去"（Adams，2008：58）；不仅如此，它也告诫人们，抛开理性和秩序，为狂热控制，屈服于统治者的暴政，是非常危险的，必然导致悲剧性的后果。在 19 世纪上半叶的公共话语场内，塞勒姆事件最终转为美国永久性文化记忆的一部分。它激起一系列关于蒙昧和迷信时代的意象与联想，标识未被理性之光或自由主义政治照亮的黑暗之域，并由此确认历史的进步，反证民族主义国家想象的合法性。概言之，这一文化的记忆场是历史进步论、民族主义话语以及国家神话重重定义和编码的产物。

在早期历史题材写作中，霍桑参考并借鉴了哈钦森的《马萨诸塞历史》，哈钦森的塞勒姆叙事直接影响了 19 世纪对该事件的阐释。作家与班克罗夫特和厄珀姆等历史学家在生活中也有一定的交集，就塞勒姆事件而言，霍桑尤其受厄珀姆观点的影响。厄珀姆和霍桑一度为朋友，他是首位对塞勒姆巫术审判做系统研究的历史学家，称得上塞勒姆专题史家，出版有《巫术讲稿》（Lectures on Witchcraft，1831）和《塞勒姆巫术》（Salem Witchcraft，1867）。霍桑听过他的系列讲座，在很多问题上看法一致。厄珀姆的塞勒姆叙事折射和整合了 19 世纪言说塞勒姆的公众话语，即将塞勒姆猎巫视为迷信、群体性错觉和狂热的悲剧后果。作为史学家，厄珀姆尤其强调女孩作伪证和假装的成分，认为科顿·马瑟是导致巫术审判升级的直接罪人。此外，他注意到塞勒姆村镇内部冲突与猎巫运动的内在关联，这点启发了后世政治经济学层面的塞勒姆研究。据考证，霍桑在读了厄珀姆的《巫术讲稿》后，很快创作了短篇小说《艾丽斯·多恩的申诉》。该作品不仅能看出厄珀姆对他的影响，也完美展示了作家对 19 世纪塞勒姆叙事的充分把握。

我们有必要对该短篇稍做分析，以呈现作家在塞勒姆这个题材上已获得的观念预设或话语模式。《艾丽斯·多恩的申诉》采用故事套故事的嵌套结构,外框架为叙事人与人物漫步的场景,内部为叙事人讲述的一则乱伦和凶杀故事。在故事的开头,叙事人陪伴两位小姐散步,一路走到绞架山,在这一历史遗迹上,叙事人抚今追昔,回想起那个"巫术横行的时代",感慨"罪孽和狂热使得这种灾祸达到了登峰造极的地步",在此,"迷信赢得了最为愚蠢的胜利",而"祖先们竖起了耻辱之碑"(霍桑,1997:205)。在故事的结尾,叙事人恳请两位人物想象一下绞架山的死刑场景,随即再现了当初受害人、指控者和包括马瑟牧师在内的一群人的神情举止与内心波澜。叙事人对塞勒姆巫术审判的评议,明显呼应厄珀姆的观点。和厄珀姆一样,作家将整个悲剧归咎为迷信和狂热导致的谬见或错觉,同时将批判的矛头指向女孩和马瑟牧师,直言马瑟为"罪恶风气和错误思想的化身"(霍桑,1997:237)。

可以确定,在创作早期,霍桑深谙19世纪上半叶言说塞勒姆事件的话语模式,即塞勒姆是蒙昧与迷信时代的产物,它警示群体性狂热、谬见和幻觉的危险。这也是霍桑在创作《宅子》时已获得的阐释框架。值得深究的是,作家激活这一历史记忆的关切点是什么?他又是如何在既定意义体系内完成自己的意义生产的?

3.《宅子》中的塞勒姆小叙事与巫术指控的再阐释

《宅子》真正涉及塞勒姆审巫案的仅限于第一章,作家在此娴熟地挪用时代流行话语来言说塞勒姆猎巫:巫术审判是一场"可怕的错觉",它带给人们种种教训,其中一条就是,"权贵阶层,那些以民众领袖自居的人们,也完全会犯下那激情的错误,而这类错误一直被视为疯狂暴民的典型特征"(Hawthorne,2006:7)。马修·莫尔因巫术审判而被绞死,他是这场错觉的殉难者。值得注意的是,霍桑反复使用的是 delusion 这个词,常译为"错觉、谬见或妄想",它尤指一种基于信仰或偏见的错误观念或思想,哪怕与事实相抵触,仍固执于此见。显然,为错觉所蒙蔽或诱导是迷信时代的特征,是受制于情感、权威、习俗等种种力量,无法自由运用理性的后果。正如康德在1786年的著名文章中所言,所谓启蒙,就是处于或者被置于"一种不需要别人引导而能够在宗教的事情上确切地而又很好地使用自己的理智的状态"(康德,1990:28)。在经历过启蒙运动洗礼的19世纪公众看来,1692年卷入巫术审判的清教领袖阶层与普通民众显然与此相距甚远,霍桑在此传达的批评也是时代的主流观念。

在小说的历史再现中，作家关注的是塞勒姆巫术指控的动机问题。在此，他采用的完全是合理化的阐释路径，19世纪"祛魅"（disenchantment）①的世界观在此显露无遗。前文指出，至霍桑所处的时代，支撑巫术审判的整个信仰图景、相关知识体系乃至司法程序早已失效，人们对巫术和撒旦所引发的心理焦虑与恐惧也已不再强烈。学界在将整个事件视为迷信和群体性狂热导致的悲剧的同时，也倾向于撇开宗教因素，从社会经济层面对整个事件及当事人的心理动机做理性化的解释。史学家厄珀姆的《塞勒姆巫术》一书就体现了这种努力，在第一卷中，他以相当大的篇幅重构了塞勒姆村镇的家族分布及状况，尤其细致地描述了审判之前塞勒姆村的邻里纠纷、地界争端、村民与镇民之间的种种积怨与纷争。这一研究路径直接启发了保罗·博伊尔（Paul Boyer）和斯蒂芬·尼森鲍姆（Stephen Nissenbaum）1974年的经典研究②。霍桑写作《宅子》时，《塞勒姆巫术》尚未出版，但厄珀姆对霍桑的影响确凿无疑，两人对猎巫社会经济因素的关注也是一致的。巫术指控与撒旦或山巅之城的命运无关，不过是邻里矛盾和利益冲突爆发的一种形式而已。它被别有用心的人利用，成为谋取私利和迫害他人的卑劣手段，蔓延的巫术指控撕裂社群关系，造成邻里反目和家族间的仇恨。《宅子》中品钦与莫尔家族的宿仇就是这一冲突的集中体现。

具体而言，两个家族的争端围绕土地展开，这也折射了北美殖民地历史的土地所有权问题。马修·莫尔以拓荒的方式获得土地，而品钦上校"凭着立法当局的授予许可书"（Hawthorne，2006：6），获得莫尔家和邻近的一大片土

---

① 这是马克斯·韦伯在《以学术为业》的演讲中普及的一个概念，即不再用宗教的或迷信的神秘力量来解释自然和人类社会，理智化和理性化推进带来这样的信念："只要人们想知道，他任何时候都能够知道；从原则上说，再也没有什么神秘莫测、无法计算的力量在起作用，人们可以通过计算掌握一切。而这就意味着为世界祛魅。"参见马克斯·韦伯：《学术与政治：韦伯的两篇演讲》，冯克利译，北京：生活·读书·新知三联书店，1999年：第29页。

② 博伊尔和尼森鲍姆合著的《被魔鬼附体的塞勒姆：巫术的社会起源》（Salem Possessed: The Social Origins of Witchcraft）一书具有深远影响，和厄珀姆一样，两位研究者都强调猎巫的社会物质因素，而且都使用了1692年的塞勒姆村地图作为依据。厄珀姆在地图上标注了几乎所有住户的方位，博伊尔和尼森鲍姆用同一张地图来呈现指控者和被控人地理位置分布的规律，试图寻求历史运动的深层规律，他们提出的理论是：塞勒姆猎巫是塞勒姆地区经济发展和冲突的结果，塞勒姆村西部仍以农业为主，处于传统清教伦理的控制之下，而东南部发展为世俗化的商业之城，双方财富分配和以此为基础的社会和政治地位差别逐渐变大，出现村、镇分离的倾向，并形成对立的利益集团。巫术审判正是村、镇紧张关系爆发的结果。

地。在莫尔拒绝出让自家宅基地后,品钦上校以行巫的罪名将后者送上了绞刑架。受害者莫尔对此心知肚明,"觉察到那迫害者针对他的行动中有着恶毒的个人恩怨,因此宣称将他迫害致死就是为了捞到好处"。狂热过后,人们也开始议论,品钦上校"为马修·莫尔定罪而奔走,那种急切中包含着叵测用心"(Hawthorne,2006:7)。两者的冲突指向殖民地土地所有权的争议,莫尔秉承通过开荒拥有土地的信条,是"洛克式以劳动合法化产权"的实践(Michaels,1998:376),而品钦借助的是殖民地官方授权的力量。霍桑关于巫术指控与土地争端关联性的描写有一定的史实依据,但被控人被判有罪后,原告并不能得到被告的财产,霍桑的说法其实是当时流行的一种错误观念。据史学家研究,1692年5月成立特别法庭时,威廉·菲普斯总督下令以英国普通法系为审判依据,根据英国法律规定,死刑判决后,犯人被自动剥夺财产和公民权,但受益方是政府,而非指控人①。巫术审判期间,确实出现过地方治安官非法侵占被控人地产的事件,不过,这种情况只是昙花一现,至10月13日,殖民地当局通过新的条令,禁止了没收财产的做法(Baker,2015:141-142)。尽管与史实有一定的出入,霍桑的描写也并非空穴来风。

在《宅子》中,品钦上校不仅吞并莫尔家及邻近的土地,他还得到一份印第安人的地契,且地契已获马萨诸塞议会批准。由此,品钦家族将获有一大片未被开垦、也未曾测量过的东部土地②。这片土地位于今天缅因州瓦尔多县境内,面积超过很多欧洲王公贵族的领地。但品钦上校猝死,地契不翼而飞,家族后人也就与这片领地失之交臂了。印第安地契是有史可据的,这也说明霍桑对殖民地历史的熟悉程度。1684年旧的特许状撤销后,原有的土地所有权不再具有合法化的根基,政局的变动造成土地所有者的焦虑,为获得产权保

---

① 有研究者认为,哈桑法官可能也从中受益,据史料记载,"在塞缪尔·沃德韦尔及其妻被处死后,这对夫妇在马萨诸塞林恩地区的地产被没收充公,并分配给了法庭官员,其中就包括约翰·哈桑"(请参看 Diane E. Foulds. *Death in Salem: The Private Lives Behind the 1692 Witch Hunt*. Guilford: Globe Pequot, 2010:195.)。塞勒姆巫术指控和审判的确牵涉经济和其他方面的纠纷,但很难断言这直接影响了法官的判决。

② 这一细节与霍桑的家族史也有关联。约翰·哈桑一度热衷于地产投机,1683年曾从一位名为"罗宾汉"的印第安酋长手中购得缅因沿海地区一大片未开发的土地,即家族传说的"东部地产",但罗宾汉将这片土地重复卖给了不同的土地投机者,哈桑也无法真正获得这片土地的产权。参看 Enders A. Robinson. *Salem Witchcraft and Hawthorne's House of the Seven Gables*. Bowei, MD: Heritage Books, 1992:68。

障，很多人"找到印第安酋长的后代，从他们手中购买土地产权证"，但总督安德鲁斯（Andros）完全否认印第安地契的有效性，"其土地政策在殖民地引发巨大的愤怒和很大的不确定性"（Baker，2015：57－58）。历史研究表明，土地所有权争端是造成殖民地社群焦虑和内部分裂的另一重因素，为之后爆发的猎巫运动也埋下了导火索。在霍桑小说中，购买印第安地契不仅揭示了品钦上校对土地的贪欲，也折射出塞勒姆巫术审判背后的时代焦虑。

指出这些史实依据，重点是为了呈现作家书写塞勒姆事件的特定视角和关注点。作家依托的是以 19 世纪世界观为根基的一套话语模式，塞勒姆巫术审判是迷信、妄想和群体性激情的恶果。如果巫术信仰本身不值一提，分析的重点自然转向一系列错综复杂的外在因素，霍桑对殖民地邻里争端、土地所有权和印第安地契等问题的关注体现了这一新的兴趣点。但将巫术指控与地产联系起来，纯粹以经济理性来解释巫术指控的内在动机，实际上也完全隐去了巫术指控可能具有的宗教、精神和心灵的维度。霍桑对巫术指控的再现，实则是现代人对一个古老世界的反观，折射的是祛魅世界的思维方式，17 世纪人切实感受到的焦虑和恐惧被一笔勾销，撒旦进犯、善恶之战、巫觋作祟完全变成了无稽之谈。不可否认，霍桑的塞勒姆叙事代入的是其所处时代"祛魅"的世界观。

更能证明这种代入感的是作家对品钦少校这个人物的描写。研究者指出，品钦上校有霍桑先祖的投影，有人认为他是"约翰·哈桑和威廉·哈桑的混合体"（Madsen，1999：509）。品钦上校身为殖民地军人兼行政官，具有清教徒特有的坚毅和"不达目的不罢休的钢铁意志"（Hawthorne，2006：6）。但在品钦上校这里，清教徒特有的坚毅完全投射在世俗层面上，转为谋取土地和财富的强烈欲望。他更像一位处于资本原始积累阶段的资本家，理性降格为冰冷的算计能力，意志力为贪欲所驱使。17 世纪清教徒原本具有的宗教热忱在他身上荡然无存，不仅如此，他似乎完全置身于殖民地的观念图景之外，不为普遍的宗教焦虑或民间禁忌所困扰。他冷眼看着莫尔被绞死，对后者临死之际的诅咒无动于衷，在莫尔死后，立即在他的宅基地上建起自己的宅邸，而且让他的儿子托马斯·马修担任建筑师。正如作家形容的，"无论是巫师可怖的鬼魂，还是朦胧虚幻的情感都无法使他改弦易辙"（Hawthorne，2006：8）。

品钦法官不仅是品钦上校的生物学和精神后裔,更像是后者在 19 世纪的直接复活。这里并非暗示,上校这个人物形象有失历史真实,作为一个个体,他完全是可能存在的。问题的关键在于,纯粹以经济理性来还原巫术指控的深层动机,作家的塞勒姆叙事忽略或隔膜了 17 世纪的精神图景。

这种"祛魅"的世界观也投射在小说对巫师诅咒这一细节的处理上。研究者指出,莫尔的临终诅咒是有史实依据的。1692 年 7 月 19 日,在对萨拉·古德执行绞刑之前,塞勒姆镇的牧师尼古拉斯·诺伊斯(Nicholas Noyes)要给古德最后的认罪机会,劝她承认自己为女巫,以免到死还是一个说谎的人。对此,古德的回答是:"你撒谎。我和你一样,都不是巫觋,如果你杀死我,上帝会让你饮血。"①离奇的是,诺伊斯后来因内出血窒息而死,古德的诅咒似乎应验了。在《宅子》中,作家借用这一史料,让莫尔临死之际,诅咒品钦上校"上帝将令他成为吸血恶魔",品钦上校后来的确因内出血窒息而死,品钦法官也死于同样的症状。但有意思的是,作家又对这一细节做了去神秘化的处理,他在小说中给出的合理化解释是,品钦家族成员并非死于巫师诅咒,而是死于一种家族遗传病,"老莫尔大概是知道品钦家族有这种身体特点而做出这一预言的"(Hawthorne,2006:214),由此否定诅咒效应,否定巫术的神秘力量。霍桑在此谨慎地固守了 19 世纪祛魅进程中的知识边界。概言之,作家置身于 19 世纪的塞勒姆记忆场,以去神秘化、理性化的风格展现了 17 世纪的塞勒姆巫术审判,侧重呈现巫术审判的社会经济冲突,并以经济理性揭示巫术指控的隐秘动机,其历史叙事折射了处于祛魅进程中的 19 世纪人的普遍观念。

4. 从巫术到催眠术:罗曼司的镜像式反观

可以肯定,《宅子》不只是一部关于塞勒姆巫术审判的小说,回访历史更是反思和拷问当下现实的一种策略。正如作家在《宅子》的序言中所声明的,小说"试图把过去的时代和正从我们身边飞逝而过的现在连接起来"(Hawthorne,2006:3)。需要探究的是,作家如何看待塞勒姆与 19 世纪现实

---

① 据考证,关于此事,霍桑的史料来源于托马斯·哈钦森在《马萨诸塞历史》中的记载。另外,古德的遗言引自《圣经·启示录》(16:6):"他们曾流圣徒与先知的血,现在你给他们血喝。这是他们所该受的。"参看 Emerson W. Baker, *A Storm of Witchcraft: The Salem Trials and the American Experiences*. New York: Oxford University Press, 1958:32 - 33。

的关联？或者，在 19 世纪言说塞勒姆又如何构成一种反思现实的方式？

作家的塞勒姆叙事具有相对的独立性，可以说，它更像一则相对独立的小叙事，内嵌于罗曼司的整体结构之中。需要看到，作家是在 18、19 世纪的文类范畴内理解罗曼司的①，他在《红字》"海关"序言里给出的经典定义是："一个介乎现实与幻境的中间地带，实际的东西和想象中的东西可以在此交汇，相互渗透，相互影响。"（霍桑，1996：30）罗曼司（或译"浪漫传奇"）在此被视为一个与"小说"相对的概念，相对于小说，罗曼司是松散的、片段式的，不受制于因果逻辑，不受真实性和可能性原则的束缚，可自由融合超自然、哥特式、传奇或梦幻元素。从文类流变的历史来看，罗曼司与小说的分化实质上强化了罗曼司自身的某些属性。研究者指出，至 17、18 世纪，近代小说兴起，在这一过程中，它以与罗曼司划界的方式确立自身。另一方面，在对小说的反动中，罗曼司也相应获得并强化了自身的意识形态属性，逐渐与守旧的、过时的、边缘的力量联系在一起。

从 18 世纪中叶开始，罗曼司发展成一个"可变的（不稳定）的对立类别"：不仅意味着"表征的失败"，即"对现实主义叙事既定规范的偏离"，也意味着"对他者、不合法的文化能量的表征"（Duncan，1998：1113，1114）。换言之，相对于偏重于意识形态整合作用的小说，罗曼司更具有容纳异质、多元的潜力，也更具有消解性和去中心化的能量。可以肯定，罗曼司吸引霍桑的不仅是它带来的创作自由，更在于这一文类包含的异质的、消解性的力量。霍桑作品中含糊、多义和歧义的美学品质，恰恰暗示了他对这一文类特质的充分利用。它更像一种反观和质疑既定现实的工具，而不仅仅是"向内求索'人心的真理'"，以"将政治内在化和个人化"的方式想象性地解决真实世界的冲突（Arac，2011：135，141）。作为罗曼司的《宅子》取消历史与现在、虚构与现实的界限，包容而非融合对立、冲突及异质话语，它在以 19 世纪的方式言说塞勒

① 中世纪早期时，romance 这个词指由拉丁文发展而来的民族语，以这些语言创作和翻译的作品被称为 romanz、roman、romance、romanzo，与拉丁语文学区分开来。中世纪罗曼司确立了这一文类的基本形式，至文艺复兴前后，形成一种以虚构性为核心的文学传统，至 17 世纪，随着小说的兴起，英国形成罗曼司与历史的文类区分，罗曼司越来越具有了偏离事实和真理的负面含义。至 18 世纪下半叶，又出现了罗曼司的复兴，在这一潮流下，出现了很多重构或模仿前现代、本土、非古典主义传统的文学样式，成为浪漫主义文学运动的一部分。

姆的同时,又利用罗曼司松散的结构特征,融合诸如巫术、传奇和田园等前现代文化元素,使文本成为一个意义流动的中间地带。

在罗曼司的整体框架里,理性化的塞勒姆小叙事逻辑颇有突兀之感,作品内部实际上包含两种相反的叙事冲动,两种叙事逻辑的冲突暗示作家言说塞勒姆的复杂性。塞勒姆小叙事清晰稳定,倾向于单一、明确、符合因果律的意义生产,同时,也投射出 19 世纪稳定而洋溢着自信的观念世界;而罗曼司则努力接近含混、多元和歧义的领域,也不为现实主义可能性原则和因果律所束缚。作家关于莫尔家族遗传特质的一段描写颇有意味。在交代完莫尔死于巫术指控之后,作家转向一种含糊其词的叙事策略。作家以"传说""据说""据信"等字眼暗示莫尔家族拥有巫术力量:老马修·莫尔把衣钵传给了子孙,"这个家族据说遗传有神秘特质","他们的眼睛有奇异的力量",其中一个独特的本领就是"能够左右他人的梦境"(Hawthorne, 2006:22)。老马修的孙子小马修·莫尔尤其继承了这种禀赋,据说他能侵入梦境,以巫术力量控制艾丽丝·品钦,把她变成自己的奴隶并羞辱至死,由此实现对品钦家族的报复。

但是,这一事件又是以霍尔格雷夫讲故事的方式叙述的。霍尔格雷夫则坦言自己有神秘的能力,擅长催眠,曾就催眠术做过公开的讲座。他笑言:"如果是在巫术审判的旧时代,可能会被送上绞架山。"(Hawthorne, 2006:154)罗曼司的笔法使真相扑朔迷离,那么,巫术是否真实存在? 老莫尔究竟是巫术审判的受害者,抑或是真的巫师? 小马修迫害艾丽丝的事件究竟是真实的,还是想象力的产物? 催眠术与古老的巫术有什么区别? 显然,罗曼司多义、神秘化的内在冲动暗中消解了塞勒姆小叙事隐含的明晰而稳定的叙事逻辑。随着作品的展开,塞勒姆小叙事不仅很快被罗曼司歧义、含糊和断裂的叙事逻辑所挑战,其背后的观念世界也被罗曼司的异质元素所侵蚀。在《宅子》的序言里,作家将罗曼司的策略形容为融合"神奇"(the Marvelous)令现实适度着色和变形的过程,这其实是释放异质的、非官方的,同时也是前现代元素向现实入侵的过程。这一过程激活罗曼司的消解性力量,迫使读者反观和质疑被接受为当然的现实秩序。

作家首先以"巫术"这个元素衔接起蒙昧的过去与进步的 19 世纪,通过霍尔格雷夫这个人物,将古老的巫术与 19 世纪三四十年代新英格兰风靡一时的催眠术联系起来。催眠术被视为古老巫术在新时代的复活，而催眠师等同于黑暗时代的巫师。诚然，催眠术今天早已是公认的伪科学，但在霍桑的年代，它是以科学的名义出现的，我们需要回到 19 世纪的文化语境中，才能充分理解这种并置的意义。催眠术的创始人是德国医师弗兰茨·梅斯梅尔（Franz Mesmer）[①]，但"催眠术在 18 世纪科学的背景下并不显得荒谬"（达恩顿，2010：15），它原是启蒙时代的产物，体现了 18 世纪以理性和科学力量解释自然、寻求宇宙普遍原则的巨大热情[②]。催眠术在 18 世纪 80 年代风靡一时，之后被科学界证伪而落潮。霍桑所经历的是催眠术在 19 世纪复兴的热潮，它在美国同样以"科学"的名义传播，最初由法国人查尔斯·泊延（Charles Poyen）引入。1836 年，他在新英格兰地区巡回讲学，并在公众面前进行催眠表演。泊延坚称催眠术为一种"观察的科学"，强调它与巫术不同，不以"先验的观念"或"宗教或哲学的偏见"为根基。他特别提到"马萨诸塞地区塞勒姆镇的巫术错觉（delusion）"，就是巫术思维导致认知错误的一个例子（Poyen，1837：27 - 28）。

在这一背景下，霍桑将催眠术与审巫时代的巫术相提并论，直接驳斥泊延等人所宣称的科学性，也再次模糊了科学/伪科学、科学/迷信的分界线。如科学史家所言，在科学发展史上，尤其是在 19 世纪之前，科学与伪科学、科学与迷信的界线从来不是泾渭分明的。就像塞勒姆巫术审判，对 17 世纪的法官和牧师而言，也非后世想象的那般荒诞，其背后有一套当时被视为有效的科学或实证知识的支撑。考虑到学科体系的发展，霍桑预测，催眠术甚至可能进入新兴的知识体系，"现代心理学，也许会努力将这些所谓的巫术纳入某个体系内，而不是一概斥为荒诞无稽"（Hawthorne，2006：21）。巫术可能会转化为科

---

　　① 1775 年，梅斯梅尔提出"动物磁力学"（Animal Magneticism）理论，宣称发现了一种极为精微的"普遍的液体"，像有磁性的潮汐一样涌动在宇宙万物之间及一切生命机体内。他认为，如果该液体在体内的流动受到阻碍，人就会生病，要恢复健康，必须使液体恢复在体内畅通和谐的流动状态。基于此，梅斯梅尔设计了一套治疗方法，即以他的姓氏命名的"梅斯梅尔疗法"（Mesmerism），通常译为"催眠术"。

　　② 牛顿的万有引力和富兰克林的电广为人知，近代科学开启了一个充满着隐秘力量的宇宙，激发了人们进一步探索宇宙的热情，科学家以诸如"脱燃素""动物电力""火成原子""植物力"等五花八门的元素和力量来解释宇宙的普遍原则，而梅斯梅尔的"磁液"不过是其中一种，与当时流行的"生机理论最为相似"。请参看罗伯特·达恩顿：《催眠术与法国启蒙运动的终结》，周小进译，上海：华东师范大学出版社，2010 年：第 15 页。

学,而被认定为科学的同样可能随知识疆界的拓展被验证为迷信或伪科学。如果两者之间的疆界暧昧不明,甚至是流动的,或许,值得反思的是19世纪人的认知边界以及想象自我的方式。换言之,在以塞勒姆巫术审判为界标,区分蒙昧的过去与理性的现代之时,19世纪人的认知又有多少处于科学与迷信混沌的交界线上?

但霍桑对催眠术的反感与警觉,不仅仅在于它可疑的伪科学地位,更在于它的政治性,或者说,与激进主义的密切联系。两者的关联同样由霍尔格雷夫这个人物体现出来。霍尔格雷夫擅长催眠,是激进的改革主义者,在成为催眠师之前,还在傅立叶的一个社团里待过几个月①。催眠术政治化的历史可回溯到法国大革命前,催眠术运动吸引激进主义者的地方,在于它具有反体制、反权威的特质,并以通俗而感性的方式散播卢梭等人抽象的政治理念(达恩顿,2010:123)。19世纪复苏的催眠术同样与激进主义结缘,在美国语境中亦是如此,被接受为一种开启新世界的"新的信念"(Coale,1998:9)。但19世纪复兴的催眠术已从启蒙主义转向浪漫主义的一端,其内部神秘主义、唯灵论的因素得以张扬,又与通灵术等其他神秘主义的源流纠缠在一起,其目标在于沟通物质与精神,从物质世界向超自然的精神世界攀升(达恩顿,2010:127 - 128)。对深受超验主义及基督教传统影响的美国改革者们而言,催眠术的诱惑在于,它不仅承诺个体与社会更新的乌托邦愿景,更提供了一种媒介或技术手段,直接作用于个体的灵魂,沟通物质与精神世界,引领人走向神秘的、灵性的或形而上的世界。

作家以克利弗德为乌托邦愿景的代言人别有深意。这个人物因长年监禁而变得痴呆,法官猝死时又受到巨大的精神冲击。在火车上,他疯疯癫癫地高谈阔论,把铁路、电、电报、超验主义、催眠术、通灵术等事物奇妙地混杂在一起,这些共同打造了改革时代光怪陆离的乌托邦愿景。和18世纪一样,风驰电掣的火车、神秘的电流、贯通欧洲和北美的电报线呈现出一个充满隐秘力量

---

① 夏尔·傅立叶(Charles Fourier, 1772 - 1837)是法国思想家、哲学家、空想社会主义者,他本人也受催眠术的启发。他尖锐地批判资本主义制度,设计了一种叫"法朗吉"的"和谐制度",希望以此构建一个和谐、公义的理想社会。很多致力于改革的美国知识分子为他的社会政治思想所吸引,但对他的宇宙论不感兴趣。但在宇宙论方面,诸如他关于光和热的液体理论、所谓的激情"重力"法则等,都显示出他对催眠术的继承。

和元素的世界，但在浪漫主义的意识里，这些指向的并非理性可以把握的普遍法则，而是物质世界可精神化的确凿证据。比如，克利弗德关于电的一番言论，完美地揭示了浪漫主义心灵理解事物的方式：

> 还有电——这魔鬼、这天使、这巨大的物质的力量、这无处不在的意识！……通过电的手段，物质世界已经变成了一个巨大的神经系统，瞬息之间就能波动到千里之外——这是事实呢，还是我在做梦？或者说，这个圆圆的地球就是一个巨大的脑袋，一个有着智慧本能的大脑！或者，我们应该说，它本身就是思想，单单就是思想，而不是我们所认为的物质？（Hawthorne，2006：186）

如果铁路、电和电报都被视为精神的中介，催眠术和它的近亲通灵术更是如此。克利弗德直接把催眠术看作清除粗鄙的物质性、抵达精神性的力量，他反问道："难道它对于涤荡人类生活中的粗俗成分就毫无作用吗？"（Hawthorne，2006：186）他感觉，通灵术召来的"敲击的精灵"就是"天国使者"，将"敲开尘世之门"（Hawthorne，2006：186），令天国之门豁然开启。在浪漫主义的语境里，火车、电报、电与催眠术和通灵术奇妙地混杂在一起，共同承诺一种精神化、超越性的力量，协助人类克服粗鄙的物质性和尘世性。

深夜出逃的克利弗德原本处于一种癫狂状态中，由他描述出来的乌托邦幻象更像是疯人呓语，疯癫、怪异、狂热是霍桑在此刻意传达的印象，也是他对改革时代的整体感觉。在此，可以看出作家将催眠术与巫术并置的另一重意味，他质疑的不仅是催眠术的科学性，更是它所勾连的激进主义政治意味。霍桑是一个"不折不扣的保守主义者"（尚晓进，2015：3），对改革运动一直持批评的态度，早在 19 世纪 40 年代，在与康科德文化圈的思想交锋中，就已确立了鲜明的保守主义立场[①]。超验主义、乌托邦主义、催眠术、通灵术，连同五花八门的改革方案一起将南北战争前的美国卷入一种狂热之中，霍桑对此深感忧虑，他觉得整个国家已误入歧途，陷入痴人说梦的癫狂。早在 1846 年，他就

---

① 霍桑对改革运动的批判是显而易见的，但将他政治上的保守主义归结为清教心灵的审慎则是一种简单化的理解，关于这个问题的分析请参看《原罪与狂欢：霍桑保守主义研究》第四章——"改革运动与原罪话语"。

在《古屋杂忆》("The Old Manse",即短篇小说集《古屋青苔》的序言)中表达了他对时代躁动气息的焦虑：

> 这个世界应当把它的大脑袋就近靠在枕头上,睡上漫长的一觉。因为病态的活跃,世界已心神错乱,它异乎寻常地警醒,却又为**幻景**折磨,这些幻景现在看似真实,然而,如果好好休息一阵子,让一切重回正轨,它们将显出真实的面貌和性质。这是摆脱旧**错觉**、避免新错觉的唯一办法;是更新民族,让它如新生儿一般从甜梦中适时醒来的唯一办法;也是使我们恢复朴素的对错观,并一心一意实践之的唯一办法;很久以来,我们丧失了认知和意志力,原因在于,大脑过于活跃,疲惫不堪,而心灵或者麻木,或者太过于**狂热**,这些正是困扰这个世界的毛病……(Hawthorne,1982:1145)

文中加粗的词语分别对应的是 vision、delusion 和 passion 这几个单词,显而易见,这些也是 19 世纪言说塞勒姆巫术审判时常用的字眼。在《宅子》里,霍桑反复用这些语汇来指涉塞勒姆巫术审判,同时,又以类似的修辞来描绘改革时代的集体想象,这其中的意味不言自明。在《宅子》里,霍桑以现代人反观的眼光再现巫术审判中的一幕。回望历史,人们自信,塞勒姆早已是遥远的过去,19 世纪的世界是为理性之光照亮的澄明之域,理性化的叙事装置也使得悲剧成为可被阐释和把握的对象。然而,内置于罗曼司的塞勒姆小叙事,并未成功遏制这一事件所标志的蒙昧与混乱,罗曼司的文本结构不仅释放出历史的阴影,也映现出 19 世纪新的巫术与新的癫狂,这无疑挑战了 19 世纪塞勒姆叙事预设的启蒙/蒙昧、科学/巫术、理性/狂热的一系列对立。作家迫使人们追问,塞勒姆果真是遥远的过去吗？ 塞勒姆隐喻的蒙昧、狂热和错觉距离 19 世纪的今天又有多远？

在反观现实的同时,作家以罗曼司融合田园牧歌元素,以浪漫爱情弥合巫术审判遗留的社群裂痕,也召唤出前现代、农耕时代的田园幻象,在与 19 世纪乌托邦愿景的并置中,消解了时代的激进主义冲动。在小说的结尾,菲比和霍尔格雷夫相爱,两人的联姻不仅化解了家族恩怨,也象征性地抚慰了巫术审判造成的裂痕与创伤。更戏剧性的一笔是,克利弗德意外继承了大笔遗产,人物获得他们梦想的"农庄"，众人一起搬到乡间别墅。评论家对这一结尾多有诟病，但这无疑是罗曼司的典型结局，属于意外和巧合的机制，而非情节内在动力的结果，或独白型世界的逻辑必然。它是喜剧、童话，也是心愿的满足，它无意于模仿和反映现实，或为解决社会问题提供实质性的建议或方案。实际上，罗曼司在此呈现出想象现实的另一重影像。诺斯若普·弗莱将罗曼司视为"一切小说的结构内核"，是"最使我们接近虚构感的文学特质"（Frye，1976：15）。罗曼司的虚构在此成为"一种召唤不同社会结构、欲望和想象形式的手段，由此挑战我们对事物的既定理解"（Duncan，1998：1114）。自然，罗曼司也是怀旧的，但怀旧也恰恰构成对当下价值的消解，它将被遗忘和被压制的他者重新置入现代性的视域内，同样敞开现实的另一种可能性。换言之，将田园与乌托邦并置，霍桑实际上消解了改革话语的唯一合法性，如果说乌托邦主义是敞开现实可能性的一种方式，作家暗示，田园牧歌同样也是，乌托邦并不比田园幻象享有更高的权威。作家以异质、多元价值的并置表明了自己的保守主义立场。

《宅子》的出色之处在于，它将 19 世纪的叙事话语与观念世界纳入罗曼司的整体结构中，在两者的张力关系中，逼迫人们重新思考他们正在经历的现实及所执着的信念。霍桑的塞勒姆历史叙事并非简单的历史再现或虚构，它其实是一种苏格拉底式的质询和追问，以挪用 19 世纪历史话语的方式，投射出19 世纪平滑而自信的观念世界，同时，又以罗曼司的驳杂镜像，模糊历史与现在、迷信与科学、癫狂与理性的分野，它挑战 19 世纪进步论与激进主义的信条，追问想象和建构现实的方式，或许，这才是霍桑书写塞勒姆的真正意图所在。

三、凯思林·肯特与《叛教者的女儿》

凯思林·肯特出生于宾夕法尼亚州，毕业于得克萨斯大学，早年从事商贸，后在纽约工作生活 20 年，目前她和家人居住在达拉斯，自 2008 年首部小说《叛教者的女儿》（后文简称《叛教者》）问世以来，肯特已出版七部小说。凯思林·肯特是玛莎·凯利的第十代外孙女，后者是 1692 年塞勒姆巫术审判中安杜佛镇最早被指控和绞死的女巫之一，家族史为肯特的创作提供了重要素材。《叛教者》直接取材于 1692 年塞勒姆巫术审判,作品一举登上《纽约时报》年度畅销书榜,获该年度美国历史小说大卫·兰格姆奖。第二部小说《叛国者的妻子》(*The Traitor's Wife*,2011)①同样以家族史为素材,是对玛莎丈夫托马斯·凯利(Thomas Carrier)在英国内战中的经历及两人爱情和生活的想象性书写。《放逐者》(*The Outcasts*,2013)显示出作家在题材和风格上的转向,小说以 19 世纪墨西哥湾区为背景,是一部糅合女性寻求新生与西部冒险的小说,斩获 2014 年美国图书馆协会最佳历史小说奖,同时赢得威尔·罗杰斯奖章的西部小说类的奖项。《十美分》(*The Dime*,2017)是一部以达拉斯为场景的犯罪小说,荣登《纽约时报》"最佳和最新犯罪小说"榜。

作家在访谈中提到,家族记忆直接激发了《叛教者》的创作,她从小听着玛莎·凯利的故事长大,在外祖母的讲述中,凯利成为家族传奇人物,其母系家族也保存有非常详细的家谱,可一直回溯到九代之前,这为作家写作提供了一手资料。另一方面,肯特对塞勒姆巫术审判进行了深入调研,她到博物馆和图书馆查阅档案和庭审记录,"走访塞勒姆、安杜佛,还有凯利家族后来的移居地——康涅狄格州的马尔伯勒"(Wernecke,2008:49)。但《叛教者》是小说而非历史,作家必然"在现存史料的基础上对事件进行想象性的重塑和补正"(虞建华,2017:93),以自己的方式讲述塞勒姆悲剧故事,重构历史中的女巫形象,同时,也对塞勒姆事件做出自己的阐释。小说以玛莎·凯利的女儿萨拉·凯利(Sarah Carrier)为叙事人,作家将她的年龄从 8 岁提高到了 10 岁,使得她的观察与讲述显得更为真实可信。在访谈中,肯特谈到为何选择从孩子的视角来再现这一段历史,她说,"我觉得孩子的叙事声音有迫切的情感力量,尤其是在孩子感觉危机来临时"(Wernecke,2008:49)。肯特意识到,在塞勒姆及周遭地区被关押和指控的 200 多人中,超过一半是 17 岁以下的未成年人,然而,他们作为受害者的声音是缺席的,她未曾读到这方面的原始资料。显然,除去艺术效果的考虑外,这一叙事策略也是对主流叙事的一种修正。

小说以书信形式开篇,此时,是塞勒姆事件 60 年之后的 1752 年,也是萨

---

① 该小说的精装版书名为《安杜佛镇的群狼》(*The Wolves of Andover*)。

拉·凯利 71 周岁的生日，在信中，她将一部手稿交付给孙女，这一行为凸显出记忆、讲述与传承对于个体、家族乃至民族共同体的重要意义。小说主体部分假托为萨拉的回忆与记录，时间为 1690 年 12 月至 1692 年 10 月塞勒姆猎巫结束。小说第六章和最后一章跳到塞勒姆事件 40 多年后，交代劫难之后，塞勒姆事件及凯利家族的后续生活。萨拉尤其提到，1735 年，父亲在 109 岁高龄去世，而她也年过五旬，历经沧桑后，终于有了足够的承受力。她打开母亲留下的一本红封皮日记，在阅读父母往事的同时，也开始直面这段惨烈的记忆。换言之，萨拉的故事其实是成年萨拉对童年经历的追忆，成年萨拉的视角与 10 岁儿童的眼光重叠在一起，而记忆又时常伪装成一种大难降临的直觉和预感，这使得作家对塞勒姆的重构呈现出一种繁复的层次感。

小说中的巫术审判发生于安杜佛镇，和塞勒姆毗邻，同属埃塞克斯县。尽管危机爆发于塞勒姆村，但危机波及埃塞克斯县多地，指控大多来自安杜佛镇。因而，有学者认为，"'塞勒姆巫术危机'是不恰当的名称，'埃塞克斯县巫术危机'更准确些"（Norton，2002：8）。故事开始于 1690 年 12 月，比尔里卡镇（Billerica）天花爆发，凯利一家六口搬回外祖母所在的安杜佛镇，但不幸的是，萨拉的二哥安德鲁（Andrew）染上天花病倒，同时，也将天花病毒播散到全镇，造成当地 13 人死亡，这令凯利家从一开始就受到村民的敌视。为避免感染，父母将萨拉和她一岁大的妹妹汉娜（Hannah）送到比尔里卡镇的姨妈家。在姨妈家，萨拉度过一段快乐时光，与表姐玛格丽特·图塞克（Margaret Toothaker）结下亲密的友谊，但年幼的萨拉并未看清姨父的放荡本性和图塞克家内部的裂痕。

瘟疫过去后，父亲接回姐妹俩，萨拉回到家中，发现外祖母已染病去世，与母亲的隔膜愈发严重。凯利一家继承了外祖母的宅子与地产，在安杜佛镇安居下来，但也招致姨父及其长子的嫉恨，他们认为，凯利一家夺去了原本该由他们继承的遗产。因家中劳力不够，凯利家雇佣价格低廉的契约工默西·威廉斯（Mercy Williams）来帮忙，但默西试图勾引长子理查德（Richard），被母亲逐出家门。与此同时，萨拉开始慢慢走近母亲，母女关系亲密起来。母亲个性倔强、言辞尖刻，在乡间琐事和纠纷中，也招致乡邻的怨恨。当塞勒姆镇的巫术恐慌蔓延到安杜佛镇时，玛莎很快被指控，萨拉和两个哥哥也相继被指控并被投入监狱，三个孩子遵照母亲的要求，在法庭上指控她为巫，以便自保。最后，拒不认罪的玛莎死在绞刑架上。危机过后，孩子们回到家中，凯利一家迁往马尔伯勒，开始新的生活。但对萨拉而言，塞勒姆成了一段无法碰触的创伤记忆。直到40多年后，她才开始回忆和书写往事，讲述和记忆既是传承家族史的方式，也成了疗治创伤的一种手段，因为"康复随着记忆而来"（Kent，2008：184）。但总体上看，萨拉的叙事略显松散，关于创伤的书写未能很好地整合到小说的整体叙事中，有评论者甚至认为，"她的父母更具人格魅力，倘若作为中心人物的话，应当更有光彩"①。

《叛教者》主体上为一部历史小说，作家将人物置于她所生活的历史时空中，为我们复原或重构了17世纪末清教世界的图景。同时，在整合、利用和改写已知史实的基础上，作家想象性地再现了因巫术罪而死的历史人物——玛莎·凯利。需要辨析的是，作家的塞勒姆叙事受哪些基本预设或阐释框架的影响？她如何再现塞勒姆巫术审判的清教世界，揭示巫术指控的成因，又如何再现历史中的女巫形象？作家的塞勒姆叙事又透露出什么样的意识形态倾向？

1. 清教社区的历史重构：恐慌与冲突

肯特并非历史学家，也无意于从社会历史层面揭示塞勒姆事件的成因，但在一部历史小说中，她首先需要重构一个具有历史真实性的小说世界。不仅如此，她需要重现一个孕育着危机事件的清教世界，或者说，重现一种具有隐约的"预示性"的生活图景，即便不足以阐释整个事件，但必然能呈现导致巫术危机爆发的某些相关因素。这就意味着，在还原或重构历史图景之初，作家需要借助某种合适的阐释性框架来勾勒这个世界的图景。不同于19世纪的霍桑，肯特在写作《叛教者》时，围绕塞勒姆已形成数目繁多的理论、学说和阐释性文本，作家在小说后给出的阅读书单，为我们把握她对塞勒姆事件的基本认知提供了重要参考。在她列出的塞勒姆事件研究资料中，值得关注的是三部

---

① "Kathleen Kent, *The Heretic's Daughter*." *Kirkus Reviews*, July 15, 2008. Literature Resource Center. ⟨http://go. galegroup. com/ps/i. do? p = LitRC&sw = w&u = ucberkeley&v = 2. 1&id=GALE%7CA182056869&it = r&asid=af7688614b9df576a6cf9a97836542d0⟩（Accessed January 20，2018)

学术著作，即玛丽·贝斯·诺顿（Mary Beth Norton）所著的《在魔鬼的陷阱里：1692 年塞勒姆巫术危机》（*In the Devil's Snare: The Salem Witchcraft Crisis of 1692*，2002）、博伊尔和尼森鲍姆合著的《被魔鬼附体的塞勒姆：巫术的社会起源》，还有伊丽莎白·里斯（Elizabeth Reis）《被打入地狱的女性：清教新英格兰的罪人与女巫》（*Damned Women: Sinners and Witches in Puritan New England*，1999）。

　　可以断定，这三部学术著述，尤其是诺顿、博伊尔和尼森鲍姆的研究，为肯特把握塞勒姆事件提供了一个宽泛的框架①。诺顿、博伊尔和尼森鲍姆都将塞勒姆事件置于宽泛的历史语境中加以考察，而非孤立地看待巫术审判中的任何群体或涉事方。《被魔鬼附体的塞勒姆：巫术的社会起源》强调巫术指控的社会成因，将巫术危机视为塞勒姆村、镇紧张冲突爆发的结果，比如，普特南家族和波特家族的土地纠纷，围绕帕里斯牧师形成的对立两派，都成为巫术指控的潜在诱因。博伊尔和尼森鲍姆以塞勒姆为考察对象，但论断在一定程度上也适用于安杜佛镇，其物质经济路径的阐释对肯特显然有启发意义。《在魔鬼的陷阱里：1692 年塞勒姆巫术危机》可能更直接地影响了作家对 17 世纪末清教社区和生活状态的理解。诺顿的研究"坚实地将事件置于特定的时空之中：即 17 世纪 90 年代早期的马萨诸塞埃塞克斯县"（Norton，2002：4）。她的论点是：第二次印第安战争是塞勒姆事件的主要导火索，埃塞克斯县靠近战争前线，印第安人袭击村镇、杀戮居民，引发普遍的恐慌。不少研究者指出，诺顿将印第安战争列为唯一主导因素的论断过于武断，但肯特显然认同她的恐慌和危机说。当然，不能依据肯特的书单，将她对塞勒姆事件的认知局限于这两部专著，但这两部书的意义在于，确认了作家理解塞勒姆危机的基本预设。这里，不妨用"恐慌"和"冲突"作为她的关键词，而肯特的家族史也从侧面验证了"恐慌"和"冲突"的观念预设。

　　肯特笔下的清教社区首先是一个笼罩着边疆战争和印第安人袭击阴影的

---

　　① 《被打入地狱的女性：清教新英格兰的罪人与女巫》是关于女性与宗教信仰的研究，里斯提出，17 世纪新英格兰清教女性更倾向于认为自己的灵魂彻底堕落，女性比男性更容易受到指控、认罪或指认其他女性行巫。在塑造玛莎·凯利这个女巫形象时，作家的确体现出对"女性为巫"这一观念的敏感，但《叛教者》并不是一部真正关注猎巫性别问题的小说。鉴于此，这里只对前两部论著稍做分析。

世界。1675 - 1678 年间的菲利普王之战(King Philip's War)①重创新英格兰东北地区。十年之后,爆发了更为惨烈的第二次印第安战争,又称威廉王之战(King William's War, 1688 - 1697)②。战争在新英格兰人与法国殖民者及他们的印第安联盟——瓦巴纳基联盟(Wabanaki)③之间展开。埃塞克斯县毗邻缅因和新罕布什尔的交战区,不可避免地受到战争冲击。县里的民兵参加战斗,不仅遭受人员伤亡,承受经济损失和动荡,也面临被印第安人袭击的危险。1690 年夏天,法国人和瓦巴纳基盟友攻陷洛伊尔要塞(Fort Loyal),一度繁荣的缅因聚居区被夷为平地,不少英国人战死、被俘,或者为瓦巴纳基人屠杀。幸存者失去家园和土地,很多逃向埃塞克斯县和波士顿④。战争造成难以抹平的心理创伤,"印第安袭击的恐惧始终存在,亲人和朋友死于突袭,繁荣村镇被夷为平地,恐怖记忆被一再唤醒"(Norton,2002:12)。当恐惧弥漫,成为居民感知的现实一部分时,它的确造成一种易感的集体氛围。有研究者认为,女孩们的中魔症状可能是创伤后应激综合征。不仅如此,她们寄人篱下的生活状态也在社区引发了各种矛盾冲突,关于这点,后文将进一步分析。

　　另一方面,新英格兰一直将土著视为与撒旦结盟的异教徒,威廉王之战中,印第安人与法国人结盟,很多人皈依天主教,这点愈发强化了印第安人为撒旦随从的观念。17 世纪留下的文献资料表明,殖民者经常以 black man 指称印第安人,在英文中,这个词除肤色含义之外,也指称撒旦。科顿·马瑟在《隐形世界的奇迹》中特别提到这一点:"很多认罪巫觋将撒旦称作 black man,他们普遍认为,他长得像印第安人。"(转引自 Norton,2002:59)在《叛教者》

---

　　①　菲利普王之战:印第安原住民和英国殖民者之间爆发的战争,是北美殖民史上最为血腥的冲突之一。印第安万帕诺亚格人(Wampanoag)的首领梅塔科迈(Metacom,英国人称其为"菲利普王")率领族人,联合其他部落在 1675 年夏发动对新英格兰殖民地的攻击,冲突持续了近一年,最后以英国殖民者的胜利告终。

　　②　威廉王之战:又称第二次印第安战争、博杜安神父之战(Father Baudoin's War)和卡斯坦之战(Castin's War),是九年战争(也称为大同盟战争或奥格斯堡同盟战争)在北美洲的一个战场。战争在新英格兰与新法兰西及其各自的印第安部落同盟中展开,此战为英法北美殖民地六次战争中的首战,以英国殖民者的胜利告终。

　　③　Wabanaki 这个词的意思是"黎明土地上的人民",是美洲五个主要的土著部落联盟之一,也是第一个美洲土著联邦。他们的生活范围被欧洲定居者称为阿卡迪亚,包括今天美国缅因州的大部分地区以及加拿大的新不伦瑞克省、新斯科舍省、布雷顿角岛、爱德华王子岛和圣劳伦斯河以南的魁北克省的一些地区。

　　④　菲利普王之战结束后,人们开始在缅因地区重新定居,埃塞克斯县很多人卷入边疆土地的投机热潮,在缅因购买土地,但也有很多人在此置地定居。

中，作家也借萨拉之口点出了两者的关联。在新英格兰的民众意识里，印第安人不仅仅是战争中的敌方，同时也是上帝与撒旦之战中的邪恶力量，世俗战争与宗教之战奇特地混合在一起。对印第安人的恐惧在一定程度上煽动了猎巫狂热。

在很大程度上，肯特对印第安战争的关注来源于家族史的影响。史料记载，萨拉的姨妈玛丽·图塞克（Mary Toothtaker）同样被指控为女巫。庭审记录表明，她向法官交代，自己为恐惧和噩梦所困扰，总是梦到与突袭的印第安人搏斗；她供认自己与撒旦订了约，原因是撒旦保证可以保护她不受瓦巴纳基人的侵犯。在玛丽混乱惊恐的意识里，撒旦、巫术和印第安人奇特地纠缠在一起，她可能是个案，但的确投射出危机时期的一种集体想象。学者认为，玛丽的案件有力证明了印第安战争与巫术危机的紧密联系（Norton，2002：240）。离奇的是，玛丽认罪后两天，印第安人果然袭击了比尔里卡镇，屠杀了她家附近的两户人家，她因在监狱幸免于难。巫术审判结束后，玛丽被无罪释放。然而，1695 年，印第安人再次劫掠比尔里卡镇，玛丽被杀，小女儿玛格丽特被掠走，不知所终。

肯特在《叛教者》中讲述了姨妈的悲惨经历，也以相当多的笔墨渲染了印第安人袭击的血腥与清教社区笼罩的恐惧氛围。姨父罗杰·图塞克（Roger Toothaker）同样现身于小说中，他是一位医生，具有出色的讲故事能力。他给孩子们讲菲利普王之战，绘声绘色地描绘双方冲突的血腥场景，展示自己身上一条巨大的伤疤，虚构自己英勇作战的故事。他还讲到已持续两年的威廉王之战，讲到法国与印第安联军如何一路推进，攻陷城镇，"数以千计的人被屠杀和俘虏，怀孕的妇女肚子被剖开，胎儿被摔到石头上"。然而，印第安战争并非故事，而是活生生的现实，给民众带来家破人亡、流离失所的巨大灾难。小说中的默西·威廉斯是威廉王之战中的一个难民，史料中并无这个人名，她可能是作家整合几个人物塑造的一个典型①。她是战争的直接受害者，父母从埃塞

---

① 据史料研究，指控者中的阿比盖尔·霍布斯（Abigail Hobbs）、默西·路易斯（Mercy Lewis）、苏珊娜·谢尔顿（Susannah Sheldon）、萨拉·丘奇维尔（Sarah Churchwel）都是来自缅因的战争难民。小说中的女佣默西·威廉斯的经历最接近默西·肯特（Mercy Short）。1690 年春，法国和印第安人联盟袭击了萨蒙瀑布（Salmon Falls），默西父母被杀，家园被毁，她本人被俘，随军走到魁北克，皈依天主教；1690 年秋，默西被赎回，到波士顿一户人家做女佣；1692 年 5 月，默西在波士顿监狱出现中魔症状，指控他人为巫，后因通奸罪被开除教籍。

克斯县移居东北部边疆,之后,几乎全家被瓦巴纳基人所杀,剩下她和一个哥哥被劫到加拿大,哥哥死于途中,后来,她和其他俘虏一起被总督从印第安人手中赎回,因为无家可归,成了契约佣工。她亲历印第安人的血腥屠杀,也见证了他们对待俘虏的野蛮和残忍,她的讲述成为萨拉夜间噩梦的一部分。像默西这样的难民涌入埃塞克斯县境内后,无疑播散了他们亲历的血腥灾难,激化了战争的恐怖氛围。

作家交代,1692 年春天,战火愈演愈烈,"大雪和严寒都阻挡不住他们来到我们的门口"(Kent,2008:38),印第安人烧杀劫掠了缅因的约克镇,安杜佛镇和比尔里卡镇开始构筑防御工事,可以参战的大孩子开始练习近身搏斗,年轻女子身上藏着利刃,"不是杀死袭击者,而是切开自己的血管,免得身子被劫持者玷污"(Kent,2008:75)。风声鹤唳中,有卫兵看花眼,错杀了自己的儿子。与此同时,塞勒姆巫术危机蔓延到安杜佛镇,针对玛莎的指控愈演愈烈。对于这些流言,作家借人物之口解释道:"这些日子不好过,玛莎。天花和印第安人的袭击,离我们不过是两天的路程。人们恐惧极了,恐惧把大家都变成了傻瓜。"(Kent,2008:159)肯特在此复述了诺顿的观点,天花与印第安袭击引发的恐惧令人们丧失理智,成年人开始听信少女们的疯狂指控,而殖民地官员也需要一个理由为战事不利的危机局面进行开脱。

前文指出,"冲突"是作家呈现的历史图景的另一个关键词,安杜佛镇不仅存在派别斗争,各种琐碎的邻里矛盾和人际冲突也贯穿了殖民地的日常生活。在他们的经典分析《被魔鬼附体的塞勒姆:巫术的社会起源》中,博伊尔和尼森鲍姆以塞勒姆为研究对象,还原了一个为家族之争、邻里纠纷、村镇利益冲突所撕扯的社区图景,两位作者引用村民言论这样描述清教社区琐碎庸常的日常风貌——"兄弟阋墙、邻居反目,吵嘴打架,闹成一团"(Boyer & Nissenbaum,1978:45)。博伊尔和尼森鲍姆的分析同样适用于安杜佛社区。尽管不存在内部的村镇对立,研究者证实,和塞勒姆一样,安杜佛镇在"17 世纪七八十年代为严重的派别斗争所困扰"(Baker,2015:80),而这两个城镇又都是 1692 年巫术危机的核心区域。派别斗争,再加上村民之间的固有矛盾,势必造成社群关系紧张,社区为内部冲突与纠纷所困扰。在《叛教者》中,作家以史学的严谨再现安杜佛社区的日常肌理,将人物置于复杂的人际关系网络中,为具体的巫术指控埋下可以追溯的关键线索。这里，我们先聚焦社区整体性的冲突。

史学家发现，安杜佛镇围绕两位牧师形成了两大派系，两派的冲突构成社群主要矛盾。弗朗西斯·戴恩(Francis Dane)是安杜佛镇的老牧师，服务于教区已30多年，1682年，因他年老体弱，安杜佛镇给他雇了一位助手托马斯·巴纳德(Thomas Barnard)，但镇上的民众觉得请两位牧师花费太高，两位牧师各有支持者，因而，镇上围绕两人形成两大派系，派系关系又因内部联姻而进一步强化。戴恩牧师的支持者聚居在镇子的南部，而巴纳德的帮派住在北边。在1692年巫术危机中，指控者多来自安杜佛的北边，而被指控者集中在南部，戴恩牧师包括女儿、儿媳和孙子辈在内总共有28位家族成员遭到指控，指控者与被指控者的空间分布格局的确呈现出巫术指控与宗教派系的对应关系。

肯特在《叛教者》中写到两位牧师间的冲突，老牧师早该给年轻人让位，但他舍不得放弃神职，于是，"两个人心怀不满地分享讲坛，隔周轮流布道"(Kent，2008：13)。两位牧师布道风格迥异，戴恩宣扬爱与神恩，而巴纳德更接近科特·马瑟牧师，强调上帝的权威与愤怒，"不折不扣、坚定不移地相信，上帝如同基岩一般坚硬"(Kent，2008：85)。戴恩牧师与艾伦家族有姻亲关系，外祖母告诉萨拉，"他是我的姐夫，自从你外祖父去世后，一直在照顾我"(Kent，2008：15)。凯利一家能获准在安杜佛镇居住，要归功于戴恩牧师为他们说话。但这也使得凯利一家从一开始就卷入了当地的宗教派系斗争，遭到巴纳德派系的敌视，巴纳德牧师甚至在布道中含沙射影地攻击凯利一家。

不幸的是，天花又直接激化了凯利一家与社区的矛盾。故事开场，凯利一家正从比尔里卡镇迁往安杜佛镇。实际上，这是一次天花瘟疫的逃亡之旅。如作家描述的，天花肆虐，横扫整个中塞克斯县(Middlesex County)。得知邻居病死的消息后，母亲决定立即逃离，然而，"传染和死亡一路追随他们而来"(Kent，2008：4)。据史料记载，1690年8月，威廉·菲普斯爵士率领船队出征法属殖民地魁北克，但以失败告终，船队归来时，船上爆发天花，幸存者又将病毒传播到新英格兰殖民地(Baker，2015：62)。历史上，玛莎·凯利的案例与天花的确有一定的关系。1690年冬天，天花首先在凯利家族内部传播开来，包括玛莎父亲和两位兄弟在内的 5 名家族成员均死于天花①。不难想象,天花在安杜佛镇引发恐惧,恐惧随即转化为对传播者的敌意与歧视。庭审记录及地方档案记录下社区对此事件的回应。玛莎和几个孩子病倒后,镇上的行政委员(selectmen)立即对他们进行强制隔离,通告玛莎的兄弟,镇上对他们不负任何责任,家族必须自己出钱照顾和供养病人,他们要管的只是,凯利家不要"疏忽大意,犯下传播瘟病的大错,但我们怀疑他们已经如此了"(转引自Karlsen,1987:100)。

天花果真在安杜佛镇传播开来,造成包括凯利家族在内的 13 人死亡②。接着,有关玛莎行巫的流言散布开来。后来,当玛莎因巫术指控当庭审判时,这段历史也被翻出来,成为指控的证据之一。肯特在小说中再现了这段家族史,透过孩子的眼睛描写社区隔离、病魔的可怖、家庭承受的伤痛,并以融合庭审证词的方式揭示了巫术指控与天花恐慌的内在关联。在玛莎庭审时,一个名叫苏珊娜的姑娘在貌似着魔的恍惚状态下喊道,"看,那有 13 个鬼魂……看,他们都指着凯利大婶……她在安杜佛杀了 13 个人"(Kent,2008:193)。显然,"比尔里卡镇和安杜佛镇的居民怀疑她恶意施行巫术,这种怀疑出现有一阵子了"(Norton,2002:182)。这一场瘟疫引发了恐慌和流言,也激化了社区矛盾。集体恐慌给玛莎打上了"谋杀者"的烙印,使她成了一个令人嫌恶和恐惧的人物。小说作者将天花、谋杀与巫术三者联系在一起,生动再现了天花的心理和社会效应。

在《叛教者》中,作家以细腻的笔触描摹了殖民地垦荒、耕种、收割、打猎、持家的生活图景,生存原本是严峻的,天灾人祸更使它危机四伏。诸多危机中,作家尤其强调了印第安战争、天花和社区冲突几个元素。这一认知既有当代知识背景的支撑,也有家族史的佐证,这使得肯特的历史再现具有相当的说

---

① 关于玛莎家族死于天花的人数说法并不统一,这里采用的是爱默生·贝克在 2015 年出版的研究专著中的说法,参见 Emerson W. Baker, *A Storm of Witchcraft: The Salem Trials and the American Experiences*. New York: Oxford University Press, 2015: 159。

② 对于天花在安杜佛镇造成的死亡人数,学界也有不同的说法。诺顿在《在魔鬼的陷阱里:1692 年塞勒姆巫术危机》一书中提及:安杜佛镇的人口档案记载,有 10 人死于天花,其中 4 位来自凯利家族,玛莎指控人的证词表明,镇上传言将另外 3 人之死也归罪到她头上。有意思的是,在小说里,作家隐去家族中多人死于天花的事实,只提及外祖母死于这场劫难以及染病的安德鲁康复后智力受损,尽管小说不等同于家族史,但这点也耐人寻味。

服力。概言之，作家呈现了一个弥漫着恐慌的清教社区，危机在恐慌中孕育，作家的历史重构实际上是一种预示性的呈现。

2. 玛莎·凯利个案与巫术指控的历史还原

研究者认为，巫术指控实际上牵涉两个层面的恐惧：一个是世俗层面的，另一个是宗教层面的。"当两种忧惧并存时，被指控者可能被判定为巫，即新英格兰社会和清教信仰的共同敌人。"（Karlsen，1987：5）在宗教层面上，巫术被视为某种形式的撒旦崇拜，这一观念源于中世纪晚期的天主教会。自 17 世纪早期开始，新教牧师也逐渐接受这一观念，把巫术看作对上帝的反叛，认为巫觋与撒旦订约，宣誓效忠撒旦，以此换取超自然的力量。从世俗层面而言，巫觋是以超自然力危害他人人身及财产安全的人，以超自然力作恶，施行妖术（maleficium）。巫术罪由此具有双重意味，它损害邻人的利益，也直接危及神的权威，这也说明为何巫术指控常与对宗教异端的迫害纠缠在一起。

在 1692 年猎巫开始之前，政局动荡、边疆战争、恶劣气候和社会经济变革等诸多因素，使得殖民地处于一种紧张冲突之中。清教牧师将种种麻烦视为宗教精神衰落和上帝怒火的征兆。从 1679 年开始，殖民地展开一场致力于道德革新的宗教改革运动，"马萨诸塞殖民地政府对道德革新及对大多数宗教问题持更为严厉的立场"（Baker，2015：52），科顿·马瑟在布道中反复以撒旦、善恶之战的意象来阐释殖民地的危机事件，警示山巅之城的危险。塞缪尔·帕里斯等牧师在猎巫开始前也反复渲染危机，预言"与撒旦的战争即将到来"（Baker，2015：100）。在《叛教者》中，安杜佛镇的托马斯·巴纳德牧师是科顿·马瑟的朋友，他布道时，宣讲的也是这类内容。不仅如此，有关巫术和辨认巫觋的知识也在民间广泛流传，这些知识既包括为教会及权威机构认可的官方知识，也包括不被官方认可的民间流行信仰及实践。

在小说中，作家刻意描写了玛格丽特·图塞克为来访牧师背诵辨巫审巫知识要点的场景，这一细节提示，这类知识在殖民地广泛播散于民众中间。不仅如此，这类知识体系共同形塑了 17 世纪民众的观念世界，也激发了民众对未知的、黑暗的、隐形世界的想象力。玛格丽特并非一位指控者，但作家显然是把她作为清教文化孕育的一种典型来描述的，尤其强调她神经质的敏感与近乎病态的想象力。可以说，以玛格丽特为代表的少女们折射出清教文化的另一面,她们敏感纤弱,想象力过度发达,过多沉溺于关于撒旦、巫术及黑暗世界的想象中。这在危机时刻,的确会转化成群体性的歇斯底里。毫无疑问,1692 年危机之前,殖民地已孕育出猎巫的大气候,正如小说里描写的,"安杜佛镇的人一觉醒来,发现家舍和田园的每一个角落都住着巫觋"(Kent,2008:291)。巫无处不在,任何人都有可能成为清教共同体的敌人,但对被指控的个体而言,巫术指控必然存在某些直接诱因或导火索。

需要看到的是,玛莎·凯利是一位真实存在的历史人物,有关她的庭审记录也保存至今,这些史料为再现审判场景,还原巫术指控的内在逻辑提供了重要线索。有趣的是,作家把诉状、逮捕令和证人证词直接搬进了小说,使得史料与虚构相互印证,呈现出一种有趣的互文关系。史料显示,针对玛莎·凯利的诉讼由塞勒姆的约瑟夫·霍尔顿(Joseph Houlton)和约翰·沃尔科特(John Walcott)在 1692 年 5 月发起,控告的罪名是玛莎对玛丽·沃尔科特(Mary Walcott)、阿比盖尔·威廉斯、默西·路易斯等塞勒姆村上的女孩施行巫术。几位证人控诉的正是乡邻间常见的各种纠纷:约翰·罗杰(John Roger)指证七年前与她争吵后,两头健壮的母猪一头死了,一头丢了;塞缪尔·普雷斯顿(Samuel Preston)说与玛莎争吵过几次,然后牛死了;本雅明·艾博特(Benjamin Abbott)证实与她发生过地界争端,之后自己病倒多年。的确,正如研究者指出的,巫术指控大多源于邻里纠纷,它其实有着极为"日常(ordinariness)的面目",甚至可以说,"17 世纪新英格兰巫术及猎巫史本质上是一部社群面对面交往的历史,人际间充斥着猜忌、愤怒和报复的情绪"(Hall,1991:5)。

在猎巫的大气候中,这类琐碎的邻里争端坐实了玛莎恶意行巫的指控。在《叛教者》里,作家以证词为基础再现玛莎与邻里的争端,这类争端或者与财物损失有关,或者关系到个人的健康与运气,种种不幸都被视为玛莎施巫术的结果。小说尤其描写了一场火灾造成乡邻间的抵牾。秋收时节,闪电引燃干草,火势蔓延到凯利家的麦田,救火时,风势突然转向,向东烧到霍尔特家(the Holts)的田里,邻人损失惨重。凯利家随后送去面粉作为安慰,但未能消除对方内心的嫉恨。苏珊娜·霍尔特(Susannah Holt)随即散布流言,风转向前,她看见玛莎在山顶上手舞足蹈。玛莎自己的解释是,裙子边着火了,她只是在扑火而已。琐碎之事被夸大，想象力添油加醋，在事件之间建立因果关联。玛莎灭火的动作被演绎成施巫术令风转向。这一幕场景不仅生动再现邻人间猜忌和怨恨的心理，也揭示了邻里纠纷转化为巫术指控的特定联想方式。

家族内部的财产之争是巫术指控的另一要素。玛莎·凯利案的证词显示，玛莎的外甥艾伦·图塞克（Allen Toothaker）也参与了指控，提到他与玛莎长子理查德打架时，玛莎如何让他倒地不起，还有两三天内接二连三丢失牲口的事情。他把这些都归结为姨妈恶意行巫的结果。有意思的是，作家却将矛盾的根源解释为家族内部的财产之争，这可能是基于她对家族史的了解。实际上，玛莎被指控时，她"并非社区边缘人物，而是处在社会实力的最高点上"（Howe，2014：186）。卡尔森在研究中发现，较之年轻女子，40 岁以上的中老年女性和独身、孀居、无子、少子或无男性继承人的女性，更容易成为被指控和定罪的对象。这一方面与她们过了生育年龄、无法再担任母亲角色、没有男性或失去丈夫的保护相关；另一方面，少子、无子或家族中无男性继承人，即意味着她有可能继承家族财产，由此"妨碍财产在男性间的有序交接"（Karlsen，1987：116）。

卡尔森将玛莎·凯利作为一个有力的例证，揭示巫术指控与女性经济实力之间的隐秘关联。史料研究表明，玛莎·凯利是安德鲁·艾伦（Andrew Allen）和费斯·艾伦（Faith Allen）的女儿，艾伦家族属于安杜佛镇首批移民，拥有地产和房产，在当地属于中等富裕程度的家庭，家中有二男四女。玛莎的父亲将大部地产分给了两个儿子，许诺将房产留给长子。姐妹中两人嫁给当地富户，另外两位，也就是出现在小说里的玛丽和玛莎姐妹，都嫁给了相对贫寒的人家。玛莎和丈夫托马斯·凯利婚后生活困顿，17 世纪 80 年代末从比尔里卡镇回到安杜佛镇，天花爆发后，她的父亲和两位兄弟都染病而死，父母名下的房产与地产势必由女儿们继承。因此，卡尔森将玛莎列为社会的一个异类，因为在她所属的社会中，"继承制度旨在确保财产留在男性手中"（Karlsen，1987：101）。

卡尔森关注的是财产继承的社会学意义，她力图说明的是像玛莎这样的女性何以成为潜在的指控对象；而作为小说家，肯特在《叛教者》中呈现的是巫术指控更为具体的情境，即由财产引发的两姐妹家庭之间的利益之争。有意思的是,她隐去玛莎父亲和兄弟死于天花这一事实,以玛莎母亲去世时的遗嘱为依据,合法化玛莎的继承权。小说以相当多的笔墨描写了玛丽长子艾伦的敌意和他蓄意纵火的恶行,这种冲突有可能最终演变为针对姨妈玛莎的巫术指控。肯特的家族史无疑是殖民地地方史的一部分,作家从财产利益之争的角度切入,为巫术危机中家族内部的相互指控提供了有力的解释。

玛莎与默西·威廉斯的矛盾是导致她被指控的另一关键因素。前文指出,边疆战争摧毁了缅因一带的聚居点,很多失去亲人和家园的难民涌入埃塞克斯县,或寄人篱下,或给人做帮佣。小说中的默西·威廉斯就是战争难民的一个典型,她的故事不仅体现出这类年轻女子的悲惨遭遇,也折射出她们与当地居民之间的紧张关系。塞勒姆巫术危机中,很多参与指控或被指控的年轻女子都直接或间接地受到边疆战争的冲击,据统计,指控和被指控方"超过40人有在缅因居住或拥有土地的历史,或者,有亲人来自边疆地带"(Baker,2015:63)。默西事件表明,在创伤记忆之外,战争难民与本地居民的矛盾冲突可能也是诱发危机的因素之一。

默西大约十七八岁,以契约工身份来到凯利家,就社会地位而言,已是低人一等,而被俘后与印第安人在一起的生活经历,又使她遭人嫌弃和歧视。可以说,她已成为社区的"他者",甚至连萨拉也不太看得起她,在她的眼里,默西不过是一个邋遢、粗鲁、轻浮的女子。默西无家可归,生存是她面对的实际问题,对处于适婚年龄的女子而言,找一个结婚对象是最理想的归宿,自然,这也是她试图诱惑理查德的原因所在。默西被玛莎逐出家门后,与凯利一家结下仇恨,她四处散布玛莎是女巫的流言,诸如"预测暴风雨、治愈动物"的能力被她当成罪证。作家形容道,"她就像满大街喊着瘟疫要来的更夫(town crier)一样"(Kent,2008:157)。默西与雇主的冲突源于边疆战争引发的社会动荡,失去家庭庇护的青年女子涌入社区后,带来不安定的因素,人际纠纷和利益冲突为后来的巫术指控埋下了伏笔。

1692年危机爆发前,玛莎·凯利已深陷人际冲突的漩涡,邻里纠纷、财产之争和雇佣矛盾的敌对方都在不遗余力地诋毁她,散布她恶意行巫的各种流言,在巫术危机蔓延的大气候下,流言很快发酵成正式的巫术指控。正如迪莫斯所言,"新英格兰早期巫术故事彰显出地方传言的力量,在法庭程序的背后——在正式'提起诉讼'、搜集证词和审判之前——无一例外地可以发现一团团云烟似的传言"(Demos，2014：201)。肯特对玛莎个案的再现，兼具史学的严谨性与艺术家的想象力，或者说，她的书写是基于家族史与庭审证词的一种想象性的历史还原。

3. "地狱之后"：女巫形象再现与政治化改写

在小说后附的"致读者信"中，肯特表达了她对玛莎·凯利这位先祖的敬意。她是家族中的传奇，在塞勒姆的受害者中，她也是不同凡响的，她执拗、刚烈、不惜以死捍卫自己的清白，被科顿·马瑟称作"地狱之后"(the Queen of Hell)。在小说中，肯特以史实为轮廓，艺术性地再现了一个历史中的女巫形象，但作家的历史再现又是政治性的改写。换言之，她笔下的玛莎·凯利不仅是个性鲜明的女性个体，更是具有勇气和信念的英雄人物。她的抗争与殉道被诠释为英国内战政治遗产在新世界的一种延续，因而，历史中的女巫又是为政治理念献身的殉道者。

传统上认为，17世纪新英格兰被控为巫的女性多少有些另类，这种另类既是社会学意义上的，也是个性特征上的。玛莎的丈夫原为威尔士移民，两人婚后一度非常贫困，只有在玛莎继承父母遗产后，才拥有经济上的保障，但她的继承权也是一个备受争议或遭人嫉恨的问题。经济、族裔和天花等因素造成凯利一家与社区的裂痕，即便玛莎并非穷困潦倒的社会底层，可以说，她也属于清教社区的边缘人。当然，就性格特征而言，玛莎更符合民众心目中的女巫形象。研究者指出，被指控的女性在性格上常有异于常人的地方，这类女性一般"难处、爱吵闹、争强好胜、偏执、不讲理、精明、善妒、易怒、不怀好意"(Karlsen，1987：263)，一旦巫术危机爆发，这类女性很快成为众矢之的。

史料表明，在安杜佛镇，玛莎·凯利显然没有人缘，她卷入各种纠纷，遭到很多人的敌视和仇恨，法庭审判时，"作证的人如此之多，以至于法官根本用不上她两个儿子指控她的证词"。科顿·马瑟称她为"猖狂的巫婆"，又说"她孩子和其他证人都证实了，撒旦给她保证过，让她做地狱之后"(Baker，2015：34)。"地狱之后"这个说法从此流传下来。这一称号无疑给玛莎·凯利抹上一丝传奇色彩，使她有别于村镇上一般的泼妇或胡搅蛮缠的女性。在重现历史中的女巫时，肯特敏锐地抓住了这点，将玛莎·凯利作为一个独具个性色彩的女性来书写。在她的笔下,玛莎·凯利的确是脾气烈、个性强硬又难以通融的,她是萨拉畏惧、难以沟通的母亲,但她首先是一个桀骜不驯、富于僭越勇气的女性。这点为作家后面的政治化改写奠定了基调。

在对人物的性格刻画中,肯特尤为敏感于玛莎的言语风格。玛莎的一些原话保留在庭审记录中,作家在小说中照搬了庭审记录中玛莎的原话,包括她对邻人的咒骂。言语刻薄自然招人嫉恨,这点不难理解,尤其是对殖民地民众而言,女巫的诅咒和威胁性语言又是有实际效应或力量的,它可能会带来切实的伤害和危险。值得关注的是,清教文化原本赋予语言以特殊的重要性,女性语言尤其具有微妙的社会意味,它直接关系到秩序与权威。在科顿·马瑟等宗教领袖看来,顺从动听的语言是女性虔诚的标志,而混乱越界的"女巫语言展示出女性话语全部的毁灭性潜能",从这个意义上说,"巫术罪在本质上往往是女性语言之罪"(Kamensky,1998:27)。

玛莎辛辣活泼的语言风格逾越女性语言的尺度,挑战男性权威,也挑战了由语言建构的性别规范。比如,与邻人塞缪尔·普雷斯顿的争辩中,她这样讥讽对方:"吝啬的小气鬼,能把一荷兰磅(a Dutch Pound)当成一英担(hundred weight),如果把铅井盖熔到井里能赚钱的话,哪怕五个孩子掉进井里,他也在所不惜。"(Kent,2008:118)在与本雅明·艾博特的地界纠纷中,她发誓要"紧贴住他不放,就像树皮贴住树干一样"(Kent,2008:124)。这类言语令与她吵架的男性震惊不已,却完美呈现了一个富于想象力的聪慧女子的形象。玛莎·凯利也以犀利的语言冒犯清教殖民地的牧师,直接僭越了清教社会的层级结构。玛莎·凯利原本对教士阶层无好感,尤其厌恶巴纳德牧师,两人也的确因为言语结仇:牧师告诫她反抗权威等同于反抗神的任命,必然要受到上帝的审判,玛莎回答说,"彼得前书里不是说,要除去虚伪、妒忌和诽谤,否则会毁掉污蔑者本人"(Kent,2008:73-74)。玛莎在此不仅针锋相对,也以引用《圣经》的方式确立自己的女性权威,这无疑是对清教男性精英的冒犯。语言是个性和精神世界的表露,玛莎的个性在她的语言间表现得淋漓尽致;语言在清教社会又是一种文化力量,玛莎辛辣活泼的语言风格呈现出她潜在的反叛力量。

肯特有意将玛莎塑造成一个有别于普通农妇的非凡女性。在小说中,玛莎受过良好教育，她教女儿读书写字，自己坚持记日志，记录丈夫和自己家族的故事。在故事的开始，玛莎还只是一个严厉、沉默、坏脾气的女性，随着小说的展开，她的个体形象逐渐丰满起来，成为一个性格坚毅、有内在激情、富于想象力和思考能力的女子，这一形象的转换又呼应着作家政治化的改写过程。实际上，并无足够史料显示，玛莎有明确的政治倾向。作为定罪女巫，玛莎是以巫术罪被绞死的"叛教者"，但在小说里，她为自己的良心和信念从容赴死，不仅是巫术法庭上的叛教者，更是一位自觉的殉道者。的确，玛莎捍卫的信念很难被称为具体的政治理念，她也并非任何政治组织的成员。然而，玛莎的确不同于丽贝卡·纳斯或巫术审判中其他富于勇气的个体。她与清教权威的对抗超越个体尊严的层面，投射出明确的政治意味。

实际上，这种政治性之所以不容忽视，很大程度上是因为作家对托马斯·凯利这个人物的书写。在肯特的家族史上，托马斯·凯利也是一位传奇人物。据说他原为查理一世的贴身卫士，后来转而效忠克伦威尔，查理一世被处死时，他是参与执行死刑的士兵之一，弑君者的传言伴随了他在北美殖民地度过的岁月①。托马斯·凯利深刻地影响了玛莎的思想，玛莎本人明确道出了这点。被逮捕的前夜，玛莎拒绝逃离，面对丈夫的劝说，她反问："你给了我这样的光明，难道又要熄灭这光吗？"（Kent，2008：176）英文里，"光"（light）这个单词是"启蒙"（enlightenment）一词的词根，玛莎显然把托马斯视为她的思想启蒙者与指路人。她接受了他的政治理念，并将它付诸实践，把巫术法庭转化成一个对抗暴政的政治舞台。需要细究的是，从英国内战到塞勒姆的巫术审判，这两种政治语境的转换是如何实现的？托马斯弑君者的身份给了她什么样的思想启发，或者，英国内战中的哪些政治话语具体影响了她？

在小说中，肯特实际上细心铺垫了从英国内战到殖民地政局之间的语境对接。作家在此采用了19世纪史学家提出的说法，即认为女孩纯粹是佯装，法庭及权力机构对塞勒姆事件负有不可推卸的责任。遭到指控后，玛莎认为，必须和法官讲道理，让他们看清事情的真相，这样就会戳穿女孩们的谎言。但

---

① 关于这点，凯思林·肯特在访谈中多次提过，她在第二部小说——《叛国者的妻子》中再现了托马斯·凯利的故事，请参看"Building a Giant：Thomas Morgan Carrier."〈https://visitwithkathleenkent.wordpress.com/2011/10/02/building-a-thomas-morgan-carrier/〉（Accessed September 23，2017）。

托马斯不这么认为,断言他们不会听从理性的声音,因为"他们在此建立的一切就是为了让自己踩在其他人的背上"(Kent,2008:175)。他看到的是殖民地政体内在的问题,即它固有的专制特征,专制的首要考虑在于维护自身统治,而非法庭的正义或民众的利益。托马斯的评判有一定的历史依据。

1684年查理二世撤销特许状后,马萨诸塞变为王室直辖殖民地,由英王委任总督管理,1684年到独立战争前的这段历史也就更多地与君权和暴政联系在一起。有意思的是,托马斯又以威尔士人的身份来评判英格兰人,认为殖民地政体的内在缺陷源于英格兰人的一种固有习气,即他所言的"英格兰人的做派"(the English way)。他以农夫吓鸟为例,喻说英格兰人的特别之处:不同于一般的稻草人,英格兰人在田地周围竖起尖利的杆子,直接把鸟鸦穿在尖头上,"有的鸟还活着,扑打着翅膀"。他以这一实例说明英格兰人的残暴,惯以血腥镇压激起民众的恐惧:"英格兰人就是这样运作他们的宫廷的。"(Kent,2008:210)托马斯把殖民地专制政体视为英格兰政治传统的延续,随即把批判的矛头指向1692年的审巫法庭:"他们牺牲无辜者,认为这样就阻挡了罪恶的进逼,他们把这称作正义。"(Kent,2008:210)放在更开阔的世界历史中看,玛莎的抗争又是对英国内战反暴政政治遗产的某种接续。

在英国内战中,托马斯无疑经历过太多的政治动荡,也追随过不同的政治立场和目标,但"良心的自由"(liberty of conscience)是他自始至终不变的信仰。作家在小说中提到,活跃在殖民地的一个秘密组织"新平等派"(New Levellers)试图吸引托马斯加入,但他并未答应。历史翻云覆雨,显然已耗尽了他的政治热情。然而,这一线索显示,托马斯在内战中可能属于当时更为激进的平等派(the Levellers)①。平等派对人性与人神关系持有乐观主义信仰,认为作为上帝的造物,人生来是平等和自由的,也是可完善的,只有在认同的基础上,才能对个体施加权威和统治的权力,但"人的良心只对上帝负责,没有人可以让渡这种责任"。"良心的自由"本质上是一种宗教的自由,但其乐观主

---

① 平等派:17世纪40年代后期从议会派中发展出的一个更为激进的派别,倡议人民享有最高主权,视"认同"(consent)为统治合法化的基础,主张人民在法律上一律平等并主张取消国王和上议院的否决权。1647年10月下旬,为迎击克伦威尔等人即将发动的进攻,平等派曾拟订过一个激进的纲领草案——《人民公约》。

义的信仰很容易转化为对现世政治的巨大热情，它"衔接其宗教与政治的分野"（Knoppers，2012：86），构成平等派政治理念的基本原则。

在《叛教者》中，托马斯和玛莎都一再重申这一原则。托马斯并不赞成玛莎的选择，认为她并无力改变整个法庭的运作，但他选择尊重，他这样向女儿解释："我们，所有的人，都必须独自遵从良心的律令。没有任何行政长官、法官或教会执事可以让我们放弃真理，因为他们只是人。"（Kent，2008：211）良心是神圣不可侵犯的一个领地，不受宗教、政治或任何外在力量的干涉，即便以爱的名义，他也无权干涉或冒犯玛莎的良心。良心的自由也是玛莎秉承的信仰，即便她知道自己无力改变什么，她仍会选择走上法庭，因为她无法违背良心的声音。不仅如此，她深信践行良心自由原则是改变现世政治的有效途径，对丈夫说："'没有更大的抗争和牺牲绝不会实现更大的善，无论你是男人，还是女人，只有这样，我们才能推翻暴政'——这些是你说的。"（Kent，2008：176）显然，在小说的结尾，玛莎这个人物已经脱离史料中那个言语刻薄、脾气执拗的人物原型，她不仅是宗教权威眼中的叛教者或"地狱之后"，更是追随"良心的自由"的异端分子和一位从容赴死的殉道者。作家的改写具有不可忽略的政治意味。

凯思林·肯特对塞勒姆巫术审判的历史再现融家族史、官方史料和当代学术话语为一体，致力于重现一个危机四伏的清教世界，还原巫术指控的历史情境与内在逻辑。与19世纪人霍桑反观的代入视角不同，肯特在《叛教者》中力求回到历史现场，体现17世纪人的现实生活及其观念世界。但不容否认，这种力求客观呈现的冲动同样为阐释性话语所渗透，可以说，小说在一定程度上是塞勒姆学术话语的艺术性再演绎。作家选择萨拉为叙事人，但玛莎·凯利始终是小说的情感中心，凝聚了作家丰沛的想象力，在对这个历史人物的再现与政治化改写中，作家不仅书写了一曲女巫的英雄赞歌，也在家族史与国家发源、巫术审判与反暴政的政治传统之间建立了幽微的关联，这使得她的历史小说呈现出一种开阔的格局。

四、凯瑟琳·豪与《迪丽芬斯·戴恩的医书》

凯瑟琳·豪为当代美国作家，出生于得克萨斯州，本科毕业于哥伦比亚大学的艺术史和哲学专业,硕士就读于波士顿大学,获美国与新英格兰研究方向的硕士学位,后在该校攻读美国和新英格兰研究的博士学位,期间,曾为波士顿大学的本科生开设有关新英格兰巫术的研讨课。豪毕业后执教于康奈尔大学,讲授美国研究方面的课程。2015 年,她作为访问作家,客居于北卡罗来纳州的勒努瓦-雷恩大学(Lenoir-Rhyne University),2016 年成为斯坦福大学行为科学高级研究中心的访问学者。显然,豪是位有着学院背景的作家,迄今已发表五部长篇小说:《迪丽芬斯·戴恩的医书》、《天鹅绒与玻璃之家》(The House of Velvet and Glass,2012)、《皈依》(Conversion,2014)、《安妮·范·欣德瑞现身》(The Appearance of Annie Van Sinderen,2015)和《坦普瑞斯·霍布斯的女儿们》(The Daughters of Temperance Hobbs,2019)。此外,她还编辑出版有《企鹅图书之女巫》(The Penguin Book of Witches,2014),该书为英美迫害女巫的史料汇编。

《迪丽芬斯·戴恩的医书》(后文简称《医书》)是豪的第一部小说,小说一面世即获好评,列《纽约时报》年度畅销书排行榜第二位。小说得益于作家学术背景和家族史的双重激发。凯瑟琳·豪为新英格兰历史的专业研究者,而她又是塞勒姆被控女巫的后人。其家族于 1620 年间定居于马萨诸塞殖民地,在 1692 年的巫术审判中,伊丽莎白·普罗克托和伊丽莎白·豪(Elizabeth Howe)被指控为女巫,伊丽莎白·豪被处死,伊丽莎白·普罗克托因怀孕幸免于难,凯瑟琳·豪与这两位女性都有亲戚关系。豪在访谈中感言,这层关系使得历史富于个人意味,"否则会觉得离自己太遥远,难以产生关联感"①。家族史和专业素养也使得她以不同寻常的视角来看待巫术、女巫、审巫事件和现代世界的关系。巫术信仰是 17 世纪观念图景的一部分,对当时卷入塞勒姆审判的各方而言,巫术是真实存在的。这也是作家强烈意识到的一点,"塞勒姆真的就是针对巫术的审判",那么,"巫术如果是真的会如何?"(Howe,2009:457)豪以此为预设,创作了一部融现实主义与超自然和幻想元素为一体的作品。小说里的女巫是受害者,但她也的确是拥有另类知识和超自然力的女巫,

---

① 请看 Bookreporter. com〈http://www. bookreporter. com/〉(July 2,2009)(Accessed January 10,2018),Kate Ayers, review of *The Physick Book of Deliverance Dane* (June 7,2010),author interview。

这使得作家在讲述塞勒姆历史时拥有了一个不同寻常的视角。

和霍桑的《七个尖角阁的宅子》一样，《医书》将历史与现在衔接起来。在霍桑的小说里，1692 年巫术审判更多是一种潜隐的背景，但在《医书》里，过去与现在像平行的两个时空体。1692 年的危机以自身逻辑重演，主人公在 1991 年的时空里经历自己的人生故事，1692 年的历史以间奏的方式穿插于 1991 年的叙事中，而过去与现在的关联又是主人公致力研究的学术课题。故事开始于 1991 年 4 月末，主人公康妮·古德温(Connie Goodwin)是哈佛大学历史系主修殖民地历史的研究生，此时刚刚通过学院的博士资格口试，成为一名博士生，开始为博士论文的研究做准备。康妮的导师曼宁·奇尔顿(Manning Chilton)教授对她寄予厚望，督促她立即着手寻找新的原始资料，认为未发现的原始史料对她的研究至关重要。

与此同时，康妮接到母亲格蕾丝·古德温(Grace Goodwin)的电话，托她回马布尔黑德镇的老家，收拾闲置了 20 多年的老宅。老宅建于 1700 年左右，仍保持了康妮外祖母去世时的原样，屋内未通电，没装电灯电话。康妮在宅子里发现一本古老的《圣经》，从《圣经》里掉出一把古老的钥匙，里面塞着一张写着"迪丽芬斯·戴恩(Deliverance Dane)"字样的羊皮纸。导师认为这可能是一个人名，康妮于是对这个人物展开追索，奔走于塞勒姆和波士顿查找教会记录、法院遗嘱和各种历史档案。康妮发现，迪丽芬斯·戴恩是 1692 年塞勒姆巫术审判中一位被处死但未记录在册的女巫，从遗产清单中，她还发现迪丽芬斯留下一本"医书"——此类"医书"是可能被作为女巫证据的抄写本，包括食谱、草药配方，也包括咒语之类。如果能找到它，这本书将成为历史研究极为珍贵的原始资料，康妮随即转向调查该书的下落。奇尔顿教授此时陷入学术困境中，对炼金术的研究令他误入歧途，他相信"哲人石"(the philosopher's stone，俗称"魔法石")的存在，认为女巫留下的书里可能藏着哲人石的秘方。他不断对康妮施加压力，逼迫她尽快找到书的下落，甚至不惜对康妮的男友下毒。

在康妮以学术研究的方法回溯历史，追索家族先人残留的碎片痕迹时，迪丽芬斯·戴恩两个世纪前的故事也以间奏的形式穿插展开。迪丽芬斯精通草药知识，擅长替人和牲口治病，她也懂占卜，实际上属于巫医或民间术士这类人物。1681 年，她曾为乡邻病危的女儿治病，但未能挽救她的性命，这位父亲怀恨于心,转而散布她为女巫的流言。为捍卫清白,迪丽芬斯以诽谤罪将后者告上法庭,但以败诉告终。1692 年塞勒姆猎巫事件爆发后,这段纠纷很快使她成为指控对象。迪丽芬斯早已预知结局,提前为女儿默西(Mercy)做了安排,康妮外祖母居住的老屋正是迪丽芬斯为女儿所建。迪丽芬斯随即被捕入狱,被判有罪,死在绞刑架上。作家以历史学者的专业素养,重构 1692 年巫术指控的逻辑,复原巫术审判的法庭和监狱场景,也书写了群体性疯癫中个体的命运与人性的尊严。

对康妮而言,回溯家族史既是她重新认知塞勒姆的路径,也是她自我认知的历程。在对迪丽芬斯的追索中,康妮恍然大悟,自己原是迪丽芬斯的后人,历史研究使得她得以重构出一支母系家族谱系:迪丽芬斯(Deliverance)—默西(Mercy)—普鲁登丝(Prudence)—培西恩丝(Patience)—坦普瑞斯(Temperance)—索菲亚(Sophia)—格蕾丝(Grace)—康斯坦丝(Constance)。这些名字一律具有宗教意味,都与清教信仰或美德相关,分别意味着"拯救""仁慈""谨慎""容忍""节制""智慧""恩典"和"恒久"。康斯坦丝是康妮的全名,名字清晰地标识了她的血统和身份。作为巫医后人,康妮也遗传了神秘的超自然力,这种能力在她寻找迪丽芬斯的过程中逐渐被唤醒,最后,她以超自然力打败导师,挽救了男友的生命。

巫医、占卜、法术、超自然力,还有浪漫爱情,这些元素使得故事引人入胜,充满奇幻色彩,但《医书》绝非一般意义上的通俗故事,布莱特曼认为它具有"神话诗式的幻想"力量(Bratman,2010:9)。它不仅具有历史研究的严肃视角,也从女性的角度辨析性别与知识和权力的内在关联。在重现塞勒姆悲剧的同时,作家也探索了被清教主义和现代世界边缘化的信仰体系与女性知识传统。从这个意义上说,《医书》可谓"女巫"对塞勒姆历史的成功逆写(write back),同时,它也是一部基于女性主义视角的现代性反思之作。

1. 迪丽芬斯·戴恩:女性主义的历史个案研究

作家在后记里交代,迪丽芬斯·戴恩在历史上确有其人,她和丈夫纳桑尼尔·戴恩(Nathaniel Dane)住在安杜佛镇,在塞勒姆猎巫的后期被控为巫,被投入监狱 13 周,随审判结束而获释。有关戴恩的历史记录很少,唯一可查的是她在狱中生活的账单及庭审记录,这为作家留下了丰富的创作空间,或者说留下了一个融历史与虚构为一体重新书写的契机。作家以丰富的史料重构17世纪的清教世界，将小说人物与历史人物并置，在历史真实的场域中，呈现巫术指控的内在逻辑，并以对女巫形象的再现与改写，质疑和挑战清教社会的性别观念。可以说，小说首先是基于女性主义立场对审巫事件的个案研究。

在《叛教者》一节中，我们已经指出，塞勒姆猎巫的大气候决定，任何人都有被指控为巫的可能，或者说，被指认为宗教共同体的敌人，但"女性仍是巫术恐惧的首要目标"（Karlsen，1987：49）。源自基督教传统的性别观念深刻影响了西方的猎巫历史，"基督教的意识形态对女人的压迫毋庸置疑"，"神父们宣布她天性下贱邪恶"（Beauvoir，1956：120 - 121），基督教传统认为女性因为天然的缺陷，比男性更易受诱惑成为撒旦的随从。海因里希·因斯特托里斯（Heinrich Institoris）和雅各布·斯普朗瑞（Jakob Sprenger）合著的《锤击女巫》（*Malleus Maleficarum*，1486）在欧洲猎巫史上臭名昭著，曾经是欧洲起诉、审讯、处死女巫的权威教程。它系统论证了女性与巫术的内在关联，对形成"将巫术主要归罪于女性的传统"（Russell，1972：145）起到了推动作用。"巫为女性"似乎成为不证自明的真理，在17世纪的新英格兰，也是清教社区默认的观念。纵观宗教史，巫术审判主要围绕女性展开，女性受害者的人数远远超过男性。塞勒姆事件大体上折射了巫术审判的性别分布规律。据统计，在185位有名可查的被告人中，女性占的比例为四分之三，认罪女巫几乎全是女性。正如霍尔所言，"性别是谁会被选中、标记为'巫'的最可靠的预报器"（Hall，1985：274）。不仅如此，审判和判决也呈现明显的性别双重标准倾向，141位女性中，有52人受到审判，而44位男性中只有7人受审，尽管受审后男性定罪的概率更大，但整体上男性被审判和定罪的比例远远低于女性。

作家在此利用她的专业知识，将人物设定为一个统计学意义上的典型女巫：中年女性，相对独立，经济上处于中低阶层，有一个独生女，卷入巫术审判时孀居，靠行医治病为生。迪丽芬斯大体上符合女巫的统计学特征，这也就意味着，她有被指控的潜在风险。那么，在塞勒姆巫术危机的大气候下，是什么样的具体境况使得个体的指控成为可能，或者说，促成巫术指控的世俗因素是什么？和肯特一样，凯瑟琳·豪以史学研究的审慎贴近17世纪的观念世界，力求重构巫术指控的历史情境。塞勒姆危机中，宗教因素，或者说，"与撒旦订约"的观念占据重要位置,但即便如此,大多数指控关及的仍是邻里纠纷、各种离奇的灾难、伤害或事故等。作为历史学者,凯瑟琳·豪深谙巫术指控的民间性。

实际上,作家从开篇就埋下线索,为巫术指控设定了可信的具体情境:迪丽芬斯的故事回溯到1681年的冬天,序言部分呈现的是她来到一户人家,替小女孩治病的场景。彼得·帕特福德(Peter Petford)是一位鳏夫,独生女玛莎(Martha)卧病不起,走投无路之际,他听从邻居建议,请迪丽芬斯来给女儿治病,因为她是村里有名的巫医。她给玛莎喂了药剂,但无力回天,失去亲人的彼得绝望不已,转而记恨迪丽芬斯,在乡间散布谣言,指责她为女巫,以巫术害死了自己的女儿。迪丽芬斯和丈夫纳撒尼尔对此深感忧虑,1682年向塞勒姆镇的法庭提起诉讼,状告彼得诽谤罪,但不幸的是,迪丽芬斯没有胜诉,正如法官阿普尔顿上校(Samuel Appleton)所言,"如果这次没打赢官司,谣言只会愈演愈烈"(Howe,2009:71)。十年后,塞勒姆危机爆发,名声在外的迪丽芬斯顺理成章成为怀疑对象,乡邻纠纷是迪丽芬斯被指控的直接导火索。

迪丽芬斯的特别之处在于她兼有巫医这一身份。在欧洲历史上,巫医是活跃于民间社会的一类人物①,在前科学时代,巫医传统是"巫术传统的重要组成部分"(Blécourt,1994:288)。"一个确凿的事实是,有巫觋的地方,必然有巫医,两类人物的历史不可分割地纠缠在一起。"(Davies,2003:X)巫医是拥有特别知识的人群,他们的知识"或源自超自然途径,或是一种天生、遗传的能力,又或者是因为能识字"(Davies,2003:XIII)。一般认为,巫觋以魔法或妖术作恶,而巫医以超自然力行善,干预或阻止巫觋行恶,巫医似乎是巫觋的对立面。从近代早期开始,人们甚至以颜色来区分这两种巫术,即白巫术和黑巫术之分。但戴维斯指出,对基督教教会而言,两者并无分别,巫术本身就是有罪的;再者,这一区分并不符合大众对巫医的看法,"无论是在社会还是在巫术领域,他们的地位都是暧昧不明的"(Davies,2003:X)。巫医可以治病、解巫

---

① 英文一般以 cunning folk 或 wise people 来指称这类人物。cunning 一词在词源学上有"知道"(know)之意,女性可称为 cunning woman 或 wise woman。这类人在传统社会承担着相当重要的功能,提供各种服务,比如给人畜治病、占卜、算命、找失物、查窃贼、寻宝、给人下催情药、给中了魔咒的人解除巫术等。

术,这自然也意味着,他们有能力祸害人或施巫术,这点尤其使他们显得可疑。

对女性而言,这一身份意味着更大的风险,因为它隐含有双重僭越的意味。研究表明,被控为巫的女性中有些原本是接生婆和巫医,尽管不能认为她们占大多数,但"17 世纪新英格兰的巫医更容易成为巫术指控的对象"(Hall,1991:5)。这类女性介入和干预生命死亡的自然进程,似乎拥有影响他人健康、生死的神秘力量,对清教社会而言,这种力量既是对神的僭越,也是对父权制秩序的挑战。另一方面,对巫医的指控与职业竞争也存在一定的关联,"不管是否收费,接生婆和巫医都是对少数男性医药从业者的直接竞争"。在英格兰,"男性在 17 世纪早期已成功贬低女性医学的知识,将男性从业者称为'医生',禁止女性接受'职业'培训,或者,也可能将女性从业者指控为巫"(Karlsen,1987:142-143)。医学的职业化进程在北美殖民地相对滞后,但在波士顿和塞勒姆等沿海城镇已开始出现。迪丽芬斯无疑是一个敏感对象,人际纠纷和巫医的身份都使得她在劫难逃。

僭越性别规范是女性被控为巫的一个重要原因。有研究者指出,新教的变革在将男性确认为个体的同时,也对天主教的女性观进行了重塑,"新的男性需要新型的女性:并非像他一样的个体,而是一个能确保他进取、积累财产、拥有自信并顺从新主人的生灵"(Karlsen,1987:180)。女性可能具有向善的能力,但她仍非独立的个体,清教主义在更为正面地看待女性的同时,仍承袭了对于女性的古老偏见。再者,清教主义以家庭结构映射宇宙间的等级秩序,女性必须附属、屈从、服务于作为一家之主的丈夫,不断压制和舍弃自我的意志与欲望。从小说的描写来看,迪丽芬斯与丈夫之间更像平等的伴侣关系,甚至比丈夫更具有内在的力量,她的活动范围逾越家庭界限,还以知识和技能为家庭增加收入。1682 年塞勒姆法庭上的一幕别有意味,作家透过法官的眼睛,向我们展示了人物的形象:她衣着整洁,面色平和,但神情间分明有掩藏不住的自信。法官觉得,"在某些女性那里,这种自信很可能被当作骄傲"(Howe,2009:67)。清教主义将骄傲视为一种罪,女性的骄傲更具有僭越和挑战的意味,从这个角度,可以更好地理解迪丽芬斯败诉的原因。尽管法官阿普尔顿对她有深切的同情,但她在陪审团的眼里已成为一个异数,"看见对戴恩太太的憎恨扭曲了波尔弗里先生的脸孔,阿普尔顿已知道判决的结果了"

(Howe, 2009：77)。波尔弗里先生与迪丽芬斯并无过节,显然,这种憎恨并非私人性质,或针对个体的,它是男性集体的,甚至本能的憎恨。陪审团的判决可谓清教社区对僭越女性的报复。

迪丽芬斯是统计学意义上的典型,但作家并未将人物做简单的类型化处理,而是始终将之作为一个独特的女性个体来塑造,这与作家对历史研究的理解也是一致的:历史并非僵死的事件的聚合,历史研究始终关系到历史情境中鲜明的个体。在对女巫形象的重塑与改写中,作家彻底颠覆了女巫的类型化脸谱——贫困、落魄、脾气坏、难以与人相处等。卡尔森认为,女巫脸谱化的形象主要是基于指控者证词形成的,"并无多少事实根据"(Karlsen, 1987：263)。更重要的是,它隐含了这样的逻辑:这类女性完全因为个人或个性原因被指控,她们纯粹是咎由自取,这也就遮蔽了巫术审判中的性别主义。关于女巫的刻板印象不仅存在于大众观念中,也渗透在历史及相关研究的学科话语中,如吉布森所言,"历史学家参与书写了一种具有内在性别歧视主义的话语,这套话语又以'过去和现在既定的女性行为规范'为根基"(Gibson, 2007：129)。豪在塑造迪丽芬斯这个人物时,有意识地偏离传统历史话语建构的女巫形象,也挑战了清教文化乃至整个西方传统中隐含的性别偏见。她笔下的迪丽芬斯温和,友善,富于智性,乐于以医术助人,具有爱、同情与坚韧的力量。在1692年荒诞的历史场中,她不仅展现出人性的光辉,其理性的犀利也与塞勒姆的癫狂形成鲜明对照。

危机爆发之际,迪丽芬斯已预知悲剧的结局,这使得置身风暴中的她,具有一种先知的睿智与冷静。她向女儿解释,她无法为自己申辩,因为"法庭上没人愿意听从理性的声音"(Howe, 2009：412)。她深谙人性自私和阴暗的一面,预言审判会持续下去,因为法官们顾及自己的声名,而疯狂指控的女孩则尝到了左右他人的力量,也不会立即停止。在法庭上,迪丽芬斯重申自己对上帝的虔诚信仰,驳斥巫术为撒旦崇拜的观念,坚称自己的能力来源于上帝的启示,直接驳斥了清教权威的阐释。当斯托顿总督反问,"难道你要说这个法庭是为错觉误导吗?"(Howe, 2009：395)迪丽芬斯答道,给无辜者定罪只会让撒旦得逞。作家也以细致的笔触再现了波士顿监狱阴森可怖的场景,有意安排人物与塞勒姆审判中最为知名的受害者同监,让她与这些历史人物有交流和互动的机会。值得一提的是多卡斯·古德，她的遭遇折射出塞勒姆猎巫史上最惨无人道的一面。多卡斯被捕入狱时，年仅四岁，在波士顿监狱被关了 9 个月，其母萨拉·古德被绞死，多卡斯后来精神错乱。在狱中，迪丽芬斯尽可能地照料小多卡斯，以超自然力给她催眠，减轻她的痛苦，令地狱似的监狱中也充满爱与同情的光辉。迪丽芬斯的抉择显示了她的勇气与担当。女儿默西设法来到监狱，劝她出逃，迪丽芬斯拒绝女儿的请求，她认为抛下其他无辜的人求生，在道德上是无法接受的行为。

与历史上的受害女性不同，小说中的迪丽芬斯的确拥有超自然的力量。在一部非现实主义的虚构作品中，神奇和幻想是引人入胜的元素，但除去艺术效果的考虑外，巫术也具备一种隐喻的功能，作家在访谈中指出，"巫的观念包含两个根本元素，一是替罪羊，另一个是力量"[①]，不妨将之视为女性力量的象征。迪丽芬斯所拥有的巫的属性其实是她作为女性的不凡之处。同时，她也是父权社会需要压制的女性力量。"回访塞勒姆，聚焦个体的女性，实质上，就是探索女性所拥有的力量——她们被无辜指控，只是因为拥有超出清教社区许可的自由、权威和财产。"(Lee，2011：176)但作家对女巫形象的改写并非基于女性主义立场的理想化再塑造，而是投射出更为繁复的文化意味。迪丽芬斯是史学话语中的女巫，更是当代新异教[②]文化语境中的女巫。作家将史学与神话毫无障碍地融合在一起，赋予历史中的女巫神话的意味。

2. 女巫的母系家族谱系与巫医神话

凯瑟琳·豪显然为巫医这一人物类型所吸引，在小说的后记部分，她对巫医做了学术性介绍，且特别提到，尽管传统上认为，由于清教主义的严厉抵制，新世界杜绝了一切有异教色彩的习俗和信仰，但巫医传统实际上也传入了新英格兰殖民地，是民间信仰和观念世界的一部分。人类学研究表明，巫医治病依据的是民间传统的医药知识，"基本上是一些常识性的配方，以照料病人和

---

① Jia Tolentino, author interview. "The Truth About Witches: An Interview with Katherine Howe. "〈https://jezebel.com/the-truth-about-witches-an-interview-with-katherine-ho-1649987737/〉(Accessed May 10, 2018)

② 新异教(Neo-paganism)并不是一个统一的宗教运动，它涵盖多样化的传统与流派，尽管有些教徒宣称，他们传承的是前基督教时期的女神崇拜教。学界普遍认为，新异教与古老的女神文化并无直接渊源关系。新异教相信，异教文化有值得现代人借鉴的东西，比如对大地的尊重以及人与自然的和谐关系等，所以他们改写、翻新古老的传统，以满足现代人的需要。

接生积累的经验为基础,再加上有关植物和矿物药理作用的传承知识"。巫医治病包含仪式成分,即所谓的法术治愈(magic healing),如祈祷、贴符咒、念咒语等,这些源自"中世纪天主教会拥有痊愈力量"这种古老的信仰(Thomas,1971:178)。巫医传下的符咒多为拉丁文写成的基督教经文或祈祷文,但有些可能有更久远的异教或早期基督教渊源。作家认为,源于旧大陆的一些古老信仰,比如各种形式的白巫术,的确存在于当时的民间社会。然而,作家对巫医的书写并不局限于人类学的视野,其灵感更多来源于激进/新异教女性主义者建构的草药师/巫医神话。在《医书》中,作家生动地再现了塞勒姆巫术旅游业的风貌,提到城中开店铺、兜售各种巫术相关商品的威卡教徒。这些都提醒我们,作家熟悉新异教文化语境,她其实是以挪用巫医神话人物原型的方式构建了自己笔下的母系家族女巫谱系。在进一步分析之前,我们先对相关文化语境做简要梳理。

女性主义与猎巫运动的联系不难理解,从 19 世纪后期开始,猎巫的性别因素成为女性主义关注的课题。值得一提的是马蒂尔达·盖奇(Matilda Gage),她是第一波女性主义运动中女性选举权运动的主要领导人,但其观点更接近后世的激进女性主义。在 1893 年出版的《女性、教会和国家》(Women, Church and State)一书中,她系统探索了女性为父权压迫的历史,认为教会摧毁女性的自尊,而猎巫运动本身就是基督教会迫害女性的历史。她还提出,猎巫运动也是对以女性为中心的异教遗存的压制,被宗教法庭杀害的女巫其实"是早期的科学家、催眠师,是利用植物精华、本质性的灵性存在以及未被人理解的心灵力量的人","巫术指控是教会用来怀疑和压制女性科学知识的方法"(Gibson,2007:117)。盖奇将女巫视为异教的传承者,由此将巫术与异教、女神崇拜和失落的母系社会联系在一起。这些观点并非她首创,而是源于某些欧洲文献,有些也缺乏足够的证据支撑。尽管如此,20 世纪 70 年代初,当盖奇的作品重新受到关注后,这样的思想仍深刻影响了包括玛丽·戴利(May Daly)、苏珊娜·布达佩斯(Zsuzsanna Budapest)和斯达霍克(Starhawk)在内的激进女性主义者及女性主义宗教领袖(Zwissler,2016:177)。

猎巫是以基督教为代表的父权体制对女性的迫害,另一方面,猎巫也是对异教传统和女神崇拜的清除，这些观念在新异教运动中得到进一步播散和阐发。新异教运动中最大的流派为异教巫术（Pagan Witchcraft）①，也被称为威卡教。20世纪60年代早期，威卡教传入美国，至70年代末，形成两大流派，即以苏珊娜·布达佩斯为首的戴安娜巫术派（Dianic Witchcraft）和以斯达霍克为领袖的复兴派（the Reclaiming Tradition）。威卡教传入时，正值第二波女性主义运动兴起，威卡教很快发展出美国本土特色，"以对女神和女祭司的崇拜，吸引了后来成为女性主义者的女性，也直接吸引了女性主义者"（Pearson，2010：149）。鉴于此，有些学者以"女性主义巫术"（Feminist Witchcraft）来指称"20世纪70年代最初在美国发展起来的这两大流派"（Klassen，2004：71），而以"威卡"来指涉不具有女性主义立场、但更符合英国传统的威卡教派。异教女性主义与激进女性主义呈现出彼此渗透、相互影响的局面，对追随现代异教巫术的女性而言，威卡教既是对父权宗教信仰的一种替代和矫正，也是女性发挥创造力和想象力的一个话语场及实践空间。

世俗和宗教女性主义者都将"欧洲早期现代的猎巫运动看作父权制的基督教会与非父权制的原生信仰之间持续斗争的白热化状态"（Gibson，2007：7），两者共同建构和播散了一套所谓"火刑时代"（the Burning Times）的叙事或神话。这一神话"将猎巫比作针对女性的大屠杀（women's Holocaust），同时/或者，也是基督教会和国家清洗旧宗教的努力"（Klassen，2004：76）。戴利甚至模仿"种族清洗"（genocide）生造出"女性清洗"（gynocide）这个词。在这一叙事中，受害女性的身份也被改写和重构，历史中的受害者成了"草药师/治疗师/接生婆/女巫"（herbalist-healer-midwife-witch）：她们亲近大自然，擅长种植各类草药，拥有的实践知识来自母女之间的代代传承。神秘知识得益于她们与自然的亲密关系，或者，来源于半已湮灭的异教传统。她们以草药和

---

① 创始人为英国人杰拉尔德·加德纳（Gerald Gardner，1884－1964），他的小说《高级魔法指南》（*High Magic's Aid*，1949）和伪人类学研究作品《今日巫术》（*Witchcraft Today*，1954）成为现代巫术教的奠基文献。尽管加纳德声称与前基督教、前现代欧洲的"古老宗教"存在直接历史渊源，但在学界看来，他实际上是现代巫术及其实践的创始者，与古代宗教无甚关联。参见 Sarah M. Pike，"Neopaganism." *Encyclopedia of Religion*. Lindsay Jones Ed.，2ⁿᵈ Edn.，Vol. 10，Macmillan Reference USA，2005：6470－6474. Gale Virtual Reference Library.〈http://link. galegroup. com/apps/doc/CX3424502210/GVRL?u＝ucberkeley&sid＝GVRL&xid＝c46995ad〉（Accessed December 11，2017）。

常识为病人治病,给产妇接生,但她们的信仰为天主教会不容,其医学知识又威胁到处于职业化进程中的男性医生,她们的独立与自由更是对男性的挑战。出于以上种种原因,她们成为宗教法庭的迫害对象,被酷刑折磨,最后被活活烧死(Purkiss, 1996:7)。下面这段复兴派领袖斯达霍克的描写,很好地呈现了女性主义者所建构的草药师/治疗师/接生婆/女巫形象:

> 老妇人拎着一篮子她挖的草药和植物的根,篮子在臂弯里跟时光一般沉重。她脚下踩的小径是她母亲走过的,也是她外祖母走过的,还有她外祖母的外祖母;很多个世纪,她从这些橡树和松树下走过,采摘草药,把草药带回家放在农舍屋檐下晾晒,她的农舍坐落于村里的公地上。一如既往地,村民来找她,她的双手有治愈的力量,可以让子宫里的孩子翻身;她的喃喃低语可消除任何病痛,让辗转反侧之人安然入眠。(Starhawk,1990:183)

在女性主义者的想象里,巫医成了一种超越时空的人物,正如珀基斯所言,一种"永恒世界里不变的身份存在"(Purkiss, 1996:20)。在现代医学兴起之前,女性的确承担了照料和看护家人的责任,很多也具备接生和以草药治病的技能。但巫医神话在女性、自然和医治之间建构了天然的联系,呵护治病被视为女性的天职,亲近自然、精通草药性被定义为女性特质,而女性又被想象为未曾异化或失落的自然。巫医神话实质上体现了第二波激进女性主义的性别政治,这种性别政治又被称为"女性中心的女性主义"(Gynocentric Feminism)。它无疑是本质主义的(essentialist),强调性别的生物学差异,肯定女性特质和女性价值,认为女性的特定处境为"理解社会,构想一种解放政治提供了独特而富于建设性的视角"(Nicholson, 1997:3)。不仅草药师/巫医是性别政治建构的产物,历史和宗教研究表明,"火刑时代"叙事所讲述的包括死难者人数在内的很多东西都不符合事实,或者缺乏证据支撑,但它依然广为流传,因为它是神话,而神话之所以重要,不在于历史的真实,而在于其神话意味。

在《医书》中,作家实际上构建了一个完整的女巫母系家族谱系,从17世纪的迪丽芬斯一直到20世纪末的康妮,这些女性都拥有神奇的能力,擅长园艺,贴近大自然,用草药治病,给人接生,是巫医、接生婆和治愈师。迪丽芬斯的女儿默西对草药师/巫医做了这样的概括性描述："我擅长侍弄植物和草药，给病人或产床上的妇女配置药剂，也擅长查明让他们得病的真正原因，能尽力给他们建议，缓解他们的痛苦。作为回报，人们有时候给我东西，有时候也给我现金。"（Howe，2009：193）植物和草药是小说中反复浮现的意象，始终陪伴着这些女性，她们都对植物有着天然的亲近和理解能力，而草药知识和治病技能又以母女相传的方式在家族内部传承。迪丽芬斯用打在水杯里的鸡蛋卜吉凶，给人治病，为拒绝喝奶的小牛犊配药剂；遇难前，她加紧传授女儿默西草药配方和符咒知识。默西继承母亲的衣钵，也以此为生，她的女儿普鲁登丝则成了职业接生婆。康妮的外祖母索菲亚种植草药，配置药剂，俨然是迪丽芬斯在20世纪中叶的传人。康妮的母亲格蕾丝是60年代反文化运动的追随者，嬉皮士，也是一位"新时代"信徒（New Ager）①，有一双具有治愈功能的手，擅长以宇宙间的"治愈能量"为人治病，患有各种身体和精神病痛的病人都来寻求她的帮助。

　　身为历史学博士生的康妮，她的手同样有安抚病痛的神奇力量，她也善于辨识各种植物，会侍弄花草——母亲说她有"绿手指"（green fingers）。正如康妮自己意识到的，"一根沉默的链条将她生活中的这些女性与她在追索的历史上的女性联系了起来"，拨开母亲稀奇古怪的"新时代"语汇，可以看到为不同语汇遮蔽的真相，"就像所有这些女性，每一位都禁锢于自己的历史时代，但又都像康妮她本人的某种翻版，都以她们各自时代的语言来描述她所从事的技艺"（Howe，2009：366）。显然，作家在此挪用的正是激进女性主义建构的巫医神话，和斯达霍克一样，豪也将巫医等同于女性特质，而在其本质主义的范式下，女性特质又被生物学化。概言之，巫医被神话为一种本质性的存在，超越特定的时空，也超越历史中的个体。她是基于女性生物学差异的永恒的女

---

　　①　严格意义上的新时代运动（New Age Movement）流行于20世纪50-70年代，其最直接的思想资源来源于反文化运动，是一种融基督教末世论、千禧年主义、19世纪东方和另类宗教、诺斯替教教义、炼金术、文艺复兴巫术信仰等庞杂源流为一体的折中主义宗教运动。它预言西方世界将发生深刻变革，即将进入一个被称为"水瓶时代"的新时代。新时代运动强调宇宙的再神圣化、万物间的内在联系、物质与精神、情感与理性、科学与宗教的新型关系。参见 Wouter J. Hanegraaff，"New Age Movement."*Encyclopedia of Religion*，Lindsay Jones Ed.，2^(nd) Edn.，Vol. 10，Macmillan Reference USA，2005：6495 - 6500. Gale Virtual Reference Library.〈http://link.galegroup.com/apps/doc/CX3424502223/GVRL?u＝ucberkeley&sid＝GVRL&xid＝edfb6db8〉（Accessed December 12，2017）。

性特质,植物、自然、草药、呵护、治愈,这些可谓巫医特质的关键词。

另一方面,巫医神话在神化女性特质的同时,又落入传统性别模式的窠臼。小说中对康妮老屋空间的描写非常有意味:花园和厨房是康妮外婆的主要活动空间,同时,也是她作为巫医的活动空间,空间格局在此透露了巫医的传统性别角色。康妮回归祖宅,打开藤蔓缠绕的铁门,首先看到的就是外祖母的花园,花园处于高树和藤蔓的荫蔽之下,园里植物疯长。她在突如其来的灵视中,看见外祖母在花园里劳作的身影。作家相当耐心地列举了园中植物的名目,除常见的花草蔬菜和园艺植物外,还有不同寻常或者是有毒的植物。更令康妮惊异的是,陪伴她的小狗在园中挖出一株曼德拉草根(mandrake)。曼德拉草的根须像人形,含有麻醉和致幻的毒性成分,是一种与巫术密切相关的植物。在外祖母的厨房里,康妮注意到,成排的架子上堆满玻璃瓶和罐子,里面装有粉末、叶片和糖浆之类的东西,有的还贴着标签,只是字迹已模糊不辨。康妮知道外祖母并不擅长烹饪。她不懂其中的含义,在光顾过塞勒姆一家威卡店铺后,她才隐约感觉到其中的玄机。在这家名为"莉莉丝花园:草药和魔法珍宝"(Lilith's Garden: Herbs and Magickal Treasures)的店铺里,康妮看到货架上摆着以植物粉末和矿物质为配方的药剂包,由此联想到外祖母花园里的草药植物及厨房里的瓶瓶罐罐。巫医神话的性别角色模式也在此得到清晰体现:花园和厨房是巫医的领地,处于家庭内部,巫医承担的其实是传统的女性性别角色,"以家庭空间和家务劳作为中心,尤其是传统主妇操持的家务活,诸如配草药方剂、侍弄花草等"(Purkiss, 1996: 22)。花园和厨房暗示外祖母的巫医身份,也揭示了她的传统性别角色。实际上,巫医神话试图将女性职业与基于家庭的性别角色融合在一起,这也透露出其意识形态的守旧之处。

毋庸置疑,在20世纪现代化的世俗世界里,已经很难想象草药师/巫医的女性理想,她们赖以存在的社会基础不复存在,而且,以家庭为核心的职业幻想也有悖于现代社会的性别政治。或许,正因为如此,相对于17世纪的迪丽芬斯而言,康妮外祖母始终是面目模糊的,其身影只能通过康妮的观察、回忆与超自然的灵视投射出来,这其实透露出文本的意识形态困境,也无怪乎外祖母的草药制剂仍封藏在瓶瓶罐罐里,草药师/巫医的事业在她这里只是一种纯粹的私人兴趣和文化遗存。巫医在现代世界不复有存在的社会空间，而草药师/巫医原本是女性主义话语的一种文化建构，然而，作为一个独特的文化意象，她又具有丰富的"象征潜力"，围绕这一意象，作家得以在"历史与神话的元素彼此激荡"（Bovenschen, et al., 1978: 87）中探讨关切当下现实的问题。

3. "成为女巫"：女性成长与现代性反思之旅

在女性主义话语中，"女巫"是一个"极具弹性的能指"，可以指代父权文化的受害者、复仇者、"女性主义的先驱、过去时代的姐妹"（Purkiss, 1996: 9）；另一方面，自称女巫或"成为"女巫也就具有了纪念苦难、挑战性别规范和女性自我确立的多重意味，或者说，是女性自我赋权（self-empowerment）的一种激烈方式。在《医书》中，康妮经历了这一转变，在对家族先人的历史调研中，她走近家族的巫医传统，"在家族强有力的女性治愈师中确立了自己的位置"（Lee, 2011: 178）。所以，成为女巫首先是一个女性主义的命题，它隐喻女性成长的历程，在成为女巫后，康妮才逐渐获得精神与智性的独立，不仅从导师的控制下脱离出来，也找到了自己的学术方向。另一方面，在接通巫医传统后，康妮也获得了一种异质的文化视野，使她得以反观其所处的世界与视为当然的价值观念，由此，成为女巫也具有了更为繁复的文化意蕴。

康妮回归祖居之后，她生命中潜藏的神秘能力开始复苏，比如，她的灵视、与母亲的心灵感应等。外祖母留下的卡片则使她真正成了巫医传人。这些卡片和迪丽芬斯留下的医书一样，属于巫医的文化遗存，同样是将食谱、草药配方与咒语和法术混合在一起。康妮对照卡片，念出咒语的一刻，惊异地发现自己拥有了令植物开花或起死回生的神秘力量。在西方文化中，巫的神秘力量始终与女性的黑暗力量相关联。巫的能力的复苏，实质上也是女性意识和女性力量觉醒的过程。成为女巫，也就意味着女性的自我赋权。

小说里提到，巫医家族的女性总要承受失去爱人的痛苦，从迪丽芬斯到格蕾丝的几代女性，无一例外地遭遇不幸。这意味着，女性的独立必须以与男性抗争、以打破父权体制的方式获得，这是历史境况决定的，也是女性解放的第一步。尽管深受第二波女性主义影响，豪并不赞成激进的分离主义立场，更倾向于构建平等和谐的两性关系。作家对康妮时代的女性境况显然持有更乐观的态度，比起历史上的女性，当代女性享有更多的权力和自由，平等和谐的婚恋模式成为当代现实的一部分,女性的自我赋权已具有一定制度和意识形态的保障。显然,自我赋权的过程在康妮这里显得相对温和,成为女巫的康妮不仅拥有完美的爱情,也得以避免失去爱人的痛苦。

对康妮而言,自我赋权的更大挑战来自学界隐含的性别主义。哈佛历史系教授的性别比例充分显示了学术圈的男性中心主义。不仅如此,学院也为男性原则所规约,正如康妮意识到的,"没人喜欢一个感性的女学者"(Howe,2009:22)。她努力压抑情感,竭力表现得理性、冷静、干练,努力贴近这个被男性气质定义的世界。康妮格外珍视与希尔瓦(Silva)教授的情谊,她们亦师亦友,有着女性之间深沉的情感与思想交流。她的导师奇尔顿教授则毫不掩饰对女性及其学术能力的轻视,他对康妮更多是一种利用关系。康妮以法术战胜导师,无疑是一种学术上象征性的弑父行为,成为女巫在此果真具有了女性复仇的意味,但作家又刻意缓和其中的意味。奇尔顿并非教授或导师的典型代表,在误入歧途中,他几乎沦为中世纪至现代早期的炼金术士,她的复仇并不具有反学院或反体制的性质。但在与导师的抗争中,康妮的确从对学院和学术权威的崇拜中走了出来,获得精神和思想的独立。有意思的是,成为女巫之后的康妮仍选择回归学院,她明确了自己的研究方向,她的博士论文《北美殖民时期巫医的重新评价:以迪丽芬斯·戴恩为个案》最终将由哈佛大学出版社出版。显然,康妮将顺利进入学术界,成为一位有创见精神的女学者,而非像她的外祖母那样,局限于以花园和厨房为核心的家庭空间。显然,作家在挪用巫医神话的同时,又超越了它预设的性别分工。

在某种意义上,康妮的回归之旅也是一次现代性的反思之旅。性别压迫并非一个孤立的问题,压迫女性与征服自然是一体的,两者均内在于现代性的权力结构之中。正如生态女性主义者所言,"西方工业文明以与自然对立的方式缔造自身,而这又以辩证的方式回应、强化对女性的征服,因为人们相信女性更接近于自然"(Gaard & Murphy,1998:3)。这也是贯穿《医书》的一个根本命题。作家的女性主义关注与她的现代性思辨始终缠绕在一起。康妮的母亲格蕾丝最直接地表达了作家对现代性危机的忧患意识。格蕾丝是60年代反文化运动的忠实追随者,反文化运动本身包含着现代性批判的锋芒,"参与者从久远的浪漫主义及波希米亚式现代性批判传统中汲取了思想资源"①。格蕾丝抗拒体制化的主流生活，毕业后，带女儿住在康科德瓦尔登湖附近的一座集体农庄，具有界标意义的地理名词立即将 20 世纪的格蕾丝与 19 世纪的浪漫主义先辈们联系了起来，而浪漫主义原本是现代性的第一次自我批判。

反文化运动退潮后，格蕾丝又追随新时代运动，与其说她信仰新时代教义，莫若说她更为其非主流的、另类观念所吸引。女儿读大学后，格蕾丝移居到新墨西哥州的达菲，理由是此地"充满治愈能量"（Howe，2009：36）。她排斥现代科学主客体两分的世界图景，相信人与宇宙、精神与物质之间存在感应关系。她声称，"我们的身体是鲜活的、呼吸着的有机体"，"我们被周遭世界的节奏深刻影响着"，"有关我们的一切都与地球的状况密不可分地联系在一起"（Howe，2009：293）。格蕾丝看到的是万物浑然一体的有机世界，她也格外敏感于当代的环境危机，认为臭氧层空洞是一种危机加快到来的预示。无怪乎小说开始时，学院派的康妮与母亲俨然是两个世界的人，康妮严谨、理性，讲求秩序，力求融入学术体制；母亲则抗拒一切体制化的东西，率性、随意，看重自由和"灵魂的真理"（Howe，2009：36），从不对人生做理性的算计，本质上是个浪漫主义者。康妮与母亲的关系也经历了从隔阂到理解的一个转变，而这又对应着她自身意识的转变。康妮逐渐走近母亲、与她沟通的历程，其实也是摆脱狭隘的理性主义视角，重估前现代观念的历程。

康妮与奇尔顿教授的冲突构成她成长历程的重要环节，在某种意义上，两人的对立更像是历史女巫针对男性术士的复仇，作家对炼金术的批判本质上是对理性主义传统的批判。炼金术貌似属于古老迷信的一部分，但从科学史的角度来看，它是现代化学的雏形，如奇尔顿教授所言，"炼金术思维区别于纯粹科学思维的地方在于信仰"（Howe，2009：356）。炼金术以隐喻的方式看待世界，从物质中寻求本质，以概念代替物质本身。比如，他们认为水银对应金属性、硫黄为可燃性。炼金术的理想就是将物质提纯到它最根本、最纯粹的元

① "Counterculture." *The Oxford Encyclopedia of American Cultural and Intellectual History*. Oxford: Oxford University Press, 2013. Oxford Reference, 2013. 〈http://www.oxfordreference.com/view/10.1093/acref/9780199764358.001.0001/acref-9780199764358-e-170〉(Accessed January 11, 2018)

素。对哲人石的追寻体现的正是一种克服物质性的超越努力,因而,哲人石又成为永生和至乐的隐喻。尽管与神秘主义的信仰联系在一起,炼金术以范畴、概念和形式来把握世界,对物质进行分解和探析,与不具超越性冲动的科学一样,都体现了理性主义的思维方式,可回溯到西方形而上学的源头。巫术的思维方式有别于理性主义,巫术的世界是万物有灵的[①],巫师装扮成鬼神,模仿鬼神,以动作或姿态威吓或抚慰它们,巫师以模仿(mimesis)的方式与世界沟通,作用于周遭的事物,"而不是通过不断地把自身抽离客体的方式来实现的"(Horkheimer & Adorno,2002:7)。在马克斯·霍克海默等人看来,理性化进程甚至可回溯到更为古老的希腊神话中,"众神已与物质区分开,成为它们的本质"(Horkheimer & Adorno,2002:5)。炼金术在探究自然的同时,也试图控制和改变自然,它赋予主体以无限的力量,这与现代科学的逻辑是一致的。"在炼金术士的眼中,人具有创造力;他成就自然,主宰时间,概言之,他完善神的造物。"(Eliade,2005:236)炼金术的神话是乐观主义的神话,实际上,炼金术的神话并未随启蒙运动终结,而是在19世纪与新的信念一起,凝聚为一种"无限进步的神话"(Eliade,2005:236)。如果将康妮与导师的对立视为历史女巫与炼金术士的交锋,那么,这种对立就具有文化寓言的意味。

"对世界祛魅意味着根除万物有灵论"(Horkheimer & Adorno,2002:2)。对康妮而言,返回祖居,实际上是启动了一种令世界复魅的神奇旅程。这里要讨论的并非越来越频繁出现的超自然元素,而是作家复原古老世界图景的努力。一些古老的文化遗存,诸如祖居门上的辟邪物马蹄铁、住家后院里刻有符咒的地界石,都令康妮深刻意识到,巫术审判背后存在一个古老的观念世界,有关巫术的信仰及恐惧是真实的,而这也是后世功能主义或心理分析之类的学说所忽略的一个事实。尽管为清教主义抵制,"这些反巫术显然很常见,甚至存在于像恩迪克特和诺斯这样虔敬的清教徒人家,而且延续到1692年之后"(Baker,2015:132)。这些民间信仰大多有着更为古老的异教渊源,也隐

---

① 自19世纪晚期开始,万物有灵论(Animism)主要与人类学和英国人类学家泰勒爵士(Sir Edward Burnett Tylor)的理论联系在一起。泰勒认为万物有灵论是一切宗教"最基本的定义",认为原始人相信灵魂或精灵是生命得以存在的原因,灵魂是类似于水汽或阴影一般的存在,在人与人、生者与死者、植物、动物和无生命物质之间游走。

含了一套有别于基督教/现代世界的理性化思维模式。

从这个角度来看，作家对巫术、巫医和民间占卜的描写，除情节因素的考虑外，也是一种钩沉被遗忘的前现代观念世界的努力。由此，作家提醒我们，现代科学思维或许不是唯一理解和把握世界的方式，而技术的控制、征服与利用也未必是唯一沟通和关联世界的方式。在小说里，作家以人类学知识和小说幻想元素召唤出一个充满神奇和灵性存在的世界，这其实是对被理性思维概念化和客体化的世界施行复魅的努力。康妮发现大门上突然现出火灼的神秘符咒，惊惧之下，向威卡教女店主寻求解释。威卡教女店主认为是以意念力显现的符咒（manifestation），当康妮表示难以置信时，女店主答道："你不相信的事，并不意味着就不是真的。"（Howe，2009：246）康妮的母亲则认为，科学试图对一切做出解释，其实是人类的一种骄傲或自负（hubris）。搁置怀疑，拓宽看待事物的视角，在经验主义、实证主义和现代科学思维之外，我们或许仍可保有一份对存在的敬畏，这是作家试图传达的一种态度。

概言之，康妮的回归之旅，是她衔接巫医传统、自我赋权的女性成长之旅，同时，也是她获得开阔视野的文化之旅。但康妮并未像新异教主义者那样，逃离现代文明，成为真正的女巫。成为女巫是女性赋权的途径，但并非女性解放或解决两性问题的终极出路。同样，成为女巫，是反观现代文明的一个视角，但不是逃离或彻底否定现代文明的终极抗议形式。

4. 医书：关于女性知识传统的想象

迪丽芬斯留下的一本医书始终占据小说的核心，不仅是推动情节发展的元素，也具有一种明确的隐喻意味。一个有意思的事实是，小说在英国出版时，用的是《塞勒姆失落之书》（*The Lost Book of Salem*）这个书名，"失落之书"即迪丽芬斯留下的医书。书名在此暗示，巫术审判不仅迫害女性，也割裂了一脉古老的以女性为核心的知识传统。作家以挪用巫医神话的方式，敞开了一种基于女性特质的知识传统的想象，对女巫医书的想象不仅衔接小说的女性主义主题，也与作家的现代性反思结合在一起。

《医书》在历史中的遭遇隐喻了父权社会中女性知识的状况。凯瑟琳·豪敏感于现代学科和知识机构中所隐含的性别歧视，她关于医书下落的情节设计有力反讽了体制化的性别歧视。康妮的导师奇尔顿教授身为哈佛大学历史系主任,明显具有性别歧视的倾向,他本人也对知识生产中的性别主义心知肚明。他自以为洞悉了炼金术术士的错误,认为巫医可能掌握了炼制哲人石的技术,但之所以秘技不为人所知,正是因为男性不屑于巫医和她们的知识——她们的"社会地位和知识水平要低级得多"(Howe,2009:358)。在康妮发现这本书最终为哈佛大学收藏时,奇尔顿教授暗中尾随其后,准备将"医书"据为己有。但康妮并未在哈佛大学的特别馆藏内发现医书,最终,她意识到,"在1925年,如果哈佛认为这本书不过是女人写的话,会将它下放到哈佛的姊妹学校拉德克利夫学院(Radcliffe College),收进它简陋的图书馆里。如今这座缺乏维护、快要关门的图书馆里,收藏的只是被人遗忘的古董,来访的也只有拿到资助的女性主义学者"(Howe,2009:362)。康妮最终在拉德克利夫学院的图书馆找到了这本"医书",奇尔顿教授失之交臂,自以为绕开性别主义的奇尔顿教授最终还是落入了性别主义的误区,这其中的反讽意味不言自明。

毋庸置疑,《医书》隐喻的是被父权文化压制和边缘化的女性知识传统。《医书》很难被归类或确切命名,它以不同的名称出现在历史档案中,比如"单据"(receipt)、"食谱"(recipe)、"历书"(almanack)、"魔法书"(spellbook)等。它将食谱、草药配方、符咒等混杂在一起,杂七杂八,难以分门别类,完全不符合学科化和体系化的知识形态。显然,它挑战以启蒙理性原则为根基的现代知识体系,隐喻女性流动、跨界、非理性化的思维方式,也折射了女性以家庭为中心,以养育、照料和治愈为核心的知识生产模式。正因为它不重逻辑和理性、贴近身体和大地,以呵护和养育为根基,女性知识一直被轻视,被视为不科学或不重要的。

在激进女性主义者看来,欧洲猎巫运动不仅是对女性的迫害,更直接割裂了女性的知识传统,《塞勒姆失落之书》显然呼应了这一女性主义的命题。但有意思的是,不同于激进主义,尤其是新异教女性主义的是,豪无意想象或缅怀一个女性的黄金时代。她并未将巫医或女性知识回溯到前基督教传统或史前的母系社会,由此,她也避免了激进/新异教女性主义者的误区。如研究者指出的,"女性的黄金时代实际上只是一个神话"(Beauvoir,1956:96),它"以神话对抗历史","模糊了神话、历史与真实的差别",这一非历史的路径不仅无助于改变现实中的女性境况,也会"导致诸如憎恨和逃避文明的非政治性结果"(Bovenschen, et al., 1978：88，89)。

作家无意于将女性知识体系建构为一种以女神崇拜为核心的异质文化模式，实际上，她是在基督教传统内部想象这一女性传统的。作家通过迪丽芬斯这个人物明确指出了巫医与基督教的渊源关系。迪丽芬斯被描写为一个虔诚的基督教徒，在法庭上，她坦言，她的超自然力是上帝所赋予的："我向上帝祈求，让我更好地服务于他，上帝有时以他的智慧和善给我以启示。"(Howe，2009：394)她听从神的意志，放弃逃跑的可能，以期获得灵魂的不朽，她说，"我永恒的灵魂属于耶稣"(Howe，2009：319)，倘若得救，也只能是通过他的神恩。临死之前，她引用《新约·马太福音》：我还告诉你，你是彼得，我要把我的教会建造在这磐石上，阴间的权柄，不能胜过他(16：18)。她声明意欲通过女儿，建立一座女性的教会，预言女儿就是圣彼得，叮嘱她一定要设法生存，延续巫医的事业："你是教会建立于上的磐石。因为上帝无限善的力量将通过你播散在世间。"(Howe，2009：415)迪丽芬斯俨然成为一种耶稣式的人物，她是女性教派的创始人，而巫医传统则被提升到女性知识遗产的高度。但她又强调，这座女性的教会同属上帝，内在于基督教体系，尽管这些描写有用力过度之嫌，但也体现了作家对于复兴或建构一种女性知识传统的设想。同属上帝的女性教会暗示，作家将巫医传统视为一种补充和平衡的原则，是对以基督教为根基的西方文明的修正与补充，而非走向彻底否定。

更重要的是，作家又将巫医传统等同于被猎巫和现代化进程所割裂的前现代知识传统，它超越性别的范畴，连接起未被工具理性宰制的古老世界。学界公认，16世纪至18世纪的猎巫运动，对应着西方社会从中世纪晚期向现代社会的转型。在这一历史进程中，古老的宇宙观失效，自给自足的农耕经济为大规模机器生产所取代，人类逐渐从自然中解放出来，获得征服和改造自然的力量。与此同时，科学、技术和工具理性逐渐上升，并取得主导地位。如霍克海默所言，"当理性拒绝接受任何状态为绝对，只是将自身视为一种工具时，可以认为理性走向了独立"(Horkheimer，1974：vii)。理性蜕变为工具理性，降格为一种工具或手段，它只关心如何达到特定的目的，而不再顾及行为的道德性质或后果，因而，工具理性又表现出一种毁灭性的、客体化的"控制意志"，"理性与控制不可分割地纠缠在一起"(Noerr，2002：218)。对自然的控制伴随着对人类本性、他人和社会的控制,因为"主体的觉醒以将权力确认为一切关系的原则为代价"(Horkheimer & Adorno,2002:6),但人类力量的膨胀必然以异化为代价,人与他所控制的一切,包括自我、社会和外在自然疏离开来,从而失去原初的内在和谐与有机整体感。

工具理性宰制人与自然,相对于男性,女性又处于被支配和被统治的更低序列上。在一定程度上,女性甚至等同于物质与自然,直到今天,人们仍时常将女性与自然相提并论。女性与自然的联盟可回溯到更为久远的部落及早期农耕文化思维中。以生殖为代表的女性力量被视为不可思议的自然力的一部分:"女性是大地,她身上潜藏着大地的黑暗力","概言之她是整个陌生的自然"(Beauvoir,1956:94)。对女性的敬畏折射在原始宗教中,"因为其所拥有的力量,她被视为魔法师、女巫"(Beauvoir,1956:95)。女性与自然联盟的观念一直延续到基督教文化中,父权文化和社会的性别分工,又以不同的方式强化了两者的关联。实际上,这一观念一直延续到今天。

父权文化将女性定义为欠缺理性的他者,资本主义的分工与意识形态进一步强化了女性与物质和自然的亲缘关系,女性成了"生物功能的化身,自然的意象,文明要取得荣耀必然要对她进行压制"。在启蒙理性的逻辑下,"征服自然是唯一的目标,生物学的劣势就此成为终极的耻辱,是自然留下的弱点的标记,也是招致暴力的标记"(Horkheimer & Adorno,2002:231)。西方猎巫运动在此呈现出另一层意味,女性不仅是教会的敌人,她所代表的也是工具理性征服自然所必须要克服的特质。"她与自然的感应关系、她以巫术/模仿的形式挪用自然力……这种试图控制生存的世俗努力,不仅威胁教会,也阻碍工具理性的胜利推进。"猎巫运动不仅是父权制度对女性的系统迫害,也是现代性紧逼导致的新与旧的激进交锋,女性无疑是工具理性的受害者,对女巫的血腥迫害实为"这场影响社会一切领域的漫长变革的高潮"(Bovenschen,et al.,1978:98,94)。由此看来,在建构主义占主导地位的今天,作家重启本质主义的女性范式,想象一种基于生物学差异的知识谱系也是有其内在价值的。

作为小说的一个核心象征,作家对医书的描写实际上相当有限。我们所知的,不外乎几点,它由女性书写,是不同时代女性的集体创造,主要为食谱、菜谱、草药剂配方、包含咒语的法术等,这些混杂在一起,不系统,也不成体系,且颇有神秘主义倾向。撇开小说体裁考虑，作家对医书或女性知识体系的想象仍是相当空洞的。可能也正因此，凯瑟琳·豪通过格蕾丝和康妮告诉读者，医书本身并不重要。作家暗示，她无意像奇尔顿教授那样将医书想象成一种秘籍，或者，一种可被确切阐释的女性知识传统。毋宁说，医书的意义在于，它以一种含糊的方式指向我们知识版图外的混沌地带，隐喻被现代性压制或割裂的知识范式，也即一种有别于菲勒斯-逻各斯中心主义的认知及关联世界的模式，作家对医书或女性知识传统的想象具有明确的现代性修正意味。无论如何，在本质主义备受质疑的今天，作家立足于女性特质，又以此沟通前现代知识范式，也不失为一种文化策略，其中倾注了作家的文化关切之情。

和霍桑的《宅子》一样，凯瑟琳·豪的《医书》也是一部衔接塞勒姆过去与当下现实的作品，不同于霍桑的是，凯瑟琳·豪以史学的素养和女性的敏感贴近历史中的女巫，重构了一个富于个性光辉的女巫形象。另一方面，她也结合当代激进女性主义和新异教话语，以巫医神话为根基，想象性地重构了一种被猎巫运动割裂的前现代基于女性特质的知识传统，由此，她的塞勒姆叙事在女性主义维度之外又投射出现代性批判的意味。

五、塞勒姆记忆：衔接过去与现在

或许，所有关于塞勒姆的记忆与书写都关系到如何言说和为何言说两个问题。如何言说本质上是阐释性的，而为何言说则是策略性的。霍桑、凯思林·肯特和凯瑟琳·豪所依赖的阐释性资源是不同的，他们的文化关切和具体策略也各不相同。霍桑以 19 世纪史学话语为依托，以罗曼司内在的不稳定性消解 19 世纪塞勒姆叙事投射的历史分野，逼迫读者在混沌多义的语义空间反观改革时代的乌托邦冲动。凯思林·肯特和凯瑟琳·豪两位当代作家则受益于塞勒姆学术研究的新近成果。凯思林·肯特倾向于社会历史层面的阐释框架，以史学的真实重构一个酝酿着风暴的清教世界，令人物置身特定的历史时空，为历史暴力所倾轧，然而，作家又以政治化的改写赋予人物以光辉，反转个体悲剧为预示国家发源的英雄之举。凯瑟琳·豪从西方猎巫运动的历史中看待塞勒姆巫术审判，挪用激进主义和新异教女性主义话语资源，以巫医神话改写历史中的女巫，并借此想象一种被猎巫运动割裂的基于女性生物学特质的前现代知识体系,其通俗小说的外衣下其实掩藏了一份现代性关切之情。《七个尖角阁的宅子》《叛教者的女儿》和《迪丽芬斯·戴恩的医书》三部小说以不同的方式再现、想象和重构了1692年的巫术审判案,这足以说明,塞勒姆事件作为集体文化记忆的持久活力,不仅向过去敞开,指向历史幽深处的暗影与梦魇,也衔接起过去与现在,关切当下现实,并修正我们关于未来的想象。

然而,塞勒姆不仅是记忆,也是正在展开的现在,以巫术为主题的旅游业将历史再生产为消费主义时代的文化景观,今日塞勒姆已成为一座远近闻名的女巫之城。从1692年到21世纪的今天,塞勒姆城几经沉浮变迁。18世纪至19世纪初叶,它是繁华一时的海港城市与贸易中心,19世纪的霍桑见证过它的繁华与凋敝。工业革命兴起后,制造业迅速填补航运业没落后留下的空白,制鞋、纺织、电器等产业相继支撑当地的经济,对大多数人来说,"20世纪早期的塞勒姆既非文学也非女巫之城,而是一座工业之城"(Weir,2012:188)。然而,至20世纪50年代,作为工业城的塞勒姆再度没落,经济困境中,塞勒姆开始转向自身历史,发展旅游业。到70年代,电视剧《着魔》(Bewitched)走红,威卡教女巫劳里·卡伯特(Laurie Cabot)来此定居,开设巫术主题的店铺,吸引来自各地的威卡教信徒。而与此同时,万圣节在美国兴起,成为一种全国性的狂欢节庆。

在这些因素的共同作用下,塞勒姆最终与巫术结下不解之缘。正如弗朗西丝·希尔所言,"从女巫审判之城变为'女巫之城'的历程是混乱、历史变故与经济压力共同导致的结果"(Hill,2004:283)。如今,游客熙来攘往,店铺里兜售巫术主题的旅游纪念品,塞勒姆女巫博物馆、塞勒姆女巫村、塞勒姆女巫地牢博物馆等游乐场所竞相展出1692年事件的人物形象,再现审判场景,或者直接把历史转化为戏剧,邀请游人一起当街表演,而每年一度的万圣节狂欢更将旅游胜地的欢闹推向高潮。无可否认,游客来塞勒姆,"并不一定是为了获取道德教益、历史知识或出于缅怀和纪念的目的,更多的时候,吸引他们的是塞勒姆故事阴森恐怖的刺激效应"(DeRosa,2009:154)。

1692年的塞勒姆事件已转化为永久性的文化记忆,而作为旅游胜地的塞勒姆同样成为一种文化现象,引发诸多讨论与争辩。在小说《迪丽芬斯·戴恩的医书》里,凯瑟琳·豪敏锐地看到塞勒姆历史商业化引发的观点交锋,她让康妮代言尖锐的批评声音，又让致力于古建筑保护的男友山姆传达出一种更包容的眼光。如果可以将塞勒姆旅游业视为"旅游记忆"（mnemonic tourism）的一种，它仍具有衔接过去、激活和重塑记忆的功能，因为记忆主体（agents of memory）势必"对事件发生的原因给出不同的解释，在不同的意义体系内观察这些事件，由此引导、形塑、影响塞勒姆巫术审判被记忆的方式"（Nugua，2006：55）。与以塞勒姆猎巫为素材的小说一样，旅游景观化的巫术之城，同样是语言、符号和表征不断建构的产物，它同样衔接过去与现在，影响我们记忆历史和介入现实的方式。或许，在不断追问其道德意味的同时，更值得关注的问题是，作为历史旅游地的塞勒姆，将如何更好地平衡娱乐目的与教育功能，在生产历史的同时又不失去把握真实的能力？

无论如何，1692 年的历史从未被忘却，而塞勒姆也始终是一种鲜活的存在，无论是作为文化象征，还是一个历史旅游胜地，塞勒姆的活力"恰恰源自它孕育神话的潜力"（DeRosa，2009：186）。无论是小说叙事，还是学术阐释，乃至旅游业打造的文化景观，它们无一例外都是塞勒姆神话的一部分，而神话必然以不同方式重塑意识、认知与观念，考量我们的良知与勇气，并敞开关于现实与未来的想象。

【链接】　阿瑟·米勒和剧作《坩埚》

阿瑟·米勒的《坩埚》（又译《塞勒姆的女巫》或《炼狱》），是一部以塞勒姆巫术审判为素材的四幕剧，1953 年首演，获该年度托尼最佳剧本奖（Tony Award for Best Play），也是米勒在世界各地上演次数最多的一部剧作。

《坩埚》脱胎于 20 世纪 50 年代的政治气候中，是对麦卡锡主义的直接抨击，具有明显的政治寓言意味。麦卡锡主义兴起于二战后蔓延的"红色恐慌"中，它表现为一种反共产主义的风潮，认为共产党人的颠覆活动直接威胁到国家安全。在这一浪潮中，共和党参议员约瑟夫·麦卡锡（Joseph Raymond McCarthy）扮演了急先锋的角色。1950 年，他在林肯诞辰纪念日发表演讲，声称美国国务院为共产党人和间谍所渗透，而他掌握了一份相关成员的名单。麦卡锡一跃成为政治明星，领导参议院下设的一个调查委员会，大肆诽谤、指控和清查了包括乔治·马歇尔将军在内的多名政府和军方官员。

麦卡锡的活动与"非美活动调查委员会"(HUAC)的调查常联系在一起。"非美活动调查委员会"1938年由众议院创立,1945年成为常设机构,拥有任意传讯公民的权力,被传讯的人必须在国会听证会上回答委员会的问题,并给出他所知的共产党嫌疑人的名单,如果拒绝,则可能以"藐视国会"的罪名被捕入狱。很多人因此上了黑名单,失去工作,受到各种迫害,这在50年代造成了恐惧、彼此怀疑和人人自危的紧张氛围。1954年,在针对美国陆军的听证会上,麦卡锡最终因触怒军方而招致失败,但麦卡锡主义从此成为政治迫害的代名词。在米勒创作该剧本之际,时代危机已复活了塞勒姆"猎巫"的历史隐喻,米勒以塞勒姆影射麦卡锡主义控制下的美国社会,是对塞勒姆集体记忆及时而有效的一次挪用,或者说,剧本成功的关键原因在于它"贴合时代危机,也符合人们关于塞勒姆巫术审判的记忆"(Adams,2008:151)。

米勒对塞勒姆巫术审判的书写是以深入的史料研读为基础的。作家曾几次到当地档案馆阅读历史文献,做了大量的笔记。他对塞勒姆事件的理解尤其受19世纪塞勒姆专题史家查尔斯·厄珀姆的影响,阅读了后者两卷本的《塞勒姆巫术》。前文指出,厄珀姆的塞勒姆叙事是19世纪历史意识的产物,他将悲剧视为迷信、群体性错觉和狂热的结果,将批判的矛头指向以科顿·马瑟为代表的牧师阶层,同时,指责作为指控方的女孩作伪证。此外,他也强调塞勒姆村镇内部冲突与猎巫运动的内在关联,认为包括地产在内的利益冲突也促成了危机的爆发。厄珀姆的这些观点在剧本中都有所体现,尤其是他对清教神职人员和女孩们的批评直接影响了剧本构思。另一方面,需要指出的是,米勒是以剧作家而非史学家的方式运用史料,他在史实基础上再现历史情境与人物之时,也根据主题和情节需要,改动或虚构了某些历史细节。剧作家特地在剧本前附了"一则关于本剧历史准确性的说明",列出他对史实方面的一些改动,但实际上,作家对史实的改动并不局限于这份清单。米勒对史实最为关键的改动是,将主人公约翰·普罗克托(John Proctor)的年龄则从60岁改为35岁,将阿比盖尔·威廉斯由11岁提到17岁。这一改动的目的是使普罗克托与阿比盖尔的婚外私情更具合理性,这一情节纯属作家虚构,但它成为整部戏剧的推动力。

剧作家在清教权力结构中看到了20世纪50年代政治暴力的镜像。在第一幕的序幕部分,米勒以相当多的笔墨介绍了清教文化气质和清教社区的风貌,指出塞勒姆民众"表现出一种内在的对抗,乃至迫害的态度"(Gerald,1996:5),而塞勒姆悲剧的根源在于专制权力结构的内在悖论,作家如此解释道:

> 出于好的,甚至是高尚的意图,塞勒姆的民众发展出一种政教权力合一的神权政治,其作用在于保持社区的凝聚,防止任何分裂迹象,以免有形的或意识形态上的敌人来摧毁它……但任何组织都是、且必须建立在排斥和禁令原则之上……然而,新英格兰迎来了这样的一个时刻:相对于组织起秩序来对抗危险的必要而言,秩序的压迫显得过于严厉了。当平衡倾向更大的个体自由时,各个阶层感受到的惶恐就以猎巫这种怪异的形式爆发了。(Gerald,1996:7)

和史学家一样,米勒将猎巫的根源归结为高压的清教权力结构,他又以艺术家的敏锐洞悉出权力的作用机制及其内在悖论:外敌威胁构成其合法化的根基,然而,微妙的平衡一旦被打破,它势必出现内在的裂缝,由此也爆发出对个体自由的诉求。米勒认为,他们也正处于这样的悖论之中,这是作家对于50年代局势的深刻洞悉。实际上,作家真正感兴趣的,也正是这样一个微妙的历史时刻:权力最大化实现自身之时,也是走向瓦解的转折点,从权力的裂隙中,不仅萌发出个体的自由意志,也释放出人性深处的欲望与罪恶,或者,如作家所言,"猎巫不仅关及压制,更给每个人一个期待已久的机会,借着指控他人的机会公开表达自己的负罪感与恶念"(Gerald,1996:7)。

剧名"坩埚"指的是一种熔炼金属的容器,内部处于一种高压、高温的状态。作家以坩埚喻指塞勒姆巫术审判,或者,它当下的对应物——50年代麦卡锡主义盛行的政治气候(Gerald,1996:272)。然而,坩埚也是检验与熔炼人性的一个场域,在恐怖、高压与秩序失衡的普遍混乱面前,个体如何生存,如何界定善恶是非,或者,是否依然有捍卫勇气、良知和尊严的可能? 这些其实是作家真正致力于探索的课题。显然,米勒无意于以史学方式再现1692年的塞勒姆巫术审判,或者,探索历史错综复杂的成因,给出事件的另一种阐释。他真正感兴趣的是特定历史时空中的个体、良知的边界与人性的潜能。

《坩埚》本质上是一则个体与社会冲突的戏剧,塞勒姆巫术审判被演绎为一出个体与清教权威对抗的悲剧。阿比盖尔因爱生恨,为挽回情人,她试图从蒂图巴那里学习巴巴多斯的巫术,伙同几个女孩深夜在林中举行巫术仪式,因被巴勒斯牧师撞见,女孩们受惊,她们奇怪的症状在村里引发关于巫术的传言。阿比盖尔将计就计,领着女孩们佯装着魔,疯狂指控他人为巫,其目的是将普罗克托的妻子伊丽莎白置于死地。塞勒姆陷入巫术恐慌,普罗克托觉察出阿比盖尔隐秘的动机,为制止局势进一步恶化,他向塞勒姆巫术审判法庭坦承自己犯下的淫邪罪,并说服玛丽·沃伦(Mary Warren)揭露女孩伪装的行径。

然而,巫术审判已经失控,丹福斯和哈桑法官不愿否定法庭的公正,或让权力受质疑,在与阿比盖尔的对质中,普罗克托本人反被控为巫,被捕入狱。为拯救他的性命,约翰·黑尔牧师说服他在认罪书上签字,但普罗克托却无法逃避内心道德法庭的自我审判,他最终撕毁了自己的签名认罪书,选择走上绞刑架,面对法庭,他慷慨陈词:"因为这是我的名字!因为我这一辈子不可能再有另一个名字了!"(Gerald,1996:143)普罗克托是诞生于现代悲剧内部的"一个自由主义英雄的范例",《坩埚》符合雷蒙·威廉斯所定义的"自由主义悲剧"(但汉松,2017:85)。但另一方面,对个人悲剧的书写淡化了剧本作为政治寓言的意味。正如布鲁姆所言,米勒未能很好地将个人悲剧与社会抗议融合起来,"在这点上,他比不上他的导师易卜生,在社会问题的架构内隐藏起莎士比亚式的悲剧目的,然而,又无一例外地将两种形式糅合在一起"(Bloom,2004:7)。

有意思的是,《坩埚》上演后,米勒也陷入反共政治迫害的麻烦中。官方拒绝了他的护照申请,1956年6月,米勒被"非美活动调查委员会"传讯,在听证会上,他毫不隐瞒自己曾与左翼社团交往的历史,但出于可贵的良心与勇气,未去指认任何亲共人士以达到保全自己的目的。麦卡锡主义仿佛1692年塞勒姆事件的重演,而米勒的个人际遇又与剧本情节呈现出一种奇特的互文关系,"将塞勒姆猎巫与20世纪中叶的'红色恐慌'联系在一起,阿瑟·米勒在其中起到了无人能及的作用"(Adams,2008:152)。可以说,塞勒姆-麦卡锡主义的类比已成为美国集体记忆的一部分，《坩埚》不仅成功激活塞勒姆作为历史隐喻的潜力，也在新的语境下丰富和拓展了塞勒姆作为文化记忆的维度。

引述文献：

Adams，Gretchen A. *The Specter of Salem: Remembering the Witch Trials in Nineteenth-Century America*. Chicago：The University of Chicago Press，2008.

Arac，Jonathan. "Hawthorne and the Esthetics of American Romance." Leonard Cassuto Ed. *The Cambridge History of the American Novel*. Cambridge，England：Cambridge University Press，2011：135 - 150.

Baker，Emerson W. *A Storm of Witchcraft: The Salem Trials and the American Experiences*. New York：Oxford University Press，2015.

Beauvoir，Simone de. *The Second Sex*. H. M. Parshley Trans. London：Lowe and Brydone Ltd. ，1956.

Blécourt，Willem ed. "Witch Doctors, Soothsayers and Priests: On Cunning Folk in European Historiography and Tradition." *Social History*，3/19 (1994)：285 - 303.

Bloom，Harold ed. *Bloom's Guides: Arthur Miller's* The Crucible. Broomall，PA：Chelsea House Publishers，2004.

Bovenschen，Silvia，et al. "The Contemporary Witch, the Historical Witch and the Witch Myth: The Witch, Subject of the Appropriation of Nature and Object of the Domination of Nature." *New German Critique*，15 (Autumn, 1978)：82 - 119.

Boyer，Paul & Stephen Nissenbaum. *Salem Possessed: The Social Origins of Witchcraft*. Cambridge：Harvard University Press，1978.

Boyer，Paul & Stephen Nissenbaum eds. *Salem-Village Witchcraft: A Documentary Record of Local Conflict in Colonial New England*. Boston：Northeastern University Press，1993.

Bratman, Bemi Phillips. "Review of *The Physick Book of Deliverance Dane*." *Mythprint*, 1/47 (January, 2010): 9.

Coale, Samuel Chase. *Mesmerism and Hawthorne: Medium of American Romance*. Tuscaloosa, AL: University of Alabama Press, 1998.

Davies, Owen. *Cunning-Folk: Popular Magic in English History*. London and New York: Hambledon and London, 2003.

Demos, John Putnam. *Entertaining Satan: Witchcraft and the Culture of Early New England*. New York: Oxford University Press, 2014.

DeRosa, Robin. *The Making of Salem: The Witch Trials in History, Fiction and Tourism*. Jefferson, NC: McFarland & Company, Inc., Publishers, 2009.

Duncan, Ian. "Romance." Paul Schellinger Ed. *Encyclopedia of the Novel*, Vol. 2. Chicago and London: Fitzroy Dearborn Publishers, 1998: 1113 - 1117.

Eliade, Mircea. "Alchemy: An Overview." Lindsay Jones Ed. *Encyclopedia of Religion*, Vol. 1. Detroit: Macmillan Reference USA, 2005: 234 - 237.

Frye, Northrop. *The Secular Scripture: A Study of the Structure of Romance*. Cambridge, MA: Harvard University Press, 1976.

Gaard, Greta Claire & Patrick D. Murphy eds. *Ecofeminist Literary Criticism: Theory, Interpretation, Pedagogy*. Urbana: University of Illinois Press, 1998.

Gerald, Weales ed. *The Crucible: Text and Criticism*. New York: Penguin Books, 1996.

Gibson, Marion. *Witchcraft Myths in American Culture*. New York: Routledge, 2007.

Hall, David D. "Witchcraft and the Limits of Interpretation." *The New England Quarterly*, 2/58 (January, 1985): 253 - 281.

Hall, David D. ed. *Witch-Hunting in Seventeenth-Century New England:*

A Documentary History，*1638 – 1692*. Boston：Northeastern University Press，1991.

Hawthorne，Nathaniel. *Tales and Sketches*. New York：The Library of America，1982.

Hawthorne，Nathaniel. *The House of Seven Gables* (A Norton Critical Edn.). Robert S. Levine Ed. New York：W. W. Norton & Co.，2006.

Hill，Frances. "Salem as Witch City." Dane Morrison & Nancy Lusignan Schultz Eds. *Salem: Place*，*Myth*，*and Memory*. Boston：Northeastern University Press，2004：283 – 289.

Horkheimer，Max. *Critique of Instrumental Reason*. Matthew J. O'Connell，et al. Trans. New York：The Seabury Press，1974.

Horkheimer，Max & Theodor W. Adorno. *Dialectic of Enlightenment: Philosophical Fragments*. Stanford：Stanford University Press，2002.

Howe，Katherine. *The Physic Book of Deliverance Dane*. New York：Hyperion Books，2009.

Howe，Katherine. "Introduction." *The House of the Seven Gables* by Nathaniel Hawthorne. New York：Signet，2010.

Howe，Katherine. *The Penguin Book of Witches*. New York：Penguin Books，2014.

Kamensky，Jane. "Female Speech and Other Demons：Witchcraft and Wordcraft in Early New England." Elizabeth Reis Ed. *Spellbound: Women and Witchcraft in America*. Wilmington，DE：Scholarly Resources Inc.，1998：25 – 53.

Karlsen，Carol F. *The Devil in the Shape of a Woman: Witchcraft in Colonial New England*. New York：Norton，1987.

Kent，Kathleen. *The Heretic's Daughter*. New York：Little，Brown & Co.，2008.

Klassen，Chris. "The Colonial Mythology of Feminist Witchcraft." *The Pomegranate* [serial online]. 1/6 (2004)：70 – 85. Available from：

ATLA Religion Database, Ipswich, MA. (Accessed December 11, 2017)

Knoppers, Laura Lunge ed. *The Oxford Handbook of Literature and the English Revolution*. Oxford: Oxford University Press, 2012.

Lee, Amy W. S. "Searching for the Witch in the Blood: The Autobiographical Trend in Salem Fiction." *International Journal of the Humanities*, 8/9 (2011): 173 – 182.

Madsen, Deborah L. "Hawthorne's Puritans: From Fact to Fiction." *Journal of American Studies*, 3/33 (1999): 509 – 517.

Michaels, Benn Walter. "Romance and Real Estate." Brian Harding Ed. *Nathaniel Hawthorne: Critical Assessments* (Vol. III). East Sussex: Helm Information, 1998.

Nicholson, Linda. *The Second Wave: A Reader in Feminist Theory*. New York: Routledge, 1997.

Noerr, Gunzelin Schmid. "Editor's Afterword: The Position of 'Dialectic of Enlightenment' in the Development of Critical Theory." Max Horkheimer & Theodor W. Adorno. *Dialectic of Enlightenment: Philosophical Fragments*. Stanford: Stanford University Press, 2002.

Norton, Mary Beth. *In the Devil's Snare: The Salem Witchcraft Crisis of 1692*. New York: Alfred A. Knopf, 2002.

Nugua, Aaron. "Witch City and Mnemonic Tourism." *Journeys*, 7/2 (December, 2006): 55 – 72.

Pearson, Jo. "Resisting Rhetorics of Violence: Women, Witches and Wicca." *Feminist Theology: The Journal of the Britain & Ireland School of Feminist Theology*, 2/18 (January, 2010): 141 – 159.

Poyen, Charles. *Progress of Animal Magnetism in New England*. Boston: Weeks, Jordan & Co. , 1837.

Purkiss, Diane. *The Witch in History: Early Modern and Twentieth-Century Representations*. London and New York: Routledge, 1996.

Rosenthal, Bernard. *Salem Story: Reading the Salem Witch Trials of 1692*. Cambridge: Cambridge University Press, 1993.

Russell, Jeffrey Burton. *Witchcraft in the Middle Ages*. Ithaca, NY: Cornell University Press, 1972.

Starhawk. *Dreaming the Dark: Magic, Sex, and Politics*. London: Mandala, 1990.

Thomas, Keith. *Religion and the Decline of Magic*. New York: Charles Scribner's Sons, 1971.

Weales, Gerald ed. *The Crucible: Text and Criticism*. New York: Penguin Books, 1996.

Weir, Robert E. "Bewitched and Bewildered: Salem Witches, Empty Factories, and Tourist Dollars." *Historical Journal of Massachusetts*, 1 & 2/40 (Summer, 2012): 78 - 201.

Wernecke, Ellen. "All in the Coven: Kathleen Kent Revisits the Salem Witch Trials Through the Lives of Her Ancestors in *The Heretic's Daughter*." *Publishers Weekly*, 30/225 (2008): 49.

Zwissler, Laurel. "Witches' Tears: Spiritual Feminism, Epistemology, and Witch Hunt Horror Stories." *The Pomegranate* [serial online], 2/18 (July, 2016): 176 - 204. Available from: Academic Search Complete, Ipswich, MA. (Accessed December 11, 2017)

但汉松：《"塞勒姆猎巫"的史与戏：论阿瑟·米勒的〈坩埚〉》，《外国文学评论》，2017 年第 1 期：第 62 - 90 页。

霍桑：《红字》，姚乃强译，南京：译林出版社，1996 年。

霍桑：《霍桑集：故事与小品》，姚乃强等译，北京：生活·读书·新知三联书店，1997 年。

康德：《历史理性批判文集》，何兆武译，北京：商务印书馆，1990 年。

达恩顿，罗伯特：《催眠术与法国启蒙运动的终结》，周小进译，上海：华东师范大学出版社，2010 年。

尚晓进：《原罪与狂欢：霍桑保守主义研究》，上海：上海大学出版社，2015 年。

里德,伊萨克:《清教文化的性别形而上学:对萨勒姆审巫案的诠释性解释》,《社会》,2015 年第 4 期:第 73 - 102 页。

虞建华:《"女巫"赞歌:关于塞勒姆审巫事件的两部当代历史小说评述》,《外语研究》,2017 年第 1 期:第 91 - 96 页,112 页。

第十四章

得寸进尺：法律迷宫与土地蚕食

——美国印第安司法权系列法律与厄德里克的《圆屋》

历史事件之十四：《第 280 号公法》等法权系列

小说之二十：路易丝·厄德里克《圆屋》

一、美国印第安司法权法律迷宫

美国印第安部落对部落事务有自主的管辖权,这一权利在美国与印第安部落签订的条约中得到承认;但美国政府先后出台了一系列针对印第安人的法律,涉及主权、自治、土地、司法管辖权等,不一而足。有关部落司法管辖权,尤其是部落刑事司法权的法律和法案特别繁多,这些新法规被用来不断削弱、蚕食和抵消美国印第安部落的自主权。

1817年,美国国会通过《普适犯罪法案》(*The General Crimes Act*),规定联邦法律适用于发生在印第安地区内的犯罪。根据该法案,案发地在印第安地区内的罪犯或受害人一方是非印第安人,案件归联邦管辖;如果印第安人犯罪,已受到部落法律惩罚,联邦无权管辖;如果双方均是印第安人,则归部落管辖(18 USC. §1152)。颁布之初,该法案可以被视作美国政府针对非印第安人对印第安人犯罪问题的解决办法(AIPRC,1977:194-195)。

1825年,国会通过《1825年犯罪法案》(*The Crimes Act of 1825*),填补了《普适犯罪法案》中的一个空白:发生在印第安地区的刑事案件,如找不到相关的联邦法律判决,可使用印第安地区所在州的州法律(18 USC. §13)。至此,联邦政府获得了对印第安地区一方是非印第安人的犯罪的司法管辖权。该法案还规定,非印第安人对印第安人犯罪由联邦管辖,受联邦法律或州法律制约;印第安人对非印第安人犯罪,在部落对该印第安人科刑不充分时,联邦有权介入。无论是非印第安人对印第安人犯罪,还是印第安人对非印第安人犯罪,均划入或部分划入联邦司法管辖范围。

1823年约翰逊诉麦金托什案(Johnson v. M'Intosh)、1831年彻洛基部落诉佐治亚州案(Cherokee v. Georgia)和1832年沃塞斯特诉佐治亚州案(Worcester v. Georgia)合称为"马歇尔三大判决"(the Marshall Trilogy)。三

大判决前后时间跨度近十年,分别回答了印第安人土地所有权的归属、确立了美国政府与部落的托管关系、认定州不能在印第安部落保留地上实施本州法律。三大判决对部落主权做出了有限认可,其背后的逻辑是:美国印第安部落是"国内的依附性民族"(domestic dependent nations),类似"被监护者与监护人之间"(of a ward of his guardian),处于子女地位(state of pupilage)的关系(Prucha,2000:58-59)。这样的新定位明显具有矛盾性,为后来联邦和州争夺印第安地区的司法权留下了巨大的空间和足够的理由。马歇尔三大判决至今仍是指导美国印第安法律和印第安司法判决的重要原则。

1871年出台的《印第安拨款法》(The Indian Appropriations Act)宣布美国境内的印第安民族,均不能视作可与美国政府签订条约的独立部落、族群或国家,不能与美国政府之间用条约方式建立关系,但是以前签订的条约仍然有效。这是对印第安部落主权的否定,是对部落的重大打击。

各州也不遗余力地争取对其境内印第安地区的刑事司法管辖权。在1881年美国诉麦克布拉特尼(United States v. McBratney)一案中,白人麦克布拉特尼被指控在科罗拉多州印第安保留地上谋杀另一个白人。虽然案发地在印第安地区,但科罗拉多州以嫌疑人和受害人均是白人为由与联邦争夺司法管辖权。双方各执一词,互不相让。最终,最高法院判定科罗拉多州拥有刑事管辖权。这是州权力机构获得此类案件刑事司法权的最早案例之一,标志着州对印第安事务更进一步的介入。

发生在印第安地区的乌鸦狗案[①]催生了1885年《重罪法案》(Major Crimes Act)的出台。《重罪法案》规定,如印第安人在印第安土地上对另一个印第安人犯下七种重罪[②],则归联邦法院管辖。同时,美国国会规定,部落保留最低限度的刑事诉讼权,部落法院无权判处罪犯三年以上刑罚,无权对非印第安人提起刑事诉讼(25 USC. §1302)。简言之,部落的刑事司法管辖权仅限于

---

① 1883年,印第安人乌鸦狗(Crow Dog)在保留地上杀死另一个印第安人。根据《普适犯罪法案》,部落对此案拥有刑事管辖权。部落依据部落习惯法判定乌鸦狗给受害人家属赔偿,乌鸦狗并未获刑。联邦法院对此案也进行了审理。但最高法院支持部落的审判。国会对最高法院的判决不满,认为正是因为印第安部落习惯法才使杀人犯逍遥法外(Leonhard,2011:672)。乌鸦狗案成为导火索,导致1885年《重罪法案》的出台。

② 包括谋杀罪、过失杀人罪、强奸罪、意图谋杀而行凶、纵火罪、入室盗窃罪和盗窃罪。

轻罪、被告为印第安人，但不适用于极端犯罪，如谋杀、性侵犯、弱势群体（家暴）案件和非印第安人被告等。该法案标志着联邦刑事司法管辖权进一步扩张和部落主权的进一步削弱。

1887 年，《土地总分配法案》(General Allotment Act)，亦称《道斯法案》(Dawes Severalty Act)实施，旨在利用土地私有化加速同化印第安人。《道斯法案》为白人掠夺印第安土地提供了巨大便利①。在家庭取代部落成为基本单位后，保留地的社会结构被动摇。西奥多·罗斯福总统在 1901 年发表的《国情咨文》中将《道斯法案》比作"割裂部落民众的强大粉碎机"。剩余的土地经部落许可后可以向白人出售，同时印第安人因经营不善而流失了大片土地，这些导致保留地宛如"棋盘"：部落托管地、州属土地、印第安人个人土地和白人土地等犬牙交错。印第安人耕种、放牧等都需要成片的土地，"棋盘"格局严重影响了他们的生产和生活。该法案对印第安司法管辖权上的影响同样不可小觑。这一格局给保留地上的司法管辖带来了挑战，部落、县、州、联邦竞相在保留地上行使权力，而这些权力往往相互冲突，导致经济不稳定、种族关系紧张、保留地内及周边的社群冲突时有发生。

1898 年，美国国会通过《同化犯罪法案》(Assimilative Crimes Act)，规定所有不属各州司法管辖范围内的刑事犯罪均归联邦管辖，印第安人要受所在州法律的管辖，结束了以前只受联邦管辖的历史。

美国政府出台的一个个法案，在判决中援引的一个个判例，如同一个个补丁，不断蚕食、限制或缩小部落司法权。在如此众多的法案、法律和判例的共同作用下，刑事司法管辖权的确定显得尤为复杂，起码取决于以下因素：犯罪活动是否发生在印第安地区？被告是否是印第安人？原告是否是印第安人？是否是重罪？是否归美国检察官办公室（USAO）管辖？只有这些确定了，方可基本确定刑事司法管辖权归联邦还是部落。这样的刑事司法权划分以属地

---

① 根据该法案，印第安人若选择农耕用地，每位户主将分得 160 英亩，同时，家中 18 岁以上的未婚成人每人分得 80 英亩，18 岁以下的儿童每人分得 40 英亩；若选择畜牧用地，则所获土地面积相应翻倍；土地分配后的 25 年中土地所有权归政府所有；25 年后，份地持有人将拥有土地所有权；土地分配后多余的土地经部落许可后可向白人出售。许多习惯游牧生活的印第安人无法适应农耕生活，将份地出租给白人。1887 年前，印第安人共拥有约 1.38 亿英亩土地；1934 年，印第安人拥有的土地锐减至 5,200 万英亩。在失去的土地中，至少有 44% 的土地被界定为过量土地，被联邦政府以每英亩 1.25 美元的低价收购，然后售卖给白人。

管辖为主,属人管辖和级别管辖为辅。下表可以看出美国印第安司法迷宫已经成型(Champagne & Goldberg,2012:8-9)。

表一:复杂的美国印第安司法管辖权

被 告	受害人	刑事司法管辖权	法 律 依 据
印第安人	印第安人	部落;若属于《重罪法案》范围,则部落与联邦拥有共同管辖权	部落主权;《重罪法案》
印第安人	非印第安人	部落;若属于《普适犯罪法案》范围,部落与联邦拥有共同管辖权;若属于《重罪法案》范围,则联邦拥有管辖权	部落主权;《重罪法案》;《普适犯罪法案》;《同化犯罪法案》
印第安人	无受害人	在部落未起诉罪犯的情况下,联邦拥有管辖权	《普适犯罪法案》;《同化犯罪法案》
非印第安人	印第安人	联邦	《普适犯罪法案》;《同化犯罪法案》;奥利芬特诉苏魁米什案例①
非印第安人	非印第安人或无受害人	州	奥利芬特诉苏魁米什等案例

1953年,《108号两院共同决议》通过,终止政府与印第安部落签署的条约,不再承认印第安部落主权;印第安人同其他美国公民一样受州法律与联邦法律制约;印第安人享有与美国公民同样的权利,受到同样的法律保护。1953年颁布的《第280号公法》②(*Public Law 280*)是终止政策③的巅峰,是自罗斯福总统20世纪30年代实施的印第安新政的倒退。该公法在未获得相关部落同意的情况下,授权加利福尼亚、明尼苏达、内布拉斯加、俄勒冈、威斯康

---

① 非印第安人马克·大卫·奥利芬特长期生活在华盛顿州西北部波特麦迪逊保留地苏魁米什部落(Suquamish Tribe)。1973年8月,奥利芬特因袭击一名部落警官被部落警察逮捕。被捕后,他向联邦法院申请人身保护令,声称自己不是印第安人,不受部落管辖。该申请被地方法院驳回。该案最终于1978年1月上诉至美国最高法院。最高法院称印第安部落对部落内的非印第安人无管辖权,支持奥利芬特的上诉,地方法院的判决被推翻。按照这一判例,非印第安男性在印第安部落对其印第安人配偶或恋人施暴时,部落对此无管辖权。

② 公法中的一方是以公权力姿态出现的国家主体,与另一方主体(如公民)一般是不平等的隶属或服从关系,多以强制性规范为主。

③ 广义上说,终止政策从20世纪40年代中叶就已开始,一直延续至20世纪60年代中叶。

星、阿拉斯加(在该州并入联邦后)6 个州①政府在特定印第安保留地上行使部分刑事司法管辖权。最高法院在 1832 年沃塞斯特诉佐治亚案中所确立的各州法律在保留地上不具效力这一原则从此被彻底打破。

《第 280 号公法》影响了 23% 的美国印第安保留地人口和 48 个州②中 51% 的部落(Champagne & Goldberg，2012：3)。该公法出台之前，印第安地区在联邦法律的保护下享有一定特权，联邦政府在州与部落的对立之间起到缓冲的作用(Goldberg，1997：1405)。以该公法为首的一系列印第安法和案件判决将印第安司法管辖权凿出了更大的缺口，原本存在的部落与联邦的共同管辖不复存在，部落刑事司法管辖权几近消失。在印第安司法中，在考虑刑事司法管辖权时，除了考虑原先的因素，也要考虑印第安地区所在的州是强制执行还是选择执行《第 280 号公法》。从下表(Champagne & Goldberg，2012：8 - 9)可以看出，《第 280 号公法》使美国印第安司法"运动部件"更多，成为迷宫中的迷宫，"如此复杂，实无必要"(Owens，2012：509)。

表二：《第 280 号公法》颁布后更为复杂的美国印第安司法管辖权

被　告	受害人	刑事司法管辖权	法 律 依 据
印第安人	印第安人	在强制执行的各州，归州管辖，非联邦管辖，部落可能有一定管辖权；可选择执行的各州，归州(视各州法律而定)和联邦共同管辖	部落主权；《第 280 号公法》；州法律
印第安人	非印第安人	在强制执行的各州，归州管辖，非联邦管辖，部落可能有一定管辖权；可选择执行的各州，归州(视各州法律而定)和联邦共同管辖	部落主权；《第 280 号公法》；州法律
印第安人	无受害人	在强制执行的各州，州与部落共同管辖；可选择执行的各州，州、部落与联邦共同管辖	部落主权；《第 280 号公法》；州法律

① 之所以选这 6 个州，可能有以下原因：1) 当地治安状况较差；2) 当地国会议员愿意合作；3) 当地州政府愿意尝试；4) 当地部落抗议较弱。

② 不包括阿拉斯加和夏威夷。

被　告	受害人	刑事司法管辖权	法律依据
非印第安人	印第安人	在强制执行的各州,归州管辖,非联邦管辖;可选择执行的各州,归州(视各州法律而定)和联邦共同管辖	《第280号公法》
非印第安人	非印第安人或无受害人	州	州法律

艾森豪威尔总统曾对《第280号公法》表示了"严肃的质疑",建议尽快出台修正案,把事先征求部落意见写入法律条文①。美国政府开始从实际出发,反向打补丁,考虑如何适度扩大和保证印第安人的司法管辖权和自治权。1968年,《印第安民权法案》(Indian Civil Rights Act)颁布,规定印第安个体与其他美国公民享有同等公民自由与保护。该法案在消除因种族、宗教、民族等方面引起的歧视上起到积极作用。法案规定此后州在部落地区实行管辖权时需征得部落同意,且相关州可选择将《第280号公法》中赋予的州对部落的司法管辖权归还给联邦政府。该法案限制了部落对被告的处罚权限②。即便如此,部落的自治较以前得到了一定程度的扩大。这些改善也是整个20世纪60年代全美民权运动的成果。

二、路易丝·厄德里克与《圆屋》

《圆屋》(The Round House,2012)是路易丝·厄德里克(Louise Erdrich,1954 -)的"正义三部曲"之一,获2012年美国国家图书奖。三部曲《鸽灾》(The Plague of Doves,2008)、《圆屋》和《拉罗斯》(LaRose,2016)探究了粗

---

① "Statement by the President upon Signing Bill Relating to State Jurisdiction over Cases Arising on Indian Reservations." August 15, 1953. 〈http://www. presidency. ucsb. edu/ws/index. php?pid=9674〉(Accessed August 31, 2019)

② 部落处罚权限为:最长监禁时间为六个月,最高罚款为500美元。1986年该法案修订后,最长监禁时间为一年,最高罚款为5,000美元,可以并处。

暴的正义、理想的正义、温迪哥①正义和印第安人的修复式正义。《圆屋》是三部曲的巅峰之作，它深入揭示了美国印第安司法权相关法律对印第安人的不公以及由此产生的后果，致使印第安人"无法可倚"，而白人可以"有法不依"。

在《圆屋》中，厄德里克选择了印第安少年乔作为唯一叙事者。在以往的小说中，厄德里克往往采用多视角叙述，从容娴熟地调度众多叙事者。例如，《爱药》和《甜菜女王》的叙事者分别有七个和六个②。在《甜菜女王》的第二章和第十三章中，叙事者更换最为频繁，分别使用了三个叙事者。其他作家的作品中很少运用如此众多的叙事者。阅读厄德里克多角度叙事的小说，就如同不停地进行拼图游戏，从支离破碎、看似毫不相关的片段中寻找内在逻辑和相互联系的线索。而在《圆屋》中，"她选择了印第安少年乔作为唯一叙事者，叙事魅力丝毫不减。她笔下的乔和小伙伴们活泼可爱，顽皮机智，颠覆了对印第安人的刻板描写"（厄德里克，2018：封底）。厄德里克坦言，她是经过深思熟虑后才决定使用 13 岁的男孩乔作为叙事者的："我想写一本有关美国印第安保留地管辖权问题的小说，这让我辗转反侧，最终决定尝试以人物为驱动去讲述一个悬疑故事。男孩们所拥有的自由让我艳羡不已，我真想拥有那样的自由。我所认识的 13 岁的男孩们让我觉得他们真有意思。"（Williams，2012）

小说涉及多起印第安人与非印第安人之间的民事案件，但着力描写的是两起刑事案件，分别是强奸案（受害人是印第安女性杰拉尔丁）和谋杀案（受害人是印第安女性梅拉）。两起刑事案的加害人均是白人林登，均发生在圆屋附近。"圆木搭建的六角形圆屋建在一个缓坡上"（厄德里克，2018：59），圆屋是"以前异教徒的象征"（厄德里克，2018：79），是当地齐佩瓦人举行汗屋等传统仪式的地方。林登臭名昭著，劣迹斑斑，连他的亲妹妹都对他恨之入骨。一系列证据表明，他就是杰拉尔丁强奸案和梅拉强奸杀人案的犯罪嫌疑人，理应绳之以法。但他很了解美国印第安司法管辖权，熟知其中的漏洞，巧妙地利用了

---

①　温迪哥（Windigo，其他常见拼法有 Wendigo，Wheetigo，Windikouk，Wi'ntsigo，Wi'tigo 和 Wittikka 等）：印第安神话中的食人生物或恶魔，具有人的形态。温迪哥故事在大西洋沿岸和五大湖地区的阿尔冈昆人中代代相传。多数温迪哥故事认为人在一定条件下会转化成温迪哥，如当欲望吞噬了灵魂，或当极端饥饿和寒冷的处境削弱了意志力，或因一时软弱而被伺机而出的邪恶灵魂附体后。"温迪哥"是欲求不满的代名词，象征着蔑视和践踏其他生命的人性阴暗面。

②　有研究文献认为《甜菜女王》中只使用了五个主要叙事者，但最后一章由多特叙述，若全部计算在内应该是六个叙事者。

法令对非印第安人的偏袒。

圆屋周围的土地有的属于部落托管,有的属于州政府,有的属于印第安个人或白人,司法管辖权归属不同。即使在印第安人的土地上,部落对非印第安人也已经丧失了刑事司法管辖权。复杂而又混乱的印第安司法管辖权,助长了林登的嚣张气焰,虽然证据确凿,但他被拘留后依然获得释放。杰拉尔丁的丈夫库茨是部落法官,他们聪明可爱的 13 岁的儿子乔费尽心思,瞒着大人,找到林登强奸杰拉尔丁的证据。库茨法官系统地对儿子讲述了美国政府如何处心积虑地蚕食印第安人的司法管辖权,乔翻看了部落法院审理的案件,听了父亲对部落法院审理的案件的介绍,对事件的后续处理感到难以理解。一天,库茨法官与林登在超市扭打后住院。这一切让年幼的乔感到绝望:法网并非疏而不漏,白人犯罪竟可以逍遥法外。他因此发誓要为母亲报仇。他在小伙伴的帮助下,费尽周折,搞清了林登的生活规律,在林登打高尔夫球时与小伙伴卡皮一起用枪将他击毙。

值得注意的是,《圆屋》与电视连续剧《星际迷航:下一代》(*Star Trek: The Next Generation*)①存在着互文的关联性。厄德里克别具匠心地移用《下一代》的各集片名作为《圆屋》的章节名,突出了小说的主要情节,提高了可读性。《下一代》以外太空探险为主题,各集以"星历"所记载的日期为界,围绕"企业"号舰长皮卡德和大副瑞克的口述日志展开,情节上似乎没有明显的先后顺序和延续性。厄德里克将各集片名重新组合②,使之大致与乔在母亲被强奸后的经历相吻合:孤独无助、阅读案宗和复仇意识的觉醒、前往圆屋收集线索、首次与特拉维斯神父交锋、了解林登、发现塞满钱的玩具娃娃、了解温迪哥和温迪哥正义、决心复仇、实施复仇计划和生活回归平静。

---

① 《星际迷航》系列中的一部,以下简称《下一代》。这一系列影片于 1987 - 1994 年间上映,共七部,讲述了 24 世纪星舰"企业"号的外太空历险故事。

② 全书共 11 章,除介绍事件起因和小说背景的第 1 章外,第 2、3、5、6、7、8、9 至 10 章分别采用《下一代》第 1 部第 7、9、3、13、14、10、12 和 23 集的片名,第 4 章和第 11 章分别采用第 2 部第 5 集和第 1 集的片名。重组后的各集先后讲述了舰长皮卡德受创、"企业"号违反伊度星(Edo)法律、谈判官雷里瓦(Riva)化劣势为优势扭转危机、数据(Data)更换芯片以拯救疾病肆虐的"企业"号、数据的双胞胎哥哥知识(Lore)出现、"企业"号前往"天使一"号(Angel One)星球搜寻生还者、"企业"号船员参与 Q 的游戏、皮卡德离开全息甲板程序中的世界、船员遭遇恶魔之皮、特洛伊(Troi)之子拯救运载病毒样本的"企业"号。

　　小说大多数人物身上有《下一代》的角色的影子。例如,乔兼具沃尔夫①的勇敢和数据的冷静;杰拉尔丁在家中的地位宛如舰长皮卡德;林登与琳达是兄妹俩,好似《下一代》中的机器人兄弟知识与数据,林登和知识作为哥哥相貌英俊却内心险恶,妹妹琳达和弟弟数据外表丑陋却心地善良;特拉维斯神父抓住前来告解的卡皮时发出像"沃尔夫一样的吼叫"(厄德里克,2018:242)。林登与《下一代》中的恶魔之皮(Skin of Evil)共性颇多。两者都有肉身和无形两种存在形式,声音忽而死气沉沉,忽而充满喜悦,又带有几分困惑和狡猾,体现了分裂的人格和难以捉摸的性格。他们都以自我为中心,蔑视他人的生命和权益:恶魔之皮认为"人类如此渺小、软弱",林登认为"印第安妇女在法律上根本就没什么地位,居然还羞辱白人"(厄德里克,2018:163)。他们都善于利用液体将自己所鄙夷的另一方"吞噬":恶魔之皮擅用液体柏油,林登则往杰拉尔丁和梅拉身上洒满汽油,希望"把证据烧毁"(厄德里克,2018:164)。林登和恶魔之皮都无法逃脱被遗弃的命运:林登既是他母亲发泄愤怒、羞愧和"扭曲的怨恨"(厄德里克,2018:126)的对象,又被深爱的梅拉抛弃;恶魔之皮集合了提坦人排出的邪恶之物和负面情绪,后又被"企业"号船员永久遗弃在星球上。《圆屋》通过对比二人近乎平行的人生轨迹和性格特征,突出了林登作为温迪哥的本质,指出他崇尚暴力的根本原因,预示了其悲剧命运。

　　《圆屋》借《下一代》的宇宙大环境反观美国印第安人的生存境地,增强小说的反讽意味。《下一代》片头写道:"宇宙,人类的终极边疆,星舰"企业"号的旅程是为了继续她的任务,探索未知的新世界,寻找新生命以及新文明,勇敢地航向人类前所未至的地方!"对载有高科技防御系统、以找寻外太空殖民地为使命的"企业"号而言,"新世界"实为"潜在殖民地"的代名词,外太空殖民被美化为"寻找新生命以及新文明"。《下一代》中,"企业"号受"最高指导原则"约束。该原则的核心观点为:"禁止星舰船员和航天器干扰任何社会的正常发展。"(Okuda & Okuda,1999:385)这种"干扰"一方面包括新知识和高科技等先进方面,另一方面自然也涵盖《圆屋》聚焦的肉体侵害、地界纠纷等。相比之下,保留地上的印第安人受联邦政府的管控与监督,被迫进行"美国

---

　　① 好战的克林贡人。

化",《圆屋》的讽刺意味不言而喻。《下一代》的制作人吉恩·罗登贝瑞（Gene Roddenberry）也曾将该剧比作"开往星际的马车队"（Bizer），这不禁使人联想到西进运动。如果西进运动和命定扩张论者也遵循"最高指导原则"，那么印第安人的生存境地或许不会如此。两者的类比之中，作家厄德里克显然表达了对历史上白人殖民者的行为的批判。

1969 年，美国航天员尼尔·阿姆斯特朗（Neil Armstrong）和巴兹·奥尔德林（Buzz Aldrin）成功登月，这一重大事件掀起了探索外太空的热潮。以外太空探险为主题的科幻影视作品应运而生，《下一代》就是其中之一。乔和小伙伴们热衷于《下一代》，"应该一集都没落下"（厄德里克，2018：20），对角色特点、台词和情节信手拈来，常常探讨、扮演角色，或为角色画肖像，似乎生活中的一切都能与之产生联系①。这是因为在融入想象中的《下一代》角色时，乔和伙伴们"不是又瘦又穷、被人捉弄嘲笑、没娘疼的孩子，也不会恐惧害怕"（厄德里克，2018：21）。乔说自己和伙伴们"活在《下一代》中"（厄德里克，2018：20）。这句话一语中的，他认识到保留地之于外部世界如未知星球之于"企业"号，保留地与外部世界的冲突如同其他星球与"企业"号的往来，而他自己则似"企业"号船员，在复杂的真实世界中寻找慰藉，探索保留地与外部世界的边界，破解司法迷宫，航向前所未至的地方。厄德里克借《下一代》的角色生动描摹了青少年的内心世界②，展现了他们探索、叛逆、思行合一的精神。《下一代》可视为《圆屋》在流行文化中的平行文本。

三、被挑战的印第安人部落民事司法权

理论上来说，美国印第安部落拥有法定的包括司法权在内的主权，但事实并非如此。本章第一部分的列表显示，美国印第安部落的刑事司法权在历史进程中被不断蚕食。实际上，美国印第安人的民事司法权也不断受到挑战。保留地制度出现于 19 世纪 50 年代，在南北战争后的十余年得到广泛推行。

---

① 见《圆屋》第 19-21 页、第 53 页、第 78 页、第 92 页、第 96 页、第 164 页、第 205 页和第 249 页等。《圆屋》引文的翻译主要来自中译本（厄德里克，2018），部分译文有微调。

② 厄德里克擅长从青少年的兴趣爱好入手，又如小说《拉罗斯》中第五代拉罗斯喜爱的"冒险游戏"和"卡通角色"（Erdrich，2016：52）。

保留地是美国政府从印第安部落原来拥有的土地中划出来供全体部落成员居住的土地，范围有限，非印第安人不得擅自进入。"保留地划分后的几年里……土地被侵占得只剩几平方英里，还要忍饥挨饿，而殖民者在我们老猎场里篱笆围起的草地上放养的奶牛却吃得膘肥体壮。"（厄德里克，2018：188）印第安人脚下的土地不断易主。"那些年，很多印第安事务官通过窃取配额捞足了油水，而许多印第安人却因为政府的空头支票家徒四壁，潦倒而死。"（厄德里克，2018：207）

厄德里克在她的第一部长篇小说《爱药》中就描写了本土民族不断被迫搬迁的事实，小说中的露露·拉马丁说：

> 他们要我们搬到别的地方去。他们当然干得出。我们都搬过多少次了？齐佩瓦人是从五大湖对岸搬到这里来的。过去外婆常常说我们是如何被硬生生地赶到大草原这个孤寂的角落里来的。说来话长，现在不是谈这个的时候。就说我现在就想住在这地方，往西搬一寸我都不愿意。（厄德里克，2008：283-284）

随着《道斯法案》的实施，印第安人在保留地上实际拥有的土地不断缩小，非印第安人则拥有越来越多的土地，人口也越来越多。相关的描写在厄德里克的小说《拉罗斯》中也可以见到："部落的许多后人继承了零零星星的土地，但地小得连盖栋房子都不够，于是这些零碎的地块就一直荒在这儿。"（Erdrich，2016：14）"1934年后被认可的绝大多数印第安部落拥有的土地与非印第安人的土地纵横交错，宛若棋盘"，"高尔夫球场延伸至保留地附近"（厄德里克，2018：192）。这些部落人口不多，人口数低于（有时大大低于）四周的非印第安人（Fletcher，2014：788）。保留地可谓五方杂厝，在日常生活中印第安人与非印第安人之间难免有摩擦。在《圆屋》中，乔与卡皮等人在湖里游泳，一个青年基督教组织的成员坚持说湖滩是专供教堂活动使用的，要求乔与卡皮等人离开。双方发生冲突，扭打在一起。这些描写生动地说明在保留地上印第安人的土地和非印第安人的土地犬牙交错。他们共同生活在保留地这个大的空间之中，民事冲突在所难免。

印第安人之间发生在印第安土地上的民事争议管辖权属于部落，这无可非议。印第安人与非印第安人发生在印第安土地上的民事冲突管辖权,常常得到联邦政府的保护,也归于部落管辖,典型的案例有威廉斯诉李案①(Williams v. Lee)。但也有部落对印第安土地上的非印第安人无民事管辖权的情况,蒙大拿州诉美国案(Montana v. Unites States)②就是典型一例。厄德里克在《圆屋》中精心设计了两起印第安人与非印第安人之间的民事冲突,显示了印第安人的权益和民事司法权如何受到挑战,印第安人是如何为维护自身的权益和司法权而不懈努力的。

小说中的温兰德加油站及杂货店由非印第安人在私人土地上开设,周围均为部落托管地。汤米·托马斯等齐佩瓦部落成员一纸诉状,将店铺所有人乔治·拉克和格雷斯·拉克告上部落法庭,指称该店铺在交易中针对有老年痴呆症、年幼无知、心不在焉、醉酒、神志不清等迹象的部落成员多收取20%的费用。乔治·拉克和格雷斯·拉克并不否认收银条上有时显示的增收20%费用这一事实,辩称此举是为了补偿超市被窃的损失,他们声称部落法庭对他们没有属人管辖权,对他们进行的交易也没有事务管辖权。库茨法官认为部落对这一民事争议中非印第安人拥有的企业具有有限管辖权。部落法院查明:"虽然该加油站位于122093号分配地,但其停车场、垃圾罐、人行道、抽水机、消防栓、排水系统、过滤场、混凝土车墩、户外野餐桌和装饰性花架均位于部落

---

① 非印第安人休·李(Hugh Lee)在亚利桑那州纳瓦霍保留地(Navajo Reservation)经营一家杂货店,纳瓦霍部落成员保罗·威廉斯(Paul Williams)在该店赊欠商品后未付款。1952年,李向亚利桑那州阿帕奇县的高等法院提起诉讼,法院扣压了威廉斯的绵羊。威廉斯不服,声称州法院对保留地无司法管辖权,上诉至亚利桑那州最高法院,但法院不支持他的主张。威廉斯上诉至美国最高法院。1959年1月,最高法院做出裁定,称纳瓦霍部落法院有权审理非印第安人诉印第安人的民事案件,而州法院无权审理。该案在印第安人争得自主权的历史上堪称一座里程碑,在与部落主权、州侵犯部落权利相关的案件中常被作为判例引用。

② 1973年10月,蒙大拿州的克劳部落委员会(Crow Tribal Council)颁布法令限制捕鱼业。1974年5月,非印第安人詹姆斯·朱尼尔·芬奇(James Junior Finch)在保留地的巨角河河床捕鱼,因此被告上法庭。法官詹姆斯·巴廷(James Battin)起初判决称美国政府已将该河床交由部落托管。但数月后却更改判决,称该河床归州所有,捕鱼活动非部落专有,部落无权干预保留地上非印第安人的渔猎活动。部落不满该判决,上诉至第九巡回上诉法院。1976年11月,第九巡回上诉法院推翻了巴廷的判决。巴廷之后就此案再次做出倾向于州的判决,但仍然被第九巡回上诉法院推翻。双方均不满判决结果。1980年4月,蒙大拿州将此案移送至美国最高法院。1981年3月,最高法院做出裁定:第一,该河床的所有权归蒙大拿州;第二,当非印第安人的活动发生在他们享有绝对所有权的土地上时,部落对此无固有的自治权,不能对其进行民事管辖,但以下两种情况除外:一、非印第安人"通过商业活动、合同、租约或其他协定,与部落或部落成员达成双方自愿的关系";二、非印第安人的"行为对部落的政治统一、经济安全、健康或福利造成威胁或带来直接影响"。法院认为非印第安人在他们享有绝对所有权土地上的渔猎活动并不属于上述两种情况,因此部落对他们没有管辖权。该案不仅挑战了部落法院对非印第安人的民事管辖,更从根本上挑战了这种民事管辖权的存在。

托管地内。因此，顾客必须下车后步行穿过部落托管地方能进入温兰德超市，且 86% 的顾客为部落成员。"（厄德里克，2018：50）鉴于没有任何证据否认多收钱款行为，部落法院做出有利于原告的判决。

小说中还有一起发生在印第安人和非印第安人之间的民事冲突。保留地居民艾伯特·威什科布和贝蒂·威什科布均为齐佩瓦部落成员。两人离世时均未立下遗嘱。其中一个孩子琳达·威什科布（原名为琳达·拉克，她是白人，也是林登的亲妹妹）被威什科布夫妇抚养长大，但未被正式收养。威什科布夫妇去世时，其他三个已搬离保留地的孩子均同意让琳达继续住在威什科布家中。根据 1934 年颁布的《印第安重组法》，住宅地已返还部落信托机构所有。琳达·拉克·威什科布的生母格雷斯·拉克向法庭起诉，要求恢复她对已到中年的女儿琳达的监护权，以便管理后者的各项事务。格雷斯·拉克声称琳达经历艰难的治疗后染上了一种疾病，导致其极度抑郁且神志不清。格雷斯·拉克公开宣称有意开发琳达在其养父母去世后继承的 160 英亩土地。

主审法官库茨认为"格雷斯用心险恶，贪得无厌，想通过诉讼侵吞永远不可能由她继承的财产，并从中获益，但手段卑鄙"（厄德里克，2018：52）。他在判决书上写道："从血缘上来讲琳达并非印第安人，没有具法律效力的文件可以证明威什科布夫妇正式收养了琳达，同时格雷斯·拉克并未联系其他三个有继承权的孩子。法庭认为琳达·拉克·威什科布不仅神志正常，而且与包括其生母在内的许多出庭人员相比，心智更加健全。故驳回起诉，不可再诉。"（厄德里克，2018：52）这样干脆利落的判决是对印第安人意愿的尊重和利益的保护，是对部落法院权威的维护，打击了贪婪恶毒的格雷斯·拉克。

四、难以走出的印第安司法迷宫

正如《纽约时报》首席书评家、1998 年普利策评论奖获得者角谷美智子所言：

《圆屋》一开始可以当作侦探故事和成长小说来读。故事中的乔体味了成人世界的悲伤与幻灭，也感受到了印第安人多舛的历史……实际上，厄德里克的意图很快浮出水面，她想通过这个故事来揭示乱成一团的美国印第安法律，正是这些法律使许多印第安保留地上强奸印第安妇女的罪犯逍遥法外。（Kakutani，2012：5）

　　在小说中,厄德里克精心塑造人物,巧妙构思情节,揭示个人和家庭乃至印第安民族的不幸的根本原因常常在于迷宫似的印第安司法管辖权。《圆屋》的中心案件是主人公乔的母亲杰拉尔丁遭人强奸。案发后,三位警察来到医院找杰拉尔丁了解情况。"其中一位是州警,一位是霍普丹斯地方警察,还有来自部落警察局的文斯·麦德维森。"(厄德里克,2018:13)乔的父亲巴兹尔·库茨要求他们分别做笔录,因为当时不清楚案发地是在州的还是部落的土地上,也不清楚犯罪嫌疑人是印第安人还是非印第安人。犯罪地点决定着杰拉尔丁"寻求公正的途径"(厄德里克,2018:13)。厄德里克将案发地设定在圆屋周围。法官多次提及这一地点的特殊性:

　　　　这儿是圆屋。它后面是划给斯莫克尔家的份地,零零碎碎的,谁也没法好好利用它。再往后,原先有一块狭长的永久产权土地,后来一块被卖了。圆屋位于部落托管地的最边缘,部落法庭有管辖权,但管不了白人,所以白人犯的案只能按联邦法律来审判。从圆屋到湖滨有片牧场,也是部落托管地,但紧挨着它一侧的角落是州立公园,只适用本州法律。牧场的另一边,那儿树林茂密,我们圆屋的用地一直延伸到那儿。(厄德里克,2018:202)

　　不同归属的土地如此交错,在现实中恐不多见。厄德里克精心构思、不惜笔墨地描写这一交错的状态,是为了凸显在《道斯法案》实施后,保留地的土地已经四分五裂,支离破碎,使原本就复杂的印第安司法管辖权问题雪上加霜。本分的杰拉尔丁拒绝谎称知道案发地,这使案件的侦破增加了更多的不确定性,并一时陷入僵局。

　　杰拉尔丁被带到圆屋周围时,头上被套上枕套,她看不清、记不清具体的案发地。她身心受创,内心恐惧,担心家人、梅拉及梅拉的女婴的人身安全,她既不愿回忆又很难说清案发地。杰拉尔丁"寻求公正的途径"(厄德里克,2018:13)取决于犯罪是在何处实施的,圆屋周围错综复杂的土地所有权让原本就复杂的印第安司法管辖问题雪上加霜。因此,当州警察、霍普丹斯地方警察和部落警察文斯·麦德维森这三位警察来到医院找杰拉尔丁了解案情时,库茨法官坚持要求三位警察各做一份笔录。《圆屋》前两章中三次提到无法确定本案嫌疑人是印第安人还是非印第安人（厄德里克，2018：13；28；30），这导致联邦调查局探员索伦·毕尔克参与调查。根据有关法律，若嫌疑人为印第安人，则部落和联邦拥有共同司法管辖权，若嫌疑人为非印第安人，则联邦拥有司法管辖权。上述四类警察反复出场，原因在于本案案发地不确定（属地管辖），嫌疑人族裔身份不确定（属人管辖），究竟该由部落、州还是联邦行使司法管辖权也不确定（级别管辖），这些多重不确定性是印第安司法管辖迷宫的集中体现。要找到本案中印第安司法管辖迷宫的出口，必须在上述不确定性问题上取得突破。

迷宫似的美国印第安法律看似复杂，实则简单，它背后的逻辑是对印第安土地上的非印第安犯罪嫌疑人的保护。小说中案发地复杂的土地归属可能形成司法真空，使犯罪嫌疑人更加胆大妄为，因为他们有机可乘。更为严重的是，州或者联邦司法机构和执法机构漠视印第安人权益，对受害人为印第安人的案件侦查不力，容易使罪犯逃脱法网。乔记得父亲这样说过："被派到印第安地区来的要么是新手，要么就是与他们的上司不和的人。"（厄德里克，2018：93－94）13岁的乔找到强奸犯使用的汽油罐，但这一重要证据竟然没有被警方发现。早熟的乔清醒地认识到："因为他根本就不在乎妈妈！不完全在乎！不像我们那么在乎！"（厄德里克，2018：94）这样的认识使乔坚定了靠一己之力除掉罪犯的决心。作为法官，库茨不得不动用私人关系，托老朋友加比尔·奥尔森将此案立案。"绝大多数印第安强奸案的问题在于即使有人起诉，联邦检察官也常出于这样或那样的原因拒绝审理。他们认为别的案子更紧要。爸爸想确保这种事别发生在我们头上。"（厄德里克，2018：43）

库茨法官拥有"北达科他大学学位、明尼苏达大学法学院学位"，"在很多地方都有执业资格，甚至包括美国最高法院"（厄德里克，2018：43）。他的法官身份在小说中有很强的讽刺意味。作为接受过专业训练的法官，他竟无法运用法律武器追究施害自己妻子的罪犯的法律责任。"被告辩护律师正申请释放被告。加比尔没有放弃，但他没有足够的证据起诉。大部分强奸案走不到这一步，但我们有加比尔。被告还扬言要起诉印第安事务管理局。尽管我们知道就是他干的，尽管我们知道所有的证据都吻合。"（厄德里克，2018：201）库茨法官的无助与罪犯的嚣张形成了鲜明的对比。

犯罪嫌疑人林登对印第安人怀有很深的偏见、歧视和仇恨。"印第安女人在法律上根本就没什么地位,居然还羞辱白人,让他抬不起头来。"(厄德里克,2018:163)林登将他母亲的死和濒临破产的现状归咎于周围的印第安人。他给《法戈论坛》写信,要求废除保留地制度。州长与林登的女友梅拉私通,并将小孩在部落登记后,林登一心想拿到登记文件,以免州长私生孩子的丑闻泄露,但被负责登记的杰拉尔丁拒绝,所以林登"释放了内心的兽性"(厄德里克,2018:308),在同一地点杀死了梅拉,强奸了杰拉尔丁,还准备将杰拉尔丁烧死。林登要求梅拉到圆屋附近见面是有预谋的,他看到了迷宫似的印第安法律对印第安人权益的漠视和对非印第安人的袒护。他对印第安司法管辖存在的巨大漏洞一清二楚:

我一直在研究法律。很有意思。他大笑着用鞋轻轻碰了碰我。我的法律知识不比法官少。你们认识什么法官吗?我可不怕。现在一切都颠倒了,他说,但在这儿我要为自己改变这一切。强者就该统治弱者,弱者不能统治强者!弱者会拖垮强者。但我是不会被抓的。(厄德里克,2018:163)

乔"曾有一个完美的家庭——温馨稳定,照保留地标准来说也挺富裕"(厄德里克,2018:97)。但母亲杰拉尔丁被强奸后,他"正慢慢走进一个完全孤独的世界,很可能永远都回不来了"(厄德里克,2018:45),全家从此跌入了痛苦的深渊。他先是从父亲库茨审判的案件中得到启发,然后从小伙伴扎克那儿获得案件的最新进展(扎克偷听了继父、部落警察文斯·麦德维森的无线电对讲机里的消息),后来又看到爸爸提到圆屋后沉默不语,他确定了大致的犯罪地点。他不断搜集证据,整合各种信息,确定林登就是罪犯,并了解了林登的生活规律。他在好朋友卡皮的帮助下,偷得枪支,在高尔夫球场将林登击毙。库茨法官得知林登被人枪杀后说的一段话耐人寻味:

这样杀了拉克是不对的,但带来了理想的公正,破解了法律的难解之谜。不公平的土地所有权法律就如同迷宫。在这个迷宫里,拉克无法被绳之以法,但他一死，我们就可以顺着生命之线找到迷宫的出口①。我什么都不会说，什么都不会做，以免让这个结果变得复杂。（厄德里克，2018：316）

　　林登在印第安男孩乔的枪下毙命，库茨也隐约感觉到了这可能是他儿子所为，但他认为这破解了法律的难解之谜。杰拉尔丁也慢慢从恐惧中走了出来。但值得注意的是，事后乔常常回想起枪杀林登的那一幕，处于恐惧之中："他说我现在安全了，但我并没有远离拉克的威胁，卡皮也没有——每天晚上，他都会来到我们的梦里。我们回到高尔夫球场上我和拉克直直对视的那一刻。那次可怕的对视。然后是枪击声。就在那时，我们交换了身份。拉克在我的身体里，注视着。我在他的身体里，快要死去。"（厄德里克，2018：318）乔也时刻担心警察找上门来。唯一能与他分享和分担这份心理重压的是小伙伴卡皮。从表面上看，乔一家通过杀死林登走出了司法迷宫。事实上，这只是个案。印第安民族要走出美国白人当权者们设置的印第安司法权迷宫，还需从立法、司法和执法上进行不断斗争，努力保护本该属于印第安人的权益。

　　小说《圆屋》还隐晦地提及历史上真实发生的白人犯下的刑事案。细读小说，我们基本可以断定，《圆屋》里的州长叶尔托是以威廉·约翰·詹克洛（William John Janklow，1939－2012）为原型的。小说中的一些描述与詹克洛颇为相似："叶尔托还是南达科他州的州长"（厄德里克，2018：159），"喝醉后撞到货运列车上"（厄德里克，2018：168），"对印第安人存有偏见"（厄德里克，2018：159），"称呼印第安人为草原黑鬼"（厄德里克，2018：168），"做了那么多坏事，却总能逍遥法外"（厄德里克，2018：176）。而他强奸的印第安女孩"是拉科塔人或达科他人或纳科塔人，反正是苏族人"（厄德里克，2018：160）。在小说《圆屋》中，州长叶尔托只是与17岁的印第安女孩梅拉有染，生下小孩，而强奸印第安女性杰拉尔丁的是梅拉的男友林登，而不是州长叶尔托。

---

　　① 希腊神话中，克里特岛国王米诺斯之妻与一头牛生下一个牛头人身的怪物——米诺陶洛斯，国王下令建造一座迷宫将其困住。后来，国王因其子被雅典人杀害，向雅典人发动战争。为平息战火，雅典人答应每9年送7对童男童女到克里特岛。国王则将送来的人关进迷宫，任由米诺陶洛斯杀死。第三次进贡时，雅典王子忒修斯自愿充当牺牲品，并发誓杀死米诺陶洛斯。忒修斯到达克里特岛后，国王的女儿阿里阿德涅爱上了他。她贿赂了迷宫的建造者，得到指点后偷偷送给忒修斯一团线和一把宝剑。忒修斯将线的一端系在迷宫入口处，进入迷宫杀死了米诺陶洛斯，与被救出的童男童女顺着线逃了出来。此处库茨法官是在隐喻林登就是米诺陶洛斯。

詹克洛是美国共和党人,1975 - 1979 年任南达科他州总检察长,1979 - 1987 年任该州州长,1995 - 2003 年再次担任该州州长。2002 年,他当选为众议院议员。2003 年 8 月,詹克洛酒驾闯红灯,撞死一位白人摩托司机,被判过失杀人,于 2004 年 1 月辞去职务。詹克洛长期敌视印第安人,起诉或应诉了多起与印第安人有关的案件[1]。其中最有名的是他被指控强奸拉科塔族女孩詹西塔·伊格尔·迪尔(Jancita Eagle Deer)[2]。小说《圆屋》中的州长叶尔托引诱年轻漂亮的实习生梅拉并与梅拉生下孩子,引发梅拉男友林登的忌恨,林登对梅拉痛下杀手,并强奸帮助梅拉的杰拉尔丁。这些虚构的情节使读者隐隐约约看到詹克洛的影子。无论是小说中变态的林登,还是现实中位高权重的詹克洛,均在强奸并杀害印第安女性后未受法律追究。厄德里克通过文学创作引发公众对宛如迷宫的美国印第安司法管辖的关注。《圆屋》运用虚构的人物和情节,最大限度地描写现实中一些白人对印第安人犯下的罪与恶。小说深入人物内心,指涉现实,获得文学大奖。彼得·马西森在非虚构作品中提及詹克洛强奸案,但遭到起诉。两者对比,可以看到虚构文学特有的魅力。

五、有力的揭露,无奈的解读

《圆屋》主要通过印第安女性杰拉尔丁被强奸和梅拉被杀两个相关联的案件揭露白人对印第安人的歧视和漠视,揭露了美国现有的法律体系无法保证印第安人,尤其是印第安女性得到平等对待。迷宫似的印第安司法管辖导致保留地上针印第安女性的犯罪猖獗,印第安女性常常成为白人性侵害的目标。

---

[1]　例如,1977 年,罗斯巴德苏族部落在美国最高法院起诉南达科他州州长理查德·奈普,要求保留 1889 年美国政府在法律上对部落边界的界定,而不因国会于 1904 年、1907 年和 1910 年通过的法案变更。时任州总检察长的詹克洛出庭辩护,罗斯巴德印第安保留地的面积因此缩减。

[2]　迪尔在当地的寄宿学校上学,同时在詹克洛家做保姆。1967 年 1 月 14 日,15 岁的迪尔向校长举报称,詹克洛前一天夜里驾车送她回家的路上将她强暴。1974 年,在詹克洛竞选南达科他州总检察长一个月前,迪尔受美国印第安运动组织领袖丹尼斯·班克斯(Dennis Banks)等人的鼓动,出庭作证詹克洛曾强暴她。詹克洛未出庭。部落法庭授权逮捕詹克洛,但未落实。此案后被移交到该州的阿伯丁县。詹克洛否认与强奸案相关的一切指控。次年,联邦调查局介入调查,称该案证据不足,而迪尔在内布拉斯加州南部的乡村路上遇车祸身亡。此案引起了广泛的关注,詹克洛始终竭力为自己辩护。1983 年,詹克洛因《新闻狗周刊》对此案的报道而起诉该刊。法庭以言论自由为由驳回他的起诉。同年,詹克洛还以诽谤为由将《疯马精神》(In the Spirit of Crazy Horse,1983)一书的作者彼得·马西森(Peter Matthiessen)和该书的出版商告上法庭,指控马西森在该书中引用丹尼斯·班克斯对他强奸案、裸体酒驾及枪杀宠物狗事件的不实陈述。该书的精装版因此下架,计划出版的平装版和海外版停止发行长达 8 年之久。法庭最终判决马西森和维京出版社胜诉。1992 年,《疯马精神》重新发行。

《圆屋》巧妙地将主要人物库茨设定为法官，借他之口，梳理了美国印第安司法管辖权不断被侵害的过程：

毕尔克之所以依然能插手保留地的事，得从偏袒乌鸦狗案和 1885 年的《重罪法案》说起……1953 年后印第安事务仍受到干预。那一年对印第安人来说真是糟糕透顶：国会不仅决定在我们身上实施"印第安终止政策"，而且通过了《第 280 号公法》，使某些州可对其境内的印第安土地行使刑事及民事管辖权。迄今，如果说有哪项印第安人的法律应该废止或修订，那就是《第 280 号公法》了。但在我们这片保留地上，毕尔克的存在本身其实就已表明我们根本没有实际主权。（厄德里克，2018：144）

后来，库茨还列举了美国印第安法律发展史上的典型性案件，如约翰逊诉麦金托什案①、独狼诉希契柯克案②、提提藤案③、沃塞斯特诉佐治亚州案④、奥

---

①　1773 年和 1775 年，白人托马斯·约翰逊从皮安克肖部落购得土地。1818 年，白人威廉·麦金托什从联邦政府获得托马斯·约翰逊先前所购土地的许可证。约翰逊的后代为认为自己拥有已购土地的所有权，故起诉麦金托什。1823 年 2 月，最高法院首席大法官马歇尔判定，联邦政府拥有土地所有权，印第安人仅拥有使用权而非所有权，任何人无权私自从印第安人处购买土地，约翰逊的购买行为无效。约翰逊的后代败诉。土地所有权是本案的核心，最高法院的判决否定了印第安人的土地所有权，而主张"发现者"享有土地绝对所有权，联邦政府享有土地所有权，有权处置土地。

②　1867 年，美国联邦政府与基奥瓦、阿帕奇和科曼奇等平原部落签订《梅迪辛洛奇条约》，条约规定须至少获得四分之三成人男性部落成员的同意后方可进一步减少部落用地。1892 年，杰罗姆委员会受联邦政府委派，提出重新分配部落土地的方案，包括将其中的 200 万英亩界定为剩余土地（surplus land），可向白人售卖。杰罗姆委员会存在伪造部落成员签名等不实之举，其方案也富有争议，直至 1900 年才立法通过，部落土地分配正式启动。基奥瓦酋长独狼认为杰罗姆委员会违反了《梅迪辛洛奇条约》，遂于 1901 年 6 月起诉美国内政部长伊森·希区柯克，要求终止重新分配部落土地。1903 年，最高法院作出判决，称国会对于印第安事务拥有全权（plenary power），有权单方面解除联邦政府和印第安部落间的条约。独狼败诉。印第安部落主权在 1832 年沃塞斯特诉佐治亚州案中得到部分肯定，但印第安部落主权在本案中被削弱，而国会享有处理印第安事务的全权。

③　1951 年，美国农业部将阿拉斯加提提藤部落土地上的 35 万英亩木材出售给私人公司，提提藤部落因此向求偿法院（Court of Claims）起诉美国政府，要求后者根据美国宪法第五修正案中关于私有财产征用和补偿的相关条例予以公平补偿。求偿法院认为提提藤部落仅拥有土地使用权，而无联邦法律认可的土地所有权，所涉木材不符合第五修正案对私有财产的定义，因此驳回了部落的诉求。提提藤部落后来上诉至美国最高法院，但最高法院维持原判。

④　塞缪尔·沃塞斯特等白人传教士在切罗基领地（Cherokee Territory）定居和传教，并呼吁抵制佐治亚州在切罗基领地上行使司法管辖权。1830 年，佐治亚州法规定须获得州政府许可后，白人方可在切罗基领地定居。次年，沃塞斯特等人因未获得州政府许可而被州政府定罪，获刑四年。沃塞斯特随后起诉佐治亚州。1832 年 3 月，美国最高法院判定，切罗基人拥有领地和主权，佐治亚州在切罗基领地上行使司法管辖权属违宪行为，沃塞斯特胜诉。本案再次肯定了联邦政府而非州政府在处理印第安事务上的权力，印第安部落对自身的土地拥有权是与生俱来的，有权制定和执行自身的法律。

利芬特诉苏魁米什案。无论是对系列法案或者法律的梳理,还是对典型案件的罗列,都显示了库茨法官对印第安人的同情和对联邦印第安法律的揭露。

作为法官和父亲,库茨还向乔表达了对枪杀林登的观点。林登罪大恶极,死有余辜,但是枪杀他从法理上说属于私刑,不符合现代法律程序,是典型的私力救济。这是"维吉兰提正义",是官方法律制度之外的个人"自助"司法。枪杀罪犯林登,意味着不承认国家是合法暴力的垄断者,闯入了本来由国家机关行使的公共权力空间。枪杀林登显然没有经过正当程序,不符合程序正义,而现代法律认为程序正义是实质正义的先决条件。林登理应按照法律程序接受惩处。

在得知林登被枪杀后,法官库茨决定"什么都不会做,也不会提供任何信息"。他认为"理想的公正与尽力的公正不同"。尤其是,他认为"这不是私刑"。"拉克符合温迪哥的定义,他的死正好符合一项古老法律。""凶手不是我,但我也曾想那么做,所以我至少该保护好那个凶手。我会的,哪怕需要开法律之先例我也会保护他。"库茨否定这是私刑,反而认为这符合温迪哥正义,他"也曾想那么做"(厄德里克,2018:316)。上述言行也许与现代法官身份不相符,但符合印第安部落人内心的正义。

其实,从法理上说,私自枪杀林登与《鸽灾》中白人无端绞死四个印第安人毫无区别,都是私刑,都是暴力正义。作家对《鸽灾》中已经成保留地居民共同记忆的私刑是持否定态度的。《鸽灾》中的这一私刑在小说《圆屋》中被重提:"这棵树也是阿尼什纳比族的先人们被绞死的地方,而那些凶手却没一个被绳之以法"(厄德里克,2018:141),而"被绞死的那些人都是冤枉的。当地有个历史学家又把这件事挖了出来,也证实了这一点"(厄德里克,2018:217)。

库茨否定私自枪杀林登是私刑。作为理性的法律人,他要为此找到合理的解释,为这一行为辩护,"理得"才能"心安"。当现代法理无法为事件做出解答时,库茨转向部落律法,从温迪哥正义的角度解读枪杀林登这一行为的合法性。"借助齐佩瓦的传统判例……拉克符合温迪哥的定义,在没有其他办法的情况下,他的死正好符合一项古老法律。"(厄德里克,2018:316)这样的解读实属无奈,让人心酸。厄德里克在这两部小说中对待私刑的态度从表面上看是矛盾的,但实质上是一致的。

六、正义之路，道阻且长

1968 年实施的《印第安民权法案》规定，此后州政府在部落保留地实行管辖权时需要征得部落同意，并提出州政府对《第 280 号公法》中赋予的部落的管辖权可选择保留或归还给联邦政府。这一法案的实施标志着了联邦政府对包括印第安人司法管辖权在内的权利的更多的关注。这一民权法案可视作政府反向打补丁，尝试在一个世纪不断蚕食之后扩大印第安人的自治权。此后联邦政府先后推出了《印第安自决和教育协助法案》(1975)、《印第安儿童福利法案》(1978)、《反女性暴力法案》(1994)、《部落法律和秩序法案》(2010)等。2013 年，奥巴马总统签署《反女性暴力法案》修正案，规定不论被告是否为印第安人，在其领地内部落都拥有"特别家暴刑事管辖权"。该修正案明晰了部落在对印第安人和非印第安人发布和执行民事保护法令上的自主权。

以上这些法案总体来说是对印第安人有利的，印第安人的生存境遇在走了一大段下坡路之后呈现向好趋势。但补丁毕竟是补丁，就事论事的补救措施不能彻底解决问题。《圆屋》的时间设定在 1988 年，杀人犯和强奸犯林登如同幽灵在印第安人的土地上游荡。他肆无忌惮，犯下两起刑事案件却依然逍遥法外，部落人对此徒叹奈何。这从一个侧面显示保留地上针对印第安人的犯罪依然没有得到彻底解决，司法管辖权连环扣依然存在，美国印第安法律对印第安人权益的漠视和对白人的偏袒仍然存在，印第安土地仍然是白人的法外之地，对印第安女性构成了巨大的威胁。事实上，有关数据显示，与美国其他族裔女性相比，美国印第安女性遭强奸或性骚扰的概率高得多，而且对她们作案的多为非印第安人①。

库茨法官在书中畅想了美好愿景："总有一天，国会将仔细审视我们的案

---

① 美国司法部的数据显示，与美国其他族裔女性相比，美国印第安女性和阿拉斯加土著女性遭强奸或性骚扰的概率高出 2.5 倍多(Amnesty International，2007：14)。美国司法部的一项研究表明，美国印第安女性和阿拉斯加土著女性一生中有超过三分之一的概率会被强奸，而美国女性平均被强奸的概率低于五分之一(Amnesty International，2007：14)。美国司法部报道称，在上报的美国印第安女性和阿拉斯加土著女性遭强奸或性骚扰案中，至少有 86% 的作案者为非印第安男性(Amnesty International，2007：16)，41% 的强奸案为陌生人所为(Perry，2004：8)。一些反强奸组织和人权组织认为印第安地区强奸案和性暴力案的实际数量比这些数字高得多(Amnesty International，2007：14)。值得注意的是，美国大部分强奸案发生在种族内部(比如，白人女性多被白人男性强奸，黑人女性多被黑人男性强奸)，而强奸美国印第安女性的通常是来自部落外的非印第安人(Deer，2005：4)。有学者将这类强奸解读成美国对印第安人殖民的延续(Deer，2005：4)。

件记录,决定是否扩大我们的管辖范围。总有一天。我们希望,对于在原始界限内的所有土地上犯罪的人,无论什么种族,我们都有权起诉。"(厄德里克,2018:237)厄德里克借助文学,让公众走进印第安人的内心,深切感受他们的苦楚、无助和迷茫。厄德里克通过讲述智勇双全的印第安少年只身破解司法迷局的痛心故事,告诉读者印第安人自治之路依然漫长坎坷。她不仅希望库茨法官所说的"总有一天"早日到来,更希望迷宫不复存在,印第安人真正"有法可倚",享有理想的正义。

引述文献:

18 USC. Sec. 13. 1948. Web. Accessed August 31, 2019.

25 USC. Sec. 1302. 1968. Web. Accessed August 31, 2019.

18 USC. Sec. 1152. 1988. Web. Accessed August 31, 2019.

"American Indians and Alaska Natives – Public Law 280 Tribes." U. S. Department of Health & Human Services. 〈https://www. acf. hhs. gov/ana/fact-sheet/american-indians-and-alaska-natives-public-law-280-tribes 〉(Accessed August 31, 2019)

American Indian Policy Review Commission (AIPRC). Final Report, Appendixes, and Index Submitted to Congress. Washington DC: Congress of the U. S. , 1977.

Amnesty International. *Maze of Injustice: The Failure to Protect Indigenous Women from Sexual Violence in the USA*. Leicester: Polar Print Group Ltd. , 2007.

Birzer, Bradley J. "A Story of Friendship: Star Trek and a Wagon Train to the Stars." *The Imaginative Conservative*, July 2, 2014. 〈https://theimaginativeconservative. org/2014/07/story-friendship-star-trek-wagon-train-stars. html〉(Accessed August 31, 2019)

Champagne, Duane & Carole E. Goldberg. *Captured Justice: Native Nations and Public Law 280*. Durham: Carolina Academic Press, 2012.

Deer, Sarah. "Sovereignty of the Soul: Exploring the Intersection of Rape

Law Reform and Federal Indian Law. " *Suffolk University Law Review*, 2/38 (2005): 455 – 466.

Dura, Jack. "Major Ruling Leaves Questions for Tribal-Land Prosecutions in North Dakota. " *The Bismarck Tribune*, August 2, 2022. 〈https://bismarcktribune. com/news/local/tribal-news/major-ruling-leaves-questions-for-tribal-land-prosecutions-in-north-dakota/article＿13248f4a-02c6-11ed-ba7c-177efbed674f. html〉(Accessed September 10, 2022)

Erdrich, Louise. *The Round House*. New York: HarperCollins, 2012.

Erdrich, Louise. *LaRose*. New York: HarperCollins, 2016.

Fletcher, Matthew L. M. "A Unifying Theory of Tribal Civil Jurisdiction. " *Arizona State Law Journal*, 3 (2014): 779 – 843.

"Frequently Asked Questions about Public Law 83 – 280. " The United States Department of Justice, May 1, 2015. 〈https://www. justice. gov/usao-mn/Public-Law％2083-280〉(Accessed September 1, 2019)

Goldberg, Carole E. "Public Law 280 and the Problem of Lawlessness in California Indian Country. " *UCLA Law Review*, 44 (1997): 1405 – 1448.

Goldberg, Carole E. ＆Heather Valdez Singleton. "Law Enforcement in Public Law 280 States. " *Crime and Justice Research in Indian Country Strategic Planning Meeting*, National Institute of Justice, United States Department of Justice. 14 – 15 October (1998): 1 – 19.

Goldberg, Carole E. ＆ Timothy Carr Seward. *Planting Tail Feathers: Tribal Survival and Public Law 280*. Los Angeles: American Indian Studies Center, University of California, 1997.

Kakutani, Michiko. "Ambushed on the Road to Manhood: *The Round House*, Louise Erdrich's New Novel. " October 15, 2012. 〈https://www. nytimes. com/2012/10/16/books/the-round-house-louise-erdrichs-new-novel. html〉(Accessed September 1, 2019)

Leonhard, Brent M. "Returning Washington P. L. 280 Jurisdiction to Its

Original Consent-Based Grounds." *Gonzaga Law Review*，47（2011）：663 - 721.

Okuda, Michael & Denise Okuda. *The Star Trek Encyclopedia: A Reference Guide to the Future*（Updated & Expanded Edn.）. New York：Pocket Books，1999.

Owens，Jasmine. "'Historic' in a Bad Way：How the Tribal Law and Order Act Continues the American Tradition of Providing Inadequate Protection to American Indian and Alaska Native Rape Victims." *Journal of Criminal Law and Criminology*，2/102（2012）：497 - 534.

Perry，Steven W. *American Indians and Crime: A BJS Statistical Profile，1992 - 2002*. U. S. Department of Justice，2004.

Prucha，Francis Paul ed. *Documents of United States Indian Policy*（3rd Edn.）. Lincoln and London：University of Nebraska Press，2000.

Williams，John. "The Burden of Justice：Louise Erdrich Talks About *The Round House*." October 24，2012. 〈https：//artsbeat. blogs. nytimes. com/2012/10/24/the-burden-of-justice-louise-erdrich-talks-about-the-round-house/〉（Accessed August 31，2019）

厄德里克,路易丝：《爱药》,张廷佺译,上海：上海译文出版社,2008 年。

厄德里克,路易丝：《圆屋》,张廷佺、秦方云译,上海：上海译文出版社,2018 年。

第十五章

逐出家园："血泪之路"与印第安保留地

——《印第安人迁移法》与格兰西的"推熊"系列小说①

历史事件之十五：印第安人迁移法

历史事件之十六："血泪之路"

小说之二十一：黛安·格兰西《推熊：一部关于"血泪之路"的小说》

小说之二十二：黛安·格兰西《推熊："血泪之路"之后》

---

① 指彻洛基部落作家黛安·格兰西(Diane Glancy，1941－)在 1996 年和 2009 年先后出版的小说《推熊：一部关于"血泪之路"的小说》(*Pushing the Bear: A Novel of the Trail of Tears*)和《推熊："血泪之路"之后》(*Pushing the Bear: After the Trail of Tears*)。两部作品以 1830 年《印第安人迁移法》颁布以来，1838－1839 年美国东南部地区彻洛基印第安部落被迫西迁"印第安保留区"途中经历"血泪之路"的遭遇及其后续影响为书写对象。

一、西进运动与《印第安人迁移法》

1776年"美利坚合众国"宣告诞生后,美国的"国父"们通过建立和推进以"自由""民主"为核心的理想政治制度,不断进行领土扩张,在建国之初13个州的基础上,为其民众探寻更为广阔的"家园"。生活在这片土地上的人们对自己身为"美国人"的认同感进一步提升,强烈的爱国热情和民族自尊心同西部地区的扩张与开发相互交织,使这场"在如此广袤的土地上变荒原、丛林为沃野、城镇"的西进运动,成为这个年轻国家的"开创性事件"(张友伦,2005:1)。长期以来,美国拓展西部疆域并迅速崛起的过程,被视作其历史上的"神话"或"奇迹"。但是,这场所谓的西进运动,面对的并非一片"无主"的西部"处女地",在那里可以无所顾忌地进行工业化、现代化、城市化的开发。美国人在西部建立新家园,实际上是以牺牲久居于这片大陆的原住民——各个部落的印第安人——为代价的。联邦政府通过武力和政治手段,尤其是与印第安部落签订各种条约、颁布国家层面的迁移法,大肆驱赶和屠杀印第安人,从他们手中掠夺土地。

在美国历史上,西进运动既是一段成就显著的"光荣史",又是一段不可言说的"罪恶史"。其罪恶在于该时期印第安人被当作劣等民族而遭遇的大规模"屠杀""征服",致使印第安部落丧失家园,导致印第安人和印第安各部落文化遭受重创,甚至近乎消亡。然而,这"罪恶"的一部分,在美国官方历史记载中长期缺失,为西部开发与扩张取得的成就的"荣耀"光芒所掩盖,甚至以扭曲的形式呈现在后世眼前。

奥特利美国西部博物馆(Autry Museum of American West)陈列着一幅由画家约翰·加斯特(John Gast,1842-1896)创作的作品《美国的进步》(*American Progress*,1872),整幅画以美国大陆为背景,画面右半部分天空明亮、阳光普照,远处有现代化的船只、桥梁和铁路、蒸汽火车以及衣着整齐绅士的农场主和精致的马车,一片秩序井然的景象;画面左半部分色调逐渐变深,天空乌云密布,地面上满是奔跑的野牛和戴着羽毛头饰、披着长发、赤裸着上半身,手持原始工具的印第安人;画面中央突出强调一位名叫"进步"(Progress)的白人女子,身着白衣,外形似《圣经》故事中的天使,左手握着电报线缆,右手拿着一本教科书,由画面右侧向左侧飞去。这幅画以象征的形式,刻画了西进运动时期,美国白人从"文明""开化"的东部地区向"野蛮""蒙昧"的西部地区进军的历程,一度成为美国西部扩张成就的宣传画,多被印刷在当时美国的旅行宣传手册上。

18 世纪末到 19 世纪,以西部边疆和西部拓荒为题材的浪漫主义文学想象成为美国文学发展的一大特征。华盛顿·欧文(Washington Irving)、詹姆斯·库珀(James Cooper)等作家在其作品中大力描绘美国壮美的自然环境,尤其是西部边疆地区。然而,在人们高歌西进运动的积极效应时,印第安人或是成为以白人为权力和话语中心的美国历史、政治、文学、艺术叙事中缺位的"看不见的人",或是被充满种族偏见的话语描述为"骗子""窃贼""杀人者"等消极形象,这类固化形象深深地扎根在人们心中。可是,对于这一阶段的历史或个人、集体的经历和境遇,来自"当事人"印第安原住民的声音却十分鲜见,被迫卷入与白人争夺家园土地纷争中的印第安部落集体消声。

美国自建国以来的一个多世纪中,联邦政府同印第安部落签订了近600 项条约,迫使印第安部落西迁至生存条件恶劣的"印第安保留地"(位于如今美国的俄克拉何马州等地),以保证白人移民在西进过程中有足够可用于生活与发展农业和工业的土地。其中,1830 年颁布实施的《印第安人迁移法》(*Indian Removal Act*, 1830)将联邦政府与印第安部落在土地上的矛盾推向最高潮。在此过程中,相当数量的印第安部落经受了不可逆转的创伤,该法的颁布及实施对印第安部落造成的实际后果和影响,至今仍是尚无定论的谜团。印第安部落内部对这部法律的真实反应,长期以来被以美国白人话语为中心的官方历史叙事所掩盖。直至 20 世纪下半叶,历史学、政治学界才开始对印第安人视野中的美国西部扩张与崛起有所关注。而就印第安人自身而言,他们另辟蹊径,以"软着陆"的方式,尝试借助文学艺术的虚构与想象,颠覆官方宏大叙事的言说视角和模式。他们通过小人物的个体与小群体叙事,再现《印第安人迁移法》实施的后果,讲述印第安部落西迁途中的不幸经历和遭遇,揭露这部"非常法案"造成的鲜为人知的"血泪史"。

总体而言,美国印第安部落与白人之间的恩怨始于土地,其核心亦在于土地。美国自建国与扩张时期至今日所实施的诸多印第安人政策,或直接或间接地都与土地相关。《印第安人迁移法》正是其中最具代表性的法律之一。土地是北美大陆上居住了成千上万年的原住民和这片大陆的新成员之间错综复杂关系的源头。在白人眼中,土地是私有"资产",仅供拥有"所有权"的个人或集体对其进行处理,是财富与权力的来源;但在印第安人眼中,那是"共有的土地"(communal land)。对于作为共同体(community)而言的印第安部落,土地并非个人私有或某个集体单独所有的可供交易的物品。印第安人认为,"土地本身是一种神圣的生命体"(转引自 Brady,1999/2000:154)。对土地的合理利用与印第安部落人的精神信仰活动密切相关,土地是他们信仰的寄托和精神支柱的来源,是情感依恋的对象。因此,欧洲移民以及日后的美国白人同印第安人对土地存在较大的认知差异,最终导致两方出现土地纠纷和激烈冲突。

1492 年以前,美洲大陆的土地上居住着不同的印第安部落,但是没有任何部落或个人谈及这片土地的所有权。印第安部落传统将人与包括土地在内的自然视为与生俱来、有机融通的统一体。17 世纪,英国移民到达美洲大陆时,詹姆斯敦的阿尔冈昆(Algonquin)部落友好地接纳他们,允许他们在那片土地上定居,为其提供食物,并教会他们以当地的方法耕种当地作物,以保证其继续生存;英国移民随后顺利将该地转化为在北美的第一个永久殖民地。然而,这批移民及其后代,随后越来越多地以强行夺取的暴力形式获取土地。在欧洲殖民者到来之前,"土地所有权"是美洲大陆不曾存在的概念。这显然成为欧洲殖民者到达北美后遇到的首个重大挑战。

"人类历史上,谁发现、谁征服,谁即拥有某片土地的所有权,这已成为当时世界通用的历史原则。"(Deloria & Lytle,1983:2)然而,这条原则在美洲却难以行通。原因在于,这片土地未经历过外来战争,尚未有过外来群体的"征服史",欧洲移民无法通过"征服原则"宣称对新发现的大陆拥有土地所有权;同时,欧洲移民到达时,印第安部落早已在这片土地上居住,欧洲人无法宣称自己为北美大陆的最先发现者,因而,通过"谁发现、谁征服、谁拥有"的"发现原则"获取土地所有权在此同样行不通。在当时的情境下,欧洲移民获取土地所有权的唯一合情合理的方式,是各原住民部落主动同意让予土地。因此,欧洲各国开始通过与印第安部落签订条约,逐步从印第安人手中获取北美大陆的土地所有权。印第安人的土地所有权通过这种"文明、合理的方式"平稳过渡到欧洲移民手中,在移民规模尚小的最初时期,这一方式取得了和平获取土地所有权的效果。

独立后,美国继续沿用早期殖民者通过制定条约向印第安人"合法"获得土地的方式,进一步拓展它掌控北美大陆的范围。1778 年,美国政府与特拉华部落签订了第一项土地条约。在此之后一个多世纪,美国政府与印第安部落签订了近 600 项条约及协议。所有这些条约的签订目的,都是"用以保证美国政府与印第安人保持和平稳定的关系",同时,更重要、更根本的目的是,"用以保障土地所有权得以平稳有序地从印第安部落过渡到美国政府手中"(Deloria & Lytle, 1983:4)。条约签订时期,美国巩固了政府独立的成果,扩大了领土范围,加强了统治力度;而在印第安人与白人关系的问题上,条约签订时期起到决定作用。印第安人丧失对土地的控制权,是触发后续他们与白人关系由最初的陌生与友好到后来的矛盾激化再到最终白人占据绝对优势、印第安人毫无发声权的转变的根本原因。

随着殖民者和美国政府与印第安部落签署的条约逐步生效,欧洲移民及其美国白人后代不仅占领越来越多的曾经属于美国印第安人的土地,还逐步向印第安人传播和渗透其文化,从思想认识的根源上"占领"印第安人,使其接受欧洲文化,渐渐开始成为"欧洲化""白人化"的族群,在丧失了土地的同时也丧失了民族文化之根。美国建国早期,白人群体认为他们能够与印第安人和平相处,而印第安人在文化上被同化、接受欧洲传统的基督教信仰不过是时间早晚的问题。事实情况是,的确有一部分印第安人开始接受白人的布道,皈依基督教,居住在白人为其划定的小片地区;但是,仍有一大部分的印第安人,譬如东北部地区的易洛魁部落,他们强烈抵抗白人始于宗教的文化同化行动。

自从印第安人与白人签署割地条约开始,印第安人在北美大陆的生存空间就在急剧缩小。美国政府对印第安人在文化上被自然同化的期许过高,在现实中印第安人的抵抗导致美国政府开始考虑通过其他方式强制其被同化。方式之一即托马斯·杰斐逊总统任内构想的方案——通过强制印第安人整体迁离故土,在西部环境条件更艰苦的地区专设"印第安保留地",从而继续扩大美国政府在东部的领土范围。同时,印第安人受制于白人,在精神上被摧毁,最终不得不向白人屈服。1817 年,美国政府与部分彻洛基部落的首领签订《彻洛基印第安人事务条约》(*The Treaty of the Cherokee Agency*, 7 Stat. 156),一方面要求彻洛基部落割让其当时居住范围内的部分土地;另一方面规定,"选择留在已割让土地上的彻洛基人,将保证会得到政府提供的援助和给养,应该与来到此处居住的白人友好相处;选择迁离该区域的彻洛基人可以派人提前勘察阿肯色河和白河水域流经的村落,尤其是靠近上游的地带"(Kappler, 1904:141)。

该条约虽以自愿决定的形式建议印第安人主动搬离,但它率先开启了整体将印第安部落迁离故土的先河。签订条约的人员中有当时的陆军少将、后来的继任总统安德鲁·杰克逊,这也为其在任内形成进一步落实前总统杰斐逊的构想、颁布迁移印第安人的政策埋下伏笔。杰克逊将印第安人视为"低人一等、毫无改造可能的种族",他曾提出这样的疑问:

> 一种国家中,森林密布,生活着成千上万的野人,另一种国家中,城市、小镇和热闹的农场遍布,艺术与工业稳步发展,1,200 万人在文明、自由和宗教的庇佑下幸福地生活。对于任何正常人而言,他难道会更倾向前者吗?
>
> ……
>
> 印第安人去了西边,能够更加安宁地生活,也能过得更好。(转引自 Calloway, 2012:288)

杰克逊对印第安人的负面评价一定程度上为印第安人后来在其任内悲惨的迁移遭遇埋下了伏笔。他当选总统的 1828 年通常被认为是美国印第安人被迫整体迁移时代的起始点。1829 年 12 月,杰克逊总统通过国会向印第安部落发出最后通牒,指出联邦政府极其关切东部地区(尤其是佐治亚州、南卡罗来纳州、北卡罗来纳州)印第安部落当时的状况和日后的命运:

　　长期以来,政府的政策导向是将他们引向文明,从而逐步使之脱离游牧生活[……]但政府同时又抓住一切机会从其手中购买土地,将其推向更远的野蛮之地,结果非但未改变其游牧生活状态,还使他们认为我们对他们的命运不够公平、不予理睬。(Jackson,转引自 Prucha, 2000:47)

　　杰克逊一面反省,一面劝说印第安人主动迁离现居土地,从而避免部落和所在州受到不必要的武力威胁和损失。虽然少数比例的印第安人在此前的条约和建议下,已经开始陆续迁至西部地区,但大部分印第安人不愿意离开故土,选择坚守自己的土地与家园。可见,杰克逊的上述劝说之辞难以奏效。最终,美国国会在 1830 年 5 月 28 日通过《印第安人迁移法》,授权总统用密西西比河以西地区的土地同各州或任何地区的印第安部落交换其土地,且要求交换土地区域内的印第安人迁移至如今是俄克拉何马州的印第安地区,并提供50 万美元专款保障这一迁移过程的实施。这部法律的颁布事实上延续了杰克逊总统此前与东南部地区各印第安部落签署迁移的条约。

　　《印第安人迁移法》[①]并不是一部完善的法律。不论是在其对待印第安部落的公正性上,还是法律条款自身的可操作性上,它都存在着诸多不够严密的地方,这成为其在后续执行时出现冲突与矛盾的导火索。该法在颁布前,国会进行了激烈、冗长的争论,仅以参议院 28 票对 19 票和众议院 102 票对 97 票的微弱优势通过。法律随即生效,美国东南部,包括彻洛基部落、乔克托部落等已经开始接纳欧洲和美国白人的政体形式和生活方式的"五大文明部落"(彻洛基部落、乔克托部落、克里克部落、契卡索部落和塞米诺尔部落)在内的若干部落,自此开始被强制迁离,重新在密西西比河以西的荒芜地区、如今的俄克拉何马州所在地区安置下来。这部法律留下了许多尚未明晰阐述的内容,包括应该以何种途径对东部印第安部落迁向密西西比河以西的乡村做出安排。因此,政府在执行该法的过程中,以超出了其中条款所规定的权限驱赶印第安人,所提供的 50 万元资金也远远不够保障印第安部落在迁移过程中的给养和其他花销。"1830 年的《迁移法》并未授权总统通过武力形式获取印第

――――――――――

　　① 后文简称《迁移法》。

安部落的土地，然而，政府调遣了军队，以武力、恐吓威胁和欺骗的方式驱赶印第安人，迫使其不得不迁离故土。"(Fletcher，2009：425)由于部落大规模迁移的途中气候恶劣、地势艰险，印第安人与强制执行该法的军官发生冲突，加上饥饿和疾病等原因，路途中死伤人数过万。

19世纪30年代的印第安部落迁移，是美国历史上，也是美国印第安人历史上规模最大且死伤民众数最多、最集中的一次。然而东部地区印第安人向西部的大规模动迁，并未解决印第安人无法被同化、印第安人无法与白人融合的问题，反倒加重了对立和对抗的情绪，使得美国政府期冀的同化进程一再延缓。西部印第安保留地的建立，暂时将迁移安置下来的印第安人同白人隔离，表面上呈现出美国政府在东部与南部地区的统治权得到加强的局面。但美国白人仍然觊觎已被大大缩小的印第安领地，以国家发展需要的名义进一步扩大领土范围。已被西迁、被隔离的印第安部落，又一次成为美国政府的改造和介入的对象。19世纪80年代，美国政府认识到迁移政策和隔离已无法满足其扩张的胃口，于是开始改变处理印第安问题的方式。既然无法再将印第安人进一步向西部地区迁移，无法将其同白人政府的文明、文化隔离开，也没有任何理由发动战争将印第安人完全消灭，那么美国政府所能采取的唯一途径便是实施一系列的文化与土地政策，将无法根除的印第安人彻底同化。

二、"血泪之路"：事件的描述

《迁移法》的颁布与实施致使印第安人经历长途跋涉，迁至资源匮乏、土地贫瘠的所谓"印第安保留地"。在迁移路途中，疾病、与白人军官的冲突、恶劣气候、自然灾害等造成大量的部落人员伤亡，铺就了一条又一条血与泪交织的迁徙之路。其中，东南部彻洛基部落(Cherokee)在1838年到1839年经历的"血泪之路"成为《迁移法》实施中最具标志性的事件之一。

"血泪之路"这一名称源自彻洛基部落语言 *nunna dual tsuny*，意思是"心碎的人们向西部建立新家园时走过的一条道路"(Perdue & Green，2007：xiv)。这个名称日后不仅仅限于描述彻洛基人，它被用来泛指各个印第安部落流下血与泪的迁移之路。本章中的"血泪之路"专指彻洛基部落在1838年至1839年间的西迁之路。在联邦政府强制实施《迁移法》的过程中，位于北卡罗来纳州、田纳西州和佐治亚州所在地的彻洛基部落原住民被要求迁至位于如今俄克拉何马州等地的印第安保留地。根据该法,印第安人将永居印第安保留地,从而为白人移民及其后代腾出东部的土地,让其能够获得东部地区的资源。

彻洛基部落的"血泪之路"始于田纳西州,途径肯塔基州、伊利诺伊州、密苏里州和阿肯色州,最终到达被指定的印第安保留地。当时,绝大多数的彻洛基人都是徒步从田纳西州走到印第安保留地,只有少部分人经南部水路,沿着田纳西河、密西西比河和阿肯色河到达目的地。由于大规模迁移是在 1838 年 10 月中旬开始的,当时已是东南部地区的深秋,天气条件恶劣,加上东南部地区森林茂密,彻洛基人在路途中遭受到严苛的自然条件的挑战。同时,他们常常食不果腹、体力不支,途中与押解他们的白人军官之间的冲突时有发生。根据大多数历史的记载,从 1835 年的小规模迁移到 1839 年大规模迁移完成的前后五年中,共有约 16,000 名彻洛基人走过了这条迁徙之路,其中有大约 4,000 人在途中死亡(Bertolet,2009:252)。

"血泪之路"是东南部地区部分州政府、美国联邦政府与彻洛基部落之间围绕东南部地区土地争议进行的一场长期拉锯战,虽然"血泪之路"事件在《迁移法》实施后,前后仅持续了若干个月,但从 19 世纪初开始,该法和该事件的诱因就已开始陆续显现。随着彻洛基人与白人的接触不断增加,这些因素日渐积累并持续发酵。

1806 年,时任总统杰斐逊认识到,早期殖民者通过学习部落语言向印第安人传教,以期从思想上和生活习惯上"自然同化"印第安人的举措难以奏效。他指出,"印第安人和白人不可能在同一个地区和睦相处,只有将印第安人迁走,才是解决这个问题最人性化的途径"(Deloria & Lytle,1983:6)。可以说,杰斐逊总统是印第安人迁移政策的构想者。如果说,杰斐逊总统认为白人和印第安人的不可相容是由于文化差异,那么杰克逊总统则在不同场合宣扬其"种族基因决定论",认为印第安人在种族上低人一等,没有任何可提升或改造的可能。因此,他在上任后,于 1829 年第一次敦促印第安人主动迁离东部,大力推动《迁移法》的出台,并于 1830 年 5 月 28 日签署使其生效。

基于此,在杰克逊总统任内,美国联邦政府与纽约州和密西西比州之间的地区约 26 个印第安部落签订了 86 项条约，涉及土地割让，提出只要印第安部落愿意将在东部的土地让给他们，就可获得西部的土地，政府承诺将提供他们迁移途中的资金保障，并且提供为时一年的物质援助。《迁移法》强制要求约十万印第安人前往西部，使美国联邦政府能够用廉价的物资和条件与印第安人交换东部富饶宜居的土地。杰克逊总统卸任后，马丁·范布伦（Martin Van Buren）总统在任期内开始切实地实施迁移行动。在迁移时期，彻洛基部落成为东部地区“五大文明部落”中最后一个同意重新在西部安置的部落。在这期间，他们与美国联邦政府和佐治亚州发生了最具争议的冲突。

在《迁移法》的强制推行与彻洛基部落的“血泪之路”背后，除去上文所论及的彻洛基部落与美国联邦政府之间存在矛盾与分歧，还有另外两组对立关系之间的矛盾与分歧：一是彻洛基部落与佐治亚州之间的土地争议，二是彻洛基部落内部就是否迁移的决定而形成“民族派”（National Party）与“条约派”（Treaty Party）的两派分裂。这三方之间的相互关系与三组矛盾的共同作用，直接导致了彻洛基部落的“血泪之路”悲剧。1802 年，美国联邦政府与佐治亚州签署协议，要求该州出让其西部的部分土地，并向佐治亚州承诺取消印第安人对佐治亚州土地的所有权。基于此协议，联邦政府 1817 年和 1819 年与彻洛基部落订立条约，鼓励彻洛基人主动迁至如今的阿肯色州所在地，但绝大多数彻洛基人拒绝接受。

当时，外来文明的到来并未将彻洛基人彻底驱赶出他们祖祖辈辈居住的土地，却促使他们为部落的组织形式与文化传统披上“文明的外衣”：他们模仿联邦政府，制定宪法，建立自己的两院制立法机关和最高法院，并发明了书面语言，还出版了报纸《彻洛基凤凰报》（Cherokee Phoenix）。然而，彻洛基部落一系列主动使自己实现“文明化”的举措，并没有受到佐治亚州政府和白人的欢迎，因为对于觊觎这片土地的佐治亚州政府和欧洲来的移民而言，彻洛基部落的存在，是他们获得土地所有权路上的绊脚石。大片肥沃的农耕土地和北部兰普金县（Lumpkin County）发掘出的金矿，加剧了白人对获得与巩固其土地所有权的渴望。联邦政府尚未向佐治亚州兑现其 1802 年协议中的承诺，而 1828 年的“淘金热”掀起后，佐治亚州政府更是心急火燎，最终甩开联邦政府，自行介入，剥夺佐治亚州彻洛基人的“自治权”，将他们作为州法律的管辖对象,以逐步获得对佐治亚州的全部掌控权,以此将彻洛基人从佐治亚州排挤驱赶出去。

随着杰克逊总统上台执政,"迁移政策"逐步落实,佐治亚州对彻洛基部落的排挤步步逼近,得到"里应外合"的支撑。彻洛基部落维护自己在祖辈土地上的居住权和本部落的自治权力的努力不断受挫,最终上诉至美国最高法院。在1831年彻洛基部落诉佐治亚州案(Cherokee Nation v. Georgia)①和1832年沃塞斯特诉佐治亚州案(Worcester v. Georgia)②中,最高法院裁定美国印第安部落是受联邦法律保护,但不受州法律制约的"属于美国国内的民族"(domestic dependent nations),判定佐治亚州不可在彻洛基部落的土地上执行州法律。从结果看,这两大诉讼案件对彻洛基部落是利好,彻洛基部落也寄希望于此,认为他们亦可免受白人驱赶和西迁。但判决结果仅流于形式,从未真正落地。在表面上,最高法院的裁决将彻洛基部落与佐治亚州置于互不干涉的平行地位;而实际上,联邦政府没有执行上述裁决结果。因此,这两次胜诉不过成为纸上空谈,没有对当时彻洛基部落所面临的形势产生任何扭转作用,彻洛基部落和佐治亚州之间的矛盾也进一步激化。

---

① 彻洛基部落于1831年上诉至美国最高法院的案件。以部落大酋长约翰·罗斯(John Ross)为首的彻洛基部落代表团向美国联邦法院提起上诉,要求其禁止佐治亚州法律剥夺在该州州界内的彻洛基部落人的权利。但在此案中,最高法院的判决却没有直接回应彻洛基部落的上诉,而是围绕其是否具有对此案的司法权展开。根据美国联邦宪法第三条的规定,若在此案中彻洛基部落是"境外的国家或民族",最高法院才能审理此案,执行司法权。但时任最高法院首席法官的约翰·马歇尔(John Marshall)指出,彻洛基部落是"属于美国国内的民族",它与美国之间的关系不是两个国家之间的"外交关系",而是一种"被监护与监管"的关系,联邦法院在此案中不具有初审管辖权;但与此同时,马歇尔也在此案中表达出美国印第安部落具有独立主权的观点,该观点在一年后的沃塞斯特诉佐治亚州案中得到了更加明确的阐释,也成为日后美国印第安立法的一条具有决定性意义的原则。

② 由于彻洛基部落的长期传教并帮助维护彻洛基部落主权的白人传教士塞缪尔·A. 沃塞斯特(Samuel A. Worcester)对佐治亚州提起的诉讼,要求最高法院发布误判令。在佐治亚1830年针对彻洛基部落通过的法律中,有一条针对类似沃塞斯特等与彻洛基人共同生活的白人传教士的规定,要求白人必须获得佐治亚州州长的许可,才能在彻洛基部落的土地上居住,任何白人未经许可擅自进入彻洛基部落地域都将被认定为违法行为。沃塞斯特从1827年开始就居住在彻洛基部落首府新厄寇塔(New Echota),法律生效后,他拒绝离开,因此与其他五位传教士一并遭到佐治亚州的法院起诉,并被判处服四年苦役,沃塞斯特等就佐治亚州法院的判决有效性向最高法院上诉,认为其违反了联邦法律和联邦条约。这是继彻洛基部诉佐治亚州案后,彻洛基人在1832年为维护部落自治权和土地所有权、反抗佐治亚州侵犯权力向最高法院所作的又一次尝试,这次诉讼规避了彻洛基部落诉佐治亚州案中联邦最高法院有无初审权的问题。联邦法院最终判定佐治亚州对沃塞斯特等传教士的判决以及对白人需要经过州长允许才进入彻洛基部落土地的规定均违反了宪法,并按照诉讼要求发布了误判令,宣布彻洛基部落是一个具有自身土地界线的独立社群,佐治亚州无权在其土地范围内执行州法律。在法律意义上,该案件是彻洛基部落的胜利;此案也成为正式宣告印第安部落与联邦政府、与州之间的关系,为美国印第安部落的独立主权观点打下了基础。

　　大约与此同时，彻洛基部落内部就是否西迁和向白人出让土地问题出现了意见分歧。一小部分人认为在当时的情境下，西迁已是在所难免，彻洛基人最好能与联邦政府谈判制定出一种合理方案，签订迁移条约。这些彻洛基部落的"条约派"以彻洛基部落委员会（Cherokee Tribal Council）首领大里奇（Major Ridge）及其子约翰·里奇（John Ridge）和伊莱亚斯·布迪诺（Elias Boudinot）为代表。他们认为这是降低彻洛基部落损失的最佳途径。而其余绝大多数彻洛基人，即部落大酋长约翰·罗斯领导下的"民族派"，强烈反对与白人签订条约，拒绝接受"条约派"以条约降低部落损失的主张。1835 年 12 月 9 日，"条约派"不顾"民族派"的反对，与联邦政府签订《新厄寇塔条约》（Treaty of New Echota），同意出让彻洛基部落东部土地，部落整体迁往印第安保留地，根据联邦政府的安排迁移至新的居住地。尽管约翰·罗斯牵头的"民族派"敦促国会否决《新厄寇塔条约》，国会依然在次年 5 月 23 日批准通过该条约，规定彻洛基部落在条约生效的两年内必须迁徙完毕，否则将面临强制迁移。作为交换，美国政府同意付给彻洛基部落五万元，提供一年的基本生活物资和部落西迁所耗的资金。在两年期限内，"民族派"不断地向政府提出诉求，试图阻止条约的实施，扭转该法对彻洛基部落的影响。例如，约翰·罗斯在杰克逊总统离任后，向继任总统马丁·范布伦提交了一份包含 15,000 名彻洛基人联合署名的请愿书，抵制条约生效。但联邦政府最终未听从"民族派"的诉求，继续推行《迁移法》及相关政策。

　　"条约派"与"民族派"的分歧在一定程度上决定了两年后彻洛基部落普通民众的境遇和命运。条约签署后，有一小部分彻洛基人主动西迁，在 1837 年 1 月至 1838 年五月之间，包括"条约派"成员在内的大约 2,000 名彻洛基人迁至印第安保留地；而大部分彻洛基民众对大酋长罗斯寄予希望，没有为西迁做任何准备。1838 年春，两年期限结束，美国政府派温菲尔德·斯科特·汉考克将军（General Winfield Scott Hancock）率军队进入彻洛基部落，强制安排部落分批、分步骤向西部迁移。期间，四分之一以上的彻洛基部落成员死亡，数以千计的部落成员因遭受饥饿、受伤而感染疾病。此外，"血泪之路"在新的印第安领地上也形成了新的矛盾。先前主动西迁的彻洛基人、"条约派"和后来被强制西迁的部落，在控制彻洛基部落管理权问题上互不让步，三方矛盾激化。

1839 年，一些彻洛基部落成员报复"条约派"在《新厄寇塔条约》签署时扮演主动推动者角色的行为，谋杀了大里奇、约翰·里奇和布迪诺三位"条约派"首领。由此可见，"血泪之路"及再定居对于彻洛基部落来说是持续的、毁灭性的灾难，也是美国建国后历史上的一场悲剧。

三、"血泪之路"的文学再现

对这段悲剧的记载，最初大多出现在参与彻洛基部落迁离、与部落成员共同经历过"血泪之路"前往印第安领地的白人传教士的日记、书信、自传和传教活动记录中。传教士埃文·琼斯（Evan Jones）记载道，"彻洛基人几乎全部成为囚犯，他们从家中被拖出来，关在圈定的堡垒里"，并将此称为彻洛基部落"遭遇的最惨无人道的经历"（转引自 McLoughlin，1990：171）。美国的宏大叙事对彻洛基人的悲惨历史的记录几近空白。

进入 20 世纪后，有一部分彻洛基人尝试通过文学创作，再现和记录欧洲移民到达后部落的不幸历史。《印第安人迁移法》和"血泪之路"事件往往是他们的首要选择。时至今日，以"血泪之路"为题材的美国文学作品已不鲜见，白人作家和印第安作家都从不同的视角将这一政治事件以诗歌、小说、戏剧等多样的文学体裁呈现出来，让这段几乎被官方抹除而鲜为人知的血泪史走近大众读者。由于美国在迁移政策之后实施了更多"同化"印第安人的政策，诸如涉及土地分配的《道斯法》和"印第安保留地外寄宿学校"制度，印第安人的生活习惯和文化传统从根本上被白人政府所颠覆，而掌握部落语言、能够讲述故事的部落文化传承者也越来越少，彻洛基部落对这段历史的记忆和对部落身份的认同开始逐步瓦解。历史学者格雷戈里·史密瑟斯指出，直到 20 世纪30 年代末，彻洛基人"才开始构建他们自己的集体历史意识，在所有的事件中，支撑起现代彻洛基部落历史意识最突出的事件就是'血泪之路'"（Smithers，2015：247）。

在可追溯的文学史中，最早对彻洛基人"血泪之路"的文学呈现是彻洛基诗人露丝·玛格丽特·穆斯克拉特（Ruth Margaret Muskrat，1897 - 1982）创作于 1922 年的同名诗歌《血泪之路》（"Trail of Tears"）。该诗于 1922 年发表在《俄克拉何马大学校刊》（*University of Oklahoma Magazine*）第 10 期，描述了彻洛基人在迁移途中的遭遇和内心的苦痛：

　　　在深夜中，他们尖叫着、呻吟着，

　　　在黑暗中，高高的松树也呻吟着

　　　它们一路守卫着这条凄凉的道路。

　　　彻洛基人说那是他们的哀叹声

　　　每一声尖叫都呼应着那哀叹声

　　　来自他们的祖先

　　　带着破灭的希望和苦痛的恐惧

　　　在那遥无尽头的血泪之路上跌倒。

　　　（诗歌节选，转引自 Parker，2012：76）

　　穆斯克拉特在诗歌中使用反复和押韵的修辞方式，以及听觉和视觉的通感，再现出彻洛基部落血泪之路的惨痛记忆。

　　到 20 世纪 70 年代初，随着"美国印第安文艺复兴"，印第安人的历史遭遇开始逐渐引起美国社会的关注。《迁移法》和彻洛基部落的"血泪之路"再次成为"印第安文艺复兴"文学创作直接或间接刻画、再现与批判的系列政治事件。白人作家詹姆斯·考恩（James Corn）写于 1971 年的小说《再见，大山：一部关于东部彻洛基人的小说》（*Farewell the Hills: A Novel of the Eastern Cherokees*）是印第安人权利运动及"印第安文艺复兴"以来第一部以"血泪之路"为主题的小说。虽然作家考恩不是印第安人，但这部作品被视为 20 世纪 70 年代有关"血泪之路"事件的小说中"创作最佳、研究得最多的一部作品"（Anderson，1989：611）。彻洛基作家登顿·贝德福德（Denton Bedford）的虚构作品《才利》（*Tsali*，1972）将北卡罗来纳彻洛基人传统故事中的英雄人物才利在彻洛基人迁移中所做的个人牺牲进行了文学化的虚构描述；佐治亚州的白人作家弗朗西斯·戴维斯（Frances Daves）在 1973 年出版的小说《彻洛基妇女》（*Cherokee Woman*）中，通过一名亲历"血泪之路"的佐治亚彻洛基妇女的爱情故事再现了这个事件的发展与结果。

　　美国文学作品对"血泪之路"的小说再现，在该事件过去一个半世纪之后出现了持续近 10 年的小高潮。1988 年到 1989 年,美国历史学界不约而同地集中撰写文章或举行活动,纪念彻洛基部落"血泪之路"事件 150 周年。在 1988 年,白人作家约翰·厄尔(John Ehle)出版了小说《血泪之路:彻洛基部落的兴与衰》(*Trail of Tears: The Rise and Fall of the Cherokee Nation*),成为对彻洛基部落迁移的两派观点人物中,第一位同情以约翰·里奇为代表的彻洛基"条约派"的作家。1989 年,另一位白人作家威廉·汉弗莱(William Humphrey)创作的小说《无处可栖》(*No Resting Place*)描写彻洛基人经"血泪之路"迁移到印第安保留地之后,发生在 19 世纪三四十年代的故事,试图重现发生在保留地与得克萨斯交界处的一些历史轶事,既呈现"血泪之路"的历程,也讲述了曾经的"得克萨斯共和国"(Texas Republic)与彻洛基人的交互关系。

直至 20 世纪 90 年代,彻洛基部落后代作家开始相继加入历史书写者的行列。他们追踪前辈的苦难历程,通过其所继承的部落祖先的文化记忆和基因,以作家各自的创作风格和部落特有的口头故事传统叙事方式,再现《印第安人迁移法》及彻洛基部落"血泪之路"事件的经过,并从不同的视角批判在这一过程中,美国联邦政府的政策、所涉州法律和基督教宗教对彻洛基部落从精神信仰到生存模式造成的彻底的、不可逆的打击。1992 年,彻洛基作家罗伯特·康利(Robert Conley)创作小说《山风之歌:一部有关血泪之路的小说》(*Mountain Windsong: A Novel of the Trail of Tears*),四年之后,黛安·格兰西(Diane Glancy)创作了《推熊:一部关于"血泪之路"的小说》(*Pushing the Bear: A Novel of the Trail of Tears*,1996),十余年后又出版了续篇《推熊:"血泪之路"之后》(*Pushing the Bear: After the Trail of Tears*,2009)。这些由部落作家创作的虚构作品,都有意识地选取了彻洛基人与白人、彻洛基部落信仰与基督教之间的互动为写作重心,全方位呈现和批判《印第安人迁移法》及"血泪之路"事件之于彻洛基部落及其部落文化传承的"灾难性"打击。

四、格兰西"推熊"系列:历史主题与叙事艺术

"推熊"系列小说包括 1996 年出版的《推熊:一部关于"血泪之路"的小说》和 2009 年出版的续篇《推熊:"血泪之路"之后》。作者黛安·格兰西 1941 年出生在密苏里州的堪萨斯城,她的彻洛基部落血统源自父亲,母亲是德国和英

国的混血。格兰西的父母教育程度较低，按她本人的说法，她出生于一个"没什么文化的家庭"（转引自 Godfrey，2007：137）。虽然与莫马迪、莱斯利·马蒙·西尔科（Leslie Marmon Silko）、韦尔奇和杰拉德·维兹诺（Gerald Vizenor）这四位"美国印第安文艺复兴"旗手作家的生活年代大致相似，但由于成长环境和与部落文化的关系，格兰西同上述四位作家存在较大的差异。格兰西的文学创作与彻洛基部落之间常常表现为一种若即若离的关系。与其他生活在印第安保留地的印第安作家相比，格兰西与部落文化之间的联系纽带相对松散。她长期在出生地堪萨斯城生活，与彻洛基部落的唯一联系是生活在阿肯色州的祖母。因此，她的作品偏重从生活在保留地外的混血印第安人的视角出发，重述并重塑部落历史和当下经历。她通过糅合当代西方文学的创作技巧和传统部落口述故事的讲述形式，以一个"置身事外"的叙述者的声音，为彻洛基部落发声。从这个意义上讲，格兰西的创作对部落历史、文化和社会的书写既有"当事人"的主观性，又有"旁观者"的客观性。

格兰西擅长在作品中最大限度地发挥声音的作用。她将日常生活中和探访部落居住地时的所见所闻作为素材来源，配以研究访谈中获得的信息，通过文学想象和艺术加工使之成为生动的故事，也通过作品中的人物的声音建构部落话语、重述部落历史。"推熊"系列的两部小说是格兰西在素材与故事之间灵活转换的载体，是部落作家再现彻洛基部落深受《印第安人迁移法》影响而被迫经历"血泪之路"这段悲剧历史的代表作。

《推熊：一部关于"血泪之路"的小说》是格兰西长篇小说体裁创作的初次尝试。小说的叙述遵循线性时间的发展轨迹，始于 1838 年 9 月底，终于 1839 年 2 月 27 日。随着西迁的时间推进与空间的转换，小说中设置的 40 多个人物分别以第一人称讲述自己在途中的亲身经历和见闻。各种叙述声音共同构成文本的主体，给读者营造出身临其境的阅读体验，再现了《迁移法》和"血泪之路"的整个过程及其给彻洛基人带来的恐惧与苦难。上文曾提到，"推熊"第一部小说出版前，美国已有许多以《迁移法》和"血泪之路"为素材的文学作品出版。但没有一部像格兰西的第一部"推熊"小说这样广受读者和评论界的关注，因为这部小说不像其他作品那样，是对历史进行侧面折射，而是如摄像机般直接记录"血泪之路"事件，通过文字营造画面感和现场感，带给读者强烈的视觉与听觉冲击。美国《图书馆杂志》评论这部小说是"一幅生动形象地描绘这场人间悲剧的马赛克作品,令人震撼,扣人心弦";《洛杉矶时报》认为,作品"恰到好处、不偏不倚,是对美国历史最耻辱的一个事件的有力见证"(Glancy,1996:封底评论)。小说的叙事手段和艺术技巧,也是它区别于其他关于这个迁移事件的小说的特征。格兰西通过巧妙的情节设置,以时间为主线索,多视角、多声道、多线索地将不同人物口述的故事碎片,编织成"血泪之路"的历史拼图。正如乔·斯凯里特所言,该作是"后现代艺术思想和美国印第安族裔性碰撞互动的杰出范例"(Skerrett,2007:284)。

小说叙事结构共包含三条路径:第一条叙事路径聚焦玛丽托尔和诺博迪这对彻洛基夫妇及其亲属在"血泪之路"上的遭遇及内在关系变化,以"微距"的形式呈现个体部落家庭在法律执行中的流离失所、痛失骨肉、夫妻手足反目或扶持的经历;第二条叙事路径则将镜头拉长,将迁移途中成百上千个像玛丽托尔和诺博迪这样的彻洛基家庭作为整体,记录彻洛基人与押解他们的白人士兵和护送他们的白人传教士之间的互动,呈现彻洛基部落作为一个集体,在"血泪之路"这条长达900英里的艰难跋涉中,对执行迁移任务的白人既有反感、抵抗,又有同情、理解的复杂态度与情感;第三条叙事路径是小说的一条暗线,围绕作为中间人的彻洛基部落首领与联邦政府和部落民众之间在《迁移法》的实施与西迁问题上的矛盾与沟通展开。虽然这条线索在小说中不如前两条明显,但它是促使小说所有叙事声音、人物关系和群体关系发展与变化的推动力。格兰西借助不同人物的讲述,巧妙地融合三条叙事路径,为读者提供一部以"残缺不全的材料剪裁而成"的历史(韦纳,2018:21),让读者得以从小说介入《迁移法》和"血泪之路"的事件始末,更接近历史的真相。

如果说"推熊"系列的第一部小说是由嘈杂与混乱的多个第一人称叙事以"印象派"风格再现"血泪之路"的悲剧,那么,格兰西在2009年出版的续篇《推熊:"血泪之路"之后》,则是以第三人称为主要叙述声音讲述"血泪之路"结束后部落重建家园、继续生存中一段表面平静但暗藏风浪的历史,折射出《迁移法》及"血泪之路"对彻洛基部落灾难性打击的广度与深度。

在续篇中,格兰西依然从玛丽托尔和诺博迪这一彻洛基家庭切入,糅合历史虚构和创造性的非虚构手段,讲述"血泪之路"结束,彻洛基部落在到达印第安保留地吉布森堡后从头开始，为生存而打拼的故事。小说从第一部作品的时间终点——1839年3月开始。流浪了五个月的彻洛基人终于在吉布森堡安定下来，虽然尚未从路途中的慌乱与惊吓中彻底平复，但他们在新土地上的生活，不管情愿还是不情愿，已经开始。小说讲述了玛丽托尔和诺博迪以及他们的大家族成员，在印第安保留地重新安置后关系网络的发展与变化以及在印第保留地上白人传教士对彻洛基部落重建家园的帮助，并由此揭露彻洛基部落西迁背后的真正动机，即美国联邦政府对东南部地区的种族清洗。作品细致入微地刻画诺博迪一家和其他部落成员的形象，记述他们的思想和行动，呈现彻洛基部落"支离破碎、精神失序"的状态（McGlennen，2013：119）。整部作品揭示了"血泪之路"对部落民众造成的心理和精神创伤，这种伤痛与彻洛基人在迁徙途中失去的亲人和族人一样，将成为一代代人心中难以磨灭的痛苦记忆。

作为殖民侵略印第安部落和领土的手段，美国政府与印第安人签订的条约、针对其制定的政策不计其数，但印第安部落成员几乎没有机会和场合讲述自身的遭遇。文学作品却为印第安部落发声提供了一条可行且安全的出路。戴维·卡尔森认为，美国印第安文学作品通常都是"美国政府利用条约作为殖民印第安部落的工具的见证者和批判者"（Carlson，2016：112）。"推熊"系列小说重新挖掘白人官方话语传统中被淡化、弱化的法律和事件，通过口头故事和文学书写放大被压迫的部落声音，详细补充现有历史记载，为彻洛基部落批判《迁移法》及相关条约、揭示"血泪之路"事件真相提供了充分的空间。两部小说取材于历史，将人物和情节置于真实的历史背景中，与历史同行，将人物的命运、部落的命运和美国东南部地区的命运与《迁移法》和"血泪之路"事件联结在一起，在叙事过程中进行想象性的艺术化加工，其意义超出了纯粹的历史记录，是以文学虚构的形式再现历史、生产历史。

不同于史书的宏大叙事，两部小说由小及大，从个人引向群体。小说从聚焦一个家庭及其中的个体成员开始，由家族史走向部落史，最终走向国家历史。小说通过个体讲述"大历史"对"小人物"的冲击，更加真实、生动地绘制了这幅历史图景。法国历史学家保罗·韦纳在《人如何书写历史》中指出，"构成所有人日常生活的一切东西，其中包括仅由私人日记才能辨别出来的东西，都有权利成为历史学家的猎物;因为,人们发现,没有什么其他的存在区域,能够比得上在日复一日的平常生活中映射出的历史性"(韦纳,2018:35-36)。格兰西的这两部小说就是从构成普通彻洛基部落个体、白人士兵和传教士及部落首领等人物日常生活的各个方面,映射了《迁移法》及其对彻洛基部落所造成的悲剧历史。

五、"推熊"系列小说:历史语境与文化解读

"推熊"系列两部小说、《印第安人迁移法》和"血泪之路"事件反映出的核心问题均在于土地。土地是白人用来制定法律和政策驱赶印第安人、扩大控制疆土的工具。《推熊:一部关于"血泪之路"的小说》开门见山,借叙述者玛丽托尔的丈夫诺博迪之口,直截了当道明白士兵进入村庄、强制部落西迁的原因:"约翰·罗斯酋长希望我们能保住这片土地。但是里奇和布迪诺这些在佐治亚的部落头头和白人签了条约,把我们的土地割走了。"(Glancy,1996:2)小说以白人入侵彻洛基人的土地开始,也以土地作为情节发展的线索。在续篇中,初到吉布森堡的彻洛基人,发现这个新地方的土地:

> 有的早已有主人,而那些还没被开垦的土地却硬得和天空一样。新迁来的人们把自己故乡的田地抛在身后,却又不能在新土地上耕种[……]他们无依无靠,无人问津,在这儿重建家园几乎不可能。(Glancy,2009:28)

政府文件曾承诺给彻洛基人提供印第安保留地700万亩土地,还保证"彻洛基部落永久拥有西部地区,并可以自主使用上述700万亩土地西部边界以西的地区"(Glancy,2009:28-29)。经历了"血泪之路"的彻洛基人,所看到新地方的现实情况与文件承诺的情形大相径庭。他们每天食不果腹,致使老人战棍(War Club)愤怒地说:"叫他们把这些文件吞进肚子里去!"(Glancy,2009:29)小说伊始,彻洛基人对政府的失望与不信任已达到新的高潮,他们对白人和政府的新仇恨也逐渐从这片新土地中滋生出来。

小说所呈现的冲突与矛盾折射了现实历史语境。19世纪初,"条约派"认为交换土地是保住彻洛基部落、减少部落损失的唯一途径。放弃故土是"条约

派"与大多数印第安部落民众和"民族派"产生分歧与矛盾的焦点,而获得土地是联邦和州政府层面制定与执行《迁移法》、签订条约的最终目的。在这一过程中,这片土地的"外来发现者"愈发占据主动的支配地位,而长期居住于此的"原住民"却屡屡让步,任由外来者"依法""正当"地摆布,眼睁睁地看着自己沦为这片土地的"非法"居民,最终被迫撤离,拱手让出原本属于自己的土地。

可是,判断"合法"与"非法"的标准,自一开始就打着白人的烙印,一边倒地由联邦政府制定的有关法律、政策决定。事实上,在印第安人问题上,美国国会制定的法律和各层级法庭受理的案件审判,存在诸多"不公正的法律拟制"(unjust legal fiction)①,它们是"法庭对事实的假设",也是法庭做出判断与裁决的依据,而这些对事实的假设"显然与现实相去甚远"(Echo-Hawk,2010:43-44)。《迁移法》的制定与实施过程中,在判断印第安人与其居住地的合法关系上,美国联邦政府和国会以一系列"不公正的法律拟制"为基础,它们包括:第一,欧洲人发现北美大陆的事实"天然地将印第安人的土地所有权转移给了美国";第二,欧洲人发现北美大陆的事实"等同于他们征服了那片大陆";第三,原住民的土地是一片"无人所有、无人使用、没人需要的荒地或野蛮之地,白人可以随意占为己有";第四,印第安人没有"财产"的概念,"他们不会要求对任何事物拥有所有权,或者他们不够资格对土地拥有所有权";第五,印第安人没有能力管理自己的部落,"需要受到他人的监护";第六,印第安人在种族上就低人一等,"他们是未开化的野蛮人"(转引自 Echo-Hawk,2010:44-48)。

杰斐逊和杰克逊两位总统关于印第安人种族低劣的言论以及随后由他们推动制定的迁移法案和相关政策,便体现了这些不公正的法律拟制。然而,这些所谓的法律拟制自身充满矛盾,漏洞百出。比如,在上述论断中,土地所有权的转移不应理所当然地自然转移;原住民的土地早有原住民居住和使用,不是无主的荒蛮之地;土地是印第安人从精神信仰到物质生活都不可或缺的一部分,是他们自古以来从未放弃捍卫的东西。

---

① 法律拟制,亦称"法定拟制",是指依据法律政策确定特定事实,而不考虑真相为何,将原本不符合某种规定的行为也按照该规定处理。

在"推熊"第一部小说中,玛丽托尔叙述白人士兵将她赶出家门,强迫她加入西迁队伍时,说道:"他们不可能让我们离开这片土地。这些士兵难道不知道我们就是土地吗? 玉米秆是我们的祖母……她们的灵魂怀抱着这里的玉米秆,我们的根缠绕在一起,不可分开。"(Glancy,1996:3)玛丽托尔通过彻洛基部落神话中玉米女神塞卢(Selu)的故事,讲述了土地之于彻洛基部落的意义——彻洛基人就是土地,对土地的侵犯等同于对彻洛基人的侵犯。土地被赋予了人的生命价值,远大于白人眼中所有权和使用权所赋予的价值。由此可见,联邦政府对印第安人立法、制定政策以及审理法律纠纷时所做的"不公正的法律拟制",在逻辑上是荒谬的。但 19 世纪初是美国不断扩张领土、殖民地相继加入联邦并建州的年代,拓荒西进的白人高涨的"爱国热情"和对扩大土地所有权的强烈欲望,掩盖了这些"法律拟制"在公正性和逻辑性上的问题。

在迁移印第安人问题上,联邦政府的投入与决心也给各州政府以各种理由试图驱逐印第安人的行为提供了有力支持,使印第安人陷入越发不利的弱势处境。1830 年 5 月《迁移法》通过以后,佐治亚州变本加厉地骚扰彻洛基部落。白人想尽一切办法,动用"本州所有可以用上的法律和警方力量,将印第安人从这个州的土地上清除出去"(Echo-Hawk,2010:50)。在"彻洛基部落诉佐治亚州"和"沃塞斯特诉佐治亚州"两个案件之前,发生过一起州法院僭越司法权,干涉部落内部事务的事件。彻洛基人乔治·塔塞尔(George Tassel)由于在彻洛基部落管辖的土地上谋杀了另一名彻洛基人而受到佐治亚州法院的起诉,州法院不顾被告人向联邦最高法院的上诉,将其定罪为谋杀罪,并于 1830 年 12 月 24 日处以绞刑。由于佐治亚州对在彻洛基部落内部发生的活动不具有司法权,这起未经联邦法院批准、由州法院草率判处的刑罚,在事后被联邦法院定性为对彻洛基人塔塞尔的"私刑"(Echo-Hawk,2010:87)。

这起案件表面上是司法权的归属问题,但实质上依然是土地界线和部落主权的问题。在当时,部落领土仍是联邦法律与州法律尚未明确归属的模糊之地,佐治亚州便利用法律的模糊与漏洞,来挑衅彻洛基部落的自主管辖权,以司法为由进入部落领土,干涉彻洛基部落,企图接管部落的事务,从而暗中转移部落土地的所有权。塔塞尔被处决的背景正是当时颁布了一系列旨在骚扰和恐吓彻洛基部落的州法律，它们的最终目的是把彻洛基部落驱逐出佐治亚州。艾克-霍克称佐治亚州对彻洛基部落的所作所为是"美国历史上罕见的种族屠杀"（Echo-Hawk，2010：87）。虽然"塔塞尔案"是美国历史上第一个支持彻洛基部落主权及后来整个印第安部落主权的法律依据，直接影响了联邦政府对"彻洛基部落诉佐治亚州"和"沃塞斯特诉佐治亚州"两个案件的审判结果，但联邦政府对审判结果的执行"睁一只眼，闭一只眼"，被认可的"部落主权"不能阻止《迁移法》的广泛实施，也没能阻止《新厄寇塔条约》的签署，更未能改变"血泪之路"给彻洛基部落带来的悲剧命运。

　　在彻洛基部落"民族派"做出各种尝试阻止《迁移法》和《新厄寇塔条约》生效的同时，美国民众也对联邦政府的决策做出响应。其中，部分白人民众通过不同的形式表达对迁移政策及相关行动的关注、质疑甚至反对。1838 年 4 月，在《新厄寇塔条约》给彻洛基部落设定的两年自主迁离的期限即将结束之际，拉尔夫·沃尔多·爱默生（Ralph Waldo Emerson，1803 - 1882）向时任总统马丁·范布伦写信，抗议强迫彻洛基印第安人迁出佐治亚州的做法。爱默生以一名普通白人民众的身份，对政府即将执行的强制迁移提出了看法，他写道：

　　近日，我们从报纸上读到，1835 年 12 月，联邦政府一位代表同一些看上去是彻洛基人的代表签订了一项交换彻洛基部落所有土地的条约，而后来，我们才得知这些代表根本没有代表这个部落的意愿。这个部落的 18,000 人之中，有 15,668 人抵制这个所谓的条约。眼下，美国政府决定要让彻洛基人信守这个虚假条约中的承诺，并正在着手推动执行条约。几乎整个彻洛基部落都因此揭竿而起，他们说："这不是我们做的事情。请看看我们！我们在这里！不要把那么区区几个逃兵当作我们！"美国总统和顾问团、众议院和参议院的议员，既没有亲耳听过这些人的意见，也没有亲自见过他们，却给他们立约把这个乐于上进改进的部落赶上车船，拖着他们跋山涉水去往密西西比以外的一片遥远的荒野地区。竟然还有一份声称是军队命令的文件，为这场令人悲伤的迁移定下了一个月的时间表。（Emerson，2008：50）

　　爱默生的信件直指《新厄寇塔条约》的合理性，认为"条约派"不代表整个彻洛基部落,他们的所作所为违背了整个部落绝大多数人的意愿;而美国政府在政策制定和执行的过程中,也根据自身利益偏好,回避民意,违背了美国的民主原则。爱默生预见彻洛基部落的西迁极有可能造成"恐怖的伤害,会对彻洛基部落构成严重威胁"(Emerson,2008:52),呼吁总统用1,500万美国人民赋予他的权力,及时阻止这次伤害的发生。他在信中表示,如果总统执意"批准执行这项背叛民意的条约",他本人会因此"臭名昭著",而"美国"这个在当时依然是"信仰与自由的美好象征的名称将被全世界所唾弃"(Emerson,2008:51)。爱默生的《致马丁·范·布伦总统的信》是现存史料中美国人对强制实施《迁移法》《新厄寇塔条约》及其所处历史时代较早的评价之一。它虽然不是所有美国人的观点,但在一定程度上,是从非政府官员、非印第安人的第三方视角对美国政府迁移政策的抨击。

阿历克西·德·托克维尔在《论美国的民主》中也对19世纪30年代美国与印第安部落签订条约获取部落土地的见闻作了评述,指出白人那时"剥夺印第安人的财产和土地已是家常便饭的事,而且,可以说是以一种非常合法的手段实现的"。就《迁移法》的颁布和与部落签订条约的行为,托克维尔认为,"美国人正是通过这种途径廉价地获得土地,而在欧洲,即便是最富有的主权国家也没有足够财力能够购得如此完整的大片土地"(de Tocqueville,1969:324-325)。托克维尔间接地批评了美国政府以《迁移法》和条约将廉价获得印第安人土地的行为合法化,"洗白"自己愚弄与欺骗印第安人的行为。

美国历史叙述中不缺少迁移政策时期的印第安人历史,但在记录与呈现形式上,现有的文献大多是从部落之外,从外部看待和书写《迁移法》,而且由于视角的局限性,迁移时期历史中印第安人的声音长期以来是缺位的。在20世纪60年代前,几乎没有历史由外向内看,鲜有历史真正观察印第安部落的内部,或讲述该法和"血泪之路"事件对彻洛基人造成的具体影响和后果。这样的历史缺乏完整性和全面性。20世纪五六十年代,少数族裔在美国社会逐渐获得发声的权利,印第安人也不例外。在涉及政治、历史、社会、文化等方面的各种场合,印第安人都获得了表达部落和个人诉求的机会。进入80年代,《迁移法》和彻洛基部落的"血泪之路"事件重新成为学者的关注焦点和研究素材,形成了新的发现和结论,也更新了过去的历史对法律和事件的统计数据和影响评估。

社会学专家拉塞尔·桑顿（Russell Thornton）利用人口学的分析方法发现，彻洛基部落在迁移途中的死亡人数，"远高于"此前政府档案和历史研究中估算的 4,000 余人或四分之一，而是"大约在 8,000 人左右"（Thornton，1984：289-300）。1989 年，罗纳德·萨茨在论文《彻洛基"血泪之路"：150 周年回望》（"The Cherokee Trial of Tears：A Sesquicentennial Perspective"）中指出，一个半世纪后，虽然越来越多的学者对《迁移法》和"血泪之路"事件做出较之过去更坦率的批评，将其称为美国国家和历史的耻辱和种族屠杀，但是美国政府依然在为之辩护，认为不幸事件是当时印第安人与白人关系的局限性所造成的，"印第安部落的自治权至今仍不断受到来自州政府官员、个体利益集团和其他认为不应该保留印第安部落自治机构的人的威胁与挑战"（Satz，1989：466）。随着时间推移和史料的进一步挖掘与更新，少数族裔的话语权不断提升，这段历史及法律的真相被更大程度地披露，当代人对彻洛基部落和美国印第安人经受的悲剧也有了更全面的认识和更深入的解读。

六、《印第安人迁移法》、"血泪之路"与小说再现

从《印第安人迁移法》的颁布到实施，再到彻洛基部落成员经过"血泪之路"到达印第安领地，每位经历过这一时期的人都是这段历史的见证者。历史的主观性决定了"史书主题的选择是自由的"（韦纳，2018：48-49），大写的历史或许并不存在，"一切都是历史的"（韦纳，2018：48）。詹姆逊也指出，"一切事物都是社会的和历史的"（詹姆逊，2016：4）。"血泪之路"每位亲历者的回忆和叙述都是一个小写的历史，与历史教科书和历史著作不同的是，他们的讲述能摆脱传统历史叙述不依赖于个体体验的"超然"特征的限制，更加凸显"人"的意味，通过描述肉体的感官，揭示内心的情绪，传导现场感。格兰西"推熊"系列的两部小说充分发挥亲历者讲述小写历史的声音，再现《迁移法》和"血泪之路"事件，生动呈现了彻洛基部落在迁移前、迁移时、迁移后鲜为人知的细节，重构"血泪之路"的历史，为理解美国的《迁移法》和彻洛基人的悲惨遭遇，提供了多维的"另类"视角。

系列小说第一部《推熊：一部关于"血泪之路"的小说》的叙事以部落迁移

时间轴为时序发展基础,小说不同人物叙事声音中的倒叙和插叙成分,为小说的线性叙事增加了历史深度,还原了法律和事件发生的始末,呈现彻洛基部落的传统与现实,从而加深了读者对这个遭受过灭顶之灾、如今沦为"少数族裔"的文明部落的认识。小说以彻洛基妇女玛丽托尔的讲述开场,从彻洛基部落某个村庄的一个普通家庭的遭遇揭开"血泪之路"的序幕。1838年9月底的一天早晨,玛丽托尔的丈夫诺博迪在地里疾呼她的名字,宣告了一场浩劫即将在这个家庭和整个彻洛基部落开始。小说没有第三人称或专门的旁白介绍故事发生的背景,而是以诺博迪急促的两声"玛丽托尔!"穿透村庄清晨的寂静,开启叙述,赋予故事紧迫的叙事节奏,直观地营造出事发突然的紧张气氛。玛丽托尔描述道:

> 茅屋附近的玉米地里尘土飞扬,湮没了焦干的玉米秆。马匹正在朝我们奔来。没过一会儿,玉米地外的树林里一阵骚动。诺博迪穿过骑兵队伍,走进我们家小树林的空地,我站在茅屋的台阶上,我们的孩子坐在地上。
>
> 过去,我见过白人来我们这儿做生意。那时,他们骑马沿着农场飞驰而过,不会注意到路上的我们。现在,士兵带着步枪和刺刀,正在树林里的空地上待命。我听见他们在说话,语速很快,但听不懂他们在说什么。他们穿着深色的外衣,我们似乎看不见他们。
>
> [……]
>
> 我们听说士兵已经把佐治亚和田纳西的彻洛基人都抓了起来,集中在一个地方,但我们知道骑兵们应该会继续向前,路过我们附近的杜斯泰亚伦伊和伊戈瓦努尔弟村庄。果不其然,他们已经发现我们了。我踩到了一个从我腿上掉落的苹果核。太阳驱散了晨雾,阳光和尘土却让人们的身影若隐若现。我得洗孩子的衣服,要把玉米送去磨坊,马车边还有一筐从树上摘下的苹果和桃子。
>
> 士兵们在交谈,语速很快。我丈夫用我们的语言对我说话,让我抱走还在啼哭的孩子。我们会被送去田纳西的拘留营。(Glancy,1996:3)

玛丽托尔通过视觉和听觉渲染了"血泪之路"在一个具体的村庄中如何开

始,将法律、政治文件和新闻报道中的事件转变为个人化的记忆与经历,展现了像玛丽托尔这样与白人世界接触不频繁的普通部落成员,对他们正在"创造"的历史的最初印象。彻洛基村庄和白人士兵是两种截然不同的状态:村里的人们在不疾不徐地有序劳作,而进入村庄的白人士兵所到之地传出阵阵骚动。从玛丽托尔的叙述中可得知,村民们并非对白人的到来毫无准备,他们早已得知其他地方的彻洛基人被捕的消息,也预料到自己会有同样的遭遇。彻洛基人的"静"与白人士兵的"动"形成鲜明对比,呈现出一种有异于人们传统认知的族际关系。

不论是《迁移法》还是"血泪之路"事件中,印第安人都是白人不公正待遇的受害者,是任凭白人欺凌与侵犯的弱者。但玛丽托尔开篇的叙述颠倒了这种强弱关系。原本的弱者在厄运降临时显得异乎寻常的平静,反衬出彻洛基人坚守部落土地的信念和他们与土地之间在精神上的亲密联系。即便《新厄寇塔条约》的两年期限已到,大部分部落成员仍然没有选择主动离开,村子里也没发生恐慌和骚乱,约翰·罗斯等"民族派"的代表,在最后关头继续向联邦政府请愿沟通,表达他们不会放弃土地的努力。彻洛基人在一开始的平静反应,成为部落民众对联邦政府和企图吞噬他们土地的白人的无声反抗。

玛丽托尔不仅对比了此时彻洛基人和白人的状态,还在叙述中呈现了一组强烈的颜色对比,并由此颠倒了现实中白人强、印第安人弱的关系。详述白人士兵的行动和语言后,玛丽托尔将视线转到他们的衣着上:"他们[白人]穿着深色的外衣,我们似乎看不见他们。"印第安人在白人眼中是有色人种,被称为"红种人",和非裔美国人一样,多被白人视为"看不见的人"[①]。许多当代印第安文学作品,都将颜色作为印第安人的肤色和社会身份的隐喻,比如莫马迪的小说《日诞之地》(*House Made of Dawn*,1968)和谢尔曼·阿莱克西(Sherman Alexie)的小说《一个兼职印第安人绝对真实的日记》(*The Absolutely True Diary of a Part-Time Indian*,2007)中,分别用深色皮鞋和皮红肉白的苹果来影射印第安人对肤色的敏感。而在这部小说中,白人身着与肤色对比强烈的深色外衣,玛丽托尔却似乎"看不见"他们,这一方面暗喻深

---

① 著名美国非裔作家拉尔夫·埃里森(Ralph Ellison)正是以《看不见的人》(*Invisible Man*,1952)为书名,出版了他的代表作。

肤色的印第安人在现实中常以"透明人"的身份被白人无视,另一方面讽刺地扭转了白人在这个彻洛基村庄中的侵略者地位,强化了彻洛基人对部落土地的主人地位。

如果说白人在美国社会现实和历史叙述中占据主流话语权,那么,在小说文本中,彻洛基部落的普通民众反转现实,成为主导话语权的群体。小说的40多个人物中,有36个彻洛基人。他们的叙事声音构成了文本的主体,在发声人数上占据压倒性的优势。在讲述故事的内容、表达部落思想时,彻洛基人态度强硬,对白人无所畏惧。

村子里一位年长的妇女格勒斯特自言自语,"你们这些士兵。我知道你们来了。哈,你们一点也没吓唬住我"(Glancy,1996:5)。面对白人士兵的到来,这位老人没有丝毫恐惧。她站在溪水中,选择与这片古老土地上的自然万物融为一体。老人想象自己是一头深入林中的鹿,不再受到白人士兵的追捕。显然,她是被冰冷的溪水淹没,用肉体的死亡换取精神上与彻洛基古老土地的融合,以示抵抗《迁移法》和白人强迫部落迁移的行动。老人并不是文本中表现反抗的个例,玛丽托尔通过在言语上否定白人来对抗士兵的暴力驱赶。诺博迪说他们别无选择,就要踏上西迁之途,而玛丽托尔则用短而有力的部落语言和英语坚定地说,"我不走"(Glancy,1996:3)。在白人士兵的刀枪逼迫之下,她走出茅屋时,听到士兵们用英语交谈,想起白人传教士在部落中传教时用英语提到的"希望"二字,但玛丽托尔却说,"现在我们没有希望"(Glancy,1996:4),否认了白人所说的希望。士兵的到来意味着大酋长约翰·罗斯去华盛顿劝说联邦政府停止迁移行动的努力失败了。他们的希望破灭了,对于玛丽托尔和诺博迪的家庭、对于他们的村庄、对于整个彻洛基部落乃至全体印第安人来说这一天都是黑暗的开始。

小说中女性人物在数量上多于男性人物。她们的第一人称叙述更倾向于个人化的特点,语气中感性多于理性,直接反映了彻洛基人对故土的依恋和对政府政策与白人士兵举动的不满。相比之下,男性人物发出的声音更为理性,也更加简短,表现出他们对部落命运和权力丧失之类的问题的更大兴趣。男性人物叙述的内容呈现出"血泪之路"的内在推动路径,即彻洛基部落与联邦政府就迁移事务展开的拉锯与斡旋,呼应现实中这段历史的曲折进程。

诺博迪的叙述以彻洛基"条约派"和"民族派"的分裂开始,指出《新厄寇塔条约》是在佐治亚的彻洛基"条约派"单方面与政府"私下签署的"(Glancy,1996:4),是广大彻洛基部落民众在不知情、也不可能同意的情况下签署的一个条约。正如玛丽托尔的哥哥泰纳在后文所言,"区区 35 个人签下名字,把属于 17,000 彻洛基人的土地让给了别人"(Glancy,1996:75)。诺博迪进一步解释白人不能忍受彻洛基人在这片土地上继续生存的几个原因:"在独立战争期间,我们的部落加入了英国一方,白人对此依然记恨在心。接着,佐治亚北部达洛尼加发现了金矿,白人想要金矿。他们也想要我们的田地。"(Glancy,1996:4)三个因素中的两个与彻洛基部落土地相关,直指白人和印第安人矛盾的最根本之处。

罗斯大酋长派来信差,告诉部落人们"安德鲁·杰克逊不会支持将彻洛基部落的土地保留给彻洛基人的协议",与此同时,佐治亚州政府也宣告印第安人召开的集会"除签署条约以外,均是非法的"(Glancy,1996:5)。彻洛基部落当时孤立无援,未能保住部落的领土,被迫走上西迁的道路。小说文本中的人物与他们的经历,是作者格兰西根据她对这段历史所作调查研究的艺术化虚构,但文本在呈现"血泪之路"的诱因时,基本保持与史实一致。根据《彻洛基部落历史》记载,在《新厄寇塔条约》签署前,美国政府多次尝试在彻洛基部落中落实《迁移法》,推动签署迁移条约,但屡屡失败。在此情形下,1835 年12 月 29 日,美国政府派谈判代表在新厄寇塔召集"仅有不超过 300 名彻洛基人,其中包括妇女和孩子"开会,被召集的不到 300 人中,仅有 100 人左右有选举权,最后,由 20 个人组成的"条约派"谈判委员会签订了让全体彻洛基人走上迁移之路的《新厄寇塔条约》(Conley,2005:141)。大酋长约翰·罗斯当时在华盛顿,大部分的彻洛基人拒绝参加谈判。

虽然罗斯大酋长代表"民族派"始终为彻洛基部落争取在故土上继续生存的权利,受到众多彻洛基人的尊重与拥护,但并非所有人对罗斯都是持积极正面的态度。玛丽托尔的父亲就是其中一位,他十分厌恶罗斯,认为罗斯"是个空想家"(Glancy,1996:9)。玛丽托尔的父亲在自述中,对罗斯等部落首领前往华盛顿与联邦政府和联邦法院协商、打官司的举动表示出了深深的怀疑和对部落未来的担忧,他说:

我们的首领们去华盛顿为我们部落的案子辩护了多少年了？结果只是让部落的小伙子们过得更艰难，让女人们脸上苍白无色、挂着恐惧的神情。接下来会发生什么呢？只是继续向前走，品尝失败的滋味吗？这种滋味并不好受。我的妻子将如何继续生存下去呢？我的孙儿们怎么办呢？（Glancy，1996：19）

玛丽托尔的父亲用一连串的反问，代表老一辈部落成员批判罗斯等部落首领的理想主义，指出他们对联邦政府和最高法院抱有过高的期待，在塔塞尔私刑事件、彻洛基部落诉佐治亚州、沃塞斯特诉佐治亚州和《新厄寇塔条约》签订的有效性问题上，同白人耗费了过多时间，所有的努力都是徒劳的。他们非但没有使白人对部落诉求作出实质性的回应和措施，还加剧了部落人们的创伤，使部落的未来岌岌可危。诺博迪的弟弟奥格纳亚讲述了一段他们兄弟在途中关于罗斯酋长的争论。奥格纳亚回顾部落的战斗历史时，诺博迪评价弟弟冠冕堂皇的语气与罗斯大酋长的语气十分相似，说"罗斯还是比彻洛基人拥有更多的白人血统。'我在华盛顿的时候'总是他做演讲时的口头禅"（Glancy，1996：98），而奥格纳亚与哥哥对待罗斯的态度稍有不同，他认为罗斯为彻洛基部落付出的努力，在一定程度上也减轻了部落在迁移途中受白人士兵的折磨的程度。

诺博迪模仿罗斯中庸而带官腔的演讲式语气时充满讽刺意味，也引来同行彻洛基妇女的争相模仿，仅有奥格纳亚在当时依然坚持认为罗斯是一位值得尊重的政治家。泰纳在叙述中反映了更多彻洛基男人对罗斯的议论。在迁移队伍经过罗斯出生地田纳西州的一个晚上，男人们围着篝火纷纷对他们的遭遇和政府表达愤慨，并将枪口转向替他们表达诉求的大酋长罗斯。罗斯代表上万名部落成员，将他们一一签署的请愿书送去华盛顿，但政府却不予理会。他们认为"约翰·罗斯根本没有让事情有任何转机"（Glancy，1996：75）。人们更对罗斯没有与他们共同走过"血泪之路"表现出极其不满。他们看到，早年领导过部落抵制白人文化入侵的老酋长怀特·帕斯（White Path）和弗莱·史密斯（Fly Smith），都与部落的其他人一起共同经受迁移途中的艰辛与苦难，而现在的部落大酋长罗斯与华盛顿商谈未果后，却没有加入彻洛基部落的民众,而是"乘汽船前往新的领地"(Glancy,1996:75)。

　　怀特·帕斯和弗莱·史密斯两位纯血统彻洛基酋长在19世纪20年代初带领彻洛基部落联合抵制白人通过基督教传教对彻洛基部落的文化渗透,而1828年被选为彻洛基部落大酋长的约翰·罗斯不是纯血统的彻洛基人。他的父亲是苏格兰人,母亲有四分之一的彻洛基血统。按照血缘比例,他本人仅有八分之一的彻洛基血统。历史记载中,罗斯"和白人一样说英语,从没流利地讲过彻洛基语。但在思想情感和精神信仰上,他却是彻头彻尾的印第安人,和每个纯血统彻洛基人一样,为保卫古老的部落土地费尽心血,彻洛基人很难找到一个比他更用心、更有能力的人来担任他们的酋长"(Wilkins,1989:206)。在现实中,罗斯在刚担任大酋长时,给人树立了一个"拥有魄力和智慧、品德高尚、为人正直、具有钢铁意志"的形象(Glancy,1996:206)。小说文本中,彻洛基部落人对罗斯褒贬不一的议论,使这个历史人物变得立体化。读者看到他在《迁移法》《新厄寇塔条约》和几个诉讼案件中缺乏足够的能力,没能维护土地和部落主权这两个彻洛基部落的核心利益,在"血泪之路"开始后,自己走捷径前往目的地。由此,罗斯正面、积极的部落"民族派"代表的形象,在众人口中被生动地解构为低能、自私的形象。

　　在彻洛基部落人心中,只有真正亲自走过"血泪之路"的人才有资格讲述《迁移法》和《新厄寇塔条约》对这个群体和其中个体的严重创伤,才能代表部落发声。"推熊"两部小说总共近50名人物的口述经历,扩大了历史的叙事空间,拓宽了常规历史叙事的维度,呈现了迁移途中人物的身心体验,使历史记载中泛化于抽象的彻洛基部落的整体经历,被戏剧化地再现于读者面前。作家通过虚构的文本,再现了比史书更贴近现实的真相,重建了彻洛基部落的集体记忆。彻洛基人在跋涉途中和到达新印第安保留地后之后的心理变化,在两部小说中得到了充分的呈现。

　　人们在开始时的反抗和坚毅,逐渐受到途中艰难困苦的挫伤,一些人失去了耐心,甚至将愤怒转嫁到亲人身上;妇女、老人和儿童等体弱多病者渐渐疲惫不堪;来不及收拾日常用品和衣物的人们对白人士兵怀有深深的仇恨,加上丧失土地的悲伤,他们与白人士兵之间不时发生冲突,甚至被鞭打致死。白人士兵总是出于荒唐的理由,暴力惩罚彻洛基人。玛丽托尔所在的迁移队伍同另一队汇合时,另一队的一名彻洛基人因为向朋友打招呼而被士兵按在地上鞭打。在篷车里的玛丽托尔不敢出声,听着外面发生的一切:"我能听到士兵在打那个人[……]接着是一阵火枪响声,然后另一个士兵命令他别打了。"(Glancy,1996:8-9)和玛丽托尔一样,篷车内的男男女女都因此低声哭泣,连事先对"血泪之路"早有心理准备的诺博迪,内心也发生了微妙的变化,他"脸上阴沉沉的,露出一丝恐惧"(Glancy,1996:9)。

士兵与彻洛基人的冲突无处不在。带着西方中心主义思想的白人士兵们,将彻洛基人的诸多传统与习惯视作"迷信",激化了双方的矛盾。10月中旬,迁移队伍经过田纳西州时开始下雪。彻洛基语中没有"雪"的专有名称,老人瓦克查将其称为"白面粉"(white flour),而士兵用英语"雪"(snow)纠正老人。在人们纷纷停留看雪,猜测这种"白面粉"可用什么样的炉火烘烤时,白人嘲笑彻洛基人的这种行为是迷信(Glancy,1996:72-73)。事实上,包括彻洛基语言在内的大部分印第安部落语言在给生活中的常见元素命名时,通常以形态、色彩、形状为基础作描述性的称呼,将"雪"称为"白面粉"就是一例。再者,雪是白色,和白人的肤色一样,因此,战棍说"连雪都是白色"(Glancy,1996:73),以此表达不满。

对于彻洛基人而言,他们的故土已经被白人占领,原来是自己家的屋子也成了白人的家,在迁移途中身边也满是白人士兵和白人传教士。在这场"比我们曾经见过的还大的雪"中(Glancy,1996:72),白色已经充斥着他们的世界,暗指彻洛基人对白人的厌恶与不耐烦,但又不得不接受白人已占据他们大部分土地的事实。此外,路途中有越来越多的部落成员死亡,但在如何处理死者尸体的问题上,士兵与彻洛基人之间发生了争吵。玛丽托尔叙述道:

> 男人们把他们的遗体抬上了篷车,而那些士兵想把死者的遗体不经掩埋就抛在路边。
>
> "不!"
>
> "我们不能带着这些死尸!"我听见车后的争吵。
>
> "我们要埋葬死去的同胞。"这是诺博迪的声音。
>
> "他们会变成孤魂野鬼,得不到安息的。"这是诺博迪弟弟的声音。

"我不会受得了你们这些异端迷信——"

"我也受不了你们。"(Glancy，1996：79-80)

不论是士兵还是彻洛基人，他们都不能忍受对方的思想、信仰和行为。白人与印第安人世界观、时间观和自然观的差异，是导致他们无法相互接受和共处的问题根源之一。由于无法忍受白人在肉体上的鞭打和在精神上的嘲讽与压制，有些印第安人试图逃跑，但被士兵抓捕回来后，被"铐上了脚镣。满是水泡、淌着鲜血的双脚上方，脚踝已经布满疮痍"(Glancy，1996：81)。

将彻洛基人的西迁之路描述为"血泪之路"既不是夸张，也不是比喻，这是一个再真实不过的表述。在第一部小说中，表达"血"的词 blood 出现 13 次，cry 用作"哭"的含义 43 次，tear 表达"眼泪"的意义 14 次，另有表达"恸哭"的wail 出现 13 次，"呜咽"的 moan 出现 15 次。"血"和"泪"是文本中的高频词，更是对西迁途中彻洛基人现实处境的精准写照：吃不饱、穿不暖、走不动，像奴隶一般戴着脚镣、忍受鞭打，眼睁睁地看着家园土地被抢占，看着至亲和同胞相继死去，悲伤和痛苦都不足以描述他们的悲剧。在田纳西，队伍里的人开始成批死亡。玛丽托尔叙述道：

那天晚上，有个妇女看见一个孩子在发抖，便把自己的毯子拿给了他。她回到自己的位置后，靠着一棵树，在寒风中坐下。第二天，她和我的母亲还有孩子一样，得肺炎死了。

死亡已经是家常便饭。途中休息时，坐在我身旁的一个妇女一直在发出咯咯的声音。她的眼睛和嘴都张着，似乎在等待一口食物送到嘴里。突然，她的声音停止了。我父亲费力地想要合上她的嘴，但她的嘴还是大大张开着。"把她放平吧，不然一会儿她的身体要僵硬了。她不会愿意弯着腰去那个世界的。"

没过多久，一个男人突然抽搐起来。他是安娜·思科-索-塔的邻居。他在队伍里走在我前面。我听见安娜在哭，但他那抽搐的样子让我看了很想笑。金丘抽搐得越来越厉害，后来摔倒在地上，继续抽搐，看上去像在搅拌黄油。他双腿疯狂地踢个不停。大家根本没法让他停下来。安娜·思科-索-塔试着去抓住他。医生来了,但他也没辙。渐渐地,在几阵更厉害的抽搐之后,他手脚摊开,浑身僵直,再也不动弹了。

为什么圣灵要让白人夺走我们的土地和财产?连巫医都无法解释我们的遭遇。我们现在一无所有了,只剩下一条艰苦的迁移队伍在寒风中行进,像针一样的冰不断地拍打着我们的脸。(Glancy,1996:81-82)

面对身边的人接连死亡,玛丽托尔似乎已经习以为常,甚至在金丘死前痛苦抽搐时,她反常地想要笑。许多彻洛基人都像玛丽托尔一样,身心备受折磨,面对一路上由于各种原因死亡的同胞,他们反应已由最开始的哭泣、悲伤、呼喊逐渐变得麻木。正如玛丽托尔所言,这场由白人发起的迁移的理由,荒谬到连神灵都无法解释。她的言语强烈批判了白人立法、签订条约驱赶印第安部落和在迁移途中实施的残酷刑罚。

作为第一部小说的续篇,《推熊:"血泪之路"之后》扩展并详述了第一部小说结尾部分"印第安保留地"中彻洛基人讲述的内容,呈现彻洛基部落到达印第安保留地后克服困难,解决问题,开启新的生活,折射出彻洛基部落对美国政府的不公正待遇所感到的不满和愤慨。其中,他们最大的困难之一,是新领地的土地不适宜耕种,而政府提供的财政补贴和物资不够解决所有人的温饱问题。这些加剧了他们对白人政府的不信任和对"条约派"头目的仇恨。

历史对彻洛基部落在印第安保留地重新安置的记载,与小说文本的侧重点不同。历史叙事更加宏大与抽象,侧重呈现部落政治权力的建立及其中的矛盾冲突;但小说文本着眼于个人或普通家庭,从微观层面,从叙述者的主观视角和声音,展现部落重建家园中遇到的真实难题。在第一部小说中,安娜·思科-索-塔提出人们面对新的土地束手无策,他们没有任何开垦工具(Glancy,1996:229);不仅如此,这片土地与他们过去的土地完全不一样,续篇中描述:"土地像紧闭着的门,一直打不开。野草的根死死缠绕着土地,什么也不能把它们扒开[……]奥格纳亚一遍又一遍往地上砸去,他似乎要把这土地杀死。"(Glancy,2009:25)

续篇中穿插了1828年5月政府与彻洛基部落签订的《华盛顿第二条约》(*Treaty of Washington II*)中有关土地与补偿的历史文件片段。此条约承诺保障西迁的彻洛基部落永久得到密西西比河以西的土地，且在经济上和物资上补偿彻洛基人因土地土质差而无法提供充足供应的问题。然而在小说中，诺博迪、泰纳等从北卡罗来纳州西迁来的彻洛基家庭"没有得到补偿"，部落牧师布席海德（Reverend Bushyhead）也常常担忧这些被政府遗忘的彻洛基人的穷困生活（Glancy，2009：28 - 29）。续篇文本中的条约文件源自历史档案，然而比对真实条约中的各项条款及其兑现情况，前者成了彻头彻尾的谎言，政府从未向诺博迪等彻洛基人兑现。奥格纳亚直指白人的贪婪，为获取土地不择手段："我没看到任何正义，只有他们的自身利益，他们的扩张；只有他们凭借我们不明白的规则夺走我们土地的权力"（Glancy，2009：30）。他质疑白人殖民政府的本质，也表达出彻洛基部落在经历了由《迁移法》导致的"血泪之路"的苦痛后，重建家园时见识到白人政府的真实嘴脸，对白人的憎恨进一步加剧。小说文本对普通人物反应和言论的关注呈现出更多、更生动的历史细节，补充了被宏大历史叙事忽视的侧面。

在《迁移法》和"血泪之路"事件中，彻洛基人的仇恨不仅指向白人，也指向曾擅自"代表"10,000 多名彻洛基人签署《新厄寇塔条约》的 20 多名"条约派"部落成员。小说文本和真实历史都记录了以"民族派"为代表的部分彻洛基人杀害"条约派"领袖的复仇经过。根据历史，1839 年 6 月 22 日，一部分积怨已久的彻洛基人杀死了大里奇、约翰·里奇和布迪诺三人：大里奇在骑马经过一条小巷时遭伏击，被枪击致死，约翰·里奇被人拖下病床，当着他妻子和孩子的面用刀捅死；布迪诺被人以请求帮助为由骗到路边，最后被砍死（Conley，2005：160）。小说文本对三人死亡的描述与历史记载基本一致，但小说以戏剧化的手法，通过参与复仇行动的奥格纳亚与哥哥诺博迪的对话以及对诺博迪内心活动的刻画，将复仇的过程再现得更加立体、生动。奥格纳亚在质疑政府时，就对"背叛过我们的同胞"咬牙切齿，怀恨在心（Glancy， 2009：30）。

一次，部落男人在篝火集会上讨论复仇的事情。诺博迪内心不支持复仇，但也没有表态，小说呈现出他心中"哈姆雷特"式的犹豫："背叛部落的人应该偿命。这是彻洛基部落的法律。但是他不想执行这条法则。他是个懦夫吗？不，他有别的考虑。"（Glancy，2009：35）奥格纳亚参与了对大里奇的枪杀行动，小说记录了他行动结束后回到家中与诺博迪的争吵：

"奥格纳亚,你都做了什么?"诺博迪在黑暗中问道。

"他们死了。"

"谁?"

"里奇父子和布迪诺。"

"奥格纳亚,这是你做的事情吗?你就是不听。你把这种事带回家,带到我们身边,会玷污我们的农场,会让鸡孵出两个头的小鸡。"

"你怎么跟老婆娘似的?"

"我和你说过,不要去掺和这种事情。"

"我做都做了,结束了。"

"没有结束。你会让我们苦上加苦。可能接下来几代人都要吃苦头。你为别人着想过吗?"

"我为你想过,诺博迪。我也为我未来可能会有的家庭想过。我们现在拥有正义了!我们可以一切从头开始。"

"我不想要那种开始。你把血光之灾带到了家里。你自己去河里洗洗吧!去把你沾满血迹的手洗干净。"

"这种事总得有人去做。我知道你不会做。你会过得像一个懦夫。对彻洛基法律感兴趣的人是你。你应该知道,叛徒就是该死。他们没有按照部落委员会的法律条款割让土地,这种出卖部落的行为就应该以死刑惩罚。"
(Glancy,2009:40-41)

诺博迪坚持认为弟弟的行为过于鲁莽和自私,玷污了家族,也会让后代蒙受厄运,而奥格纳亚却坚持要为部落找回正义,坚持部落的法律,不能容忍任何人背叛和出卖部落。小说中兄弟俩的争吵,塑造了两个人物的不同性格,形象地揭示了不同立场的彻洛基人对复仇的不同观点:有的极端激进,有的则保守中立。"条约派"头目被杀事件,在一定程度上是"血泪之路"事件的终点,小说文本运用人物对话和内心描述,制造戏剧性的情节冲突,反映出人们对于部落仇恨矛盾与复杂的心理,从侧面反映了白人权力机构不择手段,利用部分印第安人,达到了对土地的所谓"合法占有"。

七、历史声音的"文本化"与虚构声音的"历史化"

新历史主义批评视域中，历史与文学的叙事本质是相同的，和文学一样，历史同样是文本。"历史不过都是些精心写就的故事，[……]在某种意义上，它们都是人工的虚构之物[……]。当它们成为一种主宰着政治秩序的故事或叙事时，我们其实离真正的历史越来越远。"（朗西埃，2018：7）对于最终归入历史记载的一系列事件，在历史文本和文学文本中，真实与虚构之间不存在绝对清晰的界线。历史记载不可能呈现全部的真实情境，文学作品也不是纯粹的虚构，它在与历史记载不同的横切面上表征过去的事实。《推熊：一部关于"血泪之路"的小说》和《推熊："血泪之路"之后》分别从多个第一人称视角和第三人称全知视角进行讲述，使法律和事件"影像化"，将历史现实中的声音融入虚构文本中，同时使虚构的人物直接同真实历史人物进行对话，在虚构与现实之间自如切换，艺术化地呈现《迁移法》和"血泪之路"事件中的众生相。

两部小说人物众多，作家使不同的声音成为小说的叙事主体，众多的声音来自小说中"分裂为许多部分或许多个体的叙事者"（朗西埃，2018：188），真实与虚构的虚实声音碎片相互交织，展现了"血泪之路"给人们造成的精神与物质重负。续篇的后记中，格兰西谈到多声道叙述对她创作这两部小说的意义：

当我还是小女孩时，我和大家去阿肯色州西北探望亲友，那时就听说过"血泪之路"。[……]我随着母亲的家族长大，偶尔会一起去探访父亲的部落和那儿的人们。那里有一些难以用语言摹状的事物。[……]大学毕业后，我搬到俄克拉何马州，开始再度感受到那段我尚未了解的历史的存在。我还记得从塔尔萨的家驱车前往塔勒阔（Tahlequah）的彻洛基遗产博物馆去听一场有关"血泪之路"的报告；后来，我又去了藏有相关研究资料的图书馆，最后驾车从佐治亚的新厄寇塔到达当时的印第安保留地、如今俄克拉何马州的吉布森堡（Fort Gibson），重走了这条长达 900 英里的道路。

我想，正是在亲身走过那片土地的时候，我才开始听见曾经存在于我想象中的这个部落和部落的人们所发出的各种声音，也才开始思考如何能将这些声音和谐地写进一本书里。我一直有兴趣想将声音赋予历史，让历史发声。

讲述一个部落的故事需要许多声音。那就是为什么在这个系列的第一部作品《推熊：一部关于"血泪之路"的小说》中会有那么多人物的原因。(Glancy，2009：188)

格兰西是部落历史的倾听者，同时，她的作品也引导读者成为部落历史的倾听者。两部小说借助不同的声音搭建框架，作品人物既有虚构的彻洛基部落广大民众，又有现实中的部落首领、联邦政府官员、白人传教士、执行任务的士兵等。小说中穿插了历史档案、宗教出版物、个人信件等史料片段，这些资料与人物的叙述，共同构成两部作品的叙述主体。

围绕相同的事件或同一个人物，小说将各方或统一或有分歧的观点并置陈列，展现了历史的多面性和政治的复杂性，也保持了小说文本的叙事张力。在第一部小说中，彻洛基人批评大酋长约翰·罗斯的低能与利己主义。但作品赋予罗斯这个真实人物发声的权利。小说的部分叙述从罗斯本人的视角讲述他代表彻洛基部落向政府争取停止迁移行动时面临的困难和无奈：

在华盛顿，有白人在为彻洛基部落说话，认为他们应该继续在他们原来的土地上生活；也有彻洛基人与政府一唱一和，支持让印第安人离开他们的土地。根本没有什么明确的界线可言。不论我去哪儿寻求帮助，所到之处都充满着分歧和争论。

我试图去解释其中的复杂关系，但杰克逊总统坐在桌子前翻阅着报纸。杰克逊根本不想听我说话。有时政府里的人不认识我。约翰·罗斯！彻洛基部落的大酋长，受过良好教育，对我的部落人民负有和杰克逊一样的责任。

最后，我向他索要迁移的补贴。

最后，我向他要求任何可以让我的部落人民活着走出拘留营的补偿。(Glancy，1996：22 - 23)

这是小说"推熊"中第一次出现的真实历史人物的声音，除去写给联邦政府的请求信，这也是约翰·罗斯在文本中唯一的自述。作为部落的大酋长，罗斯肩负维护部落人民权利的责任。他原本作为部落代表去与政府协商，却处处碰壁,陷入一个意见分歧、政治分裂的世界,夹在白人政府与部落人民中间束手无策。罗斯没有同部落成员直接对话,但以上自述却是对批评他"低能""自私"的部落成员的侧面回应。他为自己辩解,说明最终限于客观的外在条件,无法劝说总统改变法律和条约的决定,只能在迁移之前,尽可能多地为部落人民争取补偿。在小说续篇的后记中,格兰西特别提到罗斯的这段叙述,指出罗斯在杰克逊办公室的对话实为她的有意虚构(Glancy,2009:189),格兰西没有进一步解释此处虚构的意图。从文本的叙事效果来看,虚构的罗斯自述契合小说故事情节的发展脉络,展现了罗斯本人内心的矛盾与困境,并与部落成员的褒贬评价一起,对罗斯这个真实的历史人物做了较全面的总结。

小说中的虚构,为历史人物创造了成为真实人物的场域,不仅再现历史人物在文本情境中生动的语言和心理,还反射作家本人对现实语境中的历史人物的态度和历史观念。布席海德牧师是格兰西提到的另一名以虚构形式呈现的真实历史人物,其个人叙述与被转述的声音在两部小说中多处出现,与虚构的彻洛基人物互动频繁。现实中,布席海德是混血彻洛基人,26岁皈依基督教并成为浸礼会牧师。他是到部落传教的白人牧师埃文·琼斯的翻译,在彻洛基部落中影响广泛。"血泪之路"开始后,布席海德牧师主动要求带领没有首领的彻洛基迁徙队伍前进。

在小说文本中,布席海德领导的是诺博迪夫妇和他们的亲属邻居们所在的队伍,此举却立即遭到部落同胞的质疑。他在自述中说,"我要负责指挥一个队伍前进。谁选的我?为什么选我呢?我听到这些来自彻洛基人的声音时,不知道该做些什么"(Glancy,1996:24)。有彻洛基人血统的布席海德,因接受白人的信仰、协助白人传教而被其他彻洛基人孤立,"早已习惯在他们中间无能为力的感觉"(Glancy,1996:24)。小说中布席海德的自述,也是借助虚构语境,表达了这个真实历史人物的内心困境与无助。同为彻洛基人,他却与迁移队伍中的其他人之间存在隔阂,他甚至无法解释清楚隔阂产生的原因。迁移途中,布席海德为疲惫不堪的彻洛基人向冷漠无情的白人士兵争取休息时间。此外,他还通过传道维护彻洛基人之间的和谐,防止队伍内部出现矛盾。

诺博迪在叙述中有一段对话,谈到他和其他来自北卡罗来纳的彻洛基人在议论田纳西州和佐治亚州的彻洛基人时,提到这两地各自的部落首领约翰·罗斯和里奇父子,再度引发彻洛基部落的仇恨,对此,布席海德竭力劝说道,"我们不能这样一路分歧地走下去"(Glancy,1996:99)。布席海德一路向彻洛基人传教、为他们祈祷,即便当时大部分人尚未接受基督教,他也尽最大努力发挥自己的指挥作用,帮助彻洛基人渡过难关。在续篇小说中,布席海德路遇奥格纳亚,停下脚步问他是否参与杀害大里奇一事,喝得醉醺醺的奥格纳亚不置可否。布席海德讲述了自己醉酒的经历间接替奥格纳亚回答了这个问题:"在我成为牧师前,我也从酒商那里买威士忌来麻痹我自己。"(Glancy,2009:131)格兰西通过这次相遇,在虚构人物、历史人物、谋杀"条约派"头目事件和印第安部落的酒精交易事实之间建立起了联系,以历史和虚构人物的对话和人物的内心独白,使历史与文学虚构相互交错,以此呈现出比历史真相更真实的情景。

格兰西的这两部小说如同现实历史与虚构故事之间的"旋转门",在历史与现实交织的声音中塑造了数十名"有血有肉""有苦有泪"的人物,直接见证和介入《迁移法》和"血泪之路"时期的历史和政治事件。许多美国本土历史小说家,包括格兰西在内,他们的创作与传统英语历史小说既有相似,又有差别。两者之间的区别之一在于,传统历史小说虚构"以'一个时代的典型人物'为核心";对于印第安历史小说而言,"由于他们的历史早已被抹除,或已根据殖民者的意识形态改写",作家们"很难在叙述中塑造读者所熟悉的历史人物"(Elias,1999:191)。格兰西另辟蹊径,在小说中虚构了众多无名无姓、读者陌生的小人物,他们或同属一个家族,或同属一支迁移队伍,现实中大大小小的事件和人物通过文本,与这些小人物联结成"历史的网状组织",在"各种不同时间节奏的横切面"上编织历史的情节(韦纳,2018:52)。比如,格兰西在"推熊"之一中塑造的白人士兵便是其中一例。白人士兵在小说中的存在形式特殊,他们的确是"血泪之路"上真实存在的群体,他们执行政府的决定,驱赶并一路押解印第安人,但除一人之外,所有白人士兵都无名无姓。小说以"士兵们"作为声音来源,呈现了一段若干白人士兵在惩罚逃跑彻洛基人之后的对话:

"把那个彻勒基佬①弄回他的毯子里去。"

"他们觉得他们哪儿都能去。"一个士兵一面用脚踹一个人，一面用刺刀的刀背敲打另一个人。那个印第安人痛得大声叫唤。

"斯科特将军说不能再有人受伤。"

"斯科特将军不在这儿。他不过就是要我们盯着这些印第安人排队前进。"

"他们不久就会自己走的。"

士兵们被两股力量拉扯着，一方面，他们对印第安人又怕又恨，另一方面，他们用刀枪押解着印第安人，控制欲得到了满足。

"想想他们做了些什么！"

"屠杀我们的人民——"

"他们还有奴隶——"

"听听他们的巫师，我跟你讲，就像鬼魂似的。"

"我爸爸以前用印度安人②的故事吓唬我们。"

"再看看现在的他们。看起来没那么可怕了嘛。"

"这地方臭死了。"

"他们的样子真是恶心。"

[……]

"他们可是以骁勇善战著称，"一个士兵不以为然地说。

"是吗？"

"可现在他们在我们手中了。"

[……]

"油腻的印第安人。"(Glancy，1996：42)

虽然就是否执行斯科特将军的命令发生争议，但士兵们按捺不住控制欲，借此向印第安人发泄。杂乱无序的对话刻画了他们眼中的印第安人，同时也透露出他们在执行《迁移法》途中压迫和征服印第安人的"成就感"。士兵自述

---

① 原文中士兵将彻洛基(Cherokee)错误发音为 Chereky。

② 原文中士兵将印第安人(Indian)有意发音为 Injun。该词在英语中是对印第安人的贬称。

被集体陈述,混杂在多人的交谈之中,但来自无名白人士兵的碎片化声音,传递出他们对印第安人的普遍负面看法。这些抱有歧视性偏见的零碎话语,在文本中拼贴成了白人思想意识中印第安人残忍、蒙昧、恐怖、邋遢的固化形象。作为集体,士兵们在历史中曾经真实存在,是"血泪之路"大迁移的一部分,但文本中每一个普通士兵作为个体发出的声音,大部分是虚构的。格兰西用虚构呈现这些历史中不被书写的部分,在普通人构成的历史横切面上建构情节,使虚构的故事更贴近现实。

历史的叙述不是唯一的,大写的历史(History)由包含诸多情节的小写历史(history)碎片构成。格兰西在"推熊"系列历史小说中"将'真实的'历史文本同虚构的叙事并置,凸显了有关彻洛基部落在印第安保留地生活状况的历史记载中缺少彻洛基人个人经历记录的问题"(Murrah-Mandril,2010:314)。格兰西创作第一部历史小说的明智之处在于,她仅以第一人称和直接引语的形式呈现声音。作为作家,她没有在文本中让《迁移法》和事件的旁观者介入,没有他人的价值判断打断小人物讲述历史故事。续篇小说结合了第三人称叙事、历史人物的真实档案、虚构人物的自述与对话,修正了历史记载的残缺和不足。

具有虚构特权的小说文本,为彻洛基人,也为作家评价与抨击历史人物、政治文件、法案条约提供了一个安全区;同时,还为众所周知的历史人物开辟了一条宣泄内心的通道,建构了虚构的人物与历史现实之间的密切联系。"推熊"系列的两部作品不是简单地讲述历史故事,而是通过艺术的手段解构宏大历史叙事,拾起被宏大历史掩盖的普通人物的记忆碎片和故事碎片,重构19世纪上半叶美国印第安部落和美国国家的历史。小说的想象空间源自历史语境。作家通过重现历史语境,在其中塑造虚构人物,传达埋没于内心的呼声。同时,历史语境中的现实人物,则在小说中获得了对现实进行微调和想象的空间。历史现实与小说文本之间恰当的距离,使虚构故事和历史人物变得生动。围绕同一人物或同一事件的文学性多重叙述,改变了传统历史叙事声音的单一性,以其多元性和多维度,最大限度地使文本客观再现《迁移法》和"血泪之路"事件的历史成为可能。

八、"推熊"系列小说的历史意义

"推熊"系列小说在书写对象、叙事形式和人物塑造等方面，凸显了传统印第安口头神话故事的艺术价值。与此同时，两部小说处处展现彻洛基人对部落集体和个体命运的关切和对部落的生存权利、话语权力、政治权力的诉求。与许多当代美国印第安文学作品一样，"推熊"系列小说在很大程度上以高度政治化为特征，具有深刻的内涵和意义。正如美国印第安文学学者克莱格·沃马克所言，"美国印第安文学艺术不是纯美学的形式，换句话说，它不是为了艺术而艺术：通常情况下，印第安作家在作品中都会着力激发（invoke）人们的强烈感情，同时唤起（evoke）人们的记忆"，当代美国印第安文学作品的语言，能够"以其召唤力量打破权力的平衡"（Womack，1999：16 - 17）。

具体来说，格兰西在"推熊"两部小说中以文本的语言构建"芸芸众生"的声音，扭转了传统的美国白人历史观念和传统社会秩序中的强弱关系，为《迁移法》和"血泪之路"事件历史叙事开辟了新的集体想象空间和个体心理空间，使现实中不能发声或不敢发声的弱者在文本中获得反叛现实命运、大胆争取话语权的场域，使现实中的频繁发声的强者在这个场域中表达了鲜为人知的软弱与无奈的一面。小说使用的对话、第一人称叙事、历史文件和私人日记将普通读者，尤其是有彻洛基或印第安部落血统的读者，带入历史语境，呈现法律和事件给彻洛基人带来的感官痛苦和心理创伤，引起读者的同情与关切，同时也引发人们对现存历史的质疑与反思。从这一意义上说，格兰西在两部历史小说中显示了其作为作家的话语权力。她通过文学想象与白人主流政治影响下的历史话语博弈，为主流历史叙事填补空白、修正错误。

两部小说中的人物或直接或间接的叙述，为重构《迁移法》和彻洛基部落"血泪之路"的历史提供了各种切入视角，每个叙述声音在讲述历史时的立场都是独特的。丹尼尔·贾斯蒂斯在《我们的火焰战胜了风暴：彻洛基部落文学史》一书中如此评价格兰西："不仅从'条约派'和他们同盟的角度将罗斯描绘成了一个专横的部落领袖，同时也从彻洛基部落普通百姓的视角展现了这个群体在许多方面和观念上存在的分歧。"（Justice，2006：199）格兰西在小说人物的设计上有过详细的考虑，最初和许多其他描述"血泪之路"事件的印第安文学作品一样，只将玛丽托尔一人设置为小说叙事的中心人物。但后来她发现,"单一叙事声音远远不够。我需要重新开始,加上了她的丈夫,接着加上了和他们一起走过'血泪之路'的每一个人。讲述一个故事需要许多声音,我觉得我们的心中都装着那些不同的声音。声音非常重要;它是一片精神能量的田地"(Glancy & Andrews,2002:651)。

多重叙事的声音,打破了单一声音完整呈现历史的惯例,将叙述化为若干不连续的碎片,以诺博迪、玛丽托尔、奥格纳亚、约翰·罗斯、布席海德牧师、白人士兵等人的细碎回忆,代表了《迁移法》引出的土地矛盾和"血泪之路"带来的迁移矛盾,拉长了这段历史的镜头,使这一段历史"不再是一个封闭的鸿篇巨制的形象,而是分裂成了包含生动鲜明的历史事件和极具回忆画面的所谓的'记忆之场'"(阿斯曼,2017:15)。印第安人迁移史因而也成了没有最终版本的历史,每个回忆的个体都能进入,每个阅读小说的读者也能进入,每位作家和部落后代也能在书写中不断对历史进行增补、完善和重新解读。

"推熊"系列小说被公认为是两部历史小说,然而格兰西没有完全使文本受到历史的局限。她对事件和法律本身的描绘与呈现,充分利用了彻洛基部落的信仰,而这种信仰赋予了迁移的彻洛基人以希望。格兰西以部落口述故事的模式呈现部落的世界观、自然观和历史观,延续部落的文化记忆,对抗白人主流话语的霸权独白,对抗其"政治权力为保卫其秩序而必然使用的强势的话语述说形式"(张凤阳等,2014:345)。口述故事是大多数北美印第安部落文化记忆的支柱,以口口相传的形式讲述远古时候部落的起源、迁移、习俗、价值与道德观等,从而让人们能够用循环和发展的眼光看待这个世界,善待土地、自然万物和他人,灵活地对待周遭的事物。

小说中的人物在多处联想到口头故事或部落神话,这是他们在迁移途中的精神寄托,也是彻洛基人最笃信的希望。小说续篇中,到达新领地的彻洛基人被梦魇缠绕,难以走出"血泪之路"的阴影,叙事声音说道:"他们如何能不再梦到还在步行途中呢? 他们如何才能不再挨饿呢? 只有靠他们讲故事了。或许故事才能有来自古老世界的力量。"(Glancy,2009:16)口头故事在彻洛基部落的观念中是力量的载体。在他们看来,这是唯一能够帮助他们走出困境和治疗创伤的方法。新领地上的彻洛基人围着篝火聆听了一个熊人的故事:

"曾经有段时间,食物短缺。一个猎人走进森林,遇到两头熊,熊告诉他一个地方,那儿有栗子、橡果和黑莓。猎人于是去了那个地方,和一头熊在山洞里住了整整一个冬天。'山下,你那些住在定居点的族人要抓我,'熊说。'他们要打死我然后把你带回家。他们打死我后,会把我拽出山洞,把我切成块。你必须用树叶盖住我的血,他们把你带走时,你一定要回头看,你会看到一些东西。'不久,他们听见猎人上山了。猎犬发现了山洞,不停地叫唤。猎人射箭杀死了熊,把熊拽出山洞,剥了它的皮,把它切成了小块以便带回居住地。狗还在叫,人们觉得洞里可能还有一头熊,但是他们发现的是找了一个冬天的猎人,并欢迎他回到了族人中间。然后,每个人带走了一筐熊肉。离开之前,这个猎人堆了一堆树叶在他们杀熊的地方。他们往前走了一段路,猎人回头,看见熊从树叶里站了起来,抖了抖身子,然后又回到了树林中。"

那个故事就是讲给这些彻洛基人的。他们会从树叶里重新站起来。(Glancy,2009:17)

这是一个有关重生的故事,隐喻着彻洛基部落的命运。在彻洛基人忍饥挨饿,看不到生存希望的时候,它的出现是对彻洛基部落的鼓舞,虽然经历了死亡与灭顶之灾,留存下来的人们依然有希望获得新生,部落也将有新的希望,能够继续延续下去。

一般而言,社会记忆是"多元权力和多元价值观在长时段中复杂博弈的结果,[……]它所呈现出来的最终面貌,表达了强势政治权力的意愿"(张凤阳等,2014:368)。在彻洛基人的记忆中,他们拥有对现实生活的个体记忆,也有对部落口头故事的集体记忆。格兰西认为,不论这个部落经历了什么,彻洛基人的身上"都带着他们的种族记忆和代际记忆,这是使彻洛基人成为一个集体的精神基因"(Glancy & Andrews,2002:651)。"推熊"系列小说正是基于这些记忆创作而成的。文学想象和口头故事编织成的小说,淡化甚至解构了白人政治霸权中的历史话语,转而从彻洛基部落这一少数、弱势群体的身上,构建了新的历史话语。小说中相对隐蔽的政治意义逐渐显现,激活了《迁移法》和"血泪之路"事件的历史记忆。格兰西的"推熊"系列小说,并不是要将叙事小人物的记忆移植到当代读者的脑中,只是通过艺术的手段重现每个事件亲历者的记忆，并原汁原味地呈现在文本中。文本的开放性让读者在阐释过程中，也像格兰西一样倾听这段历史，解读文本涵容和生成的历史意涵与意识形态，并对历史与文本作出自己的评判。

引述文献：

Anderson，Willam L. "The Trail of Tears Through Fictional Reminiscence." *The Georgia Historical Quarterly*，73/3 (1989)：610–620.

Bertolet，Jennifer L. *Encyclopedia of United States Indian Policy and Law*. Paul Finkelman & Alan Garrison Eds. Washington DC：CQ Press，2009：252–254.

Brady，Joel. "'Land Is Itself a Sacred，Living Being'：Native American Sacred Site Protection on Federal Public Lands Amidst the Shadows of *Bear Lodge*." *American Indian Law Review*，1/24 (1999/2000)：153–186.

Calloway，Colin G. *First Peoples: A Documentary Survey of American Indian History* (4th Edn.). New York and Boston：Bedford/St. Martins，2012.

Carlson，David J. "US-Indian Treaty-Relations and Native American Treaty Literature." Deborah L. Madsen Ed. *The Routledge Companion to Native American Literature*. London and New York：Routledge，2016：111–122.

Conley，Robert J. *The Cherokee Nation: A History*. Albuquerque：University of New Mexico Press，2005.

Deloria，Vine，Jr. & Clifford M. Lytle. *American Indians，American Justice*. Austin：The University of Texas Press，1983.

Echo-Hawk，Walter R. *In the Courts of the Conqueror: The 10 Worst Indian Law Cases Ever Decided*. Golden：Fulcrum Publishing，2010.

Elias，Amy J. "Fragments That Rune up the Shores：*Pushing the Bear*，Coyote Aesthetics，and Recovered History." *Modern Fiction Studies*，1/

45 (1999): 185 - 211.

Emerson, Ralph Waldo. "Letter to Martin van Buren, President of the United States." Kenneth S. Sacks Ed. *Emerson: Political Writings*. Cambridge: Cambridge University Press, 2008: 49 - 52.

Fletcher, Matthew L. M. *Encyclopedia of United States Indian Policy and Law*. Paul Finkelman & Tim Alan Garrison Eds. Washington, DC: CQ Press, 2009: 424 - 425.

Glancy, Diane. *Pushing the Bear: A Novel of the Trail of Tears*. San Diego: Hartcourt, Inc. , 1996.

Glancy, Diane. *Pushing the Bear: After the Trail of Tears*. Norman: The University of Oklahoma Press, 2009.

Glancy, Diane & Jennifer Courtney Elizabeth Andrews. "A Conversation with Diane Glancy." *The American Indian Quarterly*, 4/26 (2002): 645 - 648.

Godfrey, Kathleen. "Diane Glancy." Jennifer McClinton-Temble & Alan Velie Eds. *Encyclopedia of American Indian Literature*. New York: Facts on File, Inc. , 2007: 137 - 139.

Justice, Daniel Heath. *Our Fire Survives the Storm: A Cherokee Literary History*. Minneapolis: University of Minnesota Press, 2006.

Kappler, Charles J. ed. *Indian Affairs: Laws and Treaties* (Vol. II). Washington, DC: Government Printing Office, 1904.

McGlennen, Molly. "*Pushing the Bear: After the Trail of Tears* by Diane Glancy, and *The Dream of a Broken Field* by Diane Glancy (Review)." *Studies in American Indian Literatures*, 1/25 (2013): 119 - 122.

McLoughlin, William Gerald. *Champions of the Cherokees: Evan and John B. Jones*. Princeton: Princeton University Press, 1990.

Murrah-Mandril, Erin. "*Pushing the Bear: After the Trail of Tears* by Diane Glancy." *Western American Literature*, 45/3 (2010): 313 - 314.

Parker, Robert Dale. "American Indian Poetry at the Dawn of Modernism."

Cary Nelson Ed. *The Oxford Handbook of Modern and Contemporary American Poetry*. Oxford and New York: Oxford University Press, 2012: 71 - 95.

Perdue, Theda & Michael D. Green. *The Cherokee Nation and the Trail of Tears*. New York: Penguin, 2007.

Prucha, Francis Paul ed. *Documents of United States Indian Policy* (3rd Edn.). Lincoln and London: University of Nebraska Press, 2000.

Satz, Ronald N. "The Cherokee Trail of Tears: A Sesquicentennial Perspective." *The Georgia Historical Quarterly*, 3/73 (1989): 431 - 466.

Skerrett, Joe. "*Pushing the Bear: A Novel of the Trail of Tears.*" Jennifer McClinton-Temble & Alan Velie Eds. *Encyclopedia of American Indian Literature*. New York: Facts on File, Inc., 2007: 284.

Smithers, Gregory D. *The Cherokee Diaspora: An Indigenous History of Migration, Resettlement, and Identity*. New Haven and London: Yale University Press, 2015.

Thornton, Russell. "Cherokee Population Losses During the 'Trail of Tears': A New Perspective and a New Estimate." *Ethnohistory*, 31 (1984): 289 - 300.

Tocqueville, Alexis de. *Democracy in America*. J. P. Mayer Ed. George Lawrence Trans. Garden City: Anchor Books, 1969.

Wilkins, Thurman. *Cherokee Tragedy: The Ridge Family and the Declamation of a People*. Norman: University of Oklahoma Press, 1989.

Womack, Craig S. *Red on Red: Native American Literary Separatism*. Minneapolis: University of Minnesota Press, 1999.

阿斯曼,阿莱达:《记忆中的历史:从个人经历到公共演示》,袁思乔译,南京:南京大学出版社,2017 年。

朗西埃,雅克:《历史的形象》,蓝江译,上海:华东师范大学出版社,2018 年。

立柯，保罗：《记忆·历史·遗忘》，李彦岑、陈颖译，上海：华东师范大学出版社，2017 年。

韦纳，保罗：《人如何书写历史》，韩一宇译，上海：华东师范大学出版社，2018 年。

詹姆逊，弗雷德里克：《政治无意识》，王逢振、陈永国译，北京：中国人民大学出版社，2016 年。

张凤阳等：《政治哲学关键词》，南京：江苏人民出版社，2014 年。

张友伦：《美国西进运动探要》，北京：人民出版社，2005 年。

第十六章

制度压迫：逃亡奴隶法与蓄奴罪恶

——加纳弑婴事件与莫里森的《宠儿》

一、逃亡奴隶法：法令的历史语境

按地区划分，独立后的美国共可分为三种经济类型：北部和东北部的资本主义工商业经济、西部自由农民土地经济和南部种植园经济。种植园经济严重依赖奴隶劳动以维持其存在，但早在殖民时期就有许多美国人要求废除蓄奴制。欧洲各国在19世纪初就已废止奴隶贸易。形势的发展迫使杰斐逊总统采取措施，他积极敦促国会根据宪法纲领制定废奴法，并在1807年通过了废止奴隶贸易的法案，北方各州根据该法均宣布蓄奴为非法，但废奴法在以种植园经济为主的南方各州遭到了抵制。主宰南方政治和经济的白人有产者视蓄奴制为一种特殊且必要的存在，一种维持其经济社会运作的"特别制度"（peculiar institution）（布林克利，2014：316）。

19世纪中叶的美国南方是西方世界唯一保存蓄奴制的地区。自1793年轧棉机发明之后，美国南方以种植棉花为支柱产业，棉花种植面积迅速扩大，摘棉等劳动无法用机器替代，种植园经济模式越来越依赖奴隶劳动。奴隶贸易随着劳力需求的增长而增长，奴隶价格上涨。黑奴既是廉价劳力，又是奴隶主财产的一部分，使用和买卖均有利可图。于是在南方，美国宪法和废奴法案遭到无视，奴隶经济和奴隶贸易逆势而行。

美国的蓄奴制与古代奴隶制有所不同，但同样惨无人道。奴隶主可以任意惩罚黑奴，手握生杀大权。在手执皮鞭的工头监督之下，黑奴们每天长时间劳作，劳动者和劳动产品完全由奴隶主支配。南方奴隶条例对黑奴的人身自由进行了严苛的规定：奴隶不得拥有财产，未经允许不得离开主人地界，天黑不得外出，除教堂活动外不得与其他奴隶聚集，不得携带武器，即使出于自卫也不得反击白人。男性奴隶从事着高强度的劳动，而黑奴妇女的工作更加艰辛。她们与男人一样从事田间耕作，还要操持历来由女性承担的繁重家务：做饭、洗衣和照顾孩子。

美国历史上,没有哪一个问题像蓄奴制的性质一样引发持续不断的争论。在 19 世纪初,这更是一个重要的政治和国家治理问题:是禁止,还是使其合法化。从美国的经济模式和经济发展来看,北方和南方的矛盾难以调和。北方需要大量自由劳动力,而南方奴隶主必须把大量黑奴控制在种植园之内。美国最初建立的 13 个州中,有 7 个是禁止蓄奴的自由州,6 个是合法蓄奴州。1791 年至 1819 年间,美国接纳了 9 个新州。其中 4 个是自由州,5 个是蓄奴州。这意味着自由州和蓄奴州在美国参议院里的代表人数相当,两种利益相悖的体制使得要达成任何具有权威性的联邦法令都十分困难。

当允许蓄奴的密苏里州于 1818 年申请加入联邦时,它究竟应以自由州还是蓄奴州的身份纳入联邦,引发了激烈的争议。无论密苏里州以哪种身份加入联邦,其结果都会打破自由州和蓄奴州的均势。但在 1820 年,缅因州要求加入联邦。国会随后达成了所谓的《密苏里妥协方案》。这一妥协方案允许缅因以自由州的身份,密苏里以蓄奴州的身份加入联邦。这样,自由州和蓄奴州各为 12 个,均势得以维持。这一妥协方案同时禁止密苏里以北的路易斯安那购地实行蓄奴制。《密苏里妥协方案》作为解决蓄奴制问题的措施,暂时维护了两种不同体制在美国的和平共处(郝澎,2007:127)。但这样的考虑完全无视人权、自由和正义等人类的基本价值。

但是,仍有很多正义之士号召彻底废除这种违反人伦道德的邪恶的蓄奴体制。19 世纪三四十年代,南、北双方在参议院的代表人数一直保持均等。随后,又有 6 个州加入联邦——密歇根、艾奥瓦、威斯康星、阿肯色、佛罗里达和得克萨斯。前 3 个是自由州,后 3 个是蓄奴州。每方各 15 州,均衡仍然得到维持。然而不久后,墨西哥战争使美国获得一大片领土。新的问题随之产生。南方各州政府要求在新建的准州里允许实行蓄奴制,而北方则希望联邦政府宣布在新获领土上实施蓄奴为非法。1850 年,当加利福尼亚提出以自由州的身份加入联邦时,联邦中废奴与蓄奴各州之间的矛盾再次凸显,冲突趋向激烈,南方各州甚至以退出联邦相威胁。

辉格党的亨利·克莱提出"妥协方案",据此国会在 1850 年 9 月通过一系列妥协案,总称为《1850 年法案》。1850 年 9 月 9 日国会通过的几个法案的主要内容有:确定加利福尼亚以自由州身份加入联邦;确定得克萨斯州的边界线；成立新墨西哥和犹他两个领地，暂不决定实行蓄奴制或雇佣劳动制，在它们加入联邦时由当地居民投票决定。9 月 18 日的法案规定：禁止哥伦比亚特区的奴隶贸易，但不能动摇蓄奴制。最值得注意的是 9 月 20 日通过的《逃亡奴隶法》(Fugitive Slave Act，1850)，该法规定：联邦政府必须严厉行使职权，采取一切方法协助奴隶主追捕逃亡奴隶并归还原主，执法官如拒绝执行《逃亡奴隶法》将被罚款 1,000 美元；任何人隐藏或拯救一名逃亡奴隶，罚款 1,000 美元，赔偿奴隶身价 1,000 美元，并判处徒刑 6 个月（王晗、徐选，2004：190）。1,000 美元在当时是一笔巨款。尽管这个被称为"妥协方案"的法案是双方妥协的结果，但法案的通过主要是南方奴隶主的胜利。围绕奴隶贸易和蓄奴制的争端和对峙依然存在，甚至更趋白热化，到南北战争的爆发为高潮。战后蓄奴制被废除，但种族不平等现象依然存在。继续受到非人待遇的前黑奴们不断进行反抗压迫和争取自由的斗争。

美国南方蓄奴体系一直存在一个"缺口"。特别是 1800 年以后，奴隶们大批逃往北部，逃向自由。1800 到 1850 年期间，平均每年有上千奴隶通过"地下铁路"(Underground Railroad)①逃到北部自由州。出逃成功的信息在南方黑奴中秘密传播，使得更多黑奴为了获得自由而决定冒险一试。奴隶逃亡给奴隶主们造成了巨大损失。种植园主们联合发声，坚持在 1850 年"妥协方案"中把《逃亡奴隶法》包括在内。有了法令的保障，他们采取野蛮手段，组织专门的打手和追捕队伍，缉拿逃离庄园的黑奴。即便如此，在内战前的 10 年间，即 1850 年后的 10 年，奴隶逃亡现象仍然呈现愈演愈烈之势。

美国历史上关于捕拿逃亡奴隶的法令其实有两次。第一次是国会于 1793 年 2 月 12 日通过的规定，补充宪法第 4 条第 2 款，为追回逃跑奴隶制定具体措施。作为 1793 年《逃亡奴隶法》的修正案，1850 年 9 月 18 日签署的《逃亡奴隶法》使追捕逃跑奴隶案件的审理权从州转至联邦。该项法律规定任命联邦特别专员负责审理、发放追捕证及索回证等事宜。主人的宣誓书即被看

---

① 19 世纪美国废奴主义组织。他们建立了帮助把南方黑奴送到北方自由州或加拿大、墨西哥等国家的秘密网络。美国官方数字显示，有 6,000 名黑奴通过"地下铁路"摆脱了奴役，但其他估计则大大高于这个数字，认为大约有 30,000 至 100,000 名黑奴在 1810－1850 年间通过"地下铁路"逃脱蓄奴制。美国作家科尔森·怀特黑德(Colson Whitehead)推出的获普利策奖和美国国家图书奖的长篇小说《地下铁路》(The Underground Railroad，2016)讲的就是与此相关的故事。

作所有权的证据,而被控奴隶却不能得到陪审团的审讯,更不能为自己辩护。昔日从蓄奴州逃往自由州定居的奴隶,不能成为自由公民。各地法院都有责任缉捕逃跑奴隶并将之送还奴隶主(福斯特,1960:175)。北方废奴州的妥协政策,实际上助长了南方庄园主对奴隶的野蛮剥削和非人对待。

《逃亡奴隶法》于1850年开始实施,在接下来的10年时间里南方的政治势力更占据上风,事实上控制了联邦政府的要害部门,如立法、行政和司法。泰勒总统、费摩尔总统、皮尔斯总统和布坎南总统为了巩固各自的政治统治,对奴隶主的意愿采取的都是纵容与配合的态度(福斯特,1960:175)。政治上得势之后,南方各州的种植园主联合起来,将一整套实施机制——警长、监察长和督察机构——搬到北方,助力追捕逃亡奴隶,把他们抓回南方。此前的《逃亡奴隶法》对违法者处罚颇轻,仅课以数量有限的罚金,无甚实效。奴隶主们决心不让这样的事情重演。1850年的新法则完全不同,大大加重了对违反《逃亡奴隶法》者的惩罚力度,一方面规定了对帮助奴隶逃亡者的刑罚,另一方面规定南方黑奴即使逃到北方,仍是法律追查缉拿的对象。这一针对逃亡黑奴及协助者的新法令遭到社会舆论的广泛谴责。

这个被政府认为必要的"小妥协"法案,却产生了严重的后果。事实上它直接打破了长期以来南、北双方关于黑奴政策的默契,即南方保有蓄奴制度,北方不去强行废除,但蓄奴范围受到严格限制,以防扩展。可是新《逃亡奴隶法》的出现,却让北方的民众和政府直接面对如何对待北逃而来的黑奴的困难选择:是依法执行,还是坚持自己的自由平等理念?

当时的文人学士中间,反对蓄奴制的居多。例如,著名诗人爱默生就曾强烈要求废除蓄奴制和《逃亡奴隶法》。1854年3月4日,爱默生还在纽约发表了著名的演讲,对非人道的蓄奴制进行谴责,呼吁政府废除《逃亡奴隶法》(爱默生,2002:101)。另一位影响巨大的人物是女作家哈丽特·比彻·斯托。她是主张废除蓄奴制的作家中最杰出的代表之一,也是19世纪美国文学史上最杰出的女性小说家。斯托夫人居住在辛辛那提长达18年之久,而该地距南方蓄奴州仅一河之隔,举目可见。她因此十分了解南方黑奴的悲惨生活,对奴隶们遭受的残忍对待和他们不堪忍受而进行的反抗与斗争,都有所耳闻。斯托夫人创作的旷世之作《汤姆叔叔的小屋》最初于1851年,即新版《逃亡奴隶法》刚实施之际，以连载的形式首先发表于某一反蓄奴周刊上，次年出版全书。这部小说在出版后一年内就销售了30万册，连连再版，成为美国文学史上最引人注目的畅销作品之一（布林克利，2014：351）。该书表达了对蓄奴制度和《逃亡奴隶法》的愤怒，对后世影响深远。此后，废奴主义运动也更加蓬勃地开展起来，北方民众呼吁废奴的声浪日益高涨。

二、加纳弑婴与审判：事件的描述

1. 玛格丽特·加纳弑婴事件与事件引发的喧嚣

事件发生在实施了《逃亡奴隶法》之后的1856年冬天，由于不堪忍受奴隶生活，罗伯特·加纳（Robert Garner）带着妻子玛格丽特·加纳（Margaret Garner）和孩子逃离肯塔基州境内的枫林种植园，历尽艰辛，来到北方的辛辛那提，在亲戚伊利亚·凯特家中暂住。但他们的行踪被发现并被通报，加纳一家的主人阿奇博尔德·盖恩斯带着警长和民防团包围了凯特的屋子。眼看逃跑自救无望，在绝望和情急之中，玛格丽特·加纳突然抓起一把刀子，杀死了年仅3岁的女儿玛丽。处在疯狂状态的她还想继续杀死其他几个孩子和她自己，以终止一家人的奴隶生涯，但被人制止。

玛格丽特·加纳弑婴罪一案的审判于1月30日开庭。依据对1850年颁布的《逃亡奴隶法》的解释，黑奴是奴隶主的财产，因此玛格丽特弑女是蓄意破坏他人私有财产，应以盗窃罪论处。但俄亥俄州法则指向谋杀罪，判决和定罪都截然不同。一时间，案件的法律适用问题引起了人们的广泛关注，成为谈论的焦点问题，但事件的核心问题，即文明社会中蓄奴体制的正义性问题，在当时并未被重视。最终联邦法律成为依据，玛格丽特·加纳因盗窃罪被判入狱。监禁中的加纳并无狂躁亢奋的表现，而显得举止平静。她在接受记者采访时说："他们（指孩子）再也不能那样生活——我是人，他们是我的孩子。"（Peach，1998：65）她的话说明了她终止孩子奴隶生涯的明确意图。

然而，玛格丽特·加纳弑婴事件引起了当时的女权主义者和废奴主义者的高度关注。他们站在加纳的一边，为她进行辩护，强调加纳弑婴行为表达的正是母亲对孩子最深的爱：她显然不愿让心爱的女儿沦为蓄奴制的牺牲品，才强忍悲痛，以亲手结束幼女生命的极端方式来阻断她的悲剧人生。悲剧反映的是母爱和陷于罪恶体制的妇女的绝望。她的行为甚至可以看作一种英勇之举,而应该站在被告席上的是蓄奴制和支持这种罪恶的人。对于同一个历史事件,官方的判决和废奴派的解读大相径庭。我们或许需要进一步了解女黑奴的生存状况,才能获得重新审视这一事件的不同视角。

2. 女性黑奴的生存困境

女性黑奴作为女奴和女人,具有独特的双重角色。蓄奴制下的黑人处境极其悲惨,而相对于男性奴隶而言,她们整体上遭受的磨难更甚,经历的痛苦更深。她们同男性一样从事强制性的生产劳动,但还有生育的负担,甚至成为白人男性的泄欲工具。据史料记载,女黑奴通常要承担两方面的责任。她们首先是大田的劳力,白天必须在地里耕作,种植、管理或采收当时美国南方的主要作物如棉花或烟草。棉花需要大量劳动力的投入,尤其在每年 8 月开始的摘棉季节里,劳动强度达到极限。黑奴们在天色刚明时就要下地,除中间10 到 15 分钟的田头午餐之外,必须连续工作到天黑得看不清才收工,中间没有休息。速度慢了,就要挨监工的皮鞭。每人采来的棉花必须过磅,未到定量者要遭到鞭打;而超过重量者,该重量即被调整为第二天的定额。劳动强度因此无止境地增加。"黑奴们总要在祷告之后才敢沉沉睡去,他们祈祷第二天能一听到号子便迅速睁开眼,站起来。"(黄虚峰,1999:99)

女黑奴的第二个责任是家务。田间劳作的女黑奴在工作量上不亚于男性黑奴,相对而言,那些为主人家提供家政服务的女黑奴境况稍好些,至少不必在大田里当牛做马,但她们工作时间更长,更缺乏自由,终日低声下气,提心吊胆,责骂挨打是家常便饭。她们在主人家做饭缝补,照料孩童,一天只吃两顿饭,不给饭吃是常用的惩罚手段。"在白天她们之间不允许交往和交谈,甚至夫妻之间也不允许。"(黄虚峰,1999:100)除了田间劳作和帮佣之外,女黑奴还有一项特殊的任务:她们也是生育的工具,因为黑奴是可以贸易的商品,就如农场里繁殖的牛羊一样。

在《美国种族简史》一书中,托马斯·索威尔指出:"美国在 1825 年拥有的奴隶数目居西半球各国之冠,占整个西半球奴隶总数的 1/3 以上。不过,其他国家实际买入的奴隶却比美国多,巴西买入的奴隶数量是美国的 6 倍。区别在于,美国是奴隶能够繁衍后代并按自然规律保持人口增长的唯一国家。"(索威尔,2015：194)女黑奴被当作"母畜",往往一到青春期就被迫开始承担为奴隶主繁殖生财的任务,生孩子多多益善,一名女奴一辈子生十多个孩子是常有的现象。正因如此,奴隶市场上青年女奴的价格往往会远远高于壮年男奴。

繁重的劳动和不断生育的负担是女黑奴生活的主要构成部分。这样的生活虽然苦难,但仍可忍受。她们生活中最难以忍受的撕心裂肺的痛苦是亲生骨肉随时可能被拉走卖掉。黑人神父乔赛亚·汉森曾谈到他的早年经历：

我的兄弟姐妹们一个接一个被买走,母亲被悲伤击倒了,只剩下我一个人还牵在她手里。接着她被蒙特哥马罗郡的艾赛克·吕力买下,而我被购买者继续挑选着。这时,我的母亲意识到她所有的孩子将一个不剩地离她而去,于是,她不顾一切地推开人群,跪在吕力先生面前,恳求他同时将我买下,不要拆散我们母子。那位先生不仅将她的恳求当耳边风,而且凶残地打她,踢她,将她推开。当她被那个残暴的家伙带走时,她哭喊着："天哪！天哪！我还要忍受多久！"那时我大概五六岁,现在我似乎还听到我可怜的妈妈在哭泣。(转引自黄虚峰,1999：100)

如果法定黑奴是奴隶主的财产,没有人权,那么任何方式的处置都是奴隶主"财产权"之内的事。这样,作为女人的黑奴面临的处境就愈加悲惨了,"这是因为当时在所谓'真正的女性'概念的影响下,中产阶级妇女节欲自禁,使白人男性更有理由以女奴习惯于男奴的性欲无度为借口,随心所欲地侵犯女奴"(鲍晓兰,1995：84)。如果女黑奴不从,或加以反抗,她就有可能被当场杀死,而奴隶主除了自己的"财产损失"外,不负任何法律责任。史料详细记载了美国18、19世纪女性黑奴所受到的非人待遇及身心遭受的创伤。这些都是玛格丽特·加纳弑婴事件最好的注释。该事件或许可以被看作一个极端的例子,但仍然说明了女性黑奴在当时的蓄奴体制下所遭受的摧残,已经把她们逼到精神崩溃的边缘。她几近疯狂的自救行为,其实正是她们极其脆弱、绝望的内心的外在表征。

三、莫里森《宠儿》的历史再书写

1. "加纳弑女"与小说《宠儿》

历史记忆常常迷失于错综复杂的社会因素之中。美国历史记载中有关非裔族群的生存状况既残缺不全,又被粉饰修正,与真实情景大相径庭。因此,非裔美国作家感到责无旁贷,在作品中表现出强烈的使命感。他们中间最优秀的作家,力图通过实验性的创作形式,进行小说化的历史书写,努力提出抗辩,纠正对黑人群体的片面的固化概念,展示作为人类文明重要组成部分的非洲文化。

《宠儿》(*Beloved*,1987)是诺贝尔文学奖得主托妮·莫里森(Toni Morrison,1931-2019)最负盛名的小说。这部小说与莫里森之前编辑的一本《黑人之书》(*The Black Book*,1974)关系密切。《黑人之书》是纪念北美黑人历史300年的一套文集,记录了蓄奴时代和废奴之后不同时期的黑人生活,介绍了风格独特的黑人文化,描述了奴隶庄园和城市环境催生的黑人精神,也陈列了黑人的爵士乐和诗歌,展示了黑人生活的方方面面,内容纷杂,但十分丰富。当时莫里森担任兰登书屋的高级编辑,在这套文集的编辑过程中获得了创作灵感,经多年酝酿终于写成《宠儿》这部成为当代经典的名作。

在文集的编辑过程中,莫里森注意到一篇很特殊的报道。《黑人之书》的文稿中有这样一则新闻报道:"关于一个奴隶母亲杀死自己孩子的采访。"这则简报记录了黑人女奴玛格丽特·加纳的故事:她是一个试图逃脱蓄奴制的年轻母亲,在被追捕的过程中,宁可杀害自己的孩子也不愿让他们回到主人的庄园继续当牛做马。她的行为和对她的审判,在当时一度成为反抗《逃亡奴隶法》斗争的一个著名案例。这一则报道触发了莫里森的创作冲动。在《宠儿》一书的序言中,莫里森叙述了自己的创作初衷:由于深受玛格丽特·加纳故事的吸引,她决定挖掘这个非同一般的故事背后的故事,探索历史语境下事件背后的潜台词。作家相信文学再现可以超越事件本身,希望通过文学特殊的表现形式将历史事件与关于种族平等、自由、责任以及妇女地位等现实问题的讨论联系起来(莫里森,2006:III)。

20世纪60年代和70年代初见证了一批美国黑人女作家的崛起。作为黑人女性主义文学运动的杰出代表,托妮·莫里森致力于通过小说呈现美国黑人历史,用民间小叙事和黑人特有的话语来重新书写黑人历史,力图恢复被遗忘、被扭曲的历史。历史与文学其实一直以来彼此相互依存,难以分割。在莫里森的《宠儿》中,读者可以深深体会其中丰富的历史内涵。这部作品再现了事件所反映的深层意义,引发人们对美利坚民族过往历史的反思。玛格丽特·加纳弑婴事件不会孤立出现,也需要被置入历史语境进行再现和解读。莫里森的小说是从当代的视角对历史事件的回看。她希望通过小说展示事件产生的多面因素,帮助读者穿透官方历史叙事的迷障,看到与白人书写和主流文化记载不同的历史侧面。

莫里森的小说与美国历史息息相关,涉及了特定的历史背景和诸多重要历史事件和人物,读者可以在虚构故事中读到历史的真实细节。《宠儿》常被称为非裔美国文学中的一部浩劫录,但读者又能在其中感受到浓浓的超自然色彩,体悟其中描写的残酷社会现实与激烈的情感碰撞。作家在小说前言中叙述了创作的背景和初衷:她要让读者通过阅读此书了解到美国黑人妇女在这个国家曾经经历的异于寻常的磨难:在她们的生活中,婚姻曾被阻挠,难以实现,甚至是非法的,生儿育女却又是她们的职责;但拥有儿女、成为孩子的母亲并负责把他们养育成人是不可能的。对于这些母亲而言,自由同样遥不可及。按照蓄奴体制的逻辑和当时的情境,告诉孩子谁是他们的母亲是一种罪行(莫里森,2006:Ⅲ)。

对于现代人来说,这样的现象也许不可思议,但这却是近代美国历史上的事实。莫里森显然知道,作为作家,作为具有良知的知识分子,她有责任和义务时刻提醒读者,在不远的过去,在19世纪50年代的美国,蓄奴制还盛行于南方种植园中,黑人女性奴隶所遭受的磨难和痛苦是血淋淋的事实。《逃亡奴隶法》就像一把悬顶之剑,阻断了她们对未来抱有的所有希望,威胁着她们的生命与生存机会,剥夺她们的人性。

2. 奴隶叙事与新奴隶叙事

在美国文学中,白人以书写的方式讲述自己的故事叫作"自传",而黑奴的自传体写作则被称作"叙事"。少数美国黑人在从事奴隶劳动的过程中,在被允许的情况下,比如遇到开明的奴隶主,或通过读《圣经》和宗教普及本,或外逃成功之后学习英语,用英语书写他们特殊的经历:非洲生活、奴隶贩运、庄园磨难、逃亡历险、奴隶解放等。黑人写作的北美历史不长,但不长的历史反映了社会的动荡与巨变。随着历史的推进,"奴隶叙事"(Slave Narrative)逐渐成为一个专门文类,专指蓄奴时期美国黑人的自传。奴隶叙事在哈莱姆文艺复兴运动和其后的民权运动中被视作美国黑人文学的源头,被大大发掘。这种特殊的文学叙事在风格上具有浓郁的民族文化色彩,自成一家;在主题上表现对当时美国蓄奴政治的控诉,是声讨美国的历史作为、矫正美国官方历史书写的有力武器。

哈莱姆文艺复兴带来了非裔美国文学的春天。更早期的奴隶叙事无疑为20世纪初黑人文学的繁荣做了重要的铺垫,也产生过深远的影响。从此非裔作家开始进入主流,不断发展,创作技巧日臻成熟,艺术质量越来越高,对社会的批判越来越犀利。这样的发展以莫里森获得诺贝尔文学奖作为标志到达了辉煌顶峰。莫里森虽是当代作家,但她显然受到了奴隶叙事多方面的深刻影响。正如毛信德所言:奴隶叙事"是托尼·莫里森产生创作激情的摇篮,她是在前辈黑人作家的思想、作品培育下走进文学殿堂的"(毛信德,2006:10)。我们可以在莫里森的许多作品中看到她与她的文学前辈们——那些奴隶叙事的作者——形成的互文和呼应关系。

最具代表性的奴隶叙事作品是19世纪中叶黑人废奴主义者弗雷德里克·道格拉斯(Frederick Douglass)的《弗雷德里克·道格拉斯生平叙述》(*Narrative of the Life of Frederick Douglass*,1845),这本书的影响力随着作者影响力的增加而不断增大。道格拉斯在书中描述了他亲历的蓄奴制的残暴,代表所有黑奴控诉了美国的野蛮政治,不仅提出了"解放黑奴"这一紧迫的当下问题,而且高瞻远瞩,提出了未来种族平等的政治主张,即在社会、经济、文化上谋求完全平等。道格拉斯的作品在语言文体上和思想观念上都曾深刻影响了莫里森。

在她的文学批评著作《黑暗中的游戏:白人性和文学想象力》(*Playing in the Dark: Whiteness and the Literary Imagination*,1992)一书中,莫里森提出了一个重要概念——泛非主义存在论(Africanist Presence),指出"白人作家对非洲人和非裔美国人的描述存在谬误和偏差,从而反映出白人群体的恐惧、需求、欲望或者冲突"(莫里森,2006:46)。为了突出白人至上主义的优越感,他们创作的文学作品往往至少会不自觉地在一定程度上贬低黑人群体。对这一倾向，早期非裔作家并不会强烈反对。奴隶叙事的书写者们渴望融入主流文学与文化，在讲述黑人奴隶故事的同时，往往会比较考虑白人读者的接受程度。这种特性在弗雷德里克·道格拉斯和创作了《巫女和其他巫术故事》(*The Conjure Woman and Other Conjure Stories*，1899)的查尔斯·切斯纳特(Charles Chesnutt)的作品中都有比较明显的表现。

非裔男性作家在早期的奴隶叙事中，经常忽略女性的声音，导致黑人女性奴隶在文学作品中更加缺失主体性，缺乏存在感。直到1861年哈丽特·雅各布斯(Harriet Jacobs)出版了《女奴生平》(*Incidents in the Life of a Slave Girl: Written by Herself*)，美国人才读到了对美国蓄奴制另一半受害者的描述。著名非裔美国文学理论家小亨利·路易斯·盖茨(Henry Louis Gates, Jr.)曾这样评论此书："正是对日日笼罩着她的生活以及每一位黑人女奴的生活的性剥削给予了翔实而痛苦的细节描述，雅各布斯的故事才在文学中具有重要地位。"(Gates，1987：12)

随着时间的推移和奴隶叙事方式的演变，黑人主体性建构问题日渐成为学界关注的焦点之一。吉娜·怀特在评述莫里森的《宠儿》时指出：莫里森创造了一个新的认知方式，一种新的奴隶叙事方式，一种能赋予手无寸铁之人以力量的方式。在小说中，莫里森呈现给读者的是一个理性的母亲、一个会思考的主体。她的小说给予"加纳弑婴事件"不同的解读：从塞丝的回忆来看，她的杀婴行为远不是白人奴隶主所指控的"疯狂"，而是经过权衡之后所做出的理性选择。(参见谭慧娟、罗良功等，2016：334)

莫里森被视为"新奴隶叙事"的代表。传统的奴隶叙事侧重于揭示蓄奴制的罪恶，但在宣扬废奴主义思想的同时，也兼顾白人读者的喜好和接受程度。新奴隶叙事更关注从黑人的视角反映蓄奴制度对黑人群体各方面的影响，揭示其背后的政治、历史和社会因素，并不顾及非黑人读者群的感受。新奴隶叙事受到后现代文化思潮的影响，意在消解中心，颠覆官方历史叙事的权威，凸显边缘叙事的文化力量。这类文学作品以恢复民族的历史记忆为己任，揭示美国历史对黑肤色民族造成的深层的、内在的伤害。

新历史主义者揭示了历史的叙事特征，强调历史背后书写者的角色。这种新认识指出,历史不是单一话语构成的客观、完整、不变的东西,而是多元的,充满了书写者的意图。因此,美国黑人有义务重新书写自己的历史,由此打破美国官方历史一统天下的局面。朱立元指出:"新历史主义者致力于恢复文学研究的历史维度,把注意力扩展到形式主义批评忽略的产生文学文本的历史语境,将作品从孤零零的文本分析中解放出来,将其置于与同时代的社会惯例和非话语实践的关系之中。"(朱立元,1999:396)因此,语境化解读莫里森的"新奴隶叙事"小说中对黑人历史的想象性重构,能让我们看到更生动的历史多侧面。学者王玉括(2007)在《新历史主义视角下重构〈宠儿〉》一文中也论述了如何通过新历史主义批评理论来解读《宠儿》和《黑人之书》中对加纳历史事件的不同叙事角度。

从某种意义上说,《宠儿》延续的是新奴隶叙事模式,尝试颠覆美国主流历史叙述中对罪恶的搪塞和早期小说中对黑人形象的扭曲塑造,从黑人自己的角度去呈现蓄奴体制下最恐怖同时也是最真实的画面,矫正主流历史的遮掩和回避态度,打破黑人自身的缄默。蓄奴时期是北美历史书写中一个巨大的断裂层,血腥的历史事实被笼统、空泛、模糊的言辞掩盖。莫里森本人也认为,小说也是广义的历史,小说的创造性书写能更真切地反映历史的风貌和人物的真情实感。莫里森通过小说故事《宠儿》希望表达的,不是由细节构成的历史的真实图景,而是历史的思考,因此《宠儿》很难被定义为严格意义上的"历史小说"。作家的创作灵感来自历史事件,但真实的历史事件在《宠儿》中不是故事主体,而是它的"前奏":过去的创伤和创伤记忆,引出了当前的故事。莫里森关注的重心不是复原过去,而是写人的感受,表现过去刻骨铭心的伤痛对今天生活的干扰,即延续至今的创伤记忆对前奴隶的内心生活和精神状态的巨大影响。

3. 重现于《宠儿》的黑人历史记忆

如前所述,玛格丽特·加纳弑婴案件发生后,联邦与州的法律对事件的阐释和判决存在着巨大而广泛的争议。社会舆论对事件、对事件中的人持有不同的看法和态度。莫里森决心塑造自己的"玛格丽特·加纳",表达自己的看法。在《宠儿》中,莫里森以女黑奴玛格丽特·加纳为原型,塑造了塞丝这一艺术形象。小说的中心故事"塞丝弑女"实际上是莫里森对历史的一次重新演绎。在莫里森看来，以新闻报道和审判记录等文献组成的主流历史，根本没有客观反映事件的本质，即蓄奴体制下美国黑人遭受的惨绝人寰的奴役和压迫以及国家权力与奴隶主联盟携手制定的追逃黑奴法令，因为这些才是将一个黑奴母亲逼入绝境的黑恶势力。小说让读者看到，历史上的玛格丽特·加纳是为了帮助子女摆脱蓄奴制，在走投无路别无选择时，只能通过杀死子女来实现她心中真正意义的自由。

白人的新闻媒体在报道加纳弑婴事件时，刻意抹杀了黑人的人性，给黑人族群烙上残忍愚昧的印记。莫里森的小说努力为被抹黑的黑人形象正名，反映极端处境中黑人的心理状况以及事后长期的心理创伤。她认为如此以文学虚构再现的历史，更接近于历史的真实。同时，黑人女作家书写女性的体验，又不完全等同于男性黑人作家。莫里森的故事从家庭、孩子、社区、文化传承等方面入手，从具体、日常的生活折射和反映宏大的历史主题。她指出，20 世纪 60 年代黑人历史的主要诠释者是黑人男性，他们的话是讲给其他男性听的，缺乏女性的声音。她意识到她所要表现的是妇女在某个特定时期的内在生活，是男性作家作品中不存在的某种东西（嵇敏，2011：251）。

宏大的历史书写往往是主流意识形态的产物，但文学作品通过对基于历史的事件的想象性构建，从某一视角再现历史情境，向读者提供重新审视历史的可能性，可以让他们从不同侧面重新观照历史，反思历史。新历史主义文化理念显然影响了莫里森的文学创作和她对文学和历史关系的认识，至少她与新历史主义者共享着这样的认识。"与传统的历史主义不同，新历史主义解构了历史真实与文学虚构二元对立的传统观念，认为历史不是一种客观的存在，而是一种'历史叙述'或'历史修纂'，原先大写的、单数的'历史'由此被小写的、复数的'历史'所取代。"（盛宁，1993：254 – 256）莫里森的文学性书写是对官方宏大历史叙事的修正性、补充性的重述。她的小说让处于"失语"状态的边缘人成为言说主体，通过人物的历史"再记忆"，将历史大叙事变成个人小叙事，用生动感人的个人体验，再现蓄奴历史悲剧，警示当代人。

在莫里森的小说《宠儿》中，塞丝一家外逃的行踪被发现，奴隶"猎手"带着地方官员追到他们的临时藏身之处，塞丝为了保护自己的孩子，被逼入了一个无法自制的癫狂状态，情急之下采取了非常手段。这一核心故事与玛格丽特·加纳弑婴事件几乎相同。但莫里森让事件隐退为"过去"的记忆,让宠儿的幽灵来到现实世界,激活塞丝的痛苦记忆,让历史的悲剧延续到当今世界。但与过去的关联无处不在,这种关联性在小说中是通过语言的暗示和隐喻性的语言进行表述的。仅举一例:故事中的宠儿说她来自"地方狭小"的"黑暗处"(莫里森,2006:95),暗示她来自地下墓穴,是再访人间的另一个世界的鬼魂。这样的书写超越历史现实,在不确定性中激发联想,赋予小说故事巨大的阐释空间,从而深化了作品的思想性。

托妮·莫里森曾说,"我的工作就是如何揭开那层面纱""发现那些曾被遗忘于脑后的东西,并在它们的启示中重建世界"(转引自 Strouse,1981:54)。于是,她试图在《宠儿》中叙述"那些不曾诉诸文字的人们的内心世界",去"填补有关奴隶叙述的历史空白"(转引自 Strouse,1981:54)。塞丝过去的历史,即在奴隶庄园"甜蜜之家"深受苦难的日子和出逃的经历,其叙事模式会让人联想到传统的奴隶叙事,但即使是靠近现实主义的陈述,两者之间仍存在着巨大不同。这种不同主要在于作品传递的基调:奴隶的生平历史不是在皆大欢喜的逃亡成功中结束,以满足支持废奴的白人读者的期待。"无论(奴隶叙事的)水平、修辞或形式如何,大众兴趣都使得作家们犹豫不前,小心翼翼地避开描述他们经历中更肮脏的细节。"(转引自 Strouse,1981:54)但莫里森在作品中让逃亡的悲剧在蓄奴制被终结后继续延续,小说因此更具有悲剧的力量。

《宠儿》表现的同样是灾难深重的蓄奴历史主题,但莫里森的叙述艺术完全突破了前辈作家"奴隶叙事"的模式,从凸显细节揭露蓄奴制的罪恶,转向凸显这种历史罪恶造成的心理创伤,让读者想象这种罪恶的深重。此外,传统的奴隶叙事虽然自有鲜明的文学特色,但其叙事模式总体上是线性的现实主义的陈述。莫里森的《宠儿》在这方面完全不同。她的艺术呈现是跳跃的、拼贴式的,带有后现代风格特征。小说主人公塞丝深受心理创伤,过去的记忆无法抹除,占领了她的心灵,凝固了历史时间,囚禁了她在奴隶解放后的生活。只是由于保罗·D的介入,她才打开了一直折磨她自己的紧紧闭锁的内心。玛丽琳·桑德斯·莫博莱在比较传统奴隶叙事与莫里森的新奴隶叙事时特别指出:"经典黑奴故事把记忆当成提供事实与时间的独白式的、机械的媒介,莫里森的文本则凸显记忆的对话特质以及建构和重建过去意义的想象力。"

(Mobley，1995：41)莫里森大大发展了传统奴隶叙事，强化了小说的历史批判力度，同时对传统奴隶叙事中因历史语境所限而迎合主流殖民文化的部分进行了修正，呼吁黑人民众"取之于过去，用之于未来，在两者之间择其善者而从之"(Mobley，1995：42)。

在《宠儿》中，莫里森让"塞丝弑女"的故事代表非裔美国人的历史磨难，通过对"塞丝弑女"的解析，向世人揭示美国黑人遭受的屈辱与苦难。即使在南北战争之后，蓄奴制留下的创伤记忆并未随之消除。那种刻骨铭心的体验沉淀发酵，让人无法遗忘和摆脱，甚至比灾难本身更加不堪忍受。作为黑人女作家，莫里森借用"塞丝弑女"的故事诉说黑人妇女心中无法言说的伤痛，努力肩负起民族代言人的责任，希望通过创作《宠儿》这样的作品反思历史，说明自由、尊严和爱对于全世界任何一个族裔的人来说都是不可剥夺的。

四、《宠儿》：记忆重建与创伤修复

托妮·莫里森在《宠儿》中表现了美国废除蓄奴制后前黑人奴隶所陷入的两难境地。一方面，他们极力忘却过去，不让往事干扰黑奴解放后的生活；而另一方面，过去的痛苦记忆如盘错在心灵的根系难以拔除。这种困境与二战大屠杀后幸存的犹太人的感受十分相似。这种复杂矛盾的心理难以表述，但为作家提供了揭示人性多面性和历史晦涩面貌的艺术空间。莫里森在首次接触了解了玛格丽特·加纳案件之后，并没有继续深入调查案件的前因后果，而是花费了两年时间构思小说框架和人物塑造。她必须找到合适的表征，因为她明白她面对的素材，已经超越了它本身而成为象征。此后，她又费时三年完成了整部小说的创作。她曾推测这部小说可能不受欢迎，毕竟当时美国社会对"蓄奴"这一历史主题采取的是一种集体缄默的态度。美国的非裔族群也相应保持着"沉默"的状态，采取小心翼翼的避讳态度。但出乎意料的是，莫里森的小说出版后的第一周就登上了《纽约时报》的畅销书榜。

凭借这部小说，莫里森又荣膺世界文坛最高奖——诺贝尔文学奖。她创造了历史，成为美国第一位获此殊荣的黑人女作家。这部作品引起高度关注并获得好评的重要原因之一是它的艺术表现手法。读者会发现该书的故事叙述主线完全打破了传统按照事物发生顺序的线性叙事方式，而是采用倒叙片

段,让零碎的昔日记忆不断闪回,迫使读者不断面对小说故事提出的各种问题:究竟是一个什么样的母亲会杀死自己所爱的孩子？究竟是怎样的环境引发了一个母亲杀婴的冲动？这样的母亲是施害者还是受害者？究竟有什么理由可以谴责或宽恕这样的行为？莫里森塑造的"塞丝"这个人物形象,给予人们一个重新审视玛格丽特·加纳案件的机会,引发对案件背后的社会根源的思考。

当玛格丽特·加纳对奴隶主和追捕者歇斯底里喊叫着:"在你们把我的孩子带回肯塔基之前,我要把他们全都杀死!"时,旁观者或许以为她已经精神崩溃了,再也无从了解她内心真正的想法。历史也未能给这个事件,尤其是给受害的黑人女性以申诉的机会。面对这种冲击情感底线的极端行为,当时的社会似乎陷入了失语状态。莫里森承担起了为本民族发声的历史使命,为世人了解黑人历史提供了新的文学叙事方式。在莫里森看来,塑造"塞丝"这一文学形象,借助人物超乎寻常的行为揭露蓄奴制的本质,正是文学重构历史的有效途径。

1. 黑人女性之声:不再是"沉默客体"

从早期奴隶叙事开始,非裔美国文学已有了200多年的历史,建立了自己的文学队伍,作品的影响力日渐增强。作为一种特殊的文类,奴隶叙事于18世纪崭露头角,到19世纪渐渐在特殊人群中流行。进入20世纪早期,哈莱姆文艺复兴形成了非裔作家群,推出了许多优秀的作品,黑人文学进入美国文学的主流,从杜波依斯到兰斯顿·休斯时代,非裔文艺理论批评逐渐发展成熟。但是有些女性主义批评家发现,非裔美国文学批评有关注种族但不关注性别的倾向,对此颇有微词。同样,她们在看待朱迪斯·巴特勒(Judith Butler)的性别理论时,也觉得单纯强调性别的生物性差异,而忽略种族差异同样会造成对世界认知的偏差。托妮·莫里森虽然作为小说家为世人所了解,但她其实也是一位优秀的文学编辑和文学批评家。她的成就不仅仅局限于创作了大量流传广泛的文学作品,更是为文学界提供了一种深刻理解非裔族群的思维方式和文学理论。

诺斯若普·弗莱(Northrop Frye)说:"在黑人性和奴役现象的建构中,不仅能发现非-自由,而且能发现非-我的投射。其结果就是一个想象的游乐场。

从减轻内部恐惧和将外部剥削合理化的集体需求中产生的是一种非洲民族主义——一种臆造出来的黑色、他者性、警觉和欲望的混合——这是美国独有的。"（弗莱，2017：305）换言之，如果没有一个物化为非-自由的黑人作为参照物，一个人是否能成为白人或许都不能完全确定。以这样的视角来分析非裔族群对美国历史和文化的影响，是具有积极意义的。在漫长的历史空间，美国非裔受到白人主体的长期压迫，其重要性和存在意义被轻视、忽略；甚至不少黑人也逐渐接受了这样的现状，并不以自己的民族身份而感到骄傲。莫里森的文学作品和她所主张的理论为非裔族群，尤其是长久处于"沉默客体"地位的黑人女性，创造了展现真实自我、重塑公共形象的多重机会。

即使蓄奴制早已被废除，对于黑人妇女而言，她们仍然长期生活在一种不安定、没有归属感的空间中。种族和性别不平等待遇，加剧了缺乏足够保障的客体意识。种族歧视的氛围渗透于整个社会生活的方方面面。作为新奴隶叙事的重要代表作家之一，莫里森在其作品中呈现出的一个鲜明特征，就是反映出蓄奴制给整个美国黑人族群所造成的不仅是直接戕害，而且还有延续至今的深远影响和精神创伤。美国蓄奴历史学家尤金·吉诺维斯（Eugene Genovese）指出："残忍、不公、剥削、压迫的蓄奴制，把两个民族以极端敌对的方式捆绑在一起，它制造了如此复杂而矛盾的关系，以至于哪怕是表达最简单的人类情感，两者都离不开对方的参照。"（参见赵宏维，2015：60‑61）

历史上的蓄奴制造成了非裔美国人社会基本单元的解体。作为南方社会政治主体的白人奴隶主，在选择和购买或出售奴隶时，并不考虑黑奴家庭的整体性和亲情关系，随心所欲地拆散黑人家庭，造成婚姻破裂，骨肉分离。《宠儿》里的贝比·萨格斯表达了命运的无奈："男男女女都像棋子一样任人摆布"（莫里森，2006：27），"只要没有跑掉或被吊死，就得被租用、被出借、被购入、被送还、被储存、被抵押、被赢被偷被掠夺"（莫里森，2006：27）。在体制和体制借助的暴力的统管下，黑人没有主体性，没有发言权。这种任人操控、宰割的现象，在黑人妇女身上表现尤甚。

在美国的主流文学中，莫里森之前的非裔妇女基本处于失语状态。哈莱姆文艺复兴运动虽然推出了佐拉·尼尔·赫斯顿（Zora Neale Hurston）这位杰出的女性作家，但她在当时影响有限，主要是后来"被发现"后才登上主流文学舞台的。在众多的哈莱姆文艺复兴推出的男性作家和后来黑人"文坛三杰"理查德·赖特(Richard Wright)、拉尔夫·埃里森和詹姆斯·鲍德温的作品中,人们很难找到性格鲜明、勇于表露内心想法的黑人女性人物。她们遵循着大多数人的生活轨迹,按部就班地过着日子,大部分时间不回忆过去,不展望将来,逆来顺受地接受命运的安排。莫里森突破了这样的传统,为这个沉默的群体代言,尝试各种叙事策略,寻找表达受压迫的黑人女性心理的有效途径。

小亨利·路易斯·盖茨1988年在牛津大学出版社出版了《意指的猴子——非裔美国文学批评理论》(*The Signifying Monkey: A Theory of African-American Literary Criticism*)一书,为研究者提供了一种内生于黑人文学阐释传统的方法论和视角。盖茨在书中表明自己的文学批评"用当代阅读理论一方面去阐释特定的黑人文本,而与此同时,还要将杰弗里·哈特曼所说的'艺术形式及其历史意识形式'联系起来,用以定义美国黑人文学传统的确切结构"(盖茨,2011:2)。他强调黑人的意指性差异(signifying difference)非常重要,"意指"是对"表意"的重复与修正,这样的重复不是简单的机械性重复,而是带有意指性差异的重复。盖茨通过对意指的考察表明,"在白人传统之外还存在一个独特的黑人文学传统。不管承认与否,美国黑人艺术家历来都在意指他们传统中的前辈文本,重复延续了传统,而修正为传统注入了活力"(盖茨,2011:6)。

推而广之,我们也可以说在美国黑人男性文学之外,还存在着一个独特的黑人女性文学。即使在蓄奴制被废除之后,或战后重建和黑人文艺复兴期间,黑人的声音依然残缺不全,这种缺失体现在女性作家的缺场和文学作品中女性人物的脸谱化两个方面。赫斯顿为打破黑人女性"失语"状态做出了贡献。她于1937年创作的《他们眼望上苍》(*Their Eyes Were Watching God*)是黑人传统中的第一部"言说者文本"(Speakly Text)。小亨利·路易斯·盖茨给了她很高的评价:"赫斯顿所创造的叙述声音和她留给非裔美国小说的遗产,是一种抒情性的、游离于身体之外的、但又个体化的声音。在这个声音中出现了一种独特的渴望和言说,出现了一个远远超越了个体的自我,出现了一个超验的、说到底是种族的自我。"(盖茨,2011:202)但这位现在地位显赫的前辈黑人女作家在美国文坛上"消失"了几十年,直到著名作家艾丽斯·沃克(Alice

Walker)在 1975 年发表了《寻找佐拉·尼尔·赫斯顿》("In Search of Zola Neale Hurston")一文后，才引起了批评界的高度关注，在非裔文学史上大放异彩。赫斯顿的影响力是在莫里森同时代才产生的，两人共同在美国文坛上发出了清晰的黑人女性之声。

2. 母性主题与创伤修复

不少非裔美国文学作品聚焦黑人妇女的为母之道，赞美母性的光辉和力量。在蓄奴制的历史语境下，这种角色暗含着对抗压迫、保护下一代、延续生命的重大意义。莫里森在《宠儿》这部小说中，将这个主题升华到了一个全新的高度，刻画了一位为保护孩子做出最大努力的母亲，为读者展现了全然不同的母女关系。这是一部再现蓄奴制下黑人母亲创伤经历的力作，试图为族群修复历史记忆提供良方。有关母爱主题，诸多学者如朱荣杰在《伤痛与弥合：托尼·莫里森小说母爱主题的文化研究》，田亚曼在《母爱与成长：托尼·莫里森小说》，章汝雯在《托尼·莫里森研究》等论著中都做了详细分析。

小说开篇的描述就充满了令人心惊胆战的悬念：

124 号充斥着恶意。充斥着一个婴儿的怨毒。房子里的女人们、孩子们也清楚。多年以来，每个人都以各自的方式忍受着这恶意，可是到了 1873 年，塞丝和女儿丹芙成了它仅存的受害者。祖母贝比·萨格斯已经去世，两个儿子，霍华德和巴格勒，他们在 13 岁那年离家出走了——当时，镜子一照就碎（那是让巴格勒逃跑的信号）；蛋糕上出现了两个小手印（这个则马上把霍华德逼出了家门）。……事实上，当兄弟俩……偷偷逃离这所房子用来试探他们的活生生的恶意时，俄亥俄独立成州也不过 70 年光景。(Morrison，2000：3-4)

宠儿的幽灵归来，时刻提醒着活着的人们那昔日蓄奴制和种植园的恐怖记忆。他们不得不慢慢学会接受悲惨过去所带给非裔族群的心灵创伤。尽管莫里森只字未提塞丝是那个杀死自己孩子的母亲，但读者已深切感受到房子里深深的积怨。莫里森正是通过"弑女"这种不可思议的现象，抨击蓄奴制丧失伦常、造成人间悲剧的罪恶本质。如前所述，奴隶是没有权利决定和自己的亲人永远作为家庭成员居住在一起的。书中塞丝的婆婆就经历了八个孩子都离她而去的伤心往事。塞丝深知婆婆所经历的痛苦,发誓绝不让悲剧在自己的女儿身上重演,因而出现了那震惊世人的惨烈一幕。

"塞丝弑女"的整个故事饱含了母亲对孩子深深的爱,但事件的结果见证了蓄奴制下人性的扭曲以及罪恶的蓄奴制直接导致的荒诞不经的事态发展。面对这样浓烈的爱,保罗·D第一个想法就是"这太危险了":

> 一个做过奴隶的女人,这样强烈地去爱什么都危险,尤其当她爱的是自己的孩子。最好的办法,他知道,是只爱一点点;对于一切,都只爱一点点,这样,当他们折断它的脊梁,或者将它胡乱塞进收尸袋的时候,那么,也许你还会有一点爱留给下一个。(Morrison,2000:53)

保罗·D是一个深谙蓄奴体制的男性,他从旁观者的视角出发,道明了令人瞠目的真相:塞丝那种强烈的母爱,对无法掌控自己命运的奴隶来说只会加剧痛苦,留下更深的精神创伤的刀痕。

治愈这样持久、深度的集体性创伤,需要一个漫长而复杂的过程。心理疗伤的方法之一,是通过再现记忆中的创伤性事件,在直面创伤的过程中,学会理性地与创伤记忆和平共处,从而消除其后续的负面效果(Schreiber,2010:32)。塞丝是莫里森在《宠儿》中塑造的最为重要的黑人妇女形象,也可称得上是非裔文学史上最成功的经典人物形象之一。她是一个在创伤阴影中挣扎着寻找精神攀附和生活方向的人。

虽然小说创作灵感来源于玛格丽特·加纳事件,莫里森也的确有重写"被遗忘的历史"的动机,但作家绝非利用耸人听闻的新闻效应获得更大读者群的青睐。她的意图显然超越了单纯还原历史事件,而试图探究事情背后蕴含的丰富的社会信息和内心世界。在经历了"甜蜜之家"所遭遇的一切之后,在完全知道逃亡奴隶被抓后所要面对的命运的情况下,塞丝决绝地杀死了自己的小女儿——宠儿。莫里森把这个血淋淋的事实端放在读者面前,迫使读者不得不直面美国的蓄奴史,探究塞丝这个举动背后的原因:究竟是什么恐怖的局面会比死亡还要难以接受?莫里森在讲述塞丝的故事时,心怀更加宏大的目标:"重新展示南北战争前后的美国黑人历史,把掩盖在历史文献之下的事实公之于众,把曾被隐瞒的关于蓄奴制的残暴事实、黑奴们遭受的肉体之痛和心理屈辱揭露出来……去发现那些曾经被遗忘于脑后的东西,并在它们的启示中重建世界。"(曾梅,2010:125)

莫里森不断强调:"对母亲爱女儿权利的否定,也许是蓄奴制下黑人经历中最骇人听闻的。"(参见曾梅,2010:126)曾经一起在"甜蜜之家"生活过的保罗·D不能理解作为母亲的塞丝,被杀死的小女儿宠儿也同样不能明白母亲的心。书名人物宠儿被赋予超自然的色彩,被母亲杀死后,又重返124号对塞丝实施报复。著名文学理论家霍米·巴巴(Homi Bhabha)的《文化定位》(*The Location of Culture*,1994)中提到了莫里森塑造的宠儿形象所涵容的多重意义:

谁是宠儿?

现在我明白:她是回到塞丝身边的女儿,这样她的心灵将不再无家可归。

谁是宠儿?

现在我们可以说:她是回到丹芙身边的姐姐,带回了父亲生还的希望,那个还在逃跑路上的逃亡者。

谁是宠儿?

现在我们知道,她是被夺命的爱铸成的女儿,她重返人间为的是去爱、去恨、去解放自己。她的言语支离破碎;她的颈骨像被处以私刑吊死的人那样扭曲断裂;她是一个身首异处的人,像丢掉丝绸发带的亡命女童。但有一点可以肯定,尽管他们说话语无伦次,身体残缺不全,可一旦脱离死者的躯壳,他们的言语却是那么鲜活。(Bhabha,1994:17)

霍米·巴巴试图回答"谁是宠儿"的问题,但又拒绝给予确切的回答。的确,她可以是一个具体的女性,同时也是一个象征,象征着蓄奴制施加于黑人的所有罪恶的后果。最后"她"变成了"他们",脱离死者的躯体,鲜活地出现在文学作品之中,将过去的悲剧告诉所有读者。宠儿是被白人奴隶主逼死的冤魂的化身,代表着美国历史上300多年蓄奴制时期成千上万被迫害致死的奴隶冤魂,承载着非裔美国人的历史记忆。这是一段许多美国人不愿回忆并刻意回避的历史。

　　莫里森透过塞丝和宠儿这对母女之间充满张力的故事,激活了蓄奴历史的记忆,矫正了对黑人女性的曲解,引导读者重新思考历史。作家"通过小说参与历史阐释的话语权之争,把被边缘化的弱势群体请上历史舞台,赋予他们言说的机会,诉说他们个人经历过、感受到的不同的历史。这种个人史与美国黑人的重大历史事件形成呼应,又与主流历史话语形成矛盾与冲突,呈现出事情的另一面"(荆兴梅,2014:3)。这样的文学书写丰富了世人对历史的认知,为世人重新解读非裔奴隶史提供了不同的文学体验和耳目一新的视角,为缺失历史的书写、补正和重构做出了贡献。

引述文献:

Baker, Houston A. , Jr. *The Journey Back: Issues in Black Literature and Criticism*. Chicago, IL: The University of Chicago Press, 1983.

Baker, Houston A. , Jr. *Blues, Ideology, and Afro-American Literature: A Vernacular Theory*. Chicago: The University of Chicago Press, 1984.

Bhabha, Homi K. *The Location of Culture*. London and New York: Routledge, 1994.

Caruth, Cathy. *Unchanged Experience: Trauma, Narrative, and History*. Baltimore, MD: Johns Hopkins University Press, 1996.

Chesnutt, Charles W. *The Conjure Woman and Other Conjure Stories*. New York: Houghton Mifflin, 1899.

Corey, Susan. *The Aesthetics of Toni Morrison: Speaking the Unspeakable*. Jackson: University Press of Mississippi, 2000.

Ferguson, Rebecca. *Rewriting Black Identities: Transition and Exchange in the Novels of Toni Morrison*. California: Peter Lang, 2007.

Gates, Henry Louis, Jr. ed. *The Classic Slave Narratives*. New York: Penguin Group, 1987.

Gates, Henry Louis, Jr. & Nellie Y. McKay eds. *The Norton Anthology of African American Literature*. New York: Norton, 1997.

Jacobs, Harriet. *Incidents in the Life of a Slave Girl: Written by Herself*. New York: Dover Publications, 2001.

Mobley, Marilyn Sanders. "Call and Response: Voice, Community and Dialogic Structures in Toni Morrison's *Song of Solomon*." Valerie Smith Ed. *New Essays on Song of Solomon*. Cambridge: Cambridge University Press, 1995: 41 - 68.

Morrison, Toni. *The Bluest Eye*. New York: Washington Square Press, 1970.

Morrison, Toni. *Playing in the Dark: Whiteness and the Literary Imagination*. Massachusetts: Harvard University Press, 1992.

Morrison, Toni. *Conversations with Toni Morrison*. Danille Taylor-Guthrie Ed. Jackson: University Press of Mississippi, 1994.

Morrison, Toni. *Beloved*. Beijing: Foreign Language Teaching and Research Press, 2000.

Peach, Linden. *Toni Morrison: Contemporary Critical Essays*. Hampshire: Macmillan Press Ltd. , 1998.

Schreiber, Evelyn Jaffe. *Race, Trauma, and Home: In the Novels of Toni Morrison*. Baton Rouge: Louisiana State University Press, 2010.

Strouse, Jean. "Toni Morrison's Black Magic." *Newsweek*, March 30, 1981: 52 - 57.

Walker, Alice. *In Search of Our Mothers' Gardens*. San Diego: Harcourt, 1983.

爱默生，拉尔夫·瓦尔多：《爱默生文集——不朽的声音》，张世飞等译，北京：当代世界出版社，2002 年。

鲍晓兰：《西方女性主义研究译介》，北京：三联书店，1995 年。

布林克利，艾伦：《美国史（1492 - 1997）》，邵旭东译，海口：海南出版公司，2014 年。

弗莱，保罗·H.：《文学理论》，吕黎译，北京：北京联合出版公司，2017 年。

福斯特，威廉：《美国历史中的黑人》，北京：生活·读书·新知三联书店，1960 年。

盖茨,小亨利·路易斯:《意指的猴子——非裔美国文学批评理论》,王元陆译,北京:北京大学出版社,2011 年。

郝澎:《美国历史重大事件及著名人物》,海口:南海出版公司,2007 年。

黄虚峰:《美国女黑奴生活状况的历史考察(1661－1863)》,《史学周刊》,1999 年第 5 期:第 99－104 页。

嵇敏:《美国黑人女权主义视域下的女性书写》,北京:科学出版社,2011 年。

荆兴梅:《托尼·莫里森作品的后现代历史书写》,北京:中国社会科学出版社,2014 年。

毛信德:《美国黑人文学的巨星——托尼·莫里森小说创作论》,杭州:浙江大学出版社,2006 年。

莫里森,托尼:《最蓝的眼睛》,陈东苏、胡允桓译,海口:南海出版公司,2005 年。

莫里森,托尼:《宠儿》,潘岳、雷格译,海口:南海出版公司,2006 年。

盛宁:《二十世纪美国文论》,北京:北京大学出版社,1993 年。

索威尔,托马斯:《美国种族简史》,沈宗美译,北京:中信出版社,2015 年。

谭惠娟、罗良功等:《美国非裔作家论》,上海:上海外语教育出版社,2016 年。

田亚曼:《母爱与成长:托尼·莫里森小说》,北京:中国社会科学出版社,2009 年。

王晗、徐选:《历史上的今天》,吉林:时代文艺出版社,2004 年。

王守仁、吴新云:《性别、种族、文化——托尼·莫里森与 20 世纪美国黑人文学》,北京:北京大学出版社,1999 年。

王玉括:《莫里森研究》,北京:人民文学出版社,2005 年。

王玉括:《在新历史主义视角下重构〈宠儿〉》,《外国文学研究》,2007 年第 1 期:第 140－145 页。

曾梅:《托尼·莫里森作品的文化定位》,济南:山东人民出版社,2010 年。

章汝雯:《托尼·莫里森研究》,北京:外语教学与研究出版社,2006 年。

赵宏维:《托妮·莫里森小说研究》,北京:中国社会科学出版社,2015 年。

朱立元:《西方美学通史》,上海:上海文艺出版社,1999 年。

朱荣杰:《伤痛与弥合:托尼·莫里森小说母爱主题的文化研究》,开封:河南大学出版社,2004 年。

第十七章

法定边缘人：种族歧视与肤色之罪

——斯考茨伯罗审判与两部相关小说

历史事件之十九：斯考茨伯罗审判

小说之二十四：哈珀·李《杀死一只反舌鸟》

小说之二十五：艾伦·费尔德曼《斯考茨伯罗》

一、美国的种族隔离制度与斯考茨伯罗事件

近年来频传美国白人警察枪杀无辜黑人的消息，每一次事件的发生都伴随着大规模的抗议和示威活动。但是，这些事件的处理结果通常是对涉事警察免于起诉。带种族歧视性质的将黑人和罪犯联系在一起的微妙心理，在美国的执法人员当中普遍存在。黑人罪犯的形象有着深厚的历史根源，最早可以追溯到蓄奴制时期。学者多萝西·罗伯茨认为从蓄奴时期开始，美国社会就将黑人与残暴的性犯罪相联系："黑人男性形象被定义为暴力的强奸犯，并因而成为法律惩处的目标。"（Roberts，1993：365）这种对"黑人强奸犯迷思"进行深入分析与解构的努力，反映了研究者对黑人和白人之间关系内在性质的探寻。其实，黑人作为只会使用野蛮暴力的劣等种族的历史话语，从黑人被贩卖到北美大陆的第一天就开始了。

自从 1619 年，当第一批黑人到达弗吉尼亚的詹姆斯顿，种族不平等就开始通过法律和实践而强加在黑人头上。这种长期的种族压迫来自白人对经济剥削的需要，通过强调黑人为劣势种族而得以合理化。黑人在 1865 年前被当作奴隶，在 1954 年前以法律的手段被隔离、被迫害。时至今日，哪怕当今美国总统，在宪法所保证的民主制度下的最高行政长官，是个黑人，他们仍然无法逃脱现实生活中被隔离和被迫害的命运。（Higginbotham，2013：25）

迈克尔·希金博瑟姆对黑人总统改变黑人被歧视的命运这件事并不抱太大希望（事实证明奥巴马总统的确没有做到这一点），主要是因为他发现在民权运动发展史上，美国曾经历过类似的起伏，即南北战争后的南方重建，曾经尝试赋予黑人平等权利的努力最终以惨败告终。曾经在南北战争和重建中一度获得了公民权、选举权和受教育的权利并似乎看到了平等的希望的美国黑人，

在重建失败后的几十年里,被种族隔离制度紧紧地束缚着,被白人以包括立法在内的各种手段深深地伤害。这种伤害所带来的负面影响至今难以消除。

南方在南北战争失败之后,北方共和党对南方进行了重建。共和党的激进派控制了国会,先后通过了第13条、第14条和第15条宪法修正案,这些宪法修正案废除了蓄奴制、赋予了黑人公民权和选举权。在重建时期,北方对南方实施军事管制,建立公立学校体系,修建铁路,修改税制。这一时期,黑人得以参与政府管理,通过选举进入立法、议会等政府重要部门,甚至还有黑人当选了州长。但是好景不长,"重建提出了种族平等的愿景,但是南方白人痛恨黑人获得政治权力,因为这将威胁到白人对南方政府的控制,这导致了南方对改革的大规模对抗,而这些对抗经常是以暴力的形式呈现的"(Higginbotham,2013:72)。这就意味着,这些促进种族平等的政策和措施都必须依靠北方军队来实现和维持,一旦军队撤离,这些政策就难以为继。1877年,联邦军队撤离,南方原来的统治阶级通过包括欺骗在内的各种手段重新控制了州政府,这标志着重建的失败。妮娜·莫尔从三个方面分析了南方对抗重建的原因:"首先,从立场上来说,南方强烈反对种族改革的目标。其次,从改革的目标上来看,南方'损失'最多。最后,民权运动所采取的策略显然在很多方面是针对南方的,这必然导致南方的全力抵制。"(Moore,2000:31)

联邦军队的撤离标志了重建的失败,其实在此之前,败局早已注定。来自北方的"背包政客"(Carpetbaggers,即激进的共和党人)鱼龙混杂;受教育程度有限又缺乏政治经验的黑人被人利用,这导致重建过程中出现了严重的腐败问题,从而令鼓吹黑人没有能力参政的南方白人在政治斗争中占了上风。从1870年起,南方各州就不断推出旨在确保种族隔离的吉姆·克劳法①,这些法令从禁止黑人和白人通婚,到禁止黑人和白人在同一家饭店吃饭,隔离的规定越来越细致具体,直至在工作、生活、教育等方面全方位实施种族隔离制度。1896年"普莱塞诉佛格森"(Plessey v. Ferguson)案中,美国联邦最高法院以"隔离但平等"为由,给予了南方种族隔离制度法律上的认可。为了将黑人重

---

① 泛指1876-1965年间美国南部及边境各州对有色人种(主要是非裔美国人)实行种族隔离制度的法律,该法强制规定公共设施必须依照种族的不同隔离使用。在所谓的"隔离但平等"的原则下,种族隔离被解释为不违背宪法保护的平等权利,因此得以存续。

新踩在脚下，南方各州还陆续通过一系列法案剥夺黑人的政治权利，其中的首要目标就是剥夺黑人的选举权。

1890 年，密西西比州制宪会议通过一条州宪法修正案，规定选民必须交两美元的人头税，并通过文化测验才能进行选民登记。该法令马上得到南方各州效仿，纷纷制定修正案限制黑人选举权。以上各种对选举权的限制条例在限制黑人参与选举的同时，也限制了未受过教育的穷白人，因而南方各州又通过"祖父条款"（Grandfather Clause）来对这些限制进行过滤，从而确保在黑人无权参与选举的同时，同样穷困而未受过教育的白人能够参与选举。"祖父条款""指的是 1895 - 1910 年美国南部 7 个州制定的旨在剥夺美国黑人选举权的法律条款。该条款规定，凡在 1866 年或 1867 年以前享有选举权者及其直系后裔，其选举权可不受教育、财产或纳税等要求的限制"（徐显明，2009：20）。这一条款从根本上否定了联邦宪法第 14、第 15 条修正案，重建时期黑人获得的基本权利被无情剥夺。

吉姆·克劳法和"祖父条款"彻底剥夺了重建时期黑人所获得的基本政治权利，而美国南方也打着"隔离但平等"的旗号继续名正言顺地对黑人进行经济剥削、政治压迫和人身伤害。但是，黑人从未停止过争取平权的斗争。1954 年，美国联邦最高法院受理"布朗诉教育委员会"案（Brown v. Board of Education），并宣布种族隔离制度有违宪法。该案件拉开了废除种族隔离制度的序幕，但是黑人距离真正走出被隔离的命运，还有很长的路要走。黑人民权运动在马丁·路德·金的领导下，于 20 世纪 60 年代达到了高潮。1964 年的《民权法案》宣布彻底结束种族隔离制度，1965 年的《选举权法案》真正赋予并保护了黑人的选举权。在当今的美国，虽然黑人在法律和制度上基本实现了平权，但是日常生活中他们依然经常受到歧视。警察执法过程中对无辜黑人，特别是黑人青少年造成的伤害尤其引人注目，这些事件与 1931 年的斯考茨伯罗案遥相呼应，不断给种族平等和司法公正亮起红灯。

1931 年 3 月 25 日，9 个黑人青年被控在南方一列货运火车上轮奸两个白人女子。道格拉斯·林德写道："美国历史上没有哪个罪案像这个案子一样经历过这么多次的审理、判决、推翻原判以及重新审理，更加荒谬的是，这个案子所述案情根本就是子虚乌有的。"（Linder，accessed 2016）这里所述案件就是美国历史上臭名昭著的斯考茨伯罗案。从 1931 年 4 月第一次庭审开始,经过多次申诉和重审,在民权组织和媒体的推动下,案件在亚拉巴马州法院和美国联邦最高法院之间多次往复。直到 2013 年 4 月,亚拉巴马州州长罗伯特·本特利(Robert Bentley)签署正式文件宣告斯考茨伯罗案 9 名被告无罪,这个跨世纪的案件才得以终结。具有讽刺意味的是,9 名被告中的最后一个幸存者克莱伦斯·诺里斯(Clarence Norris)也于 1989 年去世。这一非常案件伴随着 20 世纪初至今美国法律在种族和民权问题上的发展,见证了历史上黑人所受的不公正待遇,也揭示了美国司法制度中的漏洞与弊端。

20 世纪 30 年代,美国南方受大萧条的打击非常严重,很多年轻人找不到工作,只能漫无目的地到处游荡。偷偷扒上货运火车到居住地之外的地方寻找工作机会虽然违法,但对有些人来说也是家常便饭。1931 年 3 月 25 日,在一列从查大奴加(Chattanooga)开往孟菲斯(Memphis)的火车上,几个扒车的黑人青年和几个白人青年发生冲突。斯考茨伯罗案 9 名被告之一海伍德·佩特逊(Haywood Patterson)这样描述案件的缘起:

> 我们 4 个来自查大奴加市的黑人坐在一节油车里,这时三四个白人从我们面前走过,纠纷就这样发生了。其中有一个白人一脚踏在我的手上,想把我打下车去。当时我没吭声,但那个家伙又从我身边擦过,想把我推下火车。我抓住车沿儿,没掉下去。
>
> 我抱怨了一句,那白人就反唇相讥——用那种刻薄的、声色俱厉的、美国南方白人的口吻。
>
> 白人的一只脚踩在我这个黑人的手上……"斯考茨伯罗案"就是这样开始的。(Patterson & Conrad, 1950:3)①

黑人青年因为受了侮辱,就又叫来几个黑人青年和白人青年打斗起来,并将他们赶下了车。被赶下车的白人青年到斯蒂芬逊镇(Stevenson)去报告他们被黑人团伙殴打的情况,这一群黑人青年在佩恩特洛克站(Paint Rock)被

---

① 此处引文来自海伍德·佩特逊的自传《斯考茨伯罗男孩》(Scottsboro Boy, 1950),译文参考了黄耀平等译的 1955 年版《斯考兹勃罗案件》,略有改动。

捕，包括克莱伦斯·诺里斯（Clarence Norris）、查理·卫姆斯（Charlie Weems）、海伍德·佩特逊、欧伦·蒙特格马利（Olen Montgomery）、欧茨·鲍威尔（Ozie Powell）、维利·罗伯逊（Willie Roberson）、尤金·威廉姆斯（Eugene Williams）、安迪·莱特（Andy Wright）和罗伊·莱特（Roy Wright）。联防队员在追捕黑人青年的时候，发现两名女扮男装的棉纺厂女工维多利亚·普莱斯（Victoria Prince）和露比·贝茨（Ruby Bates），她们继而指控黑人青年对她们实施了强奸。这些黑人青年被押至斯考茨伯罗（Scottsboro）受审，后来被统称为"斯考茨伯罗男孩"（Scottsboro Boys），他们当中年龄最大的佩特逊刚刚 18 岁，而年龄最小的罗伊·莱特只有 12 岁。

1931 年 3 月 26 日，几百个白人聚集在斯考茨伯罗监狱外试图对这些黑人青年实施私刑，当时亚拉巴马州州长 B. M. 米勒（B. M. Miller）调遣了国民护卫队来保护他们。4 月 6 日，法官 A. E. 霍金斯（A. E. Hawkins）开庭审理该案。经过一系列的审理，陪审团判处所有 9 名被告死刑，但是罗伊·莱特尚且年幼，且检方针对他的提议是终身监禁，故法庭认为陪审团对罗伊的死刑判决无效。这次审判中，陪审团仅仅依据普莱斯和贝茨的指控而判 9 名被告死刑，而对案件审理过程中两原告证词不一致、医生证词不足以及被告证词混乱等明显的疑点，陪审团都视若无睹。案件审理因其过于仓促及明显的不公判决，引起了媒体和社会激进组织的关注。隶属于美国共产党的法律组织——国际劳工保护会（ILD）首先伸出援手，抢在全国有色人种权益促进会的前面与"斯考茨伯罗男孩"会面，说服他们上诉，并为他们提供法律援助。

在国际劳工保护会的帮助下，"斯考茨伯罗男孩"开始了艰难的上诉之路。1932 年 1 月 5 日，贝茨在写给朋友厄尔·斯特里特曼（Earl Streetman）的信中称自己并未被强奸。1932 年 3 月，亚拉巴马州最高法院以被告年幼为由推翻了对年仅 13 岁的尤金·威廉姆斯的判决，但维持了对其他 7 人的死刑判决。1932 年 11 月，美国联邦最高法院推翻了亚拉巴马州法院的判决，理由是州法院未能为被告方提供充分的司法辩护。这就是著名的鲍威尔诉亚拉巴马州案（Power v. Alabama）。1933 年 1 月，国际劳工保护会聘请纽约当时声名鹊起的年轻律师塞缪尔·雷博维兹（Samuel Leibowitz）为"斯考茨伯罗男孩"辩护。海伍德·佩特逊的第二次审判于 1933 年 3 月 30 日开始，法官为詹姆斯·霍顿(James Horton)。雷博维兹在辩护时一针见血地指出了陪审团中没有黑人陪审员这一制度性的漏洞。他动议以此为由撤销起诉,但被驳回。雷博维兹在法庭辩护过程中还指出了原告方证词的多处疑点,认为维多利亚·普莱斯是为了逃避流浪和非法扒车的惩罚而诬告"斯考茨伯罗男孩"。疑点之一是医生的检查证明两原告当时身体既无血迹也无伤痕,且精神状态良好,不符合被暴力强奸后的身体和精神状况;疑点二是原告方唯一的目击证人做了伪证。农夫奥利·多宾斯(Ory Dobbins)声称目睹原告在行进的火车上与被告进行搏斗和挣扎,雷博维兹质问他如何判断远处正在行进的火车上人的性别,他回答说通过对方身着女式服装来判断,而当时普莱斯和贝茨穿的是男士工装裤。另有多位被告方证人证明,普莱斯证词中有多处不实,如事发前一天她的行踪无法得到证实。然而最具戏剧性的场景是另一原告露比·贝茨的证词,她出庭后推翻了自己在第一次审判时的证词,否认自己被强奸。但是检方指控国际劳工保护会是通过贿赂的方式诱劝贝茨翻供的。陪审团对以上重重疑点视而不见,仍然断定佩特逊有罪并判处死刑。

虽然陪审团固执己见,但霍顿法官却被证据说服,认为原告普莱斯的确有诬告嫌疑。除了庭审中呈现的证据外,霍顿法官私下里会见了为两原告进行体检的另一名医生 M. H. 林奇(M. H. Lynch),林奇认为两原告都未被强奸,但是迫于舆论压力,不愿意出庭作证。霍顿因而决定对该案进行重审。他的这一决定激怒了当地民众,使他丧失了再次当选为法官的机会。

1933 年 11 月,佩特逊和诺里斯重新受审,法官为威廉·卡拉汉(William Callahan)。卡拉汉法官与霍顿法官不同,他极尽一切手段欲迅速将被告送上死刑电椅。他甚至明确示意陪审团,在亚拉巴马州任何白人女性都不可能自愿与黑人发生性关系。陪审团再次判处被告死刑。面对佩特逊和诺里斯的死刑判决,雷博维兹再次提起上诉。1935 年 2 月,美国联邦最高法院受理了雷博维兹的上诉。雷博维兹认为亚拉巴马州判决无效,因为陪审团中并没有黑人,这违背了宪法精神,而且卡拉汉所提供的黑人陪审员姓名是伪造的。6 周后,美国联邦最高法院宣判亚拉巴马州的陪审团制度违反宪法并推翻对佩特逊和诺里斯的判决。1936 年 1 月,佩特逊接受第四次庭审,结果仍然被判有罪,但是这次他没有被判死刑而是被判 75 年监禁。这是在亚拉巴马州历史上第一例黑人强奸白人而免除死刑的判决。

接下来的 6 年时间里，"斯考茨伯罗男孩"在监狱里苦苦等待。1937 年 7 月，诺里斯的第三次审判开庭，法官卡拉汉再一次匆匆结案，诺里斯被判死刑。安迪·莱特被判 99 年监禁，查理·卫姆斯获刑 75 年。然后检方撤销对欧茨·鲍威尔的强奸指控，改为袭警指控。鉴于被告年幼，撤销对维利·罗伯逊、欧伦·蒙特格马利、尤金·威廉姆斯和罗伊·莱特 4 人的指控。1943 年卫姆斯获假释；1946 年鲍威尔和诺里斯获假释；1950 年，安迪·莱特获释离开亚拉巴马州；1948 年，佩特逊越狱，并在潜逃期间完成自传《斯考茨伯罗男孩》；诺里斯于 1979 年出版《最后的斯考茨伯罗男孩》(*The Last of the Scottsboro Boys*)。

斯考茨伯罗事件的发展过程以及围绕一个从来没有发生的案件所进行的各种审判和民权斗争，生动地展示了美国司法制度与南方种族偏见之间的纠葛，提出了关于立法者和执法者的立场，司法公正的维持以及基本人权的保证等很多深刻的社会问题。该案不仅在 20 世纪 30 年代的美国备受瞩目，也成为美国法律史上的绝佳教材(Klarman，2009：379 - 380)。

斯考茨伯罗案轰动全国，除了新闻界和法律界的特别关注，自然也成为文艺界的重点关注对象。除了佩特逊和诺里斯两位当事人的自传之外，斯考茨伯罗案在文学艺术界还得以多种形式再现。早在"斯考茨伯罗男孩"接受第一次审判后不久，兰斯顿·休斯(Langston Hughes)就发表了诗歌《亚拉巴马的基督》("Christ in Alabama"，1931)，后与艺术家泰勒(Prentiss Taylor)合作出版了名为《受限的斯考茨伯罗》(*Scottsboro Limited*，1932)的集子，以诗歌、戏剧以及绘画等多种方式呈现该事件所反映的种族压迫和法律不公问题。1932 年休斯再次发表诗歌《欧茨·鲍威尔之歌》(*Ballad of Ozie Powell*)来唤起人们对"斯考茨伯罗男孩"的关注。1934 年百老汇上演了剧作家约翰·卫斯理(John Wexley)的剧作《他们罪不至死》(*They Shall Not Die*)，艺术地再现了斯考茨伯罗男孩庭审时的荒谬场面。1935 年一部名为《亚拉巴马州的斯考茨伯罗》(*Scottsboro，Alabama*)的画册收录了 118 幅揭示种族不平等的版画。激进小说家格蕾丝·兰普金(Grace Lumpkin)的小说《凯恩的启示》(*A Sign for Cain*，1935)刻画了一起南方小镇里发生的诬告强奸事件。电影《狂怒》(*Fury*，1936)和《永不忘记》(*They Won't Forget*，1937)同样受"斯考茨伯罗男孩"案的启发而揭露了南方的私刑问题。斯考茨伯罗案断断续续持续了半个世纪,对案件的艺术再现也伴随着案件的发展过程不断地更新。2008 年,艾伦·费尔德曼(Ellen Feldman)出版了以该历史事件为基本素材而创作的小说《斯考茨伯罗》(Scottsboro)。小说以一个女记者的视角重述了案件的始末。小说在抨击种族压迫、揭露司法漏洞的同时,对大萧条时期南方的经济困境以及在此困境中挣扎的底层人民寄予了同情。小说将大量史料穿插在事件发展过程之中,生动地再现了案件的前因后果以及围绕案件而产生的社会运动和不同社会力量之间的较量。

但是在所有和"斯考茨伯罗男孩"案件有关的文学作品中,有一部小说在美国文学史上占有特殊的地位,那就是哈珀·李(Harper Lee)的《杀死一只反舌鸟》(To Kill a Mockingbird,1960,后简称《反舌鸟》)。与 20 世纪 30 年代出版的相关文学作品不同的是,《反舌鸟》不是为了宣传社会热点问题而创作的应时之作,作品与"斯考茨伯罗男孩"案件本身似乎并无直接关系。甚至作者本人也声称创作过程中并没有关注"斯考茨伯罗男孩"案件问题。但是作品所映射出的南方问题与斯考茨伯罗案件所反映的问题有着惊人的相似度,这使得作品与历史事件之间产生了密不可分的联系。费尔德曼的小说《斯考茨伯罗》是多年之后的历史案件创造性重述,带着局外人的优越感反思历史。与之相比,《反舌鸟》以一个亚拉巴马州典型的南方小镇居民的内省目光来看待自己身边发生的案件,以局内人的身份向读者展示了 20 世纪 30 年代南方白人的生活方式和思维定式以及由此产生的种族和法律问题。《反舌鸟》以生动细腻的描写将读者带入那个年代,从而帮助读者更好地理解至今仍在困扰美国的种族问题的历史根源。从文学再现的意义上来说,这部小说与历史小说《斯考茨伯罗》相比,少了些居高临下的批判,多了些引人深思的探讨,也更加有助于读者了解历史事件发生时的社会文化和意识形态。

二、哈珀·李与《杀死一只反舌鸟》①

哈珀·李的全名是奈尔·哈珀·李(Nelle Harper Lee,1926 - 2016),生

① 哈珀·李的小说 To Kill a Mockingbird 有很多中译本,题名也各不相同。本章引用以高红梅的译本为基础,略有改动。该译本原译题名为《杀死一只反舌鸟》(2009),2012 年纪念版改为《杀死一只知更鸟》。笔者认为"反舌鸟"的译法更为准确,故保留了原题名。

于亚拉巴马州蒙罗维尔一个中产阶级家庭，其父阿马萨·科尔曼·李（Amasa Coleman Lee）是一位律师，并曾就职于亚拉巴马州立法机构。哈珀·李曾经在亚拉巴马大学学习法律，但是最终弃法从文。《反舌鸟》是一部带有强烈自传色彩的小说。小说中阿蒂克斯的原型就是哈珀·李的父亲，他也曾亲自为被控谋杀的黑人做过辩护，但未能成功帮助被告逃过死刑判决。《反舌鸟》虽是作者的第一部小说作品，但是一经面市就好评如潮，于 1961 年获普利策小说奖，1962 年被改编成同名电影并获奥斯卡奖。小说的巨大成功在带给作者惊喜之余，也带来了烦恼。1964 年，哈珀·李因为不习惯经常面对媒体和公众的生活而归乡隐居，从此不再接受采访，也再没有新作问世。①

《反舌鸟》的畅销程度堪与《圣经》相提并论，可以说在美国家喻户晓，也被翻译成包括中文在内的 40 多种语言在全世界流传，销量已过 40,000,000 册，被权威研究机构——尼尔森图书信息公司列入"有史以来最畅销的 100 本书"榜单，在国际上声名远播。《反舌鸟》进入了很多美国中学的必读书单，拥有大量青少年读者。阿瑟·安珀比的研究显示，《反舌鸟》在 1963 年和 1988 年全美中学的必读书目中都排在前十名（Applebee，1992：28 - 32）。小说对南方小镇生活做了栩栩如生的描述，弘扬宽容和正义，具有道德感召力。赫伯特·密特冈认为小说呈现了南方小镇的"魔力与现实"（Mitgang，1960：33）；弗兰克·利尔认为哈珀·李的作品充溢着她对南方和家庭的热爱，而没有去迎合当时人们对南方"病态和畸形"文化的传统偏见（Lyell，1960：18）；乔治·米克迈克尔称《反舌鸟》蕴含了对种族宽容态度的诉求（McMichael，1960：23）。小说的共情教化也是其长期受到读者喜爱的一个重要原因，许多人称之为"改变自己一生的书"。作品中被引用最多的一句话，"你永远不可能真正了解一个人，除非你从他的角度去看问题……除非你钻进他的皮肤里，像他一样走来走去"（李，2012：35）。小说教导青少年读者如何去看待他人，如何更好地理解与自己不同的人和事物。这种宽容与共情能力对增进种族间的相互了解、缓和紧张关系也具有良好的作用。

———————————

① 2015 年，迟暮之年的哈珀·李同意将一部早年的手稿付印，这就是《安放一名守望者》（*Go Set a Watchman*）。因为只是当年的一部手稿，且未经修改就仓促出版，《安放一名守望者》从严格意义上来说不能算作新作。

《反舌鸟》的叙事结构由两条主线推动而成,一条主线围绕白人阿瑟·拉德利的命运展开,另一条围绕黑人汤姆·鲁宾逊的命运展开。阿瑟因为年少时交友不慎,做了错事而被其父亲幽禁在家,与世隔绝,并因此成为小镇中各种恐怖传说的主角。但是在故事的推进过程中,阿瑟一步步走出被幽禁的黑暗空间,并最终成为救人的英雄。黑人汤姆则因为同情穷困无助的白人女孩马耶拉而被诬告强奸,虽然在庭审中律师阿蒂克斯努力证明汤姆的清白,白人陪审团仍旧判汤姆有罪,而绝望的汤姆则在越狱过程中被击毙。这种叙事结构被刘国枝称为"双环形结构"(刘国枝,1999:130),她认为阿瑟的故事是一个"充满希望的完满的环形"(刘国枝,1999:134),处于小说的外环,而汤姆的故事则是未完成的半环形,处于小说的内环。"相比之下,汤姆的故事只是阿瑟故事中的一个插曲,前者告一段落之后,结尾四章实现了阿瑟的超越,他的义举终结了汤姆案,黑人的故事止于白人的努力。由此看来,黑人的故事总是依附于白人的故事,黑人的历史也总是被白人的历史所遮蔽。"(刘国枝,1999:135)

然而,随着人们对小说越来越深入的解读,围绕汤姆而展开的残缺的半环越来越成为批评界关注的焦点,被遮蔽的黑人的历史渐渐凸显出来。与白人故事的完美环形相比,黑人故事的残缺更具吸引力。1990 年以后,很多《反舌鸟》的研究者将目光锁定在汤姆·鲁宾逊的强奸诬告案上面,大量关于《反舌鸟》的论文出现在各大法律评论期刊上,刊登这一类论文最多的是《亚拉巴马法律评论》(Alabama Law Review)。这些论文或探讨虚构的律师阿蒂克斯对现实中的律师进行法律实践带来的启示(Freedman,1994:473;Osborn,1996:1139;Phelps,2002:925);或追问南方文化中的"普通法"(Common Law)与偏见的深层关系(Johnson,1991:139;Markey,2010:162);或探讨法律问题、种族问题和历史案件的纠葛(Stephens,1995:215;Sundquist,2008:123)。克罗蒂亚·约翰逊(Claudia Johnson)将小说与斯考茨伯罗案进行了较为深入的比较研究。她首先将小说所讲述的历史背景与斯考茨伯罗案发生时的背景进行了比较,又联系 20 世纪 50 年代的民权运动发展状况和主要事件,帮助读者更好地了解作者进行小说创作时所受到的各方面影响。

《反舌鸟》或许并没有直接取材于斯考茨伯罗案,但是小说中的案件及其发展过程所揭示出的问题与历史案件不谋而合,可见这些问题的普遍性。作者哈珀·李是土生土长的亚拉巴马人,她对自己生活的南方小镇感情深厚,但是她也能够勇敢地透视并质疑旧南方传统中关于种族、阶级和性别方面刻板的落后思想。作品既呈现出超前于其时代的先进性,又紧扣当时当地的风土人情,从而奠定了其在美国文学史上的特殊地位,成为探讨美国种族与法律问题的绝佳范本。

1. 无辜的"反舌鸟"对"黑人强奸犯迷思"的解构

《反舌鸟》与斯考茨伯罗案共同映射出的核心问题之一是黑人强奸白人案件。1930 至 1967 年,美国因强奸罪而被处以死刑的人有 455 人,其中 405 人是黑人(Davis, 1983：173)。戴维斯指出黑人强奸白人的案件在南方重建之前非常罕见,而在重建之后的几十年里则层出不穷。很多情况下,这些案件与斯考茨伯罗案一样,属于诬告和误判。"黑人强奸犯"的形象,是白人在自己的特权受到威胁时,为了对抗黑人应得的权力而刻意塑造出来的。博伊在谈论当代的种族主义暴力事件时写道："种族主义者长久以来一直打着严惩强奸罪行的旗号来为他们最糟糕的种族主义暴力行为进行辩解。"(Bouie, 2015：1)从第一批黑人奴隶出现在美洲大陆开始,他们就被与野蛮性、动物性以及亢奋的性能力等词语画上了等号。这样的形象在蓄奴的南方更是不断被重复和强化。一方面,对奴隶主来说,这意味着蓄奴的合法性,因为只有不断强调黑人的动物性,奴隶主才能更加心安理得地享受通过剥削和压迫奴隶获得的经济利益。即使对于开明的奴隶主而言,他们善待奴隶也无异于善待自己农场上的家畜和家里的宠物。另一方面,黑人这种野蛮形象的发明和塑造,也给奴隶主带来了一定的心理上的威胁。美国南北战争之前,作为奴隶的黑人处于白人奴隶主的严格控制之下,基本上不对白人构成威胁。黑人男性和白人女性之间的性关系也呈现出三种形态：合法婚姻,通奸与同居,以及强迫型性关系。特别需要强调的是,第三种强迫型性关系指的是白人女性,一般是来自奴隶主阶层的白人女性,强迫黑人男性与其发生性关系。如果黑人男性胆敢拒绝,白人女性只需声称被强奸就可以置黑人男性于死地(黄卫峰,2008, 86 - 90)。

但是这种情况在战后发生了根本性的变化。"尤其是随着蓄奴制的废除,黑人获得解放,根据美国宪法第十四、第十五修正案获得政治权利后,种族等级制度有可能被摧毁,使白人面临着一种'危机'感,因而竭力维持白人女子与黑人男子之间的性禁忌"(黄卫峰,2008:85)。战败的南方白人开始把重建时的不安全感和失去特权的愤怒转嫁到黑人身上,试图通过妖魔化和罪恶化黑人来夺回控制权。"他们失去控制会四处强奸"(李,2012:165)。这句来自小说里一位绅士的话非常具有代表性,正是在这样一种话语模式的引导下,一个南方的州长甚至公然宣称:"如果一个白人女性可以发誓说一个黑人强奸了她或试图强奸她,我们会确保那个黑人被处死。"(转引自 Klarman,2009:382)当假设的意念转变成种族迫害的真实动力时,重建后的南方出现那么多"黑人强奸犯"就不足为奇了。

希金博瑟姆在著作《阴魂不散的吉姆·克劳》(The Ghosts of Jim Crow)中指出种族问题相互影响的三方面:"白人优越和黑人低劣的错误观念,孤立白人和分离黑人的做法以及对黑人的迫害。"(Higginbotham,2013:40)《反舌鸟》中白人阿瑟和黑人汤姆的故事正是对这三方面问题的绝佳演示。阿瑟犯错后被父亲幽禁在家,这一事实可以做如下解读:从其父亲的角度看,将孩子关起来可以免受其不良朋友的坏影响,哪怕这意味着失去自由,失去认识世界和健康成长的机会。这充分体现了白人种族主义者狭隘的世界观,他们基于自己主观的判断,拒绝睁开眼睛去面对现实,因为害怕而将自己封闭起来。被白人种族优越思想控制的南方在一定意义上,像阿瑟一样,处于封闭状态;同时,白人必须严厉惩罚黑人的任何越界行为。因此,汤姆是否真正实施强奸并不是重点,而汤姆胆敢走进白人的院落去帮助一个白人女孩才是白人眼中不可原谅的罪过。在审讯过程中当他说"我挺可怜她"时,检方律师被激怒了:"你居然敢可怜她?! 你居然敢可怜她?!"那个吉尔默先生"几乎要跳到天花板上去了"(李,2012:242)。哈珀·李将白人种族优越感受到伤害的情形描绘得淋漓尽致:"(汤姆)已经意识到自己犯了个错误,在椅子里不安地动来动去。可是伤害已经造成,无法挽回了。在我们下面,没有一个人喜欢汤姆的回答。吉尔默先生停顿了很长时间,好让这伤害的印象加深。"(李,2012:243)坐在楼下的白人没有一个人喜欢汤姆的回答,他们不能接受来自最底层的黑人对白人的怜悯,哪怕这个白人真的很可怜,而这个可怜的白人正是通过践踏黑人的权益甚至生命来证明自己的地位的:

在汤姆作证的过程中，我逐渐意识到，马耶拉肯定是世界上最孤独的人，她甚至比怪人拉德利还要孤独……我觉得她真可怜，就像杰姆说的那些混血儿：白人们不愿搭理她，因为她和猪猡般的人生活在一起；黑人们不敢搭理她，因为她是个白人……她没有河岸边的土地，也没有古老的优越的家族背景……汤姆可能是唯一一个尊重她的人，而她却说他占了她便宜。当她站起来看他时，就好像他是她脚下的泥土似的。(Lee, 2015：235)

荒诞的庭审再一次证明汤姆的真正的罪过与他是否强奸马耶拉没有任何关系，他的罪过在于他伤害了白人毫无根据的种族优越感，令他们恼羞成怒。白人尤厄尔一家懒惰、肮脏、满嘴谎言，无论从生活方式上，还是从道德修养上，都为人不齿，但是这丝毫不影响他自以为高黑人一等的优越感。与这些是非不辨、恃强凌弱的白人相比，汤姆的形象瞬间高大起来："汤姆的举止教养虽然不同，其实却和阿蒂克斯的一样好。"(李, 2012：239)这种出自年幼的叙事者斯库特的论断，得到了林克·迪斯先生的支持："那小伙子为我工作了八年，从没给我惹过一丁点麻烦，没惹过一丁点麻烦"(李, 2012：239)；也在阿蒂克斯的法庭陈词中得到了印证："他这样一个安静、礼貌、谦逊的黑人，纯粹因为鲁莽而去'可怜'了一个白种女人，却不得不用自己的证词去对抗两名白人。"(李, 2012：250)哈珀·李还借用叙事者斯库特的声音谴责了南方自感优越的白人种族主义者们：

控方的证人们，梅科姆县警长除外，在你们这些先生面前，在整个法庭面前，表现出一种可耻的自信，自信他们的证言不会受到怀疑，自信你们这些先生会和他们秉持同一假设——邪恶的假设，即所有的黑人都撒谎，所有的黑人都不道德；即所有的黑人男子在我们的女人面前都不规矩，这种假设关联着他们的精神品质。这种假设，先生们，我们都知道，它本身就是黑得像汤姆·鲁宾逊的皮肤一样的谎言，一种我用不着向你们揭穿的谎言。(Lee, 2015：250)

哈珀·李通过将黑人汤姆塑造成诚实、善良、彬彬有礼的形象，而将原告马耶拉塑造成潦倒、无知、鬼鬼祟祟的形象，成功解构了所有黑人男性都是潜在的强奸犯的种族主义虚构的话语。虚构的汤姆·鲁宾逊强奸案和真实的斯考茨伯罗案一样，都是就一件根本没有发生过的案件进行了审判，审判的过程中，白人的证词比铁铮铮的事实和证据更有说服力。在汤姆案中，根本就没有医生对被告做任何鉴定，而在斯考茨伯罗案中，医生的鉴定则显示强奸从未发生过。在斯考茨伯罗案的大量报道中，大多数人都注意到了庭审中这种明显的白人至上的做法，但很少有人关注被告是怎样的人，他们的生活和他们性格等。《反舌鸟》中对汤姆的相关描述虽然不多，但是至少让读者看到一个活生生的、有血有肉的黑人，他有妻子和孩子，他辛勤工作，他乐于助人。在纯真善良的小女孩斯库特看来，除了肤色，他和白人没有什么不同。更加关键的是，她强调了汤姆从教养上看，更接近其父亲阿蒂克斯，而远远胜过那些没有教养的白人。除了汤姆，哈珀·李笔下的黑人，包括懂道理，会读写，无微不至地关爱、照顾并教育兄妹二人的卡波妮以及同样彬彬有礼的赛克斯牧师，这些黑人与野蛮、残暴的强奸犯的臆想截然不同，"黑人强奸犯迷思"因而不攻自破。

2. 私刑与内心深处的"秘密法庭"

与黑人强奸白人案件紧密相连的问题是私刑。私刑发生在美国黑人身上的概率很高，统计数据显示，在 1882 至 1962 年间，美国国内受到私刑的总人数为 4,736 人，其中 3,442 人为黑人。从区域上看，南方受到私刑的人数为 3,516 人，其中 3,206 人为黑人；亚拉巴马州受到私刑的总人数为 347 人，其中 299 人为黑人（转引自 Moore，2000：33）。在斯考茨伯罗案中，仅凭两名白人女性的一面之词，不明真相的群众就聚集在监狱门口，试图对被告实施私刑。哈珀·李出生在律师家庭，她父亲又经营着一家当地的报纸，她有很多机会接触到类似的案件，因而她选择一起白人女子因为担心受到惩罚而诬告黑人强奸的案件作为故事的主线并非出于偶然。在《反舌鸟》中，穷白人坎宁安带领着一伙暴徒来到看押汤姆的监狱门口，试图对汤姆施以私刑的情节，也和斯考茨伯罗案非常相似。

在 19 世纪的美国，私刑通常指"来自同一社会团体的人实施的用于惩罚的非法的暴力行为"（Waldrep，2006：xvii）。美国的私刑最初只是个人行为，但南北战争后私刑越来越成为白人压迫黑人的手段，私刑的政治意义也越来越明显。私刑盛行甚至成为美国联邦最高法院维持法律公正的障碍。1932 年

的鲍威尔诉亚拉巴马州案和 1935 年的诺里斯诉亚拉巴马州案都得到了联邦
最高法院的支持，但是南方白人仍然拒绝给黑人被告提供有效的辩护，仍然拒
绝黑人进入陪审团。沃尔德莱普认为，"民权革命只有在私刑丧失其合法性之
后才得以发生"（Waldrep，2006：xix）。

《反舌鸟》中对私刑场景的描述很好地诠释了私刑在南方文化中的群众基
础和影响力，以及法律在私刑面前的苍白无力。小说中冲击看守所的暴徒，并
非生性残暴的地痞流氓，也不是黑社会团伙，他们都是梅科姆镇的普通人，代
表人物是坎宁安，他虽然贫穷，但是从不接受施舍，付不起律师费就用农产品
来抵价。然而，就是这样的"好人"也可以在种族主义思维诱导下，义无反顾地
去对黑人实施私刑。正如阿蒂克斯所言："每一伙暴徒都是由人组成的。昨天
夜里坎宁安先生是暴徒之一，可是他依然是个人。在南方的任何一个小镇上，
每一伙暴徒都是由你认识的人组成的——这让他们显得很不传奇，是不是？"
（李，2012：193）小说中阿蒂克斯靠其个人魅力以及女儿斯库特的情感力量阻
止了暴行的发生："一个八岁的孩子就唤醒了他们的良知。"（李，2012：193）但
在斯考茨伯罗案中，不但私刑暴徒的良知没有被唤醒，陪审团和法官的良知也
被偏见所泯灭。

"斯考茨伯罗男孩"和《反舌鸟》中的汤姆都曾受私刑威胁，但是都得到了
保护，因而案件得以进入司法程序。但是在看似符合流程的司法审判过程中，
两案都显示出了"合法私刑"的特点（Howard，2007：11）。斯考茨伯罗案在初
审时，被告的辩护律师既无经验也无能力：斯蒂芬·罗迪（Stephen Robby）只
不过是个房地产律师，而年迈的马洛·穆迪（Milo Moody）已多年没有参与案
件审理。这两个律师被法院指定为被告的辩护律师（这一点与小说情节相
似），他们既没有为被告争取应得权益的动力，也就没有为案件审理做任何准
备。为了尽快结束，他们不顾被告中有人年仅 12 岁，而要求 9 名被告一起受
审（反而是检方担心这样审理会导致审判无效而决定将 9 名被告分组审理）。
他们对原告及证人的询问草草了事，对两原告证词不一致的情况视而不见，最
后甚至连总结陈词也不做就完成了庭审辩护。这两个律师连过场都没有走
完，更不要提为被告进行有效的辩护了。也就是说，在案件审理之前，法官、律
师以及不明真相的群众都已认定 9 名被告有罪，都拒绝给被告任何辩护的机

会。在这种情况下,庭审虽然披着法律的外衣,本质却与私刑无异。

《反舌鸟》中的律师阿蒂克斯同样是被指定的律师,并不是自愿为黑人辩护的。为了完成自己的职责,他需要对抗来自全镇的反对的声音。在种族隔离的南方,不仅黑人受歧视,同情黑人的白人也会受到歧视,"黑鬼的帮腔者"(nigger lover)是一种恶毒的诅咒。斯库特因为不满父亲被人斥为"黑鬼的帮腔者"而和别人打架。虽然与斯考茨伯罗案的一审律师相比,阿蒂克斯算是尽职尽责了,但是大家都知道律师的辩护没有任何意义。正如莫迪小姐所言:"我等的时候就在想,阿蒂克斯·芬奇不会赢,他不可能赢。"(李,2012:265)故事中安德伍德先生在社论中"把汤姆的死比喻成猎人和孩子对唱歌的鸟儿的愚蠢杀戮"(李,2012:294),为了更好地阐释这一观点,作者借斯库特的声音给出这样解释:

> 愚蠢的杀戮?怎么可能呢?汤姆一直到死接受的都是正当的法律程序:他是开庭审理,并且被十二个正直的好人判定有罪,我父亲也一直在为他抗争。渐渐地,我明白了安德伍德先生的意思:阿蒂克斯使用了所有能开释一个自由人的法律手段去拯救汤姆,可是在人们内心深处的那个秘密法庭里,阿蒂克斯根本不可能打赢官司。从马耶拉张嘴喊叫的那一刻起,汤姆就死定了。(李,2012:294)

"十二个正直的好人"内心都有个"秘密法庭",而这个"秘密法庭"的审判原则是以种族为依据的,而不是事实。"斯考茨伯罗男孩"与汤姆的命运非常相似,从维多利亚·普莱斯声称自己被强奸的那一刻起,他们就死定了。无论事实真相如何,他们早已在一些白人的内心法庭上被判了死刑。阿蒂克斯之所以成为英雄,正是因为他与"斯考茨伯罗男孩"案的一审律师不同,他本着基本的人道主义精神,顶着巨大的社会舆论压力而为汤姆进行了一定程度的有效辩护。他向法庭展示了汤姆勤劳善良的本性,更通过事实证明受害者脸上的伤痕不可能由左手残疾的汤姆造成。但是,这样的辩护并没有改变汤姆被判死刑的命运。因为在人们心里那个秘密法庭里,事实和证据都不重要,重要的是自身的感受和利益。在白人陪审团制度下受审的黑人,根本就没有获得公正审判的机会，无论审判是否在法庭进行，其本质都与私刑无异，因为早在审判开始之前，结果就注定不可改变。

3. 陪审团制度与无法实现的公正审判

真实的斯考茨伯罗案和虚构的汤姆·鲁宾逊案都暴露了亚拉巴马州司法体系中的一个巨大的漏洞。正如来自纽约的律师雷博维兹一眼就看出斯考茨伯罗案陪审团的本质缺陷——那就是陪审团成员中没有黑人。他对这一状况的质疑得到了美国联邦最高法院的支持，但是却招来了南方白人的集体憎恨。因为在南方白人的心里，黑人显然是没有资格当陪审员的。在他们看来，雷博维兹质疑的不仅仅是南方法律，而是整个南方文化传统的原则。在《反舌鸟》的故事中，陪审团的成员多为没有受过教育的穷白人，杰姆疑惑地问："为什么像我们和莫迪小姐这样的人不去当陪审员？从来没见过梅科姆镇上人去当陪审员——那些人全是从林子里来的。"（李，2012：271）阿蒂克斯首先指出女性在亚拉巴马州没有当陪审员的权力，然后指出其他人不肯充当陪审员的理由："首先，我们坚定的梅科姆公民对此不感兴趣。其次，他们也害怕。"（李，2012：271）以上解释有助于读者理解为什么来自联邦的法令对改变南方的种族现状作用并不明显，首先是因为人们对这些法律和政策漠不关心，其次是白人们害怕自己的利益受到损害。但是小说中没有任何人指出陪审团中没有黑人这样更加本质的问题，这就是说，哪怕是南方具有自由主义思想的白人，也支持"黑人没有资格进入陪审团"这样的观点。

与汤姆案的陪审团一样，斯考茨伯罗案一审时的全白人陪审团充分显示了"内心秘密法庭"的偏执。他们不顾检方要求，不顾最小被告只有12岁的事实，不顾围绕案件的种种矛盾和疑点，毫不犹豫地判处了所有被告死刑。这不免让人产生一种冲动，想跟着杰姆一起振臂高呼："我们应该废除陪审团。"（李，2012：270）就连在小说中代表理性的阿蒂克斯也认为"修改法律，只让法官拥有死刑判决权"（李，2012：270）或许是更好的办法。阿蒂克斯之所以这样说，是因为小说中的法官泰勒也代表了理性和公正。正是因为预见到为黑人强奸犯辩护的巨大难度，泰勒才指定既理性沉稳又在梅科姆镇广受尊重的阿蒂克斯为汤姆做辩护律师，这是他为了让汤姆得到公平审判而做的努力，但是他还是无法左右陪审团的意见。

这件事证明,即使有正直的法官或律师,制度内的私刑审判也依然无法改变。斯考茨伯罗案中也有这样一位正直勇敢的法官,那就是霍顿法官。他虽然是个南方的保守主义者,但在认真审查了案件相关证据,仔细听取了庭审辩护后,在证据面前勇敢地站出来维护了法律的尊严,指出了证据的不足和普莱斯证词的不可靠性,使案件得以重审。但是,不幸的是,仅仅某个法官或律师个人的力量是有限的,而且主持正义必须付出代价:霍顿法官因为支持了黑人被告而在次年的选举中失去了法官席位。接替他的法官卡拉汉毫不犹豫地充当了私刑法官的角色,无条件地支持检方,竭尽一切可能的手段促使审判按希望的结果仓促结束。新的陪审团给予他充分的配合,很快给出了有罪判决。

在庭审之外,两案还有一个共同点——越狱。一旦通过正常的法律程序无法获得公正对待,被告就会对整个体制失望,从而采取极端行为。然而,这种极端行为往往导致被告再次获罪,而且经常伴随着受伤或者死亡。在斯考茨伯罗案中,欧茨·鲍威尔因在押运途中试图逃跑而被子弹击中头部;海伍德·佩特逊曾多次试图越狱,并于1948年成功逃脱,但是很快于1950年再次被捕。在《反舌鸟》中,汤姆在试图越狱时被击毙。虽然阿蒂克斯在法庭判决后提醒过汤姆可以上诉,但是身处种族隔离制度下的黑人汤姆早已对白人的司法体系不抱任何希望。他铤而走险的行为在小说中被小镇上的白人理解为咎由自取:"对于梅科姆人来说,汤姆的死很典型——典型的黑鬼逃窜,典型的头脑不清,没有计划,不管将来,一有机会就瞎跑。好笑的是,阿蒂克斯·芬奇原本是很有可能把他弄出狱的。"(李,2012:293)然而,斯考茨伯罗案与历史上无数类似案件告诉我们,汤姆根本没有机会得到公正对待,他只能为命运一搏,或者死在死刑房,或者侥幸逃脱。"斯考茨伯罗男孩"虽然经过多次上诉,最终摆脱了死刑,但是他们年轻的生命早已被多年的牢狱生活折磨得失去了生机。2013年的无罪赦免来得太晚,而美国始终欠他们一场公正的审判。

4.《反舌鸟》的历史局限性

《反舌鸟》不是一部政治小说,也不是一部历史小说。小说中有种族问题,但是没有黑人起来反抗;有阶级问题,但是没有阶级斗争;有司法公正问题,但是没有人质疑立法和司法程序本身的问题。

阿蒂克斯在法庭上这样说:

可是，在这个国家里，有一种方式能够让一切人生来平等——有一种社会机构可以让乞丐和洛克菲勒平等，让蠢人和爱因斯坦平等，让无知的人和任何大学的校长平等。这种机构，先生们，就是法庭。它可以是美国联邦最高法庭，可以是最基层的地方治安法庭，也可以是你们现在供职的贵法庭。就像任何社会机构一样，我们的法庭也有它的缺陷，但在这个国家中，我们的法庭是最伟大的平等主义者。在我们的法庭中，一切人都是生来平等的。（李，2012：251）

这样激情的演说让人感动，但是稍有理智和历史知识的人在阅读时都难免感到一种辛辣的讽刺。这个大声宣扬"在我们的法庭中，一切人都是生来平等的"的阿蒂克斯，并不认为黑人可以平等地坐进陪审团，也不认为女人可以坐进陪审团，他甚至暗示，如果可以"修改法律，只让法官拥有死刑判决权"（李，2012：270），汤姆将会避免被判死刑的命运。这种想法，在一定程度上将种族和法律问题简化为个人修养问题，脱离了汤姆事件的历史和种族背景和美国南方的政治语境。斯考茨伯罗案中霍顿法官的经历，有力地证明了这种认识的荒谬。在黑人被剥夺选举权的前提下，同情黑人的人根本当不了法官。而白人种族主义者卡拉汉法官显然不会给黑人被告任何机会。

虽然小说成功地将阿蒂克斯塑造成了英雄，但是反观其言行以及当时南方的种族关系，越来越多的研究者开始清晰地认识到这个英雄人物的局限性（Freedman，1994：480；Phelps，2002：943；Dare，2001：138）。首先，他代表了南方白人统治阶级，在他居高临下的俯视中，黑人就像小孩子或小动物一样，需要保护。"反舌鸟"这个象征的用法恰恰说明了这一点。反舌鸟只唱歌给人们听，对人不构成伤害，因而要受到保护。黑人要想得到白人的保护，他必须像反舌鸟一样，服务于白人且对白人不构成任何威胁。小说中的汤姆·鲁宾逊就是这样一个黑人，乖乖地给白人雇主干活，听话，不伤害任何人。因而，他得到了阿蒂克斯的保护。

但是，在处于白人社会最底层的尤厄尔的眼中，这个胆敢进入白人家中的黑人，这个通过自己辛勤劳动获得了一定认可的黑人显然是一种潜在的威胁。如果享受特权是白人要维持的现状，那么黑人要求平权本身就是对白人的威胁和伤害。所以,作为白人特权阶层的一员,阿蒂克斯并不真正想要种族平等。其次,作为律师和当地的立法人员,阿蒂克斯一定非常明白南方各州的吉姆·克劳法的荒谬性。从他对待黑人女仆卡波妮的态度上,读者可以清楚地知道,他并不认为黑人和白人必须隔离开。当妹妹亚历山德拉要赶卡波妮离开时,他这样说:"……除非卡波妮自己想走,否则她不会离开这个家。你可以不这么认为,但我这些年如果没有她,日子就没法过。她是这个家庭忠实的一员,而你只能接受这个现实。"(李,2012:167)但是,无论在法庭上,还是在日常交谈中,他从来没有对种族隔离的法律本身是否公正提出过质疑。

正如特丽莎·菲尔普斯所言:"作为从业律师,阿蒂克斯或许已经尽力了,但是作为立法者,他做的还远远不够。"(Phelps,2002:943)再次,在对待怪人拉德利过失杀人的法律问题上,虽然经过了激烈的思想斗争,他仍然同意了警长泰特的做法——不起诉,不审判,将一桩刑事案件化解为事故,以恶人罪有应得的道德审判代替了法律审判,保护了怪人拉德利,保护了自己的孩子,但是违背了律师的职业操守。这充分说明,阿蒂克斯内心深处也有一个秘密法庭,在那里,种族特权以及自身利益等影响了法律天平的倾斜方向。

小说《反舌鸟》中的汤姆被塑造成了一个勤劳、善良、彬彬有礼的形象,安于自己卑微的地位,从来不敢对白人有任何的冒犯。他的名字让人联想到斯托夫人《汤姆叔叔的小屋》中那个驯服的类型化的黑人形象。他安分守己,唯一一次受到治安处罚也是出于自卫。同时,他的左手因为被卷入轧花机而残疾,成为他无罪的有力证据。"斯考茨伯罗男孩"中也有两名被告因疾病原因身体非常虚弱,和汤姆一样,根本不具备实施犯罪的身体条件。但是陪审团对这样的铁证视而不见。然而,与汤姆相比,"斯考茨伯罗男孩"得到了更多社会支持。在小说中,小镇上的黑人们都和汤姆一样逆来顺受,除了指望有点自由派思想的有良心的白人律师阿蒂克斯,他们自己什么都没有做。与之相比,"斯考茨伯罗男孩"并不那么消极被动。他们不仅得到了黑人激进组织和美国共产党的帮助,他们的家人和朋友也积极投入战斗,为拯救自己的孩子而奔走呼号。

美国共产党的刊物不断发表相关报道和评论为该案进行舆论宣传。律师威廉·L. 佩特逊(William L. Patterson)在成为国际劳工保护会的领袖后,发表了题为《私刑法官开庭记》（"Judge Lynch Goes to Court"）的文章，主张对该案件从阶级斗争的角度进行阐释（Patterson，1931：84）；美国黑人共产党员B. D. 艾米斯（B. D. Amis）发表题为《他们罪不至死》（"They Shall Not Die"）的文章。从此，"他们罪不至死"成为美国共产党拯救"斯考茨伯罗男孩"运动的口号。1931 年 4 月 25 日，纽约的哈莱姆举行了第一场大游行；佩特逊的母亲珍妮·佩特逊（Janie Patterson）也来到纽约，在公众集会上发表抗议演说；紧接着在哈莱姆和查大奴加，各种集会和抗议活动吸引了众多激进组织参加。6 月 27 日，5,000 多人参加了在哈莱姆举行的斯考茨伯罗示威游行（Howard，2007：10）。除了在国内积极组织各种抗议活动，美国共产党还得到了国际共产主义者的支持。7 月 3 日，艾达·莱特（Ada Wright）（莱特兄弟的母亲）在柏林请求 15 万德国工人加入拯救自己的儿子和其他该事件受害者的活动中（Howard，2007：11）。"斯考茨伯罗男孩"的命运虽然暂时掌握在南方白人手里，但是他们自己以及他们的家人和其他支持者不愿听天由命，从来没有放弃战斗。在来自全国，甚至全世界的进步人士的帮助下，他们一次次地赢得了重审的机会。这不仅让"斯考茨伯罗男孩"看到了生的希望，也让更多受压迫和歧视的黑人看到了改变命运的希望。

但是小说《反舌鸟》对这些激进的社会力量只字未提，只是着力塑造了一个宽容、理性的白人律师和一个对白人俯首帖耳的黑人形象，个中原因耐人寻味。首先，哈珀·李在创作这部小说时，麦卡锡主义所造成的"红色恐惧"余波未平，在全美反共的大潮中，显然避免提及任何一种激进的社会组织是明智之举。其次，作者创作《反舌鸟》的初衷是唤醒沉睡的南方，让白人自己睁开双眼，开始改变，而不是呼唤黑人起来斗争。"对李来说，'变化中的白人价值观'是一面希望的旗帜——一种解决美国难题的方法——一种把南方从死气沉沉的传统中解放出来的途径，这种传统不仅禁锢了南方的发展，甚至影响了整个国家的进步"（Woodard，2008：150）。她站在白人的立场审视自己的家乡，她把自己的父亲想象成一个敢于对抗愚昧和偏执的南方绅士，而不是激进的社会活动家。她的创作目的是描写南方小镇的风土人情，以真实的人物和细腻的情感来打动读者，而激进的组织和政治力量或许会伤害到南方读者的情感。另一方面，她所生活的南方，是白人至上的南方，她所认识的黑人，是低下的仆人和工人。她对黑人的了解,本身就很有限。正如小说中的斯库特,最终也没有机会到卡波妮的家里去看看。对于黑人来说,哈珀·李是局外人,说着不同的语言,在不同的教堂做礼拜,享受不同的权利。

无论小说作者意愿如何,《反舌鸟》毕竟出版于民权运动风起云涌的时代,而作者的家乡,也就是小说的背景地亚拉巴马州,则正是这场空前运动的发源地。1955 年,罗莎·帕克斯(Rosa Parks,1913 - 2005)因在公交车上拒绝给白人让座而被捕,引发了长达一年多的蒙哥马利"抵制公交车运动"(Bus Boycott);1956 年,在哈珀·李的母校,黑人女生奥瑟琳·路西(Autherine Lucy)成为亚拉巴马大学的第一位黑人学生。因而,小说面市后,读者和研究者关注的重点落在种族和法律这些政治问题上具有其必然性。随着读者对种族问题认识的改变,对小说的阐释和评价也越来越深入和多元化。虽然小说无法摆脱其历史和意识形态的局限性,它的生命力却丝毫不受影响:青少年读者关注的是冒险和成长;成年读者关注的是人性的复杂;白人读者崇拜英雄绅士阿蒂克斯;黑人读者同情受苦受难的汤姆;当年的读者痴迷于耐人寻味的故事;当今的读者感慨于故事背后难以接受的真相。一部文学经典在给人艺术享受的同时,还给人无限思考的空间。

5.《反舌鸟》的多元意义与价值

伊格尔顿认为一部文学作品的文学性[①]可以从其"虚构性因素,道德性因素,语言性因素,非实效性因素和规定性因素"几个方面来分析,但是这几个因素的地位和作用会因文学作品本身的特点以及批评视角的不同而不同。一部作品可能因为其中某一个或某几个因素而被列入文学的范畴。伊格尔顿强调,文学的道德性因素指意义与价值体系而非关于责任和义务的说教,规定性因素则与文学作品的经典建构息息相关(Eagleton,2012:25;59;87 - 90)。文学的道德性因素在《反舌鸟》中表现最为突出。《反舌鸟》揭示了这样的普世价值:一是我们对他者的认识和接受是一个艰难的过程;二是法律与公平会

---

① "文学性"这一术语的界定颇具争议,这里的"文学性"指文学作品之所以被列入文学范畴所表现出的特性,属于狭义的文学性。在《文学事件》(*The Event of Literature*,2012)一书中,伊格尔顿对文学性进行的思辨还涵盖了文学的历史、文化、意识形态等维度。关于"文学性"作为文学理论术语的历史沿革和理论争端,参见余虹、姚文放、张汉良等的相关论述。

因为人与人之间的权力和等级关系变得复杂纠结(Johnson，1994：1-4)。

另一方面，小说对共情的渲染也是它的生命力所在(Keen，2007：146)。《反舌鸟》曾经因其突出的教化功能遭到批评界冷遇，但近年来批评家通过对《反舌鸟》的历史和文化解读，发现《反舌鸟》的文学性是多方面、多层次的。正如童庆炳指出的，在文学建构过程中，"意识形态和文化权力变动"与"文学理论和批评的价值取向"两个外部因素会对"文学作品的艺术价值"与"文学作品的可阐释空间"两个内部因素产生影响，"从而揭示出作品所隐藏的未经发现的新的意味和新的景观"(童庆炳，2005：72-74)。20 世纪 80 年代后的新的批评理论，如新历史主义，开发了《反舌鸟》的巨大阐释空间，而多种批判视角和实践则又进一步巩固了小说的文学经典地位。在文学批评向历史、政治转向的大气候中，批评家们更多关注文学生成的历史语境和文学生产的意识形态问题，通过艺术化再现的故事发掘文本背后的种族、政治及文化关系。

伊利斯·哈朋认为《反舌鸟》中的"强奸"案件是法律和特权阶层对黑人和女性进行镇压与统治的交汇点。哈朋通过将细致的文本分析和社会文化背景紧密结合的解读，阐述了《反舌鸟》是如何揭露文化和法律规范对个人的影响和控制的：

> 《反舌鸟》所刻画的种族不平等年代一直令法律界非常不安和伤感。黑人的不公正待遇体现在选举权的被剥夺；经常性的法内或法外的私刑及其他确保黑人从属地位的极端暴力手段等。在制度性全面剥夺黑人种族人权的过程中，法律则起到了推波助澜的作用……哈珀·李深知种族、性别和性之间的相互关联……揭示了三者之间相辅相成的关系以及它们与文化规范和法律条例之间的作用与反作用。(Halpern，2009：787)

哈朋的研究与弗雷德里克·詹姆逊(Fredric Jameson)提出的"政治无意识"相契合，即通过对文学文本表层结构和语言符号的分析，透视到文本的深层结构，寻找文本产生时的意识形态因素，并探究这些因素在文本中的表现形式和作用(Jameson，1983：34-5；61-62；134)。格雷戈里·杰伊用类似的研究方法探讨了《反舌鸟》文内文外自相矛盾的尴尬处境：在教育方面，中学课堂教学显然有助于保证《反舌鸟》的稳定销量和文学史地位,但是也"将小说平面化,简单化……"(Jay,2015:9);在主题方面,小说"在为美国人民制造了自由主义的幻象的同时又剖析了这种自由主义的失败……"(Jay,2015:21);在性别方面,斯库特虽然明确对抗异性恋框架结构下的性别制度,却无法摆脱异性恋的权力体系,所以斯库特的自由无法跳出南方小镇文化的局限,因而作者把闭锁生活带给她的"羞耻、孤独和屈辱投射到梅耶拉和布的身上"(Jay,2015:33)。

霍里·布莱克福德强调了作品表层叙事的欺骗性,认为无论是作者还是小说中的人物都有不为人知的一面,尽管主体对这些隐藏的意识和文化冲突可能并不了解:"无论作者或者普通读者是否能够注意到,一部小说总会映射出文化冲突"(Blackford,2011:2),而新的意义和价值的产生则离不开文学批评家对作品表层叙事背后所隐藏或蕴涵的文化冲突的探究。

虽然《反舌鸟》包含不少"令人困惑的话语",但是批评家不应该为了意义的统一性而压抑那些声音,相反应该积极地寻找那些"未尽之辞",才有可能知道"反舌鸟是否真正向我们揭示了关于历史、他者以及我们自己的秘密"(Murray,2010:89)。在新的文学批评理论指导下,《反舌鸟》的阐释空间不断扩展,新的意义和价值不断生成,虚构与真实间的边界日渐模糊,这些都进一步证明了《反舌鸟》的文学性是内在的和多元的。一部好的文学作品既能因其特殊性而吸引读者注意,又通过这种特殊性揭示出跨越时代和地域的普遍性。《反舌鸟》正是这样一部作品,作者通过一个具体而细腻的小故事揭示出看似只有美国南方才有的问题,但是作品中提出的性别、教育、种族、法律等问题显然具有相当的普遍性。追根溯源,这些问题都与自我和他者的关系有关,都与人类自身如何认识自己和自己所处的世界这样的宏大命题有关。

《反舌鸟》的畅销和批评史折射出美国历史上种族问题的跌宕起伏。小说对"黑人强奸犯迷思"的解构,在一定程度上冲击到美国白人,特别是南方白人社会深层的意识形态根基。然而,小说作者显然无法摆脱这种意识形态的控制,也无意摧毁这种意识形态,因为她是这种意识形态的受益者。正如帕特里克·豪根所言:"受某种意识形态控制的群体之所以接受这种意识形态,最最显而易见的原因是:它维持了社会控制的基本模式。在这种模式下,这些群体虽然受到控制，但是他们也对他人实施控制。"（Hogen，1990：140）《反舌鸟》在美国主流社会广受欢迎，很大程度上源于阿蒂克斯形象的成功塑造。无论是从家庭环境、工作性质还是从政治权力、文学市场的视角审视这一成功，都不难发现意识形态作用于文本的种种痕迹。而广为流传的文学文本则为研究文本产生时的意识形态结构提供了细致而生动的资料和依据。

三、艾伦·费尔德曼与《斯考茨伯罗》

艾伦·费尔德曼是美国当代小说家和社会历史学家。她生于新泽西北部，就读于布莱恩茅尔学院，获得现代历史学士和硕士学位，后又曾在哥伦比亚大学进修研究生课程，于 2009 年获得古根海姆学者奖。她于 1977 年开始发表作品，早年曾用笔名阿曼达·罗素（Amanda Russell）和伊丽莎白·威乐斯（Elizabeth Villars）发表过小说。她近期的主要作品有《寻爱》（*Looking for Love*，1990）、《露西》（*Lucy*，2003）、《斯考茨伯罗》、《无知无觉》（*The Unwitting*，2014）、《与爱为邻》（*Next to Love*，2011）和《糟糕的美德》（*Terrible Virtue*，2016）。《寻爱》主要关注的是女性如何在事业和家庭之间寻找平衡的问题；《露西》讲述了富兰克林·罗斯福与露西·墨瑟尔的婚外恋情；《斯考茨伯罗》重新回顾了美国司法史上臭名昭著的"斯考茨伯罗案"；《无知无觉》以冷战为历史背景，再次审视婚姻、爱以及背叛等问题；《与爱为邻》以二战为背景，讲述三位年轻女性的成长史；《糟糕的美德》以倡导避孕和节育的女权主义先行者玛格丽特·桑格尔（Margaret Sanger）为原型，讲述了为了女性的权利和自由而勇敢斗争的女勇士的故事。

费尔德曼在大学里主修的是历史，她的小说作品通常以历史上真实的事件和人物为原型，但是她在重述这些历史故事的时候，融入了非常强烈的女性主义色彩。她通常选择一个女性的视角来重新审视历史事件，让历史呈现在读者面前时，不仅仅是"他"的故事，同时也是"她"的故事。《斯考茨伯罗》就是费尔德曼这类小说中代表性的作品。小说以女性的视角重新讲述了"斯考茨伯罗案"，将该案件所反映的美国历史上的种族歧视和司法公正等问题与性别、阶级以及国际视野相结合，为历史事件的解读打开了另一扇窗。《斯考茨伯罗》进入了 2009 年"奥兰治"小说奖的短名单。

小说的主要叙事者，记者爱丽丝·惠迪艾是作者费尔德曼虚构的人物。她出身于北方地位显赫的家庭，父亲为受人尊敬的医生，母亲则是社会活动家，积极参与女性平权运动。这样的家庭背景赋予了爱丽丝独立、激进的个性特征。小说的主体是由爱丽丝对当年案件采访过程的回忆构成的，除了讲述与案件相关的故事之外，爱丽丝的家庭、情感和工作经历占据了小说近一半的篇幅。爱丽丝富足而自由的生活，与"斯考茨伯罗案"的原告之一——露比·贝茨贫穷、困窘的生活形成鲜明对比。露比·贝茨是小说的另一个叙事者，她的声音与爱丽丝的声音形成互补，或为爱丽丝叙事中未知部分进行补充说明，或从露比的视角重新讲述爱丽丝已经讲述过的同一事件，从而帮助读者从另一个视角了解故事的全貌。

小说分为三个部分，第一部分讲述了"斯考茨伯罗案"第一次庭审前后的发生的事件，包括两个原告露比·贝茨和维多利亚·普莱斯的行踪以及媒体对案件和判决的反应；第二部分描述了第二次庭审前，国际劳工保护会如何将露比带到北方在女记者爱丽丝家里暂住以及第二次庭审的过程；第三部分交代了第二次庭审之后与案件相关的主要人物的命运，包括"斯考茨伯罗男孩"、为他们辩护的律师以及原告露比·贝茨和维多利亚·普莱斯等在案件引发的热点冷却后各自的发展和归宿。小说结尾一章将时间定格在 1976 年。这一年，露比和维多利亚以名誉侵权等罪名向"美国全国广播公司"（NBC）起诉索赔上百万元，起因是 NBC 制作并播放了一部名为《霍顿法官和"斯考茨伯罗男孩"》（*Judge Horton and the Scottsboro Boys*）的纪录片，但以两人败诉告终，数月后露比·贝茨去世。同年，"斯考茨伯罗男孩"中最年轻的，也是唯一还活着的一位，克莱伦斯·诺里斯获得亚拉巴马州州长乔治·华莱士（George Wallace）的赦免。

《斯考茨伯罗》以其特有的想象力对历史事件和历史人物进行了重构，给读者耳目一新的感觉。"费尔德曼以档案资料、法庭记录以及第一人称叙事为基础创作的小说却以其丰富的想象力获得巨大成功，小说重新点燃了戏剧冲突……"（Feldman，2008：扉页）。小说虽然题名为《斯考茨伯罗》，但是其内容涉及"斯考茨伯罗案"或者"斯考茨伯罗男孩"本身的篇幅并不多，作者将更多的笔墨用于描述爱丽丝的生活和工作轨迹。爱丽丝这个名字，让人联想到《爱丽丝漫游奇境记》中的小姑娘。小说中的女记者，生于富足的北方，受过高等教育，满脑子激进的自由主义思想，在亚拉巴马州的所见所闻，犹如掉进了兔子洞的小姑娘所看到的一般，奇幻、恐怖、没有逻辑，在一定程度上颠覆和重塑了她的人生观。在爱丽丝接触的女性中，有国母罗斯福夫人，有穷白人露比和维多利亚，也有黑人被告海伍德·佩特逊的母亲。作者以"斯考茨伯罗案"的发展为线索，通过爱丽丝的经历把处于不同地域、不同阶层的女性联系起来，把小说《斯考茨伯罗》写成了一部 20 世纪 30 年代的美国女性断代史。

1. 案件的重构：露比·贝茨的故事

小说《斯考茨伯罗》以"序曲"开篇，题引来自海伍德·佩特逊自传的一句话"白人的一只脚踩在我这个黑人的手上……'斯考茨伯罗案'就是这样开始的"然而，"序曲"并没有从佩特逊的视角讲述核心事件，而是让露比·贝茨开口叙述故事的另一面：

> 那天下午我很开心。开心对我来说可不是天天都有的事儿。有人说我根本不配开心，我觉得也是，因为在做个好姑娘和玩儿得开心之间选择的话，我不能选开心。但是那天我坐在货运火车车厢里，在火车轰隆轰隆的声音中，绿色的薄雾般的山核桃树和枫香树一闪而过，太阳一点点落下，维多利亚坐在我身边，我觉得真开心。(Feldman, 2008：11)

在"斯考茨伯罗案"相关记载中，无论是当时的新闻报道、法律文献，还是佩特逊和诺里斯的自传，呈现在读者面前的露比·贝茨都是贫穷的、没有文化的、没有道德底线的、出尔反尔的白人垃圾（white trash）形象。无论当时还是现在，大多数读者在读到案件报道和审理的过程时，除了感慨司法不公，还会对无端指控 9 名黑人男孩的露比·贝茨和维多利亚·普莱斯产生厌恶，甚至怨恨之情，毕竟是她们的谎言把 9 个无辜的男孩推入了地狱般的深渊；但是，这两个白人女子为何会出现在货运火车上？为何会诬告？她们的生活和情感在"斯考茨伯罗"事件前后又经历了怎样的变化？这些问题似乎并未受到过足够的关注。诚然，种族问题是"斯考茨伯罗案"的焦点，司法公正问题是无可置疑的核心问题；但是，毕竟种族歧视涉及黑人和白人两个种族，强奸案也必然关系到原告方与被告方两方面。费尔德曼选择从白人女性的视角来重新审视这段美国历史上不光彩的事件,不仅帮助读者从另一个侧面了解历史事件,更重要的是,她将读者的注意力转移到了当年(甚至现在依然)被忽略的一方——处于美国南方社会底层的穷白人女性。作者让露比开口说话,讲述自己的故事。读者可以清晰地认识到,虽然露比·贝茨说自己会选择做个好姑娘,但是,在当时的社会环境下,她几乎没有选择。

在 20 世纪 30 年代,露比这样的贫苦女性生活毫无保障。在经济大萧条的打击下,她们靠出卖廉价的劳动力生存,但是即便如此,做纺织女工和洗衣工也很难维持生计。露比与年老体衰的母亲生活在一起,父亲除了把母亲辛辛苦苦攒下来的积蓄一次次骗走,没有给这个家做过什么贡献。露比在棉纺厂和维多利亚结下了友谊,这种友谊基于年长露比几岁且生活阅历比较丰富的维多利亚对露比的照顾。所以,后来的诬告以及庭审证词,露比都是按照维多利亚的安排行事。

在露比的眼中,案件可以简单还原如下:她和维多利亚迫于生计,到处流浪,寻找工作机会。她们偷偷坐上火车,目睹了一场白人和黑人之间的斗殴。其中一个白人露比认识,是自称"流浪诗人"的卡罗来那·斯利姆(Carolina Slim),他的本名是奥威尔·吉利(Orville Gilley)。他的脚踩到了一个黑人男孩的手,第一次露比以为是无意的,被踩的黑人也没说话。但是当卡罗来那第二次踩到黑人青年时,她明白这是故意挑衅。被踩的黑人青年只是说:"跟我说你要过去,我会让路的。"但是卡罗来那·斯利姆开始大骂"黑鬼",还说"这是白人的火车"(Feldman,2008:13)。之后,一场混战开始。混战结束时,她看到白人青年或被扔下火车,或自己跳车逃走,只剩下瘦弱的卡罗来那·斯利姆,黑人青年本打算把他扔下车,但是这时火车已经开始加速前进,如果把他扔下去,他很可能会因此丧命。露比看到有两个黑人青年上前把他拉了上来,其中一个就是那个手被踩过两次的黑人,她想:"如果我是那个黑鬼,我宁可让他们把奥威尔扔下去,管他火车开得多快。"(Feldman,2008:15)

火车到达斯考茨伯罗时,纠察队来抓人,维多利亚和露比被发现。当维多利亚信口说出自己被强奸的话时,露比感到无比震惊。"我还是不能相信自己的耳朵。维多利亚知道。她和我一样清楚,可能比我更清楚,这么说会是什么后果。"（Feldman，2008：20）这时，维多利亚对她耳语："你就按我说的那样说。"（Feldman，2008：20）露比内心开始了激烈的斗争："我要是按维多利亚的说法去说的话，那些男孩就死定了。或许是现在，或许是几个星期后，或许是在树上吊死，或许是坐电椅，不管怎样，他们都是死定了。"（Feldman，2008：20）但是，在纠察队员的逼问下，露比还是选择了可以保全自己的谎言："要么是我和维多利亚因为和家庭以外的男人一起乘火车跨越州际线而被捕入狱，要么是那帮黑鬼被捕入狱，我看这没什么可比性。"（Feldman，2008：20）露比这种通过对比自己的利益和他人的利益而做出决定的思维模式贯穿了整部小说。小说用了很多笔墨描写露比的内心斗争，以及包括爱丽丝在内的社会力量如何劝她从善，为了拯救黑人男孩的命运而说出实情。但是，露比的注意力从来都不在那些被诬告的男孩身上，而是在于自己的切身利益。

第一次出庭后，露比为了向朋友斯特里曼证明自己的清白，给他写了封信，解释自己并没有被强奸。这封信落在警察手里，露比被迫签署声明，说自己写信时处于醉酒状态，所以并不可信。这件事情被媒体曝光，维多利亚和露比断交。露比后来随国际劳工保护会的人来到纽约，直到第二次庭审。但是，因为露比有受贿之嫌，她的证词未能在庭审中起到预期的作用。之后，露比就随着国际劳工保护会到处演说，为"斯考茨伯罗男孩"争取社会支持。多年以后的1976年，露比和维多利亚因为美国全国广播公司的一部题为《霍顿法官和斯考茨伯罗男孩》的纪录片而起诉NBC名誉侵权，索赔上百万美元，这时，为了钱，她再次翻供，说当年确实被强奸了。

2. "反流浪法"与道德

在露比的叙述中，当她和维多利亚被纠察队发现时，她最担心的是因为"流浪罪"而被捕入狱。这种担心也成了她们选择诬告以转移警方注意力的一个主要原因。关于"流浪罪"，大多数中国读者在欧·亨利的短篇小说《警察与赞美诗》中有所接触：一个人可以因为在街上无所事事而被捕。民权运动的领袖马丁·路德·金也曾因"流浪罪"被捕入狱过。这听起来很荒谬的定罪方式，其实有着很深的历史渊源，而"反流浪法"一直以来是美国维持社会秩序和阶级统治的有力武器。1962年的《美国模范刑法典》（*The Model Penal Code*）中还明文规定了"游手好闲罪"（Loitering Offense）。但也就是在20世纪 60 年代,法律界开始广泛质疑"反流浪法"的本质,声称其违背《宪法》所赋予的基本人权。1972 年,最高法院判定以"流浪""游手好闲""可疑"等理由做有罪判定的法律不符合宪法(Goluboff,2016:4)。"反流浪法"惩罚的不是犯罪行为,而是某种身份以及这种身份所伴随的犯罪倾向。也就是说,"反流浪法"本质上是一种带有明显歧视的法律,警察是否会盘查街头的流浪者通常与阶级、种族、性别等特定身份有关。

基于"反流浪法"的这张万能逮捕许可证,官方可以实现以下一系列令人窒息的目的:强迫当地穷人工作或者通过受苦而得到一点慈善支持;禁止穷人或可疑的陌生人进入当地;压制异己;预防犯罪;牵制少数族裔、持不同政见的捣乱分子以及不遵守规范的反叛分子。(Goluboff,2016:2-3)

"反流浪法",俗称"反穷人法",和吉姆·克劳法一样,并不是特指某一部法典或法规,其具体内容随着时间和地域的变化而变化。一般认为,早期的"反流浪法"出现在 14 世纪的英国,是统治阶级对付劳动者的武器,主要用来服务于精英阶层,以保证他们的特权。"反流浪法"对流浪者的定义不断变化,有时指失业的工人,有时包括各种不受特权阶层欢迎的人,如娼妓、乞丐、街头艺人等(Chambliss,1964:77)。威廉·查姆波利斯从阶级关系和经济结构上分析,认为"反流浪法"内容上的变化取决于统治阶级的变化。在封建社会,"反流浪法"主要是为了把农奴圈定在土地上;而到了资本主义社会,"反流浪法"则主要针对小偷和公路劫匪,其主要目的是保护私有财产(Chambliss,1964:75-77)。

美国立法沿袭了英国立法的基本原则,在"反流浪法"方面,不断根据统治者的需要改变其条款,并在执法过程中具有极大的随意性。美国的各种"反流浪法规"将贫民、逃跑奴隶、妓女和街头骗子等都列入流浪者之列。"相类似的,美国执法者们一直以来靠'反流浪法'来逮捕乞丐、废奴主义者、同性恋者、调戏妇女者。"(Adler,1989:209)杰弗里·阿德勒的研究还发现,"反流浪法"的演变不仅仅反映了阶级和经济关系,还与社会文化因素有关,这在维护旧的道德体制和规范方面尤为突出。"殖民地时期的美国刑法研究表明'反流浪法'是社群居民用来驱除道德威胁的一种机制。"(Adler,1989:214)到了工业社会,美国"反流浪法"的重要性更加凸显,而其对"流浪"的定义也更加宽泛,以至于"执法者几乎可以逮捕任何威胁社会秩序的人"(Adler,1989:215)。因此,执法对象不仅是流浪汉、小偷、骗子之类,还包括罢工工人、社会运动领导人,有时甚至包括流动小商贩等。"19世纪末和20世纪初,美国'反流浪法'通常致力于把穷人分为'值得尊敬的'和'不值得尊敬的'两种。"(Adler,1989:216)这种区分主要是为了能够更好地分配有限的慈善基金,让那些"值得"帮助的穷人得到帮助。

在美国南方,"反流浪法"主要用来限制黑人和穷白人的流动。"1903年,亚拉巴马州的'反流浪法'更加严苛,罚金从10~50美元增至500美元,并处最多6个月的劳役,还要求警察向检察官汇报潜在的流浪者,以便集中处置。"(Adrian,2008.6.30)维多利亚和露比这样的穷白人女性为了能够得到一些微薄的慈善支持,必须假装自己是贞洁淑女,否则生活会更加艰难。露比的这番话进一步解释了对她来说,讲出实情有多么困难:

> 你根本就不知道我怕什么！你,还有那些从伯明翰、从纽约来的那些男人。他们一个个名字都很奇怪,喜欢信口开河。和你一样。说实话吧,露比。在这张纸上签名,露比。你可以信赖我们,露比。你知道我照做的话会怎样吗？不等你们看见火车站的影儿,警长就会判我90天监禁,工厂也都不会要我,连妈也一样,教堂和红十字会的太太们也会说我们无权接受慈善帮助。你要是觉得这没什么可怕的,你笨到家了,比毁掉那双漂亮鞋子还要笨。你把鞋毁了,你把我也毁了,总是说什么说实话、说实话。你和那些强奸我的男孩一样毁了我,不,你比他们还差劲,他们毁了我,他们得受死。而你,却活得好好的,一个白人,21岁,自由地到处闲逛。（李,2012:135）

在美国南方,除了帮助特权阶层从经济和政治等方面排除异己、维护特权,"反流浪法"还有一个维护南方社会道德规范的作用,"19世纪针对女性的反流浪规定不仅限于妓女,而是从限制女性的性行为扩展到了她们对公共场合的使用"(Goluboff,2016:150)。也就是说,"反流浪法"有效地限制了女性的自由,因为独自出现在公共场合的女性有违背"女德"之嫌。丽莎·格鲁伯夫列举了几种常见的将女性以"流浪罪"定罪的案件类型:没有进行交易的妓女会被定罪;因为某种不检点行为会被定罪;和不是自己丈夫的男性一起游荡会被定罪。这些案例中定罪的理由都和"贞洁"有关,只要女性名声不好,够不上"贞洁淑女"的标准就可以被定"流浪罪"。(Goluboff,2016:151)可以说,对于女性而言,只要只身出现在公共场合,就有因"流浪罪"被捕的可能性。那些地位高高在上的大家族里,女性有条件待在家里,享受悠闲的生活,但是穷白人女性为了生存必须抛头露面,寻找工作机会。而维多利亚已经因为通奸罪坐过牢,因此,为了自己的自由,她决定诬告那些素昧平生的黑人青年。

3. 他者的困境

小说《斯考茨伯罗》让人感觉耳目一新之处是其女性视角,故事由两个女性讲述,一个是历史人物,露比·贝茨;另一个是虚构的人物,爱丽丝·惠迪艾。因此,这部看似讲述种族歧视案件的小说本质上是关于女性的。而女性在男权话语体系中,一直以来都被视为"他者"。上节提到的"反流浪法",非常重要的一个作用就是限制女性的自由,从身体的自由、活动的自由到思想的自由,以便将女性纳入南方文化严苛的道德体系。诚然,"斯考茨伯罗案"凸显的是针对黑人这一他者群体的司法不公,小说作品同时也通过爱丽丝的讲述,尽现了南方白人的种族歧视思想和行为,但是这部小说中更突出的他者是女性,而且是白人女性。小说的两个主要人物,一个来自南方社会底层,一个来自北方精英阶层;一个处于赤贫生活中为了基本生存而挣扎,一个拥有自己的信托基金为了远大理想而奋斗;一个没有受过正规教育,对"公平""正义"等华丽辞藻毫无概念,一个受过高等教育,致力于拯救生命和改善社会。这两个来自不同世界的女性表面看来几乎没有什么共同点,但是,她们都是主流社会的他者。

正如"斯考茨伯罗案"中9位黑人被告直至生命尽头也没有得到他们应得的公平和正义,这两名女性所代表的群体也没有彻底摆脱他者的地位。而且,这两名女性各自视对方为他者,这在一定意义上揭示了他者关系的本质。"与他者的关系并不是一种团体的田园牧歌式的和谐关系,也不是通过设身处地的共感，我们意识到他者与我们相像，但是外在于我们，与他者的关系是一种与一个神秘者(un Mystère)的关系。"(列维纳斯，2018：246)露比与爱丽丝的关系非常恰当地诠释了这种自我与神秘者的关系。露比在竭力维护旧秩序的南方，是他者；在同情黑人不公遭遇的北方，是他者；在爱丽丝充满同情的拯救下，也是他者。她的贫穷，她的自私，她的出尔反尔都将她死死地钉在了他者的十字架上。但是，在露比眼中，爱丽丝也是他者。

爱丽丝第一次造访露比时，露比首先注意到的是爱丽丝"好像钢琴的琴键"(Feldman，2008：70)一般洁白整齐的牙齿和她简洁优雅的裙子和鞋子。在露比的眼中，爱丽丝首先不是同自己一样的人，而是一种物化的存在。于她，爱丽丝周身散发着与她日常生活如此不同的神秘感，她无法理解爱丽丝如何能够忍心穿着那么漂亮的鞋子走在泥泞中，也无法理解爱丽丝如何能够对她这样低下的"白人垃圾"表示尊敬和同情。而对爱丽丝来说，天生的优越感让她把露比看作需要帮助和拯救的弱者。露比家的贫困程度固然令爱丽丝震惊，但是更令她无法理解的是露比的价值观。在爱丽丝的价值体系中，金钱并不重要，重要的是生命和正义；而露比只关心漂亮衣服和金钱。露比认为"当你没有钱的时候，所有的事儿都是钱的事儿"(Feldman，2008：316)。最终，露比的生活并未因为说出实情而发生根本性的改变；而爱丽丝也终究没能拯救露比的灵魂。爱丽丝所谈论的正义，与露比的生活相距太过遥远，两人都无法跳出自我的圈囿，因而无法跨越他者的鸿沟。

长期以来，人们在思考和建构正义理论时，所采取的基本预设是将所有人都设想为一个抽象的理性主体，所有人都是一个自足和完备的"自我"。在这个"自我"的视域中，"同"意味着我和其他主体应共同分享的事物，而"异"则是需要被关注、被同情、被改造，进而"被提升"为与"自我"相同的"主体"。因此，在这种类型的正义理论中，所有的正义都是"自我"的正义，都是诸多和我一样的"自我"的正义。(许小亮，2018：360 - 361)

如果说爱丽丝试图用她自己视域中的正义标准来改变露比，那么来自北方的律师、媒体和社会活动家也都在用他们自己视域里的正义标准来改造南方。这种自我和他者的对立关系，加剧了南方对北方他者的敌视。这可以解释在当今读者看来黑白分明的一个案件，在当时为什么得不到公正的审判。其实，对于卷入案件的所有人来说，甚至对于那些研究案件相关叙事的学者来说，案件本身并不重要，重要的是如何看待自我与他者的关系。

小说中的他者困境在爱丽丝身上得到了充分的展示。在爱丽丝眼中，南方文化整体是带着"他者"的标签的，这并非爱丽丝的个人偏见。"在我们普通人的心目中，无论是南方人还是北方人，南方是个另类的地方，与美国其他地方有着天壤之别，且自身具有非同寻常的同一性。"(Cash, 1991: xlvii)小说中的爱丽丝对南方的这种同一性体会最深的是其对他者的敌意。爱丽丝来到南方做追踪报道时，她成了南方的他者。对于南方的种族主义者来说，北方的介入本身就是对自己的挑衅，是对南方既存社会秩序的扰乱甚至颠覆。爱丽丝在采访中听到哈德斯顿法官这样说："你们这些外人是不会明白我们南方绅士如何看待黑人男性和白人女性关系这个问题的"(Feldman, 2008: 47)。她在小饭店听到有人这样说："知道怎样可以为县政府省钱吗？找一捆绳子，把黑鬼吊死，然后把共党分子犹太律师吊死，然后把共党分子犹太女记者吊死，这可比随便哪天的审判都便宜多了。"(Feldman, 2008: 197)她和同事在晚上被一群人围攻时，听到有人吼叫："从我们这里滚回去。"(Feldman, 2008: 252)这些只是在小说中反复出现的排外情绪描写的一小部分。

在南方，爱丽丝的他者身份源自地域、性别和不同政治诉求。在北方，爱丽丝也难逃"他者"的命运，主要原因是性别。爱丽丝就职于一家关注社会和政治问题的左派杂志——《新秩序》(*The New Order*)。她拒绝了另一家更有影响力的杂志而选择《新秩序》，是因为在那些传统的杂志社，女性通常只能做些与"时尚和闲话"相关的栏目的工作(Feldman, 2008: 36)。但是，即便是在政治上比较激进的《新秩序》，爱丽丝也总能感受到来自男性的轻视，甚至是侮辱。"斯考茨伯罗案"的报道中记录了露比的证词"我不知道是谁强奸了我，我只知道有人和我发生了性关系"(Feldman, 2008: 28)，这样的说法竟然成了办公室玩笑，而开玩笑的对象就是爱丽丝：

露比的证词在《新秩序》的办公室里引起哄堂大笑。总会有这个或者那个男人看见我就问："嘿，爱丽丝，昨天晚上有人和你发生性关系了吗？"

一开始，我也跟着笑。我说过，我总是假装和那些男人没有区别。(Feldman，2008：29)

作为混迹于男人主宰的职场的女性，爱丽丝只能努力掩饰自己的女性特质，希望可以通过自己能力的展示获得尊重和认可，但是无论是她的老板哈利，还是编辑兼剧作家安博，都只把她当成一个任性的漂亮女人来看待：一双纤细的美腿，一个漂亮的花瓶。这与露比眼中的爱丽丝有异曲同工之妙，或许这些男人只是比露比多了些对他者的占有欲。不仅仅在左派杂志的办公室里女性没有得到足够的尊重和重视，在左派的游行中，女性也是装饰性的："当游行的组织者认为不会出现混乱时，他们就在游行队伍的外围安排些装饰。那是些金发女郎，一边喊着口号，一边自信地阔步前进，秀发随风飘动，仿佛挥着网球拍或高尔夫球杆的感觉。"(Feldman，2008：33)这是在当时比较开放的北方，女性虽然已经走进了男性的世界，但是无论在工作中还是在社会活动中，她们都没有得到足够的重视。爱丽丝的女性意识较强，她不愿意只做花瓶和装饰。她试图挤到游行队伍的核心部分，但是被拦住了，"无声的，仿佛无意间，他们的手挽起来，肩膀靠起来，甚至连看都不看我一眼……"(Feldman，2008：33-34)。爱丽丝的他者身份使她无法进入游行队伍的核心，这又象征着她不可能进入主流男权社会的核心。

南方文化的他者性表现在其对旧秩序的固守，也表现在南方对他者的界定和排斥。但是，南方又显示出惊人的同一性，这一同一性突出显示在种族问题上，也正是这种横扫一切的种族仇恨，掩盖了南方社会在阶级和性别问题上的不公和压迫。

4. 被神化的南方"淑女"

围绕"斯考茨伯罗案"，前文已经探讨过的"祖父条款""吉姆·克劳法"和"反流浪法"等带有明显歧视色彩的法律。这些都是以维护白人和统治阶级的利益为目标，限制黑人、穷人以及其他少数群体权益的法律。这些不公正的法律条款之所以能够通过立法，并在很长一段时间里得以严格执行，与南方的经济、文化和种族问题密切相关，特别是种族决定论这样一种渗透到南方社会文化生活方方面面的价值观。如果说南方白人统治阶级对黑人的各种压迫和限制是出于维护自己的特权地位和经济利益,那么南方大多数白人对黑人的极端仇恨,特别是当冲突涉及南方女性时,那种完全失去理性的暴力倾向根源何在?关于这个问题,W. J. 卡什(W. J. Cash)在《南方的精神》一书中给出了回答:南方淑女造神运动。

卡什认为南方精神保留了英国维多利亚时期的脱离现实的贵族文化特点。"没有什么地方比南方更热情地拥抱维多利亚主义,拥抱它的虚情假意,繁文缛节及其对丑恶现实熟视无睹的态度。"(Cash,1991:82)本着这种掩耳盗铃的精神,南方贵族一直都心安理得地享受着连他们自己都觉得残忍的蓄奴制带给他们的各种利益。战后北方势力对南方的重建以及他们对蓄奴制的无情抨击,让南方恼羞成怒。但是,对于自己赖以生存的这个制度的丑恶与残忍,"当然,南方不愿意承认,也绝对不能承认这一点。于是它必须粉饰这一制度……必须开始鼓吹自己'了不起的心'"(Cash,1991:83)。将奴隶说成是需要照顾的孩子,制造黑人幸福生活的假象,自欺欺人。卡什还认为,黑人的出现"使南方女性身价倍增"(Cash,1991:84)。白人女性因为地位特殊,不大有机会接触到黑人男性,所以就成为维护南方旧秩序的一个核心标志。而且,因为南方种植园经济是以家庭为单位的,女性在家族中起到一个非常重要的作用。事实上,家族中的男性经常会任意侵犯黑人女奴并使其生下混血儿。在家族内部,这有损家族荣誉和纯洁,并且北方也经常以此为由抨击南方好色和落后。

唯一可以顺利逃脱这一抨击的方法,与其他很多情况一样,就是编造故事。一方面,必须建立一种共识,那就是,强奸犯是会被击毙的,面对如此重罚,这种事情根本就不存在。另一方面,女性要得到补偿,通过赞美她神化她,来消除那些认为男性可能堕落成了野兽的疑心。必须站在高高的屋顶上对北方佬喊话,告诉他们南方的美德,南方人绝非低人一等,而是无限高尚的,不仅比北方的更高尚,比地球上任何地方都更高尚,南方女德就是证据。(Cash,1991:86)

　　为了掩盖丑恶的事实，南方展开了一场造神运动。南方女性成了"在面对敌人时的神秘的民族象征""纯洁如百合花"，是"上帝的母亲"，"只需提到她就可以让强壮的男人流泪——或者发出怒吼"（Cash，1991：88）。于是，"南方淑女"就这样被高高地供奉起来，成为维护南方旧秩序的最后一个堡垒。"南方女人代表了南方男人的理想和一种值得竭力维持的现状。内战虽然结束了昔日悠闲自在、浪漫奢侈的生活方式，剥夺了南方女人的种种荣耀，但作为贵族世家道德标准的继承者和男人理想的象征，她们仍然是男人保护的对象。"（刘国枝，1999：96）

　　在《斯考茨伯罗》开始部分，《新秩序》编辑部的员工得到案件相关消息时，都确信强奸并没有发生，认为两个指控黑人强奸的原告是妓女，她们在车上做生意，如此而已。但是爱丽丝非常清楚，在南方，一旦白人女性和黑人男性上床被发现，"她嘴里冒出来的第一个词就是强奸"（Feldman，2008：30）。南方的"淑女"情结让所有女性将维护自己的"贞洁"放到最最重要的位置，一旦贞洁不保，声称被强奸便可以将公众注意力转移到"施暴者"一方，而"施暴者"往往是处于社会底层的黑人男性，在南方则人人可得而诛之。

　　生活在这样的南方文化中，维多利亚非常清楚诬告的结果，它不仅会导致黑人丧命，还可以为自己赢得一丝尊重和利益：

　　你想了解我？好的，那我就告诉你。我一辈子都是垃圾，但是那些黑人不能把我当垃圾，我还没有低下到那种地步。这就是为什么人们听说那些黑人男孩对我们做的事以后，一些太太小姐们给我和露比送来衣服。这回可不是什么十年前她们礼拜天穿去教堂的旧衣服，而是从商店里买来的新衣服。法庭上的那些律师也称呼我"女士"。她们还在报纸上登了我的照片，写了关于我的故事。你知道那些故事怎么写的？他们可没管我们叫"垃圾"。他们说"白人妇女"。所以，你就不要来和我说什么他们黑人和我一样受苦了。他们和我可不一样。他们不过是一帮什么都不是的黑鬼。我是一位被玷污了的女性。（Feldman，2008：69）

　　露比自己的讲述和爱丽丝的采访都已经证明，维多利亚既不纯洁也不高尚,但是她在整个案件当中从来都没有动摇过,一直坚称自己被强奸。相对于讲真话的露比来说,她反倒得到了南方群众的尊重,他们甚至在法庭上为她喝彩。维多利亚比露比更懂人情世故,她非常清楚,在旧南方,有一种对"诚实"这种荣誉的强烈渴望,"这种渴望比诚实本身更加重要"(Wyatt-Brown,2007:45)。这种对虚假的诚实的渴望,让大多数南方白人无视赤裸裸的事实,而宁可相信谎言。因为谎言有利于南方维护"淑女"的女神地位,从而证明旧制度的合法性。

在南方虚构的现实中,人人都受到有形或无形的约束,不敢说出任何与这种虚构现实相违背的话。不仅身处社会底层的穷白人女性如露比和维多利亚受此制约,其他生活在南方的白人也不能摆脱这种维持幻想的文化强制力。曾经为两个原告做检查的医生林奇偷偷地向法官霍顿说出强奸并没有发生的真情,却不敢出庭作证,理由是:"如果我为那些男孩作证,我就再也不能行医了。"(Feldman,2008:241)这种对谎言的需要,对"高尚的"南方美德认同的需要,对虚构的过去的"好时光"的需要,也可以用来解释陪审团的决定。即便有黑人在场,也很难想象他会有勇气站在被告一方,因为那将不仅仅让他像露比一样丧失任何工作机会,更有可能使他成为下一个私刑的目标。

5. 底层的话语权

佳亚特里·斯皮瓦克区分了两种不同内涵的"再现":"作为'代言'的再现"和"作为'重新表征'的再现"(Spivak,1985:70)。前者主要常见于政治领域,后者则常见于艺术和哲学领域。在"斯考茨伯罗案"中,为底层代言的是律师和媒体,他们把"斯考茨伯罗男孩"看作等待表现的客体,是政治和阶级斗争中的一种砝码。而在费尔德曼的小说中,"陷入双重阴影"(Spivak,1985:84)的女性形象得到了生动再现。以露比为代表的处于社会底层的穷困白人女性,在一定意义上比"斯考茨伯罗男孩"的命运更加悲惨。在"斯考茨伯罗案"中,她们是纯粹工具性的。被诬告的男孩中,有两位出版了自传,佩特逊和诺里斯,在一定意义上发出了自己的声音,即便这一过程或许掺杂了其他因素的影响。但是露比始终是那个"被猫咬住舌头"(Feldman,2008:21)的无知女孩,是不能发声、不能说话的底层。因为第一,"在性别等级的底层主体根本没有说话的空间"(Feldman,2008:103);第二,即便底层女性尝试发声,也会出现"无人倾听或阅读"(Feldman，2008：104)的状况。在案发当场，露比面对纠察队员的逼问，虽然内心斗争非常激烈，却习惯性地失语；当露比下定决心说出实情之后，当时的检方律师汤姆·奈特(Tom Knight)说了以下一席话：

被告律师请求你们在两位南方女子的话中做出抉择。但是他请你们相信的那位女子是个众所周知的骗子。她的供词一变再变。她自己也承认以前说过谎。她为了一套纽约时装和一顶时髦的帽子出卖了自己的灵魂。(Feldman，2008：276)

法庭上下对以上指控都表示赞许。没有人会倾听并相信露比的话，正如人们从一开始就不关心真相一样。

斯皮瓦克还强调了知识分子必须牢记"代言"和"再现"这两种内涵之间的断层问题，因为知识分子既非社会底层中的一员，也非底层代言人中的一员，"他们仅仅报道未被代言的主体，并分析权力与欲望的相互作用(却并不分析未被命名的主体，这些主体被权力和欲望设定却不可还原)"(Spivak，1985：70)。费尔德曼正是承担了这样一种任务，在小说《斯考茨伯罗》中通过女性的视角重构过去，报道那些未被代言的主体，却并不能替他们发声。

除了上文中讲到的露比的例子，小说关于媒体对"斯考茨伯罗男孩"的报道，也呈现出同样的特点。历史记载显示国际劳工保护会最终赢得了为"斯考茨伯罗男孩"辩护的权力，小说《斯考茨伯罗》则将这一辩护权之争的过程生动地呈现给读者。但是，从历史学家相对理性和客观的视角，作者也对这场两股政治力量的较量做出了自己的判断和解释："'国际劳工保护会'从一开始就领先一步，他们没有瞧不起那些男孩。我不是说他们并没有利用男孩来扩大组织影响的目的。你要是对此感到惊讶，那只能说你对所有的政治团体的运作方式一无所知。但是国际劳工保护会从来不会因为和这些男孩接触而觉得丢人。"(Feldman，2008：89)关于国际劳工保护会和全国有色人种权益促进会如何争夺"斯考茨伯罗男孩"辩护权，费尔德曼在小说中通过克莱伦斯·诺里斯的叙述给出了注解。国际劳工保护会一方面为狱中的男孩们及他们的家人提供金钱、衣服等物质方面的帮助，一方面把《工人日报》(*The Daily Worker*)送到这些男孩手中。律师乔·布罗斯蒂(Joe Brodsky)和艾伦·塔博(Allen Taub)对男孩们态度和蔼可亲。在克莱伦斯·诺里斯眼中,虽然全国有色人种权益促进会派来的是和他肤色一样的黑人,但是他们并不了解底层黑人的生活,他们劝他们听话,劝他们祷告,还声称他们的父母"年龄大却不一定更有智慧"(Feldman,2008:99),所以他们失去了"斯考茨伯罗男孩"的信任。

但是,国际劳工保护会为了达到目的,也采取了不当的手段。如果说他们为狱中男孩及其家人提供财、物方面的帮助还可以理解为是出于真心的关怀和同情的话,那他们明码标价地向露比和维多利亚提出用金钱交换她们的证词的做法,就显然是行贿。而代表亚拉巴马州的律师则紧紧抓住这一致命的错误,让原本就对男孩们不利的庭审走向失败。

或许当时的法庭上,也有些体面的人,有良知的人,那些可以公平对待他们的黑人雇员,并参与了"预防私刑协会"的人,但是我的目光所及,却是带着噬血的狞笑的面庞,组成了一片仇恨的海洋。(Feldman,2008:210)

虽然律师雷博维兹和"国际劳工保护会"并未因为这次庭审失败而放弃,在他们的不断努力下,"斯考茨伯罗男孩"还是得以与死神一次次擦肩而过。但是费尔德曼让露比在最后一次与爱丽丝相见,并从爱丽丝手里接过1,000美元的支票时说出这样的话:

我看,除我以外,所有人都从"斯考茨伯罗案"中得到了些什么。人们说……那个犹太律师自己也发展得不赖。你也一样,活儿干得挺好。你可能比他们任何人干得都更好。有一次,我还在报纸上看见你和罗斯福夫人的合影呢。所以,我觉得这不算慈善。我觉得这是你欠我的。(Feldman,2008:356)

这或许正是作者想要替底层说的话:这是美国欠他们的,欠了黑人的,欠了穷白人的,更欠了女性的。

四、《斯考茨伯罗》与《杀死一只反舌鸟》

费尔德曼的《斯考茨伯罗》是一部历史小说，是作者在史料基础上对历史事件进行重构的结果。《杀死一只反舌鸟》是一部自传色彩比较浓郁的小说，是作者在自己生活经历的基础上对现实生活的再现。表面上看，《斯考茨伯罗》包含了较多关于案件的历史记载，给读者更多真实感，但是两者本质上都是对 20 世纪 30 年代亚拉巴马州社会生活的一种文学再现。不同之处在于，《斯考茨伯罗》试图重构过去发生的某一事件，并试图从某个视角对其进行解读；《杀死一只反舌鸟》的重构则是以个人叙事为基础，试图再现过去某个时段的社会现状。关于历史与文学，海登·怀特认为：

> 意义的真实与真实的意义并不是一回事。用尼采的话说，人们可以想象对一系列过往事件完全真实的记述，而其中依然包含一丝一毫对于这些事件的特定的历史性理解。历史编纂为有关过去的纯粹的事实性记述增添了一些东西。所增添的或许是一种关于事件为何如此发生的伪科学化解释，但西方史学公认的经典作品往往还增添了别的东西，我认为那就是"文学性"，对此，近代小说大师比有关社会的伪科学家提供了更好的典范。（怀特，2009：3-4）

可以说，历史小说《斯考茨伯罗》清晰生动地向读者展示了历史编纂的建构性，其中包含着作者对特定时代特定事件的历史性理解，也传递了作者自己所处时代的价值判断。而《杀死一只反舌鸟》则通过虚构的人物和事件向读者展示了真实的社会现实，传递了更加普遍的意义。

从小说创作的历史背景上看，《斯考茨伯罗》比《杀死一只反舌鸟》晚半个世纪，而书中所描写的历史时期是 20 世纪 30 年代的美国南方。费尔德曼生长于北方，而哈珀·李则生长于南方，两位作者对南方的观察视角和评价立场是不同的，前者看到的是一种怪诞的他者，后者则是用内省的眼光审视自己的家乡。两部作品都涉及种族歧视、私刑以及司法公正等问题：《斯考茨伯罗》更多的是现象描述，产生的阅读效果是引起好奇和震惊，也难免有妖魔化南方的嫌疑；而《杀死一只反舌鸟》则巧妙地把这些现象所产生的冲突感弱化，将问题的矛头转向人性的弱点，而非制度的缺陷。从政治正确性上来看，《斯考茨伯罗》的立场无疑更加鲜明和"正确",但是,作品对历史记载的过分依赖和强烈的政治意识,在一定程度上削弱了其文学性和产生共鸣的能力。

从作品的主要内容上看,《斯考茨伯罗》涵盖面较广,内容有些庞杂。除了案件本身,还涉及与案件相关的美国北方政治文化氛围,国际上对"斯考茨伯罗男孩"的声援以及美国共产党在"斯考茨伯罗案"进展中的重要推动作用等。而《杀死一只反舌鸟》的内容则仅仅局限于梅科姆这个小镇上发生的故事,具有比较鲜明的地域文学特征,且没有涉及小镇之外的人物以及其他的政治斗争。

《杀死一只反舌鸟》出自亚拉巴马州本地作家之手,虽然故事与"斯考茨伯罗案"没有直接关系,但是本质如出一辙,都是就"并不存在"的案件展开的司法之争,都缘起于莫名其妙的诬告,涉案的双方是穷白人女性与黑人男性,为黑人辩护的是有声望的白人律师。《杀死一只反舌鸟》创作于 20 世纪 50 年代,与"斯考茨伯罗案"相隔 20 年,当时的种族关系正处于一触即发的紧张边缘。《杀死一只反舌鸟》塑造了开明的白人律师形象,向民众传递这样一种信息:种族歧视的硬核存在于没有受过教育的穷白人中间,而明智的、高尚的白人是不会歧视黑人的。这样一种信息的广泛传播很明显有助于缓解种族间的紧张和敌意,在当时起到了社会安全阀的作用①。

与之对照来看,创作和出版于 21 世纪的《斯考茨伯罗》不必拘泥于当时社会规范和当时政府的导向,更加宏观地再现当时的事件,从而在一定意义上更加辛辣而无情地揭露南方社会种族偏见的严重性。在哈珀·李的笔下,南方大多数白人都是善良的,而个别穷白人的偏执行为不能代表南方社会的良知,相反,他们也是会受到唾弃的;费尔德曼笔下的南方,则充斥了无知、顽固,甚至野蛮,几乎所有的南方白人都是种族主义者,下到叫嚣着"吊死他们"的主张私刑的乌合之众,上到亚拉巴马州最高法院的大法官,分别代表了非法的和披着合法外衣的种族仇恨思想。从揭露历史真相的角度看,费尔德曼的小说利

---

① "社会安全阀"的说法见罗伊斯·A. 科赛(Lowis A. Coser)的《社会冲突的功能》(1989)。科赛认为,在社会发生冲突时,"社会安全阀"会提供一种疏导不满和敌意的机制,作为转移敌对情感和发泄暴力倾向的替代物,这就是"社会安全阀"制度。《杀死一只反舌鸟》在种族冲突日益加剧的时期,起到了转移敌对情感的作用。

用了很多史料，有法庭记录、历史年鉴以及当时的报刊文章等，给人还原历史真实的感觉。但是，小说中塑造的南方形象单一刻板，流于表面，缺乏充分的说服力。毋庸置疑，《杀死一只反舌鸟》中的人物塑造得丰满而多样，作品通过一个个有血有肉的人物和他们具体的言行再现出一个更具现实感的南方。可以说，《斯考茨伯罗》的阅读体验有些像看图片展览，让人时刻感觉自己是旁观者；而《杀死一只反舌鸟》的阅读体验则更像是走入了影视剧的场景中，会让人产生更加强烈的代入感。

两部作品在阶级差别的描述中，都显示出简单化的倾向。《斯考茨伯罗》的重点落在穷白人的无知无助和自私狡诈上，而与其对立的阶级则被统一划归到另一种势力——我们。这里的"我们"是南方眼中的"他者"，既包括来自北方的律师、美国共产党、全国有色人种促进会，也包括那些从斯考茨伯罗案件中获取渔翁之利的各大媒体。他们都是些底层社会无助的人，而"我们"则是能在上层运作的人们。这种大而化之的阶级概念，显然对帮助读者了解当年南方复杂的阶级关系助益不大。为了突出上述阶级划分，《斯考茨伯罗》中有这样一段描写：

露比和佩特逊夫人在一起时显得非常自如，虽然佩特逊夫人有足够的理由恨露比。她们在一起时，露比不用刻意地思考该说些什么，或者该怎么说的问题。珍妮·佩特逊也很放松，她们知道如何面对彼此，她们只是在面对我们时感到不知所措，而且对我们也不够信任。（Feldman，2008：305）

作者这样处理两人之间的关系，令人费解。且不说南方种族观念如何根植在每个人的心中，仅仅就露比和佩特逊夫人两个人的私人恩怨来说，她们之间融洽相处的可能性也是极小的。佩特逊夫人是被告之一海伍德·佩特逊的母亲，为了拯救狱中的孩子而到处演说，寻求大众支持。虽然此时的露比也在为了帮助"斯考茨伯罗男孩"上诉而参与演说活动，但是在小说的其他部分，她时时流露出自己的种族优越感，并在关键时刻选择牺牲黑人青年而保全自己。而且，她之所以推翻第一次庭审时的证词，否认被强奸，并且参与演说活动，是因为接受了"国际劳工保护会"的贿赂；所以二人之间所谓的"自如"和"放松"

来得太突兀,没有说服力。相类似的,《杀死一只反舌鸟》也有意识地弱化了阶级差异,突出表现了以阿蒂克斯为代表的南方精英阶层的高尚品德。

总体而言,小说《斯考茨伯罗》是以历史记载为框架,通过当代想象填补历史的一种重构,作品内容丰富,却缺少亮点。与虚构作品《杀死一只反舌鸟》相比,《斯考茨伯罗》字里行间透露着当代作者对过去的反思和批判。可以说,《斯考茨伯罗》这部历史小说的重心在于历史而非小说,因此对帮助当今的读者了解当年的"斯考茨伯罗案"有较大帮助。

费尔德曼的《斯考茨伯罗》通过对案件的重构与反思,对当年受到压迫的弱势群体表达了同情。但是,作者在作品中重现的南方具有很大的局限性,似乎南方只有两种人存在,即种族主义者和种族主义的压迫对象。小说的叙事过程虽然借助露比的声音,但是并没有真正赋予露比所代表的穷白人话语权。露比的形象塑造虽然比维多利亚丰满些,但是仍然显得单薄,再现和强化了北方对南方穷白人的想象。正如海登·怀特所言:"叙事性与对现实进行道德阐释的冲动或者说功能密切相关,这种道德阐释源自社会体系,所有可以想象的道德规范都是在社会中产生的。这一点在对事实的讲述中具有必然性,在虚构的讲述中具有可能性。"(White,1980:6)

艾伦·费尔德曼的成长和教育经历都在美国北方,而本书所描述的故事主体部分发生在半个多世纪前的南方。作者在书的致谢部分说:"将虚构的人物放置于历史的幽灵之间是件冒险的事。我尽量还原斯考茨伯罗案件的事实,并尽量忠实于当时的时代精神以及事件的重要性。"(Feldman,2008:361)但是,无论多么翔实的史料都不能重现当时的人物以及事件的本真,作者自然也无法摆脱自己作为北方人对南方社会的主观想象。小说给这种想象搭建了一个合理化的叙事框架:女记者爱丽丝·惠迪艾来自一个富足的北方家庭,声望显赫,与生俱来的特权赋予她打破当时社会规则的通行证,因而她可以在性别歧视相当严重的美国社会自由出入职场,自由出入法庭,自由出入监狱。这种安排当然是为了能够用文学的手段再现当时的历史事件,但同时只能是当代人对历史事件的想象,而这种想象必然会带着浓厚的当代意识形态特征,带着21世纪美国北方的精英群体对20世纪上半叶种族、阶级、性别和司法等问题的历史性批判。费尔德曼对史料的组织和筛选本身便构成了其对历史的重构,也正是重构历史这一行为,为读者更加全面地了解历史提供了更好的范本。

【链接1】　电影《一个国家的诞生》与《杀死一只反舌鸟》

反映南方种族问题的电影很多,《一个国家的诞生》(*The Birth of a Nation*,1915)和《杀死一只反舌鸟》(*To Kill a MockingBird*,1962)是具有划时代意义的两部。前者将黑人塑造成残忍的暴徒,将三K党塑造成拯救南方白人的英雄;后者将黑人塑造成无辜而软弱的受害者,将一个开明的白人律师塑造成了拯救黑人的英雄。

《一个国家的诞生》的导演是大卫·格里菲斯。电影以托马斯·迪克森(Thomas Dixon)的畅销书《族人》(*The Clansman*,1905)为基本素材改编而成,最初与书同名,后更名为《一个国家的诞生》。该电影被称为美国历史上最著名的电影(Bernardi,2005:82),主要原因有二。一是因为电影的艺术造诣。该影片在很多方面开创了电影界新历史:叙事完整,史实与虚构完美结合,战争场面宏大,人物情感表达细腻,再加上其他技术层面的创新,这些使得这部电影成为电影发展史上的一座里程碑。二是因为电影的种族主义色彩。这是一部美国历史上最具争议的电影,从首映开始就遭到民权运动组织和进步人士的强烈反对和批判,但是同时也得到了很多种族主义者的支持。该电影甚至直接导致了三K党的复兴。

这部电影对于"黑人强奸犯迷思"的建构和传播起到了巨大的推动作用。电影以写实的手法展示了两个白人女性如何受到黑人的凌辱。其中一人因被黑人追赶,跳崖身亡;另一人在被黑人逼婚时,得到了三K党的解救。跳崖身亡的女孩弗劳拉·喀麦隆来自战败的南方贵族喀麦隆家族,而被逼婚的女孩艾尔西·斯托曼则来自北方,其父支持黑人参政,积极推进南方重建。这两个女孩的遭遇显然传递着这样的信息:无论白人如何对待黑人,他们都会来掠夺你的家产,强暴你的妻女。三K党是非常典型的私刑暴徒,他们以自己狭隘的立场和观点来判断是非,对伤及自己利益的黑人以及同情黑人的白人实施残忍的私刑。但是在战后的南方,他们被因战败暂时失去特权的白人推崇为英雄。

　　《一个国家的诞生》不仅是这样一种时代情感的反映,同时也反作用于现实,更加激化了种族矛盾,引发了种族冲突。尽管电影遭到很多抗议和反对,但还是赢得了当时的美国总统、美国联邦最高法院和议会对白人的同情,在一定程度上改写了美国种族改革史的进程(Franklin,1979:424-426)。正如约翰·富兰克林所言,"作为多数南方白人立场的宣言,《一个国家的诞生》影响了当时人们对南方重建的看法,而且这种影响是不可超越的。它通过一个日益强大起来的新媒体,成功地将政治宣传混同为历史事实"(Franklin,1979:433)。该影片虽然毫不避讳地诋毁黑人、颂扬三K党,但是影片本身的巨大成功却能帮助我们多角度地理解历史并更加深刻地认识到根深蒂固的种族歧视观念,认识到通往真正的种族平等的道路仍然困难重重。

　　近半个世纪之后,小说《杀死一只反舌鸟》的同名电影上映,导演为罗伯特·穆里根(Robert Mulligan),演员格里高利·派克(Gregory Peck)因主演阿蒂克斯·芬奇这一角色而获得奥斯卡最佳男主角的殊荣。影片上映之时,黑人的民权运动正在蓬勃发展,越来越多的人开始认识到种族歧视问题的真实性和改变的迫切性。与《一个国家的诞生》不同,《杀死一只反舌鸟》塑造的黑人形象是勤劳、善良、彬彬有礼的。对比之下,穷白人尤厄尔则懒惰、野蛮、不知廉耻。这里传递的信息是:人的道德品质与种族无关。与小说相比,电影更加凸显了阿蒂克斯的高大形象。"电影中很少有把律师塑造为理想的美国人形象:宽容,具有道德操守。阿蒂克斯·芬奇是个例外。也许正是因为法律界这样正面形象的奇缺,芬奇才在法律界获得了不朽的地位。"(Banks,2006:239)

　　这样的观点很具有代表性,阿蒂克斯曾经一度被推崇为律师的典范。但是随着人们种族意识和法律意识的进步,不仅阿蒂克斯的英雄形象渐渐遭到了质疑,谦卑而软弱的黑人形象也开始成为争论的焦点。正如叶英所论证的:电影之所以获得巨大成功,除了小说作品本身的影响力以及演员的表演技巧之外,更是因为电影通过使用精湛的艺术手段将种族歧视这样"不体面的事件包装成体面的"传奇故事(叶英,2009:111)。这部电影在一定程度上起到了缓和种族矛盾的作用,因为它竭力呈现了这样一幅并不真实的图景:只有极少数的下等白人才对黑人心怀仇恨,而正直的律师和法官才是南方的真正代表,他们会尽力帮助和保护黑人。

这两部影片从不同的侧面对种族问题进行了艺术再现，有助于当代观众更加全面客观地了解美国种族问题的历史根源。

【链接2】 哈珀·李的《安放一名守望者》

2015年7月14日，哈珀·李的第二部小说，《杀死一只反舌鸟》的续集《安放一名守望者》(Go Set a Watchman，后简称《守望者》)面市。《守望者》并非新作，而是哈珀·李当年的一部手稿。《守望者》是一部在种族冲突和南北分化大背景下的女性主义成长小说。小女孩斯库特(女主人公儿时的昵称)已经成长为具有独立自我意识的女权主义者简·露易丝。她从纽约回到家乡，受到南方落后的种族、阶级和性别观念的冲击，陷入愤怒、困惑和思考。作品揭示了南方文化特有的复杂性。

与《反舌鸟》相比，阿蒂克斯的形象变化最大，他竟然反对废除种族隔离制度，从曾经开明的自由主义者变成了冥顽不化的保守派。很多读者因为阿蒂克斯被推下神坛而感到失望甚至愤怒。他身上完美父亲和正直律师的光环不见了：他年轻时参加过三K党，老年时全力支持白人种族优越论。面对女儿的质疑，他这样反问："你承认黑人是落后的，对吧？你同意这一点吧？你知道'落后'这个词意味着什么，是吧？……你明白在南方他们中的大多数不能全面承担公民应该承担的责任，也知道其原因……但是你却想让他们享受所有特权？"(Lee, 2015：242)很多书评人也对《守望者》颇有微词，认为作品结构松散，缺乏叙事技巧，语言不够精练。但是也有人发现了作品的闪光点，英国广播公司书评人露西·舒尔斯(Lucy Scholes)认为，《守望者》虽然问题多多，但是在种族歧视的问题上，《守望者》处理得更细致、更多层次，很值得60年后的读者对比今昔，认真思考[①]。《纽约时报》的兰德尔·肯尼迪(Randal Kennedy)也认为，《反舌鸟》的成功是与时代的需求分不开的，而从思想深度上来说，《守望者》则更胜一筹[②]。

---

① 请参看英国广播公司官网〈http://www.bbc.com/culture/story/20150714-go-set-a-watchman-book-review〉(Accessed January 10, 2016)。

② 请参看《纽约时报》官网〈http://www.nytimes.com/2015/07/14/books/review/harper-lees-go-set-a-watchman.html〉(Accessed April 15，2019)。

　　小说的核心事件是周日下午的镇议会。简·露易丝的父亲阿蒂克斯和她的男友亨利，与其他极端的种族主义者组成了统一战线，商讨如何保护种族隔离制度，如何拒绝赋予黑人选举权。这是简·露易丝人生中受到的最大冲击。她发现被自己奉为神明的父亲不过是一个圈囿于自己的身份和地位的种族主义者。《守望者》中的阿蒂克斯不是英雄，他的白人种族意识非常鲜明。他为黑人辩护是为了阻止全国有色人种促进会介入南方事务，从而更好地维持种族隔离制度。《守望者》中的另一个事件也对简·露易丝造成了很大的冲击，那就是她在卡波妮家的遭遇（《反舌鸟》中斯库特没有机会到卡波妮家去），她见证了黑人家庭的破败和无助，卡波妮对她的冷漠态度让她意识到她们之间横亘着的种族隔离的高墙，黑人的命运仍然和贫困、监狱交织在一起。

　　虽然有人认为《守望者》是《反舌鸟》的初稿，但是除了主要人物和几个小段落有重合之外，《守望者》和《反舌鸟》从主要内容到主旨都有着天壤之别。《守望者》是关于女性主义的觉醒与抗争和南方身份的构建与变化的，而《反舌鸟》的核心是一个完美的白人英雄形象。《守望者》的出版，向我们揭示了文学与市场和时代的关系，顺应时代和市场需求的《反舌鸟》获得了令作家意想不到的成功，但是作品所要表达的主旨与作家的初衷或许并不一致。在敏感的黑人民权运动初期，阿蒂克斯高大完美的形象深入人心，从而使得哈珀·李无力突破成功所带来的各种束缚，导致其艺术生命的夭折。《守望者》作为小说或许不够成功，但是作为与《反舌鸟》同期的创作手稿，作品为读者更好地理解《反舌鸟》、哈珀·李以及两部作品所反映的历史文化语境提供了很好的素材，更加有力地证明了文学文本的生产与传播是无法摆脱意识形态的影响和控制的。

引述文献：

Adler, Jeffery S. "A Historical Analysis of the Law of Vagrancy." *Criminology*, 2/27 (1989): 209–229.

Adrian, Lynne M. "Hobo Culture in Alabama." (2008) ⟨http://www.encyclopediaofalabama.org/article/h-1584⟩ (Accessed April 15, 2019)

Applebee, Arthur N. "Stability and Change in the High School Canon." *The

English Journal, 8/15 (1992): 27 - 32.

Banks, Taunyal L. *"To Kill a Mockingbird* (1962): Lawyering in an Unjust Society."* Rennard Strickland, Teree E. Foster & Taunya L. Banks Eds. *Screening Justice — The Cinema of Law: Significant Films of Law, Order, and Social Justice.* Buffalo, NY: W. S. Hein, 2006: 239 - 252.

Bernardi, Daniel. "Integrating Race into the Narrator System." Jeffrey Geiger & R. L. Rutsky Eds. *Film Analysis: A Norton Reader.* New York: W. W. Norton, 2005: 82 - 96.

Blackford, Holly. *Mockingbird Passing: Closeted Traditions and Sexual Curiosities in Harper Lee's Novel.* Knoxville: University of Tennessee Press, 2011.

Bouie, Jamelle. "The Deadly History of 'They're Raping Our Women'." ⟨http://www. slate. com/articles/news _ and _ politics/history/2015/06/ the_deadly_history_of_they_re_raping_our_women_racists_have_long_ defended. html⟩ (Accessed January 20, 2016)

Cash, Wilbur J. *The Mind of the South.* New York: Vintage Books, 1991.

Chambliss, William J. "A Sociological Analysis of the Law of Vagrancy." *Social Problems*, 12/1 (1964): 67 - 77.

Dare, Tim. "Lawyers, Ethics, and *To Kill a Mockingbird."* *Philosophy and Literature*, 25/1 (April, 2001): 127 - 141.

Davis, Angela. "The Myth of the Black Rapist." *Women, Race & Class*, 172 (1983): 182.

Eagleton, Terry. *The Event of Literature.* London: Yale University Press, 2012.

Feldman, Ellen. *Scottsboro.* New York: W. W. Norton & Co., 2008.

Franklin, John Hope. "'Birth of a Nation': Propaganda as History." *The Massachusetts Review*, 20/3 (Autumn, 1979): 417 - 434.

Freedman, Monroe H. "Atticus Finch — Right and Wrong." *Alabama Law Review*, 45/2 (1994): 473 – 482.

Goluboff, Risa. *Vagrant Nation: Police Power, Constitutional Change, and the Making of the 1960s*. New York: Oxford University Press, 2016.

Halpern, Iris. "Rape, Incest, and Harper Lee's *To Kill a Mockingbird*: On Alabama's Legal Construction of Gender and Sexuality in the Context of Racial Subordination." *Columbia Journal of Gender and Law*, 18/3 (Fall, 2009): 743 – 807.

Higginbotham, Michael F. *Ghosts of Jim Crow: Ending Racism in Post-Racial America*. New York: New York University Press, 2013.

Hogan, Patrick Colm. *The Politics of Interpretation: Ideology, Professionalism, and the Study of Literature*. New York: Oxford University Press, 1990.

Howard, Walter T. *Black Communists Speak on Scottsboro: A Documentary History*. Philadelphia: Temple University Press, 2007.

Jameson, Fredric. *The Political Unconscious: Narrative as a Socially Symbolic Act*. New York: Routledge, 1983.

Jay, Gregory. "Queer Children and Representative Men: Harper Lee, Racial Liberalism, and the Dilemma of *To Kill a Mockingbird*." *American Literary History*, 27/3 (2015): 487 – 522.

Johnson, Claudia. "The Secret Courts of Men's Hearts: Code and Law in Harper Lee's *To Kill a Mockingbird*." *Studies in American Fiction*, 19/2 (1991): 129 – 139.

Johnson, Claudia. *Understanding* To Kill a Mockingbird: *A Student Casebook to Issues, Sources, and Historic Documents*. Santa Barbara: Greenwood Publishing Group, 1994.

Keen, Suzanne. *Empathy and the Novel*. New York: Oxford University Press, 2007.

Klarman, Michael J. "Scottsboro." *Marquette Law Review*, 193/2 (2009):
379 – 431.

Lee, Harper. *Go Set a Watchman*. New York: HarperCollins, 2015.

Linder, Douglas O. "The Trials of the 'Scottsboro Boys'." 〈http://
law2. umkc. edu/faculty/projects/ftrials/scottsboro/SB_acct. html〉(Accessed
February 15, 2016)

Lyell, Frank H. "One-Taxi Town." *New York Times Book Review*, 65
(July 10, 1960): 5, 18.

Markey, Maureen E. "Natural Law, Positive Law, and Conflicting Social
Norms in Harper Lee's *To Kill a Mockingbird*." *North Carolina Central
Law Review*, 32/2 (2010): 162 – 225.

McMichael, George. "Small Town Reflections in a Trio of New Fiction."
San Francisco Sunday Chronicle, July 30, 1960: 23.

Mitgang, Herbert. "Book of the Times." *New York Times Book Review*,
July 13, 1960: 33.

Moore, Nina M. *Governing Race: Policy, Process, and the Politics of
Race*. Westport, CT: Praeger, 2000.

Murray, Jennifer. "More Than One Way to (Mis)Read a Mockingbird."
The Southern Literary Journal, 43/1 (2010): 75 – 91.

Norris, Clarence & Sybil D. Washington. *The Last of the Scottsboro
Boys*. New York: G. P. Putnam's Sons, 1979.

Osborn, John Jay, Jr. "Atticus Finch — The End of Honor: A Discussion of
To Kill a Mockingbird." *University of San Francisco Law Review*, 30/
4 (1996): 1139 – 1142.

Patterson, Haywood & Earl Conrad. *Scottsboro Boy*. New York:
Doubleday, 1950.

Patterson, William. "Judge Lynch Goes to Court." *The Labor Defender*, 6/
5 (May, 1931): 84.

Phelps, Teresa G. "Atticus, Thomas, and the Meaning of Justice." *Notre

Dame Law Review，77/3（2002）：925 - 936.

Roberts, Dorothy E. "Rape, Violence and Women's Autonomy." *Chicago-Kent Law Review*, 69（1993）：359 - 388.

Spivak, Gayatri C. "Can the Subaltern Speak?" Patrick Williams & Laura Chrisman Eds. *Colonial Discourse and Post-Colonial Theory: A Reader*. New York：Columbia University Press, 1985：66 - 111.

Stephens, Robert O. "The Law and the Code in Harper Lee's *To Kill a Mockingbird*." *Southern Cultures*, 1/2（1995）：215 - 227.

Sundquist, Eric J. "*To Kill a Mockingbird*：A Paradox." Candice Macini Ed. *Racism in Harper Lee's* To Kill a Mockingbird. Farmington Hills：Greenhaven Press, 2008.

Waldrep, Christopher. *Lynching in America: A History in Documents*. New York：New York University Press, 2006.

White, Hayden. "The Value of Narrativity in the Representation of Reality." *Critical Inquiry*, 7/1（1980）：5 - 27.

Woodard, Calvin. "Listening to the Mockingbird." Candice Mancini Ed. *Racism in Harper Lee's* To Kill a Mockingbird. New York：Gale, 2008：147 - 158.

Wyatt-Brown, Bertram. *Southern Honor: Ethics and Behavior in the Old South*. New York：Oxford University Press, 2007.

贝特逊,海伍德、康莱德,厄尔:《斯考兹勃罗案件》,黄耀平译,上海:上海文艺联合出版社,1955 年。

怀特,海登:《元史学》,陈新译,南京:译林出版社,2009 年。

黄卫峰:《美国南北战争前白人女子与黑人男子间的性关系》,《世界民族》,2008 年第 6 期:第 84 - 91 页。

李,哈珀:《杀死一只知更鸟》,高红梅译,南京:译林出版社,2012 年。

列维纳斯:《时间与他者》,汪沛译,《清华西方哲学研究》,2018 年第 1 期:第 224 - 258 页。

刘国枝:《南方淑女情结与"百舌鸟之死"》,《外国文学研究》,1999 年第 1 期:

第 95 - 98 页。

童庆炳：《文学经典建构诸因素及其关系》，《北京大学学报（哲学社会科学版）》，2005 年第 5 期：第 71 - 78 页。

徐显明：《人权法原理》，北京：中国政法大学出版社，2009 年。

许小亮：《差异的正义，抑或正义的他者？——读〈正义与差异政治〉》，《师大法学》，2018 年第 1 期：第 360 - 366 页。

叶英：《不体面的种族歧视与得体的艺术表现——析美国电影〈杀死一只知更鸟〉》，《四川大学学报（哲学社会科学版）》，2009 年第 5 期：第 105 - 111 页。

第十八章

政治操纵:"黄祸"恐惧与反华仇华

——排华法案与汤亭亭的《中国佬》

历史事件之二十:排华法案

小说之二十六:汤亭亭《中国佬》

一、"排华法案"的出台

19 世纪四五十年代,清政府统治的中国经历着内忧外患,华工们或者受到美国加利福尼亚淘金热的吸引,横渡太平洋进入美国西海岸,或者到夏威夷的种植园、矿区,从事农业、采矿业和渔业,缓解了美国资本扩张中劳动力不足的情况。1868 年 7 月,经美国驻华公使蒲安臣(Burlingame)的斡旋,中美签订了《蒲安臣条约》(*Burlingame Treaty*),该条约允许双方公民往来,在对方国家从事贸易和工作。"从 1852 年开始,到 1882 年'排华法案'(*Chinese Exclusion Act*)通过之时,超过 30 万中国人进入美国,成为劳动力和技术流动的一个部分"(Yung,et al.,2006:1),为美国经济和社会发展做出了卓越贡献。

然而,19 世纪 70 年代起,加州出现了经济衰退和移民过剩。横贯大陆的铁路建成后,华工因其吃苦耐劳的品质成了白人雇员的有力竞争者,部分地区的华工因此成为社会不满情绪的发泄口。在当地白人公司和白人雇员的劳资纠纷中,资方往往利用华裔作为打破白人雇工罢工的筹码,因为华裔迫于生存的压力,能接受比白人雇员更低的薪酬。这样,华工就成为白人雇员仇视的对象。在美国,曾有白人联合起来大批屠杀华工。"针对华裔的暴力行动,尤其是在 19 世纪 70 年代和 80 年代十分猖獗。暴徒在华裔聚居地烧杀抢掠,实施私刑,驱逐华人,其目的是将华人赶出获利丰厚的职业和地区。"(Yung,et al.,2006:4)

最初,在中美两国的外交关系中,清政府仍具有一定的话语权。但是,随着列强的入侵,清政府越发变得孱弱无能,国家经济落后,税负繁重,民不聊生,国际上的弱势地位愈加凸显,政府无力为出境的华工提供庇护。"当时的清政府认为,国家无法全部顾及国内民众,出境的国民更需自善其身。"(Xu,2014:125)1880 年,中美修订《蒲安臣条约》,并与清政府达成了《中美续修条约》(*Angell Treaty of 1880*)。在修订的条约中,清政府同意美国限制华工入境。这一续修条约成为"排华法案"的依据。据美国官方统计,"从 1860 年到 1900 年,美国人口从 3,100 万上升到 7,600 万,在这 40 年内,大约有 1,400 万外国人移民美国。然而,1820 到 1882 年间,累计进入美国的华人不到 30 万,1882 年,仍居住在美国的华人只有 10 多万人"(Williams, et al.,转引自黄超,2013:44)。从以上数据可见,华裔移民在美国的数量远远低于其他国家的移民,尽管早期华工是美国西部建设中不可或缺的力量,但是华工没有强大的国家背景为支撑,逐渐成为美国社会令人失望的经济状况和与日俱增的不满情绪的宣泄口。

在华工到达美国之前,白人对中国人就存有偏见,这源于其文化中对华裔形象的扭曲和对古老的东方国家的离奇想象。在他们看来,"中国是落后、野蛮、衰老的国度,其国民,尤其是穷人是人类的渣滓。这群人和真正的美国人并非同类。而且,中国人是异族,与非洲人、墨西哥人和美洲印第安人一样,同为低劣人种"(Yung, et al., 2006:1)。这种态度的生成因素中,既有"白种优越论"的傲慢与偏见,也有第二次移民潮带来的恐惧。他们担心黄种人冲击白人的文化和价值观,威胁白人的优势地位。面对外国移民、种族矛盾、经济萧条和政治运动,既得利益者通过舆论主导大多数美国人的态度,充分利用普通白人民众的反移民情绪,甚至不惜滥用法律手段来确保自己的地位。

与此同时,社会达尔文主义在西方盛行,将弱肉强食的丛林法则理论化,把白人建构的社会等级秩序描述为一种自然合理的社会模式:"黑人和印第安人在社会的底层,基督教徒、美国人站在特权的顶端。社会的中层是来自东亚的种群,也就是那些东方人。"(Paterson, et al., 2010:167)他们不试图了解中国的文化和中国人的生活习惯,而将中国人看成无法揣测、没有道德、缺乏信誉的异类。在美国联邦政府层面,国会辩论中议员们渲染中国人口的总量,夸大问题的可怕性,传播想象中"黄祸"来袭的灾难故事。1870 年后,美国的排华风潮愈演愈烈。这些都构成了 1882 年"排华法案"广泛的社会背景。

在美国排华的诸多理由中,起到推波助澜作用的还包括反华媒体的偏见、两党竞选、人种差异以及经济因素。对于最早的华工的敌视,起到推动作用的是"劳工领袖,投机主义的政客"(Yung, et al., 2006:XV – XVI)。他们利用当时美国社会敌视华工的情绪捞取政治资本,以获得美国部分公众的支持。

媒体也将华裔的形象塑造为"无法融入美国的异族"，认为其语言，宗教信仰和身体形象，与白人主导的美国格格不入。从1850年到1879年，美国加州政府专门针对华工出台了一系列税法，旨在将华人赶出加州和美国。这些税收包括针对华人的"人头税""医院税""提篮税""警察税"等，名目繁多。随着局势的发展，对华人的人身暴力迫害逐渐增多，数以百计的华人被谋杀，施暴者却极少被惩罚（杨国标等，1989：205）。这让华工在美国的生活越发艰难。即使如此，华工仍节衣缩食，往中国老家寄钱，艰难地支撑远在万里之外的家人的生活。这一行为更是让华工在美国社会中被定义为"侨居者"（sojourner）。

美国国内对华裔移民的政策和态度，不仅折射了种族和文化敌视，还与美国国内形势与外交政策息息相关。南北战争之后，美国政府受到了来自诸多方面的威胁和压力，包括左翼社会主义运动、19世纪90年代的经济萧条、白人与黑人以及其他种族之间的矛盾、第二次移民潮、女性政治地位诉求等重重压力。同时，美国国家意识空前增强，随着资本主义的发展，美国需要一个相对集权的政治构架，进而建立其核心价值观。这种价值观是以安格鲁-撒克逊白人新教为核心的，带有强烈的种族偏见，俯视其他民族，根据种族和语言对其他族群进行分类，划定他者。

虽然美国国内仍有有识之士希望延续两国的友好关系，包括美国社会中的开明阶层、亲华人士、中国驻美的使节官员、华人团体、美国亚洲协会、美国商界和传教士等（刘建林、周聿峨，2008：52），但是大规模的排华行动还是在1882年前后爆发。友好团体和人士做出了不懈的努力，力图扭转排华浪潮。中国本土也发起了抵制美货运动，对美国的对华贸易产生了影响，"给美国社会也造成了巨大震撼，引起美国商人对美国政府政策的抗议"（陈英程，2013：105）。与此同时，华裔中有胆识、有正义感的人士为争取权利，诉诸法律，做了一系列的抗争。"黄清福、林华耀与伍盘照等独立于中华会馆和官方外交的华侨、华人领袖为反抗美国排华运动做出了重要的贡献。"（陈英程，2013：50）此外，在美国"排华法案"通过之前，清政府外交官郑藻如与美联邦政府进行了交涉与协商。这些努力虽然未能阻止《中美续修条约》通过，但使该条约将禁止华工入境的时间由20年减少到了10年。

此外，华裔诉美国政府案，也起到了推动美国平权运动的作用。1862、

1886、1898 年的诉讼案,促使美国宪法中添加条款,禁止歧视。华人组织也要求惩罚针对华裔的暴力行为。他们发动罢工和抵制活动,也利用法律和外交渠道来维护自己的权利。他们的努力为美国法制公平和健全做出了重大贡献。经过这一系列诉讼案,美国最高法院表示"来自任何国家或种族的人都享有同等的法律保护"(Yung, et al., 2006:5)。中国使馆也给美国政府施加压力,要求其遵守与中国政府的协定,并且代表遭受暴力侵犯的中国人讨回公道。为应对种种歧视与迫害,华裔被迫联合起来,成立联合会或者会堂,如纽约华裔洗衣工人联合会等。这些协会对外代表华裔与白人打交道,对内起着组织和管理的作用,为华裔提供保护并解决纠纷。华人社团组织的出现,更加深了白人群体对华裔的偏见,更使得华人被看作不能在"大熔炉"中消融同化的异类。在政界、商界和媒体一些别有用心的人的煽动下,本已偏激的公众情绪,被诱导为对华裔群体的集体仇视。

美国的排华运动导致美国国会于 1882 年推出并通过"排华法案",而这一违宪法案的出台,标志着排华运动达到了登峰造极的地步,从地方风潮转变为国家层面的法律。该法案主要针对华工及家属,豁免了商人、学生、教师、游客和外交官,规定其他华人一律不准入境。"排华法案"既是"美国历史上第一部基于种族的理由而限制移民的联邦法律,也是唯一一部针对某特定族裔移民(即华裔移民)的歧视性法律"(Lew-Williams, 2008:201)。这一法案改变了美国的移民政策。自此,美国就不再任由移民进出,而由权力集团决定移民的接受或遣返。此法案之后,美联邦政府又出台了一系列带有种族主义色彩的移民法律。可以说,1882 年是美国移民史中"开放时代"与"监管时代"的分水岭。

自"排华法案"通过以后,加州和联邦相继推出了多项进一步限制华人移民的法案,如 1888 年的《斯哥特法案》延伸了"排华法案"的内容,禁止居美华侨在离开美国后再次入境;又如 1892 年的《季李法案》(Geary Act)将"排华法案"的有效期延长了 10 年,并于 1902 年再次无限延长该法案的有效期(曹雨,2015:44)。这样,"1882 年,经由海关进入美国的中国人为 39,597 人,1883 年锐减到 8,031 人,1884 年再减到 279 人,1885 年又减到 22 人,1887 年达到最低点,仅 10 人"(伍媛媛,2014:82-83)。"排华法案"实施之后,华裔在美人数减少了 3 万人，"华裔在美人口从 1890 年的 107,488 人降低到 1900 年的 89,863 人，再到 1910 年的 71,531 人"（Lew-Williams，2008：201）。随着愈加严格的边境检查，移民也找出了更隐蔽的方式绕过边检进入美国。"也有华工躲过移民控制，通过新路径和法律途径进入美国。"（Lew-Williams，2008：196）

历史上的美国移民政策也因国内和国际形势的变化而出现过变化。华裔美国人群体的国家话语也相应地发生着变化。第二次世界大战期间，中国成为美国的盟国，两国关系得到改善，华裔被允许参军。二战期间，有 1.3 万名华人直接参战，占全体美籍华人的 17%（秦祖明、梁纪超，2014：127）。考虑到适合参军的年龄和性别要求，这个比例让人不免想象，华裔青年为改变华裔族群在美国的形象所做的努力。他们奔赴战场，出生入死，以期赢得美国主流社会的认同。在同仇敌忾的战斗中，华裔的美国身份得到较多的认可，但相对于在美国的白种人，亚裔美国人更容易受到不公正的待遇，这一现状整体上并未得到改善。

1943 年，国会议员提出废止"排华法案"，"为了让中国在亚太地区牵制日军，并应对日本关于美国排华的宣传"（陈英程，2013：108）。同年，美国国会通过《麦诺森法案》（*Magnuson Act*）废止了"排华法案"，允许中国人移民美国并加入美国国籍。这是自《外国人入籍法》（*Naturalization Act*，1790）颁布以来首次允许中国人加入美国国籍。但每年中国人入境限额为 105 人，"这个法案的象征作用要远远大于对移民的实际影响"（曹雨，2015：44），同时也标志着美国白人主流社会根据国际形势的变化和国家需要，开始接受华裔美国人。直到 1965 年《入境移民与国籍服务法案》（*Immigration and Nationality Services Act*）实施，美国才解除了对亚洲移民的限制。这一系列"排华法案"的废除，是华裔美国人努力的成果，也是美国国家政策适应世界格局变化的需要。

1956 至 1965 年，受二战后美苏冷战以及美国对新中国推行遏制政策等因素的影响，美国国务院与司法部联合行动，反对非法移民，推出了坦白计划。"坦白计划"的全称是"华人坦白计划"（Chinese Confession Program），要求非法入境的华人移民，尤其是所谓的"证书儿子"——通过假证书以直系亲属的身份顶替入境的中国移民——前去坦白其欺骗行为，以获得合法身份。有

3万多名在美华人按"计划"的要求前往政府机构,承认了其非法移民行为。他们中的大多数都获得了合法身份。该计划造成了美国华人社会族群之间的矛盾,带来了污名化的结果,为政府的歧视性政策提供了依据,产生了深远的影响。"坦白计划"为"强化对唐人街中左翼人士的监管、发起管制美国华人移民的威慑运动提供了强有力的论据",同时导致华裔美国人之间相互戒备,甚至兄弟阋墙。1956至1965年间,这一计划"不仅损害了家庭间与朋友间的忠诚,而且单单一个自首者就能毁掉整个家族(的融洽)"(赵辉兵,2015:110)。该计划是一项针对在美非法华裔的政策,虽然没有正式作为法令出台,实际上却让家庭、亲戚、朋友、邻居之间相互防范,使本来紧密的华裔社团产生无法复合的裂痕。这样,华裔移民的身份再一次面临危机。在100多年的历史中,不同时期的针对华裔的法案与计划如影随形,随时提醒华裔美国人其国民身份的不确定性。

如前所述,美国对华裔美国人的政策,与中美两国的外交关系、经济实力对比和意识形态差异密不可分。长久以来,中美关系或多或少地影响着华裔在美国的生存境遇。1992年前后,出于意识形态的考量,美国针对以留学身份赴美的学生或学者出台《中国学生保护法》(*Chinese Student Protection Act*)。名义上是针对华裔学者和学生身份,但在实际执行过程中,却并未加以甄别,"至少有5万在美非法居住的华裔借此机会获得了美国的永久居住权"(Zhao,2010:21-22)。美国出台的与华裔相关的移民法,与华裔群体本身的表现并不直接相关,更重要的是美国政府在不同时期,根据需要将其塑造为何种形象。华裔美国人的身份或地位的浮动,与美国或对中国的拉拢,或对中国的牵制,或对中国国内事件的利用,都密切关联。同时,法律也常常充当意识形态的助手,既可以赋予华裔美国人公民身份,也可以以某种理由将其剥夺。这一点,从多年来曝光于媒体的多起美国政府诉华裔的所谓"间谍"案可见一斑。

然而,随着时代的变迁,华裔美国人获得了越来越多的话语权。2011和2012年,美国的参众两院分别以全票通过了两个决议案,为过去100多年时间里针对华裔出台的歧视法案道歉,也为美国历史上针对华裔的迫害事件道歉。这两个议案追溯了美国历史上一系列法案中对华裔的歧视与偏见以及此类法案造成的华工的生存困境以及华裔移民与家人相隔重洋的不幸。两个致歉案均承认"排华立法有悖于独立宣言和美国宪法的原则"（邹奕，2013：133）。尽管一系列"排华法案"早在二战期间就被《麦诺森法案》废止，但这一正式的官方致歉在百余年之后得以通过，是无数次抗争和不懈努力的结果，也是华裔美国人历史上标志性的胜利。

二、汤亭亭和小说《中国佬》

汤亭亭（Maxine Hong Kingston，1940 -）是当代美国华裔作家的杰出代表，因长篇小说《女勇士》（*The Woman Warrior*，1976）成名，而《中国佬》（*China Men*，1980）更是为她赢得了巨大的声誉，获美国国家图书奖和美国书评家协会奖。这两部小说奠定了她在当代华裔作家群中的领军人地位。

汤亭亭是第二代华裔美国人，出生并成长于美国，接受了美国的大学教育。成名作《女勇士》具有自传体的特征，其中自强自立的女性形象让无数年轻女性心折，因此这部小说在 20 世纪 80 年代初的美国大学中具有十分广泛的影响力。但是，她的作品对中国文化的重新书写，遭到了以赵健秀为首的华裔男性作家的诟病。《中国佬》出版之时，最开始被当作传记作品，收获的是美国国家图书奖中的非虚构作品类奖项。小说用整整一章的篇幅，列出了美国出台的一系列针对华裔的法案。在说明其用意时，汤亭亭说，这是为了让读者最直观地了解美国对华裔的歧视与迫害。学术界对这部荣获美国文学大奖的作品的讨论，多集中在汤亭亭的小说创作技艺方面，如对中国神话的改写、口承叙事策略和男性形象的建构等，也有与族裔身份相关的研究，或者讨论其"不惜笔墨描述的战争画面及其现实意义"（李书影，2014：158）诸方面。

最早的华裔从 19 世纪中期开始到达美国，足迹遍布夏威夷种植园，也到旧金山淘金、内华达山脉修建铁路等，经历了过客、定居者和公民三种身份的转换。在此过程中，他们为开发和建设美国做出了不可磨灭的贡献。《中国佬》以家族史为主线，讲述了"我"的曾祖父（曾外祖父）、祖父、父亲、弟弟和堂表兄弟 4 代人在美国的经历，再现了被主流话语遮蔽的移民历史。《中国佬》讲述的早期华裔移民的故事，包括在美国西海岸金矿采矿的先祖，历经千难万险修建美国跨州铁路的先祖，在夏威夷开荒拓土、砍伐树木、种植甘蔗的祖父，羁留在天使岛上惶惶不可终日的同胞，在城市雾气蒸腾的洗衣房中劳作的父亲,在唐人街上孤单无依的叔父们和自认是美国人并为越南战争出生入死的弟弟,既颂扬华裔男性为美国发展做出的贡献,同时也揭示出他们"在美国社会中的边缘地位和失语处境"(陈香玉,2015:131)。小说中世世代代的华裔美国人,在迫害与仇视中挣扎,在恶劣的生存环境中谋求立锥之地。在获得了基本公民权之后,他们又要面对文化认同的问题。这些华裔美国人在美国的不同历史阶段,都在不停地与种族歧视的偏见和种族歧视政策进行着对抗。

《中国佬》由6个主章和12个副章构成。主章与副章结构上相互独立,主题上遥相呼应。主章中的故事记录四代男性华裔移民在美国的经历,而副章则呈现历史语境和文化特征,以此烘托和强化主章的叙事,内容涉及法律条文、新闻报道、中外神话、民间传说和鬼怪故事的改写。这种叙事结构"使得文本叙事更具寓言性,使读者在阅读过程中感悟、认识到华人移民先辈如何成为美国祖先,华裔后代怎样成长为美国人"(丁夏林,转引自汪顺来,2016:35)。小说的结构也可以看作汤亭亭模仿了中国传统话本的楔子结构。副章的鬼故事、神话传说、民间故事如同中国话本中的楔子,在实际表演中,起到静场作用。而且,副章篇幅短小,但与华裔先辈们的经历在主题上暗合,让情节更加生动。

汤亭亭的作品令人更多地关注作为边缘群体的华裔美国人。官方记录中华裔历史的缺失,激发了她重新书写塑造华裔形象、书写华裔经历、让华裔的历史进入公众视野的决心。她在《中国佬》的序言中写道,重书历史就是要将华裔对美国的贡献彰之于众。这种书写不是记录式的,而是利用了文学叙事的手法与策略的一种美学再现。《中国佬》正是采用了一种新的记录历史的方式。

这本书出版之际,也正是新历史主义开始盛行的时期。在20世纪七八十年代美国的社会思潮中,对历史的再思考,对宏大叙事的质疑,对权力与话语的操控力量的认识,既影响了历史学者,也影响了一大批有社会责任感的作家。新历史主义强调历史的文本性和叙事性,强调书写者的意图,模糊了虚构与非虚构、历史叙事与小说之间的界线。在风起云涌的少数族裔平权运动的大背景下,汤亭亭以小说形式再现的历史,以其个人化、故事化的叙事特征和生动鲜活的人物打动了美国读者。更为重要的是,"作品也因此解构了美国的白人神话,宣示和重构了华人的历史"(孙坚,2016:194)。她的作品也因此成为华裔美国文学史上标杆性的重要作品,并让华裔美国文学走进了主流美国文学史,成为后殖民背景中代表多元文化的声音。

汤亭亭的《中国佬》中,"法令"一章在虚构故事中插入纪实部分,占据作品的中心位置,起着举足轻重的作用,"为文学对政治、经济以及历史所产生的意义提供了佐证"(丁夏林,转引自汪顺来,2016:35)。这种虚实相间的书写方法,一方面连接了小说故事与真实历史,另一方面也增加了小说对官方历史颠覆性再现的力度。《中国佬》写华裔美国人的经历,既是一部遭受歧视和压迫的苦难史,更是一部华裔移民的英雄史。其故事取材于历史,多基于社区的流传或长辈的记忆,但又不拘泥于事实。因此,小说"运用想象,通过虚构的手段,在文学领域中以华美自己创造的新大众历史取代主流社会创造的旧大众历史,进而以大众历史质疑美国官方的宏大历史,产生积极的政治意义,发挥正面的社会影响"(赵文书,转引自张延军、孟利魁,2013:75)。

华裔历史得到官方的承认对于华裔美国人自我身份的确立至关重要。主流话语对于华裔在美国的贡献的缄默,可以看成是对华裔男性的去势。张敬钰认为,"华裔从事的主要是体力劳动,但被视而不见,避而不谈,'被去势'指的是这种现象。早期华裔先祖修建铁路,开采金矿,在种植园里劳作的种种贡献,都被忽视"(Cheung,1993:107)。华裔移民历史并不局限于金山寻梦的华裔和他们经历的歧视与迫害,还包括他们参加二战和越南战争时面对的种种不幸:军队中的种族歧视和对死亡的恐惧以及由此产生的对身份的思考。张敬钰代表华裔作家道出了华裔美国人对重新以某种形式书写华裔历史的渴望:"想要了解,见证,并将其作为'救赎'的手段,这一心理激发了近几年学术界认识并理解历史与殖民的热情——换句话说,对于记录的渴望"(Cheung,1993:120)。民权运动之后,华裔美国人被忽视与歪曲的历史才有所改变,华裔历史才进入大众视野,得到更广泛的公众认知。通过重新书写历史,《中国佬》揭露主流话语对华裔对美国贡献的遮蔽,呈现了华裔先祖在夏威夷的甘蔗种植园中、在加州的金山矿场、在修建跨美洲大陆的铁路中不可磨灭的功勋。汤亭亭的作品以瑰丽的想象力重新书写了华裔的性别、种族和文化,将华裔先祖书写为强壮、勤劳、富于创造力的个体,从而对抗美国主流话语中的偏见。

华裔美国人的历史形象经历了从"黄祸"到模范美国人的变化。自华裔进入美国开始,这一族群的知识分子就从未放弃过为华裔发声。汤亭亭虚构的华裔美国人历史叙事,起到了补充、重写或颠覆官方记录的作用,形成了与主流话语对抗的力量。美国国家的主流历史通常为白人所记录,因此,反映的是官方的、主流的历史观。正如日裔学者高木所说:"关键的问题不仅是讲述谁的历史,更为重要的是谁来讲述。"(Takaki,1989:174)在美国学界占据统治地位的是白人历史学家,他们更多关注的是白人的历史,同时,少数族裔留存的种族历史资料较少,他们只能依赖日记、照片、口传故事作为讲述历史的材料,采用小说等非历史的文体"迂回"进击,策略性地将自己的表述呈现于美国大众面前。

三、"排华法案"等官方文件与华裔身份焦虑

《中国佬》中对华裔历史的书写,与法律文件一直存在着错综复杂的关系。从祖父用一袋金子购买的身份证明,到"证书儿子"中的身份证明文件、父亲的房屋地契、母亲的文凭,再到被合伙人欺诈的洗衣店的合同,这些文件无不讲述着华裔美国人的身份焦虑,也代表了华裔融入美国,从法律层面接受自己美国公民身份的心理过程。小说《中国佬》也可以被看作华裔美国人希望将一代代先祖经历建成"档案",写入美国历史的渴望。

雅克·德里达追本溯源,给出了"档案"的词源。他从古希腊中该词的含义说起,认为这个词是"权力的开端,*archon*,本意是行政长官和他的居所,他的法庭(justice room)和法典"(Derrida,1996:9)。行政长官的宅子,就是实施权力程序和储存先例记载的地方,是执行法律之处。行政官的权力赋予官方记录权威,于是档案的建立就和政治权力联系在一起。德里达认为,"没有对档案的控制就没有政治权力的存在,民主的有效性可以用这一基本的标准来衡量:参与并且能够获得档案的权力、建构过程和解释方式"(Derrida,1996:4)。文件代表了华裔的身份。在二战之前的美国历史上,对华裔的限制是常态,不像白色人种移民那样,可以轻易获得公民的权利。因此,华裔一直怀有"档案狂热",即保留文件与证明身份的焦虑。这是在一系列"排华法案"的阴影下,对于自己美国身份的内心不安的外在表现。同时,保留身份证明,也相当于保留了他们身份诉求的阐释权,或曰美国公民的话语权,是让华

裔族群的历史成为美国国家档案一部分的努力。

华裔美国人在美国的身份认证,经历了从"肤色认知"到"名声认知",再到"官方身份"认证的过程。最初的华工在美国是以肤色的不同与其他种族的移民区别对待的,进而又以语言与文化的不同而与主流隔离。他们在美国经历了长时间的"名声认证",即在天使岛上,证明身份的文件的真实性也受到质疑,天使岛上的官员凭借个人主观判断,通过盘诘入境华裔的生活细节来证明其身份。之后,文件所代表的"官方认证"逐渐取代了"名声认证"(Roberston,2005:80)。个体的身份以文件的形式被固定下来,以备日后对个体身份进行查验。这三个身份认证过程,伴随了美国联邦政府官享权力的扩大,即,官员可以裁定成为美国公民的新移民的资格。其中尤为重要的是这种权利背后的种族因素,即,对于20世纪中叶进入美国的非白人移民,其肤色可以成为一个重要的选择考量。在《中国佬》中,身份认证过程的变化与几代华裔移民在美国的经历紧密地交织在一起,决定了无数华裔移民的命运。

美国华裔移民史得到了众多华裔知识分子的关注、研究和书写。他们的目的有三:一是彰显华裔的历史存在,二是反映华裔在美国的生存状态,三是让美国人了解塑成华人品性的中华文化之根。到了20世纪70年代,在后殖民理论和多元文化思潮的影响下,华裔历史开始得到从民间到官方自下而上的关注。很多"史料"被发掘,其中包括华裔的口承历史,他们在天使岛墙上刻下的纪录,遗留下来的故纸堆中的华文报纸,甚至是掩藏在"家宅阁楼上蛛网尘封的家族历史的个人记录"(Yung, et al., 2006:4)。另外,其他涉及范围广泛的资料成了回看历史、重新解读历史的宝贵素材:"移民文件、商务往来的记录、社团的记录、法律和政府文件、个人写作、演讲、证词、书信往来、出版的材料、口头历史的访谈、杂志和报纸、宣传册和通讯、自传、诗歌、民歌。"(Yung, et al., 2006:xviii)这些可以充当史料的文献被整理、重新呈现或用中文或英文被重新书写,从而大大丰富了短暂的华裔美国历史。这样的史料也是汤亭亭对华裔美国历史进行想象再现的重要资源。

尤为重要的是,这些文献和故事触及并揭示了华裔美国历史上十分重要的事件——1882年的"排华法案"。这是华裔美国历史的关键点,也是汤亭亭小说中涉及的众多华裔历史重大事件之一。除"排华法案"外,与华人相关的重大事件还包括抗日战争、第二次世界大战、20 世纪 50 年代开始的冷战、美国针对华人的"坦白计划"、20 世纪六七十年代的民权运动、1965 年的"移民法案"、20 世纪 70 年代与中国邦交正常化以及 20 世纪 90 年代初的意识形态碰撞。《中国佬》的故事也是跟随这些事件演进的,其现实性和历史性赋予了小说深远意义。汤亭亭的叙事策略是将私人记录作为历史记录的基底,采用一种虚构与纪实相结合的书写方式。她的书写本身是华裔"档案迷恋"的表现,在饱含深情的笔触下生动再现了个体人物的经历,通过小说中的人物命运与各种形式的档案的关系,映射出华裔集体的身份焦虑。

大批华裔是通过"证书儿子"的方式进入美国的,因此由身份造假而产生的焦虑会持续几十年。1906 年旧金山大地震之时,移民局档案被焚毁。这样,华裔移民可以宣称自己在"排华法案"出台前就已加入美国国籍,从而得以出入美国边境。美国的法令规定,探亲华裔在中国出生的儿子可以进入美国。这一项规定使得 1910 至 1940 年间,约有 17.5 万人进入美国境内。进入美国之时,携带证书的华裔移民仍然会被羁留在天使岛上,并受到严格的反复拷问。在当时,尽管有证明身份的文件,带有持证人照片的护照并未广泛应用。赴美移民的身份确定,更多是靠移民局官员的个人判断以及他们反复、详细的讯问。

尽管 99% 以上的赴美华裔最终得以进入美国,但有大量华裔新移民被羁留在天使岛上长达一年之久。被关押期间的焦虑与对未来命运的不确定以及不定期的审问,导致他们中的一些人不堪重负,自杀身亡。讯问的内容包括村中具体细节、猪羊数量与家居格局。移民官员将口供作为证据,用来判定个体身份的准确性。

第二天,几家人把文件又翻出来——签证、护照、再入境许可证、美国出生证明书、美国公民身份证明文件,再将它们一一分发。爸爸和三伯初次出门,表示对购买美国身份证明文件感兴趣,愿意被金山住客,即美国法定公民收留。这些美国人每年来访问中国时都会申报有一个新生儿出生,因此有许多"证书儿子"的"额位"。如果某个过客回国或者死了,他的额位就会空出来,这样就会有其他人会去占这个额位。证书的最后继承人就会把有关细节如房产、农田、邻居和他现在的家庭情况告诉给新的证书买主。证书还附有一本考试册子；那些拥有一套证明书的人都在册子上面记载着移民局洋鬼子所提的问题以及他们的回答。准备去美国的人还将这些内容编成押韵的顺口溜……爸爸还为那些出国文件的新继承者们念考试册子，它们一起跟读，以便能记住另一个人的生平，一个前后一致的生平，一个美国人的生平。（汤亭亭，2000：41）

"一个前后一致的生平，一个美国人的生平"这一表述，让人不禁慨叹移民要面对的矛盾与内心冲突。他们在成为美国人的过程中，必须要放弃自我，去接受一个虚假的身份，才能在美国立足。在 1882 年的"排华法案"以及之后一系列法案的存续期间，大批华工利用"证书儿子"的文件作为身份证明进入美国。"证书儿子"这一名词同时具有证明与颠覆的双重意义。它体现了以虚假身份文件进入美国给华裔带来的焦虑。一方面，"证书儿子"中，"儿子"一词表达了血缘关系，折射了美国以血缘确定国民身份的政策。"证书"是身份的证明，用来确立官方身份，以官方文件的形式限定了血亲的法律效力。另一方面，身份证明的文件和本人并非同一人，顶替者必然带来自我认知焦虑。当时护照并未被广泛使用，文件上也没有文件持有人的照片，官方文件的权威性被弱化。对于当时的美国官方来说，由于技术手段的限制，不能够确定文件与持证人是否对应。美国移民局不得不用移民官的盘问与主观判断来确定两者是否相符，因此也给身份证明以模糊性。《中国佬》记录了被羁留在天使岛上的华裔的生活。他们面临的是遥遥无期的等待、官方反复盘问和被遣返的焦虑。"他读着墙上写的诗。那些会写诗的人写诗抗议这种囚禁生活、这间木屋、这些不公正的法律以及懦弱无助的清朝皇帝。他们写下了困惑、孤独和恐惧。"（汤亭亭，2000：51）

除了冒名顶替的身份证明之外，汤亭亭的小说还呈现了以"排华法案"为代表的排华浪潮带来的另一种后果。《中国佬》中讲述的阿公的故事，其中涉及了证明身份的代价：

那位国籍法官展开一张用金丝带扎起的牛皮纸，阿公用一袋金子把它买了下来。"你有选举权，"那位国籍法官又说，"有上法庭申述的权利，有购买土地的权利,不必再交华人税了。"阿公把这张纸贴身带着,它会保护他,使他免于被抓和非法处死。他早就是这个新国家的一分子了,但现在他有了法律保障。(汤亭亭,2000:143)

可是阿公却发现,在大规模驱逐华工的过程中,美国政府并不承认其文件的合法性。阿公被欺骗,几乎损失了全部家当。他的经历似乎是个案,实际上却是美国排斥华裔的浪潮中华裔不安全感的集中体现。在"排华法案"及后续的一系列日趋严苛的法案通过并存续的 60 多年间,随着美国政策变化,证明华裔在美国身份的文件的合法性,随时可能失效,因而华裔时时都有面临被驱逐出境的可能。在《中国佬》中,阿公被驱逐、被普通美国民众救援的经历,让读者看到了华裔群体的坚韧品质和强烈的生存欲望以及普通美国民众的同情心。华工们在充满排斥和敌意的氛围中忍辱负重,艰难地求生,并在遥远的美洲大陆扎下根来。

在美国历史上,少数族裔需要有官方记录来证明自己的身份,而白人移民作为多数,凭借其肤色就可以轻而易举获得美国公民的身份。华裔在美国曾是未被官方记录、没有身份的群体。尤其是早期华裔移民,他们不得不为自己的公民权利做艰苦的斗争。在汤亭亭的笔下,华裔移民无法在新大陆随遇而安,身份合法性一直令他们焦虑,因此对于他们而言,获得合法身份的证明文件至关重要。身份文件成了他们唯一可以保护自己,对抗排斥、偏见与驱逐的护身武器。

与清政府达成《中美续修条约》之后,美国国会随即接连通过了一系列排华法案。其中,1882 年的"排华法案"规定:"自本法通过后的 90 天期满之时,到本法通过后的 10 年期满之时,中止华工进入合众国;在中止进入期间,任何华工进入合众国,或者,已于上述 90 天期满后进入合众国并逗留在合众国,均为非法。"(转引自邹奕,2013:5)"排华法案"专门为合法华工的出入境建立了身份证明制度,准许因故暂时离境的合法华工返回美国。1888 年的《斯科特法》(Scott Act)规定,将不再签发"排华法案"中的身份证明文件,并且不再准许华工入境。身份文件决定了华裔个体是否能够和家人团聚,是否可以出入美国边界,也决定了华工一旦进入美国,就无法回到中国。《中国佬》中叙事者阿公和八公都因为法律限制和信息封锁，不敢回中国，其人生因为"排华法案"被彻底改变，离开故土之后，再难返乡。

"排华法案"是与华工切身利益息息相关的文件。作为法律，法案代表了国家机器的权力意志。尽管之前有《蒲安臣条约》保障中美两国交互往来，但是，美国根据本国发展阶段的需要，先是修订了该条约，接下来废止了该条约。法律条文之间发生冲突的时候，更符合眼前利益的后续条约会成为法律的依据，前一个文件则被否定。条约界定了国家之间的关系，"排华法案"以法律的形式，定义了中国人进出美国的权限。这种条约的修订和法律的出台折射了当时的中美关系以及美国国家政策。"排华法案"与其他接踵而来的法律规定，把华裔群体和其他国家的移民在法律上区别开来，将边界内外的人隔绝，导致无数华工一辈子无法返乡，亲人终生相隔。他们必须做出终生留在美国或是返回中国这样非此即彼的选择。

汤亭亭在《中国佬》中刻画了那些单身、孤老终身的男性亲属，如孤独死去的四公和不知所踪的三公。承受一系列"排华法案"带来的痛苦，并面对生活中的种种艰难，是一种典型的美国华裔生活模式。华裔男性被困在美洲，移民法案使夫妻或家人天各一方，家庭成员被分隔在大洋两端。《中国佬》中的舅爷爷是这种骨肉分离状况的典型代表。他与妻子远隔重洋半个世纪，妻子在90多岁的年纪想方设法离开内地，到达香港，想与他在离故乡最近的地方再见一面。然而，他却无法成行。最终，相隔半个地球的夫妻俩，历经了大半个世纪的分离，临终前也未能见上最后一面。

两个人面临的阻碍不仅是来自跨越半个地球所需要的旅费，还有对于时间和空间的恐惧。在两国关系紧张、在美国处处遏制中国的情况下，高公不敢去中国香港与妻子见面。美国媒体对当时中国共产党的污蔑让他心生恐惧，他无法预知回到当时的英治香港之后，是否还有可能返回美国，是否会受到迫害，"头顶被钻一个洞，然后往里面灌上肥皂水，进行洗脑，把他洗成一个共产党。他得整天整夜地站着，不准睡觉，直到他的头脑变成了一个共产党"（汤亭亭，2000：184-185）。而且，回归故土的思乡情感和在美洲大陆上生活了一辈子的习惯也形成了冲突，纠结缠绕，最终老夫妻俩都抱憾离世。"高公决定不回去。"小说中用了"从来不"（never）和"永远不"（forever），这是两个可怕的字眼(汤亭亭,2000:186)。读者可以从小说的侧面看出,为了意识形态需要,美国官方话语和媒体把中国塑造为一个恐怖之地,这样的宣传在华裔美国人中引起了恐惧。

除了一系列"排华法案",《中国佬》还涉及了与华工权益最直接相关的赴美劳动契约问题。劳动契约是具有法律效力的文件,是为了保障劳资双方的利益而明确规定的双方的权利和义务。但是,契约条款中没有华工权利的保障。为改善生活条件奔赴夏威夷甘蔗园工作的祖父,签订的契约只能保证其基本生存,终日劳作只能获得低廉的报酬。而且,雇主利用自己的语言与金钱优势,利用法律的空子,变本加厉,盘剥劳工。华工若违反规定就会受到鞭打,或者扣减薪酬。契约用英语写成,对于不能说英语,更不认识英文的祖父来说,只能受别人的辖制与摆弄。契约简单地规定了签约双方的责任和义务,简单导致的含糊性使其不能够全面保障劳动者的权益。

在契约的执行过程中,监工为了提高工人的劳动效率、获得最大的利润,规定工人干活时不能说话。说话权利被剥夺又导致了祖父心情压抑、健康受损,只能通过咳嗽表达自己的愤怒。"当洋鬼子们吼叫着催促他们干活快点,再快点儿时,他以咳嗽作答。深沉、悠长、响亮的咳嗽声中夹进了咒骂。当洋鬼子鞭打他的马匹,灰尘从棕色的肋腹升起,他从内心深处以咳诉说,正好一个音节代表一个汉字"(汤亭亭,2000:103)。劳动契约作为一种文件,直接影响着华裔美国人的切身利益。契约确定了华裔美国人劳动力的身份,与后来的"排华法案"中定义的华裔美国人身份形成呼应。但是必须指出的是,在"排华法案"的阴影下,赴美劳动契约在严格意义上规定了华人劳动者的身份,而不是像白人移民那样,附加美国公民的身份。

"排华法案"似乎只针对华工,但在事实上构成了对整个华人群体的歧视。在实际执行过程中,就连"排华法案"限定之外的中国政府驻美外交人员,也感受到了强烈的屈辱,例如1886年,中国驻美公使张荫桓被海关拒绝入境。《中国佬》中汤亭亭也记录了清政府驻美外交人员因不堪忍受警察羞辱愤而自杀的真实事件。小说为读者呈现了当时的社会历史背景,描述了在这样的背景下对中国人的歧视性法案如何在具体执行者手中被变本加厉以及这一现象带来的后果。比如,后来的天使岛移民拘留营就与"排华法案"密切相关,在那里,华裔新移民被长期拘禁、审问,致使进入美国的华人新移民遭受了身体的摧残和心理的折磨。歧视法令将天使岛变成了"魔鬼岛",变成了华裔美国人屈辱的象征。

"排华法案"造就了美国华裔的"单身汉"社会,也让他们的生活局限在自己的社团之内。这个自成一体的小社会,通常只能按照自己的规则做事。由于语言不通,华裔社团的成员很难利用法律保护自己的权利。《中国佬》中,父亲被剥夺了洗衣房的股份,因为其他的合伙人能够拿出签订的合同,而合同上没有父亲的名字。

> "这手续是合法的,"伍德罗说,"瞧——还在洋鬼子法院里注过册。"那是用英语写的。埃德已无计可施。他们已合伙将他在洗衣房的股份骗走了。(汤亭亭,2000:71)

"父亲"被华裔同伴算计,失去了辛勤劳作的收入,也失去了谋生的基础。中国人传统观念中有对血亲和乡亲关系的信任。对华裔的歧视政策导致美籍华人与主流社会隔绝,致使华裔社团的生活范围相对封闭,生活中的众多方面都必须信任和依靠家乡人、同族人。但在汤亭亭的小说中,随着环境的变化,人际关系中的信任感常被贪婪和私利取代。由于缺少法律保护,作为个体的华裔美国人需要承担更大的风险。叙事者"父亲"的经历,折射了难以融入白人主流社会的华裔小社会面对的生存压力。"父亲"所在的社团是整个华裔群体生活状态的缩影。"排华法案"造成了华裔社群的相对封闭性,也带来了包括维权在内的各方面的生存挑战。

一系列歧视和排斥华裔法案的出台与推行,让华裔群体内部人与人之间的关系发生了变化。小说中,父母节衣缩食,试图让雇主帮着购买房子,却一次次遭到欺骗。无奈之下,父母攒钱,买到了另一所房子,终于有了安身之地。雇主的反悔和父亲洗衣房股份被骗走的经历一样,都源自系列"排华法案"影响下的华裔社团组成方式和雇佣关系。在缺少具有法律效力的纸质文件、与外界以法律为主导的世界隔绝的情况下,唐人街形成了自己的规则,其中起到组织和替代官方权力作用的是"堂"。此类带有源文化色彩的机构的确能起到保护作用,但也有盘剥的性质。而且,这样的机构主要是以人际关系和亲情关系维持其动态平衡的。"排华法案"在二战之中被终止,民权运动之后,华裔人群接受主流的高等教育,封闭的社团才逐渐开放,他们作为美国公民逐渐受到美国法律更多的保护。

最早到达的华工是抱着侨居的心理进入美国的。然而,在"排华法案"的压迫下,他们不得不接受客死他乡的命运,无法心安理得地认定自己的归属。若返回中国故土,他们就无法再进入美国;但是美国毕竟是异乡,加之当地人的排斥,使他们难以获得文化认同,随遇而安。《中国佬》中,叙事者"父亲"那一代人是抱着要在美国定居的心理偷渡到美国的。"父亲"的形象代表了新旧两代华裔的心态转变。"母亲"在中国拿到了教会学校的文凭,终于可以在十几年之后与父亲团聚。证件对于身份的重要支撑作用毋庸置疑,她的文凭是基本语言能力的有力证据,也成了她实现融入美国社会的愿望的通行证。"尽管有不利她入境的法律规定,但由于文件齐备,她还是被获准上岸。她成功移民美国,更证明了她的身份的牢固性。"(汤亭亭,2000:66)教会学校的文凭成为一种社会身份的证明,也是绕过"排华法案"的一个重要方式。因此,"母亲"进入美国的方式同样具有一定的代表性。她以接受西式教育、掌握英语、取得文凭、了解认同美国文化为途径获得了美国的接纳,进而在美国定居,成为新华裔移民。这样的选择与先辈金山客完全不同,后者是以"挣钱回家"为目的。母亲的经历反映了华裔代际差异和对新居地认同感的差异,反映了部分华裔移民心理上从侨居到定居的转变。

"排华法案"代表美国文化主体对他者的歧视与排斥,在这样的语境之下,华裔移民对身份档案的热衷,实际上表达的是对身份困境的无奈——一种逐渐失去以乡情为纽带的凝聚力的无奈,一种对口头契约文化瓦解的无奈。昔日绑定身份的依靠,在"排华法案"的压迫之下失效,被强大的异质文化消融。无法融入主流社会的华裔不得不面对内部规则,施行权宜之计,寄人篱下,得过且过。他们必须面对更大的不确定性,承担更大的风险,忍受更大的心理痛苦。

四、作为史料的文件与文件化的历史

照片在小说《中国佬》中屡屡出现,多次被提及,与官方历史形成有意义的对比，从而成为重新书写的华裔历史佐证。作家的意图十分明显，希望以此为少数族裔发声，填补官方历史留下的空白。官方叙事也将照片作为一种具有说服力的叙事手段。比如，他们通过选择华工缺场的某些照片进行展示，从而弱化甚至抹杀华工在跨州铁路修建中的贡献。照片不可能是纯客观事物的再现：事先场景摆布的特征以及事后附加的引导性文字说明，使之成为一种有效的叙事方式。汤亭亭在小说中详细地描述了照片拍摄的场景，借此质疑美国公民身份确定中，以种族作为判断标准的做法。她强调自己华裔先祖的贡献，希望借此为先祖们赢回美国公民的身份。她将私人照片作为历史记录的一种，将其带入公共领域，从而将华裔劳工个人历史写入美国国家历史，并质疑国家话语中"历史"和"真相"的定义。

在过去几十年，"民众记忆"作为史料的功能颠覆了"历史叙述的单一性与揭示真相的特征"（Postlewait，1991：162）。对"历史"的重新定义也凸显了"非正史"的地位，促成了多元历史的繁荣。少数族裔的觉醒催生了族裔历史书写的热情，一度被忽略的少数族裔也开始书写其被主流话语湮没的历史。《中国佬》是汤亭亭的历史记录，但也包含了"寓言、传说、个人回忆、官方历史记录和非官方历史文件"（Nishime，1995：69）。该书具有实验特征，融合了文学与历史、现实与虚构，模糊了历史小说与历史记录的界限，反映了人们对于真相多元性的认知。同时，历史学家和文学批评家也承认虚构作品与个人回忆具有历史阐述的独特力量。微观历史，或非主流历史也常常使用照片，将其作为一种有效的记录。汤亭亭避免对华裔历史的线性书写，她作品中的场景揭示了主流话语对照片的操控，也揭露了口径一致的官方话语的建构特性。

汤亭亭的小说以鲜活的人物刻画和生动的个人经历故事打动读者。在叙事文本中，她特别注意凸显华裔在美国历史上的"在场"，书写有血有肉的华裔人物形象，讴歌其贡献。她笔下的祖父等人，是华裔群体的原型，每一个人物都代表了千百万华裔移民的经历。尽管汤亭亭对人物多数采用白描手法，对某些场景，她却不吝笔墨，给出了鲜活的细节，蕴含着动人心魄的力量。

当吊篮荡到接近悬崖时，阿公站了起来，一手抓住了崖上的一根枝条。他打了几个洞，然后把炸药和导火线放入洞内。他活儿干得不快也不慢，尽量与别人保持一致。吊篮里的人互相打点燃导火线的手势。他一根接一根地划火柴,把燃烧的火柴扔进洞口。最后,导火线被点着了,他使劲儿挥手,上方的人立刻把他拉上去,滑轮嘎吱嘎吱地响着。竖着的支架似一排绞架,吊架沿山脊而设。(汤亭亭,2000:131)

　　华裔在铁路建设上的贡献和建设过程中面临的危险都得到了详细的描写。汤亭亭用超凡的想象力跨越了现实与虚构的界限,书中描绘了阿公坐在吊篮中,吊下悬崖,点燃导火线的场景,让人不禁屏住呼吸。"中国佬"在修建铁路的过程中,经历寒冬酷暑,千辛万苦,成百上千的人因事故、生存环境死在这里。她的描写以动人心魄的细节和饱含深情的笔触,描绘了华工的生存状态:危险的劳动,拥挤不堪的生活环境,破灭的金山梦和迫在眉睫的死亡。书中场景和历史记录相比,更具有打动人心的力量,更能激发读者深切的同情。

　　中国人有尸骨还乡的传统,因此"1869 年跨州铁路竣工之前,有 2 万磅华裔的尸骨通过船运返回故国。基于这一数据,美国一家报纸曾估计死亡人数至少有 1,200 人"(Yung, et al., 2006:3)。《中国佬》中的阿公只是修建铁路的籍籍无名的 35,000 名华工之中的一个。干巴巴的数字不足以体现华裔移民承受的苦难,而小说想象性的细节描述,则能够生动地重现场景,塑造有血有肉的鲜活个体,唤起读者的情感回应。主流话语对华工的总体评价是"廉价、顺从、勤恳",因此中国苦力是"中央太平洋铁路公司有史以来最令人满意的劳动力"(Riegel,1926:233)。骡马也可以是劳动力,这样的评价在赞扬中隐含着种族偏见。

　　照片作为记录历史的方式,实际上也是被操控的媒介。自 19 世纪摄影技术发明以来,照片因为其"记录,分类和见证"的功能,被赋予揭示真相的权威。照片常被认为具有记录功能,能够呈现现实,底片上的真实呈现甚至被等同于现实本身。西方哲学将照片看作不在场的主体存在的无可辩驳的证明。作为一种具有深刻影响力的媒介,照片包括了"证明我们存在过、生活过,在世间行动过的符号"(Danesi,1994:79-80),其图像(iconographic)的力量使其成为强有力的证据,直接反映历史。照片更多地作为社会历史证据,而其艺术意义较弱。个人的相册和类似材料被看作"一种图像人类学,作为档案的一个部分,其规模不同、主题各异"(Wells,1996:55-57)。汤亭亭一方面质疑作为媒介的照片揭示真相的功能,另一方面她也需要用照片来重新追述家族的历史,以照片为起点,运用艺术想象力书写并行文本,追溯家族的过去和族裔的历史。但照片的呈现与解读和历史书写一样,用的必定是一种"叙述者"当代视角。"《中国佬》中,照片并非只是重书先祖的经历,也是她家族近期历史的呈现。"(Zackodnik,1997:55)

尽管华工在美国承受痛苦,付出艰辛,甚至为美国献出了生命,他们仍无可避免地成为官方统计数据中微不足道的一个。美国官方历史通过操纵拍照场景,在重大历史时刻将焦点聚集在白人身上,从而抹除华裔的历史贡献。照片的拍摄对象和场景具有可摆布的特征,因此它记录的历史可以是有选择性的。罗兰·巴特认为照片是"对现实的改变",摄影师可以"隐藏拍摄之前的种种准备,将主观意识施加到拍摄场景中"(Barthes,1977:21)。照片貌似呈现客观真相,实际上却可以为官方话语服务。汤亭亭毫不含糊地将这一点反映在她的小说中。

太平洋铁路修建成功的高光时刻被摄像师们用照片记录下来,小心翼翼地保存在官方历史记录中。照片中的白人官员趾高气扬地发表演讲,宣布美国这一"伟大工程"的胜利完成。白人头面人物留下了此刻的历史存照,宣布他们的"在场",成为这一丰功伟绩的贡献者。与之对比,真正流血流汗的华工,仅被看作廉价劳力而忽略不计。成千上万的华裔劳工在作为历史见证的照片中消失得无影无踪。小说中貌似漫不经心的话,却指出了问题所在:"即使阿公没有花掉他的一半金子去买那份国籍文件,因为参加修建了这条铁路,他现在也该是美国人了。"(汤亭亭,2000:144)对阿公而言,铁路的存在本身就是华裔对美国所做贡献的丰碑。他和其他华工不仅承担了繁重的体力劳动,诸如砍伐树木、铺垫路基,还从事技术工种,如操作电钻、使用炸药在"唐纳峰(Donner Summit)炸出一条隧道"(Takaki,1989:85)。然而,他们的贡献一直以来都被主流话语遮蔽。

在美国进步与扩张主义的话语中,新国家建设中的功绩以官方文件和历史叙述的形式留存后世,用纸质的文件和照片图像特征作为证据。《中国佬》中记录了联合太平洋和中太平洋的两段铁路在普罗蒙特里交汇点(Promontory

Point)接通的特殊时刻。庆祝这一时刻的照片被当作美国人创造力的象征，同时也传递了美国人的优越感——"只有美国人才能做到"（汤亭亭，2000：147）。但此处的"美国人"专指白人——清一色的白人在拍照的场景中摆足"姿势"。照片以影像的形式呈现了场景，并广泛传播，历史由此被建构。"摆布"是巴特划分的拍照过程的六个步骤之一（Barthes，1977：22）。摆拍中体现了文化的意义，影响着他人对照片的解读。汤亭亭在小说中对照片的使用，意在说明照片呈现的意义具有可被操纵的特征。《中国佬》揭示，照片和文本共同构成的历史叙述，起到了两者相互印证的作用，遮蔽了华裔群体对美国建设的贡献。

阿公所处时代的美国是新兴的资本主义国家，经济实力快速增长，民族自信大大提升，强悍和力量成为国家意象。在象征性的国家话语中经常会出现"男子气概"和"阴柔孱弱"的对比，就连美国总统的演讲中也充斥着此类词汇，比如罗斯福总统将其他民族视为弱小无能，在代表白种男性形象的强壮的山姆大叔面前，只能是被统领的种群（Paterson, et al., 2010：167）。但是汤亭亭笔下的华裔先祖，则是可以与山姆大叔对抗的形象。他们是强壮的拓荒者，具有强健的身体，更展现了坚韧的意志力。他们砍伐红杉，拓路建桥——"树很粗，树干上足以挖出一间屋子来"（汤亭亭，2000：128）。寥寥数笔，作家展示了华裔先祖作为伐木工和筑路工的强悍原型。他们修建了横贯美洲、连接东西海岸的铁路，清除林木，挖掘隧道，改变了整个北美大陆的景观。他们为美国的建设发展付出了代价，每一块枕木下都有华裔先祖的遗骨。书中的阿公说出了自己的悼念方式："这里是金山，我们正在这块土地上做标记呢。每条轨道都编了号码，你的家人会知道我们把你留在什么地方的。"（汤亭亭，2000：138）他们用辛劳、血汗甚至生命标记了一块块枕木、一条条铁轨。汤亭亭将阿公写入书中，用家族中的私人照片重新塑造了华裔的形象，证明了华裔在美国的合法地位。

个人的照片一般被排除在史料之外，而《中国佬》中的故事折射了作者试图通过对照片的描述拓展历史真相。书中的照片包括修建太平洋铁路的阿公，定期去檀香山照相馆的曾祖父，照片背景是自由女神像的父亲。照片的历史年代以及照片的存在与缺失，都与作者形成对话，使她通过某些历史的瞬间更充分地了解了她的移民前辈。祖父和其他中国劳工自己也在铁路边拍下照片，自己保存了他们完成历史性壮举的时刻。汤亭亭将这类个人记录"公之于众"，让它们与只有白人的官方历史存照形成了意味深长的对照。苏珊·桑塔格认为，"一个事件，直到被命名，其特征被描述，才得以存在"（Sontag，1990：19）。美国民权运动之后，少数族裔逐渐获得了更多权利，华裔先祖的照片进入官方的话语中，其贡献才得到主流话语的承认。汤亭亭为此做出了她个人的贡献。

在"白人鬼子"的照片成为官方历史叙事的前提下，祖父们的隐含叙事就被踢入了暗牢。"历史由这类文件支撑，证明某些个体、群体的存在与否，目的是为书写历史的人服务。"（Zackodnik，1997：64）照片的选择性使用，加之配文的导向作用，主流群体按照自己的意愿建构了历史。汤亭亭以其人之道还治其人之身，选用不同的照片，同样将照片作为历史信息来源，赋予其佐证真相的地位，配以不同的语境，以此质疑官方历史的真实性。照片作为史料，让人们认识到历史的建构特性，因为它不是唯一的、稳定的、现实的资料来源。同一张照片可以有迥异的解释，同一个事件也可以有不同照片，由此历史真相的多面性得以显现，官方历史的权威被动摇。1982 年，林克曼和沃赫斯特曾指出，过去 25 年中，私人照片的价值被重新估量并广泛使用，作为一种史料，获得了新的意义，让人了解"地方和家族历史，女性历史，日常生活的历史和底层人群的历史"（Linkman & Warhurst，1982：37）。私人照片私人化的特征使它具有更真切的力量。

汤亭亭并未在她的小说中直接使用影像资料，她的"照片"是语言对照片上的人物和图景的描述。这是因为"她不愿把照片变成一种史料，而是希望形成一种透明效果，更新视角，造成镜子两边观看的效果"（Adams，1999：14）。汤亭亭以她自己选择的照片作为华裔历史书写的参照，促使读者思考影像背后的意识形态意义。阿公和他站在建成的铁路旁边的照片，对他的家族历史十分重要，同时他的家族史和他的经历，又典型地代表了华裔美国人的历史。他们亲身参与了美洲大陆的建设，为这个新家园做出了重要贡献，在这块土地上"做了标记，掩埋了同伴"，因此可以宣称对美国土地的共同所有权（汤亭亭，2000：138）。作家用小说故事重现历史的真相，揭露白人将自己看作历史性奇迹创造者的谎言。汤亭亭对阿公这一形象的塑造,尤其对他在铁路建成之时的照片的描述,意在将华裔美国人写入美国历史,复原他们作为美国国民精神共同缔造者的本来面貌(Keenan,2000:86),将白人种族主义者推出"排华法案"的罪恶用心揭示于天下。

五、个人相册记载的被掩蔽的历史

华裔先祖和他们的后裔都希望可以成为合法的美国公民,和白人一样拥有美国公民的权利。这种"赢回"美国、成为美国一部分的诉求,与大多美国白人对华裔的偏见相冲突。常规的偏见认为,华人是侨居美国的中国人,是"无法捉摸的神秘的种族,是说着异国语言、赚钱之后会回到中国去的一群"(Danico,2004:48)。汤亭亭的书写体现了华裔个体在美国的梦想和期许,为他们"赢回"美国助力。华裔美国人的自我定位在几代人中发生了变化,从侨居者到定居者,再到抱有成为真正美国公民期望的人,希望在美国发展和成就事业。

对叙事者而言,父亲相册中的家庭照片是她窥探和想象过去的窗口,她通过这样的窥探在内心重建了美国华裔的历史。她因父亲的沉默而感到困惑,无法理解相册中为何没有在中国拍摄的照片的原因。父亲不想再回到中国,也闭口不谈在中国的经历,他的态度与侨居美国的其他先祖的心态截然不同。华裔学者张敬钰认为这是"被迫的沉默"(imposed silence),源自父亲对故国经历的刻意遗忘(Cheung,1993:113)。当他独自生活在美国时,他尽情享受各种单身的乐趣,比如参加舞会,乘坐飞机。为了让自己更像美国人,他购买200美元的西装。这种对人生经历的遮掩,触发了孩子们的疑问:"你这样做,是为了使我们忘掉中国的过去,而变成真正的美国人吗?"(汤亭亭,2000:7)

父亲切断和中国的联系,陷入沉默中。他的自我放逐与女儿在学校中的沉默一样。"父女两人为了成为真正美国人付出了高昂的代价"(Cheung,1993:113)。父亲的沉默是主动选择,也是被迫为之。埋葬过去或许是他沉默的初衷,这种态度代表了新一代移民定居美国的决心。然而,他没有安全感,无法随遇而安,不知美国能否接纳他。这种漂泊感可以从一系列照片中看出。桑塔格认为"照片可以让人们感受到真实的过去;或者也可以呈现一个本来不属于他们的空间"（Sontag，1990：9）。在父亲寄给家里的信中附有"他坐在驾驶舱中的照片，他脖子上的白围巾像风中的飘带；他双目圆睁，头戴皮帽，耳朵藏在两只护耳里"（汤亭亭，2000：60）。照片上的父亲似乎志得意满，想要证明自己是美国人，正在参与美国的生活。但这样的用心留出了破绽，在图像的背后暴露出他内心的隐忧。

在照片中，父亲尽量不被人看出他在美国承受的失望和沮丧、他终日辛苦劳作的疲惫。真实生活中的他，不得不无数次面对种族歧视和针对华裔的犯罪行为，不得不承受日复一日在洗衣房的苦差事。"晚上他们要干到很晚"，"他们既不诵诗唱歌，也不说话。两台风扇转动着，挂在墙上的日历在风中摇晃，一页页日历在风中沙沙作响。埃德两腿胀痛"（汤亭亭，2000：59）。父亲的艰辛是底层华裔移民日常生活的写照，自由女神所代表的富足的美国梦，只能是遥不可及的梦想。父亲相册中选择性的缺失，似乎表达了他与故国文化断裂、在美国重新安身立命的决心，而他自由女神像前的照片，则与他在美国遭受到的种种限制与歧视形成了强烈的反讽。

"华工因为老家的艰难生活而背井离乡，因为美国的梦想而远赴重洋。"（Takaki，1989：7）照片作为私人家族史的叙事，呈现了鲜明的对比。汤亭亭用家族相册串联了不同的时空，表达了金山梦的生成、延续与破灭。暴露自己身体的阿公，在照片中是阴魂一样的存在，很难让人联想起那个在美国的坚韧、辛劳、肢体灵活的华工。曾经活力四射的青年成了衰弱、行动迟缓的老人。"但是祖母却强迫他在两国间来回跑"，赚钱养家，牺牲了天伦之乐（汤亭亭，2000：126）。从阿公的经历中，读者可以看到金山梦的诱惑。照片被寄回中国，描绘着金山的美好。修建铁路的先祖们的照片，也渲染了未开发的沃土，表达了美国梦的诱惑。传说中的美国金山遍地黄金，这个想象影响着中国家乡的每一个人。父亲的照片展示的是美国光鲜的部分，而非华人真实的生活状态。然而，对他远在中国的亲属来说，照片恰恰是自由富足的象征。他们有意忽视了照片选景和事先摆布的特质，关注的只是照片的纪实功能，同时按照自己的意愿，把美国想象成丰饶的国度，梦想达成的所在。美国的"排华法案"将华裔移民的梦想追求变成了噩梦下的挣扎。

华裔被排除在跨州铁路建成的历史性时刻的照片之外，由此白人主流群体构建了美国国家话语,而华人则被当作美国国内种种矛盾的替罪羊,直至发展成为以"排华法案"为极端例子的反华运动。各类反华裔的话语中,最隐秘的是对华裔形象的扭曲。这种刻意歪曲在大众传播话语中广泛散播,进而逐渐成为让人不齿的固定的负面形象。在《中国佬》中,照片配合新闻文字,成为新闻文本的影像证据。"绿沼泽的中国佬"一章揭示了这种机制。新闻文本貌似客观,但是《中国佬》却呈现出文字和照片双重编码的矛盾,向读者揭示照片对被妖魔化的华裔形象的传播所起到的宣传作用,进而质疑媒体所谓的客观性。尤其是在反亚裔情绪高涨的 1870 至 1910 年间。华裔的形象被报纸丑化,塑造成"猪和猴子"(Loomis,转引自 Chiu,2000:194 - 195)。照片具有双重编码的特征,照片的涵义决定于特定文化中的"涵义系统"(Bignell,2002:99)。

《中国佬》通过将新闻对照片的解读和叙事者对照片的描述进行并置,以此来揭示照片的双重编码特征。"他上身穿着一件格子衬衫,领口处纽扣开着,能看见里面穿着白色内衣;他的衬衫塞进了裤腰里;他的头发很短。他被一群头戴牛仔帽的人包围着。他十指伸展,手腕在手铐容许的最大范围内分开着。他昂着头,双目紧闭,他在叫。"(汤亭亭,2000:230)汤亭亭描述的关注焦点是被包围的男人,描述的细节是代表权力和规约的手铐。在照片中伸出来的手腕和手指都突出了手铐的象征意义,和"野人"一词所代表的含义一起,共同强化了失控的、疯狂的野蛮人形象。"绿沼泽的中国佬"中的"中国佬"并不让人产生恐惧感,对抗了报纸标题中"野人"的定义,消解了"野人"的威胁感。被媒体称为"野人"的人,是生存在荒野上的中国人。符号学家巴特认为,照片包括两种异质的编码——"文本"和"形象"——分别指含蓄意指和直接意指(Barthes,1977:19 - 20)。两者传递信息的差别可以用来说明人们对照片解释的差异。差异源自意识形态、文化和美学系统;因此,照片在图像之外蕴含着丰富的意义。报纸上的照片是经历了创造、选择和意义阐释的过程。但是,直接解读是常见的大众阐释方式,而媒体关于华人的图像和文字报道则利用了这一点。

手铐可以被看作罪犯的象征,同时也是法律约束的象征。照片中直接意指的物体所蕴含的意义,在新闻中被突出。新闻中呈现了屈服于法律与文明社会的野蛮人,而汤亭亭的刻画则赋予了照片新的含义。照片作为沉默的形象媒介,可以有不同的解读,其中的手铐可以被看作权力对人的自由的剥夺。野人的照片和新闻文字中呈现的信息不同,他们其实与社会中的其他人差别不大。但美国媒体的文字描述,呈现了一个怪物般的野人,被头戴牛仔帽的警察包围制服,就像猎人围捕了一头野兽。汤亭亭通过将文字和照片对比,揭示其中的矛盾,让读者意识到,所谓的"野人"实则是被媒体刻意渲染的"他者"形象。媒体通过激发公众对"他者"的恐惧,从而反衬"文明"的白人权力的行为——诸如制定"排华法案"——的合法性。

　　一般认为,照片就是事件的真实记录,附加的文字也自然而然被看作对影像中呈现的真实世界的真实解读。其实不然。巴特认为,照片中客体被加工、选择、创建、建构、使用,这一过程受制于职业、审美和意识形态的成规,因而,(照片中的图像)具有不同的含义(Barthes,1977:19)。新闻中的语言部分规定了对照片的解读,从而构建出一种意义。"文本赋予形象以意义,使其蕴含文化,道德和想象力"(Barthes,1977:26)。为了强化文本中的蕴含的意指,报纸上的照片通常会在可能的解释中选择,经过技术处理,呈现给公众。汤亭亭的小说让公众了解到美国大众传媒客观表象之下的偏见与操纵。

　　最终,"野人"上吊自杀,逃避了被引渡回国的命运,这个故事与"父亲"偷渡美国的故事形成了互文性解读。父亲躲在箱子里,怀着对未来美好的期待,默默忍受黑暗。他曾受到幻觉的困扰,"听到了说话声,是他家人在谈论珠宝,金子,玉石和食物"(汤亭亭,2000:45)。父亲的经历也反映出沼泽中的男人在荒野上的生存境况。他无法和国家意志执行者交流,在面对自己的命运时无能为力。在生死攸关的时刻,藏身于箱子中的父亲无法理解对方的语言,无法预知自己的命运,这种状况加剧了他承受的煎熬。"他能感到自己的心脏正在撞击着大腿。他听到他们在交谈;他真希望知道他们是不是在谈论偷渡者的事。"(汤亭亭,2000:47)沼泽中的男人语言不通,远离亲人和家人,与世隔绝,身处野外恶劣的环境之中。与之不同,叙事者的父亲有幸最终到达了梦想之地,而沼泽中的男人则被妖魔化,成为娱乐大众的故事。被关押期间,他常常与无法预知命运的恐惧抗争,也怀着辜负家人的内疚感,最终因无法承受心理上的折磨而自杀。他的故事可以看成父亲经历的另一种结局,也是非法入境的华人的一种命运的写照。

报纸对照片的解读,是将沼泽中的华裔呈现为野人;但是,汤亭亭的书写构成一个平行文本,颠覆了前者的解读。汤亭亭的解读重新阐释了报纸上的编码,重新定义了"真相"的含义,并且让读者思考解读过程中的意识形态问题。她描写的"野人"和主流人群一样有血有肉,有家庭责任感。汤亭亭的历史书写构成一种反历史话语的文本,让人们重新认识华裔美国人被掩藏、被扭曲与埋葬的历史,揭示了他们遭受的以"排华法案"为代表的主流历史中未被书写的不公与残暴。

引述文献:

Adams, Timothy Dow. *Light Writing and Life Writing: Photography in Autobiography*. Chapel Hill and London: University of North Carolina Press, 1999.

Barthes, Roland. *Image, Music, Text: Essays Selected and Translated*. Stephen Heath Trans. London: Fontana, 1977.

Barthes, Roland. *A Barthes Reader* (Edited and Introduced by Susan Sontag). Canada: HarperCollins Canada Ltd., 1998.

Bignell, Jonathan. *Media Semiotics, An Introduction*. Manchester: Manchester University Press, 2002.

Carr, Edward Hallett. *What Is History?* Harmondsworth: Penguin, 1964.

Cheung, King-Kok. *Articulate Silences: Hisaye Yamamoto, Maxine Hong Kingston, Joy Kogawa*. Ithaca and London: Cornell University Press, 1993.

Cheung, King-Kok. "Reviewing Asian American Literary Studies." Cheung King-Kok Ed. *An Interethnic Companion to Asian American Literature*. Cambridge: Cambridge University Press, 1997: 1 - 38.

Chiu, Monica. "Being Human in the World: Chinese Men and Maxine Hong Kingston's Reworking of *Robinson Crusoe*." *Journal of American Studies*, 34/2, (2000): 187 - 206.

Danesi, Marcel. *Messages and Meanings: An Introduction to Semiotics*.

Toronto: Canadian Scholars' Press Inc. , 1994.

Danico, Mary Yu. *Asian American Issues*. Westport: Greenwood Press, 2004.

Derrida, Jacques. *Archive Fever: A Freudian Impression*. Eric Prenowitz Trans. Chicago: University of Chicago Press, 1996.

Frye-Jacobson, Matthew. *Whiteness of a Different Color: European Immigrants and the Alchemy of Race*. Cambridge, MA: Harvard University Press, 1998.

Keenan, Sally. "Crossing Boundaries: The Revisionary Writing of Maxine Hong Kingston." *Hitting Critical Mass*, 6/2, (2000): 76 – 94.

Lew-Williams, Beth. *The Chinese Must Go: Violence, Exclusion, and the Making of the Alien in America*. Cambridge, MA and London, England: Harvard University Press, 2008.

Linkman, Audrey & Chris Warhurst. *Family Albums*. Manchester: Manchester Polytechnic, 1982.

Madsen, Deborah L. *Literary Masterpieces: The Woman Warrior and China Men*. Farmington Hill: The Gale Group, 2001.

Nishime, L. "Engendering Genre: Gender and Nationalism in *China Men* and *The Woman Warrior*." MELUS, 20/1 (Spring, 1995): 67 – 82.

Paterson, Thomas G. et al. *American Foreign Relations: A History*. Boston: Cengage Learning, 2010.

Postlewait, T. "Historiography and the Theatrical Event: A Primer with Twelve Cruxes." *Theatre Journal*, 43/21 (May, 1991): 157 – 178.

Riegel, Robert E. *The Story of the Western Railroad*. New York: Macmillan, 1926.

Roberston, Craig. "Mechanisms of Exclusion: Historicizing the Archive and the Passport." Antoinette Burton Ed. *Archive Stories: Facts, Fictions, and the Writing of History*. Durham and London: Duke University Press, 2005: 68 – 86.

Sontag, Susan. *On Photography*. New York: Anchor Books Doubleday, 1990.

Takaki, Ronald. *Strangers from a Different Shore — A History of Asian Americans*. Boston: Little, Brown & Co., 1989.

Wells, Liz. *Photography: A Critical Introduction* (3rd Edn.). London and New York: Taylor & Francis Group, 1996.

Xu, Guoqi. *Chinese and Americans: A Shared History*. Cambridge, MA and London, England: Harvard University Press, 2014.

Yung, Judy, Gordon H. Chang & Him Mark Lai. *Chinese American Voices: From the Gold Rush to the Present*. London: University of California Press, 2006.

Zackodnik, Teresa C. "Photography and the Status of Truth in Maxine Hong Kingston's *China Men*." MELUS, 22/3 (1997): 55 - 69.

Zhao, Xiaojian. *The New Chinese America*. New Brunswick: Rutgers University Press, 2010.

曹雨:《美国1882年〈排华法案〉的立法过程分析》,《华侨华人历史研究》,2015年第2期:第38 - 45页。

陈香玉:《〈中国佬〉中的图像句子与视觉表征》,《国外文学》,2015年第3期:第131 - 139页。

陈英程:《论20世纪初旅美华侨的反排华游说——以伍盘照为例》,《华人华侨历史研究》,2013年第3期:第49 - 57页。

董晓烨:《史诗的空间讲述——〈中国佬〉的叙事空间研究》,《外语教学》,2012年第5期:第86 - 89页。

黄超:《"文明冲突论"的三种历史形态:美国〈排华法案〉的意识形态反思》,《武汉大学学报(人文科学版)》,2013年第66卷第4期:第44 - 48页。

黄智虎:《美国〈排华法案〉的兴废与中美外交关系》,《世界经济与政治论坛》,2013年第3期:第97 - 111页。

李春辉、杨生茂:《美国华侨华人史》,北京:东方出版社,1990年。

李书影:《〈中国佬〉的战争伦理与和平诉求主题》,《河北联合大学学报(社会科学版)》,2014 年第 5 期：第 158－161 页。

刘建林、周聿峨：《从"排华法案"看集团利益与国家利益构建中的作用》,《暨南学报(哲学社会科学版)》,2008 年第 1 期：第 49－55 页。

秦祖明、梁纪超：《二战与美国华人社会变迁》,《兰台世界》,2014 年第 7 期：第 126－127 页。

孙坚：《中国佬：华人历史的新书写》,《小说评论》,2016 年第 6 期：第 191－195 页。

汤亭亭：《中国佬》,肖锁章译,南京：译林出版社,2000 年。

汪顺来：《从〈中国佬〉看美国华裔男性的成长历史》,《西南科技大学学报(哲学社会科学版)》,2016 年第 4 期：第 35－40 页。

伍媛媛：《1882 年美国"排华法案"》,《中国档案》,2014 年第 4 期：第 82－83 页。

杨国标等：《美国华侨史》,广州：广东高等教育出版社,1989 年。

张延军、孟利魁：《新型华裔美国男性之构建：汤亭亭〈中国佬〉中的男性"身体政治"》,《当代外国文学》,2013 年第 1 期：第 71－77 页。

赵辉兵：《二战后美国的华人"自首计划"及其历史影响》,《世界民族》,2015 年第 2 期：第 102－110 页。

邹奕：《排华法案的宪法争议：美国排华判例中"国会全权"原则检讨》,《环球法律评论》,2013 年第 5 期：第 132－150 页。

第十九章

种族界线：权力滥用与法律的鞭子

——帕尔帖审判与厄德里克的"北达科他四部曲"

历史事件之二十一：帕尔帖案

小说之二十七：路易丝·厄德里克"北达科他四部曲"

一、帕尔帖案：事件的描述

1975 年 6 月 26 日,美国南达科他州松树岭保留地上奥格拉拉县拉科他苏族印第安人与联邦调查局特工发生交火,联邦调查局特工杰克·克勒(Jack Coler)和罗纳德·威廉姆斯(Ronald Williams)头部中枪,当场死亡,轰动一时,史称"奥格拉拉事件"。该事件与先前同样发生在松树岭保留地上的"伤膝镇占领事件"①成为印第安人和白人关系史上最重要的事件之一。案发现场位于奥格拉拉镇①,史称"奥格拉拉事件"。

根据警方记录,案发当天,联邦调查局特工克勒和威廉姆斯准备去奥格拉拉搜捕一个名叫"吉米·伊戈"的涉嫌偷窃的印第安人,途径蹦牛农场时二人遭遇枪击,中弹身亡。根据保留地居民回忆,案发当天,他们看到一辆绿色和一辆白金相间的陌生汽车停在农场西边的牧场上,车上配有无线电通信设备,车里的人似乎是执法人员。其中一人从汽车后备箱拿出一个枪盒,另一个跪在地上,朝农场方向射击。居民听到枪声十分惊慌。随后,目击者看到莱纳德·帕尔帖(Leonard Peltier)躲在树林边一排报废的汽车后射击。中午刚过不久,对方有一名男子从车底爬出,随后因失血过多昏迷;另一名伤势较轻者抛下枪支,脱下白色 T 恤,可能是想用布条给同事止血,也可能是表示投降(Matthiessen, et al., 2000：154 - 157)。联邦调查局的通信频道记录显示,克勒和威廉姆斯看到一辆红白相间的车里似乎有几个印第安人,还有步枪,随后二人在低处受到多方夹击。威廉姆斯报告说他中枪了(Matthiessen, et al., 2000：174),越来越多的警力开始集结,抓捕四处逃窜的印第安人。多名在现

---

① 1973 年 2 月,松树岭保留地上的奥格拉拉拉科他部落理事会主席理查德·威尔逊(Richard Wilson)被举报贪污,滥用职权,并组织武装卫队攻击其反对者,部落理事会为此举行了听证会,但最后并未对他做出任何实质性的处置。2 月 27 日,约 200 名奥格拉拉拉科他人和美国印第安运动成员武装占领伤膝镇,抗议处理结果,同时抗议美国政府未履行条约。占领持续了 71 天,期间,印第安人与美国法警服务部、联邦调查局和奥格拉拉武装卫队频繁交火,史称"伤膝镇占领事件"。事件结束后,理查德·威尔逊再次当选部落理事会主席,当地政治派系间矛盾升级,威尔逊的私人武装队伍在当地为非作歹,暴力事件激增。

场与警方交火的印第安人被捕,但数名美国印第安运动①成员成功逃脱。

美国警方立案侦查,锁定美国印第安运动成员达雷尔·巴特勒(Darrelle Butler)、罗伯特·罗比多(Robert Robideau)、詹姆斯·西奥多·伊戈(James Theodore Eagle)和莱纳德·帕尔帖为嫌疑人,展开联邦调查局史上最大规模的搜捕。巴特勒和罗比多数月后被捕,后被判无罪。这样的判决对印第安人来说是前所未有的,因而引起轰动。因证据不足,联邦调查局放弃起诉詹姆斯·西奥多·伊戈,但将莱纳德·帕尔帖列为"十大通缉犯"之一②。

1975年秋,帕尔帖独自一人逃至加拿大③。1976年2月6日,加拿大皇家骑警接到线报,抓捕了他,指控他偷窃枪支和皮卡以及一系列谋杀和未遂谋杀,将他关押于温哥华附近的奥卡拉监狱。美、加两国的印第安人不顾政府重重阻挠,聚集到温哥华,声援帕尔帖。1976年2月和3月,检方无视庭审程序的道德规范(ethical trial procedure),没有事先通知被告,在最后一刻提供了两名证人的陈述。证词之一来自梅特尔·贝尔(Myrtle Bear),她在1975年发生的一起酒吧枪杀案中便有作伪证、陷害美国印第安运动成员的嫌疑。她在帕尔帖引渡案的证词中声称亲眼看到帕尔帖开枪射击两名特工,但辩方律师发现她在巴特勒和罗比多的庭审中还签过一份证词,该证词表示在奥格拉拉事件的前一天她已离开案发现场。

准备充分的辩方律师打算以此为突破口,证明梅特尔·贝尔的证词并不可靠,法庭应不予采信。然而保罗·本森(Paul Benson)法官称,用于帕尔帖一案的证据只限于1975年6月26日的一系列事件,也就是说,梅特尔·贝尔在

---

① 美国印第安运动(American Indian Movement,简称 AIM),由丹尼斯·班克斯、克莱德·贝尔考特(Clyde Bellecourt)、艾迪·本顿·巴奈(Eddie Benton Banai)和乔治·米切尔(George Mitchell)于1968年在明尼苏达州明尼阿波利斯市成立。成立之初,该组织致力于解决城市印第安人的生存问题,如贫穷、高失业率、住房和被警察暴力对待等。后来,其关注面渐渐由城市问题扩大至印第安人的各项诉求,如条约权利、经济、教育、印第安文化复兴、保护与传承等,同时,争取部落自治权和收回先前被攫取的土地也是该组织工作的重中之重。美国印第安运动组织曾多次参与具有历史意义的抗议运动,如1969－1971年间的"占领阿尔卡特拉斯岛"(Occupation of Alcatraz)和1972年的"条约破裂大游行"(Trail of Broken Treaties)等。数次大规模运动后,美国印第安运动组织遭到联邦调查局和中央情报局的密切关注和压制,其中颇具代表性的是1973年的"伤膝镇占领事件"。此后,尤其是1978年的"最远征程"(Longest Walk)抗议后,又因多位领导人物被捕入狱、组织内部意见不合等多方面原因,全国层面的美国印第安运动组织解散,但地方组织仍活跃至今。

② 其他9人与本案无关,多为枪击或连环抢劫、盗窃犯。

③ 根据1794年的《杰伊条约》(Jay Treaty),美国和加拿大(条约签订时还是英属殖民地)的印第安人有权自由通过两国边境。

巴特勒和罗比多案中的证词无法用来与她在帕尔帖案中的证词做比对,从而证明她的证词不可信。本森法官的这一主张对帕尔帖十分不利。另一份证词来自联邦调查局,声称在特工克勒的汽车后备箱里发现了.223弹壳,是凶手用步枪射击时留下的,判定为帕尔帖持有的AR-15型步枪。1976年5月,引渡庭审开庭。6月18日,W. A. 舒尔茨(W. A. Schultz)法官宣判,鉴于引渡理由充分,帕尔帖将被引渡回美国。

1977年3月14日,"美国诉莱纳德·帕尔帖案"在北达科他州法戈开庭。本森担任庭审法官,陪审团成员均是白人。1977年4月18日,在长达11个小时的审议后,陪审团认定帕尔帖有罪,两项一级谋杀罪名成立,判处两个无期徒刑。

然而,细究庭审细节,可以发现存在几个重大问题。首先,对被告有利的证人离奇死亡。安娜·梅·阿奎什(Anna Mae Aquash)是美国印第安运动成员,奥格拉拉事件发生当天她也在现场,她原本将作为被告证人出庭,却于1977年2月24日曝尸野外,多方怀疑是联邦调查局杀人灭口。其次,检方在庭审中提供了麦克·安德森(Mike Anderson)、维尔福德·德雷普(Wilford Draper)和梅特尔·贝尔等人作为重要证人。但三人多次改口,最后都承认是迫于联邦调查局的压力而作了假证。尤其是梅特尔·贝尔,她声称亲眼看到帕尔帖枪杀两名特工,但又当着陪审团的面告诉法官说是联邦调查局恐吓她,在巴特勒、罗比多和帕尔帖三人的案件中,她的三份证词都是联邦调查局事先准备好再让她签字的。梅特尔·贝尔在巴特勒和罗比多的庭审中签过一份证词,证词里清楚写明奥格拉拉事件的前一天她已离开案发现场。然而,在法戈庭审中,她声称自己看到帕尔帖枪杀了两名联邦调查局特工。另外,无论是警方的无线通信记录,还是现场的目击证人都提及现场有一辆红色皮卡车,但在庭审中这辆红车并未受到重视,抑或是刻意被忽视。这辆红车和车里的人嫌疑颇大,可能就是真凶。然而,检方故意忽略了他人作案的可能,一心想把嫌疑都集中在帕尔帖一人身上。

检方在竭力寻求目击证人证词的同时,还试图从物证打开缺口。在庭审中,联邦调查局声称案发当天在特工克勒身边搜集到两枚弹壳,分别是.223(AR-15步枪口径)和.308(与特工克勒的步枪口径符合)。联邦调查局一再强调. 223 弹壳是至关重要的定罪证据,事实上,此前实验室已经证明该弹壳与 AR - 15 步枪不匹配①,但最后呈交的用于庭审的报告却又称二者是匹配的。联邦调查局没有事先通知被告方他们的证据中含相关的子弹鉴定报告②,这样的庭审程序有悖常理。弹壳是否与 AR - 15 步枪相匹配是争论的焦点。帕尔帖的辩护律师怀疑被用来将帕尔帖定罪的. 223 口径的弹壳系联邦调查局伪造。提交弹道报告的实验室人员伊凡·霍奇(Evan Hodge)也承认,联邦调查局搜查到的、作为证物的帕尔帖的"AR - 15 步枪撞针损毁,枪管已融化,无法进行弹道试验"(Matthiessen, et al. , 2000:354),无法证明子弹是从帕尔帖的枪中射出。然而,检方最终还是声称该枪与证据子弹相匹配。

联邦调查局声称已提供与案件有关的所有信息,约 3,500 份文件。帕尔帖的律师团发现联邦调查局隐藏了近 12,000 份文件,而此后联邦调查局则声称与案件相关的未公布的文件仅约 6,000 份,都是行政文件,对被告的辩护律师没有帮助。

1977 年 6 月 1 日,本森法官宣布陪审团的裁定。在宣布前,帕尔帖痛斥他:"在我和我同胞的心里,我们已经认定您会判处我两个无期徒刑。一直以来,包括现在也是,您一直对我和任何一个站在您面前的印第安人抱有偏见;整场庭审中,您公开偏袒政府,不管联邦调查局让您做什么,您都乐意效劳。"(Matthiessen, et al. , 2000:361)他坚持声明自己无罪:"不,在场的所有人里,我不是有罪的那个;如果我被称为罪犯,我也不是在场唯一的一个——白人主导的对其他族裔充满歧视的美国才是罪犯,这个国家毁了我们的土地和我的同胞;为了向美国乃至全世界正直的人隐瞒你们的罪行,你们判处我两个无期徒刑,毫不手软。"(Matthiessen, et al. , 2000:362)

帕尔帖被判入狱后,多次受到暗杀的威胁。1979 年 4 月 10 日,他翻过监

---

① 联邦调查局曾于 1975 年 10 月 2 日向实验室发去电报,称 . 223 弹壳与帕尔帖车中发现的 AR - 15 步枪不匹配,要求实验室立即与 1975 年 9 月 11 日在追捕嫌疑人过程中发现的另一把步枪做比对。1976 年 2 月 10 日,实验室提交正式报告,声称弹壳"理论上"可与帕尔帖车中的那把 AR - 15 步枪匹配。就在 4 天前,帕尔帖刚在加拿大被捕。这份报告被用于引渡案,证明有充分的理由引渡帕尔帖回国。在 1977 年的法戈庭审中,实验室也采用了这一说法。然而,实验室先后出具的几份报告前后矛盾。这枚定罪的弹壳从被发现到进行试验,其过程也不符合程序规范。

② 联邦调查局的办事程序要求证据交接时须开具回执,目的是防止庭审中出现伪证,但这枚子弹并没有交接回执。

狱的铁丝网，被狱警发现并开枪警告。帕尔帖一路逃亡，5 天后还是被抓获。1980 年 2 月 4 日，帕尔帖因越狱被判 5 年，因身为囚犯持枪被判 2 年。至此，他获刑两个无期徒刑加上 7 年。帕尔帖后被送回马里恩监狱隔离监禁。根据《信息自由法案》规定，帕尔帖有权向联邦机构索取有关信息，他因此获得了一些有利于自己的新证据。他写信给律师："特工克勒如果是普通刑事案件，那么这些证据足以推翻之前的判决，重新审理。但就我来说，这是一起政治案，我拿我的性命打赌，政府不会重新审判，甚至不会把它当作法律问题。"(Matthiessen，et al.，2000：497)

《疯马精神》①一书以及纪录片《奥格拉拉事件》(*Incident at Oglala*)都指出奥格拉拉事件真凶另有其人。1990 年，《疯马精神》一书的作者彼得·马西森两次面晤"X 先生"，电影制片人奥利弗·斯通(Oliver Stone)和一个小制作团队录像记录。面对镜头，"X 先生"乔装打扮，承认两名联邦调查局特工当年死在他的枪下，但他是出于自卫才开枪的。"X 先生"、帕尔帖和其他人曾以勇士和太阳舞②舞者的名义起誓有难同当，即使他们当中有谁被捕，也不会供出其他人。因此，狱中的帕尔帖从未要求"X 先生"自首。

狱中的帕尔帖一直为争取假释、减刑或赦免而斗争。2016 年 2 月 6 日，帕尔帖在被捕入狱 40 周年之际发表公开信，回顾了自己漫长而徒劳的努力，言辞中充满对政府的失望和愤怒：

> 我申请特赦的过程十分漫长。我首次申请时，正值吉米·卡特担任总统，被他拒绝了。罗纳德·里根答应米哈伊尔·戈尔巴乔夫，只要苏联释放一位囚犯，他就会释放我，但他食言了。乔治·赫伯特·沃克·布什什么也没做。我后来向比尔·克林顿申请特赦。特赦检察官进行的调查长达 11 个月之久（通常只需 9 个月），我知道她调查后建议给予我特赦。即便如此，克林顿直至

---

①　疯马(Crazy Horse，1842? —1877)，是奥格拉拉科他部落首领。1840 年生于黑山东部。他因在与阿拉帕霍(Arapaho)部落关于土地的争夺战中神似"一匹疯狂的战马"而被父亲改名为"疯马"。他是最受人尊敬和最具代表性的印第安勇士之一，多次参与大小战役，如 1866 年 12 月 1 日的费特曼战役、1876 年 6 月 17 日的玫瑰花苞战役、1876 年 6 月的小巨角战役等，展现了不屈的反抗精神、高超的战术技能和卓越的领导才能。

②　北美印第安人最为壮观和隆重的宗教仪式之一。

离任也未采取任何行动。2009 年,乔治·沃克·布什拒绝了我的申请。我每次提交申请,联邦调查局都会动用行政命令去干涉。真是无法无天啊!(转引自 Ricket,2016:par. 10 - 12)

帕尔帖至今仍然身陷囹圄,在写信或者回信给公众时,常在信尾写上"疯马精神"结尾,激励自己和公众为正义而抗争。时至今日,仍然有人坚持认为对帕尔帖的判决是正当的①。但公众普遍认为,无论是将帕尔帖引渡回美国,还是对他做有罪推断,捏造人证和物证,拒绝假释、减刑或特赦他,都是对其本人也是对美国印第安人权利的蔑视,是对正义的践踏,充满着种族歧视和司法黑暗。帕尔帖的遭遇引发了美国国内和国际社会广泛和持续的关注。以美国印第安人全国大会(The National Congress of American Indians)和加拿大原住民族议会(The Assembly of First Nations)为首的多个印第安组织一直呼吁无罪释放帕尔帖。墨西哥萨帕塔民族解放军曾致信帕尔帖,向帕尔帖致敬(Marcos,2000:57 - 64)。中华人民共和国国务院新闻办公室发布的《2011 年美国的人权纪录》指出,美国政府:

不承认土著人权利。2011 年 1 月至 2 月,联合国土著人权利问题特别报告员阿纳亚向美国两次发出指控函,指控亚利桑那州政府批准使用再循环废水在圣弗朗西斯科山峰建设滑雪场,以及土著人活动人士帕尔帖被指控谋杀两名联邦调查局特工,于 1977 年被判处无期徒刑。但是,帕尔帖一直声称自己是无辜的,美国政府因其参加美国印第安人运动组织而对其进行政治迫害。(中华人民共和国国务院新闻办公室,2012:14)

2015 年,詹姆斯·阿纳亚②致信时任美国总统奥巴马:"在我看来,若莱纳

---

① 较著名的是爱德华·伍兹(Edward Woods),他是前联邦调查局特工,曾在联邦调查局工作近 30 年。他组织成立"不假释帕尔帖协会"(No Parole Peltier Association),与"莱纳德·帕尔帖辩护委员会"(Leonard Peltier Defense Committee)针锋相对。他于 2009 年 4 月给当时的奥巴马总统写了一封长信,请求奥巴马总统不给帕尔帖减刑。

② James Anaya(1960-),美国律师,曾在艾奥瓦大学法学院任教十余年,后转入亚利桑那大学詹姆斯·罗杰斯法学院任教授,自 2016 年起至今任科罗拉多大学博尔德分校法学院院长。2008 年 3 月,联合国任命他为土著人人权和基本自由方面的特别报告员。他曾于 2014 年 1 月在监狱中与帕尔帖见面。

德·帕尔帖死于狱中，那么很多人会认为他为伟大的事业献出了生命。您和您的政府致力于改善与原住民关系取得的进步将因这些而遭到重创……。我谨提议，现在执法机构的重大权益该让步于美国原住民的重大权益，让位于基本的公正，化解与原住民的怨恨，医治他们的创伤。"（转引自 Garbus & Styron, 2016: 81）1984 年，诺贝尔和平奖获得者、南非大主教德斯蒙德·图图（Desmond Tutu）为帕尔帖大声疾呼："美国以强大、不会被腐蚀的司法体系和富有人性、回应民众关切的政府而自豪，然后就在这个国家，近 25 年过去了，正义对这个男人依旧遥不可及，这着实令人心痛不已。如果这种状况仍得不到改善，听之任之，那么任何正义都将为时已晚。这样巨大的悲剧不能重演。"（"Current and Past": 4）

曾于 1984 年和 1986 年分别参与审理帕尔帖上诉案的美国第八巡回上诉法院巡回法官杰拉德·希尼（Gerald Heaney）在 1990 年 6 月 26 日的《全国法律周报》①上撰文，认为联邦调查局对两名特工的丧生难辞其咎，负"同等责任"（转引自 Matthiessen, et al., 2000: 56）。1991 年 4 月，希尼法官致信参议院印第安人事务委员会主席丹尼尔·井上②，列举了给帕尔帖减刑的五点理由。他强调，"联邦调查局使用不当手法将帕尔帖从加拿大引渡到美国，并使用不当手段进行调查和审判。虽然法院已明确表示这些因素不会构成改变审判结果的理由，但在我看来，这些因素在任何申请减刑时应予考虑"（Heaney, 1991: par. 9）。2000 年 10 月，他再次致信井上，说自己仍然坚持 1991 年那封信的观点③。国会议员小约翰·科尼尔斯说："帕尔帖至今仍身陷囹圄，这不只是对他个人的不公，更是对所有美国印第安人的不公，是美国历史上的一道伤疤。它使我们想起当局当时面对美国印第安人为自身困境抗议的呼声日渐高涨时是如何处心积虑地压制的"（Conyers, 1995: par. 1）。马丁·路德·金的遗孀科丽塔·斯科特·金（Coretta Scott King）也出面声援帕尔帖："监禁帕尔

---

① 2017 年 4 月之后更名为《全国法律月刊》。

② Daniel Inouye（1924－2012），日裔美国人，1963－2012 年任美国参议员。他分别于 1987－1995 年和 2001－2003 年任参议院印第安人事务委员会主席（Chair of the Senate Indian Affairs Committee），任职期间，他曾推动一些与印第安人相关的重要法案的制定，1989 年，他推行"美国印第安人国立博物馆法案"（*The National Museum of the American Indian Act*）。自 2010 年 6 月起至逝世，井上担任参议院临时议长，是美国历史上职务最高的亚裔政治家。逝世后，井上获总统自由勋章。

③ 信件内容详见网站〈http://www.noparolepeltier.com/heaney.html〉。

帖是不公平的,这成为一个溃烂的伤口,阻碍了美国种族关系的改善。毫无疑问,我们该让伤口得到愈合,要从内心深处信任和友爱美国印第安人,用同情和公正对待他们"("Current and Past":2)。帕尔帖案越来越成为一个具有象征意义的政治事件。

此外,根据《支持宽恕莱纳德·帕尔帖的全名单》("Current and Past Supporters of Clemency for Leonard Peltier"),许多知名人士,如诺贝尔和平奖得主前东帝汶总统若泽·拉莫斯·奥尔塔(Jose Ramos Horta),前南非总统纳尔逊·曼德拉(Nelson Mandela),特蕾莎修女(Mother Teresa),美国印第安作家谢尔曼·阿莱克西、小瓦因·德洛里亚(Vine Deloria, Jr.)、司各特·莫马迪,美国作家 E. L. 多克托罗(E. L. Doctorow)、艾丽斯·沃克,演员简·方达(Jane Fonda),导演奥利弗·斯通,音乐家乔安妮·希南多(Joanne Shenandoah),前联邦调查局特工韦斯利·斯韦林珍(Wesley Swearingen)等,都支持帕尔帖,认为他遭受了不公正待遇,蒙受了不白之冤,呼吁当局释放他,还他清白。著名学者诺曼·乔姆斯基以帕尔帖为例,谴责美国政府漠视印第安人权利,迫害激进分子和记者,将他们长时间关押(Chomsky & Crockford,2015:80)。作家马西森、冯内古特、威廉·斯泰伦、罗思·斯泰伦(Rose Styron)、多克托罗等于 2000 年 7 月联名致信《纽约评论》编辑部,呼吁美国保释委员会、美国政府和司法部为帕尔帖减刑。[①] 2016 年 6 月 23 日,罗思·斯泰伦和著名律师马丁·加布斯(Martin Garbus)致信《纽约书评》,说帕尔帖身体状况糟糕,已无法对任何人构成威胁,如果奥巴马总统不释放他,他将死于狱中;他们"为莱纳德申请宽大处理与他是否有罪无关——莱纳德·帕尔帖入狱 40 年所代表的问题才是关键所在,这些问题包括美国印第安人遭遇的历史性不公,联邦执法机构和美国印第安群体间的互不信任"(Garbus & Styron,2016:81)。

帕尔帖多次对奥格拉拉事件中那几位年轻人的无谓死亡表示遗憾,对他们的家人表示关心,其中包括美国印第安运动的青年活动家乔·斯图茨,他在奥格拉拉事件中丧命,警方从未对他被枪杀一事展开调查。帕尔帖说:"在为

---

① "Current and Past Supporters of Clemency for Leonard Peltier." 〈https://www.whoisleonardpeltier.info/LEGAL/uploads/supporters.pdf?x37218〉(Accessed August 5, 2019)

所有惨死在保留地上的印第安人的家人祈祷时，我也会为那几位特工的家人祈祷。"（转引自 Garbus, et al., 2016：3）。

莱纳德·帕尔帖案（以下简称"帕尔帖案"）是奥格拉拉事件的核心，一直备受争议，帕尔帖至今仍在上诉。帕尔帖案极为复杂。一是前后涉及的人物与案件颇多，证词与物证多处矛盾，是一起罗生门式的案件；二是该案件不是孤立的，它的背后是印第安人和白人这两个群体长期以来的矛盾冲突，经年累月最终在帕尔帖案中爆发，使该案具有"非常"的性质。

二、路易丝·厄德里克与"北达科他四部曲"

路易丝·厄德里克是美国印第安文艺复兴运动第二次浪潮的代表人物，卓有成就，十分多产。自 1984 年长篇小说《爱药》问世后，她始终在文坛的聚光灯下，受到读者和评论家的高度关注。厄德里克的作品已成为美国文学、美国印第安文学、女性文学、少数族裔文学、比较神话学和比较文学等学科和课程的研究文本。

1984 年，《爱药》获美国书评家协会奖，年仅 30 岁的厄德里克由此蜚声文坛。1986 年，她的第二部小说《甜菜女王》（*The Beet Queen*）获美国书评家协会奖提名。2001 年，她的《小无马地奇迹的最后报告》（*The Last Report on the Miracles at Little No Horse*）入围美国国家图书奖。2006 年，《沉默的游戏》（*The Game of Silence*）获司各特·奥台尔历史小说奖。2009 年，长篇小说《鸽灾》入围普利策文学奖。2012 年，长篇小说《圆屋》获美国国家图书奖。2015 年，厄德里克获国会图书馆美国小说奖。2017 年，荣誉再次降临，长篇小说《拉罗斯》获美国书评家协会奖[①]。

这些小说作品中，《爱药》、《甜菜女王》、《痕迹》（*Tracks*，1988）和《宾果宫》（*The Bingo Palace*，1994）均以虚构的北达科他州内被称为"小无马地"的印第安人居留地为背景，讲述了拉扎雷、莫里西、皮拉杰和喀什帕四个齐佩瓦家族四代人 150 余年里的生活境遇和爱恨情仇。这些故事对《道斯法案》、寄

---

① 迄今，除了路易丝·厄德里克，同时获得过美国书评家协会奖和美国国家图书奖两个桂冠的作家还有约翰·契弗（John Cheever）、约翰·厄普代克、多克托罗、科马克·麦卡锡（Cormac McCarthy）、菲利普·罗斯（Philip Roth）和雪莉·哈扎德（Shirley Hazzard）等。

宿制学校政策、"终止政策"、第二次世界大战和越南战争等都有所涉及,描写了这些政策和法律对印第安人生活的负面影响。因这些故事浓郁的地方色彩、多角度叙事、几代人的叙事跨度和众多人物,批评家们常将这些故事中的家世传奇与福克纳的约克纳帕塔法世系相提并论,认为厄德里克在艺术成就上可与福克纳比肩而立。这四部小说因为有相似的故事背景和相互关联的故事人物,常被称为"北达科他四部曲"①。

了解厄德里克其人有助于深刻理解其作品。厄德里克一直关注美国印第安人的生存境遇。2016 年,美国政府不顾苏族印第安人的利益,允许石油管道项目从立岩苏族保留地边上不远处穿过密苏里河,遭到印第安人的强烈抗议。厄德里克带领家人与印第安抗议者一起在保留地上扎营抗议。当年 12 月10 日,她在《纽约时报》发表了《如何阻止黑蛇》("How to Stop a Black Snake")一文,记录了营地抗议者的庆祝场景。她指出"立岩苏族保留地促使印第安人醒悟过来,重新团结了他们,提醒他们珍视土地、水源、令他们自豪的民主和令他们欢欣的自由"(Erdrich,2016b:4)。抗议取得阶段性胜利后,厄德里克进行了更为深刻的思考。同年 12 月 22 日,她在《纽约客》网站上发表题为《圣怒:立岩抗议的教训》("Holy Rage:Lessons from Standing Rock")的文章。厄德里克追溯了残酷的历史事实:坐牛②被杀害,密苏里河大坝导致立岩保留地内最具生命力的土地被淹等。她说"在拉科他人的生活方式里,历史是一股生命力"(Erdrich,2016a:par. 2)。厄德里克指出人们因对现实不满而聚集于此,他们的团结与刚毅有着无比伟大的感召和同化力量,他们通过祈祷等神圣的仪式维系自己坚定的信念。《圣怒》肯定了立岩苏族保留地抗议事件的现实意义,通过立岩保留地抗议事件以小见大,细数当代美国印第安人在灾难中生存

---

① 有评论家将这四部曲与《燃情故事集》(*Tales of Burning Love: A Novel*,1996)合称为厄德里克的"马奇马尼图湖小说"(Matchimanito Novels)。马奇马尼图湖是小说中虚构的一个湖。也有评论家将这五部小说与《羚羊妻》(*The Antelope Wife*,1998)、《小无马地奇迹的最后报告》、《四颗心灵》(*Four Souls*,2004)合称为"北达科他传奇"。

② 坐牛(Sitting Bull,1831 – 1890),亨克帕帕拉科他部落首领、巫医和先知。他 14 岁时首次参战,因突袭克劳人时表现出超凡勇气而被父亲改名为"坐着的水牛"(Buffalo Bull Who Sits Down),简称"坐牛"。他坚持与入侵印第安猎场和破坏印第安经济的白人打游击战,凭果敢和智慧名声大噪,于1867 年成为苏族首领。他指挥了著名的小巨角战役(1876)。该战役后,美国政府与苏族更为敌对。1877 年,坐牛携族人北上至加拿大。1881 年 7 月,坐牛因不忍族人绝境求生而向美国政府投降。1889 年,鬼舞运动(Ghost Dance Movement)如日中天。1890 年,印第安事务警察担心坐牛会携鬼舞运动参与者逃离保留地,决定逮捕他,坐牛反抗时遭枪击身亡。

的种种困难，指出他们在新世纪里面临着温迪哥的威胁。2007 年 4 月，北达科他大学准备授予厄德里克荣誉博士学位，但厄德里克因该校球队坚持使用"战神苏族"称号而拒绝接受荣誉博士学位①。她致信北达科他大学卡布谢校长，这样写道：

> 我为我家与这所知名学府的联系感到自豪。若不是贵校公开支持"战神苏族"称号，我将乐意接受荣誉学位。这一称号已疏远了许多心地善良、工作勤恳的部落居民，也疏远了那些不愿看到他人被贬为球队名称的正直的人[……]"战神苏族"称号催生了仇恨。北达科他大学坚持使用这一过时的称号，意味着贵校默许印第安人所遭遇的种族主义的偏颇行为，而我真诚地相信您更愿意正视我们这群心智完善的人，尊重我们，了解我们。
>
> 通过弃用这一称号，结束与各方的争论，北达科他大学可成为表率，深化人与人之间的理解，进一步认可北达科他州的原住民。停止使用"战神苏族"称号。让我们不再把美国印第安人像动物一样用作吉祥物。（Erdrich, 2007：par. 6-8）

　　在这封简短的回拒信中，厄德里克陈述了自己的立场：将美国印第安人作为球队的称号和吉祥物是对印第安人的贬损和动物化。"战神苏族"这一以偏概全的称号一味强调苏族印第安人的残忍和暴力，否认了其作为人的其他方面，催生憎恶，是"种族主义的偏颇行为"；北达科他大学拒不弃用这一称号有愧于其社会责任担当，有损其社会形象，不利于促进人与人之间的理解，不利于正确认识印第安人。厄德里克拒绝接受荣誉博士学位，促动北达科他大学弃用"战神苏族"称号，展现了作家的担当。

　　现实中，厄德里克是帕尔帖坚定的支持者，也是"释放莱纳德·帕尔帖"运

---

　　① 北达科他大学多支球队自 1930 年起在各类体育赛事中使用"战神苏族"称号。1999 年，北达科他州众议院发起提案，建议停用该称号；2000 年，该校 21 个与美国印第安研究相关的项目、院系和组织联名要求停用该称号，但无果而终。2005 年，美国全国大学生体育协会称使用印第安人的姓名作为球队称号带有敌意和恶意，勒令包括北达科他大学在内的 19 所院校停止使用，否则这些学校将无权承办各类运动的季后锦标赛。2006 年，北达科他大学提起对美国全国大学生体育协会的诉讼，声称"战神苏族"称号不含敌意与恶意，法院判决若该校三年内未能征得苏族部落的同意，必须弃用这一称号。

动的积极参与者。虽然厄德里克与帕尔帖同属齐佩瓦部落的龟山氏族,帕尔帖曾在厄德里克母亲任教过的保留地学校学习过,但厄德里克与帕尔帖彼此并不相识。1977年,厄德里克旁听了在法戈对帕尔帖的庭审,发现没有任何确凿的证据证明那两名联邦调查局特工死在帕尔帖的枪下。当陪审团认定帕尔帖有罪时,她十分震惊,默默流泪。厄德里克曾给狱中的帕尔帖写信,1999年,她把帕尔帖写给她的回信埋在故土。2000年12月29日,她在《纽约时报》上发表题为《印第安土地上的人权需要维护》("A Time for Human Rights on Native Ground")一文,讲述了多年来她对帕尔帖案的看法。厄德里克在文中说,24年的牢狱生涯剥夺了帕尔帖的一切,他成了一个透明人,心中没有愤怒,也没有抱怨。在文末,厄德里克动情地说:"20世纪70年代所有美国印第安运动背负的恶名,都由帕尔帖来偿还了。其他美国印第安运动领袖跻身好莱坞、结婚、再婚、坐头等舱环游世界,享受臭名声带来的一切好处,而帕尔帖却在受惩罚。24年里的日日夜夜。是时候让他回家了。"(Erdrich, 2000:A23)

厄德里克不仅在现实中关注、关心当代美国印第安人的生活,她还利用手中的笔为印第安人发声。在正义三部曲(《鸽灾》《圆屋》《拉罗斯》)中她深入探讨了"什么是正义"这一主题。在"北达科他四部曲"中,她以帕尔帖为原型,塑造了盖瑞·纳纳普什这一形象丰满的人物,艺术地再现了帕尔帖案,揭示了帕尔帖遭受的不白之冤。

帕尔帖案已成为众多文学作品的素材。例如,美国印第安作家伊芙琳娜·祖尼·卢塞罗(Evelina Zuni Lucero)的长篇小说《夜空,晨星》(*Night Sky, Morning Star*, 2000)中的人物朱力安·詹姆斯即是以帕尔帖为原型的。谢尔曼·阿莱克西在《马龙·白兰度纪念游泳池》("The Marlon Brando Memorial Swimming Pool")一诗中,直白地评论帕尔帖案:"我"听说了帕尔帖的一件事,但后来证明是谣传。"我"开始质疑:还有什么新闻是可信的?(Alexie, 1993:54-56)诗人借这一提问,质疑帕尔帖审判的公正性。在当代美国作家中,对帕尔帖案最为关注的当数厄德里克。"北达科他四部曲"是最早关注帕尔帖案的文学作品。在这四部长篇小说,尤其在《爱药》中,帕尔帖事件一直是小说潜在的组成部分,以帕尔帖为原型的人物屡屡穿行于故事间或出现在人们的交谈中,成为印第安人难了的心结。

三、"北达科他四部曲"与帕尔帖案

莱纳德·帕尔帖属印第安奥吉布瓦部落,1944 年出生于北达科他州的龟山保留地。帕尔帖 4 岁时父母离异,9 岁时被送往沃珀顿市(Wahpeton)一所由印第安事务管理局开办的寄宿学校,4 年后毕业,后又就读于南达科他州弗兰德鲁市的寄宿学校。1958 年,他辍学回到龟山保留地,与父亲一起生活。帕尔帖在保留地上目睹了美国政府实施的终止政策及其后果,这点燃了他想成为印第安政治活动家的梦想。此后,他一直竭力为印第安群体发声。1965 年,他搬至西雅图市,随后协助创立了一个"中途之家"①,专门帮助出狱后的印第安人重返社会。1970 年前后,帕尔帖渐渐接触到美国印第安运动,也多次参与抗议活动和争取本土族裔权利的运动,如 1972 年的"条约破裂大游行"②等。

厄德里克将帕尔帖案隐藏在北达科他四部曲的深处,若隐若现。从小说的主要人物盖瑞·纳纳普什与帕尔帖在形象和经历上的相似性就可以判断出盖瑞·纳纳普什是以帕尔帖为原型的。从小说《爱药》中的"地磅""野鹅""小岛"等章节可推测出,他们年龄相仿,盖瑞·纳纳普什出生于 1945 年,莱纳德·帕尔帖生于 1944 年;两人均体格魁梧,是美国印第安运动成员。"盖瑞是个有名的政治英雄、携带武器的危险罪犯,擅长柔道和逃跑,还是美国印第安人运动组织的领袖,和众多极端团体的成员一样用烟斗吸食烟草代用品"③(厄德里克,2015：285)。这些都与现实中的帕尔帖极为相似。他们都在南达科他州松树岭保留地被捕,并与执法人员交火。《爱药》中,多特说"盖瑞开枪打死了州里的一个州警"(厄德里克,2015：177)。帕尔帖的自传《狱中写作：我的一生即我的太阳舞》(*Prison Writings: My Life Is My Sun Dance*)中写道,他曾向联邦调查局特工开枪,但否认射中致命要害导致特工死亡(Peltier,2000：125,140)。"盖瑞被连续判了两个无期徒刑,正在服刑。他只有死了复活,再死再复活,才能离开监狱。"(厄德里克,2015：299)帕尔帖一

---

① halfway house,也称"重返社会训练所"或"矫正中心"。
② 当时规模最大的印第安人抗议活动。抗议者纷纷驾车从西海岸各地前往首都华盛顿市,表达印第安人在条约权、生活水平和住房等问题上的诉求以及对改善政府与印第安人间关系的渴望。得知尼克松政府拒绝接见他们后,抗议者占领了印第安事务管理局国家办公室所在的内政部总部大楼,并肆意破坏。一周后,僵持场面以总统助理和抗议领导人顺利协商结束。
③ 《爱药》引文的翻译主要来自中译本(厄德里克,2015),部分译文有微调。

开始在马里恩监狱服刑,后被转到多个监狱。小说中的盖瑞·纳纳普什被送往明尼苏达州的新监狱、斯蒂尔沃特监狱、州立监狱、马里恩监狱等多个监狱服刑。二者在这方面的细节也十分相似。另外,他们均有过越狱经历,且越狱的计划都被狱友有意泄露给狱警。"金是个告密的家伙。他取得了盖瑞的信任,然后又背叛了他。"(厄德里克,2015:295)不同的是,盖瑞·纳纳普什善于逃跑,多次越狱,越狱后逃往加拿大;帕尔帖在判刑前逃往加拿大,但服刑期间仅越狱过一次,且越狱失败,险些被刺杀。

帕尔帖和盖瑞·纳纳普什二人都是种族歧视和司法不公的受害者,都受到公众尤其是印第安人的同情和支持。无论是现实中的莱纳德·帕尔帖,还是小说中的盖瑞·纳纳普什,都不乏国内外个人、机构和组织支持,呼吁为其减刑、假释或特赦。"有人曾写歌赞颂过这个大名鼎鼎的齐佩瓦人,他的肖像被印在抗议活动的徽章上,法庭为他的命运辩论过,他的新闻传遍全世界。"(厄德里克,2015:295)这些对盖瑞·纳纳普什的描写显然与帕尔帖相符。无论是盖瑞·纳纳普什还是帕尔帖,都在狱中表现良好。"盖瑞表现很好,他们打算把他转回州立监狱"(厄德里克,2015:281);而帕尔帖在服刑期间向松树岭派送礼物,为受难妇女筹集资金、建立庇护所,将自己的画作捐给印第安人振兴项目。盖瑞·纳纳普什的被捕细节与现实中帕尔帖的被捕细节之间的张力最为明显,足见厄德里克的良苦用心:

> 他选错了地方,藏在松树岭。如以前一样,那儿联邦政府的侦探和装甲车遍地都是。武器随处都有,不费什么劲就能弄到。盖瑞搞到了一件武器。两个警察想逮捕他。盖瑞不肯就范。当他开始逃跑时,双方开始交火。盖瑞开枪打死了州里的一个州警。那个州警深色头发、浅色眼睛,胡子刮得干净极了,大大小小的报纸都登了他的照片。(厄德里克,2015:177)

对比公开发布的帕尔帖案中在双方交火中被击中而亡的两名联邦调查局特工的照片,可以发现此处的州警应该暗指其中奥格拉拉事件的罗纳德·威廉姆斯。"联邦政府的侦探和装甲车遍地都是""松树岭""两个警官"等足以说明小说情节与帕尔帖案的高度相似性。

四、白人的法律与印第安人的正义

帕尔帖案是一起饱受争议的司法悬案，与此案潜在关联甚多的厄德里克的"北达科他四部曲"必然涉及对此案司法公正与否的看法。小说中，印第安人对美国的法律不信任是普遍的，盖瑞·纳纳普什尤其如此。《爱药》中提到，他12岁时便"挑战教会学校管理制度的极限"（厄德里克，2015：99），长大成人后更是立场鲜明："盖瑞的问题在于，他信仰的是正义，而不是法律。"（厄德里克，2015：169）他参加美国印第安人运动，成为领袖。被逮捕后因"在州立监狱里发动了一次绝食运动而声名大噪"（厄德里克，2015：165）。小说中的盖瑞·纳纳普什是白人统治的反叛者，这样的人物塑造表明了作家的政治态度。

在《爱药》的前半部分，盖瑞·纳纳普什间或被叙述：他在服刑，或越狱在逃。这样的叙述常带有对他才能和本领的赞美以及对美国司法的抗诉。在小说的后半部分，故事更多地与在逃的盖瑞·纳纳普什联系在一起，他成为叙述的主要对象。他曾两次被判入狱，一次次越狱，一次次被再度投入监狱。他因斗殴受审，起因是与一个牛仔争论齐佩瓦人是不是黑鬼。两人扭打在一起，他朝牛仔的睾丸踢了一脚，被判入狱三年。叙述者艾伯丁·约翰逊诉说了盖瑞·纳纳普什的无助：

> 除了印第安部落卡片以外，盖瑞的朋友没有任何身份证明，不仅如此，他也找不到人（那些人没什么恶意，只是因为审判时他们正在参加帕瓦仪式）……，就连盖瑞好不容易找到的几个人也没兴趣正视法官或陪审团。他们低头对着膝盖咕哝着。你知道，盖瑞的朋友并不相信美国的司法体系。他们在法庭上似乎很不舒服，这样，法官和陪审团更觉得他们的话不可信。（厄德里克，2015：170）

艾伯丁·约翰逊分析道："白人目击证人的支持对你很有利，因为他们有名字、住址、社保号和工作电话号码。但如果他们不支持你的话，那就与请印第安人目击者作证一样，是十分可怕的。"（厄德里克，2015：203）厄德里克借助约翰逊之口进行嘲讽，表达了对美国司法公正的极度不信任和失望："判决结果使盖瑞大受打击，对于初犯那是偏重了一些，不过对印第安人来说，还不算重,有人还说他算幸运的。"(厄德里克,2015:170)约翰逊的话指向美国法律的双重标准,揭示了印第安人普遍接受为事实的歧视性的权力压迫。

第二次审判对他的指控要严重得多。盖瑞·纳纳普什被指控杀死一个州警,被判两个无期徒刑。厄德里克在小说中对真实审判中出现的各种争议和法官操纵的细节一概未提,只是笼统地表达了印第安人对审判的不信任和对审判结果的不屑。在小说《宾果宫》中,法庭宣判令印第安人十分震惊:

他的案件审判当日,判决书的最后一个词落下时,法庭后排的人都站起来,不敢相信听到的判决结果,一个尖细的声音脱口而出说"不,不",回荡在房间里,"不,不"。

艾伯丁看到盖瑞·纳纳普什时又一次喊出了这个词,"不"。但盖瑞现在成了凝滞的空气,在闪烁的电视屏幕上,在复印的海报、新闻简讯、电影和各种有关上诉的故事中。(Erdrich,1994:24-25)

小说中再现的庭审宣判与帕尔帖庭审宣判相呼应。这样的判决不合常理,但在意料之中。纳纳普什是美国印第安运动的活跃成员,受到印第安族人的拥戴,但遭政府痛恨,属于需要"区别对待"的特殊人群。坐在"法庭后排的人",即印第安人,他们没有法律地位,只能表达强烈的不满。事件的发展引起了越来越多公众的关注,在官方媒体贬斥性的渲染和族人口口相传的颂扬中,纳纳普什逐渐成为传奇:"多年之后,听说盖瑞天生就是罪犯,又是英雄,他的脸出现在六点新闻中时,贝弗一点也不觉得奇怪。"(厄德里克,2015:99)作家借"罪犯"和"英雄"这一双重定义表达了印第安人和白人对盖瑞·纳纳普什截然不同的态度。

盖瑞·纳纳普什无法逃避被投入大牢的宿命。在他看来,监狱作为对付印第安人的专政机器,是"制造仇恨的工厂"(厄德里克,2015:169),只能使对抗愈演愈烈,甚至上升到暴力:"监狱在他心里制造了邪恶毒药,尽管他用手指抠喉咙,想让毒药呕出来,做个清白的正常人,但无论如何,他还是无法摆脱。"(厄德里克,2015:169)"毒药"很可能指暴力报复的欲望,因为监狱这一"制造仇恨的工厂"使他无法相信政府的善意或期待神灵的护佑。盖瑞·纳纳普什的遭遇也启迪了他的族人。比如，他的儿子利普夏·莫里西顿然觉醒。他追问历史，思考当下的困境："更早之前，当年的印第安人在毁灭性的细菌战和血腥的大屠杀中被白人赶尽杀绝，那又如何解释呢？那时，印第安人可比现在友善多了。喀什帕外公的话倒给了我一点启发。依赖一个耳聋的神灵有什么意义吗？那与依赖政府有什么两样？于是我立马想到，只能靠自己。"（厄德里克，2015：199）

五、"恶作剧者"：在失望中寄托希望

在《爱药》和《宾果宫》等小说中，厄德里克不断描写盖瑞·纳纳普什越狱的情节，赞美他神奇的潜逃能力。这与真实人物帕尔帖越狱一次且失败的事实明显不符。作家的用意值得关注。

美国印第安作家常借用丰富的印第安部落传统文化资源塑造人物，讲述故事。其中常见的传统文化资源是"恶作剧者"[①]，但这一称呼并非贬义词。维兹诺、厄德里克等美国印第安作家偏爱在作品中塑造"恶作剧者"[②]。厄德里克北达科他四部曲中的"恶作剧者"形象丰满，真实可感，令人难忘。其中纳纳普什家族的众多人物，如纳纳普什（Nanapush）和盖瑞·纳纳普什，都是可被归入"恶作剧者"，具有鲜明的部落文化特征。

虽然印第安部落文化不尽相同，但印第安文化中传统的"恶作剧者"仍有许多共同特征。他们能在人和动物间自如变换，或兼具人与动物的双重形态。他们"对生活的多重性和矛盾性持开放态度"（Ballinger，2004：30）：既是部落文化的核心，又是位于社会边缘的流浪者；既是社会规约的建立者，又是既有秩序的打破者；既是神通四海的英雄，又是诡计多端、饕餮好色、贪婪懒惰、叛逆鲁莽的小丑式角色；既难以被摧毁，又常自食其果。总之，印第安文化中的"恶作剧者"的主要特征是矛盾性、多棱性和不确定性，是本我、自我和超我的

---

① trickster 尚无统一译法，有"恶作剧者""恶作剧精灵""机智人物""千面人物"等不同译法。东、西方文化中均不乏恶作剧者，如希腊神话中的赫尔墨斯（Hermes）、法国民间传说中的列那狐（Renart）、中国传统神话故事中的猴王等。

② 维兹诺的《自由的恶作剧者》（*The Trickster of Liberty*，1988）是集恶作剧者之大成的作品。他的《哥伦布的后裔》（*The Heirs of Columbus*，1991）、《死者之声》（*The Dead Voices*，1992）、《热线疗伤师》（*Hotline Healers*，1997）、《法官》（*Chancers*，2000）等几部小说中都有恶作剧者的踪影。

混合体,是"一切混乱之物的象征"(Roheim,1952:190-194)。

各个印第安部落传统的"恶作剧者"的故事不尽相同,构成了绚丽多姿的印第安文化。苏族文化中传统的"恶作剧者"名叫伊克东米(Iktomi)①,而在齐佩瓦文化中传统的"恶作剧者"是造物主纳纳伯周(Nanabozho)②。虽然纳纳伯周常常插科打诨,惹人发笑,但从未做过违背道德或严重不当的行为,不失为高尚的英雄、真诚的朋友和博爱的师者。齐佩瓦人认为他"创造了现在的世界……,没有他,齐佩瓦人就不会存在"(Vecesy,1983:78)。纳纳伯周是一个矛盾体,是"富有同情心的恶作剧者,穿梭于神秘的时间维度,游荡于部落历史和梦幻的转换空间中。他与动物、植物相连,是向部落居民讲解植物治愈功效的导师和疗伤者"(Vizenor,1984:3)。小说里的纳纳普什是神秘的摩西·皮拉杰和不寻常的露露·纳纳普什的儿子,他的名字与传统文化中的纳纳伯周的名字很相似,在性格上也有诸多共通之处,是典型的"恶作剧者"。由此可以看到作者厄德里克对部落文化的自豪,也借此赋予小说人物强大的力量和特殊的品格。

盖瑞·纳纳普什无视常规。例如,探监时多特在闭路电视无法监控到的角落里骑在他的大腿上。他们穿过她的连裤袜和盖瑞的囚服上撕开的一个洞,成功做爱,奇迹般地让她怀上了孩子(厄德里克,2015:168)。在小说《燃情故事集》中,多特驾车返回法戈,杰克的前妻们坐在车上。路上她们捎上了一个体型庞大、裹着毯子的人,后来才知道那是盖瑞·纳纳普什。午夜前后,汽车困在雪堆里。后来多特因吸入过多一氧化碳而昏迷,盖瑞·纳纳普什让她苏醒了过来,二人趁车上其他人都睡着了便做爱。盖瑞·纳纳普什在其他人获救后悄悄溜走了(Erdrich,1993:36)。

---

① 伊克东米的故事有大同小异的多个版本,但都与科萨(Ksa)紧密相连。科萨本是智慧之神,能发明语言、讲述故事、为人们起名和设计游戏等,但常常惹是生非,被诸神驱逐后应变作蜘蛛,即伊克东米。他化作人形后,脸上涂有红色、黄色和白色的油彩,眼睛周围一圈黑色。伊克东米游走于愚蠢和智慧的两极之间,一方面将诸神和人类玩弄于股掌之中,一方面言行严肃,警告苏族人远离恶魔与危险。随着时代的更迭,苏族人对伊克东米的认知也有所转变,认为他织网覆盖大地一事预示着电话网络、互联网等现代科技的普及。

② 纳纳伯周是神灵父亲和人类母亲的结晶,母亲早逝后,便由祖母抚养。他被上涨的河水逼退,在河水吞噬山头前抓住木头,做了一条简陋的船,让动物们衔土重塑大地。他受大神(Great Spirit)派遣前来教导齐佩瓦人,使命之一便是为植物和动物命名,他还发明了象征符号,创建了大医学会(the Great Medicine Society)。

　　面对无法改变的现实，厄德里克借用传统文化资源，给盖瑞取名为"纳纳普什"，赋予他上天入地、无所不能、来无影去无踪的超能力。在对美国人权和司法失望的同时，厄德里克在盖瑞·纳纳普什身上寄托希望。"他（盖瑞）35岁了，差不多有一半的时间不是在坐牢，就是越狱、被通缉。"（厄德里克，2015：164）但监狱的高墙无法困住这位齐佩瓦英雄。盖瑞·纳纳普什"嘲笑一切，或者说看起来有点玩世不恭"（厄德里克，2015：99）。同时，他擅长柔道和逃跑，在越狱出逃方面很有天赋，自豪地说"没有什么狗屁钢筋混凝土的房子困得住齐佩瓦人"（厄德里克，2015：168）。他逃跑的能力在印第安人中间成为传奇。作家通过对盖瑞·纳纳普什越狱能力的渲染，强调了印第安人逆境中的生存能力。

　　他身材魁梧，却能像鳗鱼一样滑进滑出。有一次，他在身上抹了猪油，像蛇一样蠕进六英尺厚的监狱高墙，不见了。有人认为他被卡住了，永远被困在那儿……但幸运的是，盖瑞只是擦破了肚子。（厄德里克，2015：168-169）

　　一天，洛维奇克和哈里斯警官来抓捕盖瑞·纳纳普什。艾伯丁·约翰逊讲述了这一事件和盖瑞逃跑的生动细节，叙述中洋溢着惊叹和崇敬：

　　盖瑞打开窗子，如歌舞团的女演员般优雅地一踢，把纱窗踢得无影无踪。接着，他便神奇地跟着纱窗从窗框中挤了出去，像一只肥兔钻进洞里不见了。那儿离楼下的水泥沥青停车场还有三层楼的高度。（厄德里克，2015：176）

　　盖瑞·纳纳普什每一次逃脱都不可思议。利普夏眼看父亲要被找上门的警察抓捕，但是盖瑞·纳纳普什竟神奇地再次逃脱。"他不见了，消失了。他从椅子上被拉到狭小的空中去了。他待过的地方除了空气什么也没有。我张嘴要喊他的名字，但没叫出声来。至今我还是认为，他一定是把一根手指放在鼻子边，从通风道飞了出去。这是唯一的可能。"（厄德里克，2015：301）在印第安文化氛围中长大的利普夏一点也不担心父亲会被警察抓到：

我知道没什么能困住父亲。他会飞。他能脱掉衣服,瞬间无影无踪,他能轻轻松松地变成其他东西,说变就变。猫头鹰、蜜蜂、上下两色的漫步者牌汽车、秃鹫、棉尾兔和尘土。他能变过去,也能变回来。他是迅速掠过月亮的云朵,是泥沼里扑腾的野鸭的翅膀。(厄德里克,2015:363-364)

后来,他发现身材魁梧的父亲躲在自己汽车狭小的后备箱里:"我就听出他居然是盖瑞·纳纳普什,他就像婴儿缩在母亲的肚子里一样,紧紧蜷缩在后备箱里。他挤在里面,我费了好大的劲儿才把他拉出来。"(厄德里克,2015:303)当新闻播报员播报"联邦监狱罪犯盖瑞·纳纳普什在被转押到北达科他州立监狱的途中逃跑"的新闻时,收听广播的印第安人"开心地"呼叫:"干得好,兄弟!"(厄德里克,2015:294)小说中的人物永远相信,他们的英雄有足够的勇气和智慧,可以对抗政府的胁迫力量。

《宾果宫》第 21 章中也有关于盖瑞·纳纳普什神奇超能力的描述:他将被转移到明尼苏达州的新监狱,转移途中遭遇恶劣天气,他乘坐的直升机坠毁,但他成功逃脱。在小说《燃情故事集》中,这一逃脱的经历也被提及(Erdrich,1996:131)。他通过之前约定的秘密方式向家人报了平安,随后来到法戈的宾果宫,大赢一笔,在当地酒吧听到了有关自己的传闻:"前几次越狱,盖瑞·纳纳普什避开守卫,蜷缩着通过一条仅有点心盒大小的缝隙,不知怎的又藏身于从监狱驶出的货车,顺利出逃……。这次,他飞着逃跑了。他在转移途中,没人知道在哪儿。"(Erdrich,1994:232)盖瑞·纳纳普什匪夷所思的逃跑能力让儿子利普夏一直自豪不已:"盖瑞·纳纳普什正被全北美的警察通缉,但警察刚抓到他,他就从镣铐里消失了。他不是人,雨水将他溶化,白雪将他变为陶土,太阳使他复活。他是齐佩瓦人。"(厄德里克,2015:235)

《宾果宫》是四部曲的最后一部。第三章"禁闭"中,正在看电视的艾伯丁突然听到盖瑞·纳纳普什的声音:"我想过要复仇,努力压制体内的怪兽……戴着镣铐,张开四肢被关了四天禁闭。"随后,纳纳普什的脸出现了:"他曾经双眸明亮,炯炯有神。女儿出生当天,他从医院二楼的窗户跳到一辆车上,逃避警察追捕。但如今他看上去饿坏了,眼神绝望。"(Erdrich,1994:24)

小说《痕迹》有两位叙述者:齐佩瓦老人纳纳普什(叙述奇数章节)和年轻

的混血女孩波琳·普亚特（叙述偶数章节）。纳纳普什是盖瑞·纳纳普什的长辈，揭示了盖瑞·纳纳普什所拥有的超能力的源泉。老纳纳普什说"纳纳普什"这个重要的名字拥有神奇的力量，这个名字在政府档案中每写下一次，就会失去一分力量(Erdrich，1988：32)。《甜菜女王》的故事背景早于《爱药》和《宾果宫》，其主要人物"甜菜女王"多特·阿代尔在《爱药》中与盖瑞·纳纳普什育有一女，因此小说也与盖瑞·纳纳普什联系了起来。

厄德里克在《爱药》中写道："他（盖瑞）进进出出监狱，却激励着印第安人。"（厄德里克，2015：241）可见，作家把越狱视作鼓舞士气的象征性行为。盖瑞·纳纳普什的母亲露露更是把盖瑞当作其他孩子的榜样："没有哪个监狱能困得住皮拉杰老头的儿子，纳纳普什家的男人。你该为自己是纳纳普什家的一员而自豪。"（厄德里克，2015：281）对印第安人来说，出逃所代表的摆脱困境的能力和政治对抗态度是值得"自豪"的。这样，作家把印第安人与政府的对抗泛化在看似自然而然的评说之中，让这位被官方宣布为"罪犯"的印第安"英雄"获得本族民众的拥戴。

盖瑞·纳纳普什不合常规的行为和拥有的超能力，都是美国印第安文化传统中的"恶作剧者"最显著的特征。美国印第安政策、美国司法向来对印第安人不公。对印第安人怀有根深蒂固的偏见、歧视甚至仇恨的白人不在少数。作者厄德里克通过小说人物之口，对此表达了强烈不满和极度失望。厄德里克借助于丰富的印第安文化，将帕尔帖塑造成印第安文化中的"恶作剧者"，颇有深意。现实中的帕尔帖身陷囹圄，但小说中的纳纳普什却不受束缚，出入自如。现实中无法做到的在文学中做到了，这寄托了失望的厄德里克和印第安人对帕尔帖重获自由寄予的希望。

六、厄德里克文学创作背后的历史观

时至今日，美国印第安人仍在为争取平等权利而积极斗争。作为美国印第安人的一员，无论在现实生活中，还是在文学作品中，厄德里克都对美国印第安人作为原住民在政治、经济、文化上的不平等有深切、独特的感受。厄德里克为印第安人个体和群体的权益大声疾呼，用自身的社会影响力呼吁社会各界关注印第安人。在四部曲中，她借人物之口，直白、无情地诘问官方话语，

表达对政府的不满和失望。不断逃亡、惶惶不可终日的盖瑞·纳纳普什反问他的儿子金："社会公平吗？社会就像我们打的这局牌，伙计。我们的命运在出生之前就决定了，就像发牌之前已经洗过牌。我们在长大的过程中就该把牌打好。"（厄德里克，2015：299）利普夏为父亲的超能力感到自豪，但他仍然失望地说："不过本事再大，他最后还是难逃被抓的命。"（Erdrich，1994：235）厄德里克把盖瑞·纳纳普什塑造成"恶作剧者"，赋予他超能力。即便如此，他依然身陷囹圄，困在高墙之内，难获自由。

厄德里克的文字中除了直白的控诉之外，还有对历史本质深层次的思考。帕尔帖案的核心是法庭认定联邦调查局的两名特工死在帕尔帖的枪下，盖瑞案的核心是一名州警被认定死在盖瑞的枪下。这是官方认定的事实，也是判定他们有罪的理由。在小说中，厄德里克巧妙地借用人物对话对历史的本质进行了深入的思考。年轻的利普夏始终对父亲杀人的事实表示怀疑，他不知道那个州警是否真的死在父亲盖瑞·纳纳普什的枪下。他问他同父异母的兄弟金："我问他，他觉得果真是盖瑞杀死了那个州警察，还是像审判后很多人说的，是错判？"（厄德里克，2015：293）金回答："我真的不知道。"（厄德里克，2015：293）后来，他又问父亲本人，盖瑞·纳纳普什没有作答，然后利普夏自问自答：

> "我在想，"我说，"是不是你杀死了那个州警。"
>
> 如果我告诉你他说不是，你会认为他撒谎。你觉得美国的司法系统不会无缘无故连续两次判人无期徒刑。除非你哪一天与司法系统产生摩擦。肯定会让你震惊。你肯定会的，我敢保证。
>
> 如果我告诉你他说是的，并把整件事原原本本讲给你听，那可能对他不利。但抱歉，不管他说是或不是，我都不打算把他的回答记下来。我们已经进入了深水区。
>
> 我们就说他是这么回答的，"这事太玄了。没人知道。"（厄德里克，2015：305）

无论是"我真的不知道"，还是"这事太玄了。没人知道"，都流露出厄德里克对历史本质的思考：历史是叙事，是主观的，印第安人的历史书写难以摆脱白人权力的干扰，真相隐藏在层层迷雾之下。

厄德里克对历史本质的深入思考也隐晦地体现在其他作品中。小说《痕迹》中的纳纳普什和波琳·普亚特分别叙述故事，但两位叙述者视角与立场不同，提供的细节描述自然也有差异。作家在《屠宰师傅歌唱俱乐部》（*The Master Butchers Singing Club*，2003）里，强调了对历史书写本质的认识。罗伊讲述发生在1890年的伤膝镇大屠杀这一历史事件时说："如果你想知道这段历史，可以在历史书中读到，然而其全貌却是鲜为人知、难以置信的。"（Erdrich，2003：325）如果我们将这些放在一起考察，就会发现厄德里克认为历史是主观的，不是客观的；是复数的，不是单数的。这与著名美国印第安作家、学者伊丽莎白·库克-林（Elizabeth Cook-Lynn）的观点是一致的："如果你愿意相信历史是由记忆和想象组成的，那么你得明白所谓的真实和虚假是由人建构出来的。"（Cook-Lynn，1983："Foreword"）

厄德里克反对单一的、权威的、官方的历史话语。她意欲通过文学的力量，让印第安人发声，颠覆现有的官方话语，把印第安人从官方话语中解放出来，把别样的历史呈现出来，与官方话语并置，形成张力，引发公众对印第安人遭遇的深入关注。一个值得关注的现象是，《爱药》是"北达科他四部曲"中最早出版的一部。厄德里克浪漫化地塑造人物，将帕尔帖案隐藏在文本深处。小说甫一出版，即好评如潮，而几乎是同时问世的彼得·马西森的非虚构作品《疯马精神》却官司不断。这彰显出文学在介入历史和政治时所具有的特有的优势和魅力。

【链接1】　历史著作《疯马精神》

《疯马精神》的作者彼得·马西森是记者、作家、《巴黎评论》创始人之一，曾在美国中央情报局工作过一段时间，是美国国家图书奖史上唯一的虚构与非虚构类的双料获奖者，获奖作品分别为《影子国度》（*Shadow Country*，2008）和《雪豹》（*The Snow Leopard*，2008）。马西森是白人，他于1983年出版了非虚构作品《疯马精神》。该书围绕帕尔帖一案展开，出版后便引发争议。他在题献中写道："有些人践行印第安的智慧，此书献给所有尊重这些人并维护他们传统的人。"《洛杉矶时报书评》盛赞此书触动人心，蕴藏着非凡的智慧。

《疯马精神》长达 644 页,试图提供有力的证据,证明帕尔帖蒙受不白之冤,呼吁对他重新审理。该书分三卷,第一卷详细记录了印第安人与白人的冲突和历史上意义重大的条约与法案;第二卷综合各方叙述,呈现了蹦牛农场枪杀案的始末、案件调查经过、帕尔帖逃亡后被引渡回国、法戈庭审等重要环节,对蹦牛农场枪杀案的庭审记录进行了深入解析;第三卷是帕尔帖案的后续,包括案件中关键人物的情况、帕尔帖的律师不断上诉以及此后美国印第安人的状况。值得注意的是,马西森在后记中回顾了该书自出版以来的遭遇,并指出这起枪杀案的真凶另有其人,一位"X 先生"承认射杀了两名联邦调查局特工。作者亲自采访相关人士(包括帕尔帖本人),全方位展现了帕尔帖一案的前因后果、案件详情和相关人士的观点,堪称一部巨著。

然而,《疯马精神》出版后不久便惹上两起官司,起诉人分别为书中描写的人物威廉·詹克洛和大卫·普莱斯(David Price)。该书出版 2 个月后,马西森即被前南达科他州州长威廉·詹克洛以诽谤罪起诉。詹克洛在南达科他州政坛地位显赫,曾两次当选州长。《疯马精神》出版时他担任该州州长,声称该书将他描绘为醉鬼,强奸犯,一个道德堕落、心胸狭隘的人。他坚持认为马西森在书中所写的美国印第安运动对他的指控以及马西森本人的叙述均罔顾真相(转引自 Mehren,1990:par. 2-3)。1983 年 3 月 19 日,詹克洛一纸诉状将马西森和维京出版社告上法庭,同时将南达科他州三家书店作为共同被告,要求赔偿 2,400 万美元。

1984 年 6 月 13 日,南达科他州州法院承审法官吉恩·基恩(Gean Kean)认为马西森在书中对詹克洛的指控中使用的文字准确、公允,《第一修正案》赋予了他中立报告的权力,因此驳回詹克洛的起诉,允许维京出版社和马西森继续出版发行该书。詹克洛不服,提起上诉。1985 年,南达科他州最高法院不顾美国出版商协会、阅读自由基金会、美国记者和作家协会以及美国书商协会上呈的报告,撤销先前驳回的詹克洛起诉的决定,要求基恩法官重审。1986 年 6 月 25 日,基恩法官驳回詹克洛的上诉,詹克洛拒绝接受法官的判决,继续上诉。1988 年,基恩法官再次驳回上诉。詹克洛又一次上诉至州最高法院,法院最终裁定,根据《第一修正案》,驳回上诉。

马西森在遭到詹克洛的起诉后不久,又遭到联邦调查局特工大卫·普莱斯的起诉。普莱斯称，被告在书中毁谤他与其他联邦调查局特工蓄意安排人证做假口供，有碍司法公正；同时，马西森在书中描写他在处理保留地印第安事务时作风腐败，为人恶毒；马西森在书中得出结论，说帕尔帖之所以被定罪是因为联邦调查局在调查中玩忽职守，这是联邦调查局的巨大阴谋中的一部分，旨在粉碎美国印第安运动。1984 年 1 月，普莱斯决定起诉马西森和维京出版社，要求赔偿 2,500 万美元。普莱斯先是在南达科他州拉皮德城（Rapid City）向州法院提起诉讼，但被告提出异议，认为当地陪审团都是白人农场主，对原告友好，对印第安人有较深的抵触。法院认同被告的异议，随后案件被转移至明尼苏达州的明尼阿波利斯市。马西森和维京出版社的代理律师马丁·加布斯认为，与南达科他州相比，明尼苏达州明尼阿波利斯市的陪审团对印第安事务更加了解，更关注出版自由，同时当地联邦法院①的法官对案件中政府部门上呈的说辞更审慎。

1985 年 12 月 30 日，法官戴安·墨菲（Diane Murphy）驳回普莱斯的绝大多数起诉，但同时允许他在接下去的两年中继续调查，寻找新证据。判决书长达 33 页，支持马西森有权提出论点、进行研究调查并且用研究调查所得的材料支持自己的论点，"发表有关人和事的一面之词"的作品，这是美国司法史上第一次支持作者拥有"发表有关人和事的一面之词"的作品的权利。本案涉及政府官员，"有关政府和官员的言论，有关他们是否尽职或玩忽职守的言论，这正是《第一修正案》针对的要点。它旨在最大限度地维护公民批评政府的权利"（Price v. Viking Press, Inc.）。1986 年 1 月 15 日，《纽约时报》发表文章，认为此次判决将"进一步鼓励作者的创作自由，出版社面临的恐惧和压迫将会减少，探讨争议性话题的图书将会越来越多"（Mitgang，1988：11）。因此，本案的判决影响深远。

此次判决之后，普莱斯再次上诉，由联邦第八巡回上诉法院审理。与詹克洛案一样，法院收到了包括笔会（PEN）的著名作家威廉·斯泰伦、冯内古特、约翰·欧文和苏珊·桑塔格等以及诗人、散文家和小说家群体的联名信。

---

① 联邦法院（Federal Court），也称"美国法院"（United States Courts），包括联邦最高法院、上诉法院、地区法院、破产法院和税务法院。其中，地区法院按照司法区（judicial district）划分。国会将全美划为 94 个司法区，每个州都至少落在一个司法区内。此处指地区法院。

1989 年 8 月 7 日,联邦第八巡回上诉法院一致认可墨菲法官的所有判决。法官杰拉德·希尼在判决书中特别指出,"诽谤罪的相关法律标章必须保护被告人,避免他们因担心被起诉而被迫开展自我审查。本院认为,公共事务的讨论不应受限,应当活跃,包容开放……[即便]这些讨论可能包括对政府和公职人员激烈、刻薄甚至不留情面的批评"(Price, et al. 881 F. 2d 1426)。

至此,美国联邦第八巡回上诉法院对普莱斯的上诉判决和南达科他州最高法院对詹克洛的上诉,解决了诽谤案中的一个一直争论不休的问题:在具有政治性的争议案件中,如果存在并未得到证据证实的指控和反诉,复述这些指控和反诉并不涉嫌诽谤。马西森和维京出版社历经 8 年,打赢了这场言论自由之战。出版商维京出版社因为这两起官司而将该书的精装版下架,停止发行计划出版的平装版和海外版。1992 年,《疯马精神》重新发行,帕尔帖案再次进入公众的视野。

【链接2】 小说《夜空,晨星》

《夜空,晨星》是美国印第安作家伊芙琳娜·祖尼·卢塞罗的长篇小说,其中的人物朱力安·詹姆斯以帕尔帖为原型。卢塞罗表示,她想讲述过去 500 年印第安人所遭受的不公以及那些悬而未决的事件,而一个印第安囚犯正是最合适的形象。《夜空,晨星》反映了她对印第安人的关切,在 1999 年美洲本土作家首作奖比赛(Native Writers' Circle of the Americas, NWCA)中获奖。该小说从不同人物的视角来讲述故事。主线是朱力安和塞西莉亚两人之间的爱情故事。

《夜空,晨星》的背景和主要情节与莱纳德·帕尔帖案极其相似。小说中,两名联邦调查局特工于 1975 年夏在奥格拉拉被杀。1976 年,美国印第安运动的成员人心惶惶,担心联邦调查局的渗透,开始相互怀疑。他们都知道联邦调查局意在镇压美国印第安运动和印第安人的反抗。之后一些联邦调查局人员通过栽赃陷害等手段,污蔑美国印第安运动,让印第安人自相伤害。随着全国范围内的暴力升级,美国印第安运动的领导人也被警察以携带大麻、袭击或参与谋杀等捏造的罪名逮捕。这些迫害活动意在恐吓美国印第安运动,使其停止活动。更有甚者,美国印第安运动的支持者,不管是印第安人还是非印第安人，都受到了恐吓。

这时，朱力安应朋友赫克托的请求，和一名并不相识的印第安人一起驾车穿过州界线，去参加美国印第安运动举办的一个集会。这个集会是美国印第安运动的一次大型地区性会议，既是一次战略计划会议，也是一场灵修集会。在路上，警察以交通违章为由让朱力安一行停车接受检查，随行的吉恩被查出有违反假释条例的前科。吉恩企图逃跑，但随后被抓住。被抓后，让朱力安意料不到的是，警察从他们所驾驶的车上搜出步枪和弹药。其中几把步枪被认为是偷来的，一把 AR-15 步枪与犹他州一位有名的农场主的死亡有关。朱力安要求一名律师为自己辩护，但警察表示他们没有其他目的，只是想跟他"谈谈"。虽然朱力安之前参加过一系列环境保护活动，但他知道警察此次行动并不是针对他，而是想借此钓到美国印第安运动的一个全国性领导人这样的大鱼。警察威逼利诱，想让他供出"真正的杀手"，朱力安表示并不知情。后来，让朱力安难以置信的是，枪上的指纹被检测出与他的指纹相吻合，而吉恩也作证朱力安有嫌疑。吉恩没有再被押送回监狱，而朱力安则被判有罪。小说中，塞西莉亚与他们从小一起长大的朋友朱厄尔通电话谈到朱力安一案时，朱厄尔表示朱力安是被诬陷的，而联邦调查局一直对美国印第安运动成员做这类事。

印第安人所遭受的不公都通过细节在书中有所表现，美国印第安运动遭受的迫害在书中有直接描写。朱力安的人物形象也与莱纳德·帕尔帖相似：同样是美国印第安运动的坚定支持者，同样为维护印第安人的权利而努力。朱力安含冤入狱，这与帕尔帖的经历类似。警方从朱力安的车上搜出了枪支弹药，认定朱力安为凶手的证据是有他指纹的 AR-15 步枪，而在帕尔帖一案中，警方同样在帕尔帖的车上发现若干武器，判定帕尔帖有罪的物证同样是一把 AR-15 步枪。在狱中，帕尔帖受到死亡威胁，朱力安则受到了虐待。此外，小说中还借朱力安和塞西莉亚的儿子裘德之口，与 1992 年发生的红宝石山脊案①进行对比，表达了对帕尔帖案审判的不满。

①　红宝石山脊案(Incident at Ruby Ridge)：美国在 20 世纪 90 年代初发生的比较重大的政府侵犯民权案之一。卷入事件的兰迪·韦弗(Randy Weaver)当时拒绝给烟酒枪械管理局做线人，因而遭到非法持有枪支等无中生有的控告。后来法警又以其未按时出庭为由要将其带走，但他拒绝离开。最后联邦调查局和法警派人包围兰迪·韦弗的家，导致双方发生流血冲突。

【链接3】　纪录片《奥格拉拉事件：莱纳德·帕尔帖的故事》

　　《奥格拉拉事件：莱纳德·帕尔帖的故事》（*Incident at Oglala: The Leonard Peltier Story*，1992）是由米拉麦克斯影业（Miramax Films）发行、迈克尔·艾普特（Michael Apted）导演、亚瑟·乔巴尼扬（Arthur Chobanian）和罗伯特·雷德福德（Robert Redford）等制作的一部纪录片。在该片中，奥格拉拉事件亲历者和相关人员出镜，口述还原了整个事件。出镜讲述者包括美国印第安运动成员莱纳德·帕尔帖、罗伯特·罗比多、达雷尔·巴特勒、美国印第安运动创始人之一丹尼斯·班克斯、美国政府民权委员会委员威廉·马尔德劳（William Muldrow）、前联邦检察官埃文·赫尔特曼（Evan Hultman）、前联邦助理检察官罗伯特·西科玛（Robert Sikma）、前南达科他州参议员詹姆斯·艾勃瑞克（James Abourezk）、罗比多和巴特勒的辩护律师、罗比多和巴特勒庭审陪审团主席以及松树岭保留地的印第安居民等。该片通过以上多位受访者的口述和情景再现的方式，同时结合由斯蒂芬妮·布莱克（Stephanie Black）提供的保留地存档录像，表达了对莱纳德·帕尔帖的支持，揭露了司法不公。该片于1992年5月在美国上映，其DVD版于2004年4月发行，时长90分钟。

　　电影回叙了1975年夏发生的事件：联邦调查局特工杰克·克勒和罗纳德·威廉姆斯进入南达科他州松树岭印第安保留地，与当地印第安人发生枪战，两名特工死于此次交火。随后，美国印第安运动成员罗伯特·罗比多、达雷尔·巴特勒和莱纳德·帕尔帖等遭到了逮捕，后来罗比多和巴特勒均无罪释放，只有帕尔帖一人被定罪，并被判处终身监禁。从一开始，帕尔帖一案就饱受争议。帕尔帖是否蒙冤？证据是否是捏造的？目击者是否受到威胁而改变了证词？纪录片《奥格拉拉事件》或许能让观众自行判断。该片于1992年美国印第安电影节荣获美国印第安电影奖最佳影片，同年在法国多维尔电影节获影评人奖提名。

　　影片借美国印第安运动创始人、美国政府民权委员会委员以及前南达科他州前参议员等人之口说明了奥格拉拉事件发生的背景，揭露了松树岭保留地人民悲惨的生活状况以及与美国政府、印第安事务管理局和联邦调查局之间剑拔弩张的紧张关系。1972年春，理查德·威尔逊被选任南达科他州松树岭保留地部落理事会主席，他滥用职权，中饱私囊，保留地酗酒成风，失业者众多，民不聊生，暴力持续升级。保留地传统派印第安人认为威尔逊与政府相互勾结，印第安事务管理局和联邦调查局是一丘之貉，于是向美国印第安运动寻求帮助与保护。

1973 年 2 月，保留地部分印第安人和美国印第安运动成员占领了松树岭保留地的伤膝镇，抗议威尔逊的恐怖统治，要求联邦政府恢复被撕毁的条约，改变贫穷与不公的现状。美国印第安运动成员与联邦调查局特工、美国法警以及印第安事务管理局警察之间对峙僵持，占领持续了 71 天。伤膝镇占领事件之后，松树岭保留地局势紧张，动荡不安。威尔逊的支持者视保留地传统派印第安人和美国印第安运动成员为敌人，不断挑起暴力事件，频频恐吓并杀害传统派和美国印第安运动成员，联邦调查局和印第安事务管理局却对此置若罔闻。

1973 至 1975 年间，60 余起谋杀案不了了之，受害者均为松树岭保留地传统派印第安人和美国印第安运动支持者。暴力不断升级，保留地人心惶惶。美国印第安运动全国发言人约翰·特鲁戴尔（John Trudell）及帕尔帖等人表示他们需要做出回应，保护保留地印第安人的安全。就是在这样的背景下，奥格拉拉事件发生了。美国印第安运动成员莱纳德·帕尔帖、罗伯特·罗比多表示，他们其实并不清楚威尔逊控制的部落理事会和美国政府以及联邦调查局之间的关系，但在 1975 年 6 月 26 日这天，感觉到他们意图摧毁美国印第安运动。

影片通过当事人帕尔帖等人的叙述，完整地还原了奥格拉拉事件。1975 年 6 月 26 日，印第安青年吉米·伊戈因涉嫌偷窃一双牛仔靴而遭到联邦调查局特工杰克·克勒和罗纳德·威廉姆斯的抓捕。这两名特工驾车追踪着一辆疑似吉米·伊戈驾驶的红色皮卡，进入南达科他州松树岭保留地一个叫作"蹦牛农场"的地方，随后发生交火，导致克勒和威廉姆斯死亡。究竟是谁挑起的枪战并不清楚。案发时，帕尔帖、罗比多和巴特勒都在蹦牛农场，案发后随即成为主要嫌疑人。罗比多出镜称，他们当时并不知道发生了什么，也不知道这两名特工的身份，但是认为有必要抓住这两个人，与特工交火只是出于自卫。枪战结束后，他和朋友走到特工的车前，发现他们已经死亡："那一刻，我感到我们的一生都被改变了。我们唯一可以预见的只有死亡。"随后案发现场被警方包围,印第安青年乔·斯图兹被击毙,涉及此案的印第安人纷纷逃亡,联邦调查局则展开了史上最大规模的搜捕行动。

罗比多和巴特勒被捕后均无罪被释。帕尔帖在加拿大被捕,梅特尔·贝尔自称是帕尔帖的女友,提交了宣誓书,说服加拿大政府将帕尔帖引渡回国,但梅特尔的精神状态不太稳定,并多次更改证词。影片中,罗比多的辩护律师约翰·劳(John Lowe)称,梅特尔于1976年2月19日提交的宣誓书表示她本人并不在案发现场,但4天后梅特尔提交了另一份宣誓书,称案发当天她与帕尔帖在一起,亲眼看见帕尔帖杀害了联邦调查局特工。梅特尔在影片中现身,称自己当时并不认识帕尔帖,甚至不知道帕尔帖的模样,她是受到联邦调查局特工的威胁才做指认的。帕尔帖在影片中也表示并不认识梅特尔。前联邦检察官赫尔特曼称,梅特尔的证词提供了案发时详尽的细节,确实说服了不少人,他的审判团队也相信梅特尔的确在案发现场,但赫尔特曼后来将所有信息整合在一起,发现这些证词不足以证明梅特尔当时在现场。约翰·劳声称,1976年3月,梅特尔的指纹与蹦牛农场搜集到的指纹进行了对比,4月得出结果,显示二者并不吻合,这一结果足以证明梅特尔不在案发现场,不能作为人证。帕尔帖被引渡回国后,此案突然从审判巴特勒和罗比多的法官爱德华·麦克马努斯(Edward McManus)手里移交到了北达科他州法戈法院。罗比多的辩护律师约翰·劳表示这是要排除帕尔帖以自卫来辩护的可能。这时,另一名证人麦克·安德森出现了。安德森称自己当时就在案发现场,在房顶亲眼看见帕尔帖的车被特工紧追,帕尔帖在蹦牛农场停下,射杀了特工。约翰·劳认为安德森同样是受到了联邦调查局的威胁。而在此次审判大约一年后,安德森离奇地死于一场车祸。

约翰·劳、辩护律师威廉·孔斯特勒(William Kunstler)和布鲁斯·艾里森(Bruce Ellison)认为审判时所呈供的证据大多站不住脚,部分甚至是捏造的。其中一件物证是案发现场发现的弹壳。尸检报告称特工死于高速小口径武器,口径应小于.30。一枚.223口径的子弹弹壳在克勒驾驶的车里被发现,此枚子弹经检测认为与帕尔帖使用的AR-15步枪吻合。案发现场其实有多把AR-15步枪,但联邦调查局起诉时没有提供其他AR-15步枪的子弹。影片中艾里森称，联邦调查局有多达 18,000 多页调查资料，但他们只拿到其中的部分资料。资料显示，帕尔帖的步枪撞针与案发现场使用的撞针并不相同。约翰·劳认为，如果当时陪审团得知作为物证的弹壳与帕尔帖的步枪并不吻合这一真相，就会明白另有其人用其他 AR‑15 步枪杀害了联邦调查局特工。换言之，两名联邦调查局特工并非莱纳德所杀。

　　另一条存疑的证据则是关于特工追踪的车辆。联邦调查局南达科他州地区前助理主任诺曼·齐格罗西（Norman Zigrosi）和威廉·孔斯特勒回忆称，特工当时追踪的是一辆红色皮卡，或者是吉普车，但绝不是厢型货车，案发前威廉姆斯的无线电通话记录也证实了这一点，而枪战发生时帕尔帖驾驶的则是一辆红白相间的厢型车。联邦调查局特工案发后的无线电录音同样记录到，12 点 18 分时，特工亚当斯报告称一辆红色皮卡正驶离现场。艾里森表示，显而易见，这辆皮卡所载的人正是克勒和威廉姆斯所追捕的对象，同时也是杀害他们的凶手。约翰·劳认为，这一证据对帕尔帖十分有利，因为在亚当斯提到的这个时间点，帕尔帖仍在现场周围的营地里，驾驶的车辆与红色皮卡不同。不过之后亚当斯却否认了这一证据，称时间记录错误，应该是 13 点 26 分，而且他看见的是一辆红白相间的车。约翰·劳和威廉·孔斯特勒都对亚当斯的说法表示质疑。但后来那辆红色皮卡凭空消失，帕尔帖的厢型货车则成了罪证。

　　影片运用了众多细节证明，对莱纳德·帕尔帖的审判既没有可靠的人证，也没有有力的物证，但他仍被定罪。影片强烈暗示了法律被操纵的可能性，而帕尔帖则表示自己知道真正的凶手，但他不会告发自己的同胞，陷他人于危难有违他个人的原则和信仰，而他所受的委屈与不幸则是自己的命运。

引述文献：

Alexie, Sherman. "The Marlon Brando Memorial Swimming Pool." *Old Shirts & New Skins*. Los Angeles: American Indian Studies Center, University of California, Los Angeles, 1993: 54–56.

Ballinger, Franchot. *Living Sideways: Tricksters in American Indian Oral Traditions*. Norman: University of Oklahoma Press, 2004.

Chomsky, Noam & Kade Crockford. "Town Hall on Terror." *The Baffler*, 28 (2015): 66 – 82.

Conyers, John, Jr. "Statement of Congressman John Conyers, Jr. on Leonard Peltier." June 27, 1995. 〈http://web.archive.org/web/ 20021017143744/http://freepeltier.org/statements5.htm # top 〉 (Accessed August 5, 2019)

Cook-Lynn, Elizabeth. *Then Badger Said This* (2nd Edn.). Fairfield: Ye Galleon Press, 1983.

"Current and Past Supporters of Clemency for Leonard Peltier." 〈https:// www.whoisleonardpeltier.info/LEGAL/uploads/supporters.pdf? x37218〉 (Accessed August 5, 2019)

David Price, Appellant, v. Viking Penguin, Inc. and Peter Matthiessen, Appellees. William Styron, Kurt Vonnegut, John Irving, Alfred Kazin & Susan Sontag, Amicus Curiae, 881 F. 2d 1426 (8th Cir. 1989). 〈https:// law.justia.com/cases/federal/appellate-courts/F2/881/1426/93938/〉 (Accessed August 6, 2019)

Erdrich, Louise. *The Beet Queen*. New York: Henry Holt, 1986.

Erdrich, Louise. *Love Medicine*. New York: HarperCollins Publishers, 1993.

Erdrich, Louise. *The Bingo Palace: A Novel*. New York: HarperCollins Publishers, 1994.

Erdrich, Louise. *Tales of Burning Love*. New York: HarperCollins, 1996.

Erdrich, Louise. "A Time for Human Rights on Native Ground." *The New York Times*, December 29, 2000: A23.

Erdrich, Louise. *The Master Butchers Singing Club: A Novel*. New York: HarperCollins, 2003.

Erdrich, Louise. *Tracks*. 1988. New York: Harper Perennial, 2004.

Erdrich, Louise. *The Plague of Doves*. New York: Harper Perennial,

2009.

Erdrich, Louise. *The Round House*. New York: Harper Perennial, 2012.

Erdrich, Louise. "Holy Rage: Lessons from Standing Rock." December 22, 2016a. 〈https://www. newyorker. com/news/news-desk/holy-rage-lessons-from-standing-rock〉(Accessed August 6, 2019)

Erdrich, Louise. "How to Stop a Black Snake." *The New York Times*, December 11, 2016b: 4.

Erdrich, Louise. "Louise Erdrich Rejects Honorary Degree." April 24, 2007. 〈https://americanindiansinchildrensliterature. blogspot. com/2007_04_22_archive. html〉(Accessed August 6, 2019)

Garbus, Martin & Rose Styron. "Free Leonard Peltier." *The New York Review of Books*, 63/11 (2016): 81.

Garbus, Martin, et al. "Leonard Peltier's Petition for Executive Clemency and/or Communication of Sentence." February 17, 2016. 〈https://www. whoisleonardpeltier. info/LEGAL/uploads/2016clemencyapp. pdf〉(Accessed August 5, 2019)

Heaney, Gerald W. "United States Court of Appeal for the Eight Circuit." April 18, 1991. 〈https://www. scribd. com/doc/314215605/Heaney-Letter〉(Accessed August 4, 2019)

Lucero, Evelina Zuni. *Night Sky, Morning Star*. Tucson: University of Arizona Press, 2000.

Marcos, Subcomandante. "Letter to Leonard Peltier." *Monthly Review*, 51/8 (2000): 57 - 64.

Matthiessen, Peter. *In the Spirit of Crazy Horse*. New York: The Viking Press, 1991.

Matthiessen, Peter, et al. "United States v. Leonard Peltier." *The New York Review of Books*, 47/12 (2000): 56.

Mehren, Elizabeth. "Suit Against 'Spirit of Crazy Horse' Ends." November 16, 1990. 〈http://articles. latimes. com/1990 - 11 - 16/news/vw - 4902_

1_crazy-horse〉(Accessed August 6，2019)

Mitgang，Herbert. "'Crazy Horse' Author Is Updated in Libel Case. " *The New York Times*，January 16, 1988：11.

Peltier，Leonard. *Prison Writings: My Life Is My Sun Dance*. Harvey Arden. Ed. New York：St. Martin's Griffin，2000.

Price v. Viking Press，Inc. 625 F. Supp. 641. U. S. District Court for the District of Minnesota. 〈https：//law. justia. com/cases/federal/district-courts/FSupp/625/641/2302069/〉(Accessed August 6，2019)

Ricket，Levi. "Leonard Peltier Releases Statement on 40th Anniversary of His Imprisonment. " February 6, 2016. 〈http：//nativenewsonline. net/currents/leonard-peltier-releases-statement-on – 40th-anniversary-of-his-imprisonment/〉(Accessed August 4，2019)

Roheim，Geza. "Culture Hero and Trickster in North American Mythology. " *Papers of 29th International Congress of Americanists*，1952：190 – 194.

Stapleton，Evan. "The World Will Follow Joy：Turning Madness into Flowers by Alice Walker (Review). " *Rocky Mountain Review of Language and Literature*，69/2 (2015)：309 – 310.

Vecesy，Christopher. *Traditional Ojibwa Religion and Its Historical Changes*. Pennsylvania：Diane Publishing，1983.

Vizenor，Gerald. *The People Named Chippewa: Narrative Histories*. Minneapolis：University of Minnesota Press，1984.

厄德里克,路易丝:《爱药》,张廷佺译,上海：上海译文出版社,2015 年。

中华人民共和国国务院新闻办公室:《2011 年美国的人权纪录》,北京：人民出版社,2012 年。

第二十章

杀鸡儆猴：政治司法与权力示威

——萨科/樊塞蒂审判与两部相关小说

历史事件之二十二：萨科/樊塞蒂审判

小说之二十八：厄普顿·辛克莱《波士顿》

小说之二十九：马克·比奈利《萨科和樊塞蒂死定了》

一、萨科/樊塞蒂审判：事件的描述

20世纪20年代的美国，战争时期的恐慌情绪并没有随着第一次世界大战的结束而消失。虽然德国被打败，但是美国有了新的敌人——布尔什维克。欧洲大陆社会主义革命形势的发展，引起了美国当局对反资本主义势力的恐惧。政府运用权力绑架媒体，大肆渲染国内外各种与工人运动和无政府主义思潮相关的暴力事件，政治左翼被极度妖魔化。受权力阶层和媒体的引导，美国人民生活在担忧惶恐之中，并把对现实生活的不满归罪到带来这些变化的人①身上，视他们为公众之敌。似乎人们竖起耳朵就能听到炸弹的爆炸声，听到布尔什维克主义逼近的脚步声。就这样，美国出现了第一次"红色恐慌"（Red Scare）时期。

另一方面，美国社会的人口模式也在发生着剧烈变化，白人中产阶级新教徒的主体地位受到挑战。19世纪80年代以前，移民大多来自英国、爱尔兰、德国和北欧的斯堪的纳维亚各国。这些移民与已落户美国的更早期的移民有着大致相同的文化传统，很容易适应已在新大陆建立的宗教模式和生活模式。19世纪80年代之后，西欧及北欧移民开始减少，来自东欧和南欧的移民增多。他们主要来自俄罗斯、波兰、意大利和希腊等国，不通英文、受教育程度低。与此同时，由于西部淘金热以及横贯东西铁路的兴建，加州等地也吸引了大量来自亚洲的劳工。1882年"排华法案"②的通过，预示着美国开始有选择地接受新移民。

为了进一步推进"本土主义"运动，保持民族同质性，一系列排外倾向明显的移民法案此后获得通过。1921年的"紧急限额法"（*Emergency Immigration Act*）规定任何国家每年输入的移民数不得超过1910年人口普查时该国侨居

---

① 指共产主义者、无政府主义者以及激进的工人组织的成员。
② 关于"排华法案"，请参看本书第十八章。

美国人数的 3%;到了 1924 年,这个数字又降到了 2%。由于 1910 年前主要人口来自西欧和北欧,这一系列举措的目的性非常明确,一是严格限制来自中东、东亚和印度的移民;二是进一步压缩从南欧和东欧过来的移民规模。以意大利移民为例,从 1880 年到 1920 年,超过 400 万的意大利人来到美国,比所有其他族裔的移民都多;而在 1924 年新的移民法通过后,来美的意大利人只有 4,000 人左右(Sowell,1991:119)。这种针对性的移民遏制法不断变本加厉,西欧、北欧"种族优越论"的观点一时甚嚣尘上,其中又夹杂着对"劣种掺杂"和对红色革命影响的忧心。政府反复强调无限制移民带来的危机,在舆论上逐渐造成对新移民的恐惧。

本章讨论的萨科/樊塞蒂审判案(Sacco-Vanzetti Case,1920 – 1927)就发生在这个煽起红色恐慌、仇恨移民的时代。案件中两位主人公尼古拉·萨科(Nicola Sacco)和巴托罗密欧·樊塞蒂(BartolomeoVanzetti)既是来自南欧意大利的新移民,同时也是无政府主义激进分子。在当时的背景下,政治审判的色彩不可避免地掺杂到这个刑事案件中来,导致了两人的死刑判决。美国著名评论家埃德蒙·威尔逊(Edmund Wilson)在 1928 年写道:"考察萨科/樊塞蒂案件,并对美国社会生活的各个阶层、各种职业、各种价值观以及它们之间的关系作一次全面的剖析,能够揭示美国政治制度和社会体系中几乎所有根本性的问题。"(转引自 Avrich,1991:5)美国著名法学家、哈佛大学教授、曾任最高法院法官的费利克斯·弗兰克福特(Felix Frankfurter)更是把此案的整个审判过程当作对美国司法制度是否有效的一次检验(Avrich,1991:3)。

时至今日,学界对此案的审判结果尚有争论,根据 50 年后公开的庭审资料,所有法学家和相关史学家都认为樊塞蒂是清白的,但对于萨科是否有罪,学者们仍存在一些分歧。但可以肯定的是,审判中的标准和依据既不可靠也不公正,法官和陪审团的主观偏见在很大程度上导致了死刑判决。部分是由于他们的无政府主义的信仰和意大利移民的身份,萨科和樊塞蒂才最终被送上了电椅。他们的名字也因此成了为追求公正而遭受迫害的群体的代名词。

1920 年 4 月 15 日下午 3 点,波士顿以南的一个工业小镇——南布伦特里发生了一起抢劫枪杀案。一家制鞋厂的出纳员和保安在运送数万美元薪资时受到两名持枪者袭击,一人当场死亡,另一人送医后死亡。歹徒得手后跳上前来接应的汽车逃走。据当地报纸报道，涉嫌此案的共有五人：两名持枪者、两名潜伏在汽车后座的同伙，还有一名司机（Neville，2004：2）。比这个案子更早一点的 1919 年的平安夜，波士顿以南另一个小镇——布里奇沃特也发生了一起抢劫枪击案，四名歹徒向一家工厂的运钞车射击，好在没有人员伤亡，钱财也没有损失。两个案件的目击者都称开枪的人是意大利裔模样。警方考虑到两起案件作案手法、作案工具和作案目标的相似性，决定并案处理。

很快警察盯上了意大利移民尼古拉·萨科和巴托罗密欧·樊塞蒂。一开始问话并没有发现他们有什么可疑，但警方随即在二人身上搜出了枪支，且萨科带的 .32 手枪用的子弹和死者体内取出的子弹型号相同。更不幸的是，两人为了掩饰无政府主义激进分子的身份都对警察撒了谎。两人当即就作为嫌犯被捕，可他们并不清楚被捕原因（Avrich，1991：27）。当时美国各地暴力行为和动乱此起彼伏，最让政府头疼的是意大利无政府主义者鲁奇·加里尼（Luigi Galleani）发起的暴力对抗体制运动和由此引发的一系列炸弹袭击。美国国会因此通过了驱逐无政府主义者的法案。萨科和樊塞蒂自然地认为这次抓捕又是一起针对无政府主义激进分子的"驱逐事件"，便默默跟警察走了。在布诺克顿监狱，朋友瓜达尼教授第一时间来探视。天真的樊塞蒂告诉教授，即使现在被驱逐，也得由美国人出钱遣送回意大利。瓜达尼这才赶忙告知，他们之所以被捕既不是因为曾参加过无政府主义集会和游行，也不是因为他们对加里尼主义的拥护，而是因为被控谋杀（Russell，1988：93）。

在一战后的美国，这样的抢劫案并不少见，所以该案一开始只在当地引起了注意。很多主流媒体（比如《纽约时报》）根本没有报道这个案件。但随后所发生的一切超乎了所有人想象，让案件成了美国司法史上最声名狼藉的审判之一。萨科和樊塞蒂都是 20 世纪初移民美国的意大利人，分别靠制鞋和卖鱼为生，是社会底层的劳动者，但这尚不足以使他们成为历史公案的主角。他们两人同时还是美国当时最有影响力的无政府主义刊物《颠覆者纪事报》（Cronaca Sovversiva，以意大利语出版）的撰稿人和忠实的支持者。这份刊物因其强硬的反集权姿态及对暴力革命的认同，一直以来让政府痛恨、惧怕。该报刊登各种激进观点，否定有神论，抨击古往今来的独裁政府，将制造炸弹袭击的人当作推翻暴政的英雄来歌颂，后期更在出版物中附带硝化甘油的提炼方法和炸弹制作指南,为颠覆者们提供武力对抗的技术手段。虽然两人没有犯罪前科,但都曾积极参加罢工、政治集会、反战宣传,经历过很多与政府对峙的场合,早已作为无政府主义好战分子被列入了黑名单。

整个审判过程分成两个阶段,第一阶段布里奇沃特抢劫案由法官韦伯斯特·塞尔(Webster Thayer)在普利茅斯主审;第二阶段南布伦特里劫杀案的审理地点换到了台亨姆——也就是最后悲剧的发生地,主审法官依然是塞尔。这位非科班出身原本默默无闻的麻省法官,也因这个案件在美国司法史上留下了一道深深的污痕。

布里奇沃特抢劫案中,萨科有非常有力的不在场证明,他的白人老板担保他当时正在上班:"他是个靠得住的工人,每天早晨 7 点开始干活,直到晚上下班,除了请病假或谈论他的祖国外,一直在做鞋子。"(Frankfurter,1962:332)樊塞蒂则因为有控方目击证人指认他是当晚的抢劫犯而受审,但樊塞蒂坚持说自己当时在卖鱼。其实辩方很多证人都出庭证明了樊塞蒂的清白,但他们都是英语糟糕的意大利人,听不懂控方律师的问题,证词经翻译后又不能取信于陪审团。到了自我辩护环节,樊塞蒂深知该时的美国社会是多么仇视他这样的激进分子,因为害怕在庭审中暴露他参加过无政府主义活动,最终放弃为自己辩护,结果被判了 15 年有期徒刑。樊塞蒂之前没有犯罪记录,涉嫌的案件也没有造成人身伤害,15 年的刑期非常严厉。这是一个值得注意的讯号:因为政治因素的介入,当权者对被告的敌意和偏见影响了司法公正。

樊塞蒂被判刑后,无政府主义者在波士顿成立了"萨科/樊塞蒂救援会",向全世界报告案件的真相和审判的不公,请求各地援助。这时,一直帮世界产业工人组织(Industrial Workers of the World)打官司的律师弗雷德·摩尔(Fred Moore)走到了大众视线里,成为南布伦特里案中萨科和樊塞蒂的辩护律师。摩尔是一名来自加州的社会主义者,他显然感受到了审判的不公,在媒体上呼吁道:"为了拯救这两个无辜的人,我们要锻炼肌肉,积蓄力量迎接胜利的到来。"(Russell,1988:112)摩尔认为已经不可能仅仅从刑事案件的角度来为他们辩护了,于是改变策略,让当事人在法庭上坦承自己的无政府主义信仰,从而把被捕和他们从事的激进运动联系起来。摩尔在法庭上直指案件幕后的真相是联邦政府对萨科和樊塞蒂所隶属的意大利无政府主义组织的镇压。很快审判就由一个地方的刑事案件上升为轰动全国的政治事件。摩尔的首要目标就是扩大此案的规模和社会影响，他组织公众集会，联络国际组织，向国内外派发辩护手册，甚至以当事人仍然是意大利公民的名义请求意大利政府的帮助。这一系列举措彻底把案件升级为国际性讼案。

1921年5月，南布伦特里劫杀案在麻省的台亨姆正式开庭。共有59名证人前来为控方作证。有证人说在案发当天早晨，看到两名被告出现在南布伦特里；有证人认出萨科是持枪的匪徒；还有证人指认樊塞蒂是躲在汽车后座的同伙。萨科则交代案发当天，因母亲去世，他在波士顿领事馆办理回国奔丧事宜。他的说法得到了意大利领事馆工作人员的印证。为樊塞蒂作证的证人也说案发时，樊塞蒂正在离南布伦特里很远的一个集市卖鱼。这次审判两名被告语言能力的欠缺再次成为一个非常不利的因素。萨科和樊塞蒂经常听不懂控方律师的问题，遇到复杂句型和法律名词多的长句就不知所措，而他们的回答也总被翻译得面目全非。陪审团不得不听取控辩双方各种互相矛盾的冗长发言。值得一提的是，12人组成的陪审团中全是美国当地的白人，没有一位意大利后裔(Jackson，1981：19)。从法律程序上来说，这对被告是有失公允的。

控方的59名证人中，很多人事后推翻了自己的证词，有一位信誓旦旦说看到萨科开枪的证人几经询问后无法确认凶徒就是萨科。证人彼此之间的证词也是矛盾重重，有人说樊塞蒂是开车接应的司机，也有人说樊塞蒂是躲在后座的劫匪，更有一位证人被发现是隐姓埋名的重罪犯，根本没有上庭作证的资格。其中最荒唐的当属一个名叫"路易斯"的证人，他最开始没有指认萨科和樊塞蒂是罪犯，结果被就职的制鞋厂给解雇了，这家制鞋厂与案件中的被抢鞋厂有着密切的关联。几周后，路易斯突然"恢复了"记忆，上庭指认萨科和樊塞蒂是凶手，接着他又神奇地被公司重新雇佣(Avrich，1991：138)。这期间，控方为了给两人定罪，用了各种办法，包括在牢房里安排眼线，伺机接近萨科获取证据，但都一无所获。

此间诉讼和辩护的庭上争辩屡屡被尖锐化为保守派和激进派之间的对峙，经过了长达一个多月艰苦的庭审，最关键的武器鉴定专家威廉·普罗科托(William Proctor)出场了。他是当地的一位警察局长，自称擅长.32和.38式手枪的弹道鉴定。可是这位专家在当庭演示时却出尽了洋相，怎么也不能把子弹推进枪管,最后不得不宣称弹头进不了枪膛也一样能鉴定。如果说之前双方证人的证词都有漏洞和不妥的地方,让陪审团难以定夺,这次的专家上庭起到了极大的误导作用。当检察官问到,死者身体里的致命弹头是不是从萨科的.32式手枪中射出的,普罗科托回答:"我认为从外观来看,致命的弹头和萨科手枪里射出的弹头是一致的(consistent with)。"(Russell,1988:159)事后大众才知道,普罗科托和控方在作证前就达成了协议,选用 consistent with这个误导性的词来回避证据的不充分。普罗科托多年以后承认法庭上的这个问答是事先设计好的:"如果法官直截了当问我是否能够肯定子弹是从萨科的手枪里射出的,我一定毫不迟疑地回答,不能。"(Neville,2004:90)但是,在近两个月的疲劳听审之后,12名陪审团成员已经辨别不出专家证词中的玄机,受到了错误引导。

1921年7月14日,陪审团即将就此案作出裁决,塞尔法官提醒他们:"让你们的双眼不受同情和偏见的蒙蔽,只接受真理的普照。一个人的犯罪意识也是他的犯罪证据之一。"(Russell,1988:208)在塞尔法官看来,从一个人的思想、信仰以及说话的态度就可以判断他是不是一个犯罪分子。他甚至在庭审结果没有出来前就私下对朋友说过:"也许事实上,樊塞蒂并没有犯罪,但就道义上来讲,他仍然是有罪的,因为他是我们现存制度的敌人,看我如何电死这些无政府主义的杂种。"(Avrich,1991:3)最终陪审团以一级谋杀罪和抢劫罪判定二人死刑。然而这次判决仅仅标志着此后为拯救他们所进行的漫长斗争的开始。

根据麻省的州法律,在法官最终判决以前,被告可以提出申诉和抗辩。辩方为了挽救萨科和樊塞蒂的生命,先后提出了8项动议要求法院重新审理此案。前6项动议由律师摩尔提出,后两项由接替摩尔的威廉·汤姆森(William Thompson)律师提出。第一项瑞普利-戴利动议(The Ripley-Daly Motion)指出陪审团成员戴利私下里谈到也许被告无罪时,另一名陪审团成员则说"他们无论如何也要被处死"(Jackson,1981:52)。第二项古尔德-佩尔瑟动议(The Gould-Pelser Motion)涉及控方证人古尔德,他非常肯定萨科和樊塞蒂不是向他射击的匪徒,而之前声称打开窗户正好看到凶案发生的佩尔瑟说其实自己喝醉了,要收回证词。第三项古德里奇动议(The Goodridge

Motion)发现控方的一名证人古德里奇其实是改名换姓的重罪犯,在法庭上谎话连篇。第四项安德鲁斯动议(The Andrews Motion)中控方证人安德鲁斯承认她压根辨认不出萨科和樊塞蒂,但因为检察官以揭露她一团糟的私生活相要挟,所以她不得不提供假证词。第五项汉密尔顿动议(The Hamilton Motion)请来了当时最权威的弹道学专家汉密尔顿,他认为子弹不是从萨科的手枪里射出的,但这个结论又被塞尔法官找来的另外一批武器专家给否定了。第六项普罗科托动议(The Proctor Motion)直接针对给出决定性证据的武器专家普罗科托上尉,但因为他的突然离世而不了了之。所有的申诉都被塞尔法官和联邦法院驳回。

与此同时,律师摩尔把案件政治化的策略也受到了支持者的非议。他利用大众传媒的帮助扩大案件影响力,虽然卓有成效,但需要花费大笔资金,这些钱都是从和萨科、樊塞蒂一样贫穷的劳工那里一点一滴筹集来的。当摩尔提出用重金悬赏捉拿真凶时,萨科和樊塞蒂不赞同他的做法。到了1924年,一位德高望重的波士顿律师汤姆森接替了摩尔的工作,开始了此案最后3年的诉讼。汤姆森来自上层社会,一开始对两位被告的无政府主义信仰并不认同,但随着了解的增多,他深深地被他们的人格魅力所感染。他提出了第七项梅代罗斯动议(The Medeiros Motion)。抢劫犯塞莱斯蒂诺·梅代罗斯(Celestino Medeiros)持枪在银行作案时被捕,他交代自己参加的莫雷利黑帮才是南布伦特里案的真正凶手,该帮派臭名昭著,在罗德岛和麻省犯案累累却始终逍遥法外。汤姆森律师要求重新审理此案的动议再次被塞尔法官驳回。塞尔说:"梅代罗斯的口供是不可靠的、不值得信任的、虚伪的。仅根据这样一篇供词就把这个国家最高法院所承认的12个陪审员的判决推翻,简直是在侮辱真理和正义。"(Ehrmann,1969：35)最后一项动议直接针对塞尔法官本人,对此案的司法公正性和法官的政治观点提出了质疑,不出意外还是被塞尔法官本人否决了。

这场斗争一直持续了7年之久,1927年4月9日,在所有的申诉都失败之后,萨科和樊塞蒂被判处死刑。两人在庭上做了最后的申辩。萨科说道:"法官知道我一生的历史,他知道我从没犯过罪,昨天没有,今天没有,将来也永远不会有。"(Ehrmann,1969：216)樊塞蒂说:"我是无辜的,我遭受这些就因为我是激进分子,因为我是个意大利人,我受难的原因不是因为我的为人,而是因为我的信仰。"(Ehrmann, 1969:217)一时间全美上下为了抗议死刑判决,自发地组织起示威游行。两人所代表的劳工阶层、移民和激进分子发起的群众运动在全世界蔓延开来。从巴黎到伦敦,从墨西哥城到布宜诺斯艾利斯,抗议审判不公的游行此起彼伏。巨大的公众压力促使麻省州长富勒考虑动用特权为两人减刑。他任命当时的哈佛大学校长劳伦斯·罗厄尔(Lawrence Lowell)、麻省理工大学校长塞缪尔·斯特拉顿(Samuel Stratton)和检察官罗伯特·格兰特(Robert Grant)组成独立调查委员会。调查结果由罗厄尔校长起草,他批评了塞尔法官在审判中对被告的偏见,但认定司法程序"基本"公正,不需要减刑。多年后,哈佛大学300周年校庆时,28名哈佛校友[包括著名评论家马尔科姆·考利(Malcolm Cowley)和大作家约翰·多斯·帕索斯(John Dos Passos)]联名声讨了罗厄尔校长在案件调查中的偏见,认为他守护的依然是上层社会的利益,哈佛更被戏谑地称为"刽子手之家"(Avrich, 1991:54)。

1927年8月23日,行刑的时刻最终还是来到了。这一天来自全国各地的美国人聚集在波士顿高举抗议的旗帜,关押萨科和樊塞蒂的监狱周围警备森严。全世界都在焦急地等待事态转圜的消息。伦敦、悉尼、东京、马德里、里约热内卢等地的美国大使馆门前,警察不得不用警棍驱散前来示威的工人。而牢里的萨科和樊塞蒂此刻却异常平静。樊塞蒂说:"从来没有奢望我们的信仰和事业能取得如此巨大的胜利,却意外地因为这样的冤案而做到了,但愿我能饶恕此刻对我行刑的人。"(Frankfurter, 1962:11)萨科则高喊着"无政府主义万岁"的口号坐上了电椅。很快电流通过了他们的全身,两位无政府主义者就这样离开了这个世界。

萨科和樊塞蒂被害后,布里奇沃特案的劫匪西尔瓦正式上书纽约州法院,承认此案是他和同伙所犯,并详细交代了犯案过程。而南布伦特里案的主犯梅代罗斯也给波士顿当地杂志的主编寄去了忏悔书,坦白自己所犯罪行并力证萨科和樊塞蒂的清白。时间到了1959年,麻省的州议会在听取了法学专家们的意见后,得出了被处决者无辜的结论。但直到1977年8月23日,在两人被行刑整整50年之后,麻省州长迈克尔·杜卡基斯(Michael Dukakis)才为他们平反,并宣布当天为"萨科和樊塞蒂纪念日"。他在声明中说道:"对萨科和樊塞蒂的审判充满了对持非正统政治观点的外国人的偏见，任何的污名和耻辱都与这两个名字无关。我呼吁每一位民众都好好反思他们的悲剧，从历史中获得教训，不再让狭隘的心胸、恐惧和仇恨战胜理性的思考、处事的智慧和社会的正义，这才是一个法治国家应该努力的方向。"(Frankfurter，1962：797)案件审判到这里才真正终结。

二、厄普顿·辛克莱与《波士顿》

虽然法律诉讼已经结束了，萨科和樊塞蒂被处死在了电椅上，然而工人运动和反对政治迫害的呼声并没有因此中断，相反大规模的抗议时有发生。科学界、文学界的很多知识分子和社会名人都加入了这场为萨科和樊塞蒂正名的斗争之中。为这个案件奔走呼喊的有享誉全球的作家萧伯纳（George Bernard Shaw）、马克西姆·高尔基（Maxim Gorky）、斯蒂芬·茨威格（Stephan Zweig）、约翰·多斯·帕索斯、多萝西·帕克（Dorothy Parker）、凯瑟琳·安·波特（Katherine Anne Porter）、厄普顿·辛克莱（Upton Sinclair，1878－1968）等，有大哲学家罗曼·罗兰（Roman Rolland）、约翰·杜威（John Dewey）和伯特兰·罗素（Bertrand Russell），有科学巨人居里夫人（Madam Curie）和阿尔伯特·爱因斯坦（Albert Einstein），还有政界领导捷克总统托马斯·马萨里克（Tomáš Masaryk）、美国第一夫人埃莉诺·罗斯福（Eleanor Roosevelt），甚至还有墨索里尼时期的意大利政府官员等。其中文艺界的知识分子对此案的反应最为强烈，他们以不同的创作形式，如小说、诗歌、传记、电影、歌曲、歌剧、绘画等方式再现案件的经过，表达心中的愤慨。

在萨科和樊塞蒂遇害后的第二年，美国知名左翼作家辛克莱就出版了长达800页的长篇小说《波士顿》(Boston，1928)，虚构了几位居住在当地的波士顿人，从他们的视角真实详尽地记录了萨科和樊塞蒂移民后的生活，尤其是从被捕到被处死的整个过程。小说同时也借助这几位波士顿人的所见所闻、所思所想探讨了悲剧发生的原因。辛克莱的创作生涯超过半个世纪，产出之多让其他作家难以望其项背，作品被译成了多种语言，具有很多文学成就斐然的大师都难以达到的影响力。他的作品夹杂着浓厚的意识形态特色，注重内容而不是文学形式，字字句句都是对当时社会弊端的控诉。他政治挂帅，倡导

"艺术即宣传"（All Art Is Propaganda）的文学观，因此也一直为批评界所诟病，导致其文学地位一落千丈。但辛克莱的创作初衷，本就不是要成为一名声誉卓著的大作家，而是做社会无冕的法官和时代的记录员。他书写源于真实事件的历史小说，意在用文字革除社会的弊端，让世界朝着更好的方向发展。他的作品大多聚焦于20世纪上半叶美国移民潮和城市化进程中，芝加哥、波士顿等工业化城市里移民的悲惨命运，揭露社会问题的根源，帮助重建社会正义、改善人类生存境遇。

《波士顿》就是辛克莱重建社会正义的一次创作尝试。为了详尽地记录萨科/樊塞蒂审判案中的所有关键事件，他仔细阅读了整个庭审纪录，采访了主审法官、辩方律师摩尔和汤姆森以及被告樊塞蒂本人。他在著作前言里宣称："这是一部当代历史小说，书中涉及案件叙述的部分，基本来源于历史事实，没有大的出入"（Sinclair，1978：2）。只要把书中内容和历史记载稍加对比，就知道辛克莱所言不假。叙事内容的完整性、对细节的精准把控以及作者敏锐的洞察力，都奠定了作品作为一流历史小说的地位。再看他的叙事方法，近800页的文字，对一件被媒体大肆报道、过度曝光的案件，辛克莱的小说再现能紧紧抓住读者的心，让他们不忍释卷，十分难能可贵。小说内容的广度、探讨的深度和对历史人物的艺术化的塑造，都令人印象深刻。《波士顿》是辛克莱小说中受到批评界关注最多的一部，这一方面当然缘于萨科和樊塞蒂事件的影响，但作家在素材铺陈和人物塑造方面的成功，更是主要原因。1928年普利策奖的评委会主席甚至坦言，如果不是因为作品的社会主义倾向和特殊的写作诉求，《波士顿》本应捧得普利策小说奖（Watson，2007：40）。

辛克莱觉得有义务弥补媒体报道的偏颇和不足，用最能吸引读者的文学表达形式，重现了美国司法史上的分水岭事件，对它进行新的阐释和传播。历史小说成了他为人民发声、为底层劳工呐喊的表达媒介。作家的历史书写反映了新历史主义关于"文本的历史性"或是"历史的文本性"的基本观点。新历史主义学派把文学看成历史现实与社会意识形态的交汇，在历史小说里文学与历史不是反映和被反映的关系，甚至也不是内部和外部的关系，而是各种社会能量在"互文性"基础上流通、对话和商讨的关系，是各种社会文化力量之间相互塑造的关系（Greenblatt，2007：197）。《波士顿》就是这样一次文本化的历史叙事尝试，它反映了当时社会运作的内在逻辑与政治生态。

小说的题名为"波士顿"，不仅因为它是故事发生的地点，也彰显了作者对这个案件的立场。辛克莱认为萨科和樊塞蒂的悲剧是"波士顿"造成的，更确切地说是波士顿上层的精英们造成的。从主审法官塞尔到独立调查委员会的哈佛校长、麻省理工大学校长还有老检察官，从提供关键证据的武器专家普罗科托上尉到全是盎格鲁-撒克逊裔的白人男性陪审团成员，他们崇尚的都是白人新教徒的价值观和理念，骨子里没有一个人认可这些无政府主义者的信仰和移民的利益诉求，甚至视萨科和樊塞蒂为现存制度和社会安宁的破坏者。狭隘的偏见早就蒙蔽了他们的双眼，萨科和樊塞蒂的悲剧从某种程度上来讲是当时社会环境发展的必然。

1. 小说家的历史言说

小说《波士顿》分上、下两卷：上卷极像维多利亚时期的传奇故事，围绕着麻省州长的夫人科妮丽娅·桑韦尔和她在念大学的孙女贝蒂·艾尔文两位女性的经历展开。祖孙两人都来自上层社会，却选择与自己的阶层分道扬镳，与移民的工人们结盟。辛克莱也借科妮丽娅和贝蒂的视角鲜明地对比了所谓精英阶层的装腔作势、贪婪虚伪和工人们的正直坦率、温良谦和。这个部分的情节设置和人物刻画相当成功，堪称美国现实主义小说的上乘之作。下卷以历史学家、案件调查者的视角记录下每个与审判相关的细节。关于萨科和樊塞蒂的描述部分，辛克莱力求严丝合缝，尽力从还原真实过程的角度去叙述，"他们所言皆摘自他们的日记，或是朋友和敌人的口述"（Maier，2003：5）。七年的审判过程，这中间出现的各种反复和曲折，都被辛克莱详细地记录到了书的后半部分。这部分读来不像小说，而更像是历史记载，记录着萨科和樊塞蒂人生最后一段的真实经历。整部作品中最震撼的部分在结尾的 200 多页，讲述了萨科和樊塞蒂的最后一段时光。作家用同情的笔触塑造了他们的人格魅力以及面对生活和死亡的勇气。

小说巧妙地选择了一位来自上层社会的波士顿妇人科妮丽娅为主人公。这位女性看透了贵族阶层的虚伪，选择与劳工和移民为伍，却意外地在包括樊塞蒂在内的底层人民那里，感受到了之前那个"家"中从未有过的温暖和家人之间不出于任何利益目的的关怀。这样的人物关系设计让辛克莱得以用不同阶层的视角来审视萨科/樊塞蒂案件。新英格兰地区两个完全不同的世界因科妮丽娅而相遇。一个世界以桑韦尔家族为代表,这里居住着州长、银行行长、艺术品赞助商和政界、金融界的精英。这批人表面光鲜,私底下却是些为达目的不择手段的伪君子。他们的成功由一个又一个的谎言铺垫,虽坏事做尽,却总能完美地逃脱法律制裁。

另一个世界以憨厚淳朴的布里尼一家和樊塞蒂为代表。这里住着普利茅斯的工人,多为 20 世纪初刚移民来的意大利人,说着蹩脚的英语、干着最苦的活、挣着最少的钱,虽然生活艰辛,但人与人之间相处融洽,温情相待。有人作恶多端却过得如鱼得水,有人勤勤恳恳却一直被排斥在主流社会之外,两个世界的对立关系贯穿小说始末。但他们的命运由美国的政治权力和司法体系主宰:上层社会可以游离在法律的绳索之外,劳工和移民的生活却如履薄冰,再谨小慎微,也可能会像萨科和樊塞蒂那样锒铛入狱。若不是因为科妮丽娅,这两个阶层间隔着铜墙铁壁,不会有任何交集。

故事的开篇是 1915 年的夏天,曾经担任两任麻省州长的乔赛亚·桑韦尔去世了。桑韦尔州长执掌过当地的龙头制造企业,做过共和党的发言人,是波士顿地区最显赫的人物之一。在外人看来,葬礼庄严肃穆,家人沉浸在失去亲人的无比哀痛中,但逝者尸骨未寒,三个女儿私底下为了遗产争得面红耳赤。这是三个不缺钱且身家丰厚的女人:大女儿是当地知名律师的太太,二女儿的夫婿是银行行长,小女儿嫁给了桑韦尔家族企业的掌门人,都过着优渥的生活。此刻没有人注意到 60 岁的遗孀桑韦尔夫人内心的波澜。已故的州长是个精明的商人、成功的政客,但不是一个称职的丈夫。多年的名义婚姻让科妮丽娅疲惫不堪,她受够了对丈夫言听计从、像木偶一样被摆布的生活。个性独立的她更不屑于加入这场遗产争夺战。葬礼当天,她留下字条离家出走:"我放弃属于我的那份遗产,多年来已对家庭尽责,该去寻找自己的生活。为了你们一直追求的体面,对外宣称我去加州疗养散心即可。"(Sinclair,1978:7)短短几句话写尽了科妮丽娅对现实生活的失望和无奈以及渴求逃脱牢笼的决心。

离开了三个专横的女儿,落跑的前州长夫人在移民聚居区普利茅斯安顿了下来,还机缘巧合与樊塞蒂成了邻居。为了养活自己,科妮丽娅成了绳索加工厂的一名打包工人,体验了劳工们脚踏实地的生活。尽管工作艰辛,但她通过和意大利移民,尤其是质朴的樊塞蒂的相处,找到了家的温暖。同时她也意识到,没有对这些移民们的盘剥,她所在的那个上层社会过不了如此舒适的生活。这样的体验之旅开始没多久,此起彼伏的工人大罢工就爆发了。底层人民被压迫得无法喘息,分享不到社会发展的福利,不得不借助各种工人运动发出愤怒的吼声。辛克莱借科妮丽娅的眼睛让读者看到了两个阶层生活境况的悬殊以及导致和维持这种悬殊的原因和长期两极分化的后果。

一年后,科妮丽娅在一次工人运动中和她的孙女贝蒂重逢。在贝蒂身上,她看到了桑韦尔家族的希望。这个女孩聪慧开朗,和祖母一样看不惯身边人的任性妄为,同情受剥削的劳工。祖孙两相约一起体验他们之前的人生从没有接触过的生活。跳出以前的舒适圈,两人很快认清了许多社会问题的实质。她们为争取女性选举权而奋斗,不再轻易相信政客和媒体的说辞,也认识到美国发起的所有战争背后,真正的动因永远是经济利益。最终家人还是找到了科妮丽娅,他们完全无法理解她的行为,试图劝她放弃所谓的工作,回到以前富足的生活,但被拒绝了。

就在这个时候,欧洲社会主义革命的号角响彻世界,贝蒂深受鼓舞、成了一名共产主义者,结识了有着同样信仰的记者乔·兰德尔,并最终嫁给了他。美国当局害怕席卷而来的社会主义风潮,将工人运动和无政府主义者妖魔化,加之全国各地接连不断的炸弹袭击导致的无辜者的死亡,很多公民都有生活在"红色恐慌"之下的感觉。科妮丽娅和贝蒂也觉得困惑,用武力对付体制到底是不是一个可行的方式。最后,迫于家庭压力,祖孙两人被送往欧洲作短暂旅行。事实上,贝蒂利用家人为她安排的假期结识了很多欧洲的激进分子和哲学家,更加坚定了自己的共产主义信仰。

旅居欧洲的她们一度与美国的朋友失去了联系,没有注意到布里奇沃特的抢劫案,也没有关注南布伦特里的凶杀案。忽然,消息如晴天霹雳一样传来,科妮丽娅最爱戴的樊塞蒂被捕了。她们立刻起身返回波士顿,不顾家人反对加入营救萨科和樊塞蒂的阵营中,并在此过程中完成身份的蜕变和政治上的成长。萨科和樊塞蒂的辩护律师请求科妮丽娅出庭作伪证,提供樊塞蒂的不在场证明,因为整个波士顿不会有人怀疑桑韦尔家族成员的证词。科妮丽娅虽然很想帮忙，但不愿意撒谎，并且天真地相信美国司法体系一定能够还无辜者清白。而事实上，她所在的那个阶级一直在用谎言维护自己利益。当破产商人杰里·沃克状告桑韦尔家族企业诈骗时，涉案的每个家族成员都毫不犹豫地撒起了谎："面对 1,500 万美元的利益冲突时，真理、荣誉、诚信、正义、法律、国家、上帝和宗教都不再重要。就像山谷上大坝崩塌时那个一钱不值的养鸡场，没人会在乎它的损失。"(Sinclair，1978：485)

没有了科妮丽娅的证词，萨科和樊塞蒂被判了刑，但科妮丽娅依然相信通过法律途径可以还两人清白。辛克莱设计由州长夫人牵头，在她的努力下促成了独立调查委员会的成立，并请到了哈佛校长劳伦斯·罗厄尔坐镇。调查结果虽然认定审判过程中有针对无政府主义者和外来移民的偏见，但委员会完全支持法院判决，甚至全然不顾前来自首的梅代罗斯的证词。年轻的贝蒂比天真的祖母更清楚地认识到事实的真相：罗厄尔本人也是个资本家，需要守护自身阶层的权益，免受无政府主义者的损害。行刑那天，科妮丽娅最后一次去探望了樊塞蒂。辛克莱把现实中樊塞蒂对辩护律师汤姆森说的话搬到了这里："我们的事业因为这最后不公的判决取得了成功。"(Sinclair，1978：613)故事在悲痛心碎的科妮丽娅企图在孙女贝蒂那里寻求安慰而结束。

2. 历史语境与法律解读

19 世纪下半叶，共产主义以星火燎原之势发展，将不同国家、不同民族和不同肤色的无产主义者和劳苦大众团结在自己的旗帜之下。工人运动风起云涌，冲击着资本主义的防御长堤。从那时起，反共就成了美国国家政治中的重要元素，这个传统在不同的历史时期达到高潮，并且一直延续至今。美国历史上共有两次"红色恐慌"时期，更为大众熟知的是 20 世纪中叶麦卡锡主义时代掀起的反共"十字军"运动。该运动大肆宣扬美国政府和媒体遭到了共产党入侵，很多科学界名人都被指控泄露国家机密、充当苏联间谍，被迫害的有发明原子弹的科学家罗伯特·奥本海姆和被指控泄露原子弹绝密信息的罗森堡夫妇(参看本书第二十三章)。

而萨科/樊塞蒂审判案发生在 30 年前美国第一次"红色恐慌"时期(1919－1920)。那些日子里，随着美国的劳工运动在规模上不断扩大，反共的情绪也不断增强。报纸的头版今天是大罢工的报道，明天就是反布尔什维克主义者发动暴乱的消息。1920 年 1 月，时任美国司法部长的米切尔·帕尔默（Mitchell Palmer）发布政令，在全国 23 个州的 30 多个城市发动搜捕，对象主要是共产主义者和无政府主义者，一天之内上万民众被抓，1,600 多人被驱逐出境，当中还有很多不明所以的无辜百姓（McWhirter，2011：239）。帕尔默大搜捕（The Palmer Raid）是美国第一次"红色恐慌"达到顶峰的标志。但其实他发起搜捕的初衷，是为了给来年的大选铺路，营造一个宣扬法制的总统候选人形象。他的举动殃及无辜，弄得人心惶惶，很快就受到了民众的抵制，但这并不影响搜捕煽起的反共情绪在全国传播。这次行动极大地加深了全美上下反共、反激进主义的意识。《纽约时报》甚至发文支持帕尔默的举措："只有这样的行动才能平息当今共产党人和无政府主义者的暴行。"（Heale，1999：73）

　　除了"红色恐慌"之外，为数不少的美国人还担心移民对民族同质性的改变而戾气满满。樊塞蒂在日记里曾写道："我之所以蒙难，是因为我激进的思想；我之所以蒙难，是因为我是一名意大利后裔。"（Neville，2004：149）主流社会对外来移民的恐慌和歧视，是导致萨科和樊塞蒂悲剧的另一个重要原因。19-20 世纪之交是美国移民的一个历史高峰，被称为"第二次移民潮"。仅 1907 年就有 120 万移民来到美国（Sowell，1991：83）。美国人一方面享受着廉价的劳动力给美国工业化发展和城市化进程带来的巨大红利，另一方面又担心他们的城市被"外国人"占有。1928 年著名社会学家埃默里·博加德斯（Emory Bogardus）总结了当时美国社会的种族阶梯：阶梯顶端是英格兰人、土生土长的白人和加拿大人；然后是法国人、德国人、挪威人、瑞典人和其他北欧国家的人；再下面一层是南欧人、东欧人和犹太人；最底层是黑人、日本人、中国人以及印度人（Bogardus，2012：204）。尽管进步主义运动采取了一系列措施，希望推动政府层面做出努力，促进移民与本土文化的融合，但这个阶层分布在日后很多年都没有改变，社会上针对种族阶梯底层人们的暴力及歧视行为屡见不鲜。

　　更有学者跳出来鼓吹种族优越论和文化优越论，宣扬"不仅生物特性而且人性特征，比如得过且过、不求上进的性格或是潜在的暴力倾向和犯罪倾向，都由基因决定"（Maier，2003：701）。他们所谓的科学论断，都是建立在非常不合理的假设之上的。比如 19 世纪末美国狂热的种族主义分子们以《阿普尔顿美国传记百科全书》(*Appletons' Cyclopaedia of American Biography*, 1887)为研究对象,发现百科全书里记录的国家名人有四分之三是高贵的英格兰人,从而得出种族有优劣的结论,且不知百科全书本身是一种选择性的书写,也是一种意识形态的表达而不是铁的事实。在他们看来,来自南欧和东欧的新移民与早先来到这片土地的英格兰人和北欧人很不一样,他们受教育程度差、缺乏秩序观念和法律意识、没有创新精神:"他们的到来极大地稀释了我们的民族血统,腐化了我们市民的生活。"(Gordon,1964:97)事实上后来发现,这部所谓的"百科全书"中小说创作的成分很多,有不少虚构的所谓"高贵的"英格兰人。但这并不妨碍种族主义分子警告世人种族融合所带来的危害。更有人提出以文化考试的形式筛选真正"合格"的移民,来保持美国人民血缘上的种族优势(Fox,2012:39)。保持民族同质性也是后来一系列排外倾向明显的移民法案颁布的初衷。

无论是一个反共、反激进主义的美国,还是一个歧视移民的美国,萨科/樊塞蒂审判的当下历史语境和政治文化氛围都对两人非常不利。萨科和樊塞蒂身处底层社会,却有觉醒意识,而且敢于行动,是让统治者们最头疼的一类人。历来社会底层对公平的渴求和对自由的呼唤,都是当权者惧怕并欲极力镇压的。作为移民和持异端政治信仰的劳动者,萨科和樊塞蒂从一开始就注定不会受到公正的对待,审判只是为驱除危害社会稳定的"破坏分子"这一行为戴上一个合法的面具而已。左翼知识分子在《波士顿环球报》上刊登口号呼吁:"从合法的杀人者手里救出萨科和樊塞蒂!不要让这两个同志白白牺牲!"(Montgomery,1960:224)

可以说,整个庭审过程就是这起冤案如何完成所谓的"程序公正",得出"合法"的死刑判决的过程。庭上法官对两个被告的无政府主义政治倾向和反战信仰表示出了浓厚的兴趣,允许控方律师对他们的政治立场进行了长时间的盘问,还允许对被告逃避兵役的非爱国主义表现进行抨击。正如辛克莱在《波士顿》中所言:"审判被当成了一次压制工人不满情绪的契机,审判的目的与其说是检查两人证词的真实性,不如说是为了激起整个陪审团对被告的偏见,让他们心中对这两个人充满仇恨和恐惧,这样他们将不再有任何理性思考的能力;让大家看到一个无政府主义者、一个狡猾的异教徒,是多么无耻的一

个恶棍，死多少次都不足惜。"(Sinclair，1978：413)

在 20 世纪 20 年代这个暴力犯罪横行的时期，萨科和樊塞蒂因未被证实的罪名被判了极刑，可同时期有许多更罪大恶极的凶犯却被免于这样残酷的刑法。比如，禁酒令时期的黑帮头目阿尔·卡彭，犯案累累、手上人命无数，政府却对他束手无策，最后只得以逃税的罪名将其逮捕(Lorizzo，2003：11)。究其原因，卡彭虽是一个不折不扣的凶徒，但并不是个反政府的危险人物，而且他遵从游戏规则，一路从底层爬到芝加哥黑帮首领，其经历很符合美国梦的价值观。反观被判死刑的萨科和樊塞蒂，所涉案件中有很多疑团尚未解开，比如，车中另外三个抢劫犯是谁？丢失的赃款去了哪里？证人前后的证词为什么自相矛盾？等等。法庭对这些问题视而不见，按照内心的意愿而不是按照事实，把两名被告推上了电椅。所以，这起案件在法律层面给人以相当深刻的思考空间。

美国一直是个标榜民主和法治的国家。陪审团制度、程序公正和法官中立性作为美国法治的基本原则，被视为保护公民免受强大的国家机器和当权者迫害的重要依靠(Feinman，2018：323)。然而事实并非如此，所有的法治手段在萨科/樊塞蒂审判中都失灵了，美国所谓的民主和法治与历史上出现过的各种社会制度一样，都存在缺陷，都会导致不公正。审判萨科和樊塞蒂的法庭不再包容不同的声音和非主流的信仰，又回到了为统治阶级和特权阶级服务的时代。公民陪审团制度是英、美国家民主法治制度的重要组成部分。但是每一位陪审团成员都会受到自身认知的局限，其情感也容易受到媒体和主流话语的煽动。当 12 个普通民众面对的是被描述成可能射杀他们邻居的凶手、扰乱社区安宁的激进分子时，很容易就成为轻信的听众，从而做出不公的裁决。

其次，程序公正虽然可以最大程度保证所有人在法律面前的平等，但作为个体的被告仍然难以与强大的国家机器相抗衡。因为刑事审判对证据的倚重，像弹道鉴定这样技术性的证据，国家机器可以通过改动数据轻易改变案件走向，所以程序公正并不能制止伪证的出现。再者，法官中立性虽然是程序公正的首要要求，但是一旦案件涉及了政治因素，其实很难做到不偏不倚。布里奇沃特案和南布伦特里案的主审法官塞尔在审判没有定论的时候，就已经放话要处死这两位无政府主义者,后来调查此案的哈佛大学校长罗厄尔虽然觉察到了审判对被告的偏见,但依然选择支持塞尔法官的裁决。在萨科事件中,法官的个人阶级立场和意识形态压倒了中立性的原则和最基本的公平态度。

这起司法案件在美国法律界引起了巨大的震动,成了美国司法反面教材的代表作品之一。两个很可能无辜的人,却因为个人的政治观点和移民身份被处决,这个可怕的事实与美国的立国理念和司法根基完全相悖。两人被行刑后的第二天,《巴黎日报》写道:"罪恶完成了,我们要求宽仁都是白费的,没有人来答复我们。富勒州长去打高尔夫球了,柯立芝总统去钓鱼了,这两个无罪的人为了增加美国官吏的执政业绩而牺牲了。"(Fast,2011:216)《波士顿环球报》上则刊登了这样一段话:"在这一天,尼古拉·萨科和巴托罗密欧·樊塞蒂,两个希望在美国建立人类间互相友爱关系的人被残酷地谋杀了,凶手则是多年前为追求希望和自由来到这片土地上的那些人的子孙。"(Fast,2011:7)来自美国和世界各地的知识界的请求,世界各地的工人罢工运动,都没能阻止死刑执行。全世界各地前前后后共有五千多万人在请愿书上签名,而美国政府就这样粗暴地拒绝了全世界人民的请求和抗议(Newby,2002:131)。哈佛大学法学院教授弗兰克福特就此案撰文,批判美国的司法制度,他在文章中指出了控方的偏见、错误以及荒谬(Frankfurter,1962:122,134)。在总结这起案件对美国刑事司法的影响时,历史学家维森泽·斯卡帕斯陈述道:"或许萨科/樊塞蒂案件最大的教训是警醒人民随时注意国家许可的暴力,如何对罪犯提起诉讼,如何保证审判的公正,有赖于政治制度和司法制度之间的博弈和抗衡。"(转引自 Bortman,2005:96)

3. 作为历史记录的小说

在《真实的小说:叙事真实和当代美国纪实小说》(*Factual Fictions: Narrative Truth and the Contemporary American Documentary Novel*,2002)一书中利奥诺拉·弗里斯写道,"文学创作总是希望细节足够真实,这样小说读来才更加可信;而非小说类创作则寄希望于文学表达方式让作品更加吸引读者"(Flis,2002:4)。在文学创作中融合历史事件和虚构情节的传统由来已久,从威廉·斯泰伦到多克托罗,从丹尼尔·笛福(Daniel Defoe)到查尔斯·狄更斯(Charles Dickens),从奥诺雷·德·巴尔扎克(Honoré de Balzac)到汤姆·沃尔夫(Tom Wolfe)，从爱弥尔·左拉(Emile Zola)到杜鲁门·卡波特(Truman Capote)，很多作家都在作品中融合了历史与虚构。戴维·洛奇(David Lodge)更是提出了小说这个体裁最早就来源于早期新闻报道的观点(Lodge，1994：10)。辛克莱在《波士顿》的前言中如是说："我努力做一名历史的记录者，且认为已告知读者我所知的一切。但不确定的是，我这样描绘是否让事件双方都表达出了他们的情感与信念；事实上读完作品后事件双方对书中某些内容都表达了不能苟同之处——换个角度看，没有得到任何一方一边倒的支持，是不是也正说明了我如何努力做一名客观的报道者。"(Sinclair，1978：4)

辛克莱执着于以小说虚构的形式反映那个年代的历史，每部作品都表达了一个特定的政治主题，内容涉及20世纪上半叶的政治腐败、工业发展、左翼运动、欧洲移民等时代变迁凸显的社会领域。他强调文学的社会功能，创作小说的初衷是借助文学表达方式吸引民众关注社会问题，代表了一部分当时左翼现实主义作家对文学的认识。这种认识对历史叙述的话语权问题特别敏锐，因为选择记录什么、不记录什么，选择以谁的视角看历史事件，突出历史事件中的哪个片段等，都是作家参与对历史重新阐释的尝试，所以对辛克莱小说叙事方式的研究有助于了解文学与历史、文本与文化、文本与社会的复杂关系。

严格来说，《波士顿》由上、下两部不同类型的历史小说构成，一部是以20世纪20年代初，也就是萨科/樊塞蒂审判所发生的那个年代的美国为历史大背景创作的现实主义小说。这段时间后来被美国人称作"旧时光"——"旧"在思想闭塞保守。全国上下除了禁酒，还试图在教科书中剔除现代科学的内容。很大一部分美国人固守传统，笃信宗教，视任何社会变革如洪水猛兽。但到了20年代后期，各种社会力量十分活跃，社会的潮变裹挟着守旧的民众一同进入消费主义的新时代。在小说的这部分，人物都是虚构的。这里有商人、银行家、律师、政客和贵妇等，故事围绕着波士顿地区桑韦尔家族的社会生活和经济生活展开，进而延伸到公共领域的诸多问题，每个主要人物都塑造得惟妙惟肖，十分丰满：唯利是图的商人、暗箱操作的银行家、颠倒黑白的律师、满嘴谎言的政客，还有在社交场合暗自攀比的贵妇们。桑韦尔家族表面上全力维护清教价值理念和行为准则,歌颂着美好的"旧时光",私底下却是利益至上,人情冷漠。家族中唯有祖孙两人自绝于所谓的高贵门第,选择与劳工为友。厄普顿·辛克莱借用他们的视角,让读者一瞥萨科和樊塞蒂被捕前的生活,初步了解两人的品性和信仰。

小说的另一半,或者也可以说另一部小说,则直接对萨科/樊塞蒂审判这一历史事件进行了完整的艺术再现。这里有故事发生的真实地理背景,小说中对波士顿地区不同小镇的描述和对当地文化的介绍,即使在今天读来依然十分吸引人。很多居住在波士顿的当代读者,把作品当成家乡的 20 世纪图志,可以回访城市中曾经有过的建筑、公共设施、街道和社区生活模式。除了对事件大环境的重塑,小说中还有对诸多历史人物群像的描摹,如案件中的两位主人公、法官、检察官、陪审团成员、控辩双方的律师和证人等都是历史上真实存在的,真名真姓,每个人的简历也与真实人物基本相符。至于案件发生、审判和一次次上诉的曲折过程和最后的行刑,读来像是从法律卷宗里原封不动搬来一样。区别于法律卷宗的是,辛克莱在其中穿插了不同阶层、不同信仰的人们在萨科/樊塞蒂审判案中受到的触动和引发的思考,以个体视角的小叙事替代历史的宏大叙事,突出每一个人身处历史中的情感和认知变化以及内心的成长。

辛克莱对历史细节的把控随处可见。小说中既有对那个时代社会生活点滴的真实记载,比如贵族家庭举行葬礼的整个流程,琐碎到讣告的措辞、哀乐的选择、吊唁宾客的穿着,都是对那个年代波士顿民俗的细致刻画。又比如,小说对工人们居住环境的介绍同样细致入微。在绳索厂谋生的科妮丽娅不再像以前那样早晨沐浴、更衣、喝咖啡,取而代之的是天未亮忍着寒气起床,喝咖啡的替代物——上菊苣根汁,晚上回到冷得睡不着的房间,无暇考虑医生给的夜间需要清新空气的建议,用纸贴上窗户缝(Sinclair, 1978: 73)。作家通过生活细节反映移民们入不敷出的窘境,表现他们希望资方提高薪金又怕因此被赶走的无奈处境(Sinclair, 1978: 78)。这样的现实主义手法,既栩栩如生地再现了当时的社会场景,又为萨科事件的历史背景做了详尽的铺陈。

除了琐碎的生活细节刻画,小说也对当时的政治文化氛围进行了描摹,寥寥几笔就勾勒出一幅一战后"红色恐慌"笼罩下的美国生活图景:人心惶惶,人人自危。辛克莱写道："社会上形形色色的团体都在监控着极端无政府主义者的言行，纽约州更是成立了特别委员会，调查所有发表煽动性言论的个人和群体，家人白天走出家门，晚上不一定能回来。"(Sinclair，1978：213)小说写到了对"红色"势力的镇压过程中，400 名"可疑分子"未经审判，在寒冬腊月被押往纽约附近的鹿岛监狱(Deer Island Prison)，并对那里的恐怖状况进行了描述："这里没有床铺、没有被褥、没有厕所，不可以和外界通信，丈夫离开了妻子、母亲与孩子分离。残酷的虐待把他们折磨得不成人形，有人爬上楼顶纵身跃下，头骨碎裂、脑浆在其他囚犯眼前溅开。很快有犯人发疯了，还有好几个处在精神失常的边缘。"(Sinclair，1978：215)鹿岛虐囚事件，当时的新闻是禁止报道的。辛克莱选取了帕尔默大搜捕时期鲜为人知的历史片段，来折射该时段腥风血雨的历史大环境。

"红色恐慌"是当时政治狂热的一个主要病症，而对移民的抵制和歧视，是其主要症状之一。该时期的歧视对象主要是来自南欧和东欧的新移民。辛克莱以爱尔兰移民和意大利移民在美国的不同境遇做了对比，勾画出了美国社会种族阶梯的分布情况。其中波士顿地区爱尔兰移民势力的崛起，也是整个故事背景的一部分。他在书中提到了更早到达美国的爱尔兰人，他们从最苦最脏的活干起，努力在社会阶梯上攀爬。经历了半个多世纪，爱尔兰人才站稳了脚跟，随后新移民意大利人来了。20 世纪初，有将近 200 万意大利人来到美国，他们接手了最脏最累的活。萨科和樊塞蒂只是其中普通的两个人。

具有讽刺意味的是，他们的命运一部分将掌握在庭上做假证的爱尔兰人手里。小说里萨科、樊塞蒂还有工友们聚居在脏乱的北普利茅斯，"同样是圣诞节，这里的庆祝和摆饰简陋随意，圣诞树还没有科妮丽娅肩膀高，上面零星挂着几个红色和黄色的塑料球，5 美分两个，飘着的红丝带是从礼品包装盒上直接拿来的"(Sinclair，1978：205)。相较热衷政治、在美国社会生活各方面都崭露头角的爱尔兰后裔，第一代意大利移民有着明显的欠缺，他们说着语法混乱、口音浓重的英文，很难通过努力跻身上层社会。小说中一半的对话，尤其是审判时法庭上的问答，都是由贴合意大利语发音习惯、拼写奇怪的英文单词写就的。

4. 审判事件与小说再现

辛克莱对于审判的描述完全按照历史事件发生的顺序进行。他首先记录的是樊塞蒂被控抢劫一案。"普利茅斯的法院是一座欧式红砖建筑,常春藤爬满了四壁,正门口有尊象征法律公正的人像雕塑,睁着眼睛(open-eyed)。"(Sinclair, 1978:254)作者这里特意突出了人像眼睛是睁着的这一细节,因为正义女神朱斯提提亚(Justitia,古罗马正义女神,"正义"一词的英文 justice 由其演变而来)的雕塑形象一般都是双眼被蒙的。她穿着白袍、戴着金冠,右手持着天平,衡量诉讼双方的证据,左手持着长剑,对败诉的一方用宝剑加以惩处、决不姑息。至于蒙上眼睛,是为了让她的判断和思考不受种族、阶级和性别等差异的影响。审判樊塞蒂的法院门前这座双目圆睁的雕像具有象征意义,预示着这场审判会受到外界的干扰,其公正性难以保证。

布里奇沃特抢劫案就在这里开庭了,先由控方证人依次在法庭上提供证词。所有的对话都充满了对外来移民和无政府主义者的歧视。

一位年轻的学生在案发时听到了枪声、立马躲到了树后,隔着 145 英尺,他说他看到了开枪后嫌疑犯逃跑的样子,看那个跑步人的背影,他断定开枪的要么是意大利人,要么是俄罗斯人。

"意大利人或者俄罗斯人跑起步来和瑞典人或者挪威人有什么不一样吗?"

"当然不一样。"

"不一样在哪里呢?"

"外国人跑步步子不稳。"(Sinclair, 1978:261)

以如此理由在法庭上认定嫌疑人为"外国人",这个细节给整个审判增添了闹剧色彩。除了移民的身份,樊塞蒂的无政府主义思想也被控方律师拿来大做文章,希望能够激起陪审团对被告的厌恶。与案件完全无关的问题被反复提及,控方律师询问樊塞蒂的工友们:"你们在一起是不是经常私下议论政府的方针政策? 你们讨论过穷人和富人的问题吗? 樊塞蒂有没有跟你们说过他的政治信仰?"(Sinclair, 1978:265)所有这些问答对确认被告是不是平安夜当天的抢劫犯,没有任何直接关联。此刻无论是樊塞蒂,还是他的辩护律师,都在努力隐藏被告方的政治观点,希望审判能够就事论事,不受被告政治立场的影响。但法官塞尔任由有关政治信仰的诘问继续下去，反而对提供樊塞蒂不在场证明的辩方证人一点耐心都没有，粗暴地打断了他们的回答："本庭不需要再讨论有关鳗鱼买卖的一切。"（Sinclair，1978：266）事实上，鳗鱼是意大利人圣诞节的传统美食，樊塞蒂在节前努力兜售鳗鱼是完全说得通的。辛克莱给这样的法庭来了一个全景特写：

> 庭下坐着的科妮丽娅、贝蒂和乔看着前来帮樊塞蒂作证的劳工和他们的妻子，一边说着意大利语一边努力地做着各种手势，试图让陪审团和法官明白他们的意思。可即使有翻译帮忙，这一切的努力还是徒劳。
>
> 陪审团里坐着新英格兰地区土生土长的白人，瘦削的脸庞、神情严肃。他们姓伯吉斯、盖尔、利奇菲尔德、尼克森和肖。由他们来裁夺巴尔博尼、布里尼、巴斯托尼、马拉古蒂、邦乔瓦尼等人的证词。
>
> 这些证人中男士们宽大的脸上有高耸的颧骨，穿着不合身的廉价衣服，举止粗俗；女士们又矮又胖，大大的嘴巴，穿着围裙、披着脏旧的围巾。就连他们的翻译也一身匪气。（Sinclair，1978：270）

作者之所以详细记录法庭上所有人的姓氏，不仅仅是为了真实地反映这段历史，更是强调了庭上鲜明的种族对峙。光看名字就知道这是一个全部由美国盎格鲁-撒克逊和北欧白人组成的陪审团，而前来为樊塞蒂作证的全是不通英文的意大利底层劳工。审判很快草草收场，没有任何前科的樊塞蒂因为一起抢劫未遂、没有人员受伤的刑事案，被重判了 15 年的有期徒刑。

审判的另一半，南布伦特里劫杀案，则逐渐上升为举世瞩目的政治事件。辛克莱着力渲染了非同寻常的审判氛围："报纸上都是对它的报道，全国上下都在关注这个事件，政府为了确保审判正常进行加强了对法院治安的维护，派保镖全天 24 小时确保审理此案的法官和地方检察官的人身安全。法庭上 15 名全副武装的警察分散在各个角落。每个大门的进口都有三人把守。前来听审的男士们被全面搜身，女士们的手包被逐一打开检查，政府如临大敌。"（Sinclair，1978：382）

除了政府、媒体和法院的紧张气氛外，辛克莱还描绘了在媒体宣传影响下的台亨姆小镇居民对此事的态度,言语间充斥着偏见与不安:"就是这群意大利佬两年前通过邮件给各地政府官员寄炸弹,华尔街的大爆炸也是他们被捕后无政府主义者采取的报复行为。陪审团里要是谁投了他们有罪,就不要想有安生日子过了。妻子们在家歇斯底里,丈夫们保证无论如何都不会成为陪审员。"(Sinclair,1978:385)500多位获邀前来组成陪审团的居民中只有7人同意参加,还差5人,这是美国司法史上从未发生过的事情。最后,在政府的努力下,陪审团终于凑够了人数,审判就这样开始了,被告被带了上来:

> 樊塞蒂留着长长的胡子,忧郁的脸上满是皱纹;萨科眼里透露着不安和焦急;因为一整年不见阳光,两人都脸色惨白。他们看上去很干净,穿着挺括的衬衫和外套、打着黑领带,要把自己收拾得像个"美国人",这样才能给陪审团留下好印象。但陪审团里全是典型的美国白人,一张外国人面孔都没有,他们上了年纪,神情严肃。第一次世界大战时,萨科和樊塞蒂因为无政府主义信仰,不愿去往欧洲战场,逃避兵役到了墨西哥。而在座每一位陪审团成员的儿子或者近亲都曾经在欧洲战场浴血奋战,有些没能够回来,有些自此残废。(Sinclair,1978:389)

逃避兵役的事实虽然与审判案件无关,但控方律师想借此制造被告和陪审团成员在感情上的对立,所以被反复提及。控方的潜台词是:当你们的儿子和亲人为国捐躯时,这两个无政府主义者"麻木不仁",选择不与他们一同承担。至于法官塞尔,他丝毫没有掩饰在此案中的倾向性。辛克莱像一位调查报告的撰写者,穿插了历史记载中没有但他在实地搜寻资料时发现的故事片段:

> 塞尔审判刑事案件很多年,他知道所有的伎俩,如何在法庭上表现得不偏不倚,但其实心有所向。庭上他的每句话、每个词都会被记录在案,受到高级法官的复审,但是他的神态、举止是不会被记录在册的,所以秘诀就在于言语一定要公允,有所偏向可以通过其他方法实行。
> 每当来自加州的辩方律师摩尔提问时,塞尔法官总是从眼镜上方直勾勾

地看着他，眼神充满嘲讽和藐视，仿佛在说："让我们听听这个来自蛮荒西部的律师对我们麻省的司法机构有什么好指教的？"接着他又转向陪审团拖长了腔调恹恹地说："反对无效。"陪审团和庭上的工作人员笑而不语。(Sinclair，1978：401)

虽然美国司法体系中法官的职权有限，更像一个审判过程的组织者和裁判。塞尔思维敏捷，但用错了地方。一旦意识到被告方占了先机，他会巧妙地找到借口打断辩方律师的提问，让证人不知所措，有利被告的证据得不到认可。他不顾常规私下经常与控方聊天，多次的接触使得他能很快意会控方在庭上要努力的方向，甚至在控方思维不清时越俎代庖，帮助提词。有一次他意识到自己做过了，连忙道歉："对不起，我总是在告诉检察官要说什么。"(Sinclair，1978：403)天真的庭审记录员把这句话也记录在案，成了法官袒护一方的证据。

法庭上控方律师质问樊塞蒂为什么随身带着一把左轮手枪。这是案件的关键物证。樊塞蒂的回答中表露了一个持异端政治信仰的人在美国生活的无奈：

你遇到一个不错的新英格兰当地人(Yankee)，你们聊天讲笑话，一起爽朗地笑出声。所以他觉得意大利人还不错。但第二天他因为知晓了你的政治信仰，把你抓进了监狱，拿橡胶管对着你冲水，把你吊起来，残忍地折磨你。很难相信吧，但这样的事一直发生在我的身边。一起参加无政府主义活动的伙伴们经历了很多类似的遭遇。我告诉他们，我不能放弃、不能束手就擒。我要抗争，所以我一直随身带着枪。(Sinclair，1978：536)

萨科和樊塞蒂不止一次告诉他们的辩护律师，这场官司无法打赢。但为了不让拯救他们的人失望，两人一直努力地配合着。让他们欣慰的是，审判成了传播无政府主义信仰的契机，七年间两人从未动摇过对信仰的坚持。行刑前，萨科说道："我可以很肯定地说，如果还有再生的机会，明知你们还是会对我处以极刑，我依然要选择今生的道路。"(Sinclair，1978：745)辛克莱在故事的结尾安排了一次科妮丽娅和她的律师女婿间的恳谈，两人的谈话道出了很多问题的实质,涉及司法公正、审判正义和政府在"红色恐慌"浪潮中扮演的角色。辛克莱借他们二人之口,点明了造成萨科和樊塞蒂悲剧的原因。不管多么间接,他们的死确实是波士顿上层社会精英们导演的悲剧。

读完厄普顿·辛克莱的长篇小说《波士顿》的下半部,读者就可以对萨科/樊塞蒂审判这一历史事件的整个过程有较为清晰的了解,获得的信息甚至和历史记载没有太大的出入。难怪评论界一直视辛克莱为"新闻报道的先驱"和"时代的记录员"(Flis,2002:4)。也正是由于辛克莱小说创作的纪实性,他的文本常被学者当作社会学案例来分析。但即便如此,作家还是不可避免地把自己的政治立场投射在了文本创作中。辛克莱早在 1902 年就加入了美国社会党,并开始为社会党阵营的期刊《诉诸理性》(*Appeal to Reason*)撰稿,是一名有影响力的政治活动家。他写《波士顿》的初衷也是为移民的不公境遇鸣不平,为了重建社会正义。多年后,传记作家安东尼·阿瑟发现了辛克莱和律师摩尔之间的往来信件。原来摩尔早已向他透露萨科可能有罪,但辛克莱选择在小说创作中忽略这个信息,享受小说的虚构特权,塑造了两个为正义和自由献身的英雄形象,以此传递作家本人对事件的褒贬态度(Arthur,2006:149)。

5. 历史人物的艺术化再现和虚构人物的塑造

纵观美国的司法审判历史,冤死的、错判的何止一两件,为什么萨科/樊塞蒂事件会引起全球人民的强烈反对和抗议浪潮呢?除了警察当局借着"红色恐慌"的社会气候滥杀无辜,审判没有可靠证据,被操纵、被政治化等原因外,这一现象与两位当事人的人格魅力也不无关系。樊塞蒂的宽容淳朴、萨科的坚忍执着,在长达 7 年的审判中因为媒体的报道而被世人熟知。两人的品性也是辛克莱在创作《波士顿》时着墨最多的地方。但作为历史小说的读者必须明确的是,尽管文本中的两位主人公与历史人物同名同姓,很多行为和言辞与历史记载完全相同,可是文本化的萨科与樊塞蒂,不再是历史上"真实"的人物,而是辛克莱带着明确的政治目的参与言说历史时的虚构创作。

小说中刻画最多、最生动的历史人物当数樊塞蒂。同是案件中的关键角色,萨科的篇幅要远远少于他,因为辛克莱与樊塞蒂私下的接触最多。他去狱中探访樊塞蒂后写道:"我记着这段轶事,约一年前我去拜访一个人。他有着全世界最美好的品质,并不因我没有照他说的做,便责备我;反而以他的宽容,让我自惭形秽。很快我也萌生了做一名囚犯的念头，殉道的精神就是这样传播开来的！我真愿意到法庭去做一个证人，证明与其说樊塞蒂犯了抢劫杀人罪，还不如说我犯了罪更像回事。"（转引自 Young，1985：54）辛克莱还仔细阅读了樊塞蒂在狱中的所有往来信件，并把信中语言改编成了通俗的话语，安放在故事的对话里，再借科妮丽娅的视角展现了一个虽贫穷但正直、诚实自律、有尊严的移民形象。在与科妮丽娅初次见面的场景中，樊塞蒂就给读者留下了既憨厚又淳朴的深刻印象。

进来的这个人是高个子，有点驼背。岁数不大，却满脸愁思的皱纹。留着胡子、没有打理，看起来像只表情严肃但性子温和的海象。

"很高兴认识你，我的英语很糟糕，真是不好意思。"

"她正好可以教你英语，"布里尼又转头对科妮丽娅说道，"他是个非常努力的学生，有很多书，一天到晚都在看书。"

"哦！我床下那么多书，不用说肯定是你的了。"

"我现在就去把它们搬走，"他说完就朝屋子里走去。

女性的直觉告诉科妮丽娅，这个年轻的劳工凡事会先为他人着想。

"等等，别急。你不可以直接进女士的房间！"布里尼喊住樊塞蒂，又转头对科妮丽娅解释，"他不太懂这些社交礼仪，但他是个很好的人，你问住在普利茅斯的所有意大利人，他们会告诉你整个麻省都不会有像樊塞蒂这么好的人。"（Sinclair，1978：136）

樊塞蒂与科妮丽娅共同租住在意大利移民布里尼的家中，他尊重这位体面、智慧的老人，对她十分友好。来自底层的樊塞蒂好学上进，在业余时间常常向科妮丽娅学习语言文化，与她探讨生活理想，进行心灵的交流沟通。

周日的早上，樊塞蒂、科妮丽娅还有另外几个朋友经常启程去郊外。樊塞蒂对大自然无穷无尽的奇迹充满好奇，他会给科妮丽娅讲解造物主的神奇，还会蹲在蚂蚁的巢穴口观察半天，看着蚂蚁辛勤劳作、乐此不疲。除了去郊外，他们还会去海边，这里有更多奇妙的事情！孩子们会在退潮后到岩石下面找寻各种宝物,直到手里装不下为止。每当这时,樊塞蒂就会给孩子们讲海洋生物的知识,并劝他们把宝物送回大海里。他们坐在高高的岩石上看着船来船往,想着他们来自哪里、带着什么样的行囊上路,又要去向何方。樊塞蒂知道科妮丽娅读过很多书,忍不住一个劲地问她问题。(Sinclair, 1978:175)

这段文字的描述充满了生活的气息,平静美好,凸显了樊塞蒂热爱生活、热爱学习、珍惜动物的生命、渴求上进、憧憬未来的个人形象。他是一个平常的人,也是一个可爱的人,与人们头脑中的"杀人犯"概念相去甚远。我们注意到小说作者专为樊塞蒂设计的一个插段:他因丢失钱包报警,后来警察找到了一个外形完全一样的钱包,上门交还,但樊塞蒂发现那不是自己的钱包,因为里面装的钱比他丢失的更多,便拒绝认领。樊塞蒂的诚实品质由此得到凸显。

樊塞蒂信奉无政府主义,政治上立场鲜明,深信"组织是诱骗工人的陷阱,让他们成为奴隶,工会也没比政府好到哪去,领导们坐在宽敞豪华的办公室里,脚跷在桌子上,抽着雪茄,让工人下地狱"(Sinclair, 1978:64)。樊塞蒂拒绝参加任何组织,自我标榜为"无政府个人"(anarchico individualista),认为只有在斗争需要的时候,可以临时组织一个委员会领导工人罢工。在科妮丽娅看来,樊塞蒂"充满理想,与人交往时温和得像个孩子,但思想太单纯、根本不了解他所要面对的敌人和危险"(Sinclair, 1978:87)。辛克莱笔下的樊塞蒂品性美好,他的仁慈和殉道精神"让人忍不住想去检查一下他的身上是否有十字架的钉痕"(Sinclair, 1978:741)。在对这个人物形象的艺术化塑造中,作家表达了鲜明的政治立场。因此,对事件的重新书写、对人物的再塑造,也是作家对这一特定历史的颠覆性重构。

另一位主人公萨科主要出现在小说的上半部,到了下半部他和樊塞蒂身陷囹圄,不能走动,不能说话,失去了很多发声的机会。相较于他的战友樊塞蒂而言,萨科积极活跃,充满斗志。他参加所有的工人运动,帮受难的工友鸣不平,多次和警察当局发生正面冲突,无论是被捕还是受威胁,都没能挫伤他为移民工人们争取权利的决心。樊塞蒂是这样介绍他朋友的:

　　他和我同一年来到美国，当时很年轻只有 17 岁。从送水工干起，后来白天做鞋匠、晚上帮人守夜，攒了不少钱，但依然坚定地同工人们团结在一起。他不善言辞，但很会组织工人运动，领导革命。他生性勇敢，像狮子一样无所畏惧。

　　两个月前他因为参加矿工们的罢工被逮捕了。波士顿地区有很多铜矿，矿产主们虐待打骂矿工的传闻不时传出。科妮丽娅认识这些富豪，在贵妇们的聚会上还听过一些爆料。有位矿产主为了逃税，把名下大部分股票放在一个虚假账户上 20 多年，直到去世才被发现。当然他和家人既没有受到法律制裁，也没有补上所漏税款。但萨科没那么走运，他因为揭露矿工们的悲惨遭遇被扔进了大牢。（Sinclair，1978：186）

　　小说从一名上层阶级叛逆的女性的视角，揭露美国司法公正的两面性。对于那些敢于挑战社会阶层分布、威胁社会"稳定"的人，美国司法的利剑永远严阵以待。萨科和樊塞蒂因觉醒和反抗而被处以极刑，便是司法被操纵和滥用的许多例子之一。不同的是，这个刑事案演绎成了具有象征意义的历史事件。那个年代的死刑犯没有所谓的人权，行刑后他们的心脏被送到哈佛医学院用于医学研究。无政府主义者的抗议旗帜上写道：切开萨科的心脏，里面是勇气；切开樊塞蒂的，里面是信仰。他们相信，萨、樊二人的刑事案超越了法律层面，是事关美国政治走向的风向标。

　　与移民们正直坚韧的品性形成鲜明对比的，是桑韦尔家族成员的装腔作势和贪婪虚伪。辛克莱对于这个人群的尖锐讽刺是书中读来最有趣的部分，极像一幕道德剧中的人物刻画。比如下面这场波士顿贵妇聚会的场景中，作家便描绘了充满嘲讽的不恭的群像：

　　她们穿着黑色的长裙，戴着各式的帽子。有些看着年轻漂亮，有些看上去年老色衰——但别忘了这些年老色衰的女士才是全场的焦点，因为富有。无论她们穿的裙子多么俗气，围着的披肩多么邋遢，一言一行都能引得姑娘们驻足惊叹——她们的穿搭永远不会受人诟病，就像对一位出身高贵却言谈不得体的公爵来说，他讲话根本不需要遵守什么语法规则。

　　除了钱,大家什么都不关心;友谊,家族荣誉和尊严都可以抛得远远的。也许某天一个人会因为这些虚无缥缈的友情、亲情难过上几天,但忽然这份悲伤太沉重,会被一股脑地扔到某个完全不合时宜的地方。(Sinclair,1978:208)

　　关于《波士顿》中虚构人物的塑造,辛克莱如是说:"小说中的虚构人物里没有正面的男性角色,女主人公是两位女性,一位年老一位年轻,她们倾力追求事件的真相。"(Sinclair,1978:79)年老的这位就是前州长夫人科妮丽娅,她是个典型的波士顿人,可在迈入花甲之年时,突然开始厌倦家人的自命不凡和虚伪做作。对她而言,"州长夫人"不是什么身份的标签,而是一个特别无趣的"职业"。她很想让那些渴望名利的人来体验一下她的生活:这里有听不完的演讲,排队跟你聊天的令人生厌的人们,无数精致但无法好好享受的晚宴,言不由衷的交谈,像牙膏一样挤出来的笑容,从早到晚的算计,事事为丈夫的政治生涯谋划的烦恼。她多年被压抑的自由天性,在州长去世后得以完全释放。离家出走一年,她与女儿重逢时说的这段话像是个人的"独立宣言":

　　此生余下的日子,我想做一个独立的人,而不是家族机器上的一个齿轮。如果你们很难接受这个想法,不妨回忆一下是什么铸就了波士顿过去的辉煌。不正是那些敢于对抗传统、"离经叛道"的人吗?新英格兰地区之所以有过去的成就,就是因为尊重不同的声音,这个传统来自温德尔·菲利普斯、拉尔夫·沃尔多·爱默生、亨利·大卫·梭罗、威廉·加里森、詹姆斯·罗素·罗厄尔、汤姆斯·温特夫斯·希金森①。波士顿的历史不正是由这些不落沉疴旧制的少数人缔造的吗?

---

　　①　这里州长夫人科妮丽娅列出了波士顿历史上一系列杰出的思想家、文学家,他们的想法都走在了时代的前沿。菲利普斯(1811-1884)是最早提出废奴思想的领袖之一,他积极投入立法改革中,希望在美国废除奴隶制度;爱默生(1803-1882)是19世纪最重要的美国作家之一,美国文化精神的代表人物,超验主义思想的倡导者;梭罗(1817-1862),超验主义哲学的另一位集大成者,也是废奴主义和自然主义的倡导人,有无政府主义倾向,代表作《瓦尔登湖》记录了作者两年多时间里独居湖畔的所思所想;加里森(1805-1879),著名的废奴主义者和社会改革家,南北战争后致力于禁酒、妇女平权等运动;罗厄尔(1819-1891),作家、批评家和外交官,作品讽刺美国政治的阴暗面,比如南北战争中联邦的利益和美墨战争中美国的霸权;希金森(1823-1911),基督教圣公会牧师,废奴运动的领袖之一,一生致力于解救女性和被压迫的人群。

黛博拉反驳道："是，妈妈，您说的是有道理，但那都是过去的事了"。

"怎么，你认为当下的世界已经完美了，不需要改变和进步了？亲爱的，我告诉你。走出去之后我才看到当下的社会是如此糟糕，到处充满着敌意，身在不同阵营的人们削尖脑袋想着如何用暴力让另一方屈服。我们比以往任何时候都需要改变，桑韦尔家族出了我这样一个人，如果让你们觉得蒙羞，只能请你们担待。"（Sinclair，1978：119）

虽然此时的科妮丽娅因为长期做工，背也驼了、双手长满冻疮，但她过得坦然，对这个世界有了真切的认识。这个人物之所以塑造得如此栩栩如生，是因为作家有一个现实中的人物原型——辛克莱的忘年交，年至耄耋的来自波士顿的老太太埃莉诺·伍德森。她出身贵族，后成为当地知名的社会活动家。在塑造科妮丽娅这个人物形象时，辛克莱脑海里浮现出来的是她的影子。伍德森太太不止一次对辛克莱讲述过移民和无政府主义者的绝望和无助。所以在科妮丽娅身上，读者看到的是一位对底层人民充满同情心，但能力有限的女性长者的形象。

另一位年轻的女主人公就是科妮丽娅的孙女贝蒂。她是家族中唯一一位与祖母有思想共鸣的人。在科妮丽娅离家出走之后，祖孙二人在工人运动中的意外重逢具有鲜明的戏剧效果，标志着贝蒂和家族叛逆的开始。她不顾来自上层社会的父母的反对与阻挠，参与各种政治活动、接受樊塞蒂等左翼人士的社会民主思想。她拒绝家族安排的婚姻，不顾继承权被剥夺的威胁，嫁给了与她有着同样政治理想的左翼记者乔。"这对年轻人在一家工厂度完了蜜月，调查工人生活的一手资料。波士顿最有权势的银行家的女儿在纸盒厂找到了一份工作，每天挣不到两美元的工钱。"（Sinclair，1978：469）贝蒂与上层阶级家族的决裂比祖母还要彻底和坚决，她也比科妮丽娅更早看穿了司法公正的假象：

贝蒂对祖母喊道："你看不到这个案件背后的伟大吗？这次审判之前，也许还可以说我们国家司法体制中的不公和偏见只是偶然现象，在一个如此热衷制造汽车、浴缸和时尚杂志的国家，冤假错案偶尔得见！但如今这次审判是一把标尺,我们对这个国家的法律体系有了更明确的认识! 我们检查了这个国家所谓最杰出的一群人的良知——不仅是那群卑鄙的政客,还有其他一些所谓了不起的人! 我们那些最成功的商人! 受教育程度最高的大学校长! 最高法院的法官们——甚至所谓的自由主义者! 审判证明了他们都是一丘之貉——该为什么样的权益去奋斗,他们的口粮由什么来决定,他们清楚得很! 这里社会等级分明,每个人都有自己的位子,甚至连一颗纽扣都有自己该待的地方,每个人都老到得很,遵守着资本主义这个教官的所有指示,不会有一个人投入敌对的阵营里——一个都不会!"(Sinclair,1978:735)

科妮丽娅为了案件奔走,却不断地被各种官僚踢来踢去。贝蒂的这番话点醒了对美国司法体制仍抱有幻想的祖母,道出了审判背后的实质。这位年轻的女性义无反顾,以反抗家长制的姿态颠覆女性的传统角色,对等级制报以极其藐视的态度。她与丈夫乔投入工人大学的创办,这一举动也标志着她将在环境正义的重建中承担主要角色。

历史小说中的人物塑造是为重述历史服务的,而人物塑造的成功与否直接决定了一部小说的品质。由于事件本身的象征意义,萨科和樊塞蒂的名字,很可能会慢慢泛化为历史符号,将其真实的个体淹没。但他们在辛克莱的笔下满血复活,成了有血有肉的人。作者借助虚拟角色的视角,让历史事件得以重现。《波士顿》就是这样一则有关信仰和成长的故事,虚拟人物因为看到历史人物对信仰的坚持而成长。辛克莱在这两类人物的塑造和情节的编制中,传递出自己的历史观,执行着书写者建构历史的话语权力。

自马萨诸塞州州长杜卡斯基为萨科和樊塞蒂平反、恢复名誉至今,已经过去 40 多年了。萨科于 1908 年来到波士顿,同年樊塞蒂抵达纽约。彼时素不相识的两人,19 年后一同被控谋杀,掀起轩然大波,并在由此激起的政治风潮中等待死刑的到来。1927 年,他们的生命在麻省的电椅上终结,此后全世界成千上万的支持者为他们的不公遭遇游行示威。这个曾经引起一波接一波全球抗议浪潮的案件,并没有随着时间的流逝被人们淡忘。萨科和樊塞蒂的名字,已经成为美国 20 世纪 20 年代政府压制公民自由、司法不公、打击不同政见和信仰、排斥移民的象征。美国文化知识界对萨、樊二人的死刑判决感到极度失望。他们认为成为量刑依据的不是确凿的犯罪证据，而是两人的政治倾向和移民身份。因此判决"是对正义的污蔑，是以伪证和对移民与激进人士的歧视为基础的"（Arthur，2006：217）。

案件使得人们对于美国一向标榜的民主与法治产生了强烈的质疑。但在当时的大背景下，萨科/樊塞蒂事件的发生并不是偶然的。第一次世界大战结束以后，美国的政治风向出现变化，政府加强了国内的舆论控制，颁布了惩治间谍法，实行书报检查制度和电影审查制度，事实上废除了或至少收紧了言论自由、出版自由、集会自由。人们恐惧移民潮的到来、恐惧红色革命造成的社会动荡，社会生活和政治生活变得愈加保守。这些内忧外患促使了美国司法制度的改变，移民限制法案层出不穷、对涉案的外籍革命人士处罚严苛。

萨、樊二人的死刑判决清楚地告诉人们，意在操控局势的政府并不需要一个真正的罪魁，只要塑造出一个看上去可信的假想敌，就可以轻易转移民众的不满。偏见让人们无法认真地审视案件的事实，所谓的证据被扭曲成了制造冤案的工具。不无讽刺的是，随着对事件的深刻反思，对司法公正的进一步追求，对执法者偏见更严格的审查和对各种法庭证据的分析和质疑的强化，法律又被另一部分人玩弄于股掌之间。其典型例子是上个世纪末的另一场引起全球关注的审判，但审判的受益者是和激进的革命者毫无关系的一位腰缠万贯的体育娱乐明星辛普森。

学术界和文艺界的知识分子以他们特有的创作方式，表达了对萨科/樊塞蒂审判的愤慨，以历史著作、小说、诗歌、歌剧、电影、歌曲等形式反复激活历史，重提旧事。辛克莱是第一个以长篇小说的形式重述历史、为被冤判的萨科和樊塞蒂发声的作家。《波士顿》的出版仅在萨、樊二人死刑执行一年之后。事情刚刚发生，辛克莱还沉浸在失去两位革命人士的悲痛中，因此他的文笔饱含着对两位无政府主义外籍人士的同情和敬意，他的创作关注的是文学对外部客观世界的真实再现。

厄普顿·辛克莱的作品体现了一个理想主义者在与形形色色的社会力量进行博弈时的纠结与困顿，折射了广泛、复杂而深刻的社会关系。但也正因为事件还没有经过时间的沉淀，辛克莱，一个生活中温文儒雅的绅士，把自己的政治立场投入文学创作中，让历史现实与社会的意识形态在文本中交汇，而较少顾及文学的艺术审美层面,把《波士顿》写成了一部为无政府主义者和工人阶级发声的战斗檄文。作者在小说最后写道:"萨科和樊塞蒂的名字成了一个梦想的永恒符号,只有在真正的文明社会,在财富属于工人们的理想社会里,他们才得以存活。"(Sinclair, 1978:755)辛克莱用虚构和纪实相结合的文体,尝试从抗议者的视角重述这一则众说纷纭的历史故事,并通过小说叙事,对当时社会运作的内在逻辑与政治生态进行了诠释。

三、马克·比奈利与《萨科和樊塞蒂死定了》

时间来到了 21 世纪,美国人民并没有淡忘这场充满歧视和偏见的世纪审判,每隔一段时间就会有不同形式的文学、绘画、音乐及影视作品呈现往事,重提旧案。第一位女性普利策奖得主埃德娜·文森特·米莱(Edna St. Vincent Millay)用诗歌向萨科和樊塞蒂致敬;黑色幽默文学大师冯内古特认为这场审判本身就是最荒诞的黑色幽默;意大利知名导演吉奥里亚诺·蒙塔尔多(Giuliano Montaldo)制作的电影《死刑台的旋律》(*Sacco and Vanzetti*, 1971)表达了对两位同胞深深的同情;美国民谣歌手伍迪·格思里(Woody Guthrie)和说唱金属乐队"暴力对抗体制"(Rage Against the Machine)等文艺创作者,都在他们的歌词里控诉了司法体制对少数族裔和持异端政治信仰人群的不公。最近的一次对这一历史事件的阐释,当属《滚石》(*Rolling Stone*)杂志资深编辑马克·比奈利(Mark Binelli)2006 年创作的长篇小说《萨科和樊塞蒂死定了》(*Sacco and Vanzetti Must Die*)。无论是在批评界还是在爱好文学的读者群中,该书都引起了广泛的关注,《洛杉矶时报》《美国娱乐周刊》和《纽约闲暇周刊》上好评如潮,著名的《哈珀氏》杂志更是把它排在了年度书单推荐榜上的第一位。

对两名很有可能是无辜的无政府主义者处以极刑,这一事实就像刻在美国人心头的一道伤疤,每个人都知道审判错得离谱,是不该忘却的记忆,但毕竟过往的历史已渐渐远去。经过近一个世纪的沉淀,案件早已尘埃落定,民众的不平和愤慨也渐渐变得淡然。马克·比奈利则"不识时务"地再次揭开了伤口。他的小说不再像早期作品那样着眼于历史事件本身的真实性,写作初衷也不再是诉诸正义的政治批判。比奈利的文字嬉笑怒骂,看似要对这场政治审判表达点什么，但该说的早已被公开的法律卷宗和支持萨、樊两人的左翼作家们说明白了，麻省的州长迈克尔·杜卡基斯也早已为两人平反。比奈利能做的是借古讽今，再去考量新时期美国移民依然要面对的困境以及人群中永远存在的资源争夺之战。同时作为一名文艺创作者，他也在反思对文艺创作的本质，以及喜剧独有的表达特质。

1. 无政府主义喜剧的狂欢

给萨科和樊塞蒂乱扣罪名、对他们的生活经历胡编乱造，是美国政府和司法界干过的事，但这次思绪天马行空、创意满满的作家比奈利也干起了同样的"勾当"，让原本扑朔迷离、疑点重重的审判增添了更多的戏剧元素。萨科和樊塞蒂是两位无政府主义者，他们的无辜受难激起了左派人士的愤恨。但如果这两个人没有激进的政治思想呢？如果他们只是两位喜剧演员呢？这个荒诞的假设正是比奈利小说创作的前提。这样的人物设置看似远离历史真实与政治语境，但小说依然涵盖了对很多深层问题的探讨，并借由书中人物萨科和樊塞蒂之口道出，他们一直在反思如何在这个移民国家构建自己的身份，如何应对时时刻刻都在发生的资源争夺之战以及哪种形式的艺术创作和表达途径才能更好地引起受众共鸣。

在接受记者采访时，比奈利曾被问到是什么缘由让他有了写这本书的想法。他回忆创作的初衷始于一个周日的早上，他和父亲没有像往常那样去教堂，而是在家看"二傻双人秀"（Abbott and Costello movies），节目中的两位喜剧演员同他一样也是意大利裔美国人。比奈利忽然意识到美国历史上知名的意大利人很少，除了课本里经常出现的哥伦布及墨索里尼，唯一有那么点模糊印象的就是两位被冤判致死的无政府主义者萨科和樊塞蒂了，所以他想写本有关这两位同胞的书。受到"二傻双人秀"的启发，他做出了大胆的构思，让两个知名的无政府主义者在他的笔下摇身一变成了喜剧演员。比奈利开始了他的创作试验，从一个特殊的视角重提历史的悲剧，在作品里探讨喜剧演员和无政府主义者之间的共通之处，在调侃逗乐中对权力与艺术自由的主题提出再思考。

小说里萨科和樊塞蒂的喜剧表演，无论是一开始在杂耍团不入流的低俗演出，还是后来大银幕上充斥各种暴力笑料的创作，都属于最早期的喜剧形式——无政府主义喜剧（Anarchic Comedy）范畴。这类喜剧以充满黑色幽默的台词、马戏般的杂耍表演以及无厘头的剧情著称,主旨是为了讽刺政治的黑暗、战争的残酷和社会的弊端(Tueth,2012:27)。它因无视业已建立的戏剧规范,被视作"无政府"的艺术,艺术家不得不为其生存地位和业界认可而斗争。所谓"无政府主义",它包含了众多哲学体系和社会运动实践,其基本立场是反对包括政府在内的一切统治和权威,提倡个体间的自由平等(Bakunin,1990:31)。但"无政府"并不等同于混乱、虚无或道德沦丧,它是本我意识的表达,彰显人的本能和欲望,追求即时的满足和快乐。落实在语言表达和戏剧创作上,"无政府"概念指的是寻求恣意的谈吐以及无障碍的情绪宣泄。

无政府主义喜剧以反讽、讥笑、诙谐的语言为特色,试图突破一切现存结构,包括语言结构与社会结构,从原来的文化空间中脱离,具有不确定性、无序性、多义性,从而给观众一种"瓦解"的观赏体验(Tueth,2012:31-32)。在无政府主义喜剧表演里,观众感受到的是视觉的狂欢和思想的盛宴。尽管舞台上的表演有时近乎疯癫,剧作内容充满臆想,但无政府主义嬉笑怒骂的闹剧背后,演员们表达的是他们试图颠覆与瓦解现存规范与结构的意图,从而将人与人、人与表演置于一种无隔膜的、无差别的状态之中,让观众去体会一种感同身受的平等。

小说主体章节的叙事大致围绕着萨科和樊塞蒂的两部杂耍团剧目演出和走进好莱坞后的三部喜剧电影制作展开,这些作品都可以归入无政府主义喜剧之列。19世纪末20世纪初,美国开始盛行杂耍表演,其受欢迎程度可以类比当代中国的相声剧场演出。故事主人公的人生从最底层的杂耍团起步,他们一个丰腴滑稽、一个瘦长严肃——这与历史人物萨科和樊塞蒂的身形特征吻合,因惊悚的飞刀表演而被大众熟知。两人组成了"劳雷尔和哈迪"式双人表演组合。劳雷尔和哈迪曾是美国电影史上最著名、最出色的喜剧团队。瘦子劳雷尔(Stan Laurel)出生于英国兰开夏郡,胖子哈迪(Oliver Hardy)来自美国的佐治亚州,两人的表演风格形成强烈反差,深受大众喜爱。他们经历了默片电影的衰弱和有声电影的兴起,劳雷尔的英国口音和哈迪的美国南部口音以及演唱技能给他们的角色带来了新的维度。当默片时代的动作喜剧明星不再适应市场需求的时候,劳雷尔和哈迪在表演中融合视觉幽默、荒诞不经的对白和说唱表演,找到了演艺生涯的新契机。

同样地，故事里的萨科和樊塞蒂也经历了从默片到有声电影的创作改变。当他们还在杂耍团演出默片喜剧时，两部卖座的剧目《萨科和樊塞蒂放弃了他们的事业》(Sacco and Vanzetti Desert the Cause)和《萨科和樊塞蒂遇到了重量级拳王》(Sacco and Vanzetti Meet the Heavyweight Champion Primo Carnera)中就充斥着暴力血腥、刺激骇人的动作场面。除了他们的看家本领扔飞刀之外，还有各种荒诞的特技表演，像与"重量级拳王"——袋鼠的搏斗、生吞钉子、打火机烧拇指、咬碎电话机等。在《萨科和樊塞蒂放弃了他们的事业》一剧中，有个离奇、怪诞的"一报还一报"(tit-for-tat)表演环节(Binelli，2006：94)。首先，萨、樊两人通过破坏敌人的财物挑起战争，且不会受到任何阻挠。等他们折腾累了，敌人以同样的方式开始反击，而这期间萨、樊两人亦竭力克制、不去干涉。等敌人收手了，他们以更激烈的破坏行为进行报复，如此循环，直到双方财物都被破坏殆尽，整个舞台一片狼藉。观众被这一来一往、最原始、最直接的暴力行径逗得哄堂大笑，每个人都沉浸在摧毁颠覆的狂欢中。正如剧中的樊塞蒂所言："观众并不在乎是谁在搞破坏，也不在乎破坏的是什么，他们只是单纯地想看到这摧毁的行为。"(Binelli，2006：98)。看似毫无意义的摧毁，激起了每位观众内心的破坏欲，同时也是无政府主义喜剧对所谓规矩、所谓喜剧表演法则赤裸裸的挑战和蔑视。

这个阶段萨、樊二人的演出属于杂耍风格，表演上的搞笑就是为了取得逗人发笑的效果，与剧情关联甚微。但插科打诨中他们对那些被视为高雅的人物和东西，如权贵和法律，进行了肆意嘲讽。一对胖瘦结合的生活的旁观者，总是不经意就冲撞到了那些易怒的老板、傲慢的市民、生气的警察、跋扈的贵妇。他们在舞台上塑造出了两个超级没脑、永远乐观的人物形象，那份单纯的无畏来自秉性中对自由平等的渴求。作为喜剧演员，他们就像无政府主义者一样，练就了在嘈杂混乱的秩序中找到机遇和突破口的本领，通过颠覆事情的既定走向和已有的社会规则达到逗笑观众的目的。

很快，萨科和樊塞蒂的表演就吸引了好莱坞电影制作人的注意，被邀请去参加大银幕的喜剧演出。小说中很大一部分篇幅就讲述了他们主演的三部电影《身陷困境的两个意大利佬》《一对伤心人》和《火星需要萨科和樊塞蒂》的整个制作流程，包括前期筹备、中期拍摄以及上映时的采访造势等。比奈利在

《滚石》杂志当记者,有长期与演艺界打交道的经历,深谙娱乐圈的各种门道,包括如何造星、如何包装电影、如何在媒体推广等。这三部电影虽然以虚构人物萨科和樊塞蒂为主角,但映射的是同名历史人物萨科和樊塞蒂悲剧的一生。

第一部作品《身陷困境的两个意大利佬》对 20 世纪初美国移民生活的苦难充满同情,表达了对种族偏见在萨科/樊塞蒂审判中造成负面影响的控诉,揭露了当时美国仇外的大环境;第二部作品《一对伤心人》里充斥着刀光剑影和人心向背,讲述虚构人物萨科和樊塞蒂在演艺生涯中遭遇的各种坎坷和磨难:表演时遇到攻击性特别强的袋鼠,扔失飞刀引出的血溅舞台的场面,难以取悦的观众由于对演出不满而对演员谩骂和侮辱,拿命挣来的影视资源被他人不费吹灰之力抢走,等等。他们一次次被挫伤,一次次感受到人心凉薄。第三部作品《火星需要萨科和樊塞蒂》虚构了一个由女性统治的星球,两人与他们同名的真实历史人物一样被荒谬地判处了死刑,苦苦等待穿比基尼战衣的统治者来对他们实施死刑。这样,虚构的萨科和樊塞蒂与他们对应的历史人物的命运紧紧地联系在了一起。三部作品对仇外思想和各种偏见的嘲弄和戏仿,折射了当时与当今美国社会同样存在的偏激和人与人之间的疏离。

2. 埃利斯岛入境和移民生活

小说《萨科和樊塞蒂死定了》里有很大的虚构成分,作家凭空编造出了五部情节荒诞的无政府主义喜剧,杜撰了电影杂志上的人物专访,臆想了演员萨科和樊塞蒂在表演史上的地位。比奈利一直在插科打诨,但他的创作虚中有实,小说里反复出现"补充材料"(supplementary material)和"历史插曲"(historic interlude),而在这部分内容的写作中,比奈利干起了记者的老本行,为当下的时代背景做了丰富的注解。虽然只是简单的历史事实介绍,但他的文字里涌动着对移民生存困境的关切和对造成这些困境原因的思考。在"补充材料"和"历史插曲"里,读者反复看到一个概念——"后埃利斯岛移民经历"(Post-Ellis Experience),这里的"埃利斯岛"指曾经的美国移民局所在地,它是很多美国移民人生中的重大转折点。

19 世纪初土豆歉收引发了西欧大面积的饥荒,成千上万的欧洲移民涌入美国寻找生机。他们从纽约港登陆,入关前必须经过埃利斯岛,接受移民局居高临下的官员们严格的身体检查、有伤自尊的智商测验和咄咄逼人的盘问

（Marcovitz，2014：17－18）。美国绝不欢迎精神病患者、传染病患者和思想危险的人。通过检查意味着开启人生新篇章，尽管等待他们的并不是坦途而是一茬又一茬的坎坷磨难：如何获得温饱，如何在被歧视的环境下立足。那些被拒绝入境的人，只能被迫与亲友分离，眼睁睁地看着他们踏上新大陆，自己被遣返回原居地，所以这个岛同时被称为"希望之岛"（Island of Hope）和"眼泪之岛"（Island of Tears）。

比奈利在"历史插曲"中记录道："在埃利斯岛盖得像监狱的接待大厅，每个人必须在两分钟时间内回答官员们 30 个左右的问题，像'你要去哪里？身上带的钱能支付几个月的生活费？是否只有一名配偶？宗教信仰是什么？是不是无政府主义支持者？能不能认识 40 个左右的英文单词'等。好些移民因为这一连串凌厉的问话而紧张到晕厥。"（Binelli，2006：152）在"补充材料"里，比奈利描绘了移民入境时遭受的各种非人待遇：官员肆意更改移民姓名，只因他们觉得原名听起来太拗口，这些拗口的姓氏名字和他们过去的文化身份一并在新大陆被抹除，取而代之的是"约翰""玛丽"等一些与原族裔特征无关的指代；一位脑袋上长了虱子的小女孩，被剃光了头发、留在看守所观察是否有其他疾病，直到她不堪凌辱，在绝望中跳海；被确诊有传染病的移民则直接被关进岛上监狱，任由其自生自灭（Binelli，2006：159－161）。好些上了年纪的美国人现在回忆起来，小时候听父辈们讲起埃利斯岛的闯关经历，就像听鬼故事一样恐怖。现如今的埃利斯岛已不再是美国移民局的所在地，取而代之的是岛上的移民博物馆。进入这个历史的陈列所，人们可以看到墙上密密麻麻的入境者的照片，展示着他们无奈、惊慌、疲惫的眼神。在比奈利看来，"埃利斯岛是美国移民史的见证，记录了移民年代美国政府犯下的种种罪行"（Binelli，2006：162）。

那些通过层层测试、拥有了梦寐以求的美国国籍的"幸运儿"，在离开埃利斯岛坐上轮渡驶向美国本土后，又过起了怎样的生活呢？美国这个国家的"主人"，其实就是早来了几十年的移民，又是怎样看待和对待新来的"闯入者"的？比奈利记录了当时美国总统柯立芝的一段充满歧视的发言："最早来到美利坚这片土地上的移民就像辛勤的河狸一样，缔造了整个国家的版图，而新来的这些移民就像硕鼠，企图摧毁我们的堤坝，他们怎么也不会成为我们国家的河狸,或曰建设者。"(Binelli,2006:201)在这样一个大的政治环境下,移民们又怎么可能过上有希望的生活?

小说里的喜剧演员萨科和樊塞蒂正是在20世纪初移民潮时期从意大利来到美国的。整个故事就是以他们两人职业生涯的兴衰为视角,折射的是20世纪上半叶美国都市里整个移民生活的困境。在那个正义缺失的年代,每一位移民都在与既定的规则、传统的习俗以及分配不均的经济制度做斗争。即使小说里的人物换作他名,不叫"萨科"和"樊塞蒂",这个讲述意大利移民苦难的故事也是完全可以独立存在的。与历史人物的重名更增添了小说浓厚的悲剧色彩,它说明萨科/樊塞蒂审判案中两位意大利移民的悲剧不是个例,而是那个年代所有背井离乡、只身赴美人群的共同写照。

虽然萨科和樊塞蒂是故事里的主人公,但小说作者并无意塑造两个丰满立体的人物。比奈利对人物的塑造采用的是素描的手法,干枯、扁平的人物并不是作者创作的疏忽,而是出于服务主题的表达,不公平且充满敌意的社会环境对移民人性的异化和摧残,才是作者关注的重点。萨科和樊塞蒂站在舞台上,说学逗唱、幽默滑稽,但其实生活的压力和苦难早已使他们心头苦闷,无法言笑,一旦离开舞台立马面无表情,挤不出一丝笑容,麻木地应对着人生各种坎坷。一天,一位脸被成千上万只蜜蜂覆盖的邻居出现在他们家门口,原来邻居的胡子下挂着个装有蜂后的笼子,引得蜜蜂吸附在胡子四周。看到如此惊悚的场景,萨科不为所动,淡淡地说:"你来找我们,有什么事吗?"一旁的樊塞蒂同样冷静地说道:"你现在肯定不方便说话吧。"(Binelli,2006:63)交谈过程中,两人面部表情没有任何变化,与喜剧演员舞台上充满夸张的活泼表演大相径庭。这表现了他们现实生活中内心的冷漠和桀骜不驯。正如萨科所言:"任何人走入人群,脑子里首先想的肯定不是挑起争斗,但在这个会因种族身份被别人区别对待的社会,每个移民心里,无论埋藏得多深,都有一颗叛逆的心。面对不公的体制,想去颠覆,想去破坏。"(Binelli,2006:64)

美国的城市化进程离不开移民们做出的巨大贡献,他们干最脏最苦的活却分享不到社会进步的果实。有些人因为政府的不作为采取了极端措施,发出了愤怒的吼声。比奈利在"补充材料"和"历史插曲"中提到了无政府主义者在美国发起的一系列暴力对抗体制的事件:比如当时最有影响力的支持暴力革命的刊物《颠覆者纪事报》的主编教读者如何制作炸弹,并策划了大法官米切尔·帕尔默家门口的爆炸事件(Binelli,2006:210);意大利无政府主义者鲁奇·加里尼的追随者策划的华尔街爆炸案和芝加哥大主教伤害案(Binelli,2006:175);全国各地陆续有人收到装有炸弹装置的包裹而导致人心惶惶等。比奈利的"补充"和"插曲"为小说的展开,也为萨科/樊塞蒂审判这一历史事件的重现,做了重要的铺垫。

故事中的萨科和樊塞蒂虽然也是移民,也感受到遭受权势的压迫,但并无强烈的反抗意识,更没有采取"危害"社会稳定的举动。他们两人默默地在舞台耕耘,因缘际会还走上了大银幕,积累了点人气。他们能不能逃离同名历史人物萨科和樊塞蒂的厄运？比奈利的答案是否定的！正如小说标题所言,"萨科和樊塞蒂死定了！"正当星途上升时,两人在参加鲍勃·霍普(Bob Hope)的慰军演出时出了岔子。比奈利安排他们俩出现在了美国同时期历史上的另一个重大事件中,即第25任总统威廉·麦肯利(William Mickinley)被无政府主义人士暗杀的事件。情节设置改成总统在观看他们演出时遇害。萨科和樊塞蒂颠覆性的表演方式制造了场面的混乱,被认为间接导致了麦肯利总统的悲剧,因而被关进监狱,等待宣判。不同的时空下,他们竟与两位历史人物有了同样的遭遇,而且"死定了"。无论有没有反抗意识,无论选择逆来顺受还是以行动抗争,作为该年代移民的他们,似乎早就注定了悲剧的结局。

如果说故事中还有些许温情的成分,那就是萨科日记里偶尔出现的憧憬美好生活的诗歌:"如果我是一个诗人,也许我会描绘太阳的红色光芒,明亮的天空,花园里的芬芳,紫罗兰沁人心脾的幽香,山谷里传来小鸟的叫声,这大概会让我开心地神智失常。"(Binelli,2006:273)即便如此,比奈利也让本应流畅的诗作错词百出,"描绘"这个词拼写错误(discribe),想表示开心的程度却用了"发疯"(delirium)这个不恰当的表达。虽然这样的呈现凸显了移民不地道的英语,但它极大地损毁了阅读的美感。作者故意用类似小丑的闹剧演员与历史人物进行对应,造成反差,一方面反映小人物的抗争与无助,另一方面又对人造的文化偶像进行颠覆。比奈利想告诉大家的是,无论是历史偶像还是对生活妥协的默默无闻的小人物,移民的身份就像附身的原罪,无法剥离、无法逃避。

3. 虚构文本与历史的互文

小说开篇部分名为"生平记载",是关于历史人物萨科和樊塞蒂一生基本事实的简短介绍,从他们在第二次移民潮(1890－1915)时期来到美国,到在麻省定居,再到卷入劫杀案,最后因为激进的政治思想和移民身份而被冤判,都有涉及。在这一章节结尾处,作者笔锋一转,声明道:"下面不是他们两人的故事。"(Binelli,2006:8)接着两个与萨科和樊塞蒂同名的人物就登场了,他们也是意大利裔美国移民,一个丰腴,一个瘦削;一个冲动,一个沉稳。比奈利一再强调这个故事和历史上的萨科、樊塞蒂无关,但正如海登·怀特所言,"对过去的再现无一例外都有具体的意识形态内涵"(White,1978:172)。书写文本总会与其他书写文本进行互文,从宽泛的定义上讲,每个故事所讲的都是已经被讲过的故事。其实所谓的喜剧演员只是幌子,书中的声明更是"此地无银三百两"。小说中的字字句句都和作者的那两位知名意大利同胞休戚相关。比奈利更是在小说接近结尾处列举了萨科/樊塞蒂审判案的所有文学、文化遗产,摘录了每部作品中的经典段落。他的意图非常明确:自己创作的这部《萨科和樊塞蒂死定了》当仁不让,是这份文化遗产名录中最新的一条。

比奈利虚实结合,巧妙地把历史文本和文学文本融合在一起。《萨科和樊塞蒂死定了》是一部读来能让人强烈感受到作品自身虚构性,却又涉及真实历史事件的小说。作家以真实的历史人物为引子,来完成他虚构的社会文化图景。小说中出现很多真实的历史人物,比如美国"笑坛常青树""喜剧之王"鲍勃·霍普,并重点介绍了他在第二次世界大战中做出的巨大贡献。比奈利让小说中的萨科和樊塞蒂的生命轨迹与这位美国喜剧电影鼻祖交织到一起,两人的命运可以说"成也霍普,败也霍普"。他们因参加霍普的慰军演出积累了人气,最后走进好莱坞,但很快因在演出中牵扯进麦肯利总统被刺事件而身陷囹圄。

另一位在小说中出现的真实的历史人物是默片时代美国女性的银幕情人鲁道夫·瓦伦蒂诺(Rudolf Valentino)。他绚烂却短暂且充满争议的一生,让萨科和樊塞蒂预见了自己的未来。作为电影界的后辈,他们参加了瓦伦蒂诺的葬礼,看到了生为演员的悲剧:生前没有正常人的生活,死后仅剩的一点名人价值也要被榨取得一干二净。此外,还有一些文学经典中的历史人物也出现在故事里，像多克托罗小说《拉格泰姆时代》（*Ragtime*，1975）中的电影历史学家海洛·皮埃斯和牛仔大块头杰克·彻斯特，他们都很自然地走进了主人公的演艺生涯，对故事情节的发展起到了推波助澜的作用。

再来看虚实结合中"实"的部分。比奈利通过"补充材料"和"历史插曲""百科全书词条"以及"庭审记录"等特殊小节中大量"史实"的记载，让读者意识到历史是建构在过往文件材料基础上的叙述，而非对过去史实的客观再现。百科全书一定具有权威性吗？庭审记录能完全反映案件调查和审问的情况吗？历史记载又是以谁的视角和立场进行陈述的？作者在小说中陈列的文献和史料片段，意在颠覆历史书写的客观性和权威性，凸显其建构的本质。这一建构本质为小说和历史所共享。

历史记载以叙事为形式，文学叙事又有历史的成分，历史和小说的融合展现了文学文本和历史文本之间的互文。萨科/樊塞蒂审判案中的轶事、传记、日记、野史等材料，被比奈利拿来构成了丰富的文学作品细节，小说中这样的例子比比皆是。比如小说中有一个值得注意的细节：1963年7月14号，在比弗利山庄酒店，萨科和樊塞蒂正在接受《电影月刊》采访，他俩不停地向记者抱怨刚开始演出的磨合是多不容易。当记者问到两人是何时在什么场合下相识的，萨科回忆道：他们初次相识的时间是平安夜，他在街上看到正在卖鳗鱼的樊塞蒂（Binelli，2006：216）。这里比奈利把剧中人物的境遇与历史人物的经历融合到了一起，呼应了这场历史审判中的一个关键细节。樊塞蒂对于布里奇沃特抢劫案提出的不在场证明是他当时正在卖鳗鱼。案件发生的时间是平安夜，鳗鱼又是意大利人圣诞节的传统美食，作为鱼贩的樊塞蒂在此时销售鳗鱼是完全说得通的。可他的申辩却被充满偏见的塞尔法官武断地打断，认为与案情无关。就这样，历史与小说两种文本形成呼应，小说中的萨科和樊塞蒂与他们同名的历史人物渐渐融合到了一起。人物走出各自的角色，走进社会冲突之中。

审判案中的细节零零散散地出现在比奈利小说的各个地方。喜剧演员萨科和樊塞蒂在演出之余，经常一起讨论意大利裔美国人和其他族裔美国人有什么区别。他俩也思考一些棘手的问题：为什么世界上的领袖人物或者皇室成员被暗杀，总能在杀手名单里看到意大利人？意大利人为什么比其他国家的人更容易接受无政府主义信仰？在美国生活的意大利人为什么都随身携带枪支？包括萨科的那句不起眼的玩笑话"意大利人走路也同其他人不一样"，都在呼应审判案中反复出现的几个关键细节，都是对历史的戏仿（Binelli，2006：259）。在当年的真实审判中，有证人在法庭上指认萨科和樊塞蒂，声称虽然隔着近 50 米，但从跑步姿势他能一眼看出罪犯是意大利人。很显然，这部当代小说对历史审判中见证人的武断和见证被随意接纳的荒谬性，提出了尖锐的批评。

萨科和樊塞蒂被捕时，警察也并不觉得他们有什么可疑，可很快搜出来的手枪改变了两人的命运。这里小说人物做了回应，因为缺乏安全感，那个年代的意大利移民都有随身携带手枪的习惯，更多是为了自保。法庭上控方律师对两位被告无政府主义思想和逃避兵役的攻击虽然与案件没有任何关联，但确实激起了整个陪审团对他们的反感。小说作者比奈利也连带着开始反思意大利的国民性，自己的身份特征等方面，思考意大利人是否真比其他族裔更认可暴力革命？文学与历史的互文形成了惊人的爆发力，带领读者重新去审视那场世纪审判中出现的各种荒谬，让人不禁提出疑问：真实的历史审判和比奈利笔下萨科和樊塞蒂演出的故事，到底哪个才是闹剧？比奈利的创作也印证了新历史主义的核心观点，历史与文学都是叙述文本和话语实践，历史可以当小说阅读，反之亦然，虚构的小说材料可证社会生活与文化观念之实。

4. 喜剧模式再现的悲剧

比奈利这部作品的出版商是伊利诺伊州非常前卫的道尔基档案出版社（Dalkey Archive Press）。该社自成立以来，一直秉承着"少而精"的原则，创社30 余年只出版了不到 10 部小说作品，这其中就包括比奈利一直欣赏的斯坦福文学系教授、莱南文学终身成就奖得主、两次入围笔会/福克纳奖的吉尔伯特·索伦蒂诺（Gilbert Sorrentino）的作品。这次出版社从一大堆无聊庸俗的言情小说中选择了这部表现移民生存困境和对艺术创作本质提出再思考的作品。毫不夸张地说，在书写艺术创新求变方面，把所有有关萨科/樊塞蒂审判的文学作品集在一起，都抵不上比奈利的这部奇幻小说。他文辞犀利奇特，常见黑色幽默，叙事风格多变，像是一个多动症患者，不断被新事物抓住注意力（Meis，2006）。他把采访摘要、百科全书词条、期刊论文、日记、备忘录、综艺节目等各种时髦的流行文化元素揉合到一起，作品具有后现代小说的特征，无限拓展了历史的边界。同时，作家又巧妙地让名声江河日下的两位闹剧演员，渐渐与同名的历史人物走上同样的不归路。

评论界一直视比奈利为近乎癫狂的天才作家，他像喜剧演员理查德·普莱尔（Richard Pryor）一样，有罕见的天赋：能让你在欣赏他们的创作时笑中有泪、泪中带笑。他是一流记者，撰写的报道是我们这个时代表达最生动的范本。他的文字多角度地透视当代社会的焦虑，直言不讳、感人至深。他的著作大多游离于不同文类的边缘，就像这部处女作《萨科和樊塞蒂死定了》，人们很难把它归入任何现有的小说范式中。从叙事策略来看，它有现实主义的平铺直叙，也有现代主义主观随意的自由联想，更有后现代错乱时空下的场景拼贴；从主题来看，可以说它是政治评论，也可以说它是历史隐喻，更可以说它是针砭时弊的社会小说；从体裁来看，作品更像是各种文类的拼盘，包括庭审记录、电影评论、杂志访谈、历史注解、期刊论文、百科全书词条、日记、备忘录、梦境回忆和长篇对话等，不一而足，读来像是一幅粗放随性的印象主义画作。这里没有传统的故事情节，没有刻意的英雄形象塑造，人物都是速写式的，章节之间的叙事关联也比较松散。但文字中表露出的对移民困境的人文关怀以及随时冒出来的戏谑嘲讽、黑色幽默都奠定了作品的优秀小说地位。这是一部力作，愉悦的阅读体验不是来自情感上的熨帖，而是出自思想碰撞的火花。

读者在比奈利的文字中，在这些无政府主义喜剧里看到了"喜剧演员"或者可以说是"无政府主义者"装傻充愣、荒诞不经的表演，加入了他们的狂欢派对中。比奈利用文学创作来告诉读者：喜剧表演和无政府主义有很多相似之处。他们需要在沉疴旧制中寻找机遇，需要付出很多辛劳来颠覆现有制度，追求内心的平等和自由。正如俄罗斯著名的无政府主义者米哈伊尔·巴枯宁（Mikhail Bakunin）在《国家制度和无政府状态》（1873）一书中所言："颠覆和破坏的行为其实也是一种再创造。"（Bakunin，1990：4）观众一笑而过，但喜剧表演的一捧一逗都需要完美设计；同样，法官看到的仅是无政府主义者做出的一些"破坏"规则的行径，不会去理会他们这些行为背后的原因以及他们的想法诉求和为之做出的努力（Smith，2006）。

表面上看，读者读到的是一则关于两位杂耍团演员在一片争议中声名鹊起,又在各种非难里失去所有的故事,但在故事的深层,比奈利将读者带回到那个红色恐慌、歧视移民的年代,对美国司法史上臭名昭著的萨科/樊塞蒂审判进行了再思考。比奈利不再怒气冲冲,不再追求真相,不再像左翼作家辛克莱那样奔走呼喊,而是在插科打诨中点出了美国社会的仇外情结。比奈利想告诉读者,不管有没有遇到被冤判的案件,萨科和樊塞蒂这样抱有独立思想、希望为自己的命运而抗争的移民,都注定会有悲惨的结局(Driscoll,2006:51)。同时,作家也希望读者反思萨科/樊塞蒂审判的意义,从今天的视角对无政府主义思潮进行再审视。当然作者最关注的依然是移民来到美国后的身份建构问题,他将萨科和樊塞蒂的故事衍生成了更广阔的美国移民们的故事。凭借这部作品,比奈利成功进入了当代美国文学优秀作家的行列。

比奈利巧妙地把无政府主义和喜剧表演联系在了一起,借由爱思考的樊塞蒂之口,说出"喜剧表演就像一场无政府主义运动,不断地去刺激、去挑衅"(Binelli,2006:277)。小说乍看上去也是无政府主义式的,杂乱无章;但比奈利对小说结构的把握,正像他的人物在舞台上的那些表演一样,看似随心所欲,其实都经过了精心的策划和安排。历史事实和小说虚构的糅合和互文,呈现了新时期的审美意识和政治诉求,但小说超越了对历史事件的关注而漫延到了美国生活的更大层面。比奈利想谈论的东西很多,涉及电影艺术和文学表达、社会阶层分布、意大利裔美国人的传统形象、娱乐业的各种怪象、美国政治生活中的卑鄙手段等许多方面。他也把历史上的两位左翼文化偶像拉下了神坛,还他们以普通人的真实面貌。由于历史的偶然,他们才成为象征,成了追求正义的英雄,成了不以物喜不以己悲的哲人,成了重压下能够坦然面对生死的战士。比奈利的间接评述,反映了拉开时间距离之后当代知识分子对历史的更加冷静的认识。他让文学文本与各种其他文本互动,让它们的边界相互渗透,呈现出新的审美意识和政治诉求。这部小说代表了新语境中对历史陈案的再思考与再书写,作家用一种全新的艺术铺陈,让读者参与到文化和历史的建构之中,去探寻文学与历史、文化和政治权力的关系。

引述文献:

Arthur, Anthony. *Radical Innocent: Upton Sinclair*. New York: Random

House，Inc. ，2006.

Avrich，Paul. *Sacco and Vanzetti: The Anarchist Background*. Princeton：
Princeton University Press，1991.

Bakunin，Mikhail. *Statism and Anarchy*. Cambridge：Cambridge University
Press，1990.

Binelli，Mark. *Sacco and Vanzetti Must Die*. Dallas：Dalkey Archive Press，
2006.

Bogardus，Emory. *Essentials of Americanization*. Miami：Hardpress
Publishing，2012.

Bortman，Eli. *Sacco & Vanzetti*. Boston：Commonwealth Editions，2005.

Driscoll，Brendan. "Sacco and Vanzetti Must Die!" *Booklist*，103
(September 1，2006)：51.

Dwyer，Jim. "Sacco and Vanzetti Must Die!" *Publishers Weekly*，253 (May
15，2006)：48.

Ehrmann，Herbert Brutus. *The Case That Will Not Die: Commonwealth
Vs. Sacco and Vanzetti*. Boston：Little Brown & Co. ，1969.

Fast，Howard. *The Passion of Sacco and Vanzetti — A New England
Legend*. New York：Open Road Media，2011.

Feinman，Jay. *Law 101: Everything You Need to Know About American
Law*. New York：Oxford University Press，2018.

Flis，Leonora. *Factual Fictions: Narrative Truth and the Contemporary
American Documentary Novel*. Newcastle：Cambridge Scholars Publishing，
2002.

Fox，Cybelle. *Three Worlds of Relief: Race，Immigration，and the
American Welfare State from the Progressive Era to the New Deal*.
Princeton：Princeton University Press，2012.

Frankfurter，Felix. *The Case of Sacco and Vanzetti*. Boston：Little Brown
& Co. ，1962.

Gordon，Milton. *Assimilation in American Life: The Role of Race，*

Religion and National Origins. New York: Oxford University Press, 1964.

Greenblatt, Stephen. *Learning to Curse*. New York: Routledge, 2007.

Heale, M. J. *American Anticommunism: Combating the Enemy Within, 1830-1970*. Baltimore: Johns Hopkins University Press, 1999.

Jackson, Brian. *The Black Flag—A Look Back at the Strong Case of Nicola Sacco and Bartolomeo Vanzetti*. New York: Routledge, 1981.

Lodge, David. *The Art of Fiction: Illustrated from Classic and Modern Texts*. New York: Penguin, 1994.

Lorizzo, Luciano. *Al Capone: A Biography*. Connecticut: Greenwood Press, 2003.

Maier, Pauline. *Inventing America: A History of the United States*. New York: W. W. Norton & Co. , 2003.

Marcovitz, Hal. *Ellis Island: The Story of a Gateway to America*. Virginia: Mason Crest Publisher, 2014.

McWhirter, Cameron. *Red Summer: The Summer of 1919 and the Awakening of Black America*. New York: Henry Holt, 2011.

Meis, Morgan. "A Review of *Sacco and Vanzetti Must Die!*" *The Believer*, October, 2006.

Montgomery, Robert. *Sacco-Vanzetti: The Murder and the Myth*. New York: Devin-Adair Company, 1960.

Neville, John. *Twentieth-Century Cause Célèbre: Sacco, Vanzetti, and the Press, 1920-1927*. London: Westport, 2004.

Newby, Richard. *Kill Now, Talk Forever: Debating Sacco and Vanzetti*. Bloomington: Author House, 2002.

Russell, Francis. *Tragedy in Dedham: The Story of the Sacco-Vanzetti Case*. New York: Literary Licensing, 1988.

Sinclair, Upton. *Boston: A Documentary Novel of the Sacco-Vanzetti Case* (1918). Cambridge: Robert Bentley, 1978.

Smith, Rod. "Sacco and Vanzetti Must Die!" *Time out New York*, Thursday July 6, 2006.

Sowell, Thomas. *Ethnic America: A History*. New York: Basic Books, 1991.

Tueth, Michael. *Reeling with Laughter: American Film Comedies from Anarchy to Mockumentary*. Lanham: Scarecrow Press, 2012.

Watson, Bruce. *Sacco and Vanzetti: The Men, The Murders, and the Judgment of Mankind*. New York: Viking, 2007.

White, Hayden. *Tropics of Discourse: Essays in Cultural Criticism*. Baltimore: Johns Hopkins University, 1978.

Young, William. *Postmortem: New Evidence in the Case of Sacco and Vanzetti*. Amherst: University of Massachusetts Press, 1985.

第二十一章

新旧交锋：时代转型与法律闹剧

——禁酒令与菲茨杰拉德的《了不起的盖茨比》

历史事件之二十三：禁酒令

小说之三十：菲茨杰拉德《了不起的盖茨比》

一、禁酒令及其历史语境

禁酒令（Prohibition，1920‒1933），官方名称为"弗尔斯泰德法令"（*Volstead Act*），于 1919 年 1 月 16 日美国宪法第十八修正案获得通过。一年之后，即 1920 年 1 月 17 日午夜零点开始在全国实施，禁止在美国酿制、运输和销售酒精类饮品。1933 年 12 月 5 日，宪法第二十一修正案获得通过，实施仅 14 年的禁酒令被废除。法令并非突发奇想的产物。早在 1851 年，缅因州就曾立法禁酒，但数年后被废除（Okrent，2010：11‒12）。至 1915 年，美国 48 个州中已有 19 个州（大多在南部和中西部经济落后地区）实施法律禁酒，但各州的条款并不一样（Drowne，2005：16）；到 1920 年联邦立法禁酒前夕，已经有 33 个州推出法令，在不同程度以不同方式实施禁酒（Coffey，1975：9）。

很多国家在历史的不同时段都有过反酗酒的尝试，也有过禁酒法令。美国节制协会（The American Temperance Society）在 1826 年成立，可视作近代美国有组织的反酗酒运动的开始。反酗酒活动后又与女权运动联系在一起：由于酗酒导致的暴力曾是妇女受到伤害的主要原因，美国女权组织从 1895 年开始号召禁酒，并为此斗争了 25 年（Ross，2000：305）。1900 年开始的反酒吧运动（Anti Saloon Movement）在 20 世纪头十几年异常活跃，意在打造远离酒精的社会风气和劳动队伍，但成效不大。在反酒吧运动热潮中，人均酒精饮料消耗持续上升。此类计划的失败引向全国法律禁酒情绪的重新抬头（Rumbarger，1989：124）。1919 年 6 月，第 46 届美国社会工作全国年会在亚特兰大召开，会上有代表提出，鉴于地方改革、反酒吧计划以及其他手段的失败，全国性的禁酒已势在必行（Rumbarger，1989：186）。

美国的禁酒令背后有宗教保守主义的大力支持。埃赫·布雷特指出，尽管《圣经》中多处对酒和饮酒有正面的描述，但禁酒支持者也会援引《圣经》的其他地方，说明其对饮酒的负面态度（Brett，2013：17‒18）。弗吉尼亚州著名宗教领袖比利·桑戴(Billy Sunday)得知禁酒令即将实施的消息后所说的一番话,也许最典型地代表了宗教界对禁酒令寄托的理想:"眼泪统治的时代就要结束了……贫民窟将很快成为记忆。我们将把监狱改建成工厂,把囚房变成库房和粮仓。男人可以挺胸走路,妇女会面挂笑意,孩子们将欢笑。地狱将永远没有住户。"(Okrent,2010:2)这种狂想式的理想主义,意在为社会的快速世俗化和无节制的享乐主义提供一个对照图景,呼吁民众迷途知返,回归传统。

禁酒运动产生于美国快速进入城市化和工业化的时代,而禁酒令实际上是一种"应急"措施,以期对付社会转型期出现的一些令人不安的状况,而这种应对措施又被染上浓重的乌托邦理想主义色彩。美国工商巨头和社会上层也乐见其成,对禁酒尤其热衷。迈克尔·热纳认为,实施禁酒"主要是为了管束穷人、外国移民和工人阶级的习惯"——城市里的爱尔兰人,意大利人和东欧移民,天主教和犹太教徒以及生活在城市的其他少数族裔群体(Lerner,2007:96)。约翰·朗巴杰在著作《利、权与禁酒令:1800 至 1930 年的美国工业化和酒精改革》(*Profits*, *Power and Prohibition Alcohol Reform and the Industrializing of America 1800 - 1930*)中,引用了巴尔的摩纺织和房地产巨头说的话:"除非解决了酒精的问题,不然我们无法期待解决我们的工业问题。"(Rumbarger,1989:xxi)他同样认为酗酒主要是下层社会的问题。劳工队伍,尤其是在新移民劳工中间,无节制饮酒及由此造成的家庭矛盾、工作失误和暴力时有发生,与此相关的各种问题降低了劳动生产率。包括洛克菲勒财团和可口可乐公司在内的龙头企业提供大量资助,全力支持禁酒,期待宪法禁酒的实施能帮助他们打造一支更符合制造业需要的劳动队伍。

不管是女权组织,还是宗教界或工商界,都希望通过支持禁酒达到阻止现代社会进程带来的困扰。哈利·莱文认定,这种禁酒理想"基于狂想和幻觉",并描述了他们的期待:"节制饮酒的改革将帮助带来完美和谐的资本主义社会秩序",因为"'戒酒'的生活形态是自律的、有序的、勤奋的、节俭的、有责任性的和道德上正确的,(没有酒精的困扰人们才能)做自己的主人,"而同时,"它是新教道德和资本主义气质的完美融合"(Levine,1989:xii, x, xiv)。反酒吧协会也同样乐观,宣布:"午夜零点(即实施禁酒当日)开始……一个新民族将要诞生。"(Okrent，2010：3)"对于很多参加者来说，禁酒令代表了乡镇和村社战胜了充满罪孽的城市。……他们要庆祝的是他们祖父和曾祖父辈在19世纪早期或中期从事的、他们的父辈强化的、他们自己赢得的那场斗争的最终胜利"(Coffey，1975：7-8)。在美国的乡村和小镇，成千个新教教堂举行了感恩弥撒，庆贺合法酒精的终结：美国这个上帝的国家，最终见到了主的光耀，在他的疆域内封杀了酒精。

但这类乐观主义缺少根据，事实很快成为嘲讽的素材。工业资本主义继续为劳工问题所困扰，城市化和现代化继续冲击着传统的乡村理想和生活方式，社会矛盾和阶级对立依然尖锐。同时，令行禁不止，法律成为一纸空文。禁酒令受到了或公开或隐蔽的抵制，私酒泛滥，成就了私酒生产者和酒贩子，让铤而走险的投机分子发了大财。禁酒令自一开始就伴随着不加掩饰的阶级和宗教偏见，也伴随着纯粹的偏执。莱文特别指出，禁酒宣传通常将酒精当做更大层面的政治和经济力量造成的问题的替罪羊，"将注意力从结构性的社会问题转移开，把个人和酒精谴责为造成贫困、失业、贫民窟和其他社会和城市问题的罪魁祸首。禁酒理想的这种移花接木之术，暗中破坏了中产阶级对劳工斗争的支持"(Levine，1989：xiii)。

禁酒是一项赌博性的抉择。首先，这一法律措施本质上不合法理，打着道德的旗号干涉个人选择自由，与美国宪法宗旨不符。有人因此挖苦说，其荒唐犹如通过一项国家法令禁止吃变质的牛肉一样(Levine，1971：47)；其次，禁酒令给推行者自身套上了枷锁，迫使他们改变生活方式。但不管如何，美国的保守势力还是取得了一个象征性的胜利，宣布"美德"战胜"颓废"。禁酒的图谋从一开始就不缺反对者。美国在1840年就出现了反禁酒联盟，在20世纪20年代实施法律禁酒时期，美国政客和民众分成了饮酒派(wets)和禁酒派(drys)，矛盾激化。饮酒派民众常常视法令如儿戏，大肆违法饮酒，表达对抗；不少表面上支持禁酒的人，也不愿放弃自己享用美酒的权利，私下购买"黑酒"饮用的不在少数。"禁酒令几乎一夜之间在一个公民普遍守法的国家，培养了全民违法的习气。"(Drowne，2005：19)

迈克尔·热纳指出："反酒吧联盟在1919年的胜利，导致了宪法修正案的出炉。与其说这是民众的意愿，不如说是政治投机和长期游说攻势的成果。

虽然对酒精滥用的担心确实存在,而这种担心给了禁酒鼓吹者道德上的支撑,但对日益膨胀的美国城市的恐惧,对聚集于城市的移民的戒心以及纯粹的偏见,才是推动修正案运动的关键因素。"(Lerner,2007：13)禁酒令实施之后,人们完全无法看到期待中禁酒带来的积极变化,相反,很多人发现了其倡导和推动者的不良动机。到了 20 年代中后期,法令的实施几乎难以为继。曾经支持禁酒的资本家落井下石,"在 20 年代新情景之下修正策略,开始支持废除禁酒令的运动"(Rumbarger,1989：xii)。

1929 年美国爆发经济危机,国家急需税收,而据该年统计,失去酒品税后国家税收损失达 8.6 亿美元,折算为今天的 1,000 多亿美元(Brett,2013：20)。1931 年胡佛总统组织的调查组提交了"韦切汉姆报告"(Wichersham Report),11 名调查组成员中,2 名建议立即废除禁酒令;7 名建议对该法令进行大修正,其结果相当于废除;只有 2 名建议维持这一法令(Coffey,1975：279)。至此,在民众的舆论中,废除禁酒令的呼声已占据上风。到了 1932 年,主张废除禁酒令的罗斯福在总统选举中取得压倒性的胜利,禁酒令也于次年寿终正寝。但是这一法令催生了包括《了不起的盖茨比》在内的多部反映禁酒题材的小说。在特殊语境中对这部小说进行解读,我们可以看到它折射出的美国政治、文化、道德等许多方面。

二、菲茨杰拉德与《了不起的盖茨比》

F. 司各特·菲茨杰拉德(F. Scott Fitzgerald,1896 - 1940)是美国最重要的小说家之一。他出生于美国中西部明尼苏达州的圣保罗市,外祖父拥有万贯家财,但到他父亲一代经济实力已一落千丈。他从小与富家子弟一起玩耍,企慕富有阶级的奢华生活,但又看到纸醉金迷背后的空虚。他进入普林斯顿大学,就读期间开始文学创作,但于 1917 年肄业参军,在亚拉巴马州训练营时爱上阔家小姐泽尔达。1919 年第一次世界大战结束后,他退役回家,次年出版了第一部长篇小说《人间天堂》(*This Side of Paradise*,1920),成为美国文坛"金童",名利双收。他与泽尔达结婚,往来于纽约与巴黎两地生活与写作。

菲茨杰拉德的代表作《了不起的盖茨比》(*The Great Gatsby*,1925)是1922 年开始构思的。为了写这部小说,菲茨杰拉德与妻子在法国租借了一栋别墅，1924年11月完成书稿并寄至纽约。小说的主体部分是由尼克·卡拉威在1923年讲述以盖茨比为中心的发生在1922年的故事，并在多次的闪回中对故事进行充实。这部小说成为他文坛青史留名的主要资产，菲茨杰拉德也因生动描述他那个时代而获得"爵士时代的编年史家"之美誉。此后9年中，他没有太大成就，直到1934年出版《夜色温柔》(*Tender Is the Night*)，与《人间天堂》和《了不起的盖茨比》一起组成非正式三部曲。后来，他染上酗酒恶习，不能自拔，于1940年英年早逝。

《了不起的盖茨比》讲述小说主人公神秘发迹后的悲剧故事。叙述者尼克从中西部来到纽约学习证券交易，租住在长岛西区一所窄小的老房子里，旁边就是暴发户盖茨比的豪华别墅。盖茨比从前的恋人黛西和她丈夫汤姆住在海湾对岸的东区——那是富豪聚居的地方。每个周末盖茨比都会举办花园酒会，敞开门户，招待四方宾朋，以期吸引黛西，重温旧好。过去他因贫穷没有得到黛西，现在他出人头地、腰缠万贯，意在炫耀财富，弥补往日的遗憾。前来参加酒会的人们窃窃私语，他们好客而神秘的主人到底是什么来头？流言指向酒精走私和地下交易。盖茨比与黛西相见后旧情重燃，但老于世故的汤姆最后借刀杀人，终结了他的美梦。

小说的背景是小说创作同时期的纽约，具体时间是1922年后数月。小说中叙述者尼克的一张"计划表"上标有当时的日期：1922年7月5日(Fitzgerald，1953：77)。这个时间点十分重要。这是一战后美国经济腾飞，消费主义勃兴，社会向"现代"转型的时期，同时也是美国实施法律禁酒的年代。笔者做了统计，从叙述者出场来到黛西家开始，这部篇幅不长的小说中写到饮酒共30次，其中醉酒场面7次，详细描述醉酒状态4次(Fitzgerald，1953：47-48，65，60-70，196)。在全国实施法律禁酒的短暂而特殊的历史时段，以反映时代风貌而闻名的菲茨杰拉德，在小说中大张旗鼓地描写无视禁酒令的狂饮作乐，这背后的历史语境、政治内涵和文化信息值得我们细细挖掘。

菲茨杰拉德的青年时代正逢美国历史上突然开放的时期，他与其他青年一起热情追求新生活带来的新体验，甚至是他那一代人中最疯狂的一员。这种新体验包括对金钱、酒精和性的沉迷。"生平记载显示，菲茨杰拉德一直受到酒精的困扰。他和妻子泽尔达穿行于地下酒庄的故事，他的酗酒经历和新潮的奢靡生活,都富有美国传奇的色彩。"(Drowne,2005:82)他间歇去法国,在巴黎的左岸与包括海明威在内的其他"迷惘的一代"作家们一起饮酒、调情、写作,被唐纳德·希尔称为"禁酒令的逃亡者"(Schier,2009:10),"把自己从这个'新美国'①中解放出来,至少身体上离开美国和在美国泛滥的民族主义,以他们自己的方式,即狂饮的方式,进行反叛"(Schwarz,2001:186)。在纽约和美国的其他城市,私酒到处都有,"逃亡"的原因更可能是对美国传统道德的厌弃。

但是,菲茨杰拉德又能跳出"参与者"的圈子,拉开距离,从一个外部观察者的视角审视新近形成的美国青年文化,将 20 年代混乱喧闹、追求物质而缺少道德约束的生活风范述诸笔端。这种局内和局外人的双重视角,使菲茨杰拉德的描述和评判变成了重要的历史和文学文献。菲茨杰拉德的小说像美国20 年代的即景,生动展现了那个特殊年月中青年一代的生活作风与行为方式及其背后的道德取向和文化态度。《了不起的盖茨比》不是一般意义上的历史小说,但小说使用了许多当代史料,人物、场景和主题本身都是某种程度的历史言说,具有很强的历史指涉。如果我们将这部文学名著置于禁酒令的语境之中,就能够解读出其中深刻的历史意蕴。

全国禁酒是 20 世纪 20 年代的重要政治事件之一,但它与萨科/樊塞蒂事件(参看本书第二十章)和斯哥普斯审判事件(参看本书第二十二章)不同,影响到美国日常生活和文化道德的几乎每个层面。无论是政客还是百姓,对禁酒令都有自己的态度和立场,或抗拒或迎合,或反对或支持。小说家也不例外,必然受到禁酒语境的影响。产生于该时段的文学作品,常常染上浓烈的禁酒文化的色彩。在小说对禁酒时代的再现中,人物中常常会有私酒酿造者或私酒贩子,场景常常涉及公开的酒会或地下酒家,而普通男女在公众场合肆无忌惮地饮酒作乐,更是常见的描写片段。作家一般不会对这样的人物和行为做出评判,但就如凯思林·德朗尼所言:"就像现实生活中一样,个人饮酒也蒙上了政治和社会含义。如果一部背景设在 1925 年的小说中的主人公喝了一杯威士忌酒,即使叙述者没有发表任何评述,读者也知道这个人物也许同某个

---

① 指保守势力抬头时期的美国。

私酒贩子有牵连。作家巧妙将人物行为与禁酒法令形成强烈冲突，然后让读者去解读这种越界的意义。"(Drowne，2005：32-33)

美国文学中有不少小说描写和反映这个禁酒时代。福克纳的《圣殿》(*Sanctuary*，1931)涉及很多乡村黑酒坊的内容，是少数不以城市为背景的反映禁酒文化的小说之一；海明威的《太阳照样升起》(*The Sun Also Rises*，1926)中一半以上书页上都有人在喝酒，美国文艺青年自我流放到不禁酒的欧洲，用脚投票，对抗禁酒令；非裔美国作家中，克劳德·麦凯(Claude McKay)的《回到哈莱姆》(*Home to Harlem*，1928)、考尔·范·威钦(Carl van Vechten)的《黑鬼天堂》(*Nigger Heaven*，1926)、华莱士·瑟曼(Wallace Thurman)的《浆果更黑》(*The Blacker the Berry*，1929)和《春之婴》(*Infants of the Spring*，1932)也都反映禁酒时期以纽约哈莱姆为主中心的地下酒市与酒会。上述这些创作于禁酒令时期的作品，都对禁酒令报以不屑一顾的态度。唯一的例外是著名作家厄普顿·辛克莱，他的长篇小说《酒的检阅》(*The Wet Parade*，1931)对禁酒令持赞颂态度，但这是他创作成果中常被忽略不计的一部作品。

美国文学中反映禁酒时代和禁酒文化的作品中，菲茨杰拉德的《了不起的盖茨比》首屈一指。小说流传于世，成为美国文学的经典，不但名气最大，读者最多，也是主题揭示最为深刻的一部。小说塑造了禁酒语境造就的微妙人物，将禁酒令旗下的美国社会的一些剖面，鲜活生动地再现于笔端。整部小说甚至没有提及"禁酒令"一词，但禁令的影响几乎波及全部故事内容。不管是被省略的前半部分，即盖茨比的发迹故事，还是故事的叙事部分，禁酒令都是背后牵动人物行为的那根绳索。小说主人公命运的起落，小说人物无顾忌饮酒的行为，都与故事发生历史时段的禁酒法令形成互文或冲突，都需要我们在特定的历史语境中进行解码。《了不起的盖茨比》具有丰富的文化内置和巨大的阐释空间，可以让我们通过解读更多地了解美国这一历史时期的政治斗争、道德冲突和文化碰撞。

三、小说人物：暴发户盖茨比

菲茨杰拉德的《了不起的盖茨比》隐蔽但深刻地触及了禁酒令的话题。有学者考证,小说主人公盖茨比是以菲茨杰拉德 1923 年的邻居"绅士私酒贩"麦克斯·格拉齐(Max Gerlach)为主要原型塑造的(Kruse,2002:45 - 83;Drowne,2005:130);另有学者指出,盖茨比的黑社会搭档梅厄·沃尔夫山姆的原型,很可能是当时最臭名昭著的私酒贩子拉里·菲伊(Larry Fay),通过菲伊的幸运符和小说中沃尔夫山姆的护身符,建立了两人之间的关联(Gross & Gross,1994:377)。这样的关联性并非臆测,可以在小说中找到很多线索。暴发户盖茨比"不知从何处悄悄漂来,在长岛海湾买下一座宫殿"(Fitzgerald,1953:63)。这座豪宅是十年前"一个酿酒商"建造的(Fitzgerald,1953:112),盖茨比是禁酒令实施两年之后从此人手中购买的。禁酒令在成就了私酒贩子的同时,对原来的酿酒厂商造成了毁灭性的打击。豪宅转手的时间和新、旧主人的身份,让读者联想到禁酒令的大背景。

小说中,关于盖茨比"可疑的背景"(Fitzgerald,1953:63)的各种猜测在坊间不断流传。同时,花园晚会上时常有神秘电话来找盖茨比,我们很容易推断这与他的地下经营有关。在 20 年代特殊的禁酒背景中,所有的猜测都指向同一种可能。"他是个私酒贩子",穿行在他的鸡尾酒和鲜花之间的年轻女士们如是说(Fitzgerald,1953:77)。小说的叙述者,也是盖茨比的朋友,尼克承认,在盖茨比的熟人中间"流传着当代传奇",如"通往加拿大的地下酒精输送线"与他亦有关联(Fitzgerald,1953:123)。事实上,在 20 年代初,一个如此年轻且没有背景的人突然积聚了巨额财富,大规模的私酒贩运是为数不多的合乎情理的解释。盖茨比出生于贫困落后的中西部,没有显赫的家庭和教育背景(所谓的"牛津学人"只是他策略地未加否认的坊间谣传),在等级社会体系中没有地位,被汤姆称为"不知从何处钻出来的鼠辈"(Fitzgerald,1953:163)。他的反常行为也引起了人们的猜疑。比如,盖茨比突然"解雇了宅院里的每一个佣人,更换了六七个从来没在西卵出现过的人,"而"该地人们的一般看法是,这批新来者根本就不是佣人"(Fitzgerald,1953:142 - 143)。读者后来被告知,这些所谓的佣人是酒枭沃尔夫山姆手下的人(Fitzgerald,1953:143,203)。作家从未直接提到盖茨比如何聚财发迹,但给足了暗示。

小说中盖茨比向邻居尼克炫耀说:"我只用了 3 年时间就挣下了买房子的钱。"尼克问他做何营生,盖茨比一改平时温文儒雅的风度,突然凶神恶煞般答道："这不关你的事！"(Fitzgerald，1953：114)钱从哪来？为何如此敏感？贩私酒显然是最符合逻辑的推断。后来为了感谢尼克帮助安排他与黛西的幽会，盖茨比向尼克透露，说："我兼做一些小生意，算是一种副业吧。你懂的。"(Fitzgerald，1953：105)此后，在一阵"忧郁、迟疑"后，他答应给尼克一个"机会"："这么说吧，你会感兴趣的。你不用花太多的时间，可能会挣到不少钱。那正巧是一种不太能让别人知道的营生。"(Fitzgerald，1953：105)尼克果断拒绝，意识到这场谈话"可能会成为我人生中的灾难"(Fitzgerald，1953：105)。盖茨比透漏的那个"不太能让别人知道"且能"挣到不少钱"的营生，似乎印证了坊间的流言并不是"蜚语"。叙述者、汤姆和黛西之间的谈话，透露出重要信息：

> "那个盖茨比是什么人物？"汤姆突然问道。"大私酒贩子？"
>
> "你哪儿听来的？"我问道。
>
> "我不是听来的。我是推测的。很多新暴发户就是些大私酒贩子，你知道的。"
>
> "盖茨比不是。"我回答得十分干脆。
>
> （黛西说）"他拥有一些药店，很多药店。他自己开的。"(Fitzgerald，1953：137‐138)

黛西向汤姆做出解释的信息来自盖茨比本人。在黛西看来，盖茨比财富的来源有合理的解释。但她的丈夫更加老于世故，明白"药店"的特殊内涵，并悄悄通过他自己的地下社会关系对盖茨比做了进一步的摸底，发现了后者的"小绝招"。他揭露说："我知道你们的药店是干什么的。（他转身面对尼克）他和那个沃尔夫山姆在这里还有芝加哥买下了许多街边药店，在柜台下出售粮食酒。那就是他的小绝招。我第一眼看见他就认定他是个私酒贩子，我没看走眼。"(Fitzgerald，1953：168)汤姆言词确凿地揭露了盖茨比的非法经营，但后者满不在乎地反问："那又怎么样？"将这段对话置入美国禁酒令语境中，能解读出很多关于禁酒时代的特征。第一，私酒营业十分普遍，"药店"是圈内人都知道的私酒门店；第二，汤姆这类纽约大家族也与私酒关系密切，他是通过自己的"关系"去调查盖茨比财产来源的;第三,盖茨比遭揭底后的反诘"那又怎么样",代表了很多人对待违反禁酒令的态度,包括酒贩子和民众。

丹尼尔·奥克伦特在《最后的叫卖:禁酒令兴衰史》中解释道:"现代读者可能不理解汤姆·布坎南的逻辑,但是菲茨杰拉德知道他的同代人会理解。在 1925 年《了不起的盖茨比》出版时,'药店'的意思就像杜松子酒一样明白无误"(Okrent,2010:193)。美国医疗协会(American Medical Association)坚持认为,酒精饮料事实上"对 27 种不同病情有疗效,包括糖尿病、癌症、哮喘、消化不良、蛇咬、哺乳期病症、衰老等"(Okrent,2010:195-196),为此禁酒令留出特例,允许有条件销售"药用酒"。"禁酒令实施还没有半年,就有15,000 名医生排队申请(开药用酒处方的)许可证。20 世纪 20 年代的大部分时间里,一个病人每 10 天就能配一品脱的酒,一名医生可以在政府发的类似股份证明的编号单据上每月开 100 个药用酒处方。"(Okrent,2010:193)

就这样,一方面,"在禁酒年代,医生为病人开的'药用酒'处方量,与禁酒前相比激增了近 100 倍"(Drowne,2005:7);另一方面,类似盖茨比那样的一些人钻了这条特例的空子,"挂上'药店'的牌子,但是从来不做药品生意,而且不管怎么看也不像商店"(Okrent,2010:196-197)。很多药店的主营业从药品转向酒精,药商、医生和私酒贩子联手,非法谋取暴利。"到了 20 年代末,巨大的药店辛迪加成了美国最大的非法酒精运作机构"(Drowne,2005:53)。菲茨杰拉德本人酗酒成性,出入各种私人的或地下的酒会,肯定熟知《了不起的盖茨比》中未加言明的私酒供应系统和操作规则。总之,"在菲茨杰拉德最成功的小说《了不起的盖茨比》中,私酒贩运、非法药店以及被盗的债券等黑暗的影子一直游荡在神秘主人公盖茨比奢华生活的背景之中"(Drowne,2005:54)。

小说的叙事者尼克是最接近作家的人物,他可以把自己灌得烂醉,又能跳出圈外,对酗酒行为和禁酒文化做出清醒的评判。非常值得注意的是:盖茨比不喝酒。小说提到,他本人在花园晚会上不喝酒(Fitzgerald,1953:64),平时也"养成了远离酒精的习惯"(Fitzgerald,1953:127)。当昔日情人黛西由尼克陪同进入盖茨比的房间时,叙事者尼克说"我们喝了一杯夏都士酒"(Fitzgerald,1953:116),这个"我们"应该不包括盖茨比。小说中另一次写到他喝酒是他在黛西家遇到她丈夫时。汤姆"递上放着冰块的杜松子利克酒"，盖茨比显出手足无措的慌乱，拿起酒杯，"看上去相当紧张"（Fitzgerald，1953：148）。也有学者从小说内容中推测，他"略微喝点酒"（Drowne，2005：58）。他是禁酒令造就的另一类人物，利用实施禁令的几年时间清醒地运作，从中非法获益，积聚财富。当前来他的豪宅参加晚会的人们大胆对抗法令，豪饮狂欢时，盖茨比行为诡秘，小心翼翼，清醒地保持着一种对大局的暗中操控。他抱有不同的目的，追求的是挤进等级社会的上层，而不是动摇现有的社会层阶秩序，但最终还是事与愿违，死于非命。在这个人物身上，菲茨杰拉德表达了同情与批判。

也有人认为盖茨比的原型部分来自大私酒贩子比尔·麦考伊（Bill McCoy），此人在实施禁酒令的几年内发展了庞大的走私船队，但他本人拒绝酒精（Coffey，1975：41）。当然从比喻的层面来说，盖茨比一直处于醉酒状态，抱着财富可以使爱情和幸福失而复得的梦想，并为谋取财富不择手段。发迹后他又发现金钱和社会地位并不是同一回事，贩卖私酒获得的巨额财富又诱使他试图"购买"进入体面社会的"入场券"。他打开大门，举办周末花园酒会，招待任何愿意前来吃喝狂欢的人们。他仍然不谙世故，表现得十分做作、张扬。鲁道夫·费希尔（Rudolph Fisher）的小说《杰里科城墙》（*The Walls of Jericho*，1928）同样塑造了一名试图挤进特权社会的哈莱姆"绅士私酒贩"——亨利·帕特默（Henry Patmore），此人成为新富之后，穿着讲究，小心翼翼地培养自己的品位和举止，努力表现出文化教养。这些人与盖茨比十分相像，说明了禁酒令与美国梦之间扭曲的关联，也说明盖茨比式的人物具有一定的典型性。对于盖茨比这样没有根基的"鼠辈"来说，花园酒会是他展示实力的时机，也是他建构身份、宣示身份、确立地位的场所。他知道金钱不等于社会地位，内心企望的是后者，期待被以汤姆为代表的美国上层阶级接纳。

菲茨杰拉德笔下的盖茨比虽然单纯得有点可笑，但完全不是一般概念中不法分子的形象。作家在对这个人物的批判性塑造中，赋予他足够的理解、同情甚至尊重。这种态度不是喜好饮酒的菲茨杰拉德所特有的。学者凯思林·德朗尼谈到，禁酒时期人们对私酒贩子并不反感，甚至还抱有某种仰慕之情，"在他们眼中，他有足够胆量按自己的方式生活而无视美国宪法禁令，有足够的智慧快速发家致富,有足够的野心让自己与各类保护力量结盟,有足够的窍门为普通美国人提供他们自己无法搞到的酒",因此"对很多人来说,私酒贩子让人刮目相看"(Drowne,2005:60)。作家对盖茨比的塑造,说明禁酒令是一项普遍不受欢迎并遭到无视和抵制的法令。

四、小说背景:禁酒令下的纽约

《了不起的盖茨比》故事的大背景设在纽约,这一选择具有特殊意义。纽约不仅是作家菲茨杰拉德熟悉的城市,也是"禁酒令推动者和极端主义保守分子最痛恨的地方"(Schwarz,2001:188),因为"在大部分美国城市,(禁酒令)是一个笑话,但在纽约则是一个十足的闹剧"(Schwarz,2001:181)。斯坦利·沃克在禁酒令被废除的那一年出版了研究禁酒年代纽约夜生活的著作,书名为《夜店时代》(*The Night Club Era*,1933),将城市中无处不在的出售私酒的"夜店"作为"时代"的标识。纽约是美国的"酒都"(drinking capital)(Coffey,1975:196),被主张禁酒的保守派视作蛾摩拉(Coffey,1975:3),一个《圣经》中被上帝降以硫黄与火而毁灭的罪恶之城。作为美国政治、文化、媒体之都,纽约也是禁酒和反禁酒的前沿战场。

由于禁酒执法警力不足,实施禁酒令困难重重,而且"很多警察和他们的上司明显没有禁酒执法的意愿"(Lerner,2007:73)。禁酒令实行半年以后,纽约人慢慢发现,他们无须改变饮酒的习惯,因为店家已经悄悄恢复营业,仅做些表面文章应付官方法令——不打广告,不在柜台陈列酒品,给执法人员足够的面子。"在市内最令人瞩目的百老汇一带演出区,你走进无数酒吧中的任何一家,都可以发现人们安坐在里面,享用威士忌,公开呼叫酒保添酒……成百家,也许上千家酒吧重新开张"(Coffey,1975:42)。

而且,稽查人员与私酒贩子勾结分赃的传闻不绝于耳。珍妮特·莱尔(Janet Lisle)的长篇小说《黑鸭号》(*Black Duck*,2006)以禁酒令时期纽约附近的一个海滨小镇为背景,讲述的正是警察、店家和私酒贩子联手从海上走私酒品的故事。这些人专为纽约的大量需求提供货源。纽约是违反禁酒令最大胆、最公开、最臭名昭著的地方。"从城市社会阶梯的底部到更加'体面'的社会上层,纽约市对禁酒令的抵制是全方位的,这说明了纽约作为反禁酒的中心，对政府禁酒政策形成了最严峻的挑战"（Lerner，2007：4）。

　　菲茨杰拉德选择纽约作为小说背景，具有典型意义。盖茨比的宅院也具有象征意义，是"新时代"引人注目的表征场。这座豪宅模仿欧洲现代建筑，"俨然诺曼底的豪华酒店"（Fitzgerald，1953：8），与代表根基稳固的美国白人统治阶级的"东卵华丽的白色宫殿""遥遥相望"（Fitzgerald，1953：148）。盖茨比在这里举办奢华的大型周末晚会，营造了一个巴赫金意义上的狂欢场域，"在某个层面提供了不为门外禁酒令所约束的反文化的狂欢空间"（McGowan，2005/2006：146）。狂欢离不开酒精。在欲望的驱策下，"川流不息的晚会参加者，清一色以一种临时的平等身份加入纯粹是展示性质的狂欢之中"，此地"让来访者进入了一个无所约束的世界，在那里，调情和私酒是人际交流的货币"（McGowan，2005/2006：145）。我们领略一下盖茨比周末园会的情景：

　　围着全铜栏杆的吧台立在大厅里，上面放满了杜松子酒、甘露酒和其他久已不见而被人忘却的烈酒，其种类之多使大多女性访客因太年轻而难以区分……酒吧周围十分繁忙，流动的鸡尾酒一巡又一巡，酒香飘散到外面的花园。……突然间，一个吉卜赛女郎模样打扮的姑娘，浑身闪烁着蛋白石装饰，抓住一杯鸡尾酒举在空中一口灌下，显示自己的胆量，像名演员一样舞动双手，独自一人跳跃着进入帆布篷的舞池中……晚会开始了。（Fitzgerald，1953：51-52）

　　这样的描述有几个特别值得关注的地方。首先，盖茨比的狂欢会能够提供数量充沛的各色美酒。禁酒令使得"20年代酒精作为消费品的地位大大提升。昂贵的走私酒精变成入时的纽约人缺之不可的奢侈品。拿得出像样的威士忌，就像拥有裘皮大衣、豪车或钻石首饰一样，是身份的象征"（Lerner，2007：146）；所以，酒会也是盖茨比新富身份的广告。其次，在全国禁酒时期，公开的酒会带有蔑视律令和政治现实的色彩。再次，参会者基本都是追逐新潮的白人中产阶级青年，饮酒对于他们而言，是叛弃传统生活理念、拥抱消费文化的宣言。他们聚集在盖茨比的花园晚会上，通过纵酒狂欢展示解放的自我,表达民主呼吁和权力诉求。

如果小说至少部分反映了真实生活场景,那么这类大规模的"违法"酒会何以避开法律的制约? 美国的禁酒令留下了好几个"大漏洞",除前面提到的处方"药用酒"外,第十八修正案将生产、运输和销售酒类定位为非法,但没有提及储存和持有。也就是说,如果酒是禁酒令生效之前合法购买的,那么即使禁酒令生效后仍可以在自家饮用,也可用来招待客人。富有的家庭往往在禁酒令生效前大量购买并窖藏酒类,因此家庭酒会是法律允许的。当然大多私家酒会用的是走私酒品,但执法人员很难获得证据,因此对类似盖茨比的非营业性私人酒会一般不太干涉。当时有一种说法:"想禁酒的得到了法令,想喝酒的仍有酒喝。"(Okrent,2010:114)事实上,根据权威估算,在实施禁酒十年之中,酒精消费仅下跌 30%(Okrent,2010:118),饮酒依然普遍,在纽约尤其如此。

在《了不起的盖茨比》中,禁酒时期的大型花园酒会被蒙上了传奇的色彩,其奢华阔气的程度前所未有。禁酒令限制了公共场所饮酒狂欢,但像盖茨比这样拥有豪宅也有大把钞票的人,开放自己的庭院,"打擦边球",提供酒精和聚会的场所,在纽约并不少见。凯思林·德朗尼举了两个大私酒贩子的例子:其一,人称"大比尔"的威廉·文森特·德怀尔(William Vincent Dwyer)常在自己长岛的豪华居所办酒会,宴请上层社会的精英(Drowne,2005:56);像盖茨比一样通过"药方酒"发财的美国最富有的私酒贩子乔治·瑞莫斯(George Remus)也常在私宅举办轰轰烈烈的酒会,而且他也像盖茨比一样,让客人自取其乐,自己常常躲进书房(Drowne,2005:130)。利用禁酒令非法牟利,再用牟利所得填补禁酒令造成的生活中的缺失,讨好上层阶级,期待他们的认同和接纳,这是禁酒环境造成的扭曲现象。很显然,小说中盖茨比的开放酒会,不完全是作者想象的内容,而在禁酒令下的美国大城市确有其原型。

我们可以在《了不起的盖茨比》描写的酒会中读出多层内涵。第一,酒会表达了人们对侵犯个人生活的法令的坚决抵制,反映出禁酒问题造成的社会分裂。第二,禁酒令代表了传统的乡村价值观对城市化的压制,但引出城市中以盖茨比的酒会为代表的轰轰烈烈的抵抗。第三,禁酒令的主要目的是对劳工、移民和少数族裔进行管束,代表了新教白人中产阶级的利益,但禁令实施后反抗最激烈的，偏偏是白人中产阶级中的年轻一代，效果适得其反。第四，酒会的疯狂场面，让人感到"禁酒令打开了潘多拉盒子，将美国的城市文化推向第十八修正案鼓吹者意图的对立面，导致了反传统文化心态和极端行为"（Kreidler，2008：111）。第五，发迹的私酒贩子通过慷慨的酒会显示财力，彰显新获得的阶级地位，重塑自己的身份，因此酒会又带有颠覆既定社会等级"秩序"的性质。

故事时间设在禁酒令实施仅两年多的 1922 年，但该年纽约州的选民以"历史最大选票差"，将反禁酒的民主党候选人阿尔·斯密斯（Al Smith）选为州长，击败主张禁酒的共和党候选人内森·米勒（Nathan Miller）。《了不起的盖茨比》出版的 1925 年，被称为"禁酒令的公开敌人"的詹姆斯·沃克（James Walker）以"历史第二大胜差"当选纽约市长，人气极高。他经常出入饮酒场所，人称"夜总会市长"（Lerner，2007：160 - 162）。沃克反对禁酒，不认为饮酒是犯罪，1926 年上任后发出指示，除公共场合特别过分的情况外，警察没有必要坚决实施禁酒令监督（Lerner，2007：164）。很大程度上，"禁酒"和"反禁酒"是两派政治力量的一场博弈，夸张的话语和张扬的行为都是政治械斗的惯常表征。

如果说禁酒是政客们在私利驱策下催生的畸形儿，是虚妄的美国理想诱使下推出的强加于人的道德管束，那么对于心高气傲的纽约青年来说，拒绝听命便是对自由理想的坚守。在新城市文化形成的 20 世纪 20 年代语境中，对抗禁酒令成了年轻一代自我宣誓的一个机会。参加盖茨比花园酒会的青年人做出明目张胆的对抗，但这种对抗不是暴力的，而是对法令报以视若无睹的轻忽，用不理会的态度我行我素，加以冒犯。这样，在禁酒令下享用酒精就被赋予了前所未有的政治意义，甚至让以前不喝酒的人也开始喝酒，作为"选边"的表态，因为"对抗禁酒令是美国精神的一种表现，这种观念在这个城市（纽约）具有传染性和解放力量"（Lerner，2007：125）。

《了不起的盖茨比》中那些家境和社会地位都不错的纽约青年，来到一个被普遍认作从事非法经营的暴发户那里，心安理得地畅饮来路可疑的违禁酒品，这种怪象透露了社会转型期的很多文化信息。罗德·霍顿和赫伯特·爱德华兹在谈到当时纽约青年知识分子时说："禁酒令为青年人闯入非法领域寻找刺激提供了额外的机会。知识分子涌入格林尼治村狂饮作乐,表达对权威的公开蔑视。这样的行为又被大肆渲染,为他们提供了一种逃避模式和哲学辩解。"(Horton & Edwards,1974:324-325)醉酒人生、及时行乐的确是生活的"逃避模式",但禁酒令语境下的酗酒狂欢,又可以超越行为本身,成为一种观念的言说,即"哲学辩解"。

禁酒令彻底走向失败也从纽约开始,我们可以把1927年看作转折点,具体是1927年元旦纽约酒精中毒死亡事件。新年传来噩耗,除夕夜狂饮劣质私酒导致41人死亡,而卫生署宣布,过去一年,即1926年,"纽约市共有750人死于毒酒","另有13个案例正处在医学调查过程中"。从1920年禁酒令生效开始,因劣质酒导致的死亡人数逐年快速攀升(Coffey,1975:196)。当然,毒酒死亡的罪魁祸首是不择手段的私酒生产者,也可归咎于违法饮酒者本人。毕竟人命关天,纽约公众被如此之高的死亡数字激怒,认为禁酒令的支持者们难脱干系:没有禁酒令,也就不会有劣质私酒和不必要的死亡。纽约刮起了反禁酒令的旋风,波及全美。

1927年还发生了其他许多与禁酒令相关的事,让禁酒形式急转直下。洛克菲勒等大财团调整策略,从支持禁酒转向反对禁酒(Rumbarger,1989:195);禁酒令主要策动人韦恩·威勒(Wayne Wheeler)因病去世,前一年威廉·布莱恩(William Bryan)也已病故,两大领袖相继离世使禁酒派群龙无首;愿意在执行禁酒令方面花费开支的州越来越少,很多州和城市公开宣布自行选择是否禁酒(Coffey,1975:256)。也是1927年,在另一个大城市芝加哥,得到私酒犯罪团伙支持的比尔·汤普森(Bill Thompson)竞选市长成功。此人曾许诺,"如果我当选,我们不仅要重新开张被那些人关闭的(酒吧等)场所,我们还要新开一万家"(Coffey,1975:257)。这证明禁酒令已经不得民心,反禁酒成了赢得选票的竞选口号。与此同时,反禁酒令的纽约州长阿尔·史密斯很可能获得民主党总统候选人的提名,呼声很高(Coffey,1975:211)。对法令的有效实施已经没有可能,成了如迈克尔·勒纳所说的"无望无功之事业"(Lerner,2007:61)。《了不起的盖茨比》故事发生地纽约,一直处在禁酒令争端的风口浪尖。

五、消费主义与文化对抗：凝视下的狂欢

全国性法律禁酒的举措，与第一次世界大战结束后进入"爵士时代"的美国生活和消费文化的重大转向同步，而这种转向以青年为中心，将青年人推到了文化变革的前沿。如果说禁酒令代表了老一代的道德权威，那么对过去的权威进行藐视和对抗就成为年轻一代的责任。他们"代表了所有新生的、激进的、摩登的事物"，"一下子成了美国新文化的引领者，也成了美国社会的替罪羊"（Drowne，2005：68）。盖茨比的花园酒会因此可以被看作年轻一代打破传统秩序的约束、走进消费主义新时代的宣言，意在"假想性地毁坏一切并更新一切，暂时摆脱秩序体系和律令话语的钳制，在假定场景中消弭贵贱上下的森然界限，毁弃一切来自财富、阶级和地位的等级划分"（汪民安，2011：174）。我们在菲茨杰拉德和海明威等作家的小说中，反复读到这种纵酒狂欢的场面，而值得强调的是，这种场面是在禁酒令的法律规范之下出现的。

既然禁酒令与美国文化转型同步，那么对抗禁令也就成为年轻一代反叛传统文化势力的标志性的行动。如果说禁酒令是社会力量对社会风尚进行抑制的举措，那么，喝酒与不喝酒，也就不再是生活习惯问题，而是立场的表态。如果我们把禁酒令和《了不起的盖茨比》共同置入 20 世纪初期的特殊历史语境之中，禁酒和饮酒以及小说中与此牵扯在一起的人物的行为与道德，就有了指涉更为广泛的文化意义。酒精超越了它自身的物质性，成为政治符码、成为文化符号、成为道德宣言、成为结盟仪式、成为能指，为社会转型期的道德风尚和价值变迁做了标注。现代青年在禁酒时期如此热衷于饮酒文化，这是政客和改革者们始料未及的。"对那些正在现代世界中寻找现代身份的幻灭的战后叛逆青年来说，反酒精法令使饮酒变得更有吸引力。"（Drowne，2005：92）

夏日的周末，盖茨比的豪宅中宾客如云，觥筹交错，笑语不断，"他那蔚蓝的花园里，男男女女像飞蛾一样，穿行于窃窃交谈声、香槟和繁星中间"（Fitzgerald，1953：50）。盖茨比的酒会能够提供大量年龄小的访客甚至没见过的各色美酒，"这一事实说明晚会带有蔑视社会等级制度、法律和政治现实的色彩"（McGowan，2005/2006：153）。花园酒会为青年人搭建了舞台，聚集而来的穿着入时的男女青年，是台上的表演者，喧闹地狂饮嬉闹，上演了一出出文化反叛的活剧。"表演者"期待关注，期待被"大肆渲染"，因为这正是表演

性行为所期盼的效果。排场的酒会和酒会上的张扬喧闹,将文化信息传递给表演对象,而观众的反应则强化了酒精符号的文化指涉。酒会是"凝视"下的狂欢,但凝视不一定是一种实际的看,而存在于主体的想象中(Lacan,1988:215)。小说中有记者前来采访的描述,这说明盖茨比的晚会得到了媒体的关注(Fitzgerald,1953:123),这种关注增强了表演的效果。醉翁之意不在酒。菲茨杰拉德笔下不顾禁忌狂饮狂欢的青年,其实意识到了"现代社会"到来之际自己所承担的传统文化对抗者的角色。他们需要轰轰烈烈地表演这个角色,需要被凝视,需要"观众"的喝彩,哪怕喝倒彩也是对他们站上新时代文化舞台这一事实的一种认可。

饮酒是"表演"的一个部分。参加盖茨比花园酒会的人很多是女性,是被菲茨杰拉德称为"飞女郎"(Flappers)的一类人,比如叙述者尼克的女友乔丹·巴克。爵士时代"飞女郎"的前辈,是 20 世纪初的"新女性"(New Women),那是女权意识觉醒,开始争取同等权利的一代。到了 20 年代,她们的队伍壮大,更加自信,生活作风更带挑战性,成为传统文化的反叛者和新潮青年消费文化的积极参与者,通过新潮的衣着和反叛传统性别约束的行为进行自我推销。她们模仿男性,穿裤装,剪短发,抽烟喝酒,闯入男性的活动领域,大胆追求性权利和性需求,刻意显示自己是有别于传统的新一代。她们"叛离传统美国女性规范,持反禁酒的立场,离经叛道得如此彻底,以至于对女性和她们在美国社会的位置带来了革命性的改变"(Lerner,2007:175)。著名的菲茨杰拉德评论家露丝·普利格兹谈到菲茨杰拉德笔下"飞女郎"时说:"(菲茨杰拉德)注意到这个作为女性和社会解放的运动,已经变成了个性和风格的一种表象的展示。"(Prigozy,2004:136)这种展示是一种文化诉求的表达:长期被边缘化的女性宣告自己的在场,呼吁男女权利平等。刘易斯·艾伦伯格指出,禁酒时代的"飞女郎"与酒精紧密纠缠,因为像男人一样饮酒,是女性表达平权诉求的新方式。她们通过反禁酒参与了文化政治反叛(Erenberg,1981:135)。

冲突不断、矛盾重重的转型期社会,为青年人提供了展示的舞台。他们走进强光灯下,踢开原来的舞台规则,宣告新一代的登场。他们即兴演出自己的节目,高调而激进,煞是热闹,但含义不清,笼统地表达对前辈的不满和对个性解放的膜拜。弗雷德里克·霍夫曼认为,青年一代表现出来一种单纯,导致他们"在这个10年中采取了两种主要形式：一是对当前的极度投入；二是与其他更重大、深刻的经历的脱节"(Hoffman，1965：448)。在这个解放道德、张扬个性的年代，年轻人确实对"宏大事业"缺乏兴趣，更关注自我，但是他们并未与"重大深刻的经历"脱节。他们被深深卷入了禁酒政治和消费文化的时代潮流中，被推涌到了交锋的前沿，成为个性解放和新消费观念的推销员。消费主义需要涉世不深、行为冲动的青年人打头阵。所以，不管他们多么标新立异，多么自以为是，他们行为中"自主性"选择的成分其实不多，而在消费主义怂恿牵动下不知不觉中走上了新消费品位的T型台，做了新生活时尚的模特，他们的"展示"同时又成了消费文化的广告。

菲茨杰拉德在描述参加狂欢会的人群时，写到其中有两个"没喝醉的可怜男人"(Fitzgerald，1953：66)——之所以可怜，是因为他们游离于一种临时的共同准则之外。这就像出版于《了不起的盖茨比》后一年的海明威的《太阳照样升起》中杰克说"科恩从来不喝醉"(Hemingway，1926：152)一样，是一个语带不屑的负面评价。这也让我们联想起海明威在1923年说的话："一个男人如果没有喝醉，他就不存在。"(参看Okrent，2010：206)当然，这样的话必须在说话当时的语境中才能真正理解：饮酒是一个象征性的表达，喝醉是对禁酒令背后的理念的对抗，是"在场"的例证，是青年群体反对思想禁忌和陈规旧俗的共有行为。"一个人物腰间的小酒壶或手中的鸡尾酒，可以向读者透露很多关于他的信息，就像一整页关于他的政治态度和意识形态的详细描述一样多。"(Drowne，2005：92)

禁酒令指向两个主要群体：一是劳工和新移民组成的下层阶级，试图阻止酗酒对工业秩序造成的破坏；二是反叛传统的青年一代，其主力军由中产阶级的年轻一代组成，意在遏制"新派"文化中的颓废成分。《了不起的盖茨比》反映的是第二类群体。20世纪20年代激情年轻人的举动主要是作秀，"表演给气急败坏的老一代看"，因为"顺从地遵守禁酒法令和父母的教诲绝对是落伍的"(Drowne，2005：75，73)。"老一代"代表传统的乡村意识形态和生活风格：信仰上帝，勤俭度日，节制欲念，约束自我，而"现代"社会呼唤青年人叛弃旧的生活，卷入消费文化。年轻人的"表演"使新消费理念转化为一种具体的流行生活模式，藐视禁酒法令就如女青年剪短发、穿男装，男青年飙车一样，彰显的是一种反叛传统的摩登生活,而这种作风也为社会转型期的道德风尚和价值变迁做了标注。

禁酒令通过的 1920 年,是第一次世界大战结束后突然到来的开放的现代社会的开端。变迁的时代总是由青年一代唱主角,他们也意识到了自己的时代角色,很多人迅速更新消费观念和生活模式,从教堂转身走向市场,追求金钱、性和酒精带来的新体验。这样的行为引起了传统派的反感和担忧,禁酒令作为一种反制措施应运而生。《了不起的盖茨比》使用了许多当代史料,将20 世纪 20 年代喧闹混乱且缺少道德约束的生活再现于读者面前。20 年代美国"迷惘的一代"作家和很多其他作家,都记录描述了新旧交替时期亢奋的青年文化,酗酒狂欢的生活,并试图反映时代更替所蕴含的复杂多重的文化意义。

"盖茨比的宅院是一个想象域,奉献给狂欢文化和张扬的展示。他是物质之神的儿子,是新世纪商业文化绚丽表演的主持人。"(McGowan,2005/2006:156)在盖茨比的周末酒会上聚集的新派青年,一方面进行着新一代身份的表演性塑造,以不在意触犯禁令的方式宣告对老一代的保守传统与观念的背叛,另一方面,在熟悉的"过去"行将退场之际,他们又对未来的不确定性焦虑不安,于是"今朝有酒今朝醉",在酒精中寻找现时的快乐。我们可以觉察到一种弥漫在狂欢中的灾难意识潜藏在《了不起的盖茨比》文本中。人人都知道,酒会是要散场的。盖茨比的花园酒会过后,"明月依旧,而欢声笑语已经从仍然光辉灿烂的花园里消失了。一股突来的空虚此刻好像从那些窗户和巨大的门里流出来"(Fitzgerald,1953:71-72)。《了不起的盖茨比》中纵饮寻欢的场面,让读者似乎感到 20 世纪 20 年代是颠倒传统道德、恣意放纵的年代。但这只是事情的一面,事情的另一面由尼克代表:沉醉中保持几分清醒,对美国社会上泛滥成灾的享乐主义有所警惕,甚至持批判态度。及时行乐的生活态度与青年人批判传统的文化态度经常别扭地结伴而行。

消费主义伴着自由经济迅猛发展,逐渐成为主导生活模式,让中产阶级的青年们趋之若鹜,也让传统派对年轻一代的行为忧心忡忡。这种趋势引向不断蔓延的物质追求和享乐主义,导致了观念碰撞,传统瓦解,矛盾激化。年轻人那种自行其是、不受传统规范约束的风尚,在当时被称为"新道德",其定义因人而异。当时有流传的嘲讽说，"所谓的'新道德'，就是原来的不道德"（Love，1993：5）。但"对于这些新道德论者来说，遵从传统就如同前几十年中恣意挥霍一样可憎，大众文化追求——从游乐场到电影到汽车——就如酒吧一样，对社会机制构成了潜在威胁"（Horowitz，1985：xxxi）。正是禁酒令的存在，饮酒才被赋予了特殊的意义。禁酒令诱使青年人喝得更多，因为酗酒是"一种历险，一种胆魄的表示，一种反叛的信号，一种权力的意想，这是他们称之为生活的游戏的一部分"（Clark，1976：152）。

新道德论者的代表，应该包括作家菲茨杰拉德本人和海明威这两位年轻作家。马尔科姆·考利在《花开二度："迷惘的一代"作家的作品和生活》（*A Second Flowering: Works and Days of the Lost Generation*）中引述了菲茨杰拉德对当时生活的描述：他们"在餐前像美国人那样喝鸡尾酒，像法国人那样喝葡萄酒和白兰地，像德国人那样喝啤酒，像英国人那样喝威士忌加苏打……这种大杂烩似的混合，就像噩梦中的一杯巨大的鸡尾酒"（Cowley，1980：28）。通过媒体，也通过他们自己的书写，菲茨杰拉德和海明威践行的新生活范式得到了广泛传播和效仿，成为时尚，他们两人也被追捧为新消费文化的偶像。豪饮成为海明威"硬汉"风格的商标，而菲茨杰拉德更是无休止地卷在酒精和爱情的漩涡之中，直到 44 岁因酗酒过度英年早逝。

最初从欧洲到达美国的移民带来了清教道德，主张节制的生活观和原教旨主义的宗教观，对生活越轨、思想自由极度不安。他们害怕城市化的后果，害怕新移民带进异教思想和放荡的作风，把酒精与城市的贫困和暴力，与妓院和性放纵联系在一起。禁酒令与性开放的确也是同步的。弗洛伊德的心理学适时地被引入美国，受到青年人的热捧，为青年人的文化抗议提供了理论支持和一个现成的专业术语，成为当时反清教主义的强大武器。由于弗洛伊德的加盟，道德战场上出现了"攻防转换"。新理论似乎让原先受人谴责的出格行为获得了合理性和正义性的阐释：精神病态产生于传统对人性实施的"压制"，释放被"压制"的人性，心理和文化健康才能得以恢复。新派青年的行为中，遭受指责最多的正是曾经最受"压制"的两个方面，一个是纵酒，另一个是性开放。

酒精与性有相通之处：它们都曾被套上道德枷锁，而现在都成了离经叛道的武器；它们都能给人以活力和激情，都具有很强的狂欢色彩和"表演性"效果，都是吸人眼球的文化符号。酗酒和性开放两种行为与传统训导最格格不入，因此也最具有颠覆力量。于是，"愉快的反叛"变成了一种新时尚：解禁道德约束，释放本能，追求物质和肉体的满足，奉行一种快乐至上的哲学。盖茨比的周末园会，是传统"安全域"之外开辟的一个新世界，在那里，旧道德规范被弃之于脑后，人们可以尽情地庆祝个性解放。

塞缪尔·斯特劳斯(Samuel Strauss)认为，禁酒令是该时"带着最明显道德色彩的法令"(Strauss，1924：58)。用法律条文和政治运作来约束道德，具有权力越界的嫌疑。因此，我们可以把机构化权力实施的禁酒，看成20世纪20年代特殊语境中出现的夸张的文化表态。禁酒令是以法律形式做出的警示性的裁定，为克勤克俭的传统道德正名，警示对象是新消费观念怂恿下试图以出格的行为颠覆既定规范的青年一代。社会上那批被称为"传统派"的人，感受到了"转型期的道德阵痛"，看不惯消费主义刺激下狂饮滥交、无度挥霍的年轻一代，怀恋正在流失的乡村理想：人们遵从上帝的教导，勤勉自守，循规蹈矩。在传统规范对年轻一代失效的时期，他们仍然希望通过类似法律禁酒的手段，为传统保驾，给是非划界。

禁酒令并非孤立的个案。当时突然强化的新闻查禁和取缔卖淫等，也是权力机制试图压制带颓废色彩的新文化的举措。被称为"电影道德警察局"的威尔·海斯查禁办公室，也几乎在同时成立，对成为大众文化新宠的好莱坞电影进行严格管控。20世纪20年代的美国电影不管情节多么曲折，最后总是以传统道德的胜利而结束。比如当时风行的西部牛仔片，塑造的主要人物形象十分雷同，都是代表道德正义、疾恶如仇的想象中的美国英雄。这种试图"保持社会道德清洁"("keep it clean")的努力，说明一部分人对"新派"作为忧心忡忡，担心过去所依赖的价值体系"礼崩乐坏"。

《了不起的盖茨比》中代表既得利益阶级的汤姆，尽管是个偷情玩女人、恃强凌弱、无甚道德底线的人，也摆出一副传统卫道士的脸谱，对盖茨比们表示谴责："我似乎感到最新的时尚是袖手旁观，让不知从哪里钻出来的鼠辈跟你的老婆上床做爱。……现在大家开始对家庭生活和家庭结构嗤之以鼻，再下一步就可以无所顾忌，黑人和白人之间也可以堂而皇之通婚了。"(Fitzgerald，

1953：163)这样的谴责充斥着阶级和种族偏见,是权力关系中"已确立"优势的一方居高临下对"正谋求"挤入等级社会上层的一方的拒斥,角力的两方分别以汤姆和盖茨比为代表。道德问题不是真正的主题,也不是衡量的尺度,而是较量的筹码。正因如此,盖茨比庭院中周末晚会上的狂饮和醉酒,可以被看成一种默契的集体反叛行为。杰弗里·施华兹点及了这种行为的文化意义:"许多不愿随波逐流的人认为,在任何可能的场合去触犯这一法令(禁酒令),是他们的道德义务。"(Schwarz,2001：181)

我们看到了事情的两个方面。一方面,消费文化开始在美国形成,"到了20年代,美国企业已经有效地为'欲望的民主化'(democracy of desire)做好了铺垫,自那以后,政府和商界致力于推销以享受、舒适、休闲为美国经验的理念"(Renouard,2007：55)。随着消费品大量生产,市场琳琅满目,刺激、迎合和满足人们的消费需求。激增的酒精消费只是大众消费观念出现整体转向的现象之一。20年代末的一份联邦政府报告声称:"生产商和销售商必须让广大男女公民学会新的品味和新的生活方式。"(参看 Sklar,1992：167)在"享受进步"理念的驱动下,在日渐普及的信用消费的推促下,在各色广告的诱劝下,人们对财富、消遣、生产和消费的态度都发生了戏剧性的变化。另一方面,这种变化导致了一部分人担心生产与销售商操纵人的欲望,担心年轻一代"经不住诱惑"而导致业已建立的社会秩序崩解于一旦。

乔·雷诺德认为,禁酒令表面上针对酗酒过度的劳工阶级和颓废的中产阶级青年,而其真正矛头所向,是"富裕社会早期症状"背后的推手(Renouard,2007：54),即正在泛滥的消费主义。两位著名社会学家塞缪尔·斯特劳斯和斯图亚特·蔡斯(Stuart Chase),在《了不起的盖茨比》出版的同时期,发表了众多关于财富、闲暇和消费的文章,成为研究当时消费文化的主要发言人。他们强调企业和生产对人们迷恋物质追求和享受的重大影响,是消费冲动的助推器(Chase,1925：30-32)。他们的论述代表了美国精英阶层的主要焦虑,显示了美国社会思潮中最突出的紧张关系,并"试图寻找办法约束大企业对普通美国人生活的影响"(Renouard,2007：54-63)。禁酒令便是不成功的约束"办法"之一。我们可以在编码于《了不起的盖茨比》的故事中,解读出关于酒与道德之间、道德与法之间、法与社会之间、社会与生产方式更替与财富积聚之间千丝万缕的逻辑关联和政治关联。

六、小说的叙事艺术

"在美国的 20 年代,禁酒令是争议最大的话题之一。"(Schwarz,2001:180)但在菲茨杰拉德的《了不起的盖茨比》和其他小说中,我们没有读到作者对全国禁酒政治任何方面的直接评判。作家在描写 20 世纪 20 年代的纽约生活时,有意识地,或者说策略性地回避了禁酒话题。凯思林·德朗尼谈到包括《了不起的盖茨比》在内的创作于禁酒时代或者涉及禁酒主题的相关小说时,提到作家们普遍采用的表现手法:"喝酒表面上被表现为一种中性的行为,是普通成年人的普通消遣,与酒精消费相关的直接评说被省却,但这种省却让许多读者将描述中的饮酒接受为政治和道德上中性的行为。事实上对禁酒令语境不熟悉的读者甚至不会意识到这些人物在设法得到鸡尾酒或一瓶杜松子酒时正触犯法令。而禁酒令的一个主要社会效应就是将原先基本上是非政治的事件政治化。"(Drowne,2005:4)作为一种叙述策略,"非法饮酒基本被描述为具有高度象征意义的行为,作家借此对人物法律上、道德上的越轨行为进行阐释和合理化"(Drowne,2005:4)。

菲茨杰拉德在《了不起的盖茨比》中,采用的正是这种叙事策略。小说一开始,盖茨比已经腰缠万贯。作家策略地省却了小说主人公走私酒类发迹的过程,但同时创造了一个悬疑,即小说中各色人物不断提及的盖茨比的"可疑的背景"(Fitzgerald,1953:63)。作家欲擒故纵,把"发迹"史放在故事之外,但省略的前半部分一直隐伏在小说的逻辑背景中,让读者去推想,去对各种传言做出判断。盖茨比的身世在各种传言中变得扑朔迷离:他是德国威廉皇帝的侄儿(Fitzgerald,1953:42),曾在战争期间杀过人(Fitzgerald,1953:56),曾是德国间谍(Fitzgerald,1953:56)等。但更多的人推定他的财产来源可能与私酒有关。这种推测一开始被淹没在其他流言中,但随着故事的发展,猜疑逐渐聚焦,读者的判断逐渐清晰,小说主人公的真实身份也朦胧呈现。在充分营造氛围和渲染铺垫之后,作家直到第 3 章才让这个神秘人物在读者的期待中登场亮相。

盖茨比这个中心人物的塑造不是线性的,作家主要采用了两个叙事手段。

一是叙述中的多次"闪回"，借助小说中包括盖茨比本人和他父亲等 5 个人物，共 8 段回忆讲述他的过去，逐渐充实他的个人历史。这些回忆和追述虽然让盖茨比的形象逐渐丰满，但整个故事始终避开了他个人生平中最为关键的片段，即这个汤姆口中的"无名鼠辈"（Mr. Nobody）（Fitzgerald，1953：163）的"发迹"史。小说主人公秘而不宣的身世，一直是"抓住"读者的主要悬念。盖茨比贩私酒的事实，不是叙述者交代的，而是由读者在小说人物的猜测和交谈中，在盖茨比本人诡秘的行为中，自己推断的。二是菲茨杰拉德塑造了"尼克"这个人物，由他作为叙述者铺开盖茨比的整个故事。尼克是最接近作家本人的人物，既是狂欢的参与者，又是局外人和批判者；既对禁酒令无所顾忌，同时又可以跳出圈子外对饮酒狂欢的行为及其道德后果做出清醒的评判。他的矛盾性代表了 20 年代文化悖论中最典型的一个方面。由他操控讲述大权，通过他的视角叙述故事，盖茨比这个人物就超越了简单化的善恶评判，展现出了多面性。

　　尼克和盖茨比，还有菲茨杰拉德本人都来自美国中西部，那是传统生活方式与价值观念的"世袭领地"。这里滋生的强大的"反现代"势力，催生了像禁酒令这样的道德禁令。菲茨杰拉德和他的两个主要小说人物，都从那个相对落后于时代的地方出走，来到纽约寻找新生活。但这种新生活又受到了乡村道德的反击。《了不起的盖茨比》的表层叙事讲述了一个爱情故事，实现梦想和梦想破灭的故事，带有悲剧的诗意。但叙述表层之下，潜藏着一个特殊时代人们利用禁酒令和对抗禁酒令的故事，而这一故事又映射了社会转型期美国的故事。我们可以在表层叙事和潜在故事之间发现两者间千丝万缕的联系，而前者往往是由后者所牵动、所主宰的。

　　故事中没有任何人对饮酒有任何顾忌。叙述者尼克对汤姆和黛西的不道德行为进行了谴责，但对盖茨比私酒发迹的事实并不在意，这里我们可以看到作家对隐含读者的设定。小说的叙述者与读者比较接近，读者容易接受他的评判；同时，尼克也是真实作者道德观的代言人。他对盖茨比倚重金钱的虚幻的浪漫理想表示不屑，对他真诚专一的爱情表示敬意，但对他非法经营私酒则不加评述，采取不置可否的态度。这种态度上的暧昧，反映了当时知识分子，包括菲茨杰拉德在内，对禁酒令的立场。许多作家"在同情地塑造无视禁酒法令的人物和无情贬斥支持禁酒事业的人物中,表现了他们反禁酒的政治观"(Drowne,2005:3)。

在小说的开始,尼克先回溯性地对已发生的故事和故事人物做了总括性的交代,说:"盖茨比代表我无保留地鄙视的一切。但他身上又有些亮丽的东西……不——盖茨比最后看来倒是无可厚非的。"(Fitzgerald,1953:4-5)他想对这个人物做一个概括性的归纳,但言说中又不断修正自己的态度,这样的矛盾贯穿了通篇故事。应该说,尼克对盖茨比基本抱着同情理解的态度,"无保留地鄙视"的是盖茨比不切实际的梦想,而不是他贩私酒谋财的行为。在他眼中,盖茨比远胜于汤姆之流,而后者正是揭露他走私行径的人。美国人似乎从不忌惮违反他们认为"坏"的法令。历史上的美国人素有对不喜欢的法令"釜底抽薪"的传统,比如独立战争前的殖民地人对待邮票法的违抗,南北战争前组织"地下铁路"对抗逃亡奴隶法(参看本书第十六章)等。尼克在对盖茨比的同情中表达了对禁酒令的反对态度。他不仅是叙述者,也代表了作者的声音。

小说的高潮部分,发生在某一炎热的下午,在宾馆房间里做好充分准备的盖茨比向汤姆摊牌,宣布黛西将从此离开汤姆,跟他一起生活。盖茨比跟汤姆说:

"黛西要跟你分手了。"

"胡说八道。"

"我要分手,是的,"说此话黛西显然做了些努力。

"她不会和我分手!"汤姆的话突然指向盖茨比。"至少不会和一个骗子去牵手,这种人连戴在新娘手上的婚戒都是偷来的。"

"我受不了了!"黛西尖叫着说,"我们离开吧。"

"你到底是什么人,呵?"汤姆咆哮着。"你就是梅厄·沃尔夫山姆团伙中的一个——我碰巧知道你这一点底细。我对你的勾当做了些小小的调查——我明天还要朝深的地方刨刨。"(Fitzgerald,1953:168)

接着,汤姆又把盖茨比发财的底细抖了出来,揭露他的系列"药店"是卖私酒的黑店(Fitzgerald，1953：168)。黛西已经明确表态要与汤姆分手,此时,汤姆亮出撒手锏,揭露了盖茨比的非法活动,扭转局势,黛西犹豫了,动摇了,沉默中悄悄改变立场,冲突的"高潮"变成"突降"。盖茨比明白他梦想中的追求已经失败了。

　　他情绪亢奋,开始不停地对黛西说话,否认所有这一切指控,包括汤姆没提到的方面,为自己的声誉辩护。但是他说的每句话,只让她越来越退缩回自己的内心,于是他只得放弃,下午的时间渐渐溜走,只有将死的梦想仍在挣扎,悲情地,不屈不挠地试图碰触屋子那端那个已无法触及的湮灭的声音。(Fitzgerald，1953：169–170)

　　汤姆本人完全无视禁酒令,小说也暗示他与地下走私人员的牵连。但在最后的关键较量中,手段老辣的他适时地抛出盖茨比靠私酒发家的底牌,让稚嫩的盖茨比败下阵来。盖茨比的身份也第一次被清楚地揭开。小说家在整个故事情节的编排中,让盖茨比在禁酒令提供的机会中构筑梦想,又让他随着非法敛财的途径被揭露而梦想破灭。可以说,禁酒时代的语境和"酒精"主题是《了不起的盖茨比》获得成功最重要的因素。

七、小说的历史解读

　　20世纪20年代的美国社会正处在重大的转向之中。究其根源,宪法第十八修正案的动因正产生于社会整体变化带来的焦虑中,是焦虑生成的一种阻止变化的应对措施。约翰·朗巴杰指出,"抽象的清教传统和家长式的保守主义,都不能为这场试图从美国文化中根除饮酒习惯的运动的动力提供满意的解释",因为"禁酒运动从来不是怪念催生的怪胎"(Rumbarger，1989：3,184)。也就是说,禁酒令有其深层的根源。

　　禁酒令的生成与失败,是由多种原因造成的,其背后的历史文化因素尤其重要。我们强调过,20世纪20年代的美国是传统社会向现代社会的转型期。拯救传统和批判传统两股势力在当时形成交锋,刀光剑影。劳伦斯·里范恩对当时的守旧派进行了这样的描述：

成百万的美国人参加了，或至少同情三 K 党和宗教极端主义运动，并为实行禁酒而斗争。这说明，相当比例的人在面对 20 年代这一新时代的冲力时，感到失落、受挫，产生反感。……他们试图扭转主宰现代美国的潮流，回到过去的道德规范之下。他们思念伴随自己长大的村社生活，相信这种生活与美国价值密不可分。他们构成了打破战前进步主义联盟、挫败新的政治经济改革运动的抬头、致使民主党几乎丧失有影响的另一半力量。他们也试图不让 20 年代变成他们描绘的那种只顾物质与享乐的时代。(Levine, 1971：45)

我们可以从引文中读出现代性在当时历史背景中凸显的困境：一种现在与过去的断裂，一种传统与革新的碰撞，一种认知观念与生活方式的新陈代谢，一种拥抱未来的激奋和失去传统的焦虑交织的进步话语的悖论。现代性物质化的过程，挟裹着所有抗议者和欢呼者，催生了禁酒令这样的"非常"法令，也促成菲茨杰拉德小说中描写的禁令下的饮酒狂欢。禁酒令的英文 prohibition 原意是"禁忌"。菲茨杰拉德描述的那种开放性的、肆无忌惮的狂饮狂欢，正是年轻一代打破禁忌的文化反叛。

反叛者们在生活作风上摆出故意冒犯的姿态，通过饮酒这一象征性的行为，大声呵斥那些曾被视为美国文化正宗的东西，解放自己，更新消费观念和生活模式。

在那个十年中，美国人拥抱战后突然经济繁荣所催生的新的"丰足文化"，将更大的注意力投放在现代城市生活中的消费和休闲上。这样的生活追求反映了正开始流行的"欢愉道德"，而这种观念与禁酒运动发起者们倡导的传统的节俭、克制的生活观背道而驰。(Lerner, 2007：145 - 146)

小说中参加花园酒会的人们，一面以狂饮对抗传统，矫枉过正；一面麻醉自己，掩饰对未来不确定性的担忧。这种大张旗鼓的对抗及随之产生的忧心和失落，弥漫在《了不起的盖茨比》和菲茨杰拉德的其他主要作品之中。

禁酒令也有其社会和经济因素。随着第一次世界大战的结束和 20 世纪 20 年代美国经济振兴，大众消费行为随之改变，"信用消费、广告和消费品的大量生产,造成了人们对财富、消遣、生产和消费态度上的戏剧性变化"(Renouard, 2007：54)。变化推动了酒精消费,也最终促成了全国性的法律禁酒。禁酒的主要力量来自社会组织、教会和工业界的势力,来自"有权有势的人"和"身份人士"(Rumbarger,1989：184),得到了农村贫困地区民众的支持。他们共同创造了酒精将摧毁美国的"一个虚构情景",发展出"一套陈词滥调",融进了"一种乌托邦理想"(Renouard,2007：198)。这种社会理想中包括了眷恋过去社会秩序的成分,也包括担心企业操控人的欲望的成分。

　　禁酒令虽是一项全民禁酒的法令,但锁定的对象其实主要是两类人,一类是劳工,另一类是中产阶级的青年一代。前一类人是一支为他人生产财富的劳动大军,被认为是自制力薄弱,缺乏社会和家庭责任感的群体,需要管束:"要拥有真正稳定可靠的工人队伍,就有必要创造一个无酒精的社会环境。"(Rumbarger,1989：184)主张禁酒的大多数改革人士和资本家,都将美国工人看作"国民资产",他们相信禁酒对于铸就现代化的生产体系至关重要。后一类人是菲茨杰拉德小说的主要描写对象,他们拥抱现代丰足社会,奉行快乐至上的生活哲学,追求灵魂和肉体的解放。传统派认为这些人也需要管束。《了不起的盖茨比》中纽约"体面阶层"青年一代张扬的作为,表达的正是对禁酒令代表的一切传统约束的反抗态度。他们与传统生活方式背道而驰,一头扎入消费主义,在形成了一股冲击传统的力量的同时,也形成了一支消费大军。

　　禁酒令可以被看成一个意识形态的建构物,背后有其政治和阶级因素。尤其在城市环境中,酒吧常被看成对美国政治生活起到颠覆作用的场所。那里是工人、知识分子、下层职员们喜欢去的地方,他们在享用酒精饮料的同时,谈论马克思、社会主义和俄国十月革命,培养颠覆旧的社会秩序的观念,对"和谐"资本主义造成威胁。罗亚尔·梅伦迪早在1900年就把芝加哥的酒吧描述成带有政治色彩的"工人俱乐部",并认为酒吧是他们自由表达政治观念的地方,是"分辨善恶的学校",在那里"马克思与其他社会和政治思想家的名字常常被提到"(Melendy,1900：294)。约翰·朗巴杰在《利、权与禁酒令:1800至1930年的美国工业化和酒精改革》中,也提到美国的酒吧作为民众聚会所的政治功能(Rumbarger,1989：117,198)。

禁酒令和反禁酒令本身也是两股政治势力的较量。奥克伦特认为,禁酒令是"一个由道德家、进步主义改革家、女权运动者和移民恐惧症患者组成的强大的联盟,合法地绑架了宪法,使之屈从于某个新目的"(Okrent,2010:1)。反禁酒派也深知禁令背后的政治图谋,按其领袖参议员詹姆斯·沃兹沃斯(James Wadsworth)的说法,禁酒运动"想控制的主要不是酒精,而是政府"(参见 Rumbarger,1989:194),禁酒派动用国家机器,为的是实施社会控制。成立于 20 年代的反禁酒修正案协会(The Association Against the Prohibition Amendment),同样将"废禁"提升为政治话语,强调禁酒派将"联邦宪法用来限制而不是保护人们的个人自由"(Lerner,2007:2),在领导了反禁酒令的同时,赢得了民众的支持,最终帮助赢得了政治权力。

禁酒令缺乏包容性,缺乏大视野,也缺乏政治和文化共识的基础,因此是短视的、急功近利的,也是不可持续的。宪法第十八修正案最终成为美国政治史上最大的败笔之一。民众普遍无视这一法令的态度和行为,破坏了美国人引以为豪的法治的严肃性,令当权者们始料未及。正如奥克伦特所说的,"14 年长流不断的小犯罪案把联邦法律体系折磨得体无完肤"(Okrent,2010:112)。从 20 年代开始,不管是赞成还是反对禁酒的普通民众,似乎从整体上对政府的权力体制丧失了信任,而禁酒令的这一严重后果,在法令被废除后还延续了许多年。

禁酒令为我们提供了观察"迷惘的一代"作家的一个窗口,这一代作家的作品又为我们提供了观察美国的窗口。科菲特别指出,到了 1924 年,"越来越多的人不把禁酒令的规定条文当回事了"(Coffey,1975:167)。那一年,菲茨杰拉德正创作并最终完成了《了不起的盖茨比》的书稿,而海明威也在写与禁酒背景关联颇多的《太阳照样升起》①。菲茨杰拉德、海明威等作家并没有刻意书写禁酒主题,也没有明确表达反禁酒的态度,但通过素材选择、氛围营造和人物刻画,他们将生活现实写入故事,又把故事置入禁酒时代的背景中,描述昭昭法令之下无顾忌的狂饮,将对抗观念泛化在多领域、多层面的作家与时代

---

① 关于海明威的《太阳照样升起》中与禁酒令主题相关的讨论,请参看 Jeffrey A. Schwarz, "'The Saloon Must Go, and I will Take It with Me': American Prohibition, Nationalism, and Expatriation in *The Sun Also Rises*." *Studies in the Novel* (Summer, 2001):180-201.

的批判性对话中。这样,在某种程度上小说也被政治化了,可供我们解读编码于其中的时代文化政治信息。

【链接 1】　马特·邦杜兰特的《酒乡》

马特·邦杜兰特(Matt Bondurant)的《酒乡》(*The Wettest County in the World*,2008)是一部以真实人物和事件为素材的长篇小说,故事发生在弗吉尼亚州的富兰克林县,小说描写禁酒令时期该地的酿酒黑作坊以及由私利和贪婪引发的械斗和谋杀。主要人物是邦杜兰特兄弟,真名真姓,即作家马特·邦杜兰特的爷爷杰克·邦杜兰特和他的两个哥哥霍华德和弗雷斯特。他们曾经是当地臭名昭著的地下私酒团伙。作家在"后记"中说,他的祖辈不是文化人,没有写书信、记日记的习惯。小说的基础内容来自家传的故事和生平轶事,也来自当时的地方报刊报道、法庭审判记录和其他史料,但作家用想象串联故事,填补资料的空隙,"意图(是)努力接近记录残缺、理解贫乏的现实世界背后的真实"(Bondurant,2008:305)。这部作品的文类是小说,而不是纪事作品,因此没有必要完全忠实于史实。

马特·邦杜兰特常被比作威廉·福克纳和科马克·麦卡锡。这部半家史半小说的作品,风格粗犷与细腻并存。作家善于带着诗意描写乡村生活的历史情境,对一个时代一个区域的社会风貌和典型人物进行再现。作家调查并挖掘家族历史,聚焦于乡村偏僻一隅,用生动的语言和细节,讲述发生于那个特殊年代的渗透着酒精和鲜血的故事,既浪漫又苦涩,既淳朴又惊险。

小说故事分两条线索,一条是邦杜兰特家族的故事,主要是发生在禁酒令后期 1929-1930 年两年内的故事;另一条是小说家舍伍德·安德森 1934 年和 1935 年在富兰克林县为创作小说进行的调查和素材采集,这部分回叙了包括邦杜兰特兄弟在内的该县几大私酒集团的运作和争斗。安德森确实在这个地区待过一段时间,主要调查和追踪对象是女私酒贩子韦利·夏普,但也涉及邦杜兰特兄弟私酒团伙的活动。他到乡下进行走访,参加了一些当时的审判,也躲在位于马力昂的住所写作。作为记者的安德森希望揭开私酒黑幕,追踪私酒引发的暴力谋杀事件,但当地民众往往三缄其口,采访困难重重。安德森在 1936 年发表了长篇小说《基德·布兰顿》(*Kid Brandon*),用了他采访富兰克林县的很多资料,主要人物也以韦利·夏普为原型。这是安德森的最后一部小说,但不是最成功的一部,销售不佳,好评不多。

邦杜兰特的《酒乡》开篇便是两段引述,其一是1935年禁酒令被取消后的《全国法律实施效果调查委员会官方报告》中的一句:"在某个县(指富兰克林县),据称99%的人或从事非法酒精生产,或与私酒有所牵连。"(Bondurant, 2008:1)另一段引文来自安德森发表在《自由》(*Liberty*)杂志上的一篇文章:"在禁酒时期和禁酒结束后的美国,哪个地方酒气熏天?哪个地方生产了最多的非法酒精?人均计算,这个酒精浓度最高的地方不是纽约或芝加哥……这个流淌着非法酒精,禁酒令废除之后依然私酒猖獗的地方……是弗吉尼亚州的富兰克林县。"(Bondurant, 2008:1)1933年禁酒令被废除,但违法惯性让富兰克林县人继续生产和买卖私酒,以逃避合法酒类生产必须承担的沉重税负。小说故事也延续到禁酒令结束后两年。舍伍德·安德森将这个地方称为"酒乡",而马特·邦杜兰特也将这个别名用作小说的书名。

邦杜兰特三兄弟中,老大霍华德"在山坳深处有几块地方,临近清澈的山泉,密密麻麻的灌木让陌生人难以进入,冒出的烟可以被层层密密的树冠遮挡"(Bondurant, 2008:85)。这是私酒生产作坊的绝佳地点:隐藏在山地林中,不易被发现。这里的产品被称为"山地酒"。老二在交通便利处开了一个加油站,虽然确实给过往车辆加油,但主要从事的是地下私酒配给站的业务。"弗雷斯特知道(警察不会来加油站)。这是因为他们不想触动这台充满活力的私酒生产机器,这台机器使富兰克林县得以应对贫困拮据的生活。还因为他们害怕。"(Bondurant, 2008:78)私酒生产者往往备有枪支,随时准备暴力抗法。"即便有人知道,也不会到这个地方来。如果真知道,他们更会避而远之。"(Bondurant, 2008:26)老大霍华德虎背熊腰、酗酒无度、鲁莽凶狠,老二弗雷斯特善于谋略、果断坚毅,是三兄弟中的主心骨,老三杰克刚满20岁,跟随着两个兄长从事危险的营生。

富兰克林县像邦杜兰特兄弟这样经营私酒的比比皆是。最大的私酒商是安德森作为小说原型的女酒枭韦利·夏普,但在《酒乡》里她是背景中的人物,故事以三兄弟为主线。小说描写了黑幕笼罩下的繁忙场景:

县运输线真正忙碌的时候是深夜或凌晨。该时，小型的私家车和卡车队溜进货场，男人们将半加仑的果汁瓶和五加仑铝罐装的一箱箱烈酒搬上车内，有些驶向南边，有些向东到里士满或向西进入田纳西。一些穿着沾满泥的靴子，肤色黝黑，睡意蒙眬的人，从山坳中运来他们的蒸馏威士忌；另一些穿着长外套，戴着挺括礼帽，说话干脆利落的人，从山地人那里选走烈酒，开车向北，到华盛顿、巴尔的摩、费城。(Bondurant，2008：32)

这些是做大生意的。当地的小生意有一套买卖双方不见面的交易方式。送货人把少则一瓶，多则几箱的酒，送到某个约定的地方，同时把压在石块下或放在旧罐头里的钱取走。购买者包括"法院、警署的人，……教堂的圣职人员、律师、法官、市政委员会的成员"(Bondurant，2008：43)。

小说中私酒生产和经营并没有被描述成昧良心挣黑钱的勾当，而相反，常常写到他们的"山地酒"品质上乘，地下团伙间的经营也恪守约定的规则。"在富兰克林，人们对于非法酒精不以为意，很多人几乎带着公民的责任与私酒打交道，好像这样才是个好市民，才是'真正的'富兰克林县人。"(Bondurant，2008：204)作为"反面角色"的倒是当地警察局，他们从整体上被描述成了一伙贪赃枉法的歹徒。开始，他们仅以渎职的方法从制酒和贩酒人员那里获得些好处："地方执法机构一般不会追查从县境内隆隆驶过的(私酒)车队；大多情况下他们假装没看见，尤其是你送过钱，他们更加视而不见。"(Bondurant，2008：90)但随着禁酒令的推行，渐渐地他们不再满足于小利，明目张胆地索要保护费，直到成为主要获利方。根据采访者安德森的观察，"执法部门挣的钱比实际生产私酒的人更多"(Bondurant，2008：208)。

富兰克林县和邻近地区的酿酒商和酒贩子为了应对形势出现的变化，甚至召开非正式的私酒生产和交易者大会(Bondurant，2008：141-146)，商量对策。有人提出共同出资，给警局交保护费，以维持私酒产业"正常"运行。但地方警局漫天要价，致使私酒商无力应对，引起不满。过去，"他们偶然也给霍奇斯(警长)和其他警员好处，一点现金或几罐烈性酒，也算通情达理。但这回情况完全不同"(Bondurant，2008：144)。这项动议遭到邦杜兰特兄弟的反对，弗雷斯特站出来宣布拒绝参与，另几个团伙因交了保护费后利润所剩无几,也站到了邦杜兰特兄弟一边。会议未能达成协议,但邦杜兰特兄弟与警察结下了仇恨,遭到报复。

1930 年 12 月 19 日,邦杜兰特家由 4 辆运酒车组成的车队在马戈蒂溪桥上遭到伏击。警察未予以警告直接开枪,杰克和弗雷斯特均被子弹击中,"好像警察的目的就是要他们死"(Bondurant,2008:208)。他们的帮手"蟋蟀"逃脱,几天后淹死在河中。警方认定为偶然事故,而"每个人都知道那是骗人的鬼话"(Bondurant,2008:234)。警察的暴力行为是否属于执法过度?"事件没有任何调查",不了了之(Bondurant,2008:208)。另一个拒绝交保护费的私酒贩子根迪夫后来也被警察强行送进了疯人院(Bondurant,2008:248)。受重伤的杰克和弗雷斯特被送进医院抢救,保住了性命。康复后三兄弟在一个夜里潜入警察杰弗逊·理查兹的住所,神不知鬼不觉地将他谋杀,进行报复。另一个直接枪击邦杜兰特兄弟的警官查利·瑞克斯接着也神秘死亡。最后,西弗吉尼亚最大的私酒帮派杜林兄弟被指控谋杀理查兹警官,而邦杜兰特兄弟从未被起诉。

如果说禁酒时期美国到处都有违法酒精,那么在富兰克林县违法几乎形成风气,私酒经营泛滥,执法部门乘机大发不义之财。马特·邦杜兰特的小说为读者提供了一个特殊时代特殊地区的社会风景画。作家聚焦于内地山区的一个小地方,章节前标出年份,集中描写禁酒闹剧愈演愈烈的最后、也是最疯狂的几年,通过揭示私酒生产和销售机制以及违法者与执法者的利益交换与争斗,也通过作家安德森的调研和回看,对相关现状与事件进行再现和反思。读者在小说中看到,全国法律禁酒这个"崇高的实验"所造成的适得其反的效果:法律被践踏,政府官员被腐蚀,民众在贪婪驱使下铤而走险,致使暴力横行。《酒乡》和珍妮特·莱尔的《黑鸭号》有一个共同的特点,即故事中站在执法和违法两边的,并不代表正义与非正义、道德与不道德的对立,小说由此颠覆了禁酒令的法律权威。

【链接 2】 珍妮特·莱尔的《黑鸭号》

与邦杜兰特的《酒乡》一样,珍妮特·莱尔的长篇小说《黑鸭号》也是最近出版的直接关于禁酒令主题的历史小说,故事同样基于发生于禁酒时期的真实事件。作者莱尔以新闻为职业，也写小说。她的另一部历史小说《冷静之艺术》(*The Art of Keeping Cool*，2010)获得了声誉很高的司各特·奥戴尔奖。她的居住地罗德岛是禁酒时期海路向纽约输送走私酒的主要登陆地，也是小说《黑鸭号》故事的发生地。作家在小说的"后记"中告诉我们，书名来自一艘著名的酒精走私船的船名，故事的素材取自当地对"黑鸭"号事件的记忆(Lisle，2006：250)。

小说故事发生在实施禁酒的后期，"这是1929年的春天。私酒甚嚣尘上。每月成千箱的走私酒品在沿海岸处卸货。做黑市交易的外乡人闻到了钱味，像蝇蛆嗅到动物尸体一样从四处涌来"(Lisle，2006：8)。运酒船主要来自加拿大和西印度群岛，停泊在美国海岸警卫队无权管辖的公海，再由"黑鸭"号这类走私快艇乘着黑夜前去接货后偷运进美国。"有时多达10到15艘远洋船只在海上停泊，等待约定的走私船前来提货。这批船被称为'酒线'。"(Lisle，2006：100-101)"黑鸭"号"是当时真正的走私快艇，装配有第一次世界大战飞机用的300马力引擎，速度让大多数政府的缉私艇无能为力"(Lisle，2006：251)。该船在禁酒令实施期间从国外货船上将成千上万箱的私酒运进美国。小说详细描写了各种车辆在半夜约定的时间悄然而至，排队等货的场面。这种场面无声无息，但有序快速，十分诡异(Lisle，2006：47-50)。

小说故事通过两条线索交替进展。某报社要求实习记者戴维写一篇调查性的纪实报道，以决定是否最终录用。戴维找到了年逾八旬且性格孤僻的鲁本·哈特，此人据传与禁酒时代的私酒输送带有关。一次次的接触和交谈中，老人一点点地透漏了60多年前的故事。老人的讲述是故事的主线。当时还是少年的鲁本与他最好的朋友杰里在海滩玩耍时发现一具男尸，在死者的衣袋里找到一支造型别致的烟斗，带回家，并把发现死者的事告诉了杰里的父亲——当地警长。警方拖拖拉拉未见行动，而次日尸体失踪，人们看到海岸警卫队的直升机来到此地，后来又有黑帮分子数次光顾这个海边小镇。鲁本在家中发现烟斗内藏有半张50美元的纸币，后又听说私酒购买者与运送者，用撕成两半的纸币作为提货凭证。这半张纸币意味着一船为纽约圣诞节供货的威士忌。鲁本遭到绑架和逼问，同时镇上的私酒链也一一曝光。

好奇心和卷入事件的刺激感，驱策少年鲁本和杰里去了解事情的更多方面。两个"小侦探"分析形势,发现各种可疑迹象,而杰里突然开始躲避鲁本,更让鲁本确信杰里的父亲与走私集团沆瀣一气,是暗中掩护的内应。一次偶然的机会,他又看到警长在家中把一沓沓的现金装进白色信封,在上面写上名字。他知道这是他从私酒的利润中分发给下属的好处费。同时鲁本的父亲也牵扯进了私酒销售,他的雇主莱利先生因贩卖私酒被捕,父亲代为经管商店,发现商店的秘密藏酒库房和地下交易,陷入举报和失去工作的两难之地:

"他们付给我钱,让我闭嘴。我现在就是这样谋生的,把嘴闭上,"那天晚上很晚我听到他(父亲)对格蕾丝姨妈说。

"哦,卡尔,别这么说。别对自己太狠了。"

"我不是对自己太狠。如果我不说,谁说?"

"你还能做什么?每个人都纠缠在里面。"

"我可以站出来,阻止这样的事。我可以让他们都见鬼去。"

"让谁,"格蕾丝姨妈问道,"莱利先生吗?他根本左右不了局势。"(Lisle,2006:157-158)

生性耿直的父亲被姨妈说服,迫于养家糊口的现实考虑,只得默许店里其他人继续暗中经营酒精。店主莱利先生则没有太多的道德顾虑,被捕时高喊道:"我付过保护费了!钱都付给你们了。你们来这里干什么,跟我捣乱是不是?"(Lisle,2006:103)随着事件的深入发展,小镇上私酒的黑幕在鲁本面前拉开,这位少年逐渐看清了整个私酒运作的图谱:"不仅法庭上的法官在那些帮派发薪的名单上。他们的影响力已经渗透到罗德岛很多议员的办公室里,这些我父亲是知道的。格蕾丝姨妈说得对。没有地方可以去投诉,即使有,哪个傻瓜蛋会吹哨子叫停一场每个环节、每个人都赢钱的游戏?"(Lisle,2006:158)

小说故事的最后部分,著名的"黑鸭"号走私船船长比利因临时人手短缺,请鲁本上船帮忙。鲁本一口答应。两人此前就认识:比利是鲁本的同校学长,而且鲁本在被黑帮集团绑架后,是比利将他救出。像很多成年人一样,"无视禁酒法规常常给人带来从传统道德和规范中获得解放的感觉,让越轨的人感到强大,独立,时髦"(Drowne,2005:38)。不幸的是,这是"黑鸭"号的最后一次走私,行动的信息遭出卖,海岸警卫队在大雾中伏击,直接用机枪扫射,包括比利在内的 3 名船员被打死,1 人受伤。唯有鲁本侥幸逃脱,几十年以后向实习记者戴维讲述了禁酒令时期他本人和家乡小镇的故事。

小说故事的高潮事件,基本是作家在"后记"中描写的发生在当地的真实事件:走私船"黑鸭"号遭到海岸警卫队的伏击,在机枪扫射下 4 名船员 3 死 1 伤。事件引发了"一场对海岸警卫队的抗议风潮","很多人抗议警卫队在没有给予'足够警告'的情况下,对没有武装的船只开火"。这一件事"激怒了当地的社团",引发了"在海岸警卫队驻地破坏公物"的骚乱(Lisle,2006:251)。政客迫于民众压力要求将当事的警卫队员作为谋杀起诉(Lisle,2006:252)。最后法庭宣判(警卫队执法船船长)罗杰•坎贝尔和他的船员属于正当执法时,"这里的人们愤怒极了","相信政府掩盖了罪行"(Lisle,2006:237)。"黑鸭"号事件虽是一个地方小事件,但也为最终掀翻禁酒令起到了推波助澜的作用。

最值得注意的是小说叙述者和小说中民众对禁酒较量双方——缉私人员和走私分子的态度。酒类走私似乎是被认可的,像"黑鸭号"船长比利和杂货店店主莱利先生这样的走私犯或私酒生意人,在小说中几乎是正面形象:他们和蔼可亲,关爱弱者,见义勇为;而真正负面的无耻之徒是警察局和海岸警卫队的缉私人员,如麦肯齐警长和警员查理•波普,他们利用手中权力暗中勾结某些团伙,又对作为竞争对手的其他团伙痛下杀手。小说故事背景是 1929 年,当时的舆论风向已经转变。尤其在纽约地区,反禁酒的呼声日益高涨,禁酒令的捍卫者们越来越处于守势。小说的描写细节为读者展示了禁酒时期很多特有的社会现象:私酒经济、法律的地位、民众对禁酒法的态度和执法部门的堕落等。

引述文献：

Bondurant, Matt. *The Wettest County in the World*. New York: Scribner, 2008.

Brett, Aho. "Prohibition and Humanism." *The Humanist* (March/April,

2013): 17 - 21.

Chase, Stuart. *The Tragedy of Waste*. New York: The McMillan, 1925.

Clark, Norman. *Deliver Us from Evil: An Interpretation of American Prohibition*. New York: W. W. Norton & Co. , 1976.

Coffey, Thomas M. *The Long Thirst: Prohibition in America 1920 - 1933*. New York: W. W. Norton & Co. , 1975.

Cowley, Malcolm. *A Second Flowering: Works and Days of the Lost Generation*. New York: Penguin Books, 1980.

Drowne, Kathleen. *Spirits of Defiance: National Prohibition and Jazz Age Literature, 1920 - 1933*. Columbus: The Ohio State University Press, 2005.

Erenberg, Lewis. *Steppin' Out: New York Nightlife and the Transformation of American Culture, 1890 - 1930*. Chicago: The University of Chicago Press, 1981.

Fisher, Rudolph. *The Walls of Jericho*. Harlem, NY: The Negro Society, 1928.

Fitzgerald, F. Scott. *The Great Gatsby*. New York: Charles Scribner's Sons, 1953.

Gross, Dalton & Mary-Jean Gross. "F. Scott Fitzgerald's American Swastika: The Prohibition Underworld and *The Great Gatsby*. " *Notes and Queries*, September, 1994.

Hemingway, Ernest. *The Sun Also Rises*. New York: Scribner, 1926.

Hoffman, Frederick. *The Twenties: American Writing in the Postwar Decade*. New York: The Free Press, 1965.

Horowitz, Daniel. *The Morality of Spending: Attitudes Toward the Consumer Society in America*. Baltimore: John Hopkins University Press, 1985.

Horton, Rod & Herbert Edwards. *Backgrounds of American Literary Thoughts* (3rd Edn.). New Jersey: Englewood Cliff, 1974.

Kreidler, Jan. "Comments on *Dry Manhattan: Prohibition in New York City*." *Journal of American Culture*, 31/1 (March, 2008): 111 – 112.

Kruse, Horst. "The Real Jay Gatsby: Max von Gerlach, F. Scott Fitzgerald, and the Compositional History of *The Great Gatsby*." *The Scott Fitzgerald Review*, 1/1 (January, 2002): 45 – 83.

Lacan, Jacques. *The Seminar of Jacques Lacan*, *Book I: Freud's Papers on Technique 1953 – 1954*. Jacques-Alain Miller Ed. John Forrester Trans. Cambridge: Cambridge University Press, 1988.

Lerner, Michael A. *Dry Manhattan: Prohibition in New York City*. Cambridge, MA: Harvard University Press, 2007.

Levine, Harry. "Preface." *Profits, Power and Prohibition: Alcohol Reform and the Industrializing of America 1800 – 1930*. Albany: State University of New York Press, 1989.

Levine, Lawrence W. "Progress and Nostalgia: The Self Image of the 1920s." Malcolm Bradbury & David Palmer Eds. *The American Novel and the Nineteen Twenties*. London: Edward Arnold, 1971.

Lisle, Janet Taylor. *Black Duck*. New York: Philomel Books, 2006.

Love, Glen. *Babbitt, an American Life*. New York: Twayne Publishers, 1993.

McGowan, Philip. "The American Carnival of *The Great Gatsby*." *Connotations: A Journal for Critical Debate*, 15/1 – 3 (2005/2006): 143 – 158.

Melendy, Royal L. "The Saloon in Chicago." *American Journal of Sociology*, 6 (July, 1900): 289 – 306.

Okrent, Daniel. *The Last Call: The Rise and Fall of Prohibition*. New York: Scribner, 2010.

Prigozy, Ruth. "Fitzgerald's Flappers and Flapper Films of the Jazz Age." Kirk Curnutt Ed. *A Historical Guide to F. Scott Fitzgerald*. Oxford: Oxford University Press, 2004.

Renouard, Joe. "Interwar Intellectuals and American Consumerism." *The Journal of American Culture*, March, 2007: 54 – 63.

Ross, Donald. *American History and Culture: From the Explorers to Cable TV*. New York: Peter Lang Publishing, Inc. , 2000.

Rumbarger, John J. *Profits, Power and Prohibition: Alcohol Reform and the Industrializing of America 1800 – 1930*. Albany: State University of New York Press, 1989.

Schier, Donald. "Drinking and Writing in Paris in the Twenties and Thirties." *Sewanee Review*, 117/1 (Winter, 2009): 10 – 12.

Schwarz, Jeffrey A. "'The Saloon Must Go, and I Will Take It with Me': American Prohibition, Nationalism, and Expatriation in *The Sun Also Rises*." *Studies in the Novel*, (Summer, 2001): 180 – 201.

Sklar, Martin J. *The United States as a Developing Country: Studies in U. S. History in the Progressive Era and the 1920s*. Cambridge: Cambridge University Press, 1992.

Strauss, Samuel. "Things Are in the Saddle." *The Atlantic Monthly*, November, 1924.

Walker, Stanley. *The Night Club Era*. Baltimore: Johns Hopkins University Press, 1933.

汪民安主编:《文化研究关键词》,南京:江苏人民出版社,2011 年。

第二十二章

最后的抗拒：科学进步与
保守主义

——斯哥普斯审判与基德的《猴镇》

历史事件之二十四：斯哥普斯审判

小说之三十一：罗纳德·基德《猴镇》

本书上一章(第二十一章)对禁酒令这一非常时期的非常举措和反映这一事件的美国小说进行了讨论。除禁酒令之外,同一个历史时期和文化语境中,"非常"法律事件接二连三,如这部分讨论的斯哥普斯审判和本书第二十章讨论的萨科/樊塞蒂审判。这让我们不禁对这个传统与现代交汇的时代,即20世纪20年代,投以特殊的关注。美国著名文化人H. L. 门肯(H. L. Mencken)曾评说道:"我们被告知,禁酒令将会清空监狱,减轻税负,消除贫困,终止政治腐败。今天,即使是禁酒令的提倡者也不再会如此信誓旦旦。"(Mencken,2006:19)他所言及的"今天",指的是1925年。该时,禁酒令已实施5年,收效甚微,法令成了保守派的烫手山芋。"于是他们谨慎地避开这个话题,抬出一个全新的神圣事业,取而代之。开始,这项事业是巴比特①式的乌托邦运动,后来逐渐演变为一场寻求法律强制约束的神秘运动。"(Mencken,2006:19)"神秘运动"指的是最终引向斯哥普斯审判的宗教保守派发起的反演化论②运动。门肯用调侃的语气将这两个带闹剧色彩的法律事件联系在一起:"禁酒令遭遇了可悲的失败,但是(保守派应对时代变迁的)抗争必须继续。于是一个超验的动机取代了现实的动机。一场大戏刚刚唱罢,另一场的锣鼓已经敲响。"(Mencken,2006:20)

一、斯哥普斯审判:事件的描述

斯哥普斯审判的正式名称是"田纳西州诉约翰·托马斯·斯哥普斯"(The

---

① 巴比特是美国诺贝尔文学奖获得者辛克莱·刘易斯(Sinclair Lewis)的名著《巴比特》(*Babbitt*,1922)中的主要人物。

② 英文 Evolution 这一中心概念在我国一般都翻译为"进化论",但科学界认为这是"长期被误译"的一个"重要单词"。芝加哥大学演化生物学家龙漫远教授认为,"演化论"是更准确的译法,因为"自然界没有一个从低级到高级和从简单到复杂的进化的必然规律,特定物种在特定时期所表现的进化不能作为生物演化的普遍规律或常例。从形态到分子的大量证据表明,在许多情形下,生物的某些特征还会从复杂演化到简单,甚至长期保持不变。而'演化'一词涵盖了更加广泛的变化模式和过程"(科因,2009:iii)。一些重要的相关汉译科学著作,如《为什么要相信达尔文》,也将 Evolution 译为"演化论"而不是"进化论"。

State of Tennessee v. John Thomas Scopes)。田纳西州于 1925 年 3 月 21 日通过法案,禁止在公立学校传授人从低等生物演化而来的内容,因为此说与基督教教义内容相冲突。一位名叫约翰·斯哥普斯的代课高中教师因违反这一法令被诉,审判引起了全世界的关注。这是美国基督教原教旨主义针对演化论的一场法庭较量。由于达尔文的学说论证人从古猿类(泛称为猴类)演化而来,故又俗称为"猴子审判"(Monkey Trial)。这场审判发生在特殊时期,具有特殊的重要意义,于是又有"世纪审判"之誉。

这场"世纪审判"的由来并不壮观,甚至带点游戏色彩。世界基督教原教旨主义协会田纳西分会主席约翰·巴特勒(John Butler)出于对上帝的虔诚,提交了反演化论法案,州议员为了讨好势力不断壮大的原教旨主义宗教团体,大多投了赞成票。州长奥斯丁·佩伊(Austin Peay)出于同样的考虑,签署了这一法案,成为巴特勒法令(Butler Act),但他认为这只不过是一种对世俗化趋势的示威性的表态,预言法令根本不会被实施(Larson,1997:92)。在签字使法案成为法令之后,他对立法委员会说:"仔细审阅后,我没有发现本法案要求干涉的目前学校使用的教科书有任何一点问题。也许这项法令永远不会实施。"他清楚立法的用意是"对宣扬所谓的科学,对在学校和其他生活领域无视《圣经》权威的非宗教倾向提出抗议"(参见 Levine,1971:45)。法令明显违反美国宪法,而且在田纳西州要求公立学校使用的生物课本中,达尔文的演化论思想赫然入目。也就是说,生物教师按课本讲授就必须违法,但没有人在意这其中的矛盾,法令也没被重视,整个田纳西州只有一家小报纸刊登了一条相关的短消息。

"故事"开始于田纳西州一个叫"戴顿"的小镇上。同为律师的苏·希克斯(Sue Hicks)和赫伯特·希克斯(Herbert Hicks)两兄弟、一名店主和几个市民一起聊天时,谈到新法令,发觉了一个"让小镇受到关注"的良机,于是一起"策划"了一场审判,意在招揽游客和生意。"希望提振小镇知名度的人们马上联手合作。面前是几乎如奇迹般出现的前所未有的机会,可以让戴顿登上报纸的头条,成为人们的话题,让它出现在地图上。"(Mencken,2006:27)苏·希克斯找来了他的好友,25 岁的戴顿高中代课教师约翰·斯哥普斯。其实斯哥普斯是个体育老师,只因一位生物老师生病而代课教过生物,按书本上的内容让学生做了些练习，略略涉及达尔文的演化论（Larson，1997：91）。斯哥普斯答应成为被告，并动员学生指证他违法，甚至教他们如何回答庭审中的问题（Larson，1997：108）。控方是希克斯兄弟等。此类举措，甚至被谴责巴特勒法令的当地报纸《纳什维尔田纳西人》（*Nashville Tennessean*）斥为"低级的宣传手段"（参看 Larson，1997：92）。门肯的文集《田纳西的宗教狂热：来自斯哥普斯猴审的报道》（*A Religious Orgy in Tennessee: A Reporter's Account of the Scopes Monkey Trial*）的开卷篇，就以"田纳西的马戏表演"（"The Tennessee Circus"）为标题（Mencken，2006：3），但是他又敏锐地意识到事情可能触发连锁反应，指出，"尽管每个细节都带有闹剧色彩，但这绝不是一场滑稽演出"（Mencken，2006：93）。

为了吸引媒体，策划人之一乔治·拉普尔伊（George Rappleyea）甚至写信给著名英国作家 H. G. 威尔斯①，请他过来加入辩方团队，但被谢绝。世界基督教原教旨主义者协会的领导人在 5 月 13 日给威廉·布莱恩发去电报，请求他以协会的名义参加斯哥普斯审判（Larson，1997：99），加入控方队伍。布莱恩欣然接受。而布莱恩的加盟，让克拉伦斯·达罗（Clarence Darrow）"马上决定前往"（Larson，1997：101），自愿免费为斯哥普斯辩护。布莱恩是著名的美国民主党保守派领袖，曾担任国务卿，3 次被提名为美国总统候选人，"是某种版本的原教旨主义的教皇"（Mencken，2006：75）。他也是禁酒令的支持者。达罗的名字同样如雷贯耳，他是美国最著名的左翼辩护律师，以犀利、机智著称，曾辞去铁路公司高薪聘用的法律顾问之职，为领导铁路罢工的工会领袖辩护。当美国共产党领袖尤金·戴伯斯（Eugene Debs）被指控领导罢工、导致暴力和破坏，也是他站出来担任辩护律师。

有了两位名角领衔，媒体紧紧跟踪，"斯哥普斯审判也转变成了 20 世纪第一场伟大的媒体狂欢"（Conkin，1998：84）。芝加哥《论坛报》（*Tribune*）吹嘘道，"这一事件将成为无线电史上一次创举"，将"充分展示无线电服务于公众的能力，将重大新闻带进千家万户"（Anonymous，1925：6）。成为新兴媒体的兴趣点之后，审判案超越了其本身，在众目睽睽之下演变成科学与宗教的公开

---

① H. G. 威尔斯是著名演化论科学家托马斯·赫胥黎的学生，也深谙达尔文的理论。他的《时间机器》等小说都涉及了演化论。

较量,进展超出了这场诉讼案"设计"者们最疯狂的想象。只有不到2,000人口的戴顿小镇,突然变成了全美国甚至全世界关注的中心。欧洲人首先感到吃惊,一个已被科学界接受的定论,居然在20世纪一个文明进步的国家受到宗教的挑战。法国、德国、英国的记者们也涌向戴顿,跟踪报道事件的发展。戴顿到处是临时搭建的帐篷,看热闹和做生意的吵吵嚷嚷,宗教团体和无神论者也都聚集到这个乡村小城,扯起了标语。审判之前,小镇蒙上了狂欢节的气氛。"审判庭前的草坪像个露天集市,一排排木摊位上从热狗到礼品钥匙圈,任何东西都可以买到"(Kidd,2006:66)。假戏成真,小审判演变为世人瞩目的大事件。

庭审加起来进行了8天(包括休庭时间上经历了11天),从7月10日到21日。辩方首先提出,这一法令本身违反了关于宗教自由和言论自由的美国宪法条例,偏袒某一宗教派别;此外,《圣经》应该被限于宗教和精神领域,而不应干涉科学课程,因此巴特勒法令属于无效的违宪法令。控方的观点是,斯哥普斯违反了田纳西州的法令,在学校讲授法令禁止的演化论内容,事实不容置疑。庭审的前几天,控辩双方就程序问题、田纳西州的法令是否违宪问题、是否允许科学家作为证人出庭问题、原教旨主义是否代表了基督教的主体问题、学生是否因斯哥普斯讲授演化论而受到了伤害等许多方面进行了辩论。每个人都觉得审判将陷入无趣的纠缠并乏味地结束。戴顿的盛夏酷热难当,包括门肯在内的不少记者和其他前来"见证"这一历史性审判的人纷纷撤离。从法官的态度和陪审团的组成来看,庭审的结果似乎毫无悬念,斯哥普斯"有罪"判决不可避免。

庭审在第7天突然达到了戏剧性的高潮,布莱恩和达罗面对面进行交锋,两人法庭对决的言辞,成了后来不少文学作品的核心内容,如剧作《一无所获》(*Inherit the Wind*,1955)和长篇小说《猴镇:斯哥普斯审判之夏》(*Monkey Town*,*the Summer of the Scopes Trial*,2006,以下简称《猴镇》)。在严重偏袒控方的法庭拒绝科学家作为证人的情况下,达罗将布莱恩作为《圣经》专家请上证人席。这是非常规的做法,此前的审判从未有过辩方请控方做证人的例子。控方其他律师发现了达罗的"圈套",马上提出抗议,但布莱恩不愿放过在媒体前表演的机会,站起来高调表示自己谙熟《圣经》,愿意作为《圣经》专家接受辩方的询问。

达罗问布莱恩，他是否是《圣经》方面的专家，后者骄傲地回答："我研究了50年。"达罗问他是否认为《圣经》中的每一句话都是必须按字面理解的真理，得到肯定回答后，发起一连串的问题：如果地球的历史如《圣经》所说只有6,000多年，而4,273年前的洪水淹死了除诺亚方舟上的幸存者外的所有生命，如何解释中国、埃及等有证据的超过6,000年的文明史？4,143年前，人们合力建造巴别塔对抗上帝，作为惩罚，上帝让人类讲互相听不懂的语言，那么，在此之前，地球人是不是都讲同一种语言？地球及万物是不是上帝在6天时间里创造的？一天是不是24小时？约拿在鲸的肚子里生活了3天后逃出，是否可能？上帝创造了亚当和夏娃，亚当和夏娃生了两个儿子该隐和亚伯，该隐杀死了他的兄弟，这样世界上只有3个人，后来该隐娶了媳妇，那个女人是从什么地方来的？约书亚为了延长白天，让太阳停住——那么是不是太阳围着地球转动？蛇教唆夏娃违抗上帝，上帝罚它永远只能爬行，那么之前蛇是怎么行走的，是否站着用尾巴行走？对于所有这些问题，布莱恩的回答基本是"我不知道，但我相信是真的"或者"对此我没有兴趣"。在听众的哄笑声中，这位以雄辩著称的保守政治家不断被羞辱。在长达约2个小时的问答中，达罗连珠炮似的问题将布莱恩"塑造"成了一个愚顽、僵化、无知的蠢人。罗尔斯顿法官虽然想给布莱恩时间和反驳的机会，但担心听众中两派出现冲突，宣布休庭。第二天罗尔斯顿法官以议题与案件无关为由，不再继续此类辩论。

事后达罗写信给门肯谈了庭审中对布莱恩的质问："我决定在国人面前揭露他的无知，我成功了。"（Larson，1997：190）由于这是美国第一次无线电全国直播的庭审，这样的揭露影响深远。历史学家爱德华·拉森在获得普利策奖的著作《天神之夏：斯哥普斯审判和科学与宗教在美国的长期争论》（*Summer for the Gods: The Scopes Trial and America's Continuing Debate over Science and Religion*）中说："媒体的报道铺天盖地……像《纽约时报》这样的报纸的头版，连续多天被这一审判事件所占据。200余名新闻记者从全国各地来到小镇……22名电报员每天发出165,000词的关于审判的文稿，为报道而架起的电报线长达数千英里，关于斯哥普斯审判发到英国的新闻稿字数，超过了以往任何事件。"（Larson，1997：213）媒体的详细报道，对宗教原教旨主义造成了打击,达到了自由主义人士希望达到的目的。审判的结果已不重要,但对控方仍是一个安慰:斯哥普斯被判有罪,处以最低罚款 100 美元,相当于当时教师一个半星期的平均工资。

人们不知道的是,有罪判决正是达罗和辩护团队希望得到的结果。他们其实十分担心陪审团会对斯哥普斯做出无罪判决。达罗在最后的简短陈述中,事实上向陪审团提示,斯哥普斯违反法令的事实不用质疑。有了有罪判决,他们就有了上诉到州法院,甚至联邦最高法院的机会,可以把反对极端宗教的斗争带到更大的层面进行,向更广大的民众揭露原教旨主义的偏见。

审判结束后 5 天,尚未离开戴顿的布莱恩午睡时突然去世。许多人认为他是被"气死"的,达罗的羞辱让他无地自容,但医学上认定的死亡原因是糖尿病引起的中风。佩伊州长代表官方做出表态,称布莱恩是"为捍卫我们父辈的信仰而牺牲的烈士",并宣布他的安葬日为州假日(Larson,1997:203)。辩方的上诉提交到田纳西州法院。1927 年 1 月,田纳西州最高法院推翻了斯哥普斯的定罪结论,理由是 100 美元的罚款决定是罗尔斯顿法官做出的,而按法律规定应由陪审团决定,因此违反了程序。州法院以"技术原因"推翻了审判结果,阻止上诉,挫败了达罗团队的计划。斯哥普斯审判事件就此收场,巴特勒法令也在 40 年后的 1967 年被悄悄废除。

二、罗纳德·基德与《猴镇》

历史小说"是一种基于严肃史料呈现的史实重建过去时代人物、事件、运动或精神的小说"(Holman & Harmon,1986:238)。罗纳德·基德(Ronald Kidd)的《猴镇》是长篇历史小说,以斯哥普斯审判为中心内容,艺术化地再现了审判前后及审判的整个过程,并以文学享有的虚构特权,生动描绘了这一事件对年轻一代产生的影响和意义。《旧金山纪事报》称赞这部小说"是话剧《一无所获》和小说《杀死一只反舌鸟》的结合体,又带有多克托罗文体中曲折变化的风味"(Kidd,2006:封面文字)。

由于被誉为"历史小说之父"的沃尔特·司各特的贡献,历史小说成为一种专门文类。"司各特发展起来的历史小说,在他'威弗利小说系列'众多绪论和前言中得到描述阐释,形成经典模式。这种经典模式设在两种文化相冲突的时代——一种行将就木，一种正在诞生——小说人物置身于冲突之中，卷入真实历史事件，穿行在真实历史人物之间。这些小说人物经历事件，体现出事件对置身其中的人们的影响与冲击。"(Holman & Harmon，1986：238)《猴镇》基本遵循了经典历史小说的范式，由一个虚构人物贯穿事件始末，连接卷入事件的所有真实历史人物，通过此人的所见所闻和所思所想，作家表达了对历史的再认识。历史小说必定在某种程度上填补历史记载的空缺。人物在小说中变得有血有肉，事件不再是前因后果的理性呈现，而是卷入其中的人物生活的一部分。历史小说也是对历史的一种阐释性的解读，总是在故事中表达着书写者的观念和态度，背后总是涌动着作家个人的情感。

小说《猴镇》的背景设在 1925 年田纳西州的戴顿镇，那是斯哥普斯审判的真实时间和地点。在立法禁止学校施教"与《圣经》教诲相违的内容"之后，青年教师约翰·斯哥普斯继续在课堂上讲授达尔文的理论，惹出了事端。小说的叙述者，15 岁的少女弗朗西丝·罗宾逊，是小说主要人物中唯一一个虚构人物。她是斯哥普斯的学生，暗恋上了那位活泼英俊的年轻教师。她的父亲弗兰克·罗宾逊以及小说中的其他主要人物都用了真姓真名，与历史事件中担当的角色基本吻合。罗宾逊先生是当地罗宾逊杂货店的店主，并兼任学校董事会主席，是斯哥普斯审判的主要策划者之一。由于女儿是故事讲述人，小说中这个人物所占篇幅较多，父女两代人之间的观念冲突被赋予了象征性的意义。

罗宾逊先生虽不是宗教狂热分子，但从不质疑流行于南方乡村的认知观念。巴特勒法令公布不久，他听说斯哥普斯代课期间讲述了生物演化科学，于是上报并逮捕了他女儿迷恋的这位青年教师。此举并非为了捍卫《圣经》的权威，而是为了创造轰动效应，给小镇带来知名度和生意。事情的发展让他始料不及。一方面，审判成了里程碑事件，戴顿这个小镇一时成为以神创论和演化论为焦点的宗教和科学博弈的前哨；另一方面，保守的美国南方"乡巴佬意识形态"成了北方人鄙视和嘲笑的对象，由于审判被戏称为"猴子审判"，戴顿也获得了"猴镇"的绰号。审判在 7 月学校暑假期间进行，弗朗西丝为心上人担忧，跟踪了整个审判过程，卷入了部分事件，结识了前来采访的门肯，听到了各种不同的言论和观点，不停地思考、追问。

除了叙述者，小说故事中 4 个主要人物是：充当公诉人的著名保守派政客威廉·布莱恩、作为辩护人出庭的著名律师克拉伦斯·达罗、前来戴顿对审判事件进行实地采访并发表了多篇犀利评述文章的著名记者门肯和热爱生活、相信科学但不太关注宗教的青年人斯哥普斯。小说揭示了保守势力在维护宗教权威口号背后的动机与私利,赞美了为科学信仰而敢于抗争的人们,而女主人公弗朗西丝目睹了卷入这场交锋的偶像所遭受的逮捕和责难,品尝了初恋的甜蜜与痛苦,经历了爱和成长的烦恼,开始质疑小镇的道德风气和她一直信赖的父亲。她站到了斯哥普斯一边,站到了小镇流行思潮的对立面,在思考中成长成熟。

著名文学理论家诺思若普·弗莱对经典历史小说做了很好的概括:"真实历史人物一般以次要角色出现,重大历史事件构成背景的重要部分。主要人物和中心情节一般是虚构的,但这种虚构服务于小说对该时段主要社会议题所做的评述。"(Frye, 1997:237)这部以真实历史事件为基础和背景的小说,巧妙地塑造了一个边缘人物作为叙事中心,通过这个处在成长关键期的姑娘的视角,从具体和个别入手,通过想象呈现细节,让涌入她头脑的各种矛盾的观念和现象,折射外部世界两股势力的较量,放大观察历史事件的某些侧面,从而锁定问题,提出间接的评说。小说家用自己的方式对历史进行重现,一方面让读者获得最直接、最真切的历史体验,另一方面又让读者在文学话语与历史话语的并置和碰撞中获得对历史的新认识。作家握有小说世界中的话语权力,可以决定由谁叙述,如何叙述。历史事件在小说中转变成了故事,历史故事与事件相映成趣。由于作家的介入,历史故事又变成了一种阐释性的解读。

三、历史语境与文化解读

在19世纪30年代达尔文还没有发表他的研究结论时,大多数自然科学家都已经十分清楚,地球的地质时间远远比《圣经》声称的要长,诺亚的洪水从来没有淹没过整个地球。《圣经·创世纪》中的那两个故事应该被看作寓言,几乎每个细节都与事实不符(Conkin, 1998:18)。很多基督教徒已经不再坚持《圣经》字面上的真理性。1859年达尔文的《物种起源》出版时,只有少数科学家接受生物演化的概念。然而仅仅20年后,"甚至一个对演化论持反对立场的教会刊物，也只能列出 2 名对此持有异议的美国自然科学家"（Larson，1997：16）。到了 19 世纪末，很多自由派基督教徒完全接纳了演化理论。基督教保守派可能不认同这一理论观点的某些方面，但几乎从未大张旗鼓提出反对（Larson，1997：19）。

自 20 世纪初开始，很多基督教领袖调整了对实证科学的态度，不再要求信徒抗拒现代科学，坚守上帝在 6 天时间里创造了世间万物，人类由亚当和夏娃开始等《圣经》的字面概念（McGowen，1990：24）。1905 至 1915 年间，美国的一些宗教刊物也刊登不同观点的文章，有些批判演化理论，有些则接受（Larson，1997：32）。在新教各派中，越来越多的基督教徒开始追随被称为"现代派神学"的自由主义，不再将宗教和现代科学视为不共戴天的敌人间的零和博弈。这种自由主义引向后来的"弱宗教"理论，即承认宗教的历史性和局限性，弱化甚至放弃绝对真理等概念，强调其精神道德意义，容纳现代科学揭示的新认识。其实在斯哥普斯审判之前，几乎每个美国大学和高中都把"演化论"当作生物学知识的基本部分，学生的课本都说明演化论是一个已被证实的事实，也肯定达尔文在科学史上的贡献。

20 世纪 20 年代出现了逆向转变。科学力量强势崛起，影响力日渐扩大，这让部分人感到基督教受到了被颠覆的威胁。"调查发现信仰宗教的大多数民众与不信教的文化精英之间的鸿沟越来越宽。"（Larson，1997：268）危机感刺激了保守宗教势力，促使他们发起原教旨主义运动，意在重树《圣经》的绝对权威。他们印刷名为《原教旨主义》的小册子在全美国范围内散发，强调《圣经》中句句话都是真理，不容置疑，不然基督教就没有立足之本。于是，"不同教派的保守基督教徒抱成一团，为捍卫他们传统信仰的所谓'原教旨'而斗争，反抗现代派的异端邪说"（Larson，1997：34）。就这样，如保罗·康金在他著作的前言中所言，"20 世纪 20 年代为所谓的'原教旨主义'的圣战提供了舞台"（Conkin，1998：viii）。

原教旨主义和演化论追随者之间在 20 年代形成尖锐对立不是偶然的。拉森详细描述了多方面推波助澜的因素。第一，19 世纪美国青少年上高中的比例很低，在南方乡村地区情况更糟，1890 年的统计数字是 20 万，到了 1920 年增长到将近 200 万。比如斯哥普斯审判所在地戴顿镇，第一所高中

1906 年才开办,戴顿高中与其他高中一样,将达尔文的理论作为生物课的组成部分,演化论对宗教的冲击再也无法忽略不计(Larson,1997:24)。第二,美国著名遗传学家托马斯·亨特·摩根在 1916 年取得了突破性的研究成就,证明了变异的个体更容易继续变异,演化可以定向加速,证明了达尔文的理论(Larson,1997:25),再后 1924 年南非发现类人猿头骨化石,填补了缺失的"中间阶段"(化石头骨的复制模型也被作为证据出现在斯哥普斯审判之中),提供了具有说服力的人类演化的证据,激发了反演化论势力的绝地反击(Larson,1997:28)。第三,第一次世界大战之后传统价值崩溃,文化危机出现,让美国传统派感到焦虑,而且宪法禁酒令的实施使他们获得鼓舞,试图继续寻求用法律手段限制"出格"的行为和观念(Larson,1997:35 - 36)。第四,俄国的十月革命取得胜利,让不少美国人感受到"红色恐慌",担心宗教地位和传统秩序可能会被颠覆(Larson,1997:63);而站在十月革命理念的反面,又有人曲解达尔文"适者生存"的理论,用以将资本主义、帝国主义、军国主义弱肉强食的行为合理化(Larson,1997:27),这两方面都招来了一批演化论的反对者。第五,1916 年詹姆斯·H. 利欧巴(James H. Leuba)出版了对大学生和教授的宗教信仰的大范围调查报告,其结果证实了布莱恩等人担心的现状。调查报告结论中说:"这些记录给人留下的最深印象是,……基督教作为一种信仰系统已经完全瓦解",而且受教育程度越高,信仰比例越低(Larson,1997:40 - 41)。

20 年代是新旧碰撞,火花四溅的年代。一些根本认识上出现的新走势,迫使保守派抱团取暖,做出强烈的反抗,致使原教旨主义团体和三 K 党这类组织发展异常迅速。一名原教旨主义宗教大腕曾说:"美国遭受的所有不幸,刨根问底,都可归结为演化论的传播。"(参看 McGowen,1990:24)危机感转化为一种行动的召唤,变成了宗教使命。原教旨主义宗教运动要求对《圣经》所言一切报以绝对的、不妥协的信仰,强调必须认定《圣经》中所说的一切都具有真理性,不然基督教就毫无意义。原教旨主义领袖们宣称,为了防止下一代变为无神论的受害者,他们必须发动一场反演化论运动,阻止美国进一步滑入世俗的泥坑。这样的企图在更为开放包容的美国北方屡遭挫折,但在美国南方的田纳西州获得了小小的成功。

原教旨主义运动能够在田纳西州取得突破并非偶然。1925年的田纳西是一个贫穷落后的南方州，人均收入不到美国平均水平的一半，是全美教育支出最低、文盲比例最高的几个州之一（Conkin，1998：82）。"审判期间做的一项非正式民意调查结果显示，去教堂做礼拜的戴顿人中，85％相信《圣经》字面内容的真理性"（Larson，1997：93）。田纳西州所在的地方被门肯戏称为"《圣经》带"（the Bible belt）（Mencken，2006：67），在那片"弥漫着宗教气氛的山地，《圣经》是战争时期发布军令的至高无上的权威。不管是精神上还是日常生活中的所有问题，他们都期待从它那里获得引导的光芒"（Mencken，2006：50）。这个州的经济和人文条件为原教旨主义的发展提供了合适的土壤。成立于1915年的三K党发展迅速，主要活动地也在这些南方和中西部经济落后的州，与原教旨主义者一起一度成为主要政治力量。

以法律手段阻击违背宗教观念的认识，田纳西州并非第一个。1922年一项禁止传授"达尔文主义、无神论、不可知论和演化论"的提案被送交肯塔基州立法院，但以42对41的一票之差被挫败。同年，南卡罗来纳州关于"政府停止资助传授被称为达尔文主义的异端邪说的学校"的提案，也遭到了否决。1923年，一项类似肯塔基提案的动议在佛罗里达州遭到失败，但通过了一项"建议"（不是法令），希望教师们自觉"抵制传授达尔文主义或其他有关人与其他生物有血亲关系的假说"。1922－1924年间，佐治亚州、得克萨斯州、俄克拉何马州、北卡罗来纳州也有类似提案（McGowen，1990：30），最后都遭挫败。类似的图谋在北方和西部更是毫无胜算。

但原教旨主义者们不懈努力，屡败屡战，终于在1925年取得了第一个有影响力的胜利。田纳西州通过了巴特勒法案，从此在该州公立学校讲授演化论属于违法。斯哥普斯审判，不管发起人的意图何在，事实上形成了对该法令的公开挑战，并很快获得了象征意义。事件激起的波澜迅速漫开，越过美国边界，成为全世界关注的新闻。萧伯纳在英国发表意见，谴责"原教旨主义者的一派胡言"（转引自Larson，1997：112）；爱因斯坦发表声明，对田纳西州反演化论法的通过表示遗憾（转引自McGowen，1990：93）。欧洲没有原教旨主义运动，在20世纪文明国家出现这样的审判，"让欧洲人感到大惑不解"（McGowen，1990：54）。

四、审判事件的小说再现

历史小说是一个有弹性的宽泛概念,既可以指艺术化再现的历史事件,也可以是像《红字》那样截取某一特定历史为背景而创作的故事。《猴镇》属于前者,事件的起因、发展、过程和结果都与史实十分接近,但作家将历史的宏大叙事变成了个人小叙事,在其中,人的情感和认知变化被凸显为事件的重要组成部分。这种具体化的个人视角的呈现,既是对历史的解读,又比历史陈述更加生动鲜活,更具有感染力和说服力。

小说具体描写了特殊时段戴顿镇的特殊场景:"好像大部分戴顿当地人都住到山里去了,把小镇留给外来者,到处可见带着号哭的孩子的乡下人家、兜售秘方药的小贩、玩捉迷藏的光脚小孩、牵着猎浣熊狗背着松鼠枪的山地人、无处不在的做笔记拍照片的记者"(Kidd,2006:83-84)。当然还有与事件相关联的街头辩论和宗教宣传。突然间"这地方律师比苍蝇还多"(Kidd,2006:83)。全景式的扫描中,小说的镜头在一个场景前停住:"'以上帝的名义向您问候!'那位街头传教士大声说,摇着他(门肯)的手就像从水泵里压水。"此人是 T. T. 马丁(T. T. Martin),一个真实的历史人物。马丁是美国原教旨主义运动的积极活动家,出现在戴顿法庭附近的街上叫卖他的书。"T. T. 马丁教士,反演化论联盟田野秘书。给你一本我自己写的小册子——《地狱与中学》。"(Kidd,2006:84)马丁的反演化论著作《地狱与中学》(*Hell and High School*,1923)在美国热销,他也确实在斯哥普斯审判期间来到戴顿,在街上撑起的标牌上写着"T. T. 马丁:反演化论联盟司令部"。这一画面成了很多摄影师留下的"猴审"事件的背景。小说再现了当时的氛围,为事情的发展做了生动的铺垫。

我们说过,"猴审"开始的脚本是闹剧,但演出时成了严肃剧。小说在这方面的描述与历史记载基本吻合。当布莱恩和达罗表达了参加控、辩团队的消息传来时,小镇充满了"看好戏"的亢奋和期待。审判策划人之一苏·希克斯从前门冲了进来,手里晃动着一张纸,脸因兴奋涨得通红,宣布了布莱恩可能参加控方团队的消息。

所有人一时都目瞪口呆,随之欢呼雀跃。大家呼喊,跺脚,挥舞帽子。苏深深弯腰行礼，作为答谢。

让我父亲感到吃惊不是件容易事，但苏成功了。父亲两眼瞪着他，不敢相信："威廉·詹宁斯·布莱恩要来？"

苏咧嘴笑着，大声对人群说，"孟菲斯的人说，如果我们欢迎，他愿意过来。事情搞大了，厄尔先生，轰轰烈烈"。（Kidd，2006：43）

此后不久，美国最著名的辩护律师克拉伦斯·达罗在报上读到布莱恩出场的新闻，自告奋勇要求为斯哥普斯出庭辩护。"听到这一消息父亲笑出声来：'真是天作之合。布莱恩相信《圣经》里的每一句话，达罗什么也不信'。"（Kidd，2006：47）

但在"好戏"开场前，作者在《猴镇》中设计了一个戴顿附近乡下的情景，让弗朗西丝跟随门肯和他的朋友驾车来到一处树林，躲在林边观看被称作"摇喊派"（the Holy Rollers）的山地人的一次原教旨主义宗教聚会，让她目睹了令人震惊的场面。摇喊教派以千禧年主义（Premillennialism）为基础，是五旬节派（Penticostalism）①的一支，在当时发展迅速，强调圣灵作用于信仰者身上产生的奇迹，让他们心动神摇，做礼拜时以呼喊摇晃来表示虔诚，表示圣灵与个体的合一。

弗度修士话音刚落，一个小个子女人马上站起来发言。她谈到一名书籍推销商到她家中，她连那些书碰都不碰一下，就把那人撵走了。

"为什么还要读书？"她理直气壮地说。"如果书里说的是真理，那么《圣经》中已经有了。如果不是真理，那么我也不会让灵魂冒风险去读它。把书都烧掉吧，圣明在上。"

她后面一个穿着脏兮兮工作服的男人站了起来。"教育是魔鬼的把戏！"他嗓门很大。"城市是魔鬼培育邪念的地方。戴顿就是索多玛②，摩根城也好不到哪里去。按我说把他们都赶到地狱去！"（Kidd，2006：121）

① 五旬节运动或五旬节派是20世纪初兴起的基督教新派的一种激进派复兴运动，强调追随者能在个人经历中感受圣灵的降临。

② 《圣经·旧约》中的城市，由于市民堕落，上帝降以天火将之摧毁。

这些山地人坚信,他们的孩子们只要能读《圣经》就够了。小说揭示了导致巴特勒法案和斯哥普斯审判背后的成因和根源。林中的这一幕,让城里的高中生弗朗西丝目瞪口呆,让读者看到了激进原教旨主义的面目,也让小说中的门肯尖锐地道出了此情此景与斯哥普斯审判的关联:"我们在那边看到的——就是这场审判的本质。剥去法官的外衣,撇开那些程序和装腔作势的话,他们就是林子里闹腾的一帮摇喊派。"(Kidd,2006:125)小说外真实的门肯也分析过这一类文化程度低下、不善思考且又自以为是的宗教狂热分子:"就如布莱恩告诉他们的那样,他们坚信他们知道的比基督教世界中所有科学家加在一起还多。他们相信《圣经》神创论的权威,相信地球是平的,地球上巫婆术士横行。他们尤其相信,任何怀疑这些神启的事实的人,都要下地狱。于是他们得到了心灵的安抚。"(Kidd,2006:97)这些如田纳西州等南方落后地区的乡下人,组成了政客们为了自己的私利招募的大军,试图通过法律至少在某些区域实施"多数人的暴政"。

审判一开始,闹剧色彩荡然无存。达罗在法庭上做了开场白,以他惯用的直切要害但又略带嘲讽的口气对法官说:"今天我们这里看到的,是一股试图摧毁知识的无耻狂妄的黑暗势力,类似中世纪的作为,唯一不同的是,我们没有将被告绑在刑柱上烧死的安排。但是再给些时间会发生的,法官大人。事情总会慢慢演变。"(Kidd,2006:143)他在发言的最后总结道:"如果今天你能拿演化论说事,将公立学校传授演化论定性为犯罪,明天你就可以认定在私立学校和教堂传授演化论是罪行。下一步,你可以禁止书刊和报纸。很快你可以挑起天主教与新教,新教与新教之间的争斗,然后把你自己那一套信仰强加于人们的头脑。再过后,法官大人,那就是人对人,教派对教派的混斗,直到我们高举大旗,擂着战鼓大踏步地朝着伟大的 16 世纪倒退,再次观看偏执狂们点燃火把,在大庭广众将敢于为人类的头脑带进知识、启蒙和文化的人烧死。"(Kidd,2006:145)

小说中达罗说的话,正是真实的达罗在法庭上说的,一字不差。只是真实审判中,他在此之前说了许多别的方面的内容,诸如神学家对《圣经》文本来源的看法,基督教不同流派、不同成员对演化论的不同认识,《圣经》和科学属于不同话语体系等。而在小说安排中,达罗的其他辩解一概被省略,而让掷地有声的法庭辩论头一天的开场白和结束语得到充分凸显。这两段话实际上为这场审判，也为小说本身定下了基调。在 16 世纪及其后几十年，支持哥白尼日心说的布鲁诺和伽利略，因其言论与《圣经》中地球中心说的"真理"相悖，损害了《圣经》的权威，受到宗教裁判，布鲁诺被判死刑，在罗马的广场被公开烧死，伽利略遭受长年监禁。那是宗教与科学的第一次正面冲撞，结果宗教以暴力取胜，但真理永存于世。达罗的陈词紧紧锁住黑暗的中世纪与"猴审"时代的美国之间的呼应，以历史的教训为今天的人们敲响警钟，抨击再次出现在 20 世纪逆历史潮流而动的法令与审判的荒诞性。

审判的推进与小说女主人公弗朗西丝对相关问题的思考交替进展。所有的思考最终都引向一个根本问题。弗朗西丝忍不住向她心中暗恋的人提问：

"你不相信上帝？我的意思是，你不确定？"

他说，"首先你必须告诉我，我们说的是哪个上帝。如果是犯点小错就把人送进地狱火坑去的那个，不信，我不信上帝。如果是不管如何都爱我们的那个……嗯，我愿意相信这样的上帝，真的愿意。只是没看到多少证据。"（Kidd，2006：53）

小说中的斯哥普斯是个热爱生活、穿着入时的青年，受到学生和很多戴顿镇民的喜欢，比真实生活中的斯哥普斯更开朗，更现代。他自己不去教堂但尊重别人的信仰。他的观念影响了弗朗西丝。小说描写了她与她的好友艾萝伊丝之间的冲突。

我说："你难道从来不想想这些事？也许我们的父母告诉我们的每件事都是对的，也许不是这样。约翰·斯哥普斯是个好人，他不相信上帝。也许他是对的。错的可能是我们的父母。"

"你住嘴行不行？"

"看看这些大山，"我说，"你想过山那边是个啥样子？那边远处是亚特兰大，还有芝加哥和纽约。更不用说像巴黎和东京和孟买这样的地方了。那些地方的每个人和我们信仰的都一样吗？谁来判定我们是对的，他们是错的？"

艾萝伊丝两眼瞪着我。"你为什么把每件事都弄得那么复杂？上帝在 6 天时间里创造了世界。耶稣爱我。我爱我的父母。他们告诉我的，我信。"

她走向自行车，骑上车。"我回家了，你回吗？"

"也该回去了，"我说，"我不是故意让你心烦。我只是在想些问题，没别的意思。"

"你想得太多了，"艾萝伊丝说，蹬车下了山坡。（Kidd，2006：58）

思考得最多、最深透的小说人物是门肯。真实生活中的门肯是新闻界的名人，美国人主要通过阅读他在东部著名报刊上连续发表的一篇篇报道，才了解到"猴审"事件的进程和背景，而他的文章痛斥原教旨主义者的愚昧导致的宗教狂热。小说作家对这个人物着墨较多。弗朗西丝在街上偶遇门肯后，与他相识，小说故事的很多部分是他俩在一起经历的。他对问题一针见血的看法，影响了女孩的认知观。开始在她眼中，门肯是个出言不逊、自以为是且玩世不恭的北方佬，高傲尖刻，对以戴顿为代表的南方人的传统和信仰不屑一顾，嘲讽有加。但在几天的接触和交谈过程中，她渐渐了解了这个外乡人：他知识广博，思辨具有穿透力，既疾恶如仇，也有温柔多情、热爱生活的一面。接触中，弗朗西丝对他由憎恨转变为敬重。

小说中穿插了一些历史记载中没有，但作家在小说创作前实地搜寻资料时发现的故事片段，比如审判期间有些当地人试图暗害门肯——"给他一个教训"（Kidd，2006：225）。小说中是弗朗西丝探得信息，让门肯避开了村民谋划中对他的私刑。小说也描写了当地人试图加害达罗的细节。弗朗西丝了解并帮助阻止了这些卑鄙的计划和行动。她对平时看似温顺、但审判期间对异见者穷凶极恶的镇民，也有了进一步的了解。

审判在接近尾声时突然达到高潮。由于这场辩论本身具有的戏剧性，小说用了许多页的篇幅详细呈现了达罗与布莱恩之间法庭辩论的细节（Kidd，2006：214 - 221）。《猴镇》特别描述了达罗在地球的地质年代这一问题上穷追不舍的拷问。15 世纪，学者型的大主教詹姆斯·厄舍（James Ussher）运用《圣经·创世纪》中的内在信息做出推断，确定"创世"发生在公元前 4004 年。到了 19 世纪中叶，大多宗教理论家与地质学的结论相妥协，将《圣经》创世的"一日"解释成"一个时代"，于是就有了"日即时代"理论。但原教旨主义强调《圣经》中的每个字都是真理，都必须按字面意义进行理解。达罗的巧妙提问，逼得布莱恩承认"日"指的是"时代"——"可能是几百万年"（Kidd，2006：219），自己推翻了原教旨主义基督教坚守的"6 天创世"的理论，向达尔文关于地球生物缓慢演化的学说妥协。

审判事件让以弗朗西丝为代表的戴顿人震惊，也迫使那些一边倒支持布莱恩的镇民们感到不安，开始了痛苦的思考：是继续攀附原教旨主义，还是走进文明？他们开始反思，开始缓慢地调整自己的认识，开始质疑以前从不质疑的观点，开始改变对达罗和门肯的态度。自从她的心上人斯哥普斯遭受指控开始，弗朗西丝是对小镇的文化现状提出质疑和思考最多的一个。尤其是在门肯的影响下，她发现自己分裂成"新"和"旧"对峙的两半：

过去的两个月中我被撕成了两半，我的一半希望世界维持原样，而我的另一半盼望它能够得到改变；我的一半相信《圣经》，另一半相信科学家；我的一半相信老爸，另一半好像不认识他；我的一半热爱戴顿，另一半觉得它的确是个猴镇。

在那个高高搭起的台上看到互相对视的布莱恩和达罗，听到人群的呼喊声，我不禁心里问自己事情是否最终会有个明白的答案。我的两半怒目相视，打量着对方，随时准备拔出武器。全世界都瞪眼望着。（Kidd，2006：214）

弗朗西丝意识到，审判既是改变自己的事件，也具有更大层面的象征意义："全世界都瞪眼望着。"持不同立场和观点的人们，将这一场审判视为基督教原教旨主义势力与现代科学力量之间的一大战役，或是言论自由与思想压制之间的一场冲突，或是善与恶之间的一场搏斗。弗朗西丝的母亲一向沉默寡言，她早已看到了问题的本质：

"这事跟约翰·斯哥普斯没有关系，"她说，"一开始就没有关系。"
我说，"我真太幼稚了。"（Kidd，2006：228）

的确,斯哥普斯不是这一场审判所代表的观念冲突的主要人物。《猴镇》用以折射斯哥普斯审判所反映的社会和认知变化的,主要是四对人物:布莱恩和达罗、叙述者弗朗西丝和她的父亲、弗朗西丝与好友艾萝伊丝、门肯与守旧的小镇人。弗朗西丝对"幼稚"的过去的自我的否定,宣告了一个少女走向成熟,而这个特殊人物又代表了走向现代社会的新生的一代。从这一层意义上讲,《猴镇》也是一部成长小说。在审判事件的短暂时间和背景中,女主人公跨越了认知的门槛,开始了人生的新历程。以她父亲为代表的比较守旧的人,经历了审判之后似乎也改变了自己,父女之间有了更多的理解,重归于好。

我们俩穿过客厅时,父亲说:"弗朗西丝,你得帮我一件事。你说的关于演化论的事,别让你妈知道。她听了会受不了。"

"怪事,"我跟他说,"妈说了同样的话,别让你知道。"

他笑了,我也笑了。(Kidd,2006:241)

五、历史人物的艺术化再现

"新历史主义者认为历史和文学同属一个符号系统,历史的虚构成分和叙事方式同文学所使用的方法十分类似"(张京媛,1993:4)。但是,二者的表现手段和表现侧重完全不同。历史记载对人物进行归纳性的陈述,使之成为事件的执行者和观念的寄宿主,小说则主要通过人物塑造展示事件和观念的多面性和复杂性;历史打出"客观"的旗号,试图维护并不存在的客观性,小说家则充分享受虚构特权,让历史人物复活,成为有血有肉的个体,并让人物承载作家的褒贬态度。《猴镇》不是情节剧,而是一部严肃的现实主义小说,人物具有复杂性。人物塑造是优秀小说成败的关键,作家通过成功的人物形象,让小说获得感染力,激发读者的情感共鸣,帮助读者认识历史,认识历史沿袭发展而来的今天的美国社会。《猴镇》中除了叙述者,主要人物都有历史原型。尽管他们与历史人物同名同姓,有些行为和言辞甚至与历史记载完全相同,但一旦文本化进入故事模式之后,他们就不再是"真实"人物,而是小说家出于历史再书写的目的而进行艺术化"编织"的叙事的一部分。

被告斯哥普斯其实无足轻重,因为审判其实是观念的较量。小说叙述者显然意识到了这一点："每个人都忙着兜售自己的观点，忘记了审判的是谁。他们甚至连看都不看他一眼，好像他根本就不存在。"（Kidd，2006：178）不管在历史记载中还是在小说中，斯哥普斯的确不是观念交锋的聚焦点，而主要是事件的"名称"和标识。从少量文献记载的描述中，我们知道真实的斯哥普斯是个腼腆且不善言辞的青年。但小说中的斯哥普斯完全不同，是个朝气蓬勃，友善热情的现代青年，热爱运动，喜欢跳交谊舞，思想活跃但不激进，相信科学但不鄙视他人的宗教信仰。"他不喜欢戴顿人口中谈论的那种熟悉而狭隘的观念。他喜欢如他所说的'能拓宽头脑'的想法。"（Kidd，2006：6）他穿插于整个审判事件过程中，表达自己的想法和无奈。在作家笔下，他是个新时代造就的积极向上的新青年。

　　历史小说中的人物塑造，必定服务于作家内置的历史观。作家塑造了一个不同个性的人，让这个人见人爱的无辜青年站上被告席，成为"设局"人和宗教保守派的受害者。历史记载中，庭审宣判后斯哥普斯宣读了可能是别人替他写的陈述："法官先生，我觉得我是因为违反了一项非正义的法令而被判有罪。就像我在过去所做的，我在将来将继续以任何方式反对这一法令。任何其他做法都与我学术自由的理想背道而驰——也就是说，坚持传授真理。这是受宪法所保护的个人和宗教自由。"（转引自 McGowen，1990：92）这样的高调陈述没有出现在小说中，小说中的他虽然没有受到实质性的伤害，但不喜欢充当两股势力博弈的棋子，在女主人公最终说出"我爱你"后，他默默离开了戴顿。这样的人物塑造更能博得读者的同情，也更能激发读者对整个事件的反思。

　　另一个当地人物是罗尔斯顿法官。在媒体时代众目睽睽之下，"主持审判的人本身也总难免被别人审判"（Ferguson，2007：xiii）。尽管在特殊情景中扮演了重要角色，但罗尔斯顿毕竟是个乡下小地方的小法官，无法与布莱恩、达罗或门肯这些著名人物同日而语。罗尔斯顿本人是个宗教狂热分子，整个审判过程中，他毫无顾忌地偏袒控方，每次庭审开始前要求全体先向上帝祈祷，对辩方提出的抗议置之不理，觉得这样做"可以驳斥异端邪说，拯救被告的灵魂"（Mencken，2006：69）。门肯对他做了不屑的描述："这位土里土气的法官装腔作势，就像廉价演出中的小丑，从他嘴里说出的每一句话，几乎都不加掩饰地在迎合乡下人的偏见和迷信"(Mencken，2006：92)。

小说家笔下的法官，与门肯归纳的是同一个形象。小说在第28章中详细描述了罗尔斯顿法官操纵庭审的例子。他几乎公开地让所有参加庭审或关心审判的人知道，他在审判开始前就已经决定了结果，不管辩方律师如何陈述观点或提供证据，都无法动摇他的立场。陪审团成员也清一色持反演化论的观点。

"戴顿的陪审团不可能给斯哥普斯先生一个公正的审判。"

父亲说，"你都说些什么呀?"

"他们都反对演化论。他们早已做好了决定。……他们中有些人说，他们只读《圣经》一本书。"(Kidd，2006：135-136)

门肯讽刺道："在这样一个基督教山谷中要组成一个对斯哥普斯审判不抱偏见的陪审团，其难度犹如在华尔街组成一个对布尔什维克分子不抱偏见的陪审团一样。"(Kidd，2006：36)《猴审》对这一批"法律的代表"做了不恭的画像。虽然在小说中他们都是次要人物，但在锁定审判性质方面起着关键的作用。小说中着墨较多的是3位重要历史人物：布莱恩、达罗和门肯。

用门肯的话来说，布莱恩对于那些闭塞的南方乡下人"是血脉传承的先知——摩西和亚伯拉罕的直系继承人"(Kidd，2006：79)。小说描写了叙述者弗朗西丝看到布莱恩到达戴顿车站时的场面：人们涌上前去一睹他的风采，"他举起手来，人群马上安静下来。在我想象中他那面容就像先知摩西从西奈山取回十诫时的神情"(Kidd，2006：72)。虽然名义上是顾问，他显然是控方真正的核心，当地的律师只不过是为他敲边鼓。他充分利用当地人的迷信和恐惧，煽动民情，不谈演化论是否是自然规律，将法律条文和司法惯例弃之一边，但振振有词地强调达尔文的理论颠覆了祖先的信仰和社会道德，危言耸听，赢得了镇民们的阵阵欢呼，一开始就牢牢把控着小镇民意的支持。作家给他搭了高台，再让这个人物的发展从高处落下，跌得头破血流。

真实庭审的高潮也是小说的高潮。达罗与布莱恩关于演化论的辩论被栩栩如生地呈现在读者的面前。在达罗巧妙的牵引之下，在媒体众目睽睽之下，布莱恩包裹自己的外衣被一层层剥去，暴露出一个被极端思想蒙住双眼，不学无术，对科学理性之声充耳不闻、对自然常识一无所知的宗教狂人的真实形象。小说中的他正如门肯所描述的：“进来时是个英雄，一个身着铠甲金光闪闪的圣洁骑士，出去时成了一个灰头土脸的傻瓜。”（Kidd，2006：106）小说简短地提到审判5天后布莱恩突然死亡的消息，小说女主人公来到他的居所门外观望，“心中诧异，一个如此充满传奇色彩，如此光艳的大人物，怎么会在睡觉中像灯泡一样噗的就熄灭了”（Kidd，2006：242）。作家似乎并不同情，紧接着就是弗朗西丝的父亲在报纸上阅读门肯文章的情景，真实的门肯在报刊上发表的原文，在小说中被大段摘录，不依不饶地对布莱恩进行声讨。作家暗示，死去的不仅是布莱恩的躯体，他代表的逆时代潮流而动的原教旨主义观念也开始走向死亡。

如果说布莱恩的人物发展是一个由高向低的过程，那么达罗正好相反，低开高走。达罗在法庭的亮相并不精彩：“进场时现场响起零星的嘘声”（Kidd，2006：98），这与布莱恩进场时群情欢动的场面形成对照。他自称怀疑论者，而“在这些地区，把一个人称作怀疑论者，无异于说他是食人生番”（Mencken，2006：42）。历史上的达罗是个有争议的人物：在斯哥普斯审判中他“摧毁布莱恩的用意似乎过于明显，盖过了为那位教师辩护的意图”（Winslow，2006：xv）；他对宗教和《圣经》的评述中，时常用词尖刻，伤害了很多善良的基督教徒。

小说中，他起先在镇民的传言中被呈现为一个妖魔，但在审判过程中形象渐渐得到改变。“戴顿传言中的达罗给我的印象是一头冲进小镇的喷火魔怪，但第二天走下火车的是一个头发蓬乱嗓音低沉的大鼻子老人。”（Kidd，2006：74-75）作家描写了他维护正义的坚定立场、广博的文化科学知识和大智大勇的风格。小说中的达罗将原教旨主义僵硬教条视为对言论自由和科学传播的威胁，而将斯哥普斯审判看作一个可以让人们认识到这种威胁的机会。作家把达罗在庭审中不少慷慨激昂的陈述原封不动地移植到小说中，赋予他最多的话语权，使他而不是布莱恩成为法庭上的主要言说者。

门肯是这一场审判的见证者和评论者，主要用挖苦和嘲讽与美国式的虔诚和自以为是的道德观作战。这位新闻界的大腕与达罗站在同一边,但他对布莱恩们更不能容忍,对拥戴布莱恩的南方乡民也极尽鄙视之能事。"他自感有一种神圣使命的召唤,呼唤他去抗击公共领域中的一切无知和愚昧"(Winslow, 2006:xv)。他是个具有正义感的文化斗士,但同时也代表了北方发达地区的人们对南方乡村小地方主义的傲慢与偏见。小说中几个主要历史人物中,他的篇幅最多。作家展示了他的不同侧面,尤其凸显他敏锐的观察能力和犀利的批判文笔。作家以门肯的语录作为小说每一部分的开篇引文,作品多次借镇民读报大段引述他对事件的评论,让他成为作家观点的阐释者。他在很大程度上影响了小说女主人公:"我父亲说的几乎每一句话,门肯都不认同……要是门肯说得有理,那么父亲就必定是错的一方。"(Kidd, 2006:115)

虚构的叙述者弗朗西丝与门肯结识后,发现他谈及镇民时出言不逊,一开始对他反感强烈。但在多次接触中,她渐渐向门肯的认识靠拢,拉开了与小镇人的距离,也渐渐理解和接受了这个得理不饶人的"北方佬"。"一个多星期的时间里,来自戴顿的报道占据了美国报刊的头版。"(Larson, 1997:148)事实上,门肯在媒体上的每日评述,帮助达罗在舆论上战胜了布莱恩和他的支持者。小说中的他不是一个冷血文字杀手,而是一个敢于坚持自己的信念,敢于出击的知识分子。门肯与布莱恩和达罗不同,他不是"猴审"故事本身的内在组成部分。但作家把他编织进叙事之中,让他成为审判庭外的活跃人物。这是作家巧妙设计的"伴唱人物"(chorus character)[1],这样的人物"站在中心事件之外,代表作者或社团道德高标准发出充满机智的评述"(Frye, 1997:101)。由于叙述者毕竟只是个 15 岁的少女,见识和判断力有限,这位"伴唱角色"可以帮助引导读者穿透表层迷雾,看到事情的内核和本质。

历史小说必然与历史情境相依相存,小说家往往通过在历史情境中重塑历史人物而达到重述历史的目的。小说中,斯哥普斯、布莱恩、达罗和门肯这些近代人物,从干瘪的历史记载中满血复活,在作家设定的视角、投下的聚光点、铺排的语境和建构的人物关系中,"重演"过去的事件。罗纳德·基德在精

---

[1] chorus character 一词源自古希腊话剧中的合唱队,指一种剧情外的声音。作为小说人物,此人出现在故事中,游离于事件外,是个评说者的角色。

心钩织的小说结构中表现人物，在情节和人物建构中传递作家的意识形态。这种"重演"不是历史拷贝的重播，而是对历史的再阐释，在再现过程中，故事背后的作家施展着他作为书写者的评判历史的话语权力。

六、历史意义与故事的后续

作为美国人信仰基础的犹太-基督教传统在 19 世纪末 20 世纪初遭遇了一系列的挑战。面对这样的挑战，基督教分成了与时俱进的自由派和逆势守旧的原教旨派。斯哥普斯审判是原教旨主义宗教与演化论的对垒。大多数原教旨主义者认为审判是他们的胜利，毕竟法庭给出的是有罪判决，这一判决给了他们道义上的安抚。此外，向演化理论叫板的行为，对生物教科书出版商也产生了一定的影响，致使大部分编写和出版者删除了有关达尔文和演化理论的直接介绍，"避免冒犯科学上无知的那部分成年人口"（Conkin，1998：108），让他们的教科书能被所有人接受——毕竟他们的主要关注是销售量和盈利。这就意味着，传播这一领域知识的责任落到了教师的身上。但是大多数当代历史学家则把斯哥普斯审判看成分水岭，认为法庭宣判的结果没有意义。事实上，斯哥普斯审判之后，受到羞辱的原教旨主义宗教势力日渐式微，不得不退到政治和文化的背景之中，再也没有成为一支真正的力量。但是他们并没有退出历史舞台。

斯哥普斯审判后的几十年相对沉默，但 20 世纪 60 年代沉渣泛起，宗教保守派不断变化手法，持续不断地挑起同一主题的小碰撞。反演化论教育的人一般从三个方面"迂回"进击：他们不再坚持施教演化论的教师"有罪"，但要求课本中删除演化论的内容；或者要求讲授演化论的同时讲授神创论的内容，以谋求"平衡"；或者要求教师在讲授演化论时必须申明，生命演化只是假说，或只是理论之一（Larson，1997：267）。风向变了，法律环境变了，由于斯哥普斯审判的巨大影响，这样的努力鲜有成果。

到了 20 世纪七八十年代，现代原教旨主义分子经打扮后再次粉墨登场，采纳一种"楔子策略"（Wedge Strategy），避开与科学的正面对抗，也避开使用宗教语言，而是接过科学话语，以伪科学的"证据"支撑《圣经》的真理性。他们向民众展示，他们是站在科学一边的，不过坚持认为演化论无法自圆其说，提出了另一种称为"科学神创论"(Creation Science)的"理论"：承认生物演化的事实，但强调这是上帝"智能设计"(Intelligent Design)的结果，是"神创(divine creation)的一种方法"。于是新的圣战不再试图将演化论赶出学校，而努力将神创论塞进课堂。"新策略浮出水面，做法符合宪法，重心转向说服法庭神创论也可以是科学上说得通的理论，而不是遮遮掩掩的基督教教义。"(Conkin，1998：108)

　　在20世纪80年代早期，阿肯色和路易斯安那两州通过法令，要求学校如果在自然科学课程中传授演化论，就应该给予"神创论"相同的讲授时间。阿肯色州的一些科学家和教师向这一法令发起挑战，1981年的审判被称为"斯哥普斯审判第二版"。这次审判没有出现像布莱恩和达罗那样的重量级人物，科学家和传教士都被给予机会陈述自己的观点。1982年1月5日，主审法官判定，科学神创论是一种宗教"观点"，而不是科学理论，因此违反州宪法。1987年路易斯安那州的法案被提交到联邦法院，因已有阿肯色州的判例而被宣布无效。

　　自20世纪60年代以来，从"阿肯色人诉爱普森"(Epperson v. Arkansans，1968)到"考布县校区诉塞尔曼"(Selman v. Cobb County School District，2005)，有关"创世科学"/"智能设计论"与演化论争端的相关法案就有十余起。著名科学家杰里·科因在达尔文诞生200周年纪念日出版了他的著作《为什么要相信达尔文》(Why Evolution Is True，2009)，作者在序言开篇的几段话摘录如下：

　　2005年12月20日。与许多其他科学家一样，那天早晨我是在焦虑不安中醒来的。因为就在那一天，宾夕法尼亚州哈里斯堡的联邦法官约翰·琼斯三世将对"基茨米勒等诉多佛地方学区"一案做出裁决，这次审判是一道分水岭，因为琼斯的判决将决定学生们在美国中学学习演化论的方式。

　　彼时，教育与科学已然危机四伏。这个案件源于宾夕法尼亚州多佛地方学区校务管理委员会的一次会议。在会上，委员们对该地方中学订购哪一本生物学教材产生分歧。一些信教的委员不喜欢原有教材所主张的达尔文演化论，因而建议改用包含《圣经》神创论的其他教材。在一番激烈的争论之后，委员会通过一项决议，要求多佛的中学生物教师们在 9 年级①的课上宣读以下声明：

"宾夕法尼亚州教学大纲要求学生学习达尔文的演化论，并最终参加包含演化论内容的标准试题考试。达尔文的演化论只是一种理论，因而不断接受着最新证据的挑战。该理论不是一个事实，其中存在一些得不到任何证据支持的缺陷。……智能设计论同样解释了生命的起源，却与达尔文的观点相左。学生们可参考《熊猫与人类》(*Of Pandas and People*)②一书，以决定自己是否愿意通过努力了解智能设计论的真正内涵来探究这一理论。对于任何一种理论，我们都鼓励学生们保持开放的心态。"

这可算是点着了火药桶。校务委员会的 9 名成员中，2 名因此辞职。同时，所有生物教师都拒绝向学生宣读这样的声明，并提出抗议，认为"智能设计论"是宗教而非科学。由于在公立学校中提供宗教教育违反了美国宪法，于是11 名义愤填膺的家长把多佛地方学区告上了法庭。……这个有趣的事件被无可争议地贴上了"本世纪斯哥普斯案"的标签。(科因，2009：v - vi)

这让人们想起达罗在启程前往戴顿时说的话："审判的不是斯哥普斯，而是人类文明。"(参看 Larson，1997：146)毕竟进入了 21 世纪，原教旨主义宗教的反演化论谋图胜算不大。法官认为校务委员会的决定是"令人震惊的愚昧"，自称没有宗教动机的辩护是"谎话"。很多人认为这是"一场酣畅淋漓的大胜"，但生物科学家科因仍然出言谨慎："纵然如此，还远没到欢庆胜利的时候。我们不得不通过斗争，才避免了演化论在学校中接受审查，而这肯定不会是最后一次"(viii)。也许斯哥普斯审判还会以新的版本继续上演，但理性的、实证的分析方法的普及，使得有些人们原先信仰的东西不再可信，科学思辨越

---

① 相当于初中三年级。
② 该书是出版于 1989 年的学生读物，由帕西威尔·戴维斯(Percival Davis)和戴恩·肯庸(Dean Kenyon)编写，基于"智能设计"的概念，提供为科学家们所不屑的反演化论假说，一般被认为是用来支撑某一宗教派系的宣传手册。该书续集《生命设计：发现生物系统中智能的痕迹》(*The Design of Life: Discovering Signs of Intelligence in Biological Systems*)于 2007 年出版。

来越成为主导的大势已经不可逆转。

著名文学批评家马尔科姆·布莱德伯里将美国的 20 世纪 20 年代的特征归纳为"一个奇怪的文化混合体",进行了具有穿透性的观察和描述:"我们看到的是一个由小地方主义、禁酒运动、红色恐慌和三 K 党主宰的时代,一个倒行逆施、政治反动的时代;这又是一个美国人生活方式完全改变的时代,国家正从一个以生产为主体的社会向以消费为主体的社会转型;这是个大资本家在管理革命前退让的时代,是个乡镇向大城市大规模移民的时代。而所有这一切都伴随着一种'现代意识'的突然增强,性观念的突然开放,代沟突然加宽,生活节奏突然加快以及道德观念方面的巨大改变。也就是说,这是一个过去与现在剧烈摩擦的时代,一个失去方向的时代。"(Bradbury,1971:12)布莱德伯里虽然没有直接谈及原教旨主义宗教与科学的冲突,但这方面显然包含在他所说的"过去与现在"的"剧烈摩擦"之中。

自查尔斯·达尔文在 1859 年发表了生物演化理论,一些保守的基督教徒一直反对这一自然主义理论对物种,尤其是人类起源的解释中暗含的无神论观念,但几十年来科学界和宗教界各有自身的一套话语,基本相安无事,并未发展成为受全美国关注的大冲突。1925 年田纳西反演化论法令引出的小闹剧,却发展成了让人始料未及的大事件。必须强调的是,被推到强光灯下的偶然事件,不是偶然因素促成的。20 世纪的 20 年代是美国社会的重要转型期,是第一次世界大战结束后西方现代社会的开始。上帝光耀下人人勤勉自守的"乡村理想"在工业和城市化的现代社会走向瓦解。一些宗教阐释、宗教实践和民众的宗教意识,被现代社会的思想自由化和被普遍接受的新知识所动摇。尤其是美国的精英阶层,开始越来越不屑于原教旨主义和他们的观念。

斯哥普斯审判正是在这样的历史语境中发生的。对于熟悉这段历史的人来说,文学叙事似乎是一种"情景再现",但"对于过去的建构,不可避免地暗含在现今权力以及统治结构之中,因而决不可能是超然的。"(托马斯,1993:92)事件被框入当代语境,接受当代视角的审查,服务于当代意识形态。作家在陈述历史故事的过程中,渲染经历过程中人的认识变化,凸显历史与"当代"的关联性,融进自己的立场和观念。罗纳德·基德的小说是 80 年之后对斯哥普斯审判事件艺术化的重新铺陈，是当代人带着当代意识对历史事件的回看、反思和重构，以提供认识历史的洞见，因此这种历史观又必然充满当下性。这些方面在劳伦斯和李的《一无所获》中体现得尤其明显。

【链接】　劳伦斯和李的《一无所获》

关于斯哥普斯审判的文学作品还有两部长篇小说，其一是维克多·艾伦（Victor Allen）的《上帝掌控》（*In the Hands of God*，没有出版时间和任何出版信息，可能由作者自己印刷），在文学界和读者中无甚影响；另一部是近期出版的杰拉德·布鲁门瑟尔（Gerald Blumenthal）的《猴审：审判日》（*The Monkey Trial: Judgment Day*，2013），是一部以斯哥普斯审判为背景的悬疑小说。

关于"猴审"主题影响最大的是剧作《一无所获》（*Inherit the Wind*）[①]，由杰洛米·劳伦斯（Jerome Lawrence）和罗伯特·李（Robert Lee）1955年推出，年初在达拉斯剧场首演，后又在纽约国家剧场（the National Theater）等地上演，演出风风火火持续近3年，成为当时百老汇连续演出场次最多的作品。此后一个巡演队又将这一剧作带到了美国的各大城市。此剧被称为"本世纪最精彩的法庭剧"（参看 Lawrence & Lee，1960：内封），成为经典，也使斯哥普斯审判带上了传奇色彩。

1960年舞台剧被改编拍成同名电影，影响更大，受到了广大美国观众的欢迎，也成为大学历史课堂中教师们爱用的视觉教材。爱德华·拉森指出"大部分人是从话剧《一无所获》或从该剧的电影版本中了解到斯哥普斯审判的"，认为文学作品"远比在戴顿发生的一切更深刻地影响了后人对斯哥普斯审判事件的看法"（Larson，1997：224-225）。剧作和后来的电影让更多民众对原教旨主义宗教报以反感的态度。

电影版做了不少改动，"插入了真实庭审记录中的大量材料，努力创造具有权威性和历史真实性的效果，但说到底仍然是斯哥普斯审判的建构性再现"

[①]　英语标题"Inherit the Wind"来自《圣经》："He who troubles his own house will inherit the wind."直译为"扰害己家的，必承受清风"，意即伤害自己家庭者，只能继承清风，一无所有，不得好报。国内以前译成《向上帝挑战》《风的传播》等，均不妥切。

(Riley, et al., 2007:267)。电影按照这一艺术形式自身的需要,设计了一些情景。比如电影开始,斯哥普斯正在课堂上给高中生讲授达尔文关于人类起源的内容,当地相关官员带领着愤怒的家长们闯进教室,听了几分钟课后,斯哥普斯被逮捕带走。随后是当地政府组织的欢迎队伍,挥舞旗帜,唱着颂歌前去迎接布莱恩的场面。这样的安排虽在细节上有悖于历史真实,但创造了戏剧性的效果。

第一场第一幕之前,两位剧作家就强调了剧作的象征意义,演出提示中说:"小镇应该一直出现在舞台上,隐约可见,这是剧本基本概念的重要部分,就像审判中的被告那样接受着审判。从头至尾,人群也同样重要,这样法庭就成了一个竞技场,四面都有观众。"(Lawrence & Lee, 1960:3)小镇的原型毫无疑问是戴顿,剧中的主要历史人物也都在场。熟悉这段历史的人一眼就能看出:剧中的凯茨就是斯哥普斯;德拉蒙德就是达罗;布莱迪就是布莱恩;霍恩贝克就是门肯。真实庭审中达罗与布莱恩的精彩对决,剧作中也浓墨重彩地进行了重现,虽做了艺术加工,但基本保留了原有的戏剧性张力。

《一无所获》中也有一个恋上凯茨/斯哥普斯的女性,名叫蕾切尔,是凯茨的同校教师,又是当地宗教领袖布朗教士的女儿。戏剧冲突的设计让她被迫走上法庭,指证她的心上人在学校违法传授演化论。她内心矛盾,惊慌失措,凯茨忍无可忍,在法庭上大吼:"别再折磨她了,放她走!"蕾切尔晕了过去,布朗教士"脸上丝毫不见怜悯"(Lawrence & Lee, 1960:71)。布朗教士是个宗教狂热分子,最后遭到女儿的叛弃。她被事件推上了冲突的风口浪尖,在传统和新思想之间,在父亲和恋人之间陷于两难之地。一个多小时的演出剧本,在很多方面要比长篇小说《猴镇》精简得多,但表现人物和事件更加集中,更富有冲击力。相对而言,《猴镇》比较忠于历史,而《一无所获》在不少方面做了大胆改动,在观念上旗帜鲜明地反对原教旨主义教条。这是 20 世纪 50 年代历史语境向剧作家提出的要求。

剧作在对事件艺术性的再现中,尤其突出地表现对两个主要人物一褒一贬的态度。德拉蒙德/达罗出场时,剧本的演出提示写道,他"弓着背,头突向前方",在"不祥的长阴影中"走上舞台,一个小姑娘尖叫道:"魔鬼来了!"但随着剧情发展,这个人物的光彩逐渐显现:他通情达理,具有正义感、同情心和作为律师的社会责任感："我想要做的就是防止那些开历史倒车的人把中世纪的荒唐倾倒在美国的宪法里。"(Lawrence & Lee, 1960：42)最后他赢得了不少镇民的拥戴。与此相反,话剧中的布莱迪表现得比真实审判中的布莱恩更加愚顽可笑。

　　开始时布莱迪还得意地正告德拉蒙德："是不是记得《圣经·箴言》中所罗门的教诲——(轻声地)'扰害己家的,终必一无所获'?"(Lawrence & Lee, 1960：60)但最后一无所获、身败名裂的却是他自己。剧中的主审法官严重偏袒控方,审判对辩方极为不利。但布莱迪的自大被德拉蒙德充分利用,上演了比真实庭审更具有戏剧性的法庭辩论。德拉蒙德的法庭提问让布莱迪在舞台上丑态百出,最终他仍念念有词背诵旧约篇名,以证明自己谙熟《圣经》,这时,观众开始悄悄离场。该日的审判接近结束时,参与庭审的民众已表现出不屑于此人的态度。庭审结束时布莱迪更是狼狈不堪,无地自容。

　　(舞台提示：他在证人席的椅子上坐下,绵软无力,疲惫不堪。布莱迪太太望着她的丈夫,异常忧虑,心烦意乱。她望着德拉蒙德,充满无能为力的愤恨。德拉蒙德走出法庭,人群中的大多数跟随着他。记者们紧紧包围着德拉蒙德,在笔记本上快速舞动着铅笔。布莱迪坐在证人席上,无人理睬。)

　　布莱迪太太：马修——

　　布莱迪：孩子他妈,他们嘲笑我,孩子妈!

　　布莱迪太太：没有,马修,他们没有嘲笑。

　　布莱迪：我受不了被人嘲笑。

　　布莱迪太太：(安慰地)没关系,宝贝,没关系。(她抱着他轻轻地摇晃着,像哄着他睡觉)宝贝,我的宝贝……(第二场落幕)。(Lawrence & Lee, 1960：92)

　　整个审判结束时,布莱迪晕倒了,布莱迪太太尖叫着,人们慌乱地把他抬出去,在失去意识的胡话中,他正在对美国公民做总统就职演讲,然后死去。剧本的舞台提示写道："伟大的反演化论法令泄气了,就像受潮的鞭炮爆炸时发出的'扑哧'一声。"(Lawrence & Lee, 1960：103)剧本作者劳伦斯和李在观众面前酣畅淋漓地贬损了布莱迪,同时又将德拉蒙德高高抬起。当霍恩贝克幸灾乐祸地调侃说布莱迪"死于连续重击",并嘲笑了他愚蠢的宗教信仰时,德拉蒙德的反应十分生气,说,"你别自作聪明! 你没有权利嘲弄他的信仰"(Lawrence & Lee, 1960:112)。德拉蒙德反对的是将个人信仰凌驾于宪法保护的公民自由之上,但对布莱迪的个人信仰选择还是给予了尊重。这样,剧作家让德拉蒙德站上了道德的高点。

最后,法庭还是宣判了凯茨有罪,凯茨一脸无奈。

德拉蒙德:怎么了,孩子?

凯茨:我不知道。我到底赢了还是输了?

德拉蒙德:你赢了。

凯茨:但是陪审团刚才宣判——

德拉蒙德:什么陪审团? 就这十二个人? 成千上万的人都会说你赢了这场官司。今晚他们就会看到报纸上的新闻,你砸烂了一个坏的法令。你让它成为笑柄。(Lawrence & Lee, 1960:109)

后来的学者大多认同德拉蒙德的定论。比如 1958 年出版的第一部权威性的斯哥普斯审判论著《六天或永远?》(Six Days or Forever?)中,作者雷·金格尔(Ray Ginger)将书的最后一章标题定为"赃物归于败者"("To the Losers Belong the Spoils"):审判败诉的一方获得了实实在在的收益,定下了审判作为"自由进步力量对反动势力的象征性的重大胜利"(Larson, 1997:234)的基调。剧本作者劳伦斯和李说,作品是为了对抗麦卡锡主义而创作的,并在剧本前言中意味深长地写道:"《一无所获》并不把自己打扮成实况再现。这是舞台剧。现在不是 1925 年。剧本的舞台说明将时间设定在'不久以前'。可能发生在昨天,也可能发生在明天。"(Lawrence & Lee, 1960:i)也就是说,这样的历史事件可能在任何时候重演。

剧作是在麦卡锡主义盛行的 20 世纪 50 年代初创作和上演的,反演化论在当时已不再构成重大威胁。"猴审"事件是被当作政治寓言搬上舞台的,矛头所向的是另一种威胁。担任百老汇首演的托尼·兰德尔(Tony Randall)后来写道："就像阿瑟·米勒的《坩埚》①一样，《一无所获》是麦卡锡主义的产物，是对麦卡锡主义的回应，这两个剧本的作家都在美国的历史中寻找对等的实例。"（参看 Larson, 1997：240）米勒本人因对美国现实持批判态度而遭到"非美活动调查委员会"的非难，他将 1693 年萨勒姆审巫事件搬上舞台，用当时宗教暴力对普通女性施加迫害的故事，影射打着"反共"旗号清除异己的麦卡锡主义。《一无所获》的作者也一样，无意如实地重现历史事件的细节，矛头指向背后操纵事件的黑手，即利用政治权力和法律对抗异己的历史逆流，让"似曾相识"的历史故事为当今社会提供警示。

引述文献：

Anonymous. "Broadcast of Scopes Trial Unprecedented." *Chicago Tribune*, July 5, 1925.

Bradbury, Malcolm. "Style of Life, Style of Art and the American Novelist in the 1920s." Malcolm Bradbury & David Palmer Eds. *The American Novel and the Nineteen-Twenties*. London: Edward Arnold, 1971: 11 - 36.

Conkin, Paul K. *When All the Gods Trembled: Darwinism, Scopes, and American Intellectuals*. New York: Rowman and Littlefield Publishers, 1998.

Davis, Percival & Dean Kenyon. *Of Pandas and People*. Texas: Foundation for Thought and Ethics, 1989.

Ferguson, Robert A. *The Trial in American Life*. Chicago and London: The University of Chicago Press, 2007.

Frye, Northrop, et al. *The Harper Handbook to Literature* (2nd Edn.). New York: Longman, 1997.

Ginger, Ray. *Six Days or Forever? Tennessee v. John Thomas Scopes*. London: Oxford University Press, 1958.

---

① 《坩埚》又译《严峻的考验》《炼狱》或《塞勒姆的女巫》，请参看本书第十三章的【链接】。

Holman, C. Hugh & William Harmon. *A Handbook to Literature* (5th Edn.). New York: Macmillan Publishing Company, 1986.

Kidd, Ronald. *Monkey Town: The Summer of the Scopes Trial*. New York and London: Simon & Schuster Books, 2006.

Larson, Edward J. *Summer for the Gods: The Scopes Trial and America's Continuing Debate over Science and Religion*. New York: Basic Books, 1997.

Lawrence, Jerome & Robert E. Lee. *Inherit the Wind*. New York: Bantan Books, 1960.

Levine, Lawrence W. "Progress and Nostalgia: The Self Image of the 1920s. " Malcolm Bradbury & David Palmer Eds. *The American Novel and the Nineteen Twenties*. London: Edward Arnold, 1971: 41 – 55.

Martin, T. T. *Hell and High School: Christ or Evolution, Which?* Publisher Unmarked, 1923.

McGowen, Tom. *The Great Monkey Trial: Science Versus Fundamentalism in America*. New York and London: Frank Watts, 1990.

Mencken, H. L. *A Religious Orgy in Tennessee: A Reporter's Account of the Scopes Monkey Trial*. Hoboken, NJ: Melville House Publishing, 2006.

Menefee, Samuel Pyeatt. "Reaping the Whirlwind: A Scopes Trial Bibliography. " *Regent University Law Review*, 13 (February, 2001): 571 – 595.

Moran, Jeffrey P. *The Scopes Trial: A Brief History with Documents*. Bedford: St. Martin's, 2002.

Riley, Karen L. , et al. "Historical Truth and Film *Inherit the Wind* as an Appraisal of the American Teacher. " *American Educational History Journal*, 34/2 (2007): 263 – 273.

Winslow, Art. "Introduction. " *A Religious Orgy in Tennessee: A Reporter's Account of the Scopes Monkey Trial*. Hoboken, NJ: Melville

House Publishing，2006.

科因,杰里:《为什么要相信达尔文》,叶盛译,北京：科学出版社,2009 年。

托马斯,布鲁克:《新历史主义与其他过时话题》,载张京媛主编,《新历史主义
　　与文学批评》,北京：北京大学出版社,1993 年。

张京媛:《前言》,载张京媛主编,《新历史主义与文学批评》,北京：北京大学出
　　版社,1993 年。

第二十三章

冷战思维：麦卡锡主义与法律的扭曲

——罗森堡间谍案与两部当代名著

历史事件之二十五：罗森堡间谍案

小说之三十二：罗伯特·库弗《火刑示众》

小说之三十三：E.L.多克托罗《但以理书》

本书第二十章我们讨论了"萨科/樊塞蒂审判"以及这一法律事件的文学再现。1920 年,萨科和樊塞蒂因为一场凶杀案被捕,"在假想的'红色恐慌'歇斯底里的审判气氛中,陪审团宣判两人死刑。美国知识界为此一片哗然,自发联合起来进行抗争"(虞建华,2008:87)。知识界的营救持续了 7 年,1925 年,真正的杀人犯被捕,然而这些都没能解救萨、樊二人。1927 年,两人终究还是被送上了电椅。20 多年后,相似的历史悲剧在冷战①的氛围中又一次上演。

1949 年,因为酗酒、赌博和投机交易而声望一落千丈的美国国会参议员约瑟夫·雷芒德·麦卡锡(Joseph Raymond McCarthy)为了保住他在国会的位置,于 1950 年 2 月发表了《政府内部的敌人》("Enemies from Within")的演说,哗众取宠,声称他掌握着一份共产党和间谍网的 205 人名单。这篇演说无异于扔下了一颗原子弹,在美国政界、外交界和其他要害部门煽起了一场来势汹汹的反共浪潮,随后又波及全美。这场美国全国性的反共"十字军运动"被称为"麦卡锡主义"(McCarthyism),美国政治被极右势力把控,社会上法西斯主义抬头。罗森堡案件正是这一政治背景下产生的一个"非常"事件。本章我们将围绕这场审判案,通过对再现这一事件的文学作品——《火刑示众》(*The Public Burning*,1977)②及《但以理书》(*Book of Daniel*,1971)的分析,管窥 20 世纪 50 年代的美国政治文化生态,进而展现这一历史事件所带来的创伤记忆及作家人文理念下的深刻历史批判。

一、罗森堡间谍案:事件的描述

1945 年,美国在日本广岛、长崎投下原子弹,加速了第二次世界大战的结

---

① 安德鲁·海蒙德在《冷战文学:书写全球冲突》(*Cold War Literature: Writing the Global Conflict*,2006)中指出,"'冷战'是带有误导性的术语,它指涉的是跨越几大洲的全球冲突和大量带有武装侵略性质的政变、战争、暴乱和介入。从朝鲜危机,贯穿越南、多米尼加、阿富汗和安哥拉一直到美国侵略巴拿马,全世界的社会团体被暴力的敌对情绪撕裂"(Hammond,2006:1)。

② 该作品名也被翻译为《公众的怒火》。

束,同时也带来了世界武力格局的失衡。二战后,美国登上了超级大国的宝座,但美、苏被冷战阴影笼罩着。时任英国首相的温斯顿·丘吉尔于1946年3月5日在美国发表了"铁幕演说",正式拉开了冷战序幕。一年后的3月12日,美国杜鲁门主义出台;1950年,朝鲜半岛发生了内战。美国为扩大其势力范围,介入朝鲜战争。美国害怕共产主义会扩张到整个世界,从而使其失去原有的对世界格局的控制权,因此发动了朝鲜战争。在美国官方意识形态的助推下,媒体大肆渲染该种社会模式的恐怖,煽动对共产主义的仇恨。这种政治氛围和漫及全国的政治狂热被称为"红色恐慌"①。1948年的美国总统大选硝烟味十足,国会参众两院对行政部门大加指责,批评它的疏忽大意,没能查出"赤色分子",共和党总统候选人托马斯·杜威(Thomas Dewey)质疑杜鲁门政府对共产党"悉心照顾"。1950至1954年间,美国政界法西斯思潮泛滥,反共气焰十分嚣张,而参议员麦卡锡在这场运动中上蹿下跳,表现异常活跃。

既然这场运动以"麦卡锡"冠名,此人的重要性不言而喻。我们需要了解一下这个特殊的角色。1939年,麦卡锡以谎报年龄的手段成了区巡回法庭的参选者,他为达目的不惜污蔑他人,最终赢得法官职位,还被称为"最年轻法官"。自此,麦卡锡充满欺骗与谎言的政治生涯开启。1946年11月,他通过大肆渲染自己在军队的经历,迷惑选民,当选了威斯康星州参议员。但在担任参议员期间,麦卡锡滥用职权大肆进行投机交易,加之他还有赌博和酗酒的恶习,人们渐渐了解到这位演讲时慷慨激昂的政客的另一面,由此麦卡锡声望一落千丈。1949年秋,麦卡锡为了哗众取宠,竟然公然为屠杀美国士兵的纳粹党徒辩护,公众舆论为之哗然,麦卡锡民意尽失,被评为当年"最糟糕参议员"。

麦卡锡意识到自己的政治地位岌岌可危,迫切需要一个噱头,再次引起政界和民众的关注和支持,帮他保住参议员的位子。他思虑再三,决定在林肯的诞辰纪念日那天发表具有"轰动效应"的演说,即后来在西弗吉尼亚州惠灵市发表的《政府内部的敌人》的演讲。在其中,他泾渭分明地将西方世界同共产

① "红色恐慌"指社会和国家对共产主义和无政府主义的潜在传播的普遍恐惧心理。这个术语常用于美国历史特定指涉的两个阶段:第一次"红色恐慌"发生在第一次世界大战刚刚结束,围绕着美国劳工运动、无政府主义革命及政治激进主义所带来的假想威胁散播开来;第二次"红色恐慌"发生在第二次世界大战刚刚结束,整个社会弥漫着一种预设的认知——来自国家或者外国的共产主义势力正在对美国社会和联邦政府进行渗透和颠覆。

主义世界对立起来："西方基督教世界同无神论的共产主义世界的最大区别并非政治方面的，而是道德观上的。[……]然而，真正和最基本的区别在于……由马克思发明、被列宁发展至狂热并被斯大林推到难以想象的极致程度的非道德主义（Immoralism）。"他这时公然宣称，手中掌握一份"全都是共产党和间谍网的成员"的 205 人的名单，而且，"国务卿知道名单上这些人都是共产党员，但这些人至今仍在草拟和制定国务院的政策"①。麦卡锡演说之后，美国上下一片哗然。之前一直谨小慎微的小人物麦卡锡一夜之间成了全美政治明星。他接着组织了麦卡锡非美活动调查委员会，发动了对美国国务院、国防部等要害部门的大清查。

　　美国政府由此彻查了所有美国社会可能潜藏的间谍活动。罗森堡案浮出水面，法庭指控罗森堡夫妇在二战的最后一年，即 1945 年，密谋给苏联提供军事机密。那时候苏联与美国还是同盟国。6 年后，罗森堡夫妇被审判的时候，苏联已然成了美国最大的敌人。随着审理过程的推进，案件在美国国内和国际社会引起了极大的关注。相当一部分人都认为罗森堡夫妇无罪，请求政府对他们宽大处理，并组织了抗议活动。国内外的自由人士大多认为以罗森堡夫妇的政治观点作为证据来判决死刑的做法是对法律尊严和公民自由权的极大挑战。为此，很多社会名流也纷纷为罗森堡夫妇鸣不平，其中就包括科学家爱因斯坦。1953 年 1 月，爱因斯坦写信给美国总统艾森豪威尔，在信中他写道：出于良心驱使，我请求您减轻对罗森堡夫妇的刑罚，免除死刑。然而，抗议浪潮没能阻止罗森堡夫妇免于死刑。1953 年 6 月 19 日，罗森堡夫妇被执行电刑。他们从始至终都不认罪，无论官方如何威逼利诱，只要认罪就可以免于死刑。但信念和信仰让他们慷慨赴死。罗森堡夫妇死后，美国国内的麦卡锡主义达到了高潮。"在这种'恐红'、反共氛围下，麦卡锡和麦卡锡主义的出现不是一种偶然现象"（金衡山等，2017：72），各种政治因素为这种极端思想推波助澜。在冷战幕布下，美国被红色恐怖政治氛围包裹，这一时期由此衍生出一系列的"非常事件"，其中，"罗森堡案作为冷战初期最为引人注目的案件之一，从一个独特的视角揭示出冷战意识

---

① 请参看〈http://historymatters.gmu.edu/d/6456〉（Accessed August 2, 2019）。

形态在当时美国政治社会中所占据的主导地位,对于我们理解这一时期美国的政治文化和错综复杂的国际关系具有重要意义"(李昀,2022:123)。这场饱受争议的案件成为本章用来投射美国20世纪50年代状况的一面镜子,观镜则知秋。

罗森堡间谍案(the Rosenberg Spy Case)发生在麦卡锡主义高潮期,案件的主角是生活在纽约贫民区的朱利叶斯·罗森堡(Julius Rosenberg,1918–1953)和他的妻子艾瑟尔·罗森堡(Ethel Rosenberg,1915–1953),他们的生命都最终定格在1953年6月19日。两人都出生在纽约下东区,生活并不富裕。1936年,朱利叶斯认识了艾瑟尔,两人于1939年结婚。同年,朱利叶斯进大学学习电力工程,毕业后成为一名工程师,也成为共产主义青年团(Young Communist League)的领导人之一。艾瑟尔早年做过演员和歌手,后来为了养家在轮船公司做秘书。她有三个兄弟,其中一个弟弟——戴维后来成为她卷入间谍案的主要证人。艾瑟尔人生的转折点在她19岁那年。一场劳工纠纷促使她加入了共产主义青年团,并开始政治活动。在这个圈子里,她遇到了纽约城市学院的学生朱利叶斯·罗森堡,那时他还是个书生气未脱的青年。

事件的缘起需要追溯到二战早期。有人在芬兰战场上发现了属于苏联秘密警方(KGB)的密码本,这个本子部分已被烧毁。英国和美国的解码人员破译了密码本里的部分秘密信息,得知北美地区有一张巨大的间谍网——一些加拿大和美国的公民在给苏联官方提供军事机密。美国联邦调查局开始调查这个间谍网。他们发现了一个名字——在美国海军武器部工作的马克斯·艾利切(Max Elitcher),随后顺藤摸瓜。艾瑟尔·罗森堡的弟弟戴维因为经常参与传信而被调查。被捕的戴维首先供出了自己的姐夫朱利叶斯·罗森堡,并声称是他将自己带进了共产主义活动的圈子。1950年6月,罗森堡被指控密谋将军事秘密交给苏联而被捕,而后戴维又指控其姐姐艾瑟尔也参与了间谍活动。同年8月,艾瑟尔也被捕入狱。

联邦调查局调查罗森堡关系网的过程,如同玩智力拼图游戏,将很多碎片东拼西凑联系起来,逐渐牵扯出一批人,其中有些人是罗森堡夫妇多年的朋友,另四人与他们之间都有血缘或婚姻关系。罗森堡夫妇被指控为苏联进行间谍活动，并在审判后被处以死刑。该案的审判过程一直受到从高层到民众和媒体的广泛关注，最后案件的死刑判决结果轰动了整个西方世界。这是由于罗森堡夫妇是美国历史上唯一因从事间谍活动而被判处死刑的公民。直到今天，关于罪名是否属实的问题依然存在诸多争议。

1951 年 4 月 15 日，朱利叶斯和艾瑟尔因为苏联进行原子弹方面的间谍活动而被判处死刑的决议通过，美国社会一片哗然。民众广泛认为，这种罕见的死刑判决非常野蛮和残酷。美国历史上公民法庭从来没有因间谍罪判处过任何人死刑，无论是在战时还是和平时期。(Reuben，2013：2)①

当时美国法庭并无确凿证据证明他们有罪。1952 年 11 月 7 日，美国最高法院拒绝接受对朱利叶斯和艾瑟尔·罗森堡夫妇死刑判决的重新审查。

该案在美国迅速成为风暴中心。审判过程中，将罗森堡夫妇定罪的是匿名投票的 12 位陪审员。主审法官把美国在朝鲜战争中的失利归咎于罗森堡夫妇，艾森豪威尔总统断言他们"实际上……背叛了全体美国公民"，"他们的行为在实质上就是对自由世界人民此刻正在为之战斗、流血的自由事业的出卖"。② 两年的时间里，审判被美国上诉法院先后评估了 7 次，提交高级法院 7 次，而且每次都提交白宫。最后艾森豪威尔总统做出结论：此案没有从轻发落的基础。

整个法律程序持续了 27 个月。判决的依据是 1917 年的《间谍法》，罪名为"在战争时期从事间谍活动"。然而，罗森堡案所指控的"罪行"发生在美国和苏联处于同盟关系而非交战时期，与《间谍法》的判决依据明显不符。审判结果下达时，主审法官欧文·考夫曼指出，死刑判决不仅因为他们从事间谍活动，他们也应该对在朝鲜战争中牺牲的将士负责。这种联系十分牵强。法庭的审判过程自始至终都没有给出有力的证据证明他们有罪，判决的依据仅仅主要依靠证人的供词。罗森堡夫妇始终坚定不移地宣称无罪，但同时被指控

---

① 本章中所有引自英文文献的中文译文皆为笔者自译。
② 请参看 IKE Esenhower Foundation 〈https://www.dwightdeisenhower.com/400/Rosenbergs〉(Accessed August 8，2019)。

为间谍的证人中有 6 人证明他们有罪——在这种歇斯底里的审判气氛中,被指控的其他人为减刑自保而嫁祸他人是完全可能的。很多美国人都相信罗森堡夫妇无罪。直到现在,该案的审判一直存在争议,对审判的质疑之声从未间断——审判公平吗? 量刑的法律依据是什么? 包括作家在内的美国知识界和民众,一直在对案件的公正性进行反思。

同情者们倾尽全力声援罗森堡夫妇,举行了无数次公开集会,四处散发传单并撰写新闻稿,抵制因"红色恐慌"狂潮影响审判,揭露司法审判遭受政治绑架的事实。知名人物也接连不断地加入重审罗森堡案的请愿行列,这其中还包括诺贝尔奖获得者爱因斯坦和"曼哈顿计划"原负责人哈罗德·尤里博士。但遗憾的是,这些努力没能将罗森堡夫妇从死刑判决中解救出来。新任总统艾森豪威尔无情驳回了所有请愿书。1952 年 6 月 19 日上午 8 点零 6 分,朱利叶斯·罗森堡被执行电刑死亡;几分钟后,艾瑟尔·罗森堡坐上电椅。罗森堡夫妇镇定自若地死去了,但事件的争议从未因此平息,这场判决本身成了美国政治史和司法史上屡被"审判"的案例。

这一审判事件带来了广泛的国际、国内影响。在法国,就在罗森堡夫妇被处死的一天后,400 多位抗议者走上街头,抗议美国对罗森堡夫妇的死刑判决,引起骚乱,导致 1 人受枪伤;在美国,1953 年 1 月 10 日的一次相关抗议游行因未获许可,200 多抗议人群被警察阻挡在时代广场外面。罗森堡夫妇的支持者认为,判决体现了当时美国国内政治迫害的疯狂情绪,并将此事件与欧洲中世纪和美国历史上有名的塞勒姆"审巫案"(参看本书第十三章)联系起来。著名的法国哲学家、作家让-保罗·萨特(Jean-Paul Sartre)于 1953 年 6 月 20 日在法国左翼日报《解放》上就两个美国公民所受到的迫害对美国发表了严正谴责:

罗森堡夫妇死了,但他们的生命在延续。这就是你们想要的是吗? ……你们之前这样对萨科和樊塞蒂做过(参看本书第二十章),我们真的忘却了。但这次我们不会忘记……你们永远不可能说服我们对罗森堡夫妻的审判是一个"令人遗憾的意外"或者是"审判失误"。这是合法的私刑处死,给整个国家涂抹了血迹。这事件表现出《北大西洋公约》的破产以及你们在领导世界上的无能。

我来告诉你们，你们的错误在哪里：你们相信杀死罗森堡夫妇是你们自己的事情，即使成百上千的声音都在呼吁他们是无辜的。你们回答："我们已经依法惩罚了我们的两个公民，这不关你们的事情。"但是罗森堡案件是我们的事情。无论何时，无辜的人被杀害是整个世界的事情……你们对罗森堡夫妇的释放或死刑的审判决定了你们是准备迎接和平还是冷战。

不要吃惊，我们是否从欧洲的一边到另一边尖叫："小心！美国有狂犬病，砍断所有的阻碍我们和她沟通的障碍，否则我们也会跟着被咬，变疯掉！"（转引自 Fineberg，1953：11）

随后，越来越多的报道揭示出审判的不公正。根据《福克斯新闻》（*Fox News*）2016 年的报道，罗森堡夫妇案中，"截至目前，证据似乎只能证明罗森堡是间谍，但是他的妻子在案件中的作用一直存在争议"。"塞顿礼堂法律中心揭示出一份联邦调查局内部的备忘录，时间是 1950 年 7 月 17 日，其中确定了逮捕艾瑟尔·罗森堡'没有充分的证据'，但她可以被用来'控制她的丈夫'，给他施压，迫使他认罪。根据这项报告，联邦调查局和司法部的补充资料反复指出证据存在缺失，这暗示出艾瑟尔陷入了一场阴谋。"最后，"调查得出结论，美国政府对艾瑟尔·罗森堡的指控'根本不存在'"（Singman，2016）。

一年多的审判中，罗森堡夫妇坚决不与当局合作，拒不认罪，而其他涉案人员经过审判都被判在监狱服刑，唯独罗森堡夫妇被判死刑，并被推上了电椅。而这一扭曲事实、横加罪名的法律事件却被《美国新闻》和《世界报道》等媒体粉饰和掩盖："朱利叶斯和艾瑟尔·罗森堡接受了公正的民主程序的每个阶段的保护"，整个程序历时两年多，"这期间，他们穷尽了所有的法律资源"（Fineberg，1953：i），但是，罗森堡夫妇终究没能逃脱电刑的厄运，而这场"非常事件"所带来的影响也远远超出了那些为达政治目的而大开杀戒的"刽子手"的预估。

二、罗伯特·库弗与《火刑示众》

罗森堡案件是一桩广受关注的法律案件，然而事件的影响波涛汹涌般冲击了美国政界、新闻界、科学界乃至文学界。美国很多关切现实问题的作家将目光投向该事件。其中罗伯特·库弗(Robert Coover, 1932 -)的《火刑示众》和 E·L·多克托罗(Edgar Lawrence Doctorow, 1931 - 2015)的《但以理书》则是以罗森堡案件为创作原型进行文学虚构的力作。文学评论界普遍将这两部作品并置分析,从而呈现出小说家笔下的不一样的罗森堡案。下文将分别以《火刑示众》和《但以理书》为管窥美国社会精神风貌的万花筒,揭开历史记忆的一角,透视案件背后的抗议精神、人文危机和作家意图改变的深刻思考。

罗伯特·库弗是布朗大学教授,被美国文学界称为 20 世纪 60 年代以来最有代表性的后现代文体实验作家之一。库弗创作的第一部小说《布鲁诺教派之由来》(The Origin of the Brunists, 1966)出版后即得到认可,1967 年荣获声誉颇高的威廉·福克纳奖。1987 年,库弗以短篇小说的成就获得里氏短篇小说奖,之后他还出版了《环宇棒球协会》(The Universal Baseball Association, 1968)、《点谱歌与多声部》(Pricksongs & Descants, 1969)、《火刑示众》、《痛打女佣》(Spanking the Maid, 1981)、《杰拉德家的晚会》(Gerald's Party, 1986)、《约翰的妻子》(John's Wife, 1996)、《幽灵镇》(Ghost Town, 1998)等,这些作品为他奠定了在当代美国后现代创作领域中的地位和威望,使库弗先后获得古根海姆奖、美国艺术与文学院奖等殊荣。

库弗的作品以非现实的写作手法直面社会现实,打破了小说书写的传统模式,融入后现代艺术创新手法,将习以为常的事件和细节突出呈现,带给读者震撼人心的阅读体验,具有强烈的历史感和反思意识。他的作品"关注的焦点是人之耽于虚构想象,他的小说人物总是在创建某种体制以便给生活带来秩序,给世界带来意义"(潘小松,1997:5)。库弗的写作成就突出体现在他的代表作《火刑示众》中。小说分为 28 章,部分由当时的副总统理查德·尼克松进行讲述,但另有些部分使用第三人称叙述者。除了书中的"序曲"和"尾声",小说的主体基本集中在罗森堡夫妇被施以电刑前的两天两夜。

有评论家认为,"20 世纪七八十年代,除了托马斯·品钦的《万有引力之虹》,没有小说能像罗伯特·库弗的《火刑示众》一样获得如此广泛的关注。作品对战后(尼克松时代、冷战时代)的社会政治背景和罗森堡审判进行了带有问题意识的描写,让这部小说成为现当代美国小说中最有意义的作品"

（Miguel-Alfonso，1996：16）。作品的很大部分由尼克松的叙述视角讲述该场审判，以后现代的写作手法再现历史事件，如同一幅饱含历史讽喻的漫画。著名作家威廉·加斯（William Gass）在《火刑示众》的前言中谈到，

就在近几十年，在"水门事件"和"白水事件"以及其他各种事件的发生和结束之前，美国已经进行了很多次政治迫害、政治审判、国会调查和私人文章的报复性泄密以及同罪犯和受害者相关的阶段性骚乱，比如说，萨科/樊塞蒂案件、有关阿尔杰·希斯伪证（Alger Hiss）事件、克劳斯·富克斯（Klaus Fuchs）、哈里·戈尔德（Harry Gold）的案件……还有这其中更为臭名昭著的案件——罗森堡夫妇审判案。（Gass，1977：xi）

加斯列举了美国历史上各种带权力操纵或迫害性质的争议事件，特别强调罗森堡审判案是其中极具代表性的案例。库弗的小说开门见山，将案件的残酷性直接呈现给读者——美国最高法院"已经决定在 1953 年 6 月 18 日，也就是他们结婚 14 周年纪念日的晚上，在纽约市的时代广场将他们用电刑处死"（库弗，1997：3）。小说叙事中死刑执行的时间与历史事件真实的时间一致，而行刑的地点却被刻意由辛辛监狱"转移"到了纽约时代广场。作品开篇即将虚构和历史交错融合起来，而地点的改动，将行刑转变为一场带闹剧色彩的盛大表演。

时代广场被赋予了象征意义，它"是本国的心脏和阳具，人们如是说。美利坚合众国的罪恶城市，亚美利加的娱乐之都。美国是世界上第一个用电的国家，而这里是光明的中央。纽约腹地的戴蒙德·斯蒂克平是世界上最明亮的十个街区"（库弗，1997：160）。时代广场象征着美国精神，罗森堡审判这一幕荒诞剧在那里上演具有强烈的讽刺意义。作家库弗用想象再现事件，让审判在大都市中心区众目睽睽之下进行重演。"这真是传说中祖先踩过的土地吗？这就是彼得·米纽伊特用他的 24 美元首创美国生活方式的地方吗？谁知道。知道不知道也无所谓，反正山姆大叔选择了这个地方将原子弹间谍处以电刑。"（库弗，1997：162）

小说开篇即将罗森堡案件呈现出来，"朱利叶斯和艾瑟尔·罗森堡被联邦

调查局逮捕,并被控以阴谋窃取原子弹情报递送给俄国人的罪名。他们受到了审讯,被定为有罪,于 1951 年 4 月 5 日由法官判决送上电椅处死"(库弗,1997:3)。随后,对他们施以极刑的国家力量也被拟人化,以山姆大叔的形象进行了讽刺性的呈现:他"盛气凌人地在头上戴着红白条高礼帽,身上穿着蓝色燕尾服,后襟像面久经战斗的战旗一样飘扬。他在所有的战线上都勇往直前,清扫世界上充满敌意的黑影"(库弗,1997:12)。作家进而以后现代创作手法将罗森堡事件聚焦、放大,并糅入虚构和想象,从而探究和反思这一在当时被广泛认为"正常"却被历史证实为"非常"的事件的发生、发展过程。在描述的过程中,小说作者不时插入评论,语带讥讽,将美国肌体内的黑暗地带置于阳光下暴晒。库弗在作品中以戏谑的后现代手法,将案件的细节放大、移位,产生出震撼的阅读效果,迫使读者对历史惨剧的成因和后果都进行深刻地反思。小说充分利用文学叙事的特殊功能,重新呈现历史事件,激发读者对其历史意义和现实意义的再思考。

三、娱乐与狂欢:案件的戏剧化呈现

小说《火刑示众》出版于 1977 年,是一部颇具争议的畅销书,也是第一部以真实历史人物为叙述对象的著名后现代历史小说。小说重新想象了"原子弹间谍"的主人公罗森堡夫妇行刑前两天和行刑当天的过程。副总统尼克松是故事的主要叙述者。行刑的过程被呈现为一场表演——作家用戏谑的姿态讲述一个残酷的故事,用狂欢化的语言再现死刑的"盛大"场面,将地点的场景大而化之,从监狱改成纽约时代广场这一带有象征意义的大舞台中央。受刑者罗森堡夫妇几乎完全处于失语状态。如该小说的中文译者所言,"在这场巨人之争中,罗森堡夫妇显然是令人同情的悲剧人物。他们太天真地以为自己是壮烈牺牲者"(潘小松,1997:9)。

小说浓墨重彩地刻画了公众的盲从和尼克松这一人物的内心。而山姆大叔的形象和声音犹如神一般无处不在,贯穿于《火刑示众》的始末。小说将历史与虚构完美融合,对尼克松的人物塑造尤为生动精彩,常令读者"难辨真伪"。在真实的历史中,罗森堡的代理律师认识到这个审判戏剧化的特征,他在案件总结陈词中告诉陪审团:"剧作家和电影剧本作家都可以对案件做点什

么，你们比美国人对这个案子了解得更多，因为没有人比你们更认真地旁听了证词。"(Pritt，1953：16)

但是陪审团不是这场"演出"的主体，他们是由"导演"控制的龙套角色，有评论者认为："今天再回到库弗想象中的 1953 年那场发生在美国的'娱乐之都'时代广场对'原子弹间谍'艾瑟尔和朱利叶斯·罗森堡的公开电刑，这场狂欢显然是由高高在上的超级英雄和巴纳姆·贝利出任指挥，山姆大叔执导的。"(LeClair，2017)小说的戏剧化表演特征是由其背后的权力机器所决定的，而这种戏剧性也进入作家的创作视野，以写作形式上的创新呈现出来。

文学是对现实的反映，库弗的创作灵感来源于现实。在创作《火刑示众》之前，他阅读了大量关于案件的档案和资料，小说对案件的描述大多基于真实文档，涉及了上百名真实历史人物。小说中，作家敏锐地觉察到案件本身具有的戏剧性。在真实的历史事件中，从政府到公众乃至罗森堡夫妇本人，人们被虚幻的意识形态所左右，投入而倾情地演出各自虚拟的角色。小说强烈暗示，人生如戏，人人都在演戏："有人从性的角度来演戏，有人则从行刑的角度来演，还有许多人同时从两个角度来略施演技。"(库弗，1997：201)"这个案子上上下下牵扯到的人物乃至全国的人，包括我在内，都像戏中的演员；不过我们似乎更清楚自己在干什么，知道自己无能却又把宗旨定得挺高。连罗森堡夫妇也在演戏，以'荣誉和尊严'进入角色。"(库弗，1997：124)而考夫曼法官"就像一出戏的导演，知道如何煽起演员的自我意识，教他们如何进入角色，而事实上木偶的线由他牵着[……]鼓掌、导演、演员、剧本：就像——我似乎得到了启示——就像为我们这代人演的一出道德短剧！"(库弗，1997：126)

这场演出如同 20 世纪 50 年代一场疯疯癫癫的狂欢，总统、罪犯、讲道者在爱国主义的情绪推涌下聚集起来，共同上演了一场美国大剧。小说的"插曲"一章全部以戏剧对话叙述，展开了"伊瑟尔·罗森堡[①]和德怀特·艾森豪威尔之间一场富有戏剧性的对话"。这场囚犯和总统之间的想象对话题为"赦免请求"(库弗，1997：225)，场景设置在一个"空旷的舞台"。"在对话过程中总统始终没有对着囚犯讲话，甚至不承认她也在舞台上。囚犯知道这点，有时直

---

　①　本章统一采用"艾瑟尔·罗森堡"的译名，"伊瑟尔"出自译本原文。

接对着他讲话,但更多的是通过观众席的反弹回音来对他讲话。"(库弗,1997:225)作家通过这样的场景设置呈现出审判者与被审判者之间不对等的权力关系:总统高高在上,始终不"对着囚犯讲话",而说话人的姿态用括号表现出:

总统:(充耳不闻)当民主的敌人……

囚犯:我们请求您,总统先生,用您那文明国家的文明头脑来评判我们理性人道的请求——记住! 我们一个是父亲,一个是母亲。

总统:(强行向下说)当民主的敌人被认为犯有罗森堡夫妇所犯的可怕罪行时……

囚犯:(用最高的声调)我们的死刑判决真理和文明的人道! ……

各种声音:(回荡与囚犯的最后一段话,交织在一起;一番争论声,随后在总统的插话声中消失)我们,这块神圣土地的宗教领袖……我们委员会由最高品质的人组成,您是知道的总统先生。……以上帝的名义并以仁慈品质……您心灵深处的宗教情感……看在《圣经》教诲的正义与慷慨的分上……政治谋杀……用美国宪法给您的权利……恳请您践行……以祛除恐惧的爱的精神……您的赦免的特权……重新考虑一下您所拒绝的……这野蛮的判决……假如罗森堡夫妇被处死后……不难堪吗……(库弗,1997:251-252)

这段对话中,总统居高临下,拒不理会囚犯的任何请求,括号中的对话者姿态则增强和渲染了不平等对话的感情色彩,极具戏剧表演性。而随后的"各种声音"中,审判委员会、犹太教教士、牧师、神职人员等不同身份的人的声音交织在一起,回荡在舞台上方,生动呈现出戏剧对话的特点,小说以形式上的戏剧性凸显出事件本身的戏剧化的本质,以不平等的对话模式凸显出审判的不公正性和注定悲剧的结局。

关于事件本身的戏剧性,以往的研究者已有相关成果。肯尼斯·皮特里斯的博士论文《重压下的审判决定——罗森堡案件的戏剧分析》(*A Judicial Decision Under Pressure: A Dramaturgical Analysis of the Rosenberg Case*,1988)对这方面做过深入细致的研究。他从戏剧性切入,"采用一种特别适合借助话语分析的方法，即肯尼斯·伯克(Kenneth Burke)①的戏剧性五分法，展现出(罗森堡)审讯和审判动机的全景图"②，为罗森堡案件的研究提供了新视角(Petress，1988：vi)。20世纪西方最流行的修辞批评范式之一，就是戏剧主义修辞批评。伯克发展出的被称为"戏剧主义"的批评方法，其基础概念是动机，即行为背后的原因所在。伯克认为所有生活都是戏剧(在小说层面上)，我们可以通过探寻他们行为和话语中特定类型的动机，来发现演员(人们)的动机。伯克建立了"五位一体"的范式：它由五个有待解决的问题组成，问题都指向梳理动机的话语。

伯克的戏剧五分法中的五位一体指的是：行为(Act)、场景(Scene)、执行者(Agent)、方法(Agency)和目的(Purpose)。除此之外，伯克有时还在动机分析中将"态度"(Attitude)纳入进来。参看以下图示：

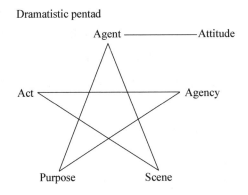

库弗笔下的这场"美国全民大剧"具有显著的戏剧演出的特征，舞台、主演和观众构成了演出的三个不可或缺的元素。作者在凸显场景的舞台效应、渲染观众"在场"的同时，却刻意隐去了"剧目"的"男女主角"——罗森堡夫妇。小说呈现的是行刑前两天和行刑当日的情景，作家有意让"主演"始终处于缺席和失语状态，处于无法言说自己故事的处境，与时代广场喧闹杂乱的狂欢氛

① 肯尼斯·伯克是当代思想家、西方修辞学的代表学者。他将科学和哲学概念同语义学和文学有机融合起来，1968年出版《作为象征行动的语言》(*Language as Symbolic Action: Essays on Life, Literature, and Method*)，认为人类通过象征手段建构现实，由此话语也超越了一般意义上的"所指"(reference)，以社会符号性质的"话语动机"(motives of discourse)参与社会性的交往，从而赋予话语社会符号学性质的意义，并推动主体间的对话和社团成员之间的和谐。

② 伯克新修辞理论(Burkean Theory of New Rhetoric)是肯尼斯·伯克发展的一种戏剧主义的批评技巧。戏剧五分法(Dramatic Pentad)和认同(Identification)是新修辞理论的核心观点。

围形成强烈反差。案件主要在尼克松的叙说中被呈现,审判的正义性,即罗森堡夫妇是否有罪似乎已经无足轻重。这一叙述手法强烈暗示,在官方权力意志和大众狂热意识形态的偏见中,个体的主体性已经丧失。"主角"的沉默更加反衬了欢闹的"观众"组成的"舞台背景"。小说甚至这样描述道:"塞玻尔还搞了场模拟彩排——就像在纽黑文的表演一样……罗森堡夫妇和他们的律师是唯一没参加彩排者;在一出仔细排练过的专业戏剧中,他们只有尝试非专业即兴表演的份儿。他们的笨拙以及对自身的没把握也就难以避免了……所以,他们有点像不安的说谎者。"(库弗,1997:128)

将真实人物尼克松用作小说重要的叙述者,这对库弗的创作无疑是个挑战。同时,知名政治人物的话语又加大了叙事的不确定性,大大拓展了小说的阐释空间。正如该作的中文译者所言,"尼克松曾一度怀疑整个罗森堡案完全是编织出来的故事,故事的主要人物都在自欺欺人。罗森堡夫妇在感觉到周围疯狂气氛的情况下,扮演了期待已久的英雄角色。他们未能看清历史不过是文字,'大抵是偶然的添加物'(山姆大叔语)。"(潘小松,1997:9)小说中罗森堡夫妇的"英雄之举",被描摹成一场可笑的滑稽剧。山姆大叔才是这场剧目的导演,他无处不在,卷起舆论风潮,煽动民众情绪,指点江山,大放厥词,对"红色"力量不遗余力地追捕打压。山姆大叔是清教主义、麦卡锡主义、美国"自由民主精神"等意识形态综合体的化身,他才是这部意识形态大剧的主角。

故事的叙述者尼克松则是山姆大叔的继承者,不过在这场滑稽剧中充当的是小丑角色。他纠结挣扎在历史真实和虚构想象之间,在案件的故纸堆里寻找"真相",但真相始终遥不可及。小说详细描述了尼克松的思想挣扎:"经过对案件的研究,我可以看出控方的证词都试图损害戴维作为证人的信誉。经过对案件的研究,我可以看出控方的证词有人为的痕迹,法庭的表演有失权威,可还是摆脱不掉基本的信念:不管怎样罗森堡夫妇肯定有罪。那么为什么——?"(库弗,1997:93)最后,他认为,"这个案子不是……不是……连间谍案或双重间谍案都谈不上!"(库弗,1997:99)继而,思想纠葛中的尼克松终于弄明白了案件的实质:"我现在明白他的问题了。时代广场,马戏团的气氛,特殊的仪式:形式,形式! 政治艺术就讲究形式,从不顾道德——我怎么把这给忘了? 我微笑道:'那样的话,在宣誓就职时把他们处死不是更好吗?'我开始摆放姿势，把身体的重心放在右脚上。"（库弗，1997：102）尼克松带有戏谑色彩的言语道破天机——以牺牲罗森堡夫妇的生命为代价的、打着"维护正义"幌子的罗森堡案，不过是政治的秀场和权力的角斗场。政客们粉墨登场，将生命和道德踩在脚下。

时代广场是纽约的象征，也是美国的象征。小说把城市中心设定为行刑地点，延续了中世纪刑场的传统，其讽刺意味十分强烈。作家甚至带着点"恶作剧"的意味对"法律与精神"进行嘲弄，让行刑成为民众的狂欢派对："他们来了，潮水般涌进草坪，涌向白宫。领头的是太木，美国的桂冠诗人。诗人面无惧色，迈着欢快的步子，充满自豪，屁股摇得符合某种音乐的节奏，身后跟着一大群人。法律占了上风。法律与精神。"（库弗，1997：217）但并非每个美国人都在山姆大叔的指挥下起哄，反对者依然存在："一切都还没完呢。幽灵的垂死暴动正在加剧。一群模样不周正的渣子正朝宾夕法尼亚大街走来。"（库弗，1997：217）作家用戏谑的语气呈现了想象中一场全民围观的盛大杀戮场景：当权者表现出对生命的漠然，而观众们对即将发生的事情兴致盎然。作家用后现代语言策略和戏剧化的表现手法，将现实狂欢化，以此揭示美国精神背后的病态和危机。

四、作为抗议小说的《火刑示众》

任何作品都无法从其历史文化的经纬之中剥离开来，而总是留有作家的意识形态和时代的印记。"文学的政治性是不言而喻的。任何一个有良知的作家，都会关注社会环境和社会生活中的人，他创作中的政治介入不可避免，只是程度和方式会有所不同。"（虞建华 2013：1）《火刑示众》尤其具有鲜明的政治批判态度，作家用批判和讽刺的语言揭露或嘲弄美国的权力政治："政治是一场肮脏的、激烈的、危险的游戏，它并不像一只服了麻醉药的猴子，对它傻笑笑就行了。"（库弗，1997：42）小说中，作家鞭辟入里地揭露了冷战时期美国政治的虚伪和欺骗性。作家让叙述者时而慷慨激昂、时而含沙射影、时而嬉笑怒骂，通过戏仿和嘲讽，将美国政治肌肤的毛孔放大，使读者在微观层面上对社会的精神病态有更直观的认识。罗伯特·库弗在小说中采用了包括戏仿和拼贴在内的后现代叙事策略，对尼克松这位历史真实人物进行了虚构和再创造,小说中的尼克松"不断对这种历史构建过程评头论足,甚至想要改写历史。这些评论不仅揭露历史的虚构性,也自我暴露文本的虚构性,提醒读者,历史和小说一样,都是凭借语言媒介构建出来的人工制品"(张淑芬,2017:61)。

文学理论家琳达·哈钦认为,后现代主义同现代主义的主要区别就是"以自我意识、自相矛盾和自我贬低的叙述为表现形式"的特征(Hutcheon,1988:1)。而创造这种双重或矛盾的立场就是戏仿的使用——引入一种观念仅仅是为了对其进行嘲弄。正如哈钦所言,"反对者和支持者常常都一致认为,戏仿是后现代主义的核心"(Hutcheon,1988:1),认为"戏仿通过设置和讽刺指明了现在的表征如何从过往中而来,从连续性和差异性中会衍生出什么样的意识形态结果"(Hutcheon,1988:93),因此同很多后现代理论家的普遍观点唱了反调。她说:"目前一种盛行的阐释是,后现代主义为过去的形式提供了价值中立的、装饰性的、去历史化的引用,而且对一种如同我们自己的文化而言,后现代主义是表现充盈过于饱和的图像最恰当的模式。"(Hutcheon,1988:94)哈钦坚持认为,这种对再现、文类和意识形态的讽刺立场是为政治化再现服务的。她解释说,阐释的方式最终是具有意识形态特点的。

1. 反思政治话语体系的虚构本质

小说《火刑示众》通过作家的想象展现了艾瑟尔幼年生活在贫民区中的状况。"我眼前突然出现6岁左右的小伊瑟尔·格林格拉斯:赤裸着身子站在厨房的煤炉边上,正往上拉一条白棉短裤;[……]我似乎看见老鼠和虫子到处爬跑,听见车辆碾压马路的声音,感觉到我周围尽是贫民区的暴力和罪恶。"(库弗,1997:149)这段描写让读者了解到审判背后阶级差异和意识形态分歧得以滋生的土壤。困顿的生活环境在童年的艾瑟尔内心塑成了反对剥削体制的自然倾向,挣扎于贫困线的生活很容易引向对现状的不满和对新生活的渴望,播下铲除剥削、追求平等的信仰的种子。

作家借助尼克松之口,道出了美国贫富两个阶级间巨大的沟壑以及下层阶级的愤怒:"红色恐慌"的背后是统治阶级和有产阶层的恐惧,他们忌惮的是共产主义思潮背后强大的下层阶级和贫困人群。小说中的尼克松将共产主义和拥戴共产主义的下层民众比为"幽灵":"电梯后有衣服摩擦的声音,在黑暗处!我想喊,想从另一头跑走,但我决定冷静下来,别在幽灵面前显出害怕的样子。……那儿是一堵墙，我的脸撞在了墙上。"（库弗，1997：149）惊恐的尼克松草木皆兵，而"墙"则隐喻出两个阶级之间的壁垒。"红色恐慌"的氛围弥漫在小说叙述中。叙述者尼克松并不掩饰他对共产主义的敌视："罗森堡案件再次让人们注意到如下事实：共产主义既是精神的、心理的恶魔，也是充满阴谋的、军事的力量。"（库弗，1997：221）由于强势的官方与媒体联手宣传与渲染，那段历史时期大多数美国人谈"红"色变，思想不再自由，意识形态处于紧绷的对立状态。正是这样的政治氛围构成了罗森堡审判的特殊语境。

库弗在小说中展开了对美国政治话语虚构本质的批判，同时也对"山姆大叔"的本性进行了毫不留情地揭露："'搞欺骗？'山姆大叔一阵酸笑。'见鬼，所有法庭听证都是不折不扣的谎言，难道不是吗？就像历史本身一样——亨利·福特就常说历史多少是堆废话。现实政治存在于无视事实之中！最终统治世界的是观点！'"（库弗，1997：97）与此同时，库弗的批判也指向代表官方话语的媒体："过去，在《纽约时报》诞生之前，如果你想毁灭一个人，你就把他的名字写在一只罐子上，然后把它砸碎。或者用针扎在一个泥人上。现在，你欲加之罪，就把此人的名字印在报纸上。这样的举动已不只是侮辱或提供信息，还是对历史的魔术式干扰。"（库弗，1997：182）正因为官方话语与媒体沆瀣一气，扭曲历史，对其进行"魔术式干扰"，作家"重写"历史、修正历史的功能才被凸显。他们通过讲述历史故事的方式，隐蔽地对官方话语提出挑战和质疑，肩负起了重新呈现历史面貌的使命。他们无情地揭开了一些代言官方意识形态的媒体的遮羞布，揭露其充当政府喉舌的真实面目：

20世纪的伟大经历就是接受时间和过程的客观现实——历史不会重复，宇宙是一成不变的，群体会解散并从指缝里滑走，可预见的东西根本不存在——类似的主张也可能对，也可能错，也可能还看不出对错。类似的事情每天都有人说，没什么好吃惊的。然而，《纽约时报》却把这时间过程变成了坚实的东西，变成了无论多么临时都经久不息的东西：似乎这些文字板块被扔进了时间流，时间的河水围着它们转出旋涡泛出波澜。这便是危险所在。（库弗，1997：183）

这段叙述揭示了媒体操控事实、凌驾于事实之上的伎俩,由此强调由主流媒体散播的政治话语的虚构性和不可靠性。小说对美国精神病态的描述,是通过后现代书写的方式得以彰显的。"德里达认为拼贴与蒙太奇是后现代话语的主要形式。它们(表现在绘画、写作和建筑中)内在的异质性激励我们这些接受文本或形象的人,'去创造一种既不可能是单一的又不可能是不变的含义'。"德里达谈到,后现代话语体系中每一个被援用的要素,都"打破了话语的连续性或直线性,必然导致一种怀疑性的阅读:在与它的原初文本的联系中阅读被领悟到的片段;阅读成为合并到一个新的整体、一种不同的整体中去的片段。"(转引自哈维,2004:72)"怀疑性的阅读"具有叩问现实弊病的功用,它颠覆一切被粉饰、被话语伪装的观念,揭露美国政治话语的虚构性实质。这样的书写甚至对事件的受害者,也并不是一味抱着同情的态度。在库弗的描写下,罗森堡夫妇受到观念纠葛,困在话语和意识形态的监牢里。他们广为流传并感动了很多读者的《狱中书信》,其中的文字也被做了戏剧化的处理,意在对任何受政治话语迷惑的对象进行戏仿和批判。

作家在揭示总统和审判法官道貌岸然的假面和一切被粉饰的美好的同时,也通过展现夫妻二人深情款款的《狱中书信》,表现了朱利叶斯和艾瑟尔毫无惧色的坦荡和决不妥协的坚定立场,充分显示了颠覆官方话语的力量。小说最后一章以"幕间剧:人类尊严不是用来贩卖的:朱利叶斯和伊瑟尔·罗森堡辛辛歌剧最终一幕"命名,表达了对"美国法西斯主义"的强烈抗议:

朱利叶斯:

(吟诵调)如果法西斯的那一套不被叫停,我们的国土会有巨大危险!最大的困难是信息大众媒体在他们的控制中,他们就我们的案件持续不断地对读者和听众进行小剂量的"洗脑",大众已然重塑变形了![······]

艾瑟尔:

你必须告诉他们,朱利叶斯:我们是美国法西斯主义的最初受害者!
(Coover,1977:393)

该章以戏剧模式和多元叙事的方式展现案件审理的过程，在话语交错的语境下彰显出人类尊严的力量和不可亵渎。不破不立，作家希望打破和揭露官方话语的虚伪面纱，将这一案件中主角的精神世界完整呈现出来，让读者看到官方叙事和个人叙事的并存，挖掘被忽略、被掩盖的事实和人性光辉，讴歌人类自由、尊严的可贵。

2. 美国文学的抗议传统与小说的抗议性

对于文本的抗议性，国内外已经开始有了初步的研究。哈佛大学出版社推出的著作《美国抗议文学》（*American Protest Literature*，2008）由约翰·斯托弗（John Stauffer）教授撰写序言，以美国从建国以来的抗议传统为主线，梳理了美国文学作品的抗议主题，首次提出了"美国抗议文学"的概念，具有开创性的意义。那么，什么是抗议文学？斯托弗教授在该书前言中从广义的层面给出了定义：

抗议文学意指试图用语言改变自我和改变社会的作品，这里语言不仅指话语，也包括视觉艺术、音乐和电影。抗议文学的功用在于催化、引导和反映社会变化。它不仅批判社会的某些方面，还隐晦或明确地暗示解决社会弊病的方法。……从最广义的层面来讲，文学激发人们重新定义自我。文学和抗议文学的区别在于前者赋予个体自主力并改变个体，后者竭力表达集体意识，对孤立和萌芽的不满情绪进行整合。抗议文学探寻的是意识形态中持不同意见的脉络，并告知人们他们的挫折并非孤立无援。抗议文学是社会环境的一部分，同时间和地点紧密相连。但它同样和社会主流价值观保持距离，以旁观者的姿态提供社会批评。（Stauffer，2008：xii）

以上定义阐明了抗议文学的几个关键点："以语言改变自我和社会"，"催化、引导和反映"社会变化，批判社会的弊病，并"暗示解决的方法"。斯托弗教授在《美国抗议文学》的前言中谈到，"抗议文学采用三种修辞策略以此改变受众。前两者是移情（empathy）和冲击值（shock value）。移情是所有人道主义改革的核心，抗议文学也鼓励读者对受害者感同身受，'感受他们的痛'。冲击值激发愤慨、紧张不安和修正社会弊病的欲望"（Stauffer，2008：xiii）。

库弗在《火刑示众》中所表达的正是一种社会抗议。书名《火刑示众》的本身使读者想起中世纪在公开场合烧死异教分子的酷刑,揭示出罗森堡事件的残酷性,而这种残酷本质被官方华丽的"爱国"话语掩盖。文学作品以移情和冲击值的修辞策略加强了叙事的深刻性,让读者设身处地体验悲剧,达到向权力集团提出"抗议"的效果。小说揭示权力包容下泛滥的非正义,暗示社会需解决的问题所在,如阶级的贫富差异和权力对法律的操控。作家将视线聚焦于罗森堡案件这一美国历史上的"非常"事件,以富有颠覆性、鞭辟入里的后现代叙述直击现实,展现人物在 20 世纪中叶的美国社会所面临的政治生态困境,意在颠覆美国既有思想体系中的弊病,唤醒人们的反思意识。

小说叙述者尼克松的言辞充满了对罗森堡夫妇的矛盾态度:"我们对孩子的爱以及我们之间相互的爱要求我们坚持真理,哪怕是死,哪怕是小家庭的毁灭……有一样我能肯定——他们长大后会明白过来,会认为他们的父母当初做得对,他们会为我们感到自豪的。自豪,是的,这才是关键的东西。"但是尼克松话锋一转,转变了自己的语气与态度:"他们甚至不感到偷窃原子弹情报有罪。"(库弗,1997:111)《火刑示众》中,对于生活在同一个城市中的艾瑟尔,叙述者尼克松想象他们有着类似的童年,都生活在贫民区:"说实话,[她]很像我女儿特利西娅的样子。"(库弗,1997:172)本质上,他们属于不同的阶级——利益不同,行为不同,目的不同,政治态度当然不同。

20 年过去了,朱利叶斯·罗森堡仍不属主流,而我则跟山姆大叔一起打高尔夫球了。啊,他仍在努力,想将自己同国父们、黑人烈士们和他喜欢称作"人民"的人相认同。即便是显示他爱国热情不灭的挂在牢房墙上的发了黄的独立宣言,也只能更加表明他的异端:独立宣言从不是主流的组成部分。我的办公室墙上挂的却是艾森豪威尔总统的就职祈祷文,还镶了玻璃镜框:"我们祈祷上帝赋予明辨是非的力量。"(库弗,1997:173)

作为叙述者的尼克松,并没有被作家呈现为冷血动物。他对贫苦家庭长大的艾瑟尔亦有侧隐之心,但他并不屑于与"人民"相认同,不在乎以《独立宣言》为象征的美国理想,而在意巧妙地讨好在任总统艾森豪威尔,以自己的政治"灵活性"获得实利。作家正是借用代表普通民众的罗森堡夫妇和代表社会上层的尼克松的对比,凸显阶级差异的鸿沟和意识形态的隔阂,让读者看到个体事件背后的社会因素和阶级因素,意在揭示官方叙事的虚构性及其官方话语背后的利益体。很显然,小说背后的作家是站在官方叙事的对立面来塑造人物,呈现整个故事的。他让读者在小说阅读过程中,实现对社会现实进行抗议、对官方意识形态进行批判的目的。

"抗议文学"的特征之一是从伯克那里借用的术语"象征行动"(symbolic action)。"象征行动暗含意义的不确定性、丰富的含混性及文本中超越作者意图的开放结局。"(Stauffer,2008：xiii)伯克以戏剧主义语言观为基础提出的术语视界,从某种程度上揭示了语言、思维和现实之间的复杂关系。他在《作为象征行为的语言》中认为,既定的阐释是"现实的反映……是现实的选择;从这个意义来讲,它必须起到偏离现实的作用"(Burke,1945：45)。多克托罗的《虚构的重要性》("The Importance of Fiction",1994)①一文则强调了文学叙事的功能:"真实和虚构并非泾渭分明,它们在本质上并没有什么不同,都是故事。"他同时指出了虚构的积极意义:"虚构具有民主性,它重申了个体思维在制造和改造世界方面的权威。因为虚构独立于任何的机构、家庭、政府,无须维护那些机构、家庭、政府的虚伪和凶残,所以它成为实现生存的有效方式和工具。"(Doctorow,1986：41)也就是说,作家握有虚构特权,虚构可以成为作家质疑现实的有力工具。

《火刑示众》描述最为饱满的人物是尼克松。小说中的尼克松本质上是个虚构人物,但由于存在着相对应的真实人物,此人物的文学塑造饱受争议。作家并不顾忌历史人物的真实性,把尼克松塑造为一个徘徊在统治阶层和下层阶级之间的小丑。他的形象栩栩如生,时而扮演山姆大叔的代言人,时而俯下身姿,同游行队伍中的民众摩肩接踵,还会身临其境想象艾瑟尔童年的贫苦生活。通过尼克松这一特殊身份人物的叙述,读者走进小说中每一个人物的生活情境,了解人物内心的痛苦或欲望,诉求或野心。

文学具有再现历史的得天独厚的优势。伯克认为,叙事文本打动人心的

---

① 《虚构的重要性》同《终极话语》("Ultimate Discourse")是出处不同的同一篇文章。

力量产生于"认同"(identification)而非"劝说"(persuasion)。他说,"我们只有在言辞、姿态、语调、语序、形象、态度及思想方面以他的方式言说,将你的方式和他的产生认同,才能说服他"(转引自刘亚猛,2004:110-111)。多克托罗也强调,"小说家在离群索居状态下会将自己一分为二,成为创造者和记录者、述说者和聆听者,协力将集体智慧以自己的语言传递出来,掩盖其对现实世界富有启迪性的先入之见"(Doctorow,1983:21)。作家以这种设身处地的方式进入他人的生活情境,同描写对象建立认同,并将认同的情感传递给读者,就更能激发共鸣。

《火刑示众》将历史的真实与想象的虚构巧妙融合,聚焦、放大事件内在的精神脉络。以上借用伯克的戏剧性五分法概念展现作品如何将罗森堡案件进行戏剧化的再现,并结合抗议文学的定义,从抗议策略的三个方面(移情、冲击值和象征行动)梳理库弗在作品中的后现代叙述手法,进一步揭示《火刑示众》中对官方"进步话语"的质疑和反思,借此管窥20世纪50年代的美国政治文化生态,凸显文本的抗议性维度。可以说,库弗是在叙事中采用外在的宏观视角呈现出美国精神的状况,通过唤起读者与小说人物情感上的认同,从而达到批判和反思现实的目的,而另一部后现代力作《但以理书》则采用了内在和微观的视角探索这一事件给两代人造成的创伤感和持久的影响。作家通过唤起读者与小说人物情感上的认同,从而达到批判和反思现实的目的。

五、多克托罗与《但以理书》

文学与历史互鉴,成为彼此的关照,文学叙事和历史记录以不同的方式为后人带来深刻的启示。对于罗森堡案件聚焦关注,并以小说的形式进行文学再现的作品很多,而 E. L. 多克托罗的《但以理书》堪称其中具有代表意义并对美国文化进行深刻反思的力作。多克托罗同库弗生活在同一时代,国内外评论者也经常将《火刑示众》和《但以理书》并置考量,考察文学对历史再现的问题。多克托罗是20世纪美国文学领域的重要人物,他的创作以历史小说著称,被誉为20世纪最重要的小说家之一。在《但以理书》中,作家同样用敏锐犀利、深刻睿智且更具人文主义情怀的目光,聚焦罗森堡案件,透视事件背后的美国文化肌理。

多克托罗 1931 年出生于纽约布朗克斯的俄罗斯犹太移民知识分子家庭，家里浓厚的艺术气氛让多克托罗爱上写作，他的名字——埃德加·劳伦斯·多克托罗来自作家儿时所仰慕的作家埃德加·爱伦·坡（Edgar Allan Poe）。多克托罗作品创作题材丰富而深刻，其犹太身份和对创伤历史的深入分析使得他的创作独具一格，虽有晦涩难懂之处，却能引领读者进入精神反思的曲径通幽处，多克托罗善于描写特定历史时期下美国民众面对挫折、创伤和剧变的心理状态，作品中深蕴着对民权运动的关注。多克托罗创作丰富，曾是诺贝尔文学奖的热门人选，共发表了 12 部长篇小说和 3 部短篇小说集。其中为他奠定当代美国文学大师地位的是其代表作《但以理书》《拉格泰姆时代》《比利·巴思盖特》（Billy Bathgate，1989）和《大进军》（The March，2005），这些佳作同其他长篇小说①以及数部短篇小说集一起构成了多克托罗创作的万花筒，从中人们可以看到美国社会光怪陆离背后的精神内核，并使他获得了美国书评家协会奖、美国国家图书奖、国家人文科学奖、美国小说国会图书奖等重要奖项，成为美国文坛备受尊重的作家。

《理解 E. L. 多克托罗》（Understanding E. L. Doctorow，1992）中指出，多克托罗的小说是典型的历史小说，覆盖了美国自内战以来的所有历史阶段（Fowler，1992：5）。弗雷德里克·詹姆逊在《后现代主义，或者晚近资本主义的文化逻辑》（Postmodernism, or the Cultural Logic of Late Capitalism，1991）一书中提到，"E. L. 多克托罗是个诗人，用史诗描绘了美国激进过去如何逝去，也描绘了美国激进传统背后更为久远的传统和时代带给他们的压抑和抑制"（Jameson，1997：24）。多克托罗的创作以纽约等城市为背景，"将人物置于特殊的城市空间，描摹世事，品味人生，字里行间可见现实主义的细腻逼真，……在多种元素和不同风格的杂糅和融合之中，描写反映当代美国都市生活的多个侧面，通过小说的虚构性折射真实社会，对历史和现实生活进行富

---

① 比如《欢迎来到艰难时代》（Welcome to Hard Times，1960）、《大如生命》（Big as Life，1966）、《潜鸟湖》（Loon Lake，1980）、《世界博览会》（World's Fair，1985）、《供水装置》（The Waterworks，1994）、《上帝之城》（City of God，2000）、《霍默与兰利》（又译《纽约兄弟》）（Homer & Langley，2009）、《安德鲁的大脑》（Andrew's Brain，2014）等。

有哲理的思考"(袁源,2017:1)。约翰·帕克斯在他的著作《E. L. 多克托罗》(*E. L. Doctorow*,1991)中反对给多克托罗贴上"政治小说家"的标签,认为这样的归类对一名伟大的历史小说家而言,不仅简单化,而且有误导,好像这个作家只是在推动或贩卖某种意识形态。这样的标签"对多克托罗的小说是一种贬低和损害"(Parks,1991:11)。

多克托罗本人更希望以"激进的犹太人文主义者"(radical Jewish humanist writer)①来定位自己。国内外评论者也从这个角度对多克托罗继承犹太文化传统背景下的人文主义思想进行了分析。作为犹太民族的文化战士,多克托罗的作品充满了政治批判意识。他在访谈中说道:"无论何时,当我开始讨论政治的时候,我总是被政治牵引过去。我不太喜欢用那些政治化的陈词滥调,那让我感到窒息。"(参见森森,2019)多克托罗作品中的确鲜见"政治化的陈词滥调",他的政治意识是用史诗般的叙述进行表达的。他描绘美国冷战时期的精神荒原景象,在政治批判中融入了强烈的人文主义批判意识。

多克托罗这位"犹太人文主义"战士,秉承现实主义文学传统,认为文学创作同社会生活息息相关。他说:"我从来都认为我的小说继承了狄更斯、雨果、德莱塞、杰克·伦敦等大师的社会小说传统。这个传统深入外部世界,并不局限于反映个人生活,不是与世隔绝,而是力图表现一个社会。"他继而嘲讽说:"近年来,小说进入家庭,关在门内,仿佛户外没有街道、公路和城镇。"(转引自叶子,1985:145)在这样的思想背景下,多克托罗在创作之初就带有鲜明的批判意识,很多作品涉及冷战时期美国的社会心态。"'冷战思维'不等同于'冷战'。它隐藏在背后,流行于无形,既无处不在,又难以捉摸,是一种观看问题的框架,一种逻辑模式,一种政治无意识。"(虞建华,2017b:3)多克托罗剑指冷战这段历史时期蕴藏在美国"文化精神"中的冷战思维和"非我即敌"的冷战

---

① 多克托罗将自己定位为"激进的犹太人文主义者",并以此为荣。他曾对一名采访者说过:"如果我不属于这个传统,那我一定要申请加入它。"(转引自 Fowler,1992:1)对于什么是"激进的犹太人文主义"这一问题,作家在访谈中解释为其"本质是从正统的犹太教义中发现弊端。你拥护那种文化,珍视那段历史,但拒绝那种神学。弗洛伊德和卡夫卡就属于这种传统,还有爱因斯坦以及伟大的批评家本雅明,等等。在美国,其代表人物为无政府共产主义运动领袖爱玛·戈尔德曼(Emma Goldman)和诗人金斯伯格"(陈俊松,2009:88)。

意识，对这种思维定式进行了揭露和批判。

《但以理书》是多克托罗的第三部小说，被誉为美国当代最优秀的政治小说，获得 1972 年美国国家图书奖提名和 1973 年古根海姆奖。作为在纽约出生和成长的第三代俄国犹太移民，多克托罗深受犹太文化的影响，作品中浸润着宗教思想和对真、善、美的追求。小说书名来自《圣经》中的《但以理书》卷①，小说故事由此同《圣经》形成互文关系。小说以 20 世纪 60 年代的美国为背景，其中也穿插叙述了发生在四五十年代的事情。作品以罗森堡夫妇为历史原型，再现了这段"红色恐慌"毒雾弥漫的历史。

在麦卡锡时代歇斯底里的政治氛围中，小说主人公但以理的父母被指控犯有间谍罪，双双被送上电椅。成为孤儿的他带着妹妹生活，不得不承受巨大的心理创伤，在都市漫游中既希望找出真相，替父母申冤，也试图逃避现实，寻找抚平创伤的慰藉。漫游的过程是他不断矫正自身的异化、走出阴影的过程，最后努力与自己、他人和社会达成了某种程度的和解。（虞建华，2017a：2－3）

作为具有人文情怀的后现代犹太小说家，多克托罗"有着一双饱含忧郁的眼睛，骨子里对人类的命运和前途有着浓重的忧患意识"（斯巴格，2005：22）。他在小说中贯彻了作为一名"激进的犹太人文主义者"的立场，在继承的同时也批判犹太文化传统，秉承正义、善良和诚实的理念，用后现代的写作手法刻画现实，揭露精神危机下的人间百态，反思在信仰危机时代信仰存在的意义，具有深刻的人文主义价值。《但以理书》一书以其现实的关怀和丰富的思想内涵，被视为多克托罗的代表作。小说透过虚构的罗森堡间谍案受害者的家庭，透视冷战时期美国国家意识形态对个体带来的创伤。

---

① 《圣经·旧约》全书中该卷据传由但以理本人所写，其名意为"神是我的审判"。但以理生于耶路撒冷，公元前 605 年被掳到巴比伦，改名为伯提沙撒，意思是"王的保护者"。因才能出众，他在巴比伦受到重用。但以理具备先知的能力，能为国王解梦，被提升为巴比伦省长兼国家总理，管理巴比伦的一切哲士。但以理一生对上帝顺服忠诚，教导犹太人在被迫害流放中也要坚守对上帝的信仰。

六、文献之"伪":《但以理书》的创伤记忆与历史反思

小说《但以理书》围绕罗森堡审判案中罗森堡夫妇的下一代的生活展开叙述,视角在现在和过去之间切换,不仅呈现了案件的直接后果,也表现出其带来的长远影响。虚构的罗森堡夫妇的儿子与真实人物是有反差的,但很好地服务于小说叙事试图反映的更加广泛的主题,另外,小说将历史事件中的罗森堡夫妇的两个儿子,改写为一对兄妹,名叫丹尼尔和苏珊。丹尼尔背负着为父母申冤的巨大精神压力,无法逃脱创伤记忆的折磨,生活痛苦不堪;苏珊则有自杀倾向,难以摆脱抑郁的精神状态。这样的艺术改写,加强了事件带来的创伤程度,表达了对冷战意识下的极权政治的更为强烈的控诉。"多克托罗希望将丹尼尔时代同他父母时代中的左翼主义进行对比。丹尼尔和备受折磨的苏珊一起卷入了反越战运动,他们甚至建立了自己的革命基金会,用来纪念被杀死的父母。"(Freedland,2006:vii)小说的语言充满了政治反抗的力量。多克托罗的叙述语气看似平静而散漫,从一个时代跳跃到另一个时代,但叙述背后始终涌动着强烈的情绪:创伤记忆的痛楚、意识形态被压制的愤懑和权力反抗的意愿和冲动。

评论界一般把《但以理书》视为一部编史元小说(historiographic metafiction)[①]。哈钦认为"编史元小说并不能完全指代后现代小说,它只是后现代小说中一种重要的模式,却是占据主导地位的"(转引自刘晓萍,2012:144)。而《但以理书》则被哈钦纳入编史元小说的范畴。哈钦认为,"编史元小说作为典型的后现代小说,其基本特征就是运用历史素材,通过重放历史的写作来质疑历史叙事的真实性和权威性,对历史叙事的形式及内容进行重新思考和再加工"(刘晓萍,2012:144)。同时,根据哈钦的定义,"编史元小说"指"既具有强烈的自我指涉性,又自相矛盾地宣称与历史事件和人物有关"的后现代创作(Hutcheon,1988:5)。因此可以说,编史元小说包含两个元素,即"自我指涉性"和"与历史事件和人物"的相关性,两者是矛盾的结合。前者针对的是文学传统本身,对小说的虚构传统进行反思;后者指向历史记载的传

---

① 该术语用于小说作品,指元小说的文学手段与历史叙事相结合。被视为编史元小说的作品也经常引用其他艺术、历史和文学文本,以表明文学和史学作品在多大程度上取决于话语历史。该术语与后现代文学作品(通常是小说)紧密相关。

统，也就是将小说虚构同历史书写并置起来，以此来揭露出两者存在的共同的语言建构本质。编史元小说是后现代小说的一种，其理念在于不赞成对过去投射当下的信仰和标准，同时暗示了"事件"和"事实"之间的鸿沟。

《但以理书》在罗森堡案件这一真实的历史事件中融入作家的个人想象，塑造了丹尼尔这一特殊人物，凸显事件对下一代造成的持久创伤。"小说《但以理书》的主人公兼叙述者丹尼尔，被他未曾目击的事件——父母被国家以叛国罪电刑处死，更宽泛地讲，被他自己错过的感知所纠缠。这一错过的感知在创伤叙事中反复出现，造成目击过去事件的可能性。"（陈世丹、张红岩，2017：23）小说叙述穿插在过去和现在之间，历史成为主人公脑海中挥之不去的创伤记忆。作品两次呈现了 1967 年美国阵亡将士纪念日（通常为五月的最后一个星期一）的情景，形成了时间上相互呼应（Doctorow，2006：3，67）的叙事。第一次这个时间描写的是丹尼尔去医院看望苏珊的情景，这是一个"塔楼形、黄砖建造的公立医院，这里收治的是精神病患者"（Doctorow，2006：6）。苏珊就在这里就诊，她状况极差，身形消瘦，神情麻木。看到妹妹，丹尼尔难掩悲愤，发出了对"他们"的控诉："啊，珊珊，我的小苏珊，你做了什么，你就这么容易受国际道德宣传机构的哄骗吗！他们把你塑造成为道德瘾君子，扯坏你的头发，夺去你的老奶奶眼镜，还让你穿上病号睡袍。哦，看看他们对你做了什么，苏珊，看看他们对你做了什么！"（Doctorow，1971：12）而"对于丹尼尔及他的志同道合者而言，这是个艰难的时代，因为他们在充满敌意的环境下只能是二等公民"（Doctorow，1971：13）。

医院的压抑场景和人物的悲愤情绪凸显了罗森堡审判给两代人带来的深刻创伤。真实的历史中，罗森堡夫妇被判处死刑后，他们的两个年幼的儿子罗伯特和迈克尔，站在父母行刑前站在辛辛监狱的高墙外，举着"请不要杀死我的爸爸和妈妈"的牌子，希望为父母争取一线生机。当时，外界声援罗森堡的声音一浪高过一浪，甚至爱因斯坦等名人纷纷出面为赦免罗森堡夫妇呼吁，一些美国著名律师也全力支持他们先后 6 次向美国高等法院上诉，但最终，上诉被驳回，所有的努力都无济于事。罗森堡夫妇二人拒不认罪，坦然面对死刑。这桩历史上的争议审判带来的持续影响令美国官方始料未及。

而不幸事件给罗森堡夫妇的两个儿子造成了心理阴影，心理阴影致使他们一生都无法完全卸下创伤记忆的重负。他们生活在养父母家中,童年在担惊受怕中度过,为免受进一步的迫害隐姓埋名。成人后他们始终坚持为父母的冤情奔走。兄弟二人还撰写了自传——《我们是你们的孩子:艾瑟尔与朱利叶斯·罗森堡的遗产》(*We Are Your Sons: The Legacy of Ethel and Julius Rosenberg*,1975)。哥哥罗伯特还写了另一本书——《父母死刑:一个儿子的旅程》(*An Execution in the Family: One Son's Journey*,2004)。他创立了罗森堡儿童基金(the Rosenberg Fund for Children)①。这些亲历者对创伤往事的回忆,激起了怀有正义感的人文主义作家的共鸣。他们执笔创作出的一批作品,成为构成重建美国五六十年代文化记忆的一部分。《但以理书》是其中富有代表性且反思极其深刻的一部。

多克托罗生活在美苏冷战时期,他目睹了极权政治对人们思维方式带来的影响,作家希望了解在这样的氛围中的人们思想状况。正是在这样的动机下,他开始着手《但以理书》的创作。小说一开始,主人公丹尼尔去霍华德医院看望妹妹苏珊,医院里冷凝压抑的气氛和苏珊几近崩溃的状态直接让读者感受到了冷战的社会氛围及其带来的影响。

小说《但以理书》戏仿了真实案件为后代带来创伤性影响这一主线,将真实历史中的兄弟改为丹尼尔和苏珊兄妹。小说中的兄妹同真实历史中受害者的后代一样,一生无法摆脱父母被电刑处死这一事件的影响,但小说人物的生活更加潦倒。妹妹苏珊被创伤记忆折磨得精神失常,被送进精神病院接受治疗,最后用自杀的方式结束了年轻的生命。丹尼尔则被过去记忆的梦魇折磨,变得行为异常,甚至虐待妻儿,难以享受正常的家庭生活和平静的精神世界。丹尼尔自述道,"苏珊和我,我们是仅剩的人。所有的生活都是试图逃离亲人,我在逃离的过程中思绪繁杂,但不管什么样的方式,他们都是你遇到生命转角的际遇"(Doctorow,2006:37)。

丹尼尔年幼时曾目睹了一场事故,他在叙述中呈现了事故后惨烈的情景:满地破碎的玻璃片,牛奶和妇女的鲜血混合在一起。交通事故的记忆,使他的创伤想象具体化,将未曾目睹的恐怖的极刑场面重现于脑海中,成为挥之不去

---

① 一个非营利的公共基金,旨在为美国进步激进主义者的子女提供资助,同时也帮助由于自己参加了进步基金活动而受到指控的青年。

的噩梦。多克托罗在小说中对第二代的心理创伤进行了戏剧化的演绎，浓缩了苦难，用略带夸张的描写凸显人物行为背后的扭曲心理，"增强了冷战期间美国国内紧张的恐怖气氛，突出了'红色恐慌'给他们带来的严重的心理创伤，更加淋漓尽致地表现了冷战期间人们歇斯底里的情绪。让人们深刻意识到'红色恐慌'和麦卡锡主义的罪恶及这种极端思想给人们带来的伤害"（胡选恩、胡哲，2015：156）。正如评论者所言：

> 多克托罗在小说的最后一部分将过去、现在和将来联系起来。场景转移到迪士尼乐园，这里我们看到艾萨克森家族的背叛者，他已经年老衰弱。迪士尼乐园被细致描述呈现为消费主义的庙宇，适应西方文化的美国技能的纪念碑。但是作者写作的象征目标不仅在共产主义，也在于资本主义。之前上一代的革命成果终将在明日之地中。（Freedland，2006：ix）

多克托罗在一篇题为《伪文献》（"False Document"）[①]的论文中指出，"当然每部小说都是伪文献，因为它是辞藻而非生活的合成品。但是我特指的是小说家创造性否定的行为，他借此提供的文本出现了额外的权威性，因为他并无意于书写的权威，他宣告书写权威是不可能的"（Doctorow，1983：20）。小说《但以理书》以超越了意识形态疆界的深刻反思意识，将批判和抗议的靶子直指冷战时期美国政治话语的虚构性。从语言作为叙事媒介的角度出发，提出了"语言具有两种相互对立和统一的力量：一个是政权的力量（power of regime），另一个是自由的力量（power of freedom）。"他认为，"政权的力量就是语言对客观世界所具有的反映功能"（Doctorow，1983：16-17），而"自由力量是存在于个人或理想的世界里，具有表现想象的力量。语言的这种力量是不能为人所证实的，因而也是自由的，它是为小说家和诗人服务的"（多克托罗、胡选恩，2015：223）。前者的功能是指定性的，后者则具有联想功能。多克托罗强调，历史话语和文学话语都无法将作者直接带入过去的历史中，读者只有以文本为媒介才能接触历史事实。在多克托罗看来，"小说不完全是理性

---

① 该文收录在多克托罗的评论文集《杰克·伦敦、海明威及美国宪法》（*Jack London, Hemingway and the Constitution: Selected Essays，1977-1992*）中。

的话语方式。它给读者提供的不只是信息。复杂的理解,不直接、本能的和非言语所表达的思想都通过作者和读者之间仪式性的互动,从故事的言语中生发出来"(Doctorow,1983:16)。

多克托罗从语言的使用角度出发,探索和发现作用于语言背后的权力关系,并以此为依据对历史及历史编纂的真实性提出质疑。"历史带有虚构性,我们生活于其中并寄望于继续生存下去。小说属于推测性的历史,或许可称作'超级历史',构建超级历史所用的素材要比历史学家们所认为的更具有丰富性和多样性。"(Doctorow,1993:162)多克托罗在此提出了他著名的"作为'超级历史'的小说"的概念,同琳达·哈钦的观点异曲同工,共同起底历史背后的权力关系,揭露历史的虚构性。

小说《但以理书》在丹尼尔父母亲生活的 20 世纪四五十年代和丹尼尔生活的 20 世纪 60 年代两个时间段之间切换,揭示二战后和麦卡锡主义盛行的年代笼罩美国的"红色恐慌"、被冷战思维破坏的家庭关系和人物支离破碎的内心世界。小说着重描写了兄妹二人的心路历程。丹尼尔在阴影下艰难成长,成为哥伦比亚大学的博士研究生,但他性格上的缺陷显而易见。在一次出行的路上,丹尼尔情绪失控,以 80 多英里每小时的速度驾驶汽车,当着自己孩子的面虐待妻子,情绪失控。小说的场景切换也让读者应接不暇,从冷战时期的美国到苏联,从马萨诸塞州的精神病院到加利福尼亚的迪士尼乐园。每个场景的切入都有引人入胜的画面感和代入感,使得读者身临其境,能感同身受地深刻体会主人公彼时彼刻的内心世界,唤醒读者对历史事件的反思并对文献之"伪"产生质疑。创伤记忆固然不堪回首,而将讲述创伤记忆的语言"具有两种相互对立和统一的力量"揭示出来,张扬其中的"自由力量",批判分析其中的"政权力量",这正是其人文主义思想的集中体现,这也让读者深深理解了多克托罗引以为傲的"激进的人文主义者"的立场。

小说运用了反讽的修辞手段,讥讽官方意识形态在事件背后推波助澜,却冠以"爱国主义"的帽子,多克托罗对历史事件的切入路径与其他作家不同,他更少直接涉及事件本身,而却将事件带来的影响以多层丰富的叙事展现出来,用小说的虚构故事照亮隐藏在喧嚣躁动表层之下的黑暗地带,通过对事件的想象性重构表达对美国官方历史记载的质疑。乔伊斯·卡罗尔·欧茨(Joyce

Carol Oates，1938 -)曾经不惜笔墨地赞扬说多克托罗的《但以理书》是一部"几近完美的艺术佳作"（"*The Book of Daniel* Study Guide"）。这一盛赞背后蕴藏着大作家之间惺惺相惜的态度，通过冷战语境深刻介入的文外解读可以看出，作家的批判态度并非止步于此，他的批判同时指向"受害者"一方，他更希望通过冷静的旁观者姿态，揭示以丹尼尔父辈为代表的"老左派"和苏珊为代表的"新左派"所信奉的激进主义的内核。

作为犹太人，多克托罗更希望将文学叙事同犹太移民文化的最后遗迹相联系，他认为自己深受犹太人文主义精神所滋养。他也确实试图在小说创作中凸显人文精神和正义诉求。多克托罗如前辈现实主义作家一样，以现实主义的创作初衷真实再现了20世纪五六十年代美国的激进主义风潮，浓墨重彩地描写了丹尼尔父辈们，也就是罗森堡夫妇的一代的激进主义思想，他们胸怀大志，勇往直前，为了他们期待的社会理想在泥沼中艰难跋涉。小说中丹尼尔对两代左派的激进主义态度都保持一定距离，秉持批判性认识的态度。正如评论者所言，"无论老左派和新左派，他们更多的是在追求一种'形象'，一种姿态，一种体验，一种激进思想的实践。在丹尼尔看来，这多少让他们的革命有了一种悬空的味道"（金衡山，2012：221）。多克托罗独特的人文主义立场得以彰显，他曾在采访中说："人文主义意指精神和道德生活不是对超自然的因素的信仰，也就是说人的问题要脚踏实地在地球上加以解决，而不是从天堂里寻找解决的方法。社会必须从显示的角度面对一些不完善的地方，为了更广泛的正义而奋斗……人文主义是对认识的渴望，科学的、美学的、历史的和人文的。在人文主义看来，人具有能够理解现实的能力。"（陈俊松，2009：86 - 91）

七、殊途同归：库弗和多克托罗的文学再现与历史批判

《火刑示众》与《但以理书》两部关于罗森堡审判事件的当代小说在呈现方式上大不相同，但殊途同归，通过对事件的想象性重构共同表达了对美国官方历史记载的质疑。库弗的谴责相对比较直接。他用犀利的语言对"美国精神"进行嘲讽和批判。《火刑示众》的开篇就以这种风格呈现山姆大叔的形象：

盛气凌人地在头上戴着红白条高礼帽,身上穿着蓝色燕尾服,后襟像历久经战斗的战旗一样飘着。他在所有的战线上都勇往直前,清扫世界上充满敌意的黑影,挡住赤色的狂澜,制造奇迹般用伽马球蛋白、蜡状叶绿素和薄铁片一样的帆布裤衩保护美国海军陆战队员的下身不致被飞溅的榴弹炮碎弹片炸伤,保护穷国的资源不遭妖魔的觊觎,像喷撒纯化的喷雾剂一样在全世界散布真理和财阀政治的精神。有的时候似乎有效,但是有的时候却无效,目前,则正在奏效。那股力量啊。他监督了用渗透轰炸的办法耐心地消灭 1,000 名茅茅恐怖分子①,英国殖民大臣称这个运动是"走上了邪道的民族主义,一种对野蛮的怀旧"。(库弗,1997:12)

"山姆大叔"强大无比,傲慢且好战,意欲拦截"赤色"狂澜,掠夺他国资源,武力征服全世界。小说开篇就用挖苦的叙述语气揭示其强权政治和霸权主义的思维逻辑。文中的"茅茅恐怖分子"指的是茅茅起义中的肯尼亚军。他们为夺回土地、获得自由和独立而战,被侵略者和强权主义视为"恐怖分子",独立运动则被视为"走上了邪道的民族主义"。同样的霸权逻辑被美国权力部门和官方宣传媒体用来镇压本国左翼人士,激进的左翼被称为"妖魔"。作家将英国殖民者对肯尼亚独立运动的镇压同美国对共产主义的封杀并置起来,采用以反讽为语言手段的叙事策略,宣示了政治上反对强权的叙述立场。

在处理同一个素材,即罗森堡案件时,多克托罗的切入路径与库弗十分不同。他更少直接涉及事件,而试图揭开官方叙事背后的肌理,用小说的虚构故事照亮隐藏在喧嚣躁动表层之下的黑暗地带。作为犹太人,多克托罗更希望

---

① 这里指的是发生在 1952 – 1960 年间的茅茅起义(也被译为"毛毛起义"),或称"茅茅运动"或"肯尼亚紧急状态"。1952 年,肯尼亚主要部族之一的基库尤人向白人定居者要求政治权利和土地改革,随后该事件演变为血腥的武装冲突。此次事件被定义为"英国肯尼亚殖民地肯尼亚土地和自由军(KLFA,也被称为'茅茅军')同英国殖民者之间的战争"。当时,"英国殖民者和英国殖民当局从英国本土调集军队,对茅茅反抗运动进行弹压,对肯尼亚实行了近 10 年的紧急状态。英殖民当局对茅茅反叛的镇压手段极为残酷。据肯尼亚人权委员会公布的数字,16 万肯尼亚人被关押,9 万多人遭到了处决、酷刑折磨或肢体残害。多年来,'茅茅起义'的受害者一直要求英国政府承认当年殖民当局的迫害行为并道歉赔偿,英国政府则一口回绝"。茅茅运动迫使殖民当局在 1960 年 1 月宣布结束紧急状态,在大多数肯尼亚人和历史学家看来,"没有'茅茅起义',就没有肯尼亚独立"。转引自〈http://news.ifeng.com/c/7fZXfIVMKxC〉(Accessed September 14, 2019)。

同"犹太移民文化的最后遗迹相联系"，认为自己"深受犹太人文主义中并不是非常宗教的精神性所滋养"（Tokarczyk，2000：202）。他也确实试图在小说创作中凸显人文关怀和正义诉求。

多克托罗在评价德莱塞的文学创作时说，他遵循的是现实主义的美学传统，认为"小说不是为了给读者提供指导或情感满足而绘制出一幅关于人类的理想图景，而是描摹一定历史时期和地点的真实生活原貌，展示人们实际的思想、感觉以及他们为什么会有这样的行为举止"（Doctorow，1993：26）。多克托罗也这样，他现实主义地再现了 20 世纪五六十年代美国的激进主义风潮：所有人都唱着《泥炭沼泽士兵》的歌"我们是泥炭沼泽士兵，拿着铁铲向沼泽进发"（Doctorow，1986：43）。麦卡锡主义针对的主要就是这类"赤色分子"。

小说与其他书写文本的不同之一，在于前者传递经验和情感的功能。《火刑示众》和《但以理书》两部小说都用大量笔墨描写其中人物的内心世界，包括经历者、他们的后代和所有关注这一事件的人的所思所想和他们感受到的愤怒和痛苦。这种愤怒和痛苦在《火刑示众》中常由鞭辟入里的嘲讽进行表达，而在《但以理书》中则化为相关细节的选择性呈现。小说以言说案件带给下一代的苦难为主线，更多通过后一代人对历史的"回看"，呈现处于歇斯底里状态的美国冷战政治。两部小说或多或少都运用了反讽的修辞手段。多克托罗将麦卡锡主义盛行的冷战初期称作"猎巫时代"，言语间不乏尖锐的反讽："在猎巫时代，当人们（如福斯特、吉恩·丹尼斯［Gene Dennis］）因政治信仰被送进监狱，这将是对集会自由权利的胜利肯定，也将会是进步主义和文明力量的伟大时刻。"（Doctorow，1971：58）库弗的反讽词句更是随处可见。他把政府搜捕"颠覆分子"和共产党"间谍"的行为斥为猎捕"土拨鼠"，以凸显其荒诞性。

> 把你的狗叫来，把你的狗叫来，
> 让我们去打猎，逮只土拨鼠回来！
>
> 拔出你的刀，把你的子弹上枪膛，
> 出发到山上去找一找乐！（库弗，1997：19）

库弗当然不会放过这场新"猎巫行动"的主角："麦卡锡……则像只孔雀一样横冲直撞，抖动着身上的勋章，怒不可遏地指指戳戳纪念碑上的粉色污渍。"（库弗，1997：180）政客们粉墨登场，将自己的政治"符号"贴上历史纪念碑，而将"不敬"的异类——如罗森堡夫妇，推下地狱，送上断头台。但是，库弗和多克托罗这样的作家也是美国神圣的官方"符号"的"不敬者"。他们各自的小说以后现代历史叙述重新呈现美国近代史的一部分，为审视罗森堡事件提供不同于官方话语的视角和思考。正如多克托罗所言："小说提出建议，它沟通了现在和过去、可见与不可见。它分散了苦难，并告诉我们必须将自己编织入故事之中以求生存，否则将有他人替我们这么做。"（Doctorow，1986：46）作家们努力通过自己的书写发出批判之声，不让美国官方的政治"符号"成为历史的定论。

而多克托罗中立冷静的人文主义思想使他的文学再现带有更加强烈的反思意识，他对美国神话的深入思考照亮了语言的双重力量："自由力量"和"政权力量"，作家的文学再现成为干扰或者拆解其中"政权力量"的手段，对隐藏在美国文化表象下的神话进行深刻地历史反思。多克托罗将自己的人文主义态度注入丹尼尔这位真相的探寻者身上，他运用含混的语言和清醒的反思为罗森堡审判这一历史事件提供了意识形态的背景，而事件与背景之间的关联性暗示则打破了官方话语中的"爱国主义"高调，揭示了动机背后暗藏的私利、虚伪和恐惧。多克托罗的后现代历史叙述重新呈现美国近代史中隐晦暗淡的一面，为审视罗森堡事件提供不同于官方话语的视角和思考。因为"小说提出建议，它沟通了现在和过去、可见与不可见。它分散了苦难，并告诉我们必须将自己编织入故事之中以求生存，否则将有他人替我们这么做（Doctorow，1986：46）。《但以理书》带领读者走进美国冷战时期的创伤记忆，拨开纷乱模糊的文学叙述，"伪文献"这一概念的内涵无疑成为理解多克托罗深刻历史反思的一把钥匙。

两位作家通过不同路径的历史书写发出批判之声，揭露文献之"伪"，弘扬历史之真，将具有代表意义的罗森堡案这一"非常事件"，用浸满抗议精神的文学之笔，对一切"伪装的正义"进行入木三分的刻画。两位作家的后现代叙事手法由此成为一把锋利的刀剑，形式风格看似癫狂不羁、晦涩难懂，却能将剑锋直指时代精神的荒诞特性和被权力欲望浸淫的腐败政治，从而让美国官方的政治"符号"不至于成为历史的定论，让美国冷战时期的极权政治施加于历史人物的不公待遇得以在文学叙事中昭雪，从而体察民生之艰，去伪存真，弘扬人文理念，这，也许是两位后现代历史小说家创作的本意所在。

引述文献：

Buckley Jr., W. M. F. & L. Brent Bozell. *McCarthy and His Enemies: The Record & Its Meaning*. Chicago：Henry Regnery Company，1954.

Burke, Kenneth. *A Grammar of Motives*. Berkely, CA：University of California Press，1945.

Burnett, Betty. *The Trial of Julius and Ethel Rosenberg: A Primary Source Account*. New York：The Rosen Publishing Group, Inc., 2004.

Coover, Robert. *The Public Burning*. New York：The Viking Press，1977.

Doctorow, E. L. "False Document." Richard Trenner Ed. *E. L. Doctorow: Essays and Conversations*. Princeton, N J：Ontario Review Press，1983：16 - 27.

Doctorow, E. L. "Ultimate Discourse." *Esquire*，106（August，1986）：41 - 46.

Doctorow, E. L. *Poets and Presidents*. New York：Random House, Inc., 1993.

Doctorow, E. L. *Jack London*, *Hemingway and the Constitution: Selected Essays*, *1977 - 1992*. New York：Random House，1994.

Doctorow, E. L. *The Book of Danial*. London：Penguin Group，1971.

Doctorow, E. L. *The Book of Danial*. London：Penguin Classics，2006.

Fineberg, Audhil S. *The Rosenberg Case: Fact and Fiction*. Washington, DC：Oceana Publications，1953.

Fowler, Douglas. *Understanding E. L. Doctorow*. Columbia：USC Press，1992.

Freedland, Jonathan. "Introduction." *Book of Daniel*. London：Penguin

Classics, 2006: v – viii.

Gass, William H. "Introduction." *The Public Burning*. New York: The Viking Press, 1977: xi – xviii.

Hammond, Andrew. *Cold War Literature: Writing the Global Conflict*. London and New York: Routledge, 2006.

Hutcheon, Linda. *A Poetics of Postmondernism: History, Theory and Fiction*. London and New York: Routledge, 1988.

Jameson, Fredric. *Postmodernism, or the Cultural Logic of Late Capitalism*. Durham: Duke University Press, 1997.

LeClair, Tom. "Robert Coover's '70s Novel *The Public Burning*." Eerily Anticipates Trump: A Vicious, Albeit Artful Satire About the Execution of the Rosenbergs, Robert Coover's Searing Novel Predicts Our Ugly Mash-Up of Politics and Entertainment. January 7, 2017. ⟨https://www. thedailybeast. com/robert-coovers – 70s-novel-the-public-burning-eerily-anticipates-trump⟩ (Accessed August 8, 2019)

McCaffery, Larry. "As Guilty as the Rest of Them: An Interview with Robert Coover." *Critique*, 3/23 (1982): 31.

Miguel-Alfonso, Ricardo. "Robert Coover's *The Public Burning* and the Ethics of Historical Understanding." *The International Fiction Review*, 23 (1996): 16 – 24.

Parks, John G. *E. L. Doctorow*. New York: Continuum, 1991.

Petress, Kenneth C. *A Judicial Decision Under Pressure: A Dramaturgical Analysis of the Rosenberg Case*. Diss. Louisiana State University &·Agricultural and Mechanical College, 1988.

Pritt, D. N. "The Rosenberg Case: An Analysis." *New Evidence in the Rosenberg Case*. New York: National Committee to Secure Justice in the Rosenberg Case, 1953.

Reuben, William A. "'Never Losing Faith': An Analysis of the National Committee to Secure Justice in the Rosenberg Case, 1951 – 1953."

American Communist History，3/12（2013）：163 - 191.

Savvas，Theophilus. "'Nothing but Words'? Chronicling and Storytelling in Robert Coover's *The Public Burning*." *Journal of American Studies*，1/44（2010）：171 - 186.

Singman，Brooke. "Legal Scholars Claim New Evidence Shows Ethel Rosenberg Was Innocent in Infamous Spy Case." *FoxNews*，December 21，2016.

Stark，John. "Alienation and Analysis in Doctorow's *The Book of Daniel*." *Critique: Studies in Contemporary Fiction*，3/16（1975）：101 - 110.

Stauffer，John. "Preface." *American Protest Literature*. Boston：Belknap Press of Harvard University Press，2008.

"*The Book of Daniel* Study Guide." 〈https://www. gradesaver. com/the-book-of-daniel〉（Accessed February 1，2023）

Tokarczyk，Michelle M. *E. L. Doctorow's Skeptical Commitment*. New York：Peter Lang Publishing，Inc. ，2000.

Trodd，Zoe. *American Protest Literature*. Boston：Belknap Press of Harvard University Press，2008.

Vogel，Steve. "Once More to the Pentagon." 〈http://www. washingtonpost. com/wp-dyn/content/article/2007/03/15/AR2007031502206. html? noredirect = on〉（Accessed October 16，2018）

陈俊松：《栖居于历史的含混处——E. L. 多克特罗访谈录》，《外国文学》，2009 年第 4 期：第 86 - 91 页。

陈世丹、张红岩：《〈但以理书〉：暴露国家政治暴力的创伤叙事》，《当代外国文学》，2017 年第 3 期：第 19 - 25 页。

多克托罗、胡选恩：《当我创作时，我存在于作品之中——E. L. 多克托罗专访》，载胡选恩、胡哲，《E. L. 多克托罗后现代派历史小说研究》，北京：科学出版社，2015 年，第 222 - 225 页。

哈维，戴维：《后现代的状况——对文化变迁之缘起的探究》，北京：商务印书馆，2004 年。

胡选恩、胡哲：《E. L. 多克托罗后现代派历史小说研究》，北京：科学出版社，2015 年。

金衡山：《"老左"、"新左"与冷战——〈但以理书〉中对激进主义的批判和历史再现》，《国外文学》，2012 年第 2 期：第 88 - 96 页。

金衡山、廖炜春、孙璐、沈谢天：《印记深深——冷战思维与美国文学和文化》，天津：南开大学出版社，2017 年。

库弗，罗伯特：《公众的怒火》，潘小松译，南京：译林出版社，1997 年。

李昀：《20 世纪 50 年代的罗森堡案与美国自由民主理念的窘境》，《世界历史》，2022 年第 1 期：第 123 - 135 页。

刘晓萍：《"重访"与"戏仿"——论编史元小说理论肌理特征》，《学术探索》，2012 年第 4 期：第 143 - 145 页。

刘亚猛：《追求象征的力量》，北京：生活·读书·新知三联书店，2004 年。

马克思：《在〈人民报〉创刊纪念会上的演说》，载《马克思恩格斯选集》（第二卷），北京：人民出版社，1972 年。

派司，伊力克、威廉·白兰德：《罗森堡夫妇》，丁西林译，北京：作家出版社，1955 年。

潘小松：《译序》，《公众的怒火》，南京：译林出版社，1997 年，第 1 - 11 页。

森森：《E. L. 多克托罗——写作，直到生命最后一刻》。〈https://site.douban. com/287670/widget/notes/192776880/note/636133196/〉（Accessed September 18, 2019)

斯巴格，塔姆辛：《福柯与酷儿理论》，赵玉兰译，北京：北京大学出版社，2005 年。

叶子：《多克托罗〈诗人的生活〉》，《读书》，1985 年第 7 期：第 145 页。

虞建华：《"萨柯-樊塞蒂事件"：文化语境与文学遗产》，《外国文学评论》，2008 年第 1 期：第 87 - 95 页。

虞建华：《代序·文学的政治性与历史的文学解读》，载陈俊松，《当代美国编史性元小说中的政治介入》，天津：南开大学出版社，2013 年。

虞建华：《代序·漫游中成长：多克托罗笔下的城市少年》，载袁源，《都市、漫游、成长：E. L. 多克托罗小说中的"小小都市漫游者"研究》，上海：上海交通大学出版社,2017 年 a：第 1－2 页。

虞建华：《代序·史诗互证：美国的冷战政治与文学再现》,载金衡山、廖炜春、孙璐、沈谢天,《印记深深——冷战思维与美国文学和文化》,天津：南开大学出版社,2017 年 b：第 1－5 页。

袁源：《都市、漫游、成长：E. L. 多克托罗小说中的"小小都市漫游者"研究》,上海：上海交通大学出版社,2017 年。

张淑芬：《历史编纂元小说〈公众的怒火〉中的戏仿和拼贴》,《闽南师范大学学报（哲社版）》,2017 年第 1 期：第 61－66 页。